Título original: *Wish You Well*

Traducción: Mercè Diago y Abel Debritto

1.ª edición: febrero 2008

© 2000 by Columbus Rose, Ltd.
© Ediciones B, S. A., 2008
   para el sello Zeta Bolsillo
   Bailén, 84 - 08009 Barcelona (España)
   www.edicionesb.com

Printed in Spain
ISBN: 978-84-98720-12-9
Depósito legal: B. 2.711-2008

Impreso por Cayfosa Quebecor

BUENA SUERTE

DAVID BALDACCI

BOLSILLO
ZETA

Para mi madre, inspiradora de esta novela

Nota del autor

La historia de *Buena suerte* es ficticia, pero la ambientación, salvo los topónimos, no lo es. He estado en esas montañas y también he tenido la suerte de crecer con dos mujeres que durante muchos años consideraron que las cumbres eran su verdadero hogar. Mi abuela materna, Cora Rose, residió con mi familia durante los últimos diez años de su vida en Richmond, pero pasó las seis décadas anteriores, más o menos, en la cima de una montaña en la Virginia suroccidental. De ella aprendí sobre la vida en esas tierras. Mi madre, la menor de diez hermanos, habitó en esa montaña durante sus primeros diecisiete años; a lo largo de mi infancia me contó cientos de historias fascinantes sobre su juventud. Creo que las dificultades y aventuras por las que pasan los personajes de la novela le resultarían familiares.

Aparte de las historias que escuché de niño he entrevistado largo y tendido a mi madre para preparar *Buena suerte* y, en muchos sentidos, ha sido una experiencia sumamente esclarecedora. Cuando llegamos a la edad adulta solemos dar por sentado que sabemos cuanto hay que saber sobre nuestros padres y los demás miembros de la familia. Sin embargo, si uno se toma la molestia de preguntar y escuchar las respuestas se da cuenta de que todavía le queda mucho que aprender sobre esas personas tan allegadas. Así, esta novela es, en parte, una historia oral sobre dónde y cómo creció mi madre. Las historias orales constituyen un arte en vías de extinción, lo cual es ciertamente triste ya que muestran la consideración que corresponde a las vidas y experiencias de quienes han vivido antes que nosotros. Asimismo, documentan esos recuerdos, puesto que cuando esas vidas llegan a su fin el conocimiento personal se pierde para siempre. Por desgracia vivimos en una época en la que parece que sólo nos interesa el futuro, como si creyéramos que en el pasado no hubiera nada digno de nuestra atención. El futuro siempre resulta estimulante y atrayente y nos influye de un modo que el pasado jamás lograría. No obstante, bien podría ser que mirando hacia atrás «descubriéramos» nuestra mayor riqueza como seres humanos.

Si bien se me conoce por mis novelas de suspense, siempre me han atraído las historias del pasado de mi Virginia natal y los relatos de personas que vivieron en lugares que marcaron sus vidas y ambiciones por completo pero que, sin embargo, les ofrecieron un tesoro de conocimientos y experiencias de que pocos han disfrutado. Irónicamente, como escritor me he pasado los últimos veinte años a la caza de material para novelar y nunca supe ver el inagotable filón de recursos que había en mi familia. No obstante, si bien ha llegado más tarde de lo que debería, escribir esta novela ha sido una de las experiencias más gratificantes de mi vida.

1

Había humedad en el aire, las nubes grises y abultadas presagiaban lluvia y el cielo azul se desvanecía rápidamente. El sedán Lincoln Zephir descendía por la carretera llena de curvas a un ritmo aceptable, si bien pausado. Los olores tentadores que invadían el interior del coche provenían de la masa fermentada del pan, el pollo asado y el pastel de melocotón y canela que estaban en la cesta de picnic que descansaba entre los dos niños en el asiento trasero.

A Louisa Mae Cardinal, de doce años, alta y delgada, con cabellos del color de la paja veteada por el sol y ojos azules, solían llamarla Lou a secas. Era una muchacha bonita, y no cabía duda de que se convertiría en una mujer hermosa. Sin embargo, se oponía a las convenciones de tomar el té, las coletas y los vestidos de volantes, y, en cierto modo, salía ganando. Era su forma de ser.

Lou tenía la libreta abierta apoyada en el regazo y llenaba las páginas en blanco con palabras importantes, del mismo modo que el pescador llena la red. A juzgar por su mirada, estaba pescando un bacalao de lo más suculento. Como siempre, permanecía muy concentrada en lo que escribía. Ese rasgo era típico de Lou, y su padre mostraba un fervor incluso más acusado que el de ella.

Al otro lado de la cesta de picnic estaba Oz, el hermano

de Lou. El nombre era un diminutivo de su nombre de pila, Oscar. Tenía siete años y era menudo para su edad, aunque sus largos pies auguraban que sería alto. Carecía de las extremidades desgarbadas y la gracia atlética de su hermana. Oz tampoco tenía la confianza que con tanta intensidad resplandecía en los ojos de Lou. Así y todo, sujetaba su desgastado osito de peluche con la inquebrantable fuerza de un luchador y su carácter, en cierto modo, reconfortaba el alma de los demás con una naturalidad absoluta. Después de conocer a Oz Cardinal uno se marchaba convencido de que era un pequeñín con uno de los corazones más grandes y cálidos que Dios había conferido jamás a mortal alguno.

Jack Cardinal conducía. No parecía percatarse de la inminente tormenta ni de los otros ocupantes del coche. Tamborileaba sobre el volante con sus delgados dedos. Tenía las yemas encallecidas de tanto escribir a máquina, y en el dedo corazón de la mano derecha, allí se apreciaba una aspereza permanente donde apretaba la pluma. «Signos de los que enorgullecerse», solía decir.

Como escritor, Jack daba vida a paisajes vívidos repletos de personajes imperfectos que, cada vez que se pasaba una página, parecían más reales que los de cualquier familia. Los lectores solían llorar cuando uno de los personajes preferidos perecía bajo la pluma del escritor, pero la inconfundible belleza del lenguaje nunca eclipsaba la innegable fuerza de la historia, ya que los temas contenidos en las narraciones de Jack Cardinal eran verdaderamente arrolladores. Sin embargo, entonces surgía un giro bien elaborado que hacía que uno sonriera e incluso soltase una carcajada, dando a entender así al lector que el humor suele ser el medio más eficaz para transmitir una idea seria.

El talento de Jack Cardinal como escritor le había procurado un gran éxito de la crítica pero unos ingresos exiguos. El Lincoln Zephyr no era suyo, ya que no podía permitirse lujos como los coches, ni los de último modelo ni los más modestos. Un amigo y admirador de su obra se lo había prestado para esta salida especial. Estaba claro que la mujer que iba sentada a su lado no se había casado con él por dinero.

Amanda Cardinal se había acostumbrado a los rápidos cambios que se producían en la mente de su esposo. Incluso en esos momentos su expresión denotaba que confiaba en el funcionamiento de la imaginación de Jack, que siempre le permitía huir de los detalles más fastidiosos de la vida. Sin embargo, después, cuando hubieran extendido la manta y preparado el picnic y los niños quisieran jugar, Amanda traería suavemente a su esposo a la realidad. No obstante, había algo que a Amanda le preocupaba aún más que las abstracciones intelectuales. Necesitaban esa excursión, juntos, y no sólo para sentir el aire fresco y disfrutar de una comida especial. En muchos aspectos, el sorprendentemente cálido día de finales de invierno era una bendición. Amanda observó el cielo amenazador y pensó: «Aléjate, tormenta, por favor, aléjate.» Para relajarse, volvió la mirada hacia Oz y sonrió. Costaba no sentirse bien cuando se miraba al pequeñín, si bien el niño era un tanto asustadizo. Amanda le había mecido en incontables ocasiones cuando tenía pesadillas. Por suerte, los gritos de miedo daban paso a una sonrisa cuando Oz finalmente veía a Amanda, quien hubiera querido sostenerlo entre sus brazos y mantenerlo a salvo por siempre.

Oz se parecía a su madre, mientras que Lou había heredado la amplia frente de Amanda y la nariz y la recia mandíbula de su padre. Era una combinación de lo más acertada. No obstante, si le preguntaban, Lou decía que sólo se parecía a su padre. No lo hacía para faltarle el respeto a su madre sino porque, ante todo, se consideraba hija de Jack Cardinal.

Amanda se volvió hacia su esposo.

—¿Otra historia? —preguntó al tiempo que recorría el antebrazo de Jack con los dedos.

Jack, lentamente, se liberó de su última invención y miró a su esposa con una sonrisa radiante que, junto con el inolvidable destello de sus ojos grises, eran, a juicio de Amanda, sus rasgos físicos más atractivos.

—Tranquila, trabajo en una historia —dijo Jack.

—Prisionero de tus propios recursos —replicó Amanda suavemente, tras lo cual dejó de acariciarle el brazo.

Mientras su esposo se sumía de nuevo en su actividad, Amanda observó a Lou, inmersa en su propia historia. La madre veía en ella un gran potencial para la felicidad, pero también para el dolor. No podía vivir su vida y sabía que, en ocasiones, tendría que verla caer. No obstante, Amanda nunca le tendería la mano para ayudarla, porque Lou, por ser Lou, no lo aceptaría. Pero si los dedos de la hija buscasen los de la madre, se los ofrecería. Se trataba de una situación repleta de obstáculos, pero al parecer sería el sino de ambas.

—¿Qué tal la historia, Lou?

Con la cabeza gacha y sacudiendo la mano con el ímpetu propio de un joven aprendiz, Lou respondió:

—Bien.

Amanda comprendió de inmediato el mensaje subyacente: la escritura era algo sobre lo que no debía hablarse con quienes no escribían. Amanda se lo tomó tan bien como solía hacer con todo cuanto tenía que ver con su hija. Sin embargo, incluso una madre necesita en ocasiones una almohada bien cómoda en la que apoyar la cabeza, por lo que Amanda alargó la mano y acarició los cabellos rubios y alborotados de su hijo, quien la rejuvenecía en la misma medida en que Lou la agotaba.

—¿Qué tal, Oz? —preguntó Amanda.

El pequeño respondió con una especie de cacareo que incluso sobresaltó al distraído Jack.

—La señorita de inglés dijo que soy el mejor gallo que ha oído nunca —explicó el niño, y volvió a cacarear al tiempo que agitaba los brazos. Amanda se rió e incluso Jack se volvió y sonrió.

Lou hizo una mueca de suficiencia, pero luego le dio unas palmaditas en la mano.

—Y lo eres, Oz. Mucho mejor que cuando yo tenía tu edad —dijo Lou.

Amanda sonrió al escuchar el comentario de Lou y luego preguntó:

—Jack, vendrás a ver la obra de la escuela de Oz, ¿no?

—Mamá —intervino Lou—, ya sabes que está trabajando en una historia. No tiene tiempo para ver a Oz haciendo el gallo.

—Lo intentaré, Amanda. Esta vez lo intentaré de veras —respondió Jack, pero por el tono incierto de la voz Amanda supo que aquello presagiaba otra desilusión para Oz; y para ella.

Amanda se volvió y miró por el parabrisas. Su semblante reflejaba claramente lo que pensaba: «Casada de por vida con Jack Cardinal; lo intentaré.»

Sin embargo, Oz no parecía haber perdido el entusiasmo.

—Y la próxima vez seré el conejo de Pascua. Vendrás a verme, ¿verdad, mami?

Amanda le miró con una sonrisa radiante y una expresión que emanaba cariño.

—Sabes que mamá no se lo perdería por nada del mundo —repuso mientras volvía a acariciarle la cabeza.

Sin embargo, mamá se lo perdió. Todos se lo perdieron.

2

Amanda miró por la ventanilla del coche. Su ruego se había visto recompensado y la tormenta se había alejado dejando tras de sí poco más que algunas lloviznas molestas y ráfagas de aire que apenas mecían las ramas de los árboles. Todos estaban agotados tras haber corrido, de punta a punta, por las largas y curvilíneas franjas de césped del parque. Para mérito de Jack, había jugado con la misma entrega y entusiasmo que los demás. Como si fuera un niño, había correteado por los senderos adoquinados con Lou u Oz a la espalda riendo a más no poder. Mientras corría se le salieron los mocasines, dejó que los niños lo persiguieran y luego se los puso tras una lucha enconada. Después, para deleite de todos, se colgó boca abajo en los columpios. Aquello era lo que la familia Cardinal necesitaba.

Al final de la jornada, los niños habían caído rendidos en los brazos de sus padres y todos habían echado una cabezadita allí mismo, formando una enorme e irregular maraña de extremidades, respirando pesadamente y suspirando tal y como hacen las personas cansadas y felices. Una parte de Amanda se habría quedado allí durante el resto de su vida; tenía la sensación de que ya había satisfecho todo cuanto el mundo pudiera pedirle.

Mientras regresaban a la ciudad, a una pequeña pero querida casa que pronto dejaría de ser suya, Amanda comenzó a sentirse inquieta. No le gustaban los enfrentamientos, pero sabía que eran necesarios si el motivo lo merecía. Lanzó una mirada hacia el asiento trasero. Oz dormía. Lou estaba recostada contra la ventanilla y también parecía dormir. Dado que casi nunca estaba a solas con su esposo, Amanda decidió que aquél era el mejor momento.

—Deberíamos hablar seriamente sobre lo de California —dijo en voz baja.

Jack entornó los ojos aunque apenas había sol; de hecho, la oscuridad les había envuelto casi por completo.

—El estudio de cine ya tiene listo el contrato para el guión —dijo.

Amanda se percató de que no había el menor entusiasmo en sus palabras. Alentada, insistió.

—Eres un novelista que ha ganado premios. Tu obra se enseña en las escuelas. Han dicho que eres el escritor con más talento de tu generación.

Jack parecía cansado de los elogios.

—¿Y?

—Entonces, ¿por qué ir a California y dejar que te digan lo que debes escribir?

—No me queda otra elección —repuso Jack, el brillo de cuyos ojos se desvaneció.

Amanda lo agarró por el hombro.

—Jack, sí que tienes otra elección. ¡Y no creas que escribir guiones de películas lo solucionará todo porque no será así!

Lou, alertada por el tono de voz de Amanda, se había vuelto y estaba observando a sus padres.

—Gracias por el voto de confianza —dijo Jack—. Lo aprecio de veras, cariño, sobre todo ahora; sabes que no me resulta fácil.

—No quise decirlo así. Si sólo pensaras...

De repente, Lou se inclinó hacia delante y rozó el hombro de su padre en el instante mismo en que su madre apartaba la mano. Sonreía de oreja a oreja, pero forzadamente.

—Creo que en California nos lo pasaremos bien, papá.

Jack sonrió y le dio unas palmaditas en la mano a Lou. Amanda se dio cuenta de que Lou se aferraba con toda su alma a esa pequeña muestra de reconocimiento. Sabía que Jack no se percataba de la enorme influencia que ejercía sobre la niña ni de que ésta intentaba, en la medida de lo posible, que todo cuanto hiciera satisficiera a su padre; a Amanda aquello le asustaba.

—California no es la solución, Jack. Tienes que entenderlo —aseveró Amanda—. No serás feliz.

La expresión de Jack traslucía pena.

—Estoy cansado de las críticas maravillosas y de los galardones que van a parar a la estantería y de no contar con el dinero suficiente para mantener a mi familia. A toda mi familia. —Miró a Lou, y Amanda vio que su semblante reflejaba un sentimiento de vergüenza. Quiso inclinarse y abrazarlo, decirle que era el hombre más maravilloso que había conocido jamás, pero ya se lo había dicho en otras ocasiones y, aun así, irían a California.

—Puedo volver a enseñar, y así tendrás la libertad que necesitas para escribir. Mucho después de que hayamos dejado de existir, la gente seguirá leyendo a Jack Cardinal.

—Me gustaría ir a algún lugar en el que me apreciaran mientras aún estoy con vida.

—Te aprecian. ¿O es que nosotros no contamos?

Jack parecía sorprendido: las palabras habían traicionado al escritor.

—Amanda, no quise decir eso. Lo siento.

Lou alargó la libreta.

—Papá, he terminado la historia sobre la que te hablé.

Jack no apartó la mirada de Amanda.

—Lou, tu madre y yo estamos hablando.

Amanda llevaba varias semanas pensando en todo aquello, desde que Jack le anunciara los nuevos planes para escribir guiones bajo el sol y las palmeras de California a cambio de sumas considerables. Amanda creía que Jack empeñaría su talento al verbalizar las visiones de otras personas, sustituyendo sus historias personales por otras que le reportarían mucho dinero.

—¿Por qué no nos vamos a Virginia? —preguntó Amanda, y luego contuvo la respiración.

Jack apretó el volante. En la carretera no había más coches ni luces, salvo las del Zephyr. Una espesa neblina cubría el camino y no se atisbaba el resplandor de estrella alguna que los guiara. Era como si condujeran por un océano llano y azul, por lo que el cielo y la tierra se confundían. Semejante conspiración entre los elementos engañaría fácilmente a cualquier persona.

—¿Qué hay en Virginia? —inquirió en tono cauto.

Amanda le sujetó el brazo con fuerza, cada vez más frustrada.

—¡Tu abuela! La granja en las montañas. El entorno de todas esas hermosas novelas. Te has pasado la vida escribiendo sobre ella y nunca has regresado. Los niños no conocen a Louisa. Dios mío, ni siquiera yo la conozco. ¿No crees que ha llegado el momento?

La voz de Amanda sobresaltó a Oz. Lou tendió la mano, la apoyó en el pecho del niño y transmitió a éste su calma. Era algo que Lou hacía de forma automática; Amanda no era la única protectora de Oz.

Jack clavó la vista en la carretera, visiblemente irritado por el cariz que estaba tomando la conversación.

—Si todo sale como planeo, Louisa vendrá a vivir con nosotros. Nos ocuparemos de ella; no puede quedarse allá arriba a su edad —añadió con amargura—. Es una vida demasiado dura.

Amanda negó con la cabeza.

—Louisa nunca abandonará las montañas. Sólo la conozco por las cartas y lo que me has contado, pero aun así sé que no se marchará de allí.

—Bueno, no se puede vivir siempre en el pasado. Y vamos a ir a California. Allí seremos felices.

—Jack, eso no te lo crees ni tú. ¡No te lo crees ni tú!

Lou volvió a inclinarse hacia delante. Era todo codos, cuello, rodillas, extremidades que parecían crecer ante los ojos de sus padres.

—Papá, ¿no quieres escuchar mi historia?

Amanda puso la mano en el brazo de Lou en el instante en que ésta miraba al asustado Oz e intentaba tranquilizarle con la sonrisa, si bien ella no se sentía tranquila en absoluto. Resultaba evidente que aquél no era un buen momento para la discusión.

—Lou, espera un momento, cariño. Jack, hablaremos luego, pero no delante de los niños. —De repente, temía el curso que pudiera tomar la conversación.

—¿A qué te refieres con que no me lo creo? —preguntó Jack.

—Jack, ahora no.

—Tú has empezado la conversación, de modo que no me culpes si quiero acabarla.

—Jack, por favor...

—¡Ahora, Amanda!

Amanda nunca había oído a su esposo hablar en ese tono, pero en lugar de amilanarse se enfadó.

—Casi nunca estás con los niños. Siempre viajando, dando conferencias, asistiendo a certámenes y congresos. Todos quieren un trozo de Jack Cardinal aunque no te paguen por ese privilegio. ¿De veras crees que las cosas nos irán mejor en California? Lou y Oz nunca te verán.

El rostro de Jack parecía un muro de contención. Al hablar, su voz destiló un tono que era una mezcla de su propia aflicción y el deseo de infligírsela a Amanda.

—¿Me estás diciendo que no me ocupo de los niños?

Amanda conocía la táctica, pero aun así sucumbió a la misma.

—No intencionadamente, pero escribir te absorbe tanto...

Lou estuvo a punto de saltar al asiento delantero.

—Papá se ocupa de nosotros. No sabes lo que dices. ¡Te equivocas! ¡Te equivocas!

El impenetrable muro de Jack se volvió hacia Lou.

—No vuelvas a hablarle así a tu madre. ¡Jamás!

Amanda miró a Lou, intentó decirle algo conciliador, pero su hija fue más rápida que ella.

—Papá, ésta es la mejor historia que he escrito. Te lo juro. Déjame que te cuente cómo empieza.

Sin embargo, a Jack Cardinal, quizá por primera vez en su vida, no le interesaba una historia. Se volvió y miró de hito en hito a su hija. Bajo aquella mirada fulminante la expresión de la niña pasó de la esperanza a la mayor de las desilusiones en apenas unos instantes.

—Lou, te he dicho que ahora no.

Jack se volvió lentamente. Amanda y él vieron lo mismo a la vez y palidecieron de inmediato: había un hombre inclinándose sobre el maletero de su coche parado. Estaban tan cerca que Amanda divisó, a la luz de los faros, el contorno de la cartera del hombre en su bolsillo trasero. Ni siquiera tendría tiempo de volverse y ver a la muerte dirigirse hacia él a ochenta kilómetros por hora.

—¡Oh, Dios mío! —gritó Jack.

Viró bruscamente a la izquierda y evitó la embestida mortal, permitiendo que aquel hombre despreocupado viviera al menos un día más. Sin embargo, el Zephyr se había salido de la carretera y había entrado en un terreno inclinado repleto de árboles. Jack giró a la derecha.

Amanda chilló y alargó las manos hacia los niños mientras el coche avanzaba sin control. Intuyó que incluso un vehículo tan pesado como el Zephyr volcaría.

Una expresión de pánico asomó a los ojos de Jack, que estaba sin aliento. Mientras el coche se deslizaba por la carretera resbaladiza y llegaba al arcén, Amanda saltó al asiento trasero. Rodeó a los niños con los brazos y colocó su cuerpo entre ellos y todo cuanto pudiera resultar peligroso en el coche. Jack viró hacia el otro lado, pero ya había perdido el control del Zephyr, cuyos frenos no respondían. El coche evitó una arboleda que habría resultado mortal, pero entonces sucedió lo que Amanda había temido: comenzó a dar vueltas de campana.

Cuando el techo del automóvil impactó contra la tierra, la puerta del lado del conductor se abrió por completo y, como un nadador perdido en un remolino, Jack Cardinal desapareció de la vista. El Zephyr dio otra vuelta de campana y golpeó contra un árbol, lo que amortiguó la caída. Llovieron cristales rotos sobre Amanda y los niños. El sonido del metal rasgado mezclado con los gritos era terrible; el olor a gasolina y a nubes de humo, penetrante. Tras cada vuelta de campana y su subsiguiente impacto, Amanda sujetaba a Lou y Oz contra el asiento con una fuerza que parecía sobrehumana, moderando cada golpe y evitando que sufrieran.

El metal del Zephyr libró una batalla colosal con la tierra compacta, pero, finalmente, ésta venció y el techo y los laterales del coche se hundieron. Un fragmento afilado hirió a Amanda en la nuca, que comenzó a sangrar profusamente. Mientras Amanda perdía las esperanzas, el coche, tras una última vuelta, quedó boca abajo, señalando con el morro el camino por el que habían venido.

Oz alargó la mano para tocar a su madre; la incomprensión era lo único que separaba al pequeñín del pánico absoluto.

Con un movimiento rápido y ágil Lou salió del vehículo destrozado. Los faros del Zephyr seguían encendidos, y buscó desesperadamente a su padre en aquel caos de luz y oscuridad. Escuchó pasos y comenzó a rezar para que su padre hubiera sobrevivido. Entonces dejó de mover los labios. La luz de los faros le permitió ver el cuerpo tendido en la tierra; el cuello estaba tan torcido que era imposible que viviese. Alguien golpeó el coche con la mano y la persona a la que habían estado a punto de matar les habló. Lou no quiso escuchar al hombre por cuya culpa su familia había quedado hecha añicos. Se volvió y miró a su madre.

Amanda Cardinal también había visto el perfil de su esposo bajo la inmisericorde luz. Por unos instantes que parecieron eternos, madre e hija se miraron expresando todo el alcance de sus sentimientos. Amanda vio que en el semblante de su hija se dibujaban la traición, la ira, el odio. Esos sentimientos cubrieron a Amanda como si fueran una losa de hormigón sobre su cripta; eran mucho peores que todas las pesadillas que había tenido en vida. Cuando Lou apartó la mirada, dejó tras de sí a una madre destrozada, que cerró los ojos y oyó a su hija gritarle a su padre que fuese a buscarla, que no la abandonara. Entonces, para Amanda Cardinal aquello fue el final.

3

El sonoro repique de la campana de la iglesia transmitía una especie de calma piadosa. Al igual que la lluvia incesante, el sonido cubría la zona, donde los árboles comenzaban a echar brotes y la hierba se despertaba del letargo invernal. Las volutas de humo de las chimeneas de las casas se confundían en el cielo despejado. Al sur se apreciaban las majestuosas agujas y los formidables minaretes de Nueva York. Esos inhóspitos monumentos, que habían costado millones de dólares y miles de espaldas agotadas, parecían insignificantes ante la corona del cielo azul.

El enorme templo de piedra transmitía una sensación de salvación; era un edificio que no se desmoronaría aunque los problemas que atacaran sus puertas fueran descomunales. Bastaba acercarse al pilar de piedra y a la torre del campanario para sentirse reconfortado. Tras los gruesos muros se oía otro sonido aparte del repique de la campana sagrada.

El canto sagrado.

Los fluidos acordes de *Gracia extraordinaria* invadían los pasillos y se encontraban con los retratos de clérigos que habían pasado gran parte de sus vidas asimilando confesiones terribles y repartiendo cientos de avemarías a modo de bálsamo espiritual. Luego, la onda de la canción se dividía entre las estatuas de Jesucristo muriendo o resucitando y, finalmente, llegaba a la pila de agua bendita situada junto a la entrada principal. La luz del sol se filtraba por los tonos brillantes de las vidrieras y creaba múltiples arcos iris por aquellos pasillos llenos de Cristos y pecadores. Los niños solían exclamar «ooh» y «aah» al ver semejante estallido de colores, antes de dirigirse de mala gana a misa pensando, sin duda, que en las iglesias siempre había unos arcos iris maravillosos.

Al otro lado de las puertas de dos hojas de roble el coro cantaba hasta el mismísimo pináculo de la iglesia, el pequeño organista tocaba el instrumento con una fuerza inusitada para su edad y *Gracia extraordinaria* sonaba como nunca. El sacerdote estaba en el altar, con los largos brazos extendidos hacia la sabiduría y el consuelo del cielo, elevando una oración de esperanza si bien ante sus ojos se desplegaba un océano de dolor. Necesitaba el respaldo divino porque nunca resultaba fácil explicar una tragedia de manera convincente invocando la voluntad de Dios.

El ataúd descansaba frente al altar. Habían rociado la brillante superficie de caoba con el vaporizador de asperilla olorosa y lo habían cubierto con un macizo de rosas y varios lirios, pero así y todo, lo que llamaba la atención, como si fueran cinco dedos apretando la garganta, era el macizo bloque de caoba. Jack y Amanda Cardinal se habían desposado y jurado amor eterno en esa iglesia. Desde entonces no habían regresado, y ninguno de los presentes se habría imaginado que volverían catorce años después para asistir a un funeral.

Lou y Oz estaban sentados en el primer banco de la atestada iglesia. Oz apretaba el osito contra el pecho, con la cabeza gacha; por su rostro se deslizaban abundantes lágrimas que caían en la madera que había entre sus piernas, que no llegaban al suelo. A su lado había un cantoral azul sin abrir; en aquellos momentos cantar era algo que escapaba a las fuerzas del pequeño.

Lou rodeaba a Oz con el brazo, pero sin apartar la mirada del ataúd. No importaba que la tapa estuviera cerrada. El escudo de flores tampoco impedía que Lou viera el cuerpo que estaba dentro. Lucía un vestido, algo que no solía hacer; en aquellos momentos lo que menos importaba eran los odiados uniformes que su hermano y ella tenían que ponerse para ir a la escuela católica. A su padre siempre le había gustado verla con vestidos e incluso había llegado a hacerle un bosquejo para un libro infantil que había planeado pero que nunca llegó a materializarse. Tiró de las medias blancas, que le llegaban hasta las rodillas huesudas. Se había puesto un par de zapatos negros nuevos que le apretaban los alargados pies, que apoyaba en el suelo con firmeza.

Lou no se había molestado en cantar *Gracia extraordinaria*. Había escuchado al sacerdote decir que la muerte no era más que el comienzo, que, según los enigmáticos designios de Dios, se trataba de un momento de dicha, no de dolor, y entonces dejó de escucharle. Ni siquiera rezó por el alma de su padre. Sabía que Jack Cardinal había sido un buen hombre, un excelente escritor y narrador de historias. Sabía que lo echaría de menos, y mucho. Ningún coro, sacerdote o dios tenía que explicárselo.

El canto llegó a su fin y el sacerdote volvió a divagar mientras Lou prestaba atención a la conversación que mantenían los dos hombres sentados tras ella. Su padre había sido un experto en escuchar las conversaciones ajenas para obtener material realista y su hija compartía esa curiosidad. En aquellos momentos Lou tenía razones sobradas para hacerlo.

—¿Se te ha ocurrido alguna idea que valga la pena? —inquirió el hombre mayor a su compañero más joven.

—¿Ideas? Somos los albaceas de un patrimonio inexistente —repuso el joven, nervioso.

El hombre mayor sacudió la cabeza y bajó aún más el tono.

—¿Inexistente? Jack dejó dos hijos y una esposa.

El joven miró de lado y, en un hilo de voz, dijo:

—¿Esposa? Es como si los niños fueran huérfanos.

Es probable que Oz le oyera, porque levantó la cabeza y apoyó la mano en el brazo de la mujer que se sentaba a su lado. Amanda iba en silla de ruedas. Una enfermera corpulenta estaba sentada al otro lado con los brazos cruzados; resultaba obvio que la muerte del desconocido no le afectaba lo más mínimo.

Una gruesa venda cubría la cabeza de Amanda, que tenía los cabellos, de un castaño rojizo, bien cortos y los ojos cerrados. De hecho, no los había abierto desde el accidente. Los médicos habían comunicado a Lou y Oz que su madre se había recuperado de todos los daños físicos y que el problema residía en que su alma parecía haber huido.

Más tarde, fuera de la iglesia, el coche fúnebre se marchó con el cuerpo del padre de Lou, y ella ni siquiera lo miró. Ya se había despedido de él mentalmente, si bien su corazón jamás podría hacerlo. Arrastró a Oz por las hileras de abrigos severos y trajes oscuros. Lou estaba cansada de los rostros tristes, los ojos húmedos que se fijaban en los suyos, secos, transmitiéndole su condolencia y de las bocas que lamentaban la pérdida devastadora que había sufrido el mundo literario. No era el padre de ninguna de aquellas personas sino el de ella y su hermano el que yacía muerto en aquel ataúd. Estaba cansada de que le ofrecieran el pésame por una tragedia que ni siquiera comprendían.

—Lo siento —solían susurrarle—. Es tan triste. Era un gran hombre, un hombre maravilloso, que se ha ido en la flor de la vida, con tantas historias sin contar.

—No lo lamentéis —había comenzado a replicar Lou—. ¿No habéis oído al sacerdote? Tenemos que sentirnos dichosos y regocijarnos. La muerte es buena. Venid y cantad conmigo.

La miraban, sonreían nerviosos y luego se marchaban para «regocijarse» con alguien más comprensivo.

Después irían a dar sepultura a Jack Cardinal y el sacerdote, sin duda, pronunciaría más discursos alentadores, bendeciría a los niños y rociaría con agua bendita la tierra sagrada. Luego rellenarían la supultura, poniendo fin a tan extraño espectáculo. La muerte debía seguir unos rituales, porque la sociedad dice que así debe ser. Lou no tenía intención de apresurarse para ir a presenciarlo, ya que en aquellos instantes había un asunto que le apremiaba mucho más.

Los mismos dos hombres estaban en el aparcamiento cubierto de hierba. Liberados de los confines eclesiásticos, hablaban con toda naturalidad sobre el futuro de la familia Cardinal.

—Ojalá Jack no nos hubiera nombrado albaceas —dijo el hombre mayor mientras sacaba un paquete de cigarrillos del bolsillo de la camisa. Encendió una cerilla y la sostuvo entre el pulgar y el índice—. Me imaginaba que yo ya llevaría un buen tiempo muerto cuando Jack nos dejara.

El joven se miró los zapatos brillantes.

—No podemos dejarlos así, viviendo con unos desconocidos —dijo—. Los niños necesitan a alguien.

El otro hombre le dio una calada al cigarrillo y siguió el coche fúnebre con la vista. En lo alto una bandada de mirlos parecía formar un escuadrón, como si se despidieran de Jack Cardinal. El hombre sacudió la ceniza.

—Los niños pertenecen a su familia. A estos dos no les queda familia.

—Disculpen.

Cuando los dos hombres se volvieron, vieron a Lou y a Oz mirándoles.

—En realidad, tenemos familia —dijo Lou—. Nuestra bisabuela, Louisa Mae Cardinal. Vive en Virginia. Allí es donde se crió mi padre.

El joven pareció sentirse esperanzado, como si la carga del mundo, o al menos la de aquellos dos niños, ya no descansara sobre sus hombros. El hombre mayor, sin embargo, se mostró suspicaz.

—¿Vuestra bisabuela? ¿Aún vive? —preguntó.

—Antes del accidente mis padres pensaban mudarse a su casa de Virginia.

—¿Sabes si os acogerá? —quiso saber el joven.

—Lo hará —repuso Lou de inmediato, si bien no tenía ni idea de si Louisa estaba dispuesta a hacerse cargo de ellos.

—¿A todos? —preguntó Oz.

Lou sabía que Oz se refería a su madre.

—A todos —contestó con firmeza.

4

Mientras miraba por la ventanilla del tren pensó que nunca había sentido gran cosa por Nueva York. Era cierto que durante su infancia había disfrutado de su ecléctica oferta y había visitado museos, zoológicos y cines. Se había elevado por encima del mundo en la terraza de observación del Empire State Building, había gritado y se había reído de las payasadas de los ciudadanos atrapados en la dicha o el martirio, había contemplado momentos de una gran intimidad emocional y había presenciado muestras apasionadas de protesta pública. Muchas de esas caminatas las había hecho con su padre, quien en numerosas ocasiones le había dicho que ser escritor no era un mero trabajo sino un estilo de vida completamente absorbente. La misión de un escritor, le había explicado, era la misión de la vida, tanto en sus momentos de gloria como en su compleja fragilidad. Lou había tenido conocimiento de los resultados de tales observaciones y, del mismo modo, los escritores con más talento de la época le habían cautivado con sus reflexiones en la intimidad del modesto apartamento de dos dormitorios sin ascensor de los Cardinal en Brooklyn.

Su madre les había llevado a ella y a Oz a todos los distritos municipales de la ciudad y, así, gradualmente, les había sumergido en los distintos niveles sociales y económicos de la civilización urbana, ya que Amanda Cardinal era una mujer muy culta que sentía una curiosidad extrema por esa clase de cosas. Los niños habían recibido una educación completa que había hecho que Lou respetara y siempre mostrara curiosidad por los otros seres humanos.

No obstante, la ciudad nunca había logrado entusiasmarla. Por el contrario, ir a Virginia sí que le ilusionaba. A pesar de haber vivido en Nueva York durante la mayor parte de su vida adulta, donde se hallaba rodeado de una enorme fuente de material para novelar que otros escritores habían elegido con gran éxito crítico y económico, Jack Cardinal había preferido ambientar todas sus novelas en el lugar al que el tren conducía a su familia en aquel momento: las montañas de Virginia que se elevaban en el dedo de la bota topográfica que formaba dicho estado. Puesto que su padre había considerado que aquel lugar era digno de su vida laboral a Lou le había costado poco decidir adónde iría.

Se hizo a un lado para que Oz también mirara por la ventanilla. Si la esperanza y el miedo pudieran condensarse en una sola emoción y reflejarse en un rostro, entonces sería en el de Oz. Parecía que Oz Cardinal se echaría a reír en cualquier momento o caería muerto de miedo. Sin embargo, por su rostro sólo se deslizaban lágrimas.

—Desde aquí parece más pequeña —comentó al tiempo que inclinaba la cabeza hacia la ciudad de luces artificiales y bloques de hormigón que se desvanecía rápidamente.

Lou asintió.

—Pero espera a ver las montañas de Virginia. Son enormes, siempre lo son, da igual cómo las mires.

—¿Cómo lo sabes? Nunca las has visto.

—Por supuesto que las he visto. En los libros.

—¿Parecen tan grandes sobre el papel?

Si Lou no lo hubiera sabido habría creído que Oz se estaba haciendo el listo, pero era consciente de que su hermano no poseía ni un ápice de maldad.

—Créeme, Oz, son grandísimas. También he leído sobre ellas en los libros de papá.

—No te has leído todos los libros de papá. Decía que todavía no eras lo bastante mayor.

—Bueno, he leído uno, y papá me leyó partes de los otros.

—¿Hablaste con esa mujer?

—¿Con Louisa Mae? No, pero quienes le escribieron dijeron que quería que viniéramos.

Oz caviló al respecto.

—Supongo que eso es bueno.

—Sí, lo es.

—¿Se parece a papá?

Lou no supo qué contestar.

—Nunca he visto una foto suya.

La respuesta inquietó a Oz.

—¿Crees que es mala y su aspecto nos asustará? En ese caso ¿podríamos regresar a casa?

—Virginia es ahora nuestra casa, Oz. —Lou le sonrió—. Su aspecto no nos asustará. Y no será mala. Si lo fuera, nunca habría aceptado cuidarnos.

—Pero las brujas a veces lo hacen, Lou. ¿Te acuerdas de Hansel y Gretel? Te engañan, porque quieren comerte. Todas lo hacen. Lo sé; yo también he leído libros.

—Mientras esté allí no te molestará ninguna bruja. —Le sujetó el brazo con firmeza, mostrándole su poderío, y Oz finalmente se relajó y miró a los otros ocupantes del compartimiento del tren.

Los amigos de Jack y Amanda Cardinal habían costeado el viaje y no habían reparado en gastos a la hora de enviar a los niños a su nueva vida. De ahí que les acompañara una enfermera que se quedaría un tiempo razonable con ellos en Virginia para ocuparse de Amanda.

Por desgracia la enfermera contratada se había encomendado a sí misma la misión de imponer una disciplina férrea, como si los niños fuesen unos caprichosos, y de supervisar la salud de Amanda. Como era de esperar, ella y Lou no habían congeniado. Lou y Oz observaban a la enfermera, alta y huesuda, atender a la paciente.

—¿Podemos estar un rato con ella? —preguntó Oz finalmente con un hilo de voz.

Para él, la enfermera era en parte una víbora y en parte un demonio como los de los cuentos y le asustaba más allá de lo imaginable. Oz creía que, en cualquier momento, la mano de la mujer se convertiría en un cuchillo y que él sería el blanco del mismo. La idea de que su bisabuela tuviera ciertos rasgos de bruja no procedía única y exclusivamente del desventurado cuento de Hansel y Gretel. Oz estaba convencido de que la enfermera se negaría, pero, sorprendentemente, accedió.

Mientras la mujer cerraba la puerta del compartimiento, Oz miró a Lou.

—Oz, se ha ido a fumar.

—¿Cómo sabes que fuma?

—Si las manchas de nicotina que tiene en los dedos no me hubieran bastado, el hecho de que apesta a tabaco sí lo habría hecho.

Oz se sentó junto a su madre, que estaba tumbada en la cama más baja de la litera con los brazos extendidos a los lados del cuerpo, los ojos cerrados y la respiración apenas perceptible.

—Somos nosotros, mamá, Lou y yo.

Lou pareció enfadarse.

—Oz, no te oye.

—¡Sí que me oye! —replicó Oz con tal violencia que asustó a Lou, aun cuando estaba acostumbrada a las reacciones de su hermano. Lou se cruzó de brazos y apartó la mirada. Cuando volvió a mirar, Oz había sacado una cajita de su maleta y estaba abriéndola. Extrajo un collar que tenía una pequeña piedra de cuarzo en el extremo.

—Oz, por favor —suplicó Lou—, ¿quieres dejarlo?

Oz no le hizo caso y le puso el collar a su madre.

Amanda podía comer y beber, pero, por algún motivo incomprensible para los niños, no movía los labios para hablar y nunca abría los ojos. Eso era lo que más preocupaba a Oz y, a su vez, lo que le infundía más esperanzas. Imaginaba que algún elemento no funcionaba bien del todo, como si fuera una piedrecita en un zapato o algo que atascaba una cañería. Lo único que tenía que hacer era limpiar esa obstrucción y su madre volvería a estar con ellos.

—Mira que eres tonto, Oz. No hagas eso.

Oz se detuvo y miró a Lou.

—Tu problema es que no crees en nada, Lou.

—Y el tuyo que crees en todo.

Oz comenzó a agitar el collar a un lado y a otro. Cerró los ojos y pronunció palabras que no se entendían del todo; quizá ni siquiera él las comprendiera.

Lou intentó distraerse, pero no logró soportar aquella tontería durante mucho rato.

—Si alguien te viera pensaría que estás chiflado. ¿Y sabes qué? ¡Lo estás!

Oz interrumpió el conjuro y la miró enfadado.

—Vaya, lo has echado a perder. Para que la cura funcione se necesita un silencio absoluto.

—¿La cura? ¿Qué cura? ¿De qué estás hablando?

—¿Quieres que mamá se quede así?

—Bueno, si está así es culpa suya —espetó Lou—. Si no hubiera discutido con papá no habría pasado nada.

Oz la miró perplejo; incluso Lou se sorprendió a sí misma al pronunciar aquellas palabras. Sin embargo, fiel a su carácter, no pensaba retractarse.

Ninguno de los dos miró a Amanda en esos momentos, pero si lo hubieran hecho habrían advertido algo, un temblor en los párpados, lo que sugería que Amanda, de algún modo, había oído a su hija y luego se había hundido aún más en el abismo en que había caído.

Aunque la mayoría de los pasajeros no se percató, el tren peraltó hacia la izquierda a medida que la vía se alejaba de la ciudad formando una curva hacia el sur. Entonces, el brazo de Amanda se deslizó y quedó colgando junto a la cama.

Oz permaneció boquiabierto durante unos instantes. Parecía como si hubiera presenciado un milagro de dimensiones bíblicas, como si una piedra hubiera derribado a un gigante.

—¡Mamá, mamá! —gritó y tan entusiasmado estaba que le faltó poco para tirar a Lou al suelo—. Lou, ¿has visto eso?

Sin embargo, Lou no podía hablar. Había supuesto que su madre jamás volvería a moverse. Lou comenzó a pronunciar la palabra «mamá» y entonces se abrió la puerta del compartimiento y apareció la enfermera, visiblemente contrariada. Sobre su cabeza flotaban volutas del humo de tabaco, y parecía a punto de estallar. Si a Oz no le hubiese preocupado tanto su madre es probable que se hubiera arrojado por la ventana del tren al ver a aquella mujer.

—¿Qué pasa? —preguntó mientras se tambaleaba hacia delante debido a las sacudidas del tren, que iniciaba su recorrido por Nueva Jersey.

Oz dejó caer el collar y señaló a su madre, como si fuera un perro deseoso del reconocimiento de su amo.

—Se ha movido. Mamá ha movido el brazo. Los dos lo hemos visto, ¿no es verdad, Lou?

Sin embargo, Lou se limitaba a mirar a su madre y a Oz una y otra vez, incapaz de articular palabras.

La enfermera examinó a Amanda y se mostró más contrariada aún, como si considerara imperdonable que hubieran interrumpido el tiempo que tenía asignado para fumar. Colocó el brazo de Amanda sobre el vientre y la tapó con una manta.

—El tren ha tomado una curva. Eso es todo. —Mientras se inclinaba para ajustar la sábana vio el collar en el suelo, prueba irrefutable del plan de Oz para acelerar la recuperación de su madre.

—¿Qué es esto? —preguntó al tiempo que se agachaba y recogía la Prueba Número Uno en su caso contra Oz.

—Estaba usándolo para ayudar a mamá. Es una especie de... —Oz miró a su hermana, nervioso—. Una especie de amuleto mágico.

—Tonterías.

—Devuélvemelo, por favor.

—Tu madre está en un estado catatónico —explicó la mujer en un tono frío y pedante pensado para infundir terror a aquellos que se mostraran inseguros y vulnerables, como era el caso de Oz—. Es poco probable que recupere la conciencia. Y de lo que no cabe duda es que no lo logrará gracias a un collar, jovencito.

—Por favor, devuélvemelo —suplicó Oz con las manos entrelazadas, como si rezara.

—Ya te he dicho... —La enfermera notó un golpecito en el hombro. Se volvió y vio, frente a ella, a Lou, que, envalentonada, parecía haber crecido varios centímetros en los últimos segundos.

—¡Devuélvaselo!

El rostro de la enfermera se encendió.

—A mí no me da órdenes una niña.

Lou agarró rápidamente el collar, pero la enfermera era muy fuerte, y aunque la niña opuso resistencia, logró guardárselo en el bolsillo.

—Así no vais a ayudar a vuestra madre —espetó la enfermera, que apestaba a Lucky Strike—. ¡Sentaos y quedaos quietos!

Oz miró a su madre, desesperado por haber perdido el preciado collar en una curva del trayecto.

Lou y su hermano se sentaron junto a la ventana y se pasaron los siguientes kilómetros observando en silencio la muerte del sol. De pronto Oz comenzó a mostrarse inquieto, y Lou le preguntó qué le sucedía.

—No me gusta dejar a papá solo —respondió.

—No está solo, Oz.

—Pero estaba solo en aquella caja. Y ahora está oscureciendo. A lo mejor se siente asustado. No es justo, Lou.

—No está en la caja, está con Dios. Ahora mismo están ahí arriba, mirándonos.

Oz alzó la vista. Levantó la mano para saludar, pero parecía inseguro.

—Salúdale si quieres, Oz. Está ahí arriba —lo animó Lou.

—¿Me lo juras por lo más sagrado?

—Sí. Salúdale.

Oz lo hizo, y luego esbozó una hermosa sonrisa.

—¿Qué? —preguntó su hermana.

—No sé, me siento bien. ¿Crees que me habrá saludado?

—Claro que sí. Dios también. Ya sabes cómo es papá, contando historias y todo eso. Seguro que ya son buenos amigos. —Lou también saludó y mientras deslizaba los dedos por el frío cristal fingió que creía en todo lo que acababa de decir. Se sintió mejor.

Desde la muerte de su padre el invierno había dado paso a la primavera. Cada día lo echaba más de menos y el enorme vacío que sentía en su interior aumentaba por momentos. Quería que su padre estuviese sano y salvo. Con ellos. Sin embargo, sabía que era imposible. Su padre se había marchado de verdad. Aquel sentimiento la consumía. Alzó la vista.

«Hola, papá. Por favor, no me olvides nunca porque yo nunca te olvidaré», susurró para que Oz no la oyera. Cuando terminó, Lou sintió deseos de llorar, pero no podía hacerlo delante de su hermano. Si lloraba, lo más probable era que su Oz hiciera otro tanto y siguiera haciéndolo durante el resto de su vida.

—¿Cómo está uno cuando se muere, Lou? —preguntó Oz mientras miraba por la ventana.

—Bueno, supongo que por un lado no se siente nada —respondió Lou al cabo de unos instantes—, pero por el otro sientes todo. Y todo bueno. Si te has portado bien en la vida. Si no, ya sabes qué pasa.

—¿El diablo? —preguntó Oz, visiblemente asustado.

—No tienes de qué preocuparte, ni papá tampoco.

Oz miró a Amanda.

—¿Mamá se morirá? —quiso saber.

—Todos moriremos algún día. —Lou no estaba dispuesta a suavizar la respuesta, ni siquiera a Oz, pero, tomándolo entre sus brazos, añadió—: Vayamos paso a paso. Nos queda un largo camino.

Lou miró por la ventana mientras abrazaba con fuerza a su hermano. Nada era eterno, bien que lo sabía.

5

Era muy temprano, los pájaros apenas habían desperta-
do y comenzado a batir las alas, la fría neblina se elevaba del
suelo y el sol no era más que un leve resplandor en el cielo.
Se habían detenido en Richmond, donde habían cambiado
de locomotora, y luego el tren había dejado atrás las tierras
onduladas del valle de Shenandoah, la zona más fértil y con
el mejor clima del país. En aquellos parajes la tierra estaba
mucho más inclinada.

Lou apenas había dormido porque había compartido la
litera superior con Oz, que por las noches solía agitarse en
sueños. En aquel tren que se dirigía hacia un nuevo y aterra-
dor mundo, su hermano pequeño no había dejado de moverse
en toda la noche. A pesar de que Lou lo había sostenido con
fuerza, Oz se había hecho daño en las extremidades debido
a las sacudidas; aunque le había susurrado palabras de consuelo, le dolían los oídos a causa de los gritos de pánico que
el pequeño lanzaba. Finalmente, Lou había bajado, tocado el
suelo frío con los pies descalzos, tropezado hasta la ventana
en la oscuridad, descorrido las cortinas y se había sentido gra-
tificada al ver por primera vez las montañas de Virginia.

En cierta ocasión, Jack Cardinal le había dicho que se
creía que en realidad había dos grupos de montes Apalaches.
El primero había surgido como consecuencia del retroceso

del mar y la contracción de la tierra millones de años antes y se había elevado a una altura que no tenía nada que envidiar a las Rocosas. Con el tiempo, las aguas habían erosionado con tal fuerza esas cordilleras que acabaron prácticamente convertidas en llanuras. El padre de Lou le explicó que el mundo había vuelto a sacudirse y que las rocas se habían elevado de nuevo, si bien no tanto como antes, y formaron los actuales Apalaches, que se erigían como unas manos amenazadoras entre Virginia y Virginia Occidental y se extendían desde Canadá hasta Alabama.

Jack había enseñado a la curiosa Lou que los Apalaches habían impedido la expansión hacia el oeste y habían mantenido unidas las colonias americanas el tiempo suficiente para que se independizaran de la corona inglesa. Los recursos naturales de la cordillera habían sido la fuente de suministros de uno de los máximos períodos industriales de la historia de la humanidad. A pesar de todo, había añadido su padre con una sonrisa de resignación, el hombre jamás quiso reconocer la importancia de las montañas.

Lou sabía que Jack Cardinal había amado las montañas de Virginia y había sentido un respeto reverencial por ellas. Solía contarle que poseían algo mágico, una especie de poderes que escapaban a toda lógica. Lou se había preguntado en numerosas ocasiones cómo era posible que un montón de tierra y piedras, a pesar de su altura, impresionara tanto a su padre. Ahora, por primera vez, intuyó el motivo; nunca había sentido nada semejante.

Las elevaciones de tierra cubiertas de árboles y las formaciones de pizarra que Lou había visto en un principio no eran más que los «pequeñuelos»; a lo lejos divisó el perfil de los imponentes padres, las montañas. Parecían no tener fin, ni en el cielo ni en la tierra. Eran de unas dimensiones tan descomunales que no parecían reales, si bien habían surgido de la corteza terrestre. Allí, en las alturas, vivía una mujer de quien Lou sólo sabía el nombre. Aquello la reconfortaba e inquietaba a un tiempo. Durante unos instantes en que el pánico se apoderó de ella, Lou tuvo la impresión de que habían entrado en otro sistema solar en aquel tren. Sin embargo, allí estaba Oz, cuya presencia, aunque no era la más indicada para inspirar seguridad, le infundió cierta calma.

—Creo que estamos llegando —dijo mientras le hacía masaje en los hombros para combatir la tensión que había acumulado a causa de las pesadillas. Su madre y ella se habían convertido en unas auténticas expertas en tal arte. Amanda le había dicho que Oz sufría el peor caso de pesadillas que había visto jamás. Sin embargo, había enseñado a su hija que no se trataba de algo sobre lo que había que compadecerse ni a lo que había que restarle importancia. Lo que había que hacer era estar junto a Oz y ayudarlo a liberarse de las cargas mentales y físicas.

Uno de los mandamientos personales de Lou podría haber sido: «Te ocuparás de tu hermano Oz por encima de todas las cosas.» Lou pensaba cumplir con él al pie de la letra.

El pequeño escudriñó el paisaje.

—¿Dónde está? ¿Dónde nos quedaremos?

—Ahí fuera, en algún lugar —repuso Lou.

—¿El tren nos llevará hasta la casa?

—No. Vendrán a buscarnos a la estación —contestó Lou sonriendo.

El tren atravesó un túnel practicado en una de las colinas y quedaron sumidos en la oscuridad. Al cabo de un rato salieron del túnel y se percataron de lo mucho que habían ascendido. Lou y Oz miraron por la ventanilla, inquietos. Más adelante había un puente de caballete. El tren aminoró la marcha y se dispuso a cruzarlo con cuidado, como si fuera un pie introduciéndose en el agua fría. Lou y Oz miraron hacia abajo, pero había tan poca luz que no vieron el suelo. Parecía como si flotaran en el cielo, como un pájaro de hierro que transportara toneladas de peso. Entonces el tren regresó a tierra firme y prosiguió el ascenso. Mientras aumentaba la velocidad, Oz respiró profundamente y bostezó, quizá, pensó Lou, para disimular la inquietud.

—Este lugar me gustará —aseguró Oz de repente mientras movía su osito de peluche junto a la ventanilla—. Mira ahí fuera —le dijo al animal de juguete, cuyo nombre Lou desconocía. Entonces el niño, nervioso, se introdujo el pulgar en la boca. Había intentado por todos los medios dejar de chupárselo, pero, dadas las circunstancias, le estaba costando lo suyo.

—Todo irá bien, ¿verdad, Lou? —farfulló.

Lou colocó a su hermano en el regazo y le hizo cosquillas en la nuca con la barbilla hasta que Oz comenzó a retorcerse.

—Todo irá bien —repuso Lou, y se obligó a creer que así sería.

6

La estación de tren de Rainwater Ridge no era más que un cobertizo de madera de pino con una única ventana cubierta de telarañas y una abertura para una puerta en la que no había puerta alguna. Una valla separaba estos restos de clavos y tablones de la vía férrea. El viento se abría paso con ferocidad por entre las rocas y los árboles raquíticos; estos últimos y los rostros de las pocas personas que pasaban por allí daban fe de su inclemente poderío.

Lou y Oz vieron cómo introducían a su madre en una vieja ambulancia. Mientras la enfermera subía al vehículo les miró con ceño, visiblemente enfadada por el enfrentamiento del día anterior.

Cuando cerraron las puertas del vehículo, Lou sacó el collar con el cuarzo del bolsillo de su abrigo y se lo entregó a Oz.

—Entré en su compartimiento antes de que se levantara. Todavía lo tenía en el bolsillo.

Oz sonrió, se guardó el preciado objeto y luego se puso de puntillas para besar a su hermana en la mejilla. Los dos se quedaron junto al equipaje, esperando a Louisa Mae Cardinal.

Se habían lavado y peinado a conciencia; Lou se había esmerado con Oz. Lucían sus mejores ropas, las cuales apenas lograban ocultar el desbocado latir de su corazón. Transcurrido un minuto sintieron una presencia a sus espaldas.

El hombre negro era joven y, acorde con la geografía del lugar, de facciones duras. Era alto y de hombros anchos, pecho poderoso, brazos gruesos, cintura ni estrecha ni débil y piernas largas, aunque en una tenía una protuberancia en el lugar en que la pantorrilla y la rodilla se unían. El color de su piel era marrón rojizo y resultaba agradable a la vista. Se estaba mirando los pies, lo cual hizo que Lou los observara. Las viejas botas de trabajo eran tan grandes que un recién nacido habría dormido en ellas y le habría sobrado espacio. El peto de sus pantalones estaba tan desgastado como las botas, pero limpio o, al menos, tan limpio como la tierra y el viento lo permitían en un lugar como aquél. Lou le tendió la mano, pero él no se la tomó.

Recogió el equipaje en un abrir y cerrar de ojos y luego indicó la carretera con un movimiento de la cabeza. Lou interpretó aquello como un «hola», «vamos» y «ya os diré cómo me llamo» en un único y veloz gesto. El hombre comenzó a caminar renqueando, por lo que advirtieron que cojeaba de la pierna en la que tenía la protuberancia. Lou y Oz se miraron y le siguieron. Oz sujetó el osito y la mano de Lou con fuerza. No cabe duda de que, si hubiera podido, habría arrastrado el tren tras ellos para, llegado el caso, huir en él.

El alargado sedán Hudson era del color de un pepinillo, y viejo, pero estaba limpio por dentro. El radiador, descubierto, parecía una lápida, y le faltaban los dos guardabarros delanteros y el cristal de la luna posterior. Lou y Oz se sentaron en el asiento trasero y el hombre puso el coche en marcha. Manejaba la palanca de cambios con gran soltura y las marchas no chirriaron ni una vez.

Tras contemplar el lamentable estado de la estación Lou no confiaba en que el resto del lugar fuese muy civilizado. Sin embargo, al cabo de veinte minutos llegaron a un pueblo de dimensiones considerables, si bien aquel exiguo grupo de edificaciones apenas habría formado una triste manzana en Nueva York.

Un letrero anunciaba que entraban en el municipio de Dickens, Virginia. La calle principal constaba de dos carriles y estaba asfaltada. A los lados había construcciones de madera y ladrillo bien conservadas. Uno de los edificios era de cinco plantas y el cartel de «hay habitaciones» indicaba que se trataba de un hotel con precios módicos. Había muchos coches, sobre todo voluminosos Ford y Chrysler, y camiones enormes de distintas marcas, cubiertos de barro. Estaban aparcados frente a los edificios siguiendo la inclinación de la carretera.

Vieron tiendas, restaurantes y un almacén con la puerta abierta con cientos de cajas de azúcar Domino, servilletas Quick, Post Toasties y copos de avena Quaker en el interior. Había también un concesionario de automóviles con coches relucientes en el escaparate y, al lado, una gasolinera Esso con surtidores idénticos y un hombre uniformado y sonriente que estaba llenando el depósito de un sedán La Salle abollado, mientras un Nash de dos puertas esperaba su turno. Un enorme tapón de Coca-Cola colgaba frente a una cafetería, y en la pared de una ferretería habían colocado un cartel de pilas Eveready. En uno de los lados de la calle estaban los postes, de madera de álamo, de la electricidad y del teléfono, de los cuales surgían unos cables negros que llegaban hasta las casas. Otra tienda anunciaba la venta de pianos y órganos en metálico, a buenos precios. Había un cine en una esquina y una lavandería en otra. Las farolas de gas se alzaban en las aceras como si fueran enormes cerillas encendidas.

Las aceras estaban repletas de personas. Había desde mujeres bien vestidas y elegantemente peinadas tocadas con sombreros modestos, hasta hombres mugrientos y encorvados que, pensó Lou, probablemente se dejaban la vida en las minas de carbón sobre las que tanto había leído.

Mientras avanzaban pasaron por delante del edificio más

grande e importante del lugar. Era de ladrillo rojo con un impresionante pórtico de dos plantas, sostenido por columnas jónicas y con un tejado de zinc inclinado pintado de negro y coronado por una torre del reloj de ladrillo. Las banderas de Virginia y Estados Unidos ondeaban en la brisa. Sin embargo, el distinguido edificio descansaba sobre unos feos cimientos de hormigón. A Lou esta curiosa mezcla le parecía como ir con unos buenos pantalones y unas botas sucias. Sobre las columnas se leía: «Juzgado.» Entonces dejaron atrás Dickens.

Lou se recostó en el asiento, perpleja. En las historias de su padre abundaban las montañas salvajes, con su vida primitiva, donde los cazadores se ponían de cuclillas junto a las fogatas de palmetas y cocinaban la caza y bebían café amargo, donde los granjeros se levantaban al alba y trabajaban la tierra hasta caer rendidos, donde los mineros excavaban la tierra y acababan muriendo de neumoconiosis y los leñadores arrasaban los bosques con hachas y sierras. Para sobrevivir en las alturas eran necesarios un ingenio rápido, un excelente conocimiento de la tierra y una espalda poderosa. Un lugar como Dickens, con carreteras asfaltadas, hotel, letreros de Coca-Cola y pianos a la venta a buen precio, no tenía por qué estar allí. Sin embargo, Lou, de repente, se percató de que el período sobre el que su padre había escrito había acabado hacía unos veinte años.

Suspiró; todo, incluso las montañas y sus habitantes, cambiaba. Lou supuso entonces que su bisabuela viviría en un barrio normal y corriente repleto de vecinos normales y corrientes. Tal vez tuviera un gato y los sábados fuera a la peluquería, que sin duda olería a sustancias químicas y humo de cigarrillos. Lou y Oz beberían refrescos de naranja en el porche delantero, asistirían a la iglesia los domingos y saludarían a los vecinos mientras iban en coche y la vida no sería tan diferente de la de Nueva York. Si bien eso no tenía nada de malo, Lou había esperado un mundo salvaje e imponente. Aquélla no era la vida que su padre había experimentado y sobre la que había escrito, de ahí que estuviera visiblemente desilusionada.

El coche avanzó varios kilómetros más rodeado de árboles, montañas elevadas y valles profundos, y entonces Lou vio otro letrero. El pueblo se llamaba Tremont. Pensó que seguramente sería ése. Tremont era unas tres veces más pequeño que Dickens. Había unos quince coches aparcados frente a las tiendas, parecidas a las de Dickens, sólo que no había edificios de varias plantas ni juzgado y el asfalto había dado paso al macadán y la gravilla. Lou vio a algún jinete y, al poco, salieron de Tremont y prosiguieron el ascenso. Lou supuso que su bisabuela viviría en las afueras de Tremont.

Ningún letrero anunciaba el siguiente lugar al que llegaron, y el escaso número de edificios y los pocos habitantes no parecían suficientes para justificar un nombre. La carretera era de tierra y el Hudson se balanceaba sobre el terreno irregular. Lou vio una oficina de correos vacía y a su lado una pila inclinada de tableros sin letrero alguno y unos escalones podridos. Finalmente, había una tienda de grandes dimensiones con el nombre «McKenzie's» escrito en la pared; cajones de azúcar, harina, sal y pimienta se apilaban en el exterior. De una de las ventanas colgaban unos pantalones con peto azules, arneses y una lámpara de queroseno. Eso era cuanto había en aquel lugar sin nombre junto a la carretera.

Mientras avanzaban por la tierra blanda pasaron por delante de hombres silenciosos de ojos hundidos y barba rala; llevaban pantalones con peto sucios, sombreros flexibles y toscos zapatos de cuero y viajaban a pie, en mula o a caballo. Una mujer de mirada ausente, expresión de abatimiento y extremidades huesudas, ataviada con una blusa de algodón a cuadros y una falda de lana artesanal fruncida en la cintura, traqueteaba en un carro tirado por dos mulas. En la parte trasera del carro había varios niños subidos a unas bolsas de arpillera, llenas de semillas, que eran más grandes que ellos. Junto a la carretera había un largo tren cargado de carbón que se había detenido bajo un depósito de agua para beber y, con cada trago, escupía bocanadas de humo por la garganta. Lou vio a lo lejos, en otra montaña, un vertedero de carbón sobre pilotes de madera y otra hilera de vagones de carbón que pasaba por debajo de esa estructura como si se tratara de una hilera de hormigas obedientes.

Cruzaron un puente bastante largo. Un letrero de hojalata informaba que, unos diez metros más abajo, corría el río McCloud. El reflejo del sol naciente hacía que el agua pareciese rosada, una tortuosa lengua de varios kilómetros de longitud. Las cumbres eran de un azul grisáceo y la niebla acumulada bajo las mismas formaba una especie de pañuelo de gasa.

Puesto que parecía que no había más pueblos, Lou consideró oportuno conocer la identidad del caballero que conducía.

—¿Cómo te llamas? —inquirió. Había conocido a muchos negros, sobre todo escritores, poetas, músicos y actores, todos ellos amigos de su padre. Sin embargo, no todos pertenecían al mundo de la cultura. Mientras visitaba la ciudad con su madre, Lou había visto a personas de color que cargaban la basura, paraban taxis, arrastraban bolsas, corrían tras los niños de otros, limpiaban las calles y las ventanas, sacaban brillo a los zapatos, cocinaban, lavaban la ropa y recibían los insultos y propinas de la clientela blanca.

El que conducía era diferente, porque, al parecer, no le gustaba hablar. En Nueva York Lou había entablado amistad con un amable anciano que tenía un trabajo humilde en el estadio de los Yankees, adonde ella y su padre se escabullían a veces para ver los partidos. El anciano, apenas un tono más oscuro que los cacahuetes que vendía, le había contado que los hombres de color hablaban por los codos todos los días de la semana salvo los domingos, que es cuando Dios y las mujeres tenían su oportunidad.

El hombre continuaba conduciendo; ni siquiera había

mirado por el retrovisor después de que Lou hubiese hablado. La falta de curiosidad era algo que Lou no pensaba tolerarle.

—Mis padres me pusieron por nombre Louisa Mae Cardinal, como mi bisabuela, pero me llaman Lou a secas. Mi padre es John Jacob Cardinal; es un escritor muy famoso. Seguramente has oído hablar de él.

El hombre ni siquiera resopló o movió un dedo. Al parecer, la carretera le parecía mucho más interesante que cualquier cosa que pudiera contarle de la familia Cardinal.

—Está muerto, pero mamá no —intervino Oz, animado por el espíritu dicharachero de su hermana.

El indiscreto comentario hizo que Lou frunciera el entrecejo de inmediato, y, con la misma rapidez, Oz miró por la ventana y se dedicó a contemplar la campiña, fingiendo un gran interés.

El Hudson se detuvo abruptamente y los dos niños salieron despedidos hacia delante.

Fuera había un chico un poco mayor que Lou pero de la misma estatura. Tenía el cabello pelirrojo repleto de remolinos y unas orejas grandes muy separadas del cráneo. Llevaba una camiseta manchada y un sucio pantalón con peto que no lograba ocultar sus huesudos tobillos. Aunque no hacía calor, iba descalzo. Tenía una larga caña de pescar tallada a mano y una abollada caja con los avíos de pesca que parecía haber sido azul. Junto a él había un chucho negro con manchas cuya lengua le colgaba por fuera de la boca. El muchacho introdujo la caña y la caja por la luna trasera del Hudson y se subió al asiento delantero como si fuera suyo, seguido del perro.

—Hola, hola, Ni Hablar —dijo el desconocido al conductor, quien recibió al recién llegado con un imperceptible movimiento de la cabeza.

Lou y Oz se miraron perplejos tras oír tan extraño saludo.

Como un juguete mecánico, el muchacho volvió la cabeza y los miró fijamente. Tenía los pómulos poco marcados y cubiertos de pecas y la nariz pequeña, y sus cabellos parecían aún más rojos cuando no les daba el sol. Sus ojos eran del color de los guisantes; a Lou aquella combinación le recordaba el papel de regalo.

—Apuesto lo que sea a que sois familia de la señora Louisa —dijo alargando las palabras con una sonrisa pícara y simpática.

Lou asintió lentamente.

—Soy Lou. Él es mi hermano Oz —repuso en tono cortés al tiempo que intentaba disimular su nerviosismo.

El muchacho les estrechó la mano con una sonrisa tan amplia como la de un vendedor. Sus dedos eran fuertes y estaban repletos de las marcas propias de la vida en el campo; de hecho, estaban tan cubiertos de tierra que resultaba difícil saber si tenía uñas debajo de ésta. Lou y Oz no pudieron evitar clavar los ojos en esas manos.

El muchacho debió de percatarse, porque dijo:

—Llevo buscando gusanos desde antes de la salida del sol. Una vela en una mano y la lata en la otra. Trabajo sucio, ya veis. —Hablaba con toda naturalidad, como si Lou y Oz tambien se hubieran pasado la vida arrodillados bajo un sol abrasador buscando cebos.

Oz se miró la mano y vio los restos de tierra que le había dejado el apretón de manos. Sonrió porque parecía como si los dos acabaran de realizar un ritual para convertirse en hermanos de sangre. ¡Un hermano! La sola idea entusiasmó a Oz.

El muchacho pelirrojo sonrió afablemente, mostrando que tenía la mayor parte de los dientes en su sitio, si bien no todos estaban rectos o blancos.

—Me llamo Jimmy Skinner —se presentó con modestia—, pero me llaman Diamond, porque mi padre dice que tengo la cabeza tan dura como un diamante. Éste es *Jeb*, mi perro.

Al oír su nombre *Jeb* asomó la cabeza por el asiento y Diamond le tiró de las orejas con suavidad. Luego miró a Oz.

—Qué nombre más divertido. Oz.

A Oz pareció preocuparle la observación de su hermano de sangre. ¿Es que acaso el ritual no serviría para nada?

—En realidad, se llama Oscar —explicó Lou—, como Oscar Wilde. Oz es un apodo, como en el Mago de...

Diamond caviló al respecto mirando el techo del Hudson, intentando recordar.

—Por aquí no hay ningún Wilde de ésos. —Se calló y volvió a reflexionar, con el ceño fruncido—. ¿Y el mago de qué exactamente?

Lou no ocultó su sorpresa.

—¿El libro? ¿La película? ¿Judy Garland?

—¿Los Munchkins? ¿Y el León Cobarde? —añadió Oz.

—Nunca he visto una peli. —Diamond se fijó en el osito de Oz y adoptó una expresión de reproche—. Ya eres mayorcito para eso, ¿no?

Aquello fue la gota que colmó el vaso. Oz, entristecido, se limpió la mano en el asiento y dio por anulada la solemne alianza con Diamond.

Lou se inclinó hacia delante hasta el punto de oler el aliento de Diamond.

—Eso no es asunto tuyo, ¿verdad?

Diamond, escarmentado, se desplomó en el asiento delantero y dejó que *Jeb* le lamiera de los dedos la tierra y el jugo de las lombrices. Era como si Lou le hubiera escupido con palabras.

La ambulancia les llevaba cierta ventaja, si bien el conductor era precavido.

—Lamento que vuestra madre esté mal —dijo Diamond como si les tendiera la pipa de la paz.

—Se pondrá mejor —repuso Oz, que siempre era mucho más rápido que su hermana cuando se trataba de algo relacionado con su madre.

Lou miró por la ventana con los brazos cruzados.

—Ni Hablar —dijo Diamond—, déjame en el puente. Si cojo algo bueno lo traeré para la cena. ¿Se lo dirás a la señora Louisa?

Lou vio que Ni Hablar movía el anguloso mentón, como si dijera con la mayor de las alegrías: «De acuerdo, Diamond.»

El muchacho volvió a asomarse por encima del asiento.

—¿Os apetece cenar pescado frito con manteca? —Su expresión denotaba esperanza, y, sin duda, sus intenciones eran buenas; sin embargo, Lou no estaba dispuesta a entablar amistad tan rápidamente.

—Claro que nos apetece —dijo—. Luego tal vez veamos una peli en este pueblucho.

Apenas las hubo pronunciado, se arrepintió de sus palabras. No sólo por el rostro decepcionado de Diamond, sino porque también había blasfemado el lugar en que su padre había crecido. Alzó la vista al cielo, esperando ver relámpagos o lluvias repentinas que cayeran como lágrimas.

—Venís de una gran ciudad, ¿no? —preguntó Diamond.

—La más grande. Nueva York —respondió Lou.

—Será mejor que no lo vayáis diciendo por aquí —le aconsejó.

Oz miró boquiabierto a su ex hermano de sangre.

—¿Por qué no?

—Déjame aquí, Ni Hablar. Vamos, *Jeb*.

Ni Hablar detuvo el coche. El puente estaba frente a ellos; Lou nunca había visto uno tan pequeño. Había apenas unos seis metros de tablones de madera alabeados tendidos sobre traviesas alquitranadas de dos por dos, con un arco de metal oxidado a cada lado para evitar una caída en picado a lo que parecía un arroyo con más rocas que agua. Suicidarse saltando desde el puente no parecía una opción realista. A juzgar por el exiguo caudal de agua Lou no confiaba demasiado en que cenaran pescado frito con manteca, si bien semejante manjar no le atraía especialmente.

Mientras Diamond sacaba sus bártulos de la parte trasera del Hudson, Lou, sintiéndose culpable por lo que había dicho, aunque dominada más por la curiosidad que por la culpabilidad, se echó hacia atrás y le susurró por la luna trasera:

—¿Por qué le llamas Ni Hablar?

Diamond, que no se esperaba esa muestra de atención por parte de Lou, se animó y sonrió.

—Porque es su nombre —respondió en tono inofensivo—. Vive con la señora Louisa.

—¿De dónde sacó ese nombre?

Diamond miró hacia el asiento delantero y fingió que buscaba algo en la caja de avíos de pesca.

—Su padre pasó por aquí cuando Ni Hablar era un bebé —explicó en voz baja—, y lo dejó en el suelo. Un tipo le dijo: «¿Vas a volver a recoger al niño?», y él replicó: «Ni hablar.» Bueno, Ni Hablar nunca ha hecho nada malo en toda su vida. De pocas personas pueden decirse lo mismo. No de los ricos, desde luego.

Diamond cogió la caja de avíos y se colgó la caña de pescar al hombro. Se encaminó hacia el puente, silbando, y Ni Hablar lo cruzó con el Hudson; la estructura de madera parecía quejarse y lamentarse cada vez que las ruedas giraban. Diamond se despidió y Oz hizo otro tanto con la mano manchada, esperando entablar una amistad duradera con Jimmy *Diamond* Skinner, el pescador pelirrojo de la montaña.

Lou se limitó a mirar hacia el asiento delantero, en dirección a un hombre llamado Ni Hablar.

El precipicio era de unos novecientos metros. Los Apalaches no son tan elevados como las Rocosas, pero para Lou y Oz resultaban imponentes.

Tras dejar atrás el pequeño puente, los noventa y seis caballos del motor del Hudson habían comenzado a gemir y Ni Hablar redujo la marcha. Los quejidos del coche eran comprensibles, porque la irregular carretera de tierra ascendía en un ángulo de casi cuarenta y cinco grados y serpenteaba por la montaña. Los dos supuestos carriles en realidad se fundían en uno solo. Junto a la calzada había rocas caídas que parecían lágrimas sólidas procedentes del rostro de la montaña.

Oz sólo miró una vez hacia el abismo, caer en el cual supondría ascender a los cielos, y decidió que no volvería a hacerlo. Lou tenía la vista perdida, como si la ascensión a los cielos no le importara en absoluto.

Entonces, de repente, en la curva apareció un tractor, oxidado y sin muchas de las piezas, sujetado con alambre oxidado. La carretera era demasiado estrecha para el tractor, pero con el Hudson, que avanzaba pesadamente, parecía imposible que los dos vehículos pasaran a la vez. Había varios niños jugando en aquél, por lo que se asemejaba a una estructura de barras móvil para juegos infantiles. Un chico de la edad de Lou parecía colgar del aire; apenas se sostenía con los diez dedos y la voluntad de Dios y, además, se reía. Los otros niños, una muchacha de unos diez años y uno de la edad de Oz, se aferraban con todas sus fuerzas a cualquier cosa que pudieran sujetar, aterrados.

El hombre que conducía el tractor asustaba más que la idea de que éste se descontrolara y convirtiera en rehenes a los niños desesperados. Llevaba un sombrero de fieltro, manchado por años de sudor. De barba hirsuta, tenía el rostro quemado y arrugado por el sol inclemente. Aunque de baja estatura, era fornido y musculoso. La ropa que vestía, al igual que la de los niños, era poco más que harapos.

El tractor casi había llegado a la altura del Hudson. Oz se tapó los ojos, demasiado asustado para gritar. Sin embargo, Lou chilló al ver que el vehículo se les venía encima.

Ni Hablar, con una calma absoluta propia de la costumbre, se hizo a un lado y se detuvo para dejar pasar al tractor. Estaban tan cerca del abismo que un tercio de las ruedas del Hudson se sostenían en el helado abrazo del aire de la montaña. Varias rocas y la tierra desprendida rodaron por la ladera y se esparcieron a causa del viento arremolinado. Por unos instantes, Lou pensó que caerían, y se aferró a Oz con todas sus fuerzas, como si eso sirviera de algo.

Mientras el tractor pasaba rugiendo junto a ellos el conductor los miró uno por uno antes de dirigirse a Ni Hablar y gritar: «Negro estúpi...»

El ruido ensordecedor del tractor impidió escuchar el resto, así como la risa y los chillidos del niño suspendido en el aire. Lou miró a Ni Hablar, que ni siquiera había pestañeado. Supuso que no sería la primera vez que escuchaba el insulto o se salvaba por bien poco de un choque mortal.

Entonces, al igual que una tormenta de verano, el circo itinerante desapareció y Ni Hablar reanudó la marcha.

Tras calmarse, Lou vio por debajo de ellos varios camiones de carbón cargados que avanzaban lentamente por un lado de la carretera mientras que por el otro los camiones vacíos regresaban deprisa, a por más. Habían perforado las montañas en muchos lugares dejando al descubierto la roca tras haber arrasado los árboles y la capa superior del terreno. Lou vio las vagonetas de carbón emergiendo de esas heridas, como gotas de sangre ennegrecida, y luego el carbón se vertía en los camiones.

—Me llamo Eugene.

Lou y Oz miraron hacia el asiento delantero. El hombre les observaba por el retrovisor.

—Me llamo Eugene —repitió—. Diamond se olvidó. Pero es buen chico. Mi amigo.

—Hola, Eugene —dijo Oz, y Lou también le saludó.

—No veo a mucha gente. Me cuesta hablar. Lo siento.

—No pasa nada, Eugene —lo tranquilizó Lou—. Es difícil relacionarse con desconocidos.

—La señora Louisa y yo nos alegramos de que vengáis. Buena mujer. Me acogió cuando no tenía casa. Tenéis suerte de que sea familiar vuestra.

—Vaya, me alegro, porque últimamente no hemos tenido mucha suerte —dijo Lou.

—Habla mucho de vosotros. Y de vuestros padres. Ella se ocupará de mamá. La señora Louisa cura a los enfermos.

Oz miró a Lou, esperanzado, pero ella negó con la cabeza.

Varios kilómetros más adelante Eugene entró en un camino que era poco más que un par de surcos en la tierra cubiertos de hierba y flanqueados de maleza salvaje y densa. Mientras se aproximaban a su destino, Oz y Lou cambiaron una mirada; el entusiasmo, el nerviosismo, el miedo y la esperanza compitieron por unos instantes en sus rostros.

El sendero se desvió hacia el norte tras dejar atrás una subida. Entonces la tierra se separó hasta formar un vasto y hermoso valle. Había varios prados rodeados de bosques espesos con todas las especies de árboles que tanto enorgullecían al estado. Tras los prados había un mosaico de campos que daba a varios corrales de vallas de troncos partidos a lo largo, grises por efecto de las inclemencias del tiempo y rodeados por rosas trepadoras. Un establo de tablones de dos plantas con un techado a dos aguas cubierto de tejas planas y delgadas de cedro aseguraba los corrales. En cada extremo había puertas de doble hoja con una serie de puertecillas para el heno sobre las mismas. Encima del portal había una viga saliente que sostenía la horca que colgaba de ella. Tres vacas estaban echadas en la hierba en un espacio protegido mientras que un caballo ruano pastaba solo en un pequeño corral. En otro redil Lou contó media docena de ovejas esquiladas. Detrás del redil había otro espacio vallado donde unos cerdos enormes se revolcaban en el barro. Un par de mulas estaban enganchadas a un carro que se encontraba junto al establo; el sol se reflejaba en las ruedas de madera recubiertas de hojalata. Cerca del establo había una casa de labranza de dimensiones modestas.

Había otras construcciones y cobertizos, grandes y pequeños, diseminados aquí y allá, la mayor parte de tablones. Una estructura situada en un saliente de arce parecía estar hecha de troncos cubiertos de barro y daba la sensación de que estaba medio hundida en la tierra. Los campos abiertos, que parecían inclinarse al final como si fueran rizos, se extendían hacia el exterior desde las construcciones de la granja central como si fueran los rayos de una rueda. Al fondo se elevaban los Apalaches, por lo que, en comparación, la enorme propiedad parecía una maqueta para niños.

Lou por fin había llegado; aquél era el lugar sobre el que su padre tanto había escrito pero al que nunca había regresado. Tomó aire varias veces con rapidez y se sentó bien erguida mientras proseguían en coche hacia la casa, donde les esperaba Louisa Mae Cardinal, la mujer que había ayudado a educar a su padre.

8

En el interior de la granja la enfermera informaba a la mujer sobre el estado de salud de Amanda y otros temas esenciales mientras aquélla escuchaba atentamente al tiempo que le formulaba preguntas mordaces.

—Ya puestos, hablemos de mis condiciones —dijo finalmente la enfermera—. Tengo alergia a los animales y al polen, por lo que debe asegurarse que su presencia sea mínima. Los animales no deben entrar en la casa bajo ningún concepto. Tengo ciertas necesidades alimenticias concretas. Le daré la lista. Asimismo, necesito una libertad absoluta en lo que a la supervisión de los niños se refiere. Sé que no cae dentro de mis obligaciones formales, pero es obvio que los dos necesitan disciplina y tengo la intención de administrársela. Sobre todo la muchacha; dará trabajo. Estoy segura de que agradecerá mi franqueza. Ahora puede mostrarme mi habitación.

—Agradecería que te marcharas —dijo Louisa Mae Cardinal—. Lo cierto es que no tenemos ninguna habitación para ti.

La enfermera se irguió tanto como pudo, pero así y todo era más baja que Louisa Mae Cardinal.

—¿Cómo ha dicho? —inquirió indignada.

—Dile a Sam que te lleve a la estación. Dentro de poco

pasará un tren que va al norte. Es un lugar poco recomendable para caminar mientras se espera.

—Me contrataron para venir aquí y cuidar de la paciente.

—Yo me ocuparé de Amanda.

—No está facultada para hacerlo.

—Sam y Hank tienen que regresar, cielo.

—Tengo que hacer una llamada para solucionar esto. —La enfermera estaba tan roja que daba la sensación de que le faltaba poco para convertirse en la paciente.

—El teléfono más cercano está en Tremont, montaña abajo. Pero por mí, como si llamas al presidente de Estados Unidos, ésta es mi casa. —Louisa sujetó a la enfermera por el codo con tal fuerza que los ojos de ésta parecieron salirse de sus órbitas—. Y no vamos a molestar a Amanda con todo esto, ¿verdad que no? —La condujo fuera de la habitación y cerró la puerta al salir.

—¿De veras espera que me crea que no tiene teléfono? —preguntó la enfermera.

—Tampoco hay electricidad, pero me han dicho que son útiles. Gracias de nuevo y que tengas un buen viaje de vuelta. —Colocó unos dólares gastados en la mano de la enfermera—. Ojalá pudiera darte más, cielo, pero es todo cuanto tengo.

La enfermera contempló el dinero por unos instantes.

—Pienso quedarme hasta que sepa que la paciente... —dijo.

Louisa volvió a sujetarla por el codo y la condujo hasta la puerta de la entrada.

—La gente de por aquí tiene sus propias reglas para el allanamiento de morada. Disparan cerca de la cabeza a modo de advertencia. Así llaman la atención. El siguiente disparo es mucho más personal. Bien, soy demasiado vieja para perder el tiempo con el disparo de advertencia y lo cierto es que nunca he utilizado sal en el arma. Más claro, imposible, ¿no?

Cuando el Hudson se detuvo la ambulancia seguía aparcada frente a la casa, cuyo porche, grande y fresco, estaba cubierto de sombras que se alargaban a medida que el sol ascendía. Lou y Oz salieron del coche y se plantaron frente a su nuevo hogar. Era más pequeño de lo que parecía a lo lejos. Lou vio varios grupos de añadidos desiguales en los laterales y en la parte posterior de la casa, todos ellos asentados sobre una base de piedras desmoronadas con una especie de sendero, también de piedras, que iba del suelo al porche. El techado, sin tejas, estaba cubierto por lo que parecía cartón alquitranado negro. Una cerca discurría junto al porche y también estaba caída en varios puntos. La chimenea era de ladrillo hecho a mano, y la argamasa se había filtrado por el mismo. Los tablones necesitaban una capa de pintura, y aquí y allá la madera se había alabeado a causa de la humedad.

Lou no se engañó: era una casa vieja que había pasado por varias reencarnaciones y que estaba situada en un lugar en el que los elementos eran inclementes. Sin embargo, la hierba del patio frontal estaba bien cortada, y la muchacha advirtió las primeras flores en tarros de vidrio y cubos de madera colocados a lo largo del pasamanos del porche y en cajas situadas en las ventanas. Las rosas trepadoras ascendían por las columnas del porche, un grupo de pasionarias aletargadas cubrían parte del mismo y una enorme enredadera de madreselvas se extendía por una de las paredes. Había un banco de trabajo toscamente labrado en el porche con varias herramientas encima y una silla de nogal rota a su lado.

Unas cuantas gallinas marrones comenzaron a cacarear a sus pies, pero dos ocas de aspecto amenazador llegaron corriendo y las gallinas huyeron en busca de protección. Entonces apareció un gallo de patas amarillas y asustó a las ocas, ladeó la cabeza hacia Lou y Oz, cacareó y desapareció por donde había venido. La yegua relinchó desde el corral, mientras que el par de mulas se limitó a mantener la mirada perdida. Tenían el pelaje de un negro profundo y las orejas y el hocico no guardaban demasiado equilibrio entre sí. Oz dio un paso en su dirección para observarlas mejor, pero se volvió después de que una de las mulas emitiera un sonido que él no había oído nunca pero que, sin duda, sonaba amenazador.

La puerta principal se abrió abruptamente; Lou y Oz vieron a la enfermera salir con expresión de furia. Pasó junto a ellos y, como si gimiera en dirección a los Apalaches, dijo:

—No he visto cosa igual en mi vida. —A continuación, sin mediar otra palabra, mueca, movimiento brusco del brazo o patada, subió a la ambulancia, cerró las puertas con fuerza y la brigada de voluntarios se retiró tímidamente.

Perplejos y boquiabiertos, Lou y Oz se volvieron hacia la casa en busca de una explicación a todo aquello, y entonces la vieron.

Allí estaba Louisa Mae Cardinal, de pie junto a la puerta.

Era muy alta y, aunque también muy delgada, parecía lo bastante fuerte para estrangular a un oso y, sin duda, no le faltaba determinación para hacerlo. Tenía el rostro del color del cuero y las arrugas parecían vetas de madera. Aunque le faltaba poco para cumplir ochenta años aún tenía los pómulos marcados. La mandíbula también era fuerte, si bien tenía la boca un poco caída. Llevaba el cabello color plata recogido con un sencillo cordón a la altura de la nuca, y de ahí le caía hasta la cintura.

Lou se animó al percatarse de que Louisa no llevaba vestido sino unos vaqueros holgados y tan gastados que parecían blancos y una camisa color añil remendada en varios lugares. Calzaba unos sencillos zapatos de cuero. Tal era su majestuosidad que parecía una estatua, pero sus extraordinarios ojos color avellana no se perdían nada de lo que sucedía a su alrededor.

Lou, con atrevimiento, se encaminó hacia la casa mientras Oz hacía todo lo posible por ocultarse detrás de ella.

—Soy Louisa Mae Cardinal —se presentó—. Éste es mi hermano, Oscar.

Le temblaba la voz. Sin embargo, se mantuvo firme a escasos centímetros de Louisa, y la proximidad puso de manifiesto un hecho sorprendente: sus perfiles eran prácticamente idénticos. Parecían gemelas separadas por tres generaciones.

Louisa no dijo nada y siguió la ambulancia con la vista.

—¿No tenía que quedarse y cuidar de nuestra madre? —preguntó Lou—. Necesita cuidados especiales y tenemos que asegurarnos de que esté bien.

Su bisabuela observó entonces el Hudson.

—Eugene —dijo Louisa Mae con un leve acento sureño— entra el equipaje, cielo. —Miró entonces a Lou por primera vez, y aunque lo hizo fijamente, tras sus ojos se agitaba algo que hizo que Lou se sintiera bien recibida—. Nos ocuparemos de tu madre.

Louisa Mae se volvió y entró en la casa. Eugene la siguió con las maletas. Oz estaba completamente concentrado en su osito y en su dedo pulgar. Sus grandes ojos azules pestañeaban rápidamente, lo cual daba a entender que estaba al borde de sufrir un ataque de nervios. Es más, daba la sensación de que deseaba volver corriendo a Nueva York de inmediato; y lo habría hecho de haber sabido qué dirección tomar.

El austero dormitorio asignado a Lou era la única habitación de la primera planta, a la que se accedía por una escalera posterior. Tenía una ventana con vistas al corral. El techo bajo y las paredes estaban cubiertas con páginas de revistas y periódicos viejos pegadas como si fueran papel pintado. La mayoría estaban amarillentas y algunas medio despegadas. Había un sencillo catre de tijera de nogal, un armario de pino que se veía muy viejo y, junto a la ventana, un pequeño escritorio de madera toscamente labrada que la luz matinal iluminaba de lleno. El escritorio no era especialmente llamativo, sin embargo Lou quedó prendada de él de inmediato, como si estuviera repleto de oro y diamantes.

Las iniciales de su padre todavía se veían con claridad: «JJC», John Jacob Cardinal. Debía de ser el escritorio en que había comenzado a escribir. Se imaginaba a su padre, apenas un muchachito, grabando aquellas iniciales con los labios apretados, y dando comienzo a su carrera como narrador. Resiguió con el dedo las letras grabadas y tuvo la sensación de haber tocado la mano de su padre. Lou intuyó que su bisabuela le había asignado esa habitación adrede.

Su padre siempre se había mostrado reservado acerca de su vida en las montañas. Sin embargo, cuando Lou le preguntaba por su bisabuela su padre siempre le respondía con efusividad: «La mujer más maravillosa de la tierra.» Luego le hablaba de su vida en las montañas, pero sin extenderse al respecto. Al parecer, se guardaba los detalles íntimos para los libros, los cuales, a excepción de uno, debería esperar a ser adulta para leerlos, según le había dicho. Así pues, Lou aún desconocía muchas respuestas.

Lou extrajo de la maleta una pequeña fotografía con un marco de madera. Su madre sonreía, y aunque la foto era en blanco y negro Lou sabía que la intensa mirada de sus ojos color ámbar resultaba hipnótica. A Lou siempre le había gustado ese color y en más de una ocasión había deseado que el azul de los suyos desapareciese una mañana y fuera reemplazado por aquella mezcla de marrón y dorado. Habían tomado la foto el día del cumpleaños de su madre. La pequeña Lou estaba delante de Amanda, quien rodeaba a su hija con ambos brazos. La fotografía había inmortalizado sus sonrisas. Lou solía pensar que le gustaría recordar algo de aquel día.

Oz entró en la habitación y Lou guardó el retrato en la maleta. Como siempre, su hermano parecía preocupado.

—¿Puedo quedarme contigo? —preguntó.

—¿Qué tiene de malo tu habitación?

—Está junto a la suya.

—¿Quieres decir junto a la de Louisa?

Oz asintió con expresión grave, como si estuviera prestando declaración en un tribunal.

—Bueno, ¿y qué pasa? —quiso saber ella.

—Me da miedo —repuso Oz—. De verdad, Lou.

—Nos ha permitido venir a vivir con ella.

—Y me alegro de veras de que vinierais —manifestó Louisa entrando en la habitación—. Siento haber sido brusca contigo. Estaba pensando en tu madre. —Miró a Oz fijamente—. Y en sus necesidades.

—No pasa nada —dijo él al tiempo que se acercaba a su hermana—. Creo que asustaste un poco a Lou, pero ya está bien.

Lou observó los rasgos de Louisa para ver si reconocía a su padre en ellos; llegó a la conclusión de que no se parecían.

—No tenemos a nadie más.

—Siempre me tendréis a mí —replicó Louisa Mae. Se acercó un poco más y, de repente, Lou vio fragmentos de su padre en aquel rostro. También entonces comprendió por qué le colgaba la boca. Apenas le quedaban dientes y los tenía todos amarillentos o negruzcos—. Lamento muchísimo no haber ido al funeral. Las noticias tardan en llegar aquí, si llegan. —Bajó la vista por unos instantes, como atenazada por algo que la muchacha no podía ver—. Tú eres Oz y tú Lou. —Les señaló mientras decía los nombres.

—Supongo que te informaron de ello quienes lo arreglaron todo para que llegáramos aquí —dijo Lou.

—Lo sabía mucho antes. Llamadme Louisa. Todos los días hay mucho que hacer. Hacemos o plantamos todo lo que necesitamos. Desayuno a las cinco. Cena cuando cae el sol.

—¡A las cinco de la mañana! —exclamó Oz.

—¿Qué pasa con la escuela? —quiso saber Lou.

—Se llama Big Spruce. Está a pocos kilómetros de aquí. Eugene os llevará el primer día en el carro y luego iréis a pie. O en yegua. No hay mulas libres porque están ocupadas trabajando aquí, pero el jamelgo servirá.

—No sabemos montar a caballo —dijo Oz, palideciendo.

—Aprenderéis. El caballo y la mula es el mejor medio de transporte por aquí, aparte de los pies.

—¿Y el coche? —inquirió Lou.

Louisa negó con la cabeza.

—No es práctico. Gasta dinero que no tenemos. Eugene sabe cómo funciona y le construyó un pequeño cobertizo. De vez en cuando pone el motor en marcha porque dice que hay que hacerlo para poder usarlo cuando lo necesitemos. Por mí no tendría ese cacharro, pero William y Jane Giles nos lo dieron cuando se marcharon. No sé conducir ni pienso aprender.

—¿Big Spruce es la escuela donde estudió mi padre? —preguntó Lou.

—Sí, sólo que el edificio donde estudió ya no existe. Era tan viejo como yo y se derrumbó. Pero está la misma profesora. Los cambios, al igual que las noticias, llegan despacio aquí. ¿Tenéis hambre?

—Comimos en el tren —respondió Lou, incapaz de apartar la mirada del rostro de Louisa.

—Bien. Vuestra madre ya está instalada. Id a verla.

—Me gustaría quedarme aquí y echar un vistazo —repuso Lou.

Louisa les abrió la puerta y dijo con voz suave pero firme.

—Primero id a ver a vuestra madre.

La habitación era cómoda e iluminada, y tenía la ventana abierta. Unas cortinas artesanales, que la humedad había ondulado y el sol desteñido, se agitaban en la brisa. Lou miró alrededor y supo que habría costado un esfuerzo considerable convertirla en una enfermería. Parte del mobiliario parecía recientemente restaurado, el suelo estaba recién fregado y todavía olía a pintura; en un rincón había una vieja mecedora con una manta gruesa encima.

En las paredes había ferrotipos en los que aparecían hombres, mujeres y niños, todos ellos vestidos con sus mejores galas: camisas de cuello blanco almidonado y bombines para los hombres; faldas largas y sombreros para las mujeres; volantes de encaje para las jóvenes y trajes con pajaritas para los chicos. Lou los observó. Las expresiones iban de adustas a complacidas; los niños parecían los más animados y las mujeres las más desconfiadas, como si pensaran que en lugar de tomarles una fotografía les quitarían la vida.

Amanda estaba recostada sobre varias almohadas de plumas en una cama de álamo amarillo, y tenía los ojos cerrados. El colchón también era de plumas, repleto de bultos pero mullido, enfundado en un cutí a rayas. Estaba tapada con una colcha de *patchwork*. Junto a la cama había una descolorida alfombra para que por la mañana los pies descalzos no tocaran el frío suelo de madera. Lou sabía que su madre no la necesitaría. En las paredes había percheros de los que colgaban prendas de ropa. En una esquina había un viejo tocador con una jarra de porcelana pintada y una jofaina. Lou paseó por la habitación, mirando y tocando. Se percató de que el marco de la ventana estaba un tanto torcido y los cristales empañados, como si la niebla hubiera penetrado en ellos.

Oz se sentó junto a su madre, se inclinó y le dio un beso.

—Hola, mamá.

—No te oye —murmuró Lou para sí al tiempo que se detenía, miraba por la ventana y aspiraba el aire más puro que jamás había respirado; percibió un perfume que era una mezcla de árboles y flores, humo de madera, forraje y animales de todos los tamaños.

—Todo es muy bonito en... —Oz miró a Lou.

—Virginia. —Lou completó la frase sin volverse.

—Virginia. —repitió Oz, y a continuación sacó el collar.

Louisa observaba lo que sucedía desde la entrada.

Lou se volvió y vio lo que hacía su hermano.

—Oz, ese estúpido collar no sirve para nada.

—¿Por qué me lo devolviste entonces? —preguntó él con aspereza.

Aquella réplica pilló por sorpresa a Lou, que no tenía una respuesta preparada. Oz le dio la espalda y comenzó el ritual. Sin embargo, Lou sabía que cada vez que el cuarzo oscilaba, cada vez que Oz pronunciaba las palabras en voz baja, era como si intentara derretir un iceberg con una cerilla; Lou no quería formar parte de aquello. Pasó corriendo junto a su bisabuela y salió al pasillo.

Louisa entró en la habitación y se sentó junto a Oz.

—¿Para qué haces eso, Oz? —preguntó al tiempo que señalaba la alhaja.

Oz sostuvo el collar en la mano ahuecada y lo miró de cerca como si fuera un reloj y quisiese saber de qué marca era.

—Me lo dijo un amigo. Se supone que es para ayudar a mamá. Lou no cree que funcione. —Hizo una pausa—. Yo tampoco estoy seguro.

Louisa le acarició la cabeza.

—Dicen que con creer que la persona mejorará se tiene media batalla ganada. Estoy de acuerdo con esa idea.

Por suerte, en el caso de Oz la esperanza solía seguir a los instantes de angustia. Metió el collar debajo del colchón y dijo:

—Así seguirá irradiando su poder. Se pondrá bien, ¿verdad?

Louisa miró al niño fijamente y luego a la madre de éste. Tocó la mejilla de Oz con la mano; piel vieja contra piel nueva, una mezcla que pareció gustar a ambos.

—Sigue creyéndolo, Oz. No dejes de creerlo jamás.

10

Las repisas de la cocina eran de pino, al igual que el suelo, cuyas tablas crujían con cada paso. De la pared colgaban varios hervidores negros de hierro. Oz barría con una escoba de mango corto, mientras que Lou introducía grandes cantidades de leña en las entrañas de la cocina Sears, que ocupaba una pared completa de la pequeña estancia. La luz del sol poniente se filtraba por la ventana y las múltiples grietas de las paredes. De un gancho colgaba una vieja lámpara de queroseno. En un rincón había una despensa con puertas metálicas; sobre la misma había una ristra de cebollas secas y, al lado, una jarra de cristal con queroseno.

Mientras Lou examinaba cada trozo de nogal o roble parecía revivir todas las facetas de su vida anterior antes de arrojarla al fuego y despedirse a medida que las llamas la consumían. La estancia estaba casi a oscuras y el olor a humedad y madera quemada resultaba bastante acre. Lou contempló la chimenea. La abertura era grande y Lou supuso que habrían cocinado ahí antes de que llegara la cocina Sears. Los ladrillos ascendían hasta el techo y en el mortero había clavos de hierro de los que colgaban herramientas y cacerolas, así como otros objetos extraños que Lou no supo identificar pero que parecían muy usados. En el centro de la pared de

ladrillos había un enorme rifle apoyado sobre dos abraza-
deras sujetas al mortero.

Llamaron a la puerta y los dos se sobresaltaron. ¿Es que alguien esperaba visitas a semejantes altitudes? Lou abrió la puerta y vio a *Diamond* Skinner, quien la miraba sonriendo. Sostenía
varias lubinas como si estuviera ofreciéndole las coronas de flores de unos reyes muertos. A su lado estaba el fiel *Jeb*, que arru-
gaba la nariz cada vez que le llegaba el olor a pescado.

Louisa entró con aire resuelto en la estancia, sudando y
con las manos enguantadas cubiertas de tierra, al igual que
los zapatos. Se quitó los guantes y extrajo un paño del bolsillo para enjugarse el sudor de la cara. Llevaba el pelo recogido con un pañuelo, pero algunos mechones plateados asomaban aquí y allá.

—Vaya, Diamond, creo que son las mejores lubinas que he
visto nunca, hijo. —Le dio una palmadita a *Jeb*—. ¿Qué tal, señor *Jeb*? ¿Has ayudado a Diamond a pescar todos esos peces?

Tan amplia era la sonrisa del muchacho que Lou podía
contar casi todos los dientes.

—Sí, señora. ¿Ni Hablar...?

Louisa sostuvo un dedo en alto y le corrigió con cortesía y firmeza:

—Eugene.

Diamond bajó la vista y recobró la calma tras la metedura
de pata.

—Sí, señora, lo siento. ¿Le dijo Eugene...?

—¿Que traerías la cena? Sí. Y te quedarás a probarla.
Conocerás a Lou y Oz. Seguro que seréis buenos amigos.

—Ya nos conocemos —dijo Lou con frialdad.

Louisa miró entre ella y Diamond.

—Vaya, eso está bien. Diamond y tú sois de edades parecidas. Y a Oz le vendrá bien que haya otro chico por aquí.

—Me tiene a mí —dijo Lou sin rodeos.

—Sí, sí —convino Louisa—. Bien, Diamond, ¿te quedarás a cenar?

El muchacho caviló al respecto.

—Hoy no tengo más citas, de modo que sí, me quedo. —Miró a Lou, luego se limpió la cara sucia e intentó alisarse uno de los numerosos remolinos. Sin embargo, Lou se había vuelto y no se había percatado de tal esfuerzo.

Habían dispuesto la mesa con platos y tazas de cristal de la época de la Depresión que, según les explicó Louisa, había reunido con el paso de los años gracias a las cajas de avena Crystal Winter. Los platos eran verdes, rosados, azules y ámbar. Sin embargo, por muy bonitos que fuesen nadie les prestaba atención. Cuando Louisa hubo acabado de bendecir la mesa, Lou y Oz se persignaron, mientras que Diamond y Eugene miraron con curiosidad, sin decir nada. *Jeb* estaba tumbado en un rincón, esperando pacientemente su ración. Eugene se sentaba a uno de los extremos de la mesa y masticaba metódicamente. Oz se acabó tan rápido el plato que Lou pensó en comprobar que no se hubiera tragado el tenedor. Louisa sirvió a Oz el último trozo de pescado frito con manteca, el resto de las verduras cocidas y otro pedazo de pan de maíz, que a Lou le supo mejor que un helado.

Louisa no se había servido nada.

—No has tomado pescado —observó Oz mientras miraba con aire de culpabilidad el segundo plato—. ¿No tienes hambre?

—Me alimento viendo a un chico que come para hacerse hombre. He comido mientras cocinaba. Siempre hago lo mismo.

Eugene observó inquisitivamente a Louisa mientras hablaba, y luego continuó comiendo.

Diamond miraba a Lou y a Oz una y otra vez. Parecía dispuesto a intentar entablar amistad de nuevo, aunque no sabía muy bien cómo hacerlo.

—¿Me enseñarás los lugares por los que solía ir mi padre? —le preguntó Lou a Louisa—. ¿Lo que le gustaba hacer? A mí también me gusta escribir.

—Lo sé —respuso Louisa, y Lou la miró sorprendida. La anciana dejó el vaso de agua en la mesa y observó el rostro de la niña—. A tu padre le gustaba hablar de la tierra. Pero antes de eso hizo algo acertado. —Guardó silencio mientras Lou cavilaba al respecto.

—¿El qué? —preguntó finalmente Lou.

—Llegó a entender la tierra.

—¿Entender... la tierra?

—Tiene muchos secretos, y no todos buenos. Si no te andas con ojo aquí las cosas pueden llegar a hacerte daño. El clima es tan caprichoso que te rompe el corazón justo cuando te destroza la espalda. La tierra no ayuda a quienes no se molestan en entenderla. —Miró a Eugene—. Bien sabe el Señor que Eugene ayuda. Sin su fornida espalda esta granja dejaría de funcionar.

Eugene engulló un trozo de pescado y bebió un sorbo de agua que se había servido directamente en el vaso desde un cubo. Lou miró a Eugene y se percató de que le temblaban los labios. Lo interpretó como una gran sonrisa.

—Lo cierto es que ha sido una bendición el que vinierais —prosiguió Louisa—. Algunos dicen que os echo una mano, pero no es verdad. Me ayudáis más que yo a vosotros. Por eso os doy las gracias.

—Claro —dijo Oz con cortesía—. Encantado de hacerlo.

—Dijiste que había mucho trabajo —apuntó Lou.

Louisa miró a Eugene.

—Mejor enseñar que hablar. Mañana por la mañana comenzaré a enseñaros.

Diamond no pudo contenerse más.

—El padre de Johnny Bookers dijo que algunos tipos han estado rondando por aquí.

—¿Qué tipos? —preguntó Louisa con brusquedad.

—No lo sé. Pero han estado haciendo preguntas sobre las minas de carbón.

—Manténte alerta, Diamond. —Louisa miró a Lou y a Oz—. Y vosotros también. Dios nos pone en esta tierra y nos lleva cuando lo cree conveniente. Mientras, la familia debe cuidar de sí misma.

Oz sonrió y dijo que mantendría las orejas tan abiertas que le llegarían al suelo y se le llenarían de tierra. Todos se rieron salvo Lou, quien se limitó a mirar a Louisa sin decir nada.

Recogieron la mesa y, mientras Louisa fregaba los platos, Lou agitaba con fuerza la bomba de mano del fregadero para que brotara un fino hilo de agua. Louisa le había dicho que en el interior de la casa no había instalación de agua; también les había explicado cómo funcionaba el excusado exterior y les había mostrado los pequeños rollos de papel higiénico apilados en la despensa. Les había dicho que al anochecer necesitarían linternas, y enseñó a Lou a encender una. Debajo de las camas había un orinal por si las necesidades eran tan apremiantes que no tenían tiempo de llegar al excusado exterior. Sin embargo, Louisa añadió que quien utilizara el orinal debería limpiarlo. Lou se preguntó cómo el tímido Oz, que solía ir al baño a altas horas de la noche, se acostumbraría a aquel objeto. Imaginó que muchas veces tendría que esperar fuera del excusado mientras Oz hacía sus necesidades; sólo de pensarlo se sentía cansada.

Después de cenar Oz y Diamond habían salido de la casa con *Jeb*. Lou observó que Eugene tomaba el rifle que estaba sobre la chimenea. Cargó el arma y salió.

—¿Dónde va con ese rifle? —preguntó Lou a Louisa.

—A vigilar el ganado —respondió la anciana al tiempo que restregaba los platos con energía con una mazorca de maíz endurecida—. Hay que vigilar las vacas y los puercos, porque el *Viejo Mo* anda por aquí.

—¿El *Viejo Mo*?

—El puma. El *Viejo Mo* es tan viejo como yo, pero el maldito sigue causando problemas. No a las personas. También deja tranquilas a las yeguas y a las mulas, sobre todo a las mulas, *Hit* y *Sam*. Nunca contraríes a una mula, Lou. Son las criaturas más duras que Dios ha creado y te guardan rencor hasta el día del Juicio Final. Si hace falta, fustígalas o clávales las espuelas. Algunos dicen que son tan listas como el hombre. Puede que por eso sean tan malas. —Sonrió—. Pero *Mo* persigue a las ovejas, los puercos y las vacas, de modo que debemos protegerlos. Eugene disparará para asustar al *Viejo Mo*.

—Diamond me ha contado que el padre de Eugene le abandonó.

Louisa la miró con severidad.

—¡Mentira! Tom Randall era un buen hombre.

—Entonces, ¿qué le pasó? —preguntó Lou a pesar de que Louisa no parecía dispuesta a continuar hablando sobre el tema.

La anciana terminó de lavar un plato y lo puso a escurrir.

—La madre de Eugene murió joven. Tom dejó el bebé con su hermana, aquí, y se marchó a Bristol, Tennessee, en busca de un empleo. Trabajó en las minas de carbón, pero entonces llegaron muchas personas en busca de trabajo, y a los primeros que echan siempre es a los negros. Murió en un accidente sin poder ir a por Eugene. Cuando la tía de Eugene falleció, yo me ocupé de él. Todo lo demás son mentiras de personas que tienen el corazón lleno de odio.

—¿Eugene lo sabe?

—¡Claro que sí! Se lo dije cuando se hizo mayor.

—Entonces, ¿por qué no le cuentas la verdad a los demás?

—A la gente no le interesa escuchar y de nada vale que intentes explicárselo. —Miró fijamente a Lou y añadió—: ¿Entiendes lo que quiero decir?

Lou asintió, pero lo cierto es que no estaba segura de entenderlo.

11

Cuando Lou salió vio a Diamond y a Oz junto al corral donde pastaba el caballo. Cuando Diamond advirtió la presencia de Lou, extrajo un papel de fumar y una caja de tabaco del bolsillo, lió un cigarrillo, lo cerró con un poco de saliva, prendió una cerilla frotándola contra uno de los troncos y lo encendió.

Oz y Lou quedaron boquiabiertos.

—Eres demasiado joven para eso —exclamó Lou.

Diamond hizo un gesto como para restarle importancia a aquello, sonriendo.

—Ya he crecido. Soy todo un hombre.

—Pero si eres apenas un poco mayor que yo, Diamond.

—Aquí es diferente.

—¿Dónde vivís tu familia y tú? —inquirió Lou.

—Carretera abajo, poco antes de llegar a algún lugar. —Diamond sacó una pelota de béisbol del bolsillo y la lanzó. *Jeb* salió corriendo tras ella y la trajo de vuelta—. Un hombre me dio la pelota porque le leí el futuro.

—¿Y cuál era su futuro? —preguntó Lou.

—Que le daría la pelota a un tipo llamado Diamond.

—Se está haciendo tarde —dijo Lou—. ¿No estarán preocupados tus padres?

Diamond apagó el cigarrillo en el peto y se lo guardó detrás de la oreja mientras se preparaba para lanzar la pelota de nuevo.

—No, ya estoy crecidito. Si no quiero hacer nada, no hago nada.

Lou señaló algo que colgaba del peto de Diamond.

—Es la pata izquierda trasera de un conejo de cementerio —explicó el muchacho—. Aparte del corazón de un ternero, es lo que da más suerte en el mundo. Oye, ¿es que no os enseñan nada en la ciudad?

—¿Un conejo de cementerio? —preguntó Oz.

—Eso mismo. Atrapado y muerto en un cementerio por la noche. —Sacó la pata de la cuerda y se la entregó a Oz—. Aquí tienes, puedo conseguir otra cuando quiera.

Oz la sostuvo con reverencia.

—¡Caramba, Diamond, gracias!

Oz vio a *Jeb* correr tras la pelota.

—*Jeb* es un buen perro. Siempre coge la pelota.

Jeb trajo la pelota y la dejó caer delante de Diamond, quien la recogió y se la lanzó a Oz.

—Seguro que en la ciudad no hay mucho sitio para lanzar nada, pero inténtalo, chico.

Oz fijó la mirada en la pelota, como si nunca hubiera tenido una entre las manos. Luego miró a Lou.

—Adelante, Oz. Tú sabes —lo animó su hermana.

Oz se preparó y lanzó la pelota; el brazo chasqueó como un látigo y la pelota salió disparada de su pequeña mano como si fuera un pájaro liberado, elevándose cada vez más. *Jeb* corrió tras ella, sin conseguir darle alcance. Oz, sorprendido, observó lo que acababa de hacer. Lou tampoco salía de su asombro.

El cigarrillo cayó de la oreja de Diamond, que miraba perplejo.

—Santo Dios, ¿dónde aprendiste a lanzar así?

Oz se limitó a esbozar la sonrisa de un chico que acaba de percatarse de que tal vez esté dotado desde un punto de vista deportivo. Luego se volvió y corrió en busca de la pelota. Lou y Diamond permanecieron en silencio durante unos instantes y luego la pelota regresó volando. La oscuridad no les permitía ver a Oz, pero le oían venir a toda velocidad junto con *Jeb*.

—Y bien, ¿qué haces aquí para entretenerte, Diamond? —preguntó Lou.

—Sobre todo pescar. Oye, ¿alguna vez te has bañado en cueros en una gravera?

—En Nueva York no hay graveras. ¿Algo más?

—Bueno... —Diamond hizo un gesto teatral—. También está el pozo encantado.

—¿Un pozo encantado? —exclamó Oz, que acababa de llegar seguido de *Jeb*.

—¿Dónde está? —preguntó Lou.

—Vamos a verlo.

El capitán Diamond y su compañía de infantería dejaron atrás los árboles y entraron en un prado cubierto de una hierba alta y tan uniforme que parecía una cabellera peinada. Soplaba un viento frío, pero el entusiasmo de Lou y Oz era tal que no se amilanaron ante tan insignificante obstáculo.

—¿Dónde está? —preguntó Lou mientras corría junto a Diamond.

—¡Chist! Estamos acercándonos, así que no tenemos que hacer ruido. Hay fantasmas.

Continuaron corriendo. De repente, Diamond gritó:

—¡Al suelo!

Todos se arrojaron al suelo al mismo tiempo, como si estuvieran unidos por una cuerda.

—¿Qué pasa? —preguntó Oz con voz temblorosa.

Diamond ocultó una sonrisa.

—Me ha parecido oír algo, eso es todo. Con los fantasmas todas las precauciones son pocas.

Se incorporaron.

—¿Qué estáis haciendo?

El hombre había surgido de detrás de un grupo de nogales y tenía una escopeta en la mano derecha. A la luz de la luna Lou apreció el destello de un par de ojos maliciosos que les miraban de hito en hito. Los tres se quedaron paralizados mientras el hombre se aproximaba. Lou advirtió que se trataba del hombre que conducía el tractor de forma temeraria montaña abajo. Se detuvo frente a ellos y lanzó un escupitajo que cayó cerca de sus pies.

—Aquí no tenéis nada que hacer —masculló el hombre al tiempo que alzaba la escopeta y colocaba el cañón en el antebrazo de modo que la boca del arma les apuntaba, con el índice cerca del gatillo.

Diamond se adelantó.

—No estamos haciendo nada, George Davis, sólo corremos y no hay ninguna ley que lo impida.

—Cállate, *Diamond* Skinner, si no quieres que te cierre la boca de un puñetazo. —El hombre miró a Oz, quien retrocedió y se agarró con fuerza al brazo de su hermana—. Sois quienes Louisa ha acogido, los de la madre lisiada, ¿no? —Volvió a escupir.

—No tienes nada que ver con ellos, así que déjalos en paz —le espetó Diamond.

Davis se acercó a Oz.

—El gato de la montaña está por aquí cerca, chico —dijo con voz grave. Acto seguido, gritó—: ¡Quieres que te agarre! —Mientras gritaba, Davis fingió atacar a Oz, que se lanzó al suelo y se acurrucó entre la maleza. Davis soltó una risa socarrona y maliciosa, burlándose del niño.

Lou se interpuso entre el hombre y su hermano.

—¡Aléjese de nosotros!

—Maldita sea, niña —masculló Davis—. ¿Es que vas a decirle a un hombre lo que debe hacer? —Miró a Diamond—. Estás en mi tierra, muchacho.

—¡De eso nada! —replicó Diamond al tiempo que apretaba los puños y miraba inquieto la escopeta—. Esta tierra no es de nadie.

—¿Me estás llamando mentiroso? —espetó Davis con voz aterradora.

Entonces oyeron el grito. Fue tan fuerte que Lou creyó que los árboles se inclinarían por la fuerza o que las rocas se desprenderían, caerían desde lo alto de la montaña y, con un poco de suerte, aplastarían a su antagonista. *Jeb* comenzó a gruñir, con el pelo erizado. Davis, inquieto, escudriñó los árboles.

—Tienes la escopeta —dijo Diamond—, así que vete a cazar el viejo gato de la montaña. A menos que tengas miedo.

Davis fulminó al muchacho con la mirada, pero de pronto volvió a oírse el grito, con la misma intensidad, y Davis echó a correr hacia los árboles.

—¡Vámonos! —gritó Diamond, y comenzaron a correr entre los árboles y a campo traviesa. Los búhos ululaban y los colines silbaban. Varios animales, que los chicos no atinaban a ver, subían y bajaban por los árboles y revoloteaban frente a ellos, pero ninguno llegó a asustarles tanto como lo había hecho George Davis y su escopeta. Lou era rápida como un relámpago y corría incluso más deprisa que Diamond. Sin embargo, cuando Oz tropezó y se cayó, se volvió y le ayudó.

Finalmente, se detuvieron y se agacharon en la hierba, respirando con pesadez y esperando escuchar a un hombre loco o a un gato montés tras ellos.

—¿Quién es ese hombre tan desagradable? —preguntó Lou.

Diamond comprobó que no hubiera nadie antes de responder.

—George Davis. Tiene una granja cerca de la de la señora Louisa. Es un hombre duro. ¡Y malo! Se golpeó en la cabeza cuando era bebé, o puede que una mula le diera una coz, no lo sé. Tiene una destilería de licor de maíz en una de las hondonadas y no le gusta que la gente pase por aquí. Ojalá le pegaran un tiro.

Al poco llegaron a otro pequeño claro. Diamond alzó la mano para indicarles que se detuvieran y luego, no sin orgullo, señaló hacia delante, como si acabara de descubrir el arca de Noé en una montaña de Virginia.

—Ahí está.

El pozo era de ladrillos cubiertos de musgo, estaba medio derruido y resultaba espeluznante. Los tres se deslizaron hasta él; *Jeb* cubría la retaguardia mientras cazaba una pequeña presa en la hierba.

Escudriñaron el pozo desde el brocal. Parecía no tener fondo; era como si estuviesen mirando al otro lado del mundo y cualquier cosa, a su vez, pudiera estar observándolos.

—¿Por qué dices que está encantado? —preguntó Oz sin resuello.

Diamond se tendió sobre la hierba que rodeaba el pozo y Lou y Oz hicieron otro tanto.

—Hace unos mil millones de años —comenzó con una voz sorda y emocionante que hizo que los ojos de Oz se abrieran de par en par, parpadearan y se humedecieran a la vez—, un hombre y una mujer vivían aquí. Bueno, se amaban, eso está claro, de modo que querían casarse. Pero sus familias se odiaban y no lo permitirían. No señor. Así que idearon un plan para escaparse, sólo que algo salió mal y el tipo pensó que la mujer se había matado. Estaba tan destrozado que vino al pozo y saltó. Es muy profundo, ya lo habéis visto. Y se ahogó. Cuando la chica se enteró de lo que había pasado, vino aquí y también saltó. Nunca los encontraron, porque era como si hubiesen caído en el sol. No quedó ni rastro de ellos.

Aquel triste relato no conmovió en absoluto a Lou.

—Se parece mucho a la historia de Romeo y Julieta.

Diamond parecía sorprendido.

—¿Son parientes tuyos?

—Te lo estás inventando —dijo Lou.

Entonces comenzaron a oír unos sonidos de lo más peculiar a su alrededor, como millones de vocecitas intentado hablar a la vez, como si, de repente, las hormigas tuvieran laringe.

—¿Qué es eso? —preguntó Oz, agarrándose a Lou.

—No pongas en duda mis palabras, Lou —dijo Diamond entre dientes, pálido—. Irritas a los espíritus.

—Sí, Lou —dijo Oz, mirando a todos lados y esperando que llegaran los demonios del infierno para llevárselos—. No irrites a los espíritus.

Finalmente los ruidos se desvanecieron y Diamond, que había recobrado la confianza, miró a Lou con expresión triunfal.

—Jo, hasta el más tonto sabe que este pozo es mágico. ¿Es que hay alguna casa por aquí cerca? No, y os diré por qué. Porque el pozo salió solo de la tierra, por eso. Y no es sólo un pozo encantado. También es un pozo de los deseos.

—¿Un pozo de los deseos? ¿Cómo? —preguntó Oz.

—El hombre y la mujer desaparecieron, pero todavía están enamorados. Las personas mueren, pero el amor nunca muere. Ése es el origen del pozo mágico. Si alguien quiere un deseo viene aquí, lo pide y se cumple. Siempre. Llueva o haga sol.

—¿Cualquier deseo? ¿Estás seguro? —Oz le agarró del brazo.

—Sí, pero tiene truco.

—Me lo imaginaba. ¿Cuál es? —preguntó Lou.

—Puesto que los amantes murieron aquí e hicieron el pozo mágico, si alguien quiere un deseo tiene que dar algo a cambio.

—¿Dar el qué? —inquirió Oz, que estaba tan agitado que parecía flotar por encima de la hierba como una burbuja atada.

Diamond alzó el brazo y señaló el cielo oscuro.

—La cosa que más aprecie en el maldito mundo.

A Lou le sorprendió que no los mirara con expresión de merecerse un aplauso. Mientras Oz le tiraba de la manga ya sabía lo que vendría a continuación.

—Lou, quizá podamos...

—¡No! —exclamó con aspereza—. Oz, tienes que darte cuenta de que los collares y los pozos de los deseos no servirán de nada. Nada servirá.

—Pero, Lou.

Lou se incorporó y apartó la mano de su hermano.

—No seas tonto, Oz. Lo que pasará es que acabarás llorando otra vez.

Lou se marchó corriendo. Tras unos segundos de indecisión, Oz la siguió.

Seguramente Diamond sintió que acababa de conseguir algo, pero a juzgar por su expresión desilusionada, no la victoria. Miró alrededor y silbó, y *Jeb* apareció de inmediato.

—Vámonos a casa, *Jeb* —dijo en voz baja.

Los dos se marcharon corriendo en la dirección opuesta a la que habían seguido Lou y Oz en el instante en que las montañas se disponían a descansar.

12

Cuando Lou oyó el crujido en la escalera todavía no había salido el sol. La puerta de la habitación se abrió y Lou se sentó en la cama. El resplandor de la luz del farol se abrió paso en el espacio, seguido de Louisa, que ya estaba completamente vestida. Los cabellos color plata junto con la tenue iluminación que la envolvía hacían que, a los ojos de una soñolienta Lou, pareciese una mensajera divina. El aire de la habitación estaba helado; Lou creyó ver su propio aliento.

—Había pensado en dejaros dormir hasta tarde —dijo Louisa en voz baja mientras se aproximaba y se sentaba junto a Lou.

Lou contuvo un bostezo y volvió la vista hacia la oscuridad que se extendía al otro lado de la ventana.

—¿Qué hora es?

—Casi las cinco.

—¡Las cinco! —Lou se recostó de nuevo sobre la almohada y se tapó con las mantas.

Louisa sonrió.

—Eugene está ordeñando las vacas. Estaría bien que aprendieses a hacerlo.

—¿No puedo hacerlo más tarde? —replicó Lou bajo las mantas.

—Las vacas no se molestan en esperarnos —explicó

Louisa—. Mugen hasta que se les secan las ubres —añadió—. Oz ya está vestido.

Lou volvió a incorporarse.

—Mamá nunca lograba sacarlo de la cama antes de las ocho y, aun así, le costaba.

—Está tomándose un tazón de leche fresca y una rebanada de pan de maíz con melaza. Estaría bien que vinieses con nosotros.

Lou apartó las mantas y tocó el suelo frío, lo que le produjo un escalofrío que le recorrió el cuerpo entero. Ahora estaba convencida de que veía su propio aliento.

—Estaré lista en cinco minutos —dijo con valentía.

Louisa se percató de las molestias físicas de Lou.

—Anoche heló —informó Louisa—. Aquí el frío tarda más en irse. Se te mete en los huesos. Cuando llegue el invierno tú y Oz os trasladaréis al salón para estar junto a la chimenea. La llenaremos de carbón y no pasaréis frío en toda la noche. Os haremos sentir a gusto. —Se calló y miró alrededor—. No estamos en condiciones de daros lo que teníais en la ciudad, pero haremos lo posible. —Se encaminó hacia la puerta—. He puesto agua caliente en la palangana para que te laves.

—¿Louisa?

Louisa se volvió y la luz de la linterna aumentó su sombra en la pared.

—¿Sí, cielo?

—Ésta era la habitación de papá, ¿no?

Louisa volvió a mirar el dormitorio antes de dirigirse a Lou.

—Desde los cuatro años hasta que se marchó. Nadie ha vuelto a usarla.

Lou señaló las paredes revestidas.

—¿Lo hizo mi padre?

Louisa asintió.

—Solía caminar unos quince kilómetros para conseguir periódicos o libros. Se los leía cientos de veces y luego colocaba los periódicos ahí y volvía a leerlos. Nunca he conocido a un muchacho tan curioso. —Miró a Lou—. Apuesto lo que sea a que eres como él.

—Quisiera darte las gracias por acogernos.

Louisa miró hacia la puerta.

—Este lugar también será bueno para tu madre. Si todos nos esforzamos, se pondrá bien.

Lou apartó la mirada y comenzó a quitarse el camisón.

—Enseguida estoy —dijo en tono vacilante.

Louisa aceptó el cambio de actitud de Lou sin decir nada y cerró suavemente la puerta tras ella.

Cuando Lou llegó, vestida con un descolorido pantalón con peto, una camiseta de manga larga y botas con cordones, Oz se estaba acabando el desayuno. La única luz de la habitación provenía de un farol que colgaba de un gancho de la pared, y del fuego de carbón. Lou miró el reloj que estaba sobre la repisa de la chimenea, hecha con una viga de roble cepillado. Ya eran más de las cinco. ¿Quién habría dicho que las vacas se despertaban tan temprano?

—Oye, Lou —dijo Oz—. Tienes que probar la leche. Está muy buena.

Louisa miró a Lou y sonrió.

—La ropa te queda bien. Recé para que así fuera. Si las botas te van grandes podemos rellenarlas con trapos.

—Me van bien —dijo Lou, aunque en realidad le apretaban un poco.

Louisa trajo un cubo y un vaso. Colocó el vaso en la mesa, lo cubrió con una tela, vertió la leche desde el cubo, y la espuma borboteó sobre la tela.

—¿Quieres melaza con el pan de maíz? —preguntó—. Es muy buena y te llena la tripa.

—Está buena —dijo Oz mientras engullía el último bocado y lo bajaba con el resto de la leche.

Lou miró su vaso.

—¿Para qué sirve la tela?

—Separa cosas de la leche que no necesitas —respondió Louisa.

—¿Es que la leche no está pasteurizada? —inquirió Lou en un tono tal de preocupación que Oz miró boquiabierto el vaso vacío, como si fuera a caerse muerto en ese mismo instante.

—¿Qué es pasteurizar? ¿Me puede afectar? —preguntó inquieto.

—La leche es buena —dijo Louisa con calma—. La he bebido toda la vida. Y tu padre también.

Oz se tranquilizó, se echó hacia atrás en el asiento y volvió a respirar con normalidad. Lou olió la leche, la probó con cautela un par de veces y luego bebió un trago.

—Te he dicho que es buena —dijo Oz—. Seguro que si la pasteurizan sabe mal.

—«Pasteurización» proviene de Louis Pasteur, el científico que descubrió un proceso que mata las bacterias y hace que se pueda beber la leche con seguridad.

—Estoy segura de que era un hombre listo —dijo Louisa al tiempo que colocaba un tazón de pan de maíz y melaza frente a Lou—. Pero nosotros hervimos la tela cada vez y nos va de maravilla. —Lo explicó en un tono que hizo que Lou prefiriera no seguir hablando del tema.

Lou probó el pan de maíz y la melaza y abrió los ojos de par en par.

—¿Dónde la compras? —le preguntó a Louisa.

—¿El qué?

—La comida. Está buenísima.

—Te lo había dicho —repitió Oz con aires de suficiencia.

—No la compro, cielo. La hago.

—¿Cómo?

—Enseñar, ¿lo recuerdas?, es mucho mejor que decir. Y lo mejor de todo es hacer. Venga, daos prisa e id a conocer a una vaca que se llama *Bran*. Si la vieja *Bran* da problemas, ayudad a Eugene.

Aquel incentivo hizo que Lou acabara rápidamente de desayunar y que ella y su hermano corrieran hacia la puerta.

—Un momento, niños —dijo Louisa—. Los platos en la cuba, y después necesitaréis esto. —Cogió otro farol y lo encendió. El olor a queroseno invadió la habitación.

—¿Es verdad que en la casa no hay electricidad? —preguntó Lou.

—Hay gente en Tremont que tiene esa maldita cosa. A veces se va y entonces no saben qué hacer. Ya no recuerdan cómo se enciende el queroseno. Dadme un buen farol y sabré apañármelas.

Oz y Lou llevaron los platos hasta la cuba que hacía las veces de fregadero.

—Cuando hayáis acabado en el establo os enseñaré el cobertizo del arroyo —prosiguió Louisa—. Donde cogemos el agua. Vamos dos veces al día. Será una de vuestras tareas.

Lou parecía confusa.

—Pero tienes la bomba.

—Sólo es para los platos y cosas parecidas. Hace falta agua para muchas otras cosas. Para los animales, para limpiar, para bañarse. El agua de la bomba no tiene presión. Tarda un día en llenar un cubo grande. —Sonrió—. A veces parece que nos pasamos el día buscando madera y agua. Durante los diez primeros años de mi vida llegué a pensar que me llamaba «ve a buscar».

Estaban a punto de salir por la puerta cuando Lou, que llevaba el farol, se detuvo.

—Eh, ¿cuál es el establo de las vacas?

—¿Qué tal si te lo enseño?

El aire estaba tan helado que calaba los huesos, y Lou agradeció llevar una camiseta gruesa, si bien se metió las manos bajo las axilas. Louisa los guiaba con la linterna; pasaron junto al gallinero y los corrales antes de llegar al establo, un edificio en forma de «A» con unas grandes puertas de dos hojas. Estaban abiertas y en el interior se veía una luz solitaria. Lou oyó los bufidos y los gritos de los animales, el incansable ir y venir de las pezuñas por la tierra y, en el gallinero, el batir de alas inquietas. El cielo, curiosamente, estaba más oscuro en unas partes que en otras, pero entonces Lou se percató de que las manchas negras eran los Apalaches.

Lou nunca había visto una noche parecida. Nada de farolas, ni luces de edificios, ni coches, ni ninguna iluminación que procediera de baterías o electricidad. Las únicas luces eran las estrellas, la lámpara de queroseno que llevaba Louisa y la que Eugene tenía en el establo. Sin embargo, a Lou la oscuridad no le asustaba para nada. De hecho, se sentía segura mientras iba detrás de la alta silueta de su bisabuela. Oz las seguía de cerca, y Lou era consciente de que no se sentía tan cómodo. Sabía de sobra que, con el tiempo suficiente, su hermano acababa encontrando elementos terroríficos en cualquier cosa.

El establo olía a heno, tierra húmeda, animales grandes y estiércol. El suelo de tierra estaba cubierto con paja. De las paredes colgaban bridas y arneses, algunos resquebrajados y muy gastados y otros en perfecto estado. Había balancines individuales y dobles, apilados los unos sobre los otros y una escalera de madera con un escalón roto que conducía a un pajar, que ocupaba la mayor parte del nivel superior y estaba repleto de paja suelta o en pacas. Había postes centrales de álamo que Lou supuso que servían para sostener el establo, el cual tenía pequeñas alas en los laterales y en la parte posterior. Habían construido distintos compartimientos y la yegua, las mulas, los cerdos y las ovejas pasaban el tiempo en sus respectivas áreas. Lou veía que de los ollares de los animales surgían chorros de vapor.

Eugene estaba sentado en un pequeño taburete de tres patas que apenas se veía bajo su enorme silueta, en uno de los compartimientos. Junto a él había una vaca blanca con manchas negras que agitaba e introducía la cabeza en el pesebre.

Louisa los dejó con Eugene y volvió a la casa. Oz se arrimó a Lou después de que la vaca del compartimiento contiguo diese una sacudida y mugiera.

—La vieja *Bran* padece de fiebre láctea —dijo—. Hemos de ayudarla. —Señaló una oxidada bomba de bicicleta que estaba en uno de los rincones del compartimiento—. Páseme esa bomba, señorita Lou.

Lou se la entregó y Eugene apretó la manguera con fuerza contra uno de los pezones de *Bran*.

—Ahora, bombee.

Oz bombeaba mientras Eugene apretaba la manguera contra cada uno de los cuatro pezones y daba masaje a la ubre de la vaca, que se estaba inflando como una pelota.

—Buena chica, nunca hemos dejado de ordeñarte. Nos ocuparemos de ti —dijo Eugene con voz tranquilizadora, dirigiéndose a *Bran*—. Bien, así está bien —añadió volviéndose hacia Oz, quien dejó de bombear y retrocedió, esperando.

Eugene apartó la bomba e hizo señas a Lou para que se sentara en el taburete. Le guió las manos hasta las tetillas de *Bran* y le enseñó a sujetarlas correctamente y a friccionarlas para que la leche fluyera mejor.

—Ya la hemos inflado, ahora tenemos que sacarla. Tire fuerte, señorita Lou, a la vieja *Bran* no le molesta. Tiene que sacar la leche. Eso es lo que le duele.

Lou tiró con vacilación al principio pero luego comenzó a coger el ritmo. Sus manos se movían de manera eficiente y todos oyeron el aire que, al salir de la ubre, formaba nubes pequeñas y cálidas en el aire frío.

Oz se adelantó.

—¿Puedo probar?

Lou se incorporó y Eugene instaló a Oz en el taburete. Al poco tiraba tan bien como Lou y, finalmente, aparecieron gotas de leche en el extremo de los pezones.

—Lo hace bien, señorito Oz. ¿Ya había tirado de los pezones de una vaca en la ciudad?

Todos se rieron de la ocurrencia.

Tres horas después Lou y Oz ya no reían; habían ordeñado las otras dos vacas, una de las cuales Louisa les había dicho que estaba preñada, y habían tardado media hora con cada una. Luego habían llevado cuatro cubos de agua a la casa y después habían arrastrado otros cuatro desde el cobertizo del arroyo para los animales. A continuación habían cargado madera y carbón para llenar la leñera y la carbonera de la casa. En ese momento estaban dando de comer a los cerdos y parecía que la lista de tareas era cada vez más grande.

Oz se debatió con su cubo y Eugene le ayudó a pasarlo por encima de la cerca. Lou vertió el contenido del suyo y se hizo a un lado.

—Me parece increíble que tengamos que dar de comer a los cerdos —dijo.

—Comen muchísimo —señaló Oz mientras los observaba dar cuenta de lo que parecía basura líquida.

—Son desagradables —afirmó Lou al tiempo que se limpiaba las manos en el peto.

—Y nos dan de comer cuando lo necesitamos.

Los dos se volvieron y vieron a Louisa con un cubo lleno de maíz para las gallinas, sudando a pesar del frío. Louisa recogió el cubo vacío de Lou y se lo dio.

—Cuando llegan las nieves no se puede ir montaña abajo. Tenemos que almacenar víveres. Y son puercos, Lou, no cerdos.

Lou y Louisa se miraron fijamente en silencio por un instante, hasta que el ruido de un coche que llegaba les hizo desviar la mirada hacia la casa.

Era un Oldsmobile descapotable, cuarenta y siete caballos de potencia y asiento trasero descubierto. La pintura negra se había desprendido y aparecía oxidado en varios lugares, los guardabarros estaban abollados y los neumáticos lisos; llevaba la capota baja a pesar del frío. Era un hermoso desecho.

El hombre aparcó el coche y se apeó. Era alto y desgarbado, lo que denotaba cierta fragilidad y una fuerza inusitada a la vez. Cuando se quitó el sombrero vieron que tenía el pelo negro y lacio que le enmarcaba de forma agradable la cabeza. Una nariz y una mandíbula bien formadas, unos ojos azules atractivos y una boca rodeada de abundantes líneas de expresión conformaban un rostro que provocaría una sonrisa hasta en el peor de los días. Parecía más próximo a los cuarenta que a los treinta. Llevaba un traje gris de dos piezas con un chaleco negro y un reloj de caballero del tamaño de un dólar de plata que colgaba de una pesada cadena y se balanceaba por fuera del chaleco. Los pantalones se ensanchaban a la altura de la rodilla y los zapatos hacía tiempo que habían dejado de brillar. Comenzó a caminar hacia ellos, se detuvo, volvió al coche y sacó un maletín estropeado.

Mientras el hombre se dirigía hacia ellos Lou se preguntó cuál sería el apodo de aquel desconocido.

—¿Quién es? —preguntó Oz.

—Lou, Oz, os presento a Cotton Longfellow, el mejor abogado de por aquí —anunció Louisa en voz alta.

El hombre sonrió y le estrechó la mano a Louisa.

—Bueno, dado que soy uno de los pocos abogados que hay por aquí se trata de un mérito más bien discutible, Louisa.

Lou nunca había oído una voz como aquélla, mezcla de acento sureño con la entonación propia de Nueva Inglaterra. No supo decidir de dónde era, algo que por lo general se le daba bien. ¡Cotton Longfellow! Dios Santo, el nombre no le había decepcionado en absoluto.[1]

Cotton dejó el maletín en el suelo y les estrechó la mano con solemnidad, aunque le brillaron los ojos al hacerlo.

—Encantado de conoceros, aunque Louisa me ha contado tantas cosas de vosotros que es como si os conociera de toda la vida. Siempre había deseado veros algún día, y lamento muchísimo que sea en estas circunstancias. —Pronunció las últimas palabras con suma delicadeza.

—Cotton y yo tenemos que hablar de varios asuntos. Cuando hayáis acabado de dar de comer a los puercos ayudad a Eugene con el resto del ganado y dadles heno. Luego terminad de recoger los huevos.

Mientras Cotton y Louisa se encaminaban hacia la casa Oz recogió el cubo y fue a buscar más sobras. Sin embargo, Lou siguió a su bisabuela y al abogado con la mirada, y resultaba obvio que no estaba pensando en los puercos. Se estaba haciendo preguntas sobre aquel hombre con un nombre tan raro, Cotton Longfellow, que hablaba de manera extraña y parecía saber mucho sobre ellos. Finalmente, vio un puerco de más de ciento cincuenta kilos que evitaría que pasaran hambre durante el invierno y siguió a su hermano. Las paredes montañosas parecieron cerrarse en torno a Lou.

13

Cotton y Louisa entraron en la casa por la puerta trasera. Mientras iban por el pasillo de camino al salón, Cotton se detuvo y miró por la puerta entreabierta de la habitación en que Amanda yacía en la cama.

—¿Qué dicen los médicos? —preguntó Cotton.

—Trau... ma men... tal —Louisa pronunció lentamente aquellas extrañas palabras—. Así lo llamó la enfermera.

Entraron en la cocina y se sentaron en unas sillas de patas de roble cepillado a mano tan suave que la madera parecía cristal. Cotton extrajo varios documentos del maletín y unas gafas de montura metálica del bolsillo. Se las puso, observó los documentos por unos instantes y luego se echó hacia atrás para hablar sobre los mismos. Louisa le sirvió una taza de café de achicoria. Cotton tomó un sorbo y sonrió.

—Si esto no te despierta, entonces es que estás muerto.

Louisa se sirvió una taza.

—Bueno, ¿qué has averiguado? —inquirió.

—Tu nieto no dejó testamento, Louisa. No es que importase mucho, porque la verdad es que no tenía dinero.

Louisa parecía perpleja.

—¿Y todo lo que escribió, todos esos maravillosos libros?

Cotton asintió con aire pensativo.

—Por muy buenos que fueran lo cierto es que no se vendían mucho. Tenía que aceptar encargos para llegar a fin de mes. Cuando Oz nació tuvo problemas de salud. Muchos gastos. Y Nueva York no es lo que se dice barata.

Louisa bajó la mirada.

—Y eso no es todo —dijo. Cotton la observó con curiosidad—. Jack me envió dinero durante todos esos años. Le escribí una vez y le dije que no era justo, que tenía su propia familia y todo eso. Pero me dijo que era rico. ¿Puedes creerlo? Explicó que quería darme el dinero por todo lo que había hecho por él. Pero yo no había hecho nada.

—Bueno, parece que justo antes del accidente Jack planeaba trabajar para unos estudios de cine en California.

—¿California? —Louisa pronunció la palabra como si fuera una enfermedad, y a continuación dejó escapar un suspiro—. Ese muchacho nunca se olvidó de mí, pero que me diera dinero sin que lo tuviera es el colmo. Maldita la hora en que lo acepté. —Puso los ojos en blanco por unos instantes antes de proseguir—. Tengo un problema, Cotton. Tres años de sequía y ninguna cosecha. Me quedan cinco puercos y tendré que matar uno dentro de poco. Sólo tres puercas y un verraco. En la última camada hubo más crías que nunca. Tres vacas aceptables. Hice preñar a una, pero todavía no ha parido y estoy preocupada. Y *Bran* tiene la fiebre. Las ovejas me dan más lata que otra cosa. La vieja jamelga ya no hace nada de nada y se me come la casa entera. Pero durante todos estos años se ha dejado la piel trabajando aquí. —Se calló y tomó aire—. Y McKenzie, el de la tienda, ya no me fía.

—Tiempos duros, Louisa, no voy a negártelo.

—Sé que no puedo quejarme; esta vieja montaña me ha dado todo lo que tenía.

Cotton se inclinó hacia delante.

—Bueno, lo que no puede negarse es que tienes tierras, Louisa. Ésa es una gran baza.

—No puedo venderlas, Cotton. Cuando llegue el momento pasarán a manos de Lou y Oz. Su padre amaba este lugar tanto como yo. Y Eugene también. Él es como de la familia. Trabaja duro. Se quedará con una parte de las tierras para criar a los suyos. Sólo lo justo.

—Me parece bien —dijo Cotton.

—Cuando me escribieron preguntándome si acogería a los niños, ¿cómo iba a negarme? A Amanda ya no le queda nadie, soy cuanto tienen. Vaya salvadora estoy hecha, ya no valgo para nada. —Unió los dedos, nerviosa, y miró inquieta por la ventana—. He pensado en ellos todos estos años, preguntándome cómo serían. Leyendo las cartas de Amanda y mirando las fotografías que me mandaba. Me enorgullecía de lo que Jack había hecho. Y de sus bonitos hijos. —Sacudió la cabeza con cara de preocupación; las profundas arrugas de la frente parecían surcos en un campo.

—Saldrás adelante, Louisa. Si me necesitas para algo, ayudarte a plantar o cuidar de los niños, dímelo. Vendré más que gustoso.

—Vamos, Cotton, eres un abogado ocupado.

—A los de aquí no les hace falta alguien como yo. Puede que así sea mejor. Si tengo un problema voy a ver al juez Atkins, al juzgado, y lo resuelvo con él. Los abogados sólo saben complicar las cosas. —Sonrió y le dio una palmada en la mano a Louisa—. Todo saldrá bien, Louisa. Lo mejor para todos es que los niños se queden contigo.

Louisa sonrió y luego, lentamente, frunció el ceño.

—Cotton, Diamond me ha dicho que hay varios hombres rondando por las minas de carbón. No me gusta nada.

—He oído decir que son topógrafos, expertos en minerales.

—¿Es que no están cavando en las montañas lo bastante rápido? Cada vez que veo otro agujero me entran náuseas. Nunca vendo nada a los del carbón. Destrozan todo lo que es bonito.

—He oído decir que no buscan carbón sino petróleo.

—¡Petróleo! —exclamó ella, incrédula—. No estamos en Tejas.

—Eso es lo que he oído.

—No pienso preocuparme por esas tonterías. —Louisa se incorporó—. Tienes razón, Cotton, todo saldrá bien. El Señor nos traerá lluvias este año. Y si no es así, ya se me ocurrirá algo.

Mientras Cotton se ponía de pie para marcharse, miró hacia el pasillo.

—Louisa, ¿te importa si le doy el pésame a la señora Amanda?

Louisa caviló al respecto.

—Oír otra voz le vendrá bien. Y eres buena persona, Cotton. ¿Cómo es que no te has casado?

—Todavía no he encontrado a la mujer que sepa soportar mis penas.

Ya en la habitación de Amanda, Cotton dejó el maletín y el sombrero en el suelo y se acercó silenciosamente a la cama.

—Señora Cardinal, soy Cotton Longfellow. Encantado de conocerla. Louisa me ha leído algunas de sus cartas y tengo la sensación de que ya la conozco. —Amanda, por supuesto, no movió músculo alguno y Cotton miró a Louisa.

—He hablado con ella. Oz también. Pero nunca abre la boca, ni mueve un dedo siquiera.

—¿Y Lou? —preguntó Cotton.

Louisa sacudió la cabeza.

—Un día de éstos estallará; se guarda demasiadas cosas dentro.

—Louisa, tal vez sería buena idea que viniera Travis Barnes, de Dickens, y le echase un vistazo.

—Los médicos cuestan dinero, Cotton.

—Travis me debe un favor. Vendrá.

—Gracias —dijo Louisa en voz baja.

Cotton miró alrededor y vio una Biblia en el tocador.

—¿Puedo volver? —inquirió. Louisa le miró con curiosidad—. He pensado que, bueno, podría leerle algo. Estimulación mental. He oído hablar al respecto. No garantiza nada. Pero si hay algo que sé hacer bien es leer.

Antes de que Louisa respondiera, Cotton miró a Amanda.

—Será todo un placer venir a leer libros para usted.

14

Al alba Louisa, Eugene, Lou y Oz estaban en uno de los campos. *Hit*, la mula, estaba enganchada a un arado con un disco de acero giratorio.

Lou y Oz ya se habían tomado la leche y el pan de maíz con melaza. La comida era buena y llenaba, pero desayunar a la luz del farol comenzaba a cansarles. Oz había recogido los huevos de gallina mientras Lou había ordeñado las dos vacas sanas bajo la atenta mirada de Louisa. Eugene había cortado leña y Lou y Oz la habían cargado hasta la cocina y luego habían llevado cubos de agua para los animales. Habían sacado al ganado y le habían dado heno. Sin embargo, parecía que el verdadero trabajo aún no había comenzado.

—Tenemos que arar todo el campo —anunció Louisa.

Lou olió el aire.

—¿Qué es lo que huele tan mal?

Louisa se agachó, cogió un poco de tierra y la apretó entre los dedos.

—Estiércol. Si encontráis estiércol en los compartimientos, echadlo aquí. Enriquece la tierra.

—Apesta —masculló Lou.

Louisa dejó que la brisa matinal se llevara los trozos de tierra mientras dirigía a Lou una mirada significativa.

—Ese olor acabará gustándote.

Eugene manejó el arado mientras Louisa y los niños caminaban a su lado.

—Ésta es la roturadora —informó Louisa al tiempo que señalaba el extraño disco de metal—. Se ara una fila completa, luego se le da la vuelta y se repasa lo arado. Se forman surcos iguales a los lados del disco, que también lanza terrones de tierra. Después de arar, recorremos el campo rompiendo los terrones. Luego escarificamos y la tierra queda muy igualada. Después usamos otro arado distinto que hace unas buenas hileras. A continuación, plantamos.

Louisa le dijo a Eugene que arara una fila para que los niños vieran cómo lo hacía, y luego le dio una patada al arado.

—Pareces muy fuerte, Lou. ¿Quieres intentarlo?

—Claro —repuso Lou—. Seguro que es fácil.

Eugene la colocó correctamente, le rodeó la cintura con las correas para guiar, le dio el látigo y se hizo a un lado. Al parecer, *Hit* supuso que Lou era un blanco fácil, porque salió muy rápido. Al poco, la fuerte Lou cayó de bruces sobre aquella tierra fértil.

Mientras la ayudaba a levantarse y limpiarse la cara, Louisa dijo:

—Esa vieja mula ha podido contigo esta vez. Estoy segura de que no volverá a pasarte.

—No quiero hacerlo más —dijo Lou tapándose el rostro con la manga al tiempo que escupía trozos de cosas sobre las que prefería no pensar. Había enrojecido y de sus ojos caían lágrimas.

Louisa se arrodilló delante de ella.

—La primera vez que tu padre intentó arar tenía tu edad. La mula lo arrastró y acabaron en el arroyo. Tardé buena parte del maldito día en sacarlos de allí. Tu padre dijo lo mismo que tú. Y decidí que hiciese lo que quisiera.

Lou dejó de restregarse la cara, tenía los ojos casi secos.

—¿Y qué ocurrió?

—No se acercó a los campos ni a la mula durante dos días. Pero una mañana salí a trabajar y me lo encontré en el campo.

—¿Y lo aró todo? —inquirió Oz.

Lou negó con la cabeza.

—La mula y tu papá acabaron en la pocilga, cubiertos de porquería. —Oz y Lou rieron y Louisa prosiguió—: La siguiente vez la mula y tu padre llegaron a un acuerdo. Él ya había pagado el pato y la mula se había divertido lo suyo, así que se convirtieron en el mejor equipo de labranza jamás visto.

Desde el otro lado del valle llegó el sonido de una sirena. Era tan agudo que Lou y Oz se llevaron las manos a los oídos. La mula resopló y tiró del arnés. Louisa frunció el entrecejo.

—¿Qué es? —preguntó Lou.

—La sirena de la mina de carbón.

—¿Ha habido un hundimiento?

—No, ¡chist, silencio! —dijo Louisa al tiempo que escudriñaba las laderas. Al cabo de cinco minutos de inquietud la sirena dejó de oírse. Entonces les llegó el fragor de un estruendo sordo, como si se tratara de un alud. Lou tuvo la impresión de que los árboles e incluso la montaña temblaban. Sujetó con fuerza la mano de Oz, con la intención de escapar, pero no lo hizo porque Louisa no se había movido. Entonces volvió a reinar el silencio.

Louisa se volvió hacia ellos.

—Los de la mina hacen sonar la sirena antes de la explosión —dijo—. Usan dinamita. A veces demasiada, y se producen derrumbamientos. Algunas personas han resultado heridas. No me refiero a mineros, sino a granjeros. —Volvió a mirar con ceño hacia donde parecía haberse producido la explosión, y luego siguieron labrando la tierra.

Cenaron alubias pintas con pan de maíz, mantequilla y leche, y las bajaron con agua de manantial, que estaba helada. Era una noche muy fría; el viento aullaba implacablemente mientras azotaba la casa, pero las paredes y el tejado resistían el embate. El fuego de carbón era cálido y la luz del farol resultaba agradable para la vista. Oz estaba tan cansado que estuvo a punto de quedarse dormido sobre el plato Cristal Winters Oatmeal, que era de color azul cielo.

Tras la cena Eugene se dirigió al establo mientras Oz, exhausto, dormitaba delante del fuego. Louisa vio a Lou acercarse a Oz, apoyar la cabeza de éste en su regazo y acariciarle el pelo. Louisa se puso unas gafas de montura metálica y comenzó a coser una camisa a la luz de la lumbre. Al cabo de un rato dejó la camisa a un lado y se sentó junto a los niños.

—Está cansado —dijo Lou—. No está acostumbrado a esta vida.

—Es difícil acostumbrarse al trabajo duro. —Louisa también acarició el pelo de Oz. Parecía como si a la gente le gustara tocarle la cabeza. Quizá para bien—. Estás haciendo un buen trabajo. De hecho mucho mejor que yo cuando tenía tu edad. Y no soy de ninguna gran ciudad. Eso lo hace más difícil, ¿no?

La puerta se abrió y entró una ráfaga de viento. Eugene parecía preocupado.

—El ternero viene.

En el establo, la vaca llamada *Purty* yacía tumbada en un amplio compartimiento destinado a los partos y se agitaba sin cesar a causa de los dolores. Eugene se arrodilló y la sostuvo mientras que Louisa se colocó tras ella y buscó con los dedos la masa resbaladiza del ternero. Fue una batalla muy reñida, ya que parecía que el ternero todavía no deseaba llegar al mundo. Sin embargo, Eugene y Louisa, armados de paciencia, lo sacaron; era una masa de extremidades de aspecto gelatinoso con los ojos apretados. El parto fue sangriento, y a Lou y a Oz se les revolvió el estómago de nuevo cuando vieron a *Purty* comerse la placenta, pero Louisa les explicó que era normal que lo hiciese. *Purty* comenzó a lamer al ternero, y no se detuvo hasta que quedó completamente limpio. Con ayuda de Eugene el ternero se irguió sobre sus patas vacilantes mientras Louisa preparaba a *Purty* para el siguiente paso, que el ternero acometió como si fuera la cosa más natural del mundo: mamar. Eugene se quedó con la madre y el ternero y Louisa y los niños regresaron a la casa.

Lou y Oz estaban excitados y agotados, y el reloj indicaba que era casi medianoche.

—Nunca había visto el parto de una vaca —dijo Oz.

—Nunca has visto ningún parto —replicó su hermana.

Oz caviló al respecto.

—Sí, uno. El mío.

—Ése no cuenta —dijo Lou.

—Pues debería —replicó Oz—. Costó lo suyo. Mamá me lo contó.

Louisa echó otro trozo de carbón al fuego, lo desplazó hacia las llamas con un atizador de hierro y luego se sentó y siguió cosiendo; las manos, nervudas y nudosas, se movían con lentitud y precisión.

—Venga, los dos a la cama —dijo.

—Primero quiero ver a mamá. Le contaré lo de la vaca. —Oz miró a Lou—. Es la segunda vez. —Se encaminó hacia la habitación de Amanda.

Lou no hizo ademán de alejarse del calor de la chimenea.

—Lou, tú también debes ver a tu madre —señaló Louisa.

Lou fijó la vista en el fuego.

—Oz es demasiado pequeño para entenderlo, pero yo no.

Louisa dejó de coser.

—¿Entender el qué? —inquirió.

—Los médicos de Nueva York dijeron que con cada día que pasase era menos probable que mamá regresara. Ya ha pasado mucho tiempo.

—No debes perder la esperanza, Lou.

Lou se volvió hacia su bisabuela.

—Tú tampoco lo entiendes, Louisa. Papá se ha ido. Le vi morir. Puede —Lou tragó saliva con dificultad— que, al menos en parte, yo fuera culpable de su muerte. —Se restregó los ojos y luego cerró los puños, enojada—. Y mamá no se está curando. Oí lo que dijeron los médicos. Oí todo lo que dijeron los adultos aunque intentaron que no lo supiera. ¡Como si yo no tuviese nada que ver! Dejaron que nos la llevásemos a casa porque no podían hacer nada más por ella. —Se calló, respiró hondo y, poco a poco, se calmó—. Y no conoces a Oz. Se ilusiona demasiado y empieza a hacer locuras. Y luego... —Su voz se fue apagando, y bajó la vista—. Hasta mañana.

A la luz del farol y del fuego parpadeante Louisa siguió a Lou con la mirada mientras se alejaba en dirección al dormitorio. Cuando los pasos se hubieron desvanecido, la anciana se dispuso a proseguir cosiendo pero la aguja no se movió. Cuando Eugene entró y se fue a dormir, la anciana continuaba allí, junto al fuego casi apagado, inmersa en cavilaciones tan humildes como enormes eran las montañas que la rodeaban.

Finalmente, Louisa se puso de pie y se dirigió a su dormitorio, donde extrajo una pequeña pila de cartas del tocador. Subió las escaleras y entró en la habitación de Lou, que miraba por la ventana.

Lou se volvió y vio las cartas.

—¿Qué es eso?

—Cartas que tu madre me escribió. Quiero que las leas —respondió Louisa.

—¿Para qué?

—Porque las palabras dicen mucho de una persona.

—Las palabras no cambian nada. Oz puede creer lo que quiera, pero eso no arregla nada.

Louisa puso las cartas sobre la cama.

—A veces los mayores harían bien en hacer caso a los pequeños. Tal vez aprenderían algo.

Después de que Louisa se hubo marchado, Lou introdujo las cartas en el viejo escritorio de su padre y cerró el cajón con firmeza.

15

Lou se levantó muy temprano y se dirigió a la habitación de su madre, donde observó durante unos minutos el acompasado subir y bajar del pecho de Amanda. Sentada al borde de la cama, Lou apartó las mantas y frotó y movió los brazos de su madre. Luego le dio masaje durante largo rato en las piernas tal y como le habían enseñado los médicos de Nueva York. Lou estaba a punto de terminar cuando advirtió que Louisa la observaba desde el umbral.

—Tenemos que conseguir que se sienta cómoda —explicó Lou.

Cubrió a su madre y se encaminó hacia la cocina. Louisa la siguió.

Lou puso un hervidor a calentar.

—Puedo hacerlo yo, cielo —dijo Louisa.

—Ya está. —Lou añadió copos de avena al agua y mantequilla. Se llevó el tazón al dormitorio de su madre y, con sumo cuidado, le dio de comer. Amanda comió y bebió de buena gana, si bien sólo podía ingerir alimentos blandos. Louisa se sentó a su lado, y Lou señaló los ferrotipos de la pared—. ¿Quiénes son?

—Mis padres. La que está con ellos soy yo de pequeña. También algunos pacientes de mi madre. Fue la primera vez que me sacaron una foto. Me gustaba, pero a mamá le daba miedo. —Indicó otro ferrotipo—. Ese de ahí es mi hermano Robert. Está muerto. Todos lo están.

—Tus padres y hermano eran altos.

—Lo llevamos en la sangre. Es curioso cómo se heredan esas cosas. Tu padre medía un metro ochenta a los catorce años. Yo sigo siendo alta, pero no tanto como antes. Tú también serás alta.

Lou limpió el tazón y la cuchara y luego ayudó a Louisa a preparar el desayuno para los demás. Eugene estaba en el establo, y las dos oyeron a Oz moviéndose en la habitación.

—Tengo que enseñar a Oz cómo mover los brazos y las piernas de mamá. Y también puede darle de comer.

—Perfecto. —Louisa puso la mano en el hombro de Lou—. Y bien, ¿leíste alguna de las cartas?

—No quería perder a mis padres, pero así ha sido. Ahora tengo que ocuparme de Oz. Y tengo que mirar hacia el futuro, no hacia el pasado —replicó Lou al tiempo que la miraba. Añadió con firmeza—: Tal vez no lo comprendas pero es lo que debo hacer.

Tras las tareas matutinas Eugene llevó a Lou y a Oz a la escuela en el carro tirado por la mula, después de lo cual regresó a la granja para seguir trabajando. Lou y Oz llevaban los libros gastados y varias valiosas hojas de papel entre las páginas de éstos, dentro de unas viejas mochilas de arpillera. Ambos tenían sendos lápices de mina gruesos; Louisa les había dicho que les sacaran punta sólo cuando fuese estrictamente necesario y que lo hicieran con un cuchillo afilado. Los libros eran los mismos que había utilizado su padre, y Lou apretaba los suyos contra el pecho como si fueran un regalo de Jesucristo. También llevaban un cubo abollado con varios trozos de pan de maíz, un pequeño tarro de mermelada de manzana y una jarrita de leche para almorzar.

La escuela Big Spruce era de construcción reciente. Se

había construido con fondos del New Deal, cuando la Gran Depresión, para sustituir el edificio de troncos que había ocupado el mismo lugar durante casi ochenta años. La escuela era de madera blanca con ventanas en un lateral y se asentaba sobre bloques de hormigón. Al igual que la granja de Louisa, el tejado no tenía tejas de madera sino varias planchas largas clavadas de tal modo que formaban secciones traslapadas. En la escuela había una puerta con un pequeño saliente. Una chimenea de ladrillos se alzaba sobre el tejado en forma de «A».

A la escuela solía acudir, un día cualquiera, la mitad de los estudiantes que debían hacerlo, si bien esa cantidad podía considerarse más bien elevada si se comparaba con las del pasado. En la montaña el trabajo en el campo siempre se imponía a los estudios.

En el centro del sucio patio crecía un nogal con el tronco agrietado. Había unos cincuenta niños jugando fuera de la escuela, cuyas edades oscilaban entre la de Oz y la de Lou. La mayoría vestía pantalón con peto, aunque varias niñas llevaban vestidos floreados hechos con bolsas Chop, que eran sacos de comida de cuarenta y cinco kilos para perros. Las bolsas eran bonitas y resistentes, y las niñas se sentían especiales cuando llevaban el «conjunto Chop». Algunos niños iban descalzos y otros con lo que habían sido zapatos pero que ahora parecían una especie de sandalias. Los había que llevaban sombrero de paja, mientras que otros iban con la cabeza descubierta; entre los mayores, varios ya se habían pasado al sombrero de fieltro, sin duda heredado de sus padres. Unas cuantas chicas iban con trenzas, otras llevaban el pelo liso y algunas con rizos.

A juicio de Lou, los niños los recibieron con cara de pocos amigos.

Un niño se adelantó. Lou lo reconoció de inmediato: era el que iba colgando del tractor que habían visto el primer día. Debía de ser el hijo de George Davis, el loco que los había amenazado con la escopeta en el bosque. Lou se preguntó si el hijo también estaría loco.

—¿Qué pasa, es que no sabéis caminar, que Ni Hablar tuvo que traeros? —dijo el muchacho.

—Se llama Eugene —espetó Lou en la cara del chico—. ¿Alguien sabría decirme dónde están las clases de segundo y sexto?

—Claro —respondió el mismo chico al tiempo que indicaba con la mano—. Las dos están por ahí.

Lou y Oz se volvieron y vieron la entrada del excusado exterior de madera que estaba detrás de la escuela.

—Pero sólo son para los norteños —añadió el chico con una sonrisa maliciosa.

Todos los niños comenzaron a gritar y a reír, y Oz, nervioso, se arrimó a su hermana. Ésta observó el excusado exterior por unos instantes y luego volvió a mirar al chico.

—¿Cómo te llamas? —preguntó.

—Billy Davis —respondió él, orgulloso.

—¿Siempre eres tan perspicaz, Billy Davis?

Billy frunció el entrecejo.

—¿Qué significa eso? ¿Me estás insultando, o qué?

—¿Acaso tú no acabas de insultarnos?

—Sólo he dicho la verdad. El norteño es norteño de por vida, y venir aquí no cambiará las cosas.

El grupo de niños expresó en voz alta su conformidad y Lou y Oz se vieron rodeados por el enemigo. Afortunadamente, la campana de la escuela les salvó y los niños corrieron hacia la puerta. Lou y Oz se miraron y luego siguieron al grupo.

—Me parece que no les caemos bien —musitó Oz.

—Me parece que me da lo mismo —repuso su hermana.

Al cabo de un instante se enteraron de que sólo había una clase que servía para todos los cursos, y que los estudiantes se dividían en grupos según las edades. Había tantas maestras como clases: una. Se llamaba Estelle McCoy y cobraba ochocientos dólares anuales. Era el único trabajo que había tenido y llevaba casi cuarenta años desempeñándolo, lo que explicaba que sus cabellos fueran más blancos que castaño desvaído.

En las tres paredes había sendas pizarras de gran tamaño. En un rincón había una estufa panzuda, de la cual surgía una tubería que llegaba al techo. Una elaborada librería de arce, que parecía fuera de lugar en aquel sencillo lugar, ocupaba otro de los rincones. Tenía puertas de cristal, y Lou vio que contenía varios libros. A su lado, un letrero escrito a mano rezaba: «Biblioteca.»

Estelle McCoy estaba frente a ellos, con las mejillas sonrosadas, una sonrisa de oreja a oreja y con físico regordete cubierto con un brillante vestido floreado.

—Hoy tengo el placer de presentaros a dos alumnos nuevos: Louisa Mae Cardinal y su hermano, Oscar. Louisa Mae y Oscar, ¿seríais tan amables de poneros de pie?

Como si fuera alguien acostumbrado a hacer una reverencia ante el mínimo atisbo de autoridad, Oz se incorporó de un salto. Sin embargo, clavó la mirada en el suelo, desplazando el peso del cuerpo de un pie al otro, como si no pudiera aguantarse las ganas de orinar.

A pesar de la petición de la profesora, Lou se quedó sentada.

—Louisa Mae —repitió Estelle McCoy—, levántate para que te vean, cielo.

—Me llamo Lou.

La sonrisa de Estelle McCoy perdió cierta intensidad.

—Sí..., esto..., su padre fue un escritor muy famoso, Jack Cardinal.

Entonces Billy Davis intervino.

—¿No se murió? Eso es lo que dicen.

Lou fulminó a Billy con la mirada; el niño hizo una mueca.

La profesora parecía nerviosa.

—Billy, por favor. Esto... Como iba diciendo, era famoso y yo fui maestra suya. Espero, con toda la humildad del mundo, haber ejercido alguna influencia en su evolución como escritor. Se dice que los primeros años de formación son los más importantes. Bueno, ¿sabíais que el señor Jack Cardinal dedicó uno de sus libros al presidente de Estados Unidos en Washington?

Lou miró alrededor y se percató de que aquello no significaba nada para los niños de la montaña. De hecho, mencionar la capital de la nación yanqui no era precisamente lo más inteligente. A Lou no le enojó que no mostraran respeto por los logros de su padre sino que, por el contrario, se compadeció de su ignorancia.

Estelle McCoy no estaba preparada para aquel largo silencio.

—Esto..., bueno, bienvenidos, Louisa Mae y Oscar. Estoy segura de que honraréis a vuestro padre aquí, en su... *alma mater*.

Entonces, en el preciso instante en que Oz se sentaba, con la cabeza gacha y los ojos entornados, Lou se puso de pie. Parecía como si Oz temiese lo que su hermana estaba a punto de hacer. Oz sabía que Lou no se amilanaba ante nada. Para Lou no había término medio: o los dos cañones de la escopeta en la cara o seguir viviendo.

Sin embargo, se limitó a decir:

—Me llamo Lou. —Volvió a sentarse.

Billy se inclinó hacia ella.

—Bienvenida a la montaña, señorita Louisa Mae.

Las clases acababan a la tres, pero los niños no se apresuraban en regresar a casa porque sabían que les esperaban tareas varias. En cambio, daban vueltas por el patio en pequeños grupos, intercambiando navajas, yo-yos tallados a mano y tabaco de mascar casero. Las chicas intercambiaban secretos de cocina y costura, y hablaban sobre los cotilleos locales y sobre los chicos. Billy Davis alzó varias veces un árbol joven que habían colocado en las ramas bajas del nogal como si fuera una pesa ante la mirada de admiración de una chica ancha de caderas y con los dientes torcidos pero de pómulos sonrosados y ojos azules.

Mientras Lou y Oz salían, Billy se apartó del árbol en que estaba apoyado y se acercó a ellos con aire despreocupado.

—Vaya, es la señorita Louisa Mae. ¿Has ido a ver al presidente? —preguntó en tono socarrón.

—Por favor, Lou, sigue caminando —rogó Oz.

—¿Te pidió que firmaras uno de los libros de tu padre, aunque esté muerto y enterrado? —dijo Billy, en voz más alta.

Lou se detuvo. Oz, consciente de que no serviría de nada seguir suplicando, retrocedió. Lou se volvió hacia Billy.

—¿Qué te pasa, todavía estás dolido porque los norteños os dimos una patada en el trasero, pedazo de paleto?

Los otros niños, intuyendo que habría gresca, formaron silenciosamente un círculo para evitar que la señora McCoy se diera cuenta de lo que ocurría.

—Será mejor que retires lo que acabas de decir.

Lou dejó caer la mochila.

—Será mejor que me des, si es que puedes.

—No pego a las chicas.

El comentario hizo que Lou se enfadara más de lo que lo hubiera hecho un puñetazo. Agarró a Billy por los tirantes del peto y lo arrojó al suelo, donde quedó boquiabierto, tanto por la fuerza como por la valentía de Lou. El círculo se estrechó aún más.

—Te daré una patada en el trasero si no retiras lo que has dicho —espetó Lou al tiempo que se agachaba y le hundía un dedo en el pecho.

Oz tiró de Lou a medida que el círculo se cerraba todavía más.

—Vamos, Lou, por favor, no pelees. Por favor.

Billy se levantó de un salto y se dispuso a atacar. En lugar de intentar pegar a Lou, sujetó a Oz y lo lanzó al suelo con fuerza.

—Maldito norteño apestoso.

Su mirada de triunfo fue efímera, porque Lou se la borró de un puñetazo. Billy cayó al suelo junto a Oz; la nariz le sangraba profusamente. Lou se sentó encima de Billy antes de que éste tuviese tiempo de reaccionar y lo golpeó con los puños. Billy comenzó a agitar los brazos y dar alaridos como si fuera un perro al que propinaran una paliza. Logró golpear a Lou en el labio, pero ella continuó castigándolo hasta que Billy se quedó quieto y se limitó a protegerse el rostro.

Entonces el círculo se rompió y la señora McCoy se abrió paso. Logró separar a Lou de Billy, si bien el esfuerzo la dejó casi sin aliento.

—¡Louisa Mae! ¿Qué pensaría tu padre si te viera? —exclamó.

Lou respiraba a duras penas y todavía tenía los puños cerrados como si se dispusiera a emprenderla a puñetazos.

Estelle McCoy ayudó a Billy a ponerse en pie. El chico se tapó la cara con la manga y sollozó de forma imperceptible.

—Vamos, dile a Billy que lo sientes —instó la profesora.

Lou, a modo de respuesta, embistió y golpeó de nuevo a Billy. El niño retrocedió de un salto, como si fuera un conejo arrinconado por una serpiente dispuesta a devorarlo.

La señora McCoy sujetó con fuerza el brazo de Lou.

—Louisa Mae, estáte quieta ahora mismo y dile que lo sientes.

—Por mí como si se va al infierno.

Estelle McCoy estuvo a punto de desplomarse al oír semejante expresión en boca de la hija de un hombre famoso.

—¡Louisa Mae! ¡Eso no se dice!

Lou se soltó y echó a correr carretera abajo.

Billy salió disparado en la dirección contraria. Estelle McCoy se quedó con las manos vacías en medio del campo de batalla.

Oz, de quien se habían olvidado por completo durante la reyerta, se incorporó con calma, recogió del suelo la mochila de arpillera de su hermana, la sacudió para limpiarla y le dio un tirón al vestido de la profesora. Ésta le miró.

—Perdóneme, señorita —dijo Oz—, pero se llama Lou.

16

Louisa limpió el corte de la cara de Lou con agua y jabón y le aplicó una tintura casera que escocía como si fuera fuego, aunque Lou aguantó el dolor sin rechistar.

—Me alegro de que hayas empezado con tan buen pie, Lou.

—¡Nos llamaron norteños!

—Vaya, santo Dios —dijo Louisa en un tono de fingida humillación.

—Y le hizo daño a Oz.

Louisa suavizó la expresión del rostro.

—Tenéis que ir a la escuela, cielo. Tenéis que esforzaros por llevaros bien con los demás.

Lou frunció el entrecejo.

—¿Y por qué no se esfuerzan ellos?

—Porque están en casa. Se comportan así porque nunca han visto a nadie como tú.

Lou se levantó.

—No sabes lo que es sentirse como un intruso. —Salió corriendo por la puerta y Louisa la siguió con la mirada al tiempo que sacudía la cabeza.

Oz esperaba a su hermana en el porche delantero.

—Te he dejado la mochila en la habitación —le dijo.

Lou se sentó en los escalones y apoyó el mentón en las rodillas.

—Estoy bien, Lou. —Oz se incorporó, dio una vuelta sobre sí mismo y estuvo a punto de caer al suelo—. ¿Lo ves? No me hizo daño.

—Me alegro, porque si no le habría pegado de verdad.

Oz observó de cerca el corte del labio.

—¿Te duele mucho?

—No siento nada. Tal vez sepan ordeñar vacas y arar los campos, pero los chicos de la montaña no saben pegar.

Alzaron la vista y vieron el coche de Cotton aparcando en el patio delantero. El abogado se apeó, con un libro bajo el brazo.

—Me he enterado de la aventura que habéis protagonizado hoy en la escuela —dijo mientras se acercaba a ellos.

Lou parecía sorprendida.

—Vaya, las noticias vuelan.

Cotton se sentó al lado de los niños.

—Aquí, cuando hay una buena pelea, los habitantes harán lo que sea con tal de que todo el mundo se entere.

—En realidad no fue una pelea —dijo Lou no sin orgullo—. Billy Davis se acurrucó y chilló como un bebé.

—Le hizo un corte en el labio a Lou, pero no le duele —apuntó Oz.

—Nos llamaron norteños, como si fuera una especie de enfermedad —manifestó Lou.

—Bueno, por si te sirve de algo, yo también soy norteño. De Boston. Y me han aceptado. Bueno, al menos la mayoría de ellos.

Lou abrió los ojos como platos al caer en la cuenta de la relación y se preguntó cómo era posible que no se hubiera percatado antes.

—¿Boston? Longfellow. ¿Eres...?

—Henry Wadsworth Longfellow fue el bisabuelo de mi abuelo. Creo que es la forma más sencilla de explicarlo.

—Henry Wadsworth Longfellow. ¡Caramba!

—Sí, ¡caramba! —dijo Oz, si bien no tenía ni idea de quién estaban hablando.

—Sí, sí, caramba. Siempre he querido ser escritor, desde niño.

—Vaya, ¿y por qué no lo eres? —preguntó Lou.

Cotton sonrió.

—Aunque reconozco mejor que muchos las obras inspiradas y bien escritas, cuando intento crearlas me quedo en blanco. Tal vez por eso vine aquí después de sacarme el título en Derecho. Lo más lejos posible del Boston de Longfellow. No soy un abogado excelente pero me defiendo bien. Y tengo tiempo para leer a quienes saben escribir. —Se aclaró la garganta y recitó con voz agradable—: Suelo pensar en la hermosa ciudad, que descansa junto al mar; en pensamientos suelo subir y bajar...

Lou retomó la estrofa:

—Por las agradables calles de esa querida y vieja ciudad. Y vuelvo a sentirme joven.

Cotton parecía impresionado.

—¿Conoces citas de Longfellow?

—Era uno de los preferidos de mi padre.

Cotton sostuvo en alto el libro que llevaba.

—Y éste es uno de mis escritores favoritos.

Lou miró el libro.

—Ésa es la primera novela que escribió mi padre.

—¿La has leído?

—Papá me leyó algunos fragmentos. Una madre pierde a su único hijo y cree que está sola en el mundo. Es muy triste.

—Pero también es una historia sobre cómo curarse, sobre personas que se ayudan. —Hizo una pausa y agregó—: Voy a leérsela a tu madre.

—Papá ya le leyó todos sus libros —apuntó Lou con frialdad.

Cotton se percató de lo que acababa de hacer.

—Lou, no intento reemplazar a tu padre.

Lou se incorporó.

—Era un gran escritor. No necesitaba ir por ahí citando a los demás.

Cotton también se puso de pie.

—Estoy seguro de que si tu padre estuviera aquí te diría que citar a los demás no tiene nada de malo. De hecho, es una muestra de respeto. Y yo respeto el talento de tu padre.

—¿Crees que leerle la ayudará? —inquirió Oz.

—Por mí puedes perder todo el tiempo que quieras. —Lou se alejó.

Cotton estrechó la mano de Oz.

—Gracias por tu permiso, Oz. Haré lo que pueda.

—Vamos, Oz, tenemos cosas que hacer —gritó Lou.

Mientras Oz se marchaba corriendo Cotton miró el libro y luego entró en la casa. Louisa estaba en la cocina.

—¿Has venido a leer? —preguntó.

—Ésa era mi intención, pero Lou me ha dejado bien claro que no quiere que le lea los libros de su padre. Tal vez esté en lo cierto.

Louisa miró por la ventana y vio a Lou y a Oz entrando en el establo.

—Te diré algo; Jack me escribió un montón de cartas durante todos esos años. Me gustaron algunas que me envió desde la universidad. Usa algunas palabras raras, que no entiendo, pero las cartas valen la pena. ¿Por qué no se las lees? Mira, Cotton, creo que lo más importante no es lo que se le lea. Creo que lo mejor que podemos hacer es estar con ella, hacerle saber que no hemos perdido la esperanza.

Cotton sonrió.

—Eres una mujer sensata, Louisa. Creo que es una idea excelente.

Lou entró el cubo lleno de carbón y lo vació en la carbonera que estaba junto a la chimenea. Luego se dirigió sigilosamente hacia el pasillo y aguzó el oído. Percibió un murmullo. Volvió a salir a toda prisa y observó, consumida por la curiosidad, el coche de Cotton. Rodeó corriendo la casa y llegó hasta la ventana del dormitorio de su madre. Estaba abierta, pero no era lo bastante baja para que pudiera ver. Aunque se puso de puntillas, tampoco logró vislumbrar nada.

—¡Hola!

Lou giró sobre los talones y vio a Diamond. Lo cogió del brazo y lo apartó de la ventana.

—No deberías acercarte a la gente de ese modo —dijo Lou.

—Lo siento —replicó él, sonriendo.

Lou se percató de que escondía algo tras la espalda.

—¿Qué tienes ahí?

—¿Dónde?

—Detrás de la espalda, Diamond.

—Oh, eso. Bueno, verás, estaba caminando por el prado y, bueno, los vi allí, tan bonitos. Y juro por Dios que decían tu nombre.

—¿Qué eran?

Diamond le mostró un ramo de azafranes de primavera amarillos y se lo tendió.

El gesto conmovió a Lou pero, por supuesto, no quiso demostrarlo. Le dio las gracias y una palmada en la espalda que lo hizo toser.

—Hoy no te he visto en la escuela, Diamond.

—Oh, bueno. —Parecía incómodo. Jugueteó en el suelo con un pie descalzo, se tiró del peto y miró a todas partes menos a Lou—. Oye, ¿qué estabas haciendo en la ventana cuando llegué? —preguntó finalmente.

Lou se olvidó de la escuela. Tenía una idea y, al igual que Diamond, prefería que las acciones se antepusieran a las explicaciones.

—¿Quieres ayudarme a hacer algo?

Al cabo de un rato Diamond comenzó a moverse, nervioso, y Lou le dio un golpe en la cabeza para que se quedara quieto. A ella le resultaba fácil porque estaba sentada sobre sus hombros mientras escudriñaba el dormitorio de su madre. Amanda estaba recostada en la cama. Cotton estaba en la mecedora, junto a ella, leyendo. Lou, sorprendida, se percató de que no le leía el libro que había traído sino una carta; asimismo, tuvo que reconocer que la voz de Cotton resultaba agradable.

Cotton había elegido la carta que estaba leyendo de entre un grupo que Louisa le había entregado. Había pensado que resultaba la más apropiada.

Bueno, Louisa, seguro que te alegras si te digo que los recuerdos que guardo de la montaña son tan vívidos ahora como el día en que me marché, hace ya tres años. De hecho, no me cuesta nada imaginarme en las montañas de Virginia. Cierro los ojos y, de inmediato, veo a muchos amigos en quienes puedo confiar repartidos aquí y allá como si fueran libros favoritos que se guardan en un lugar especial. Conoces el grupo de abedules que está junto al arroyo. Bueno, cuando las ramas estaban bien juntas siempre pensaba que se transmitían secretos. Entonces, justo delante de mí, varios cervatillos avanzan sigilosamente por la zona donde tus campos arados se acurrucan contra la madera noble. Luego miro al cielo y sigo el vuelo irregular de los cuervos irascibles y después me fijo en un halcón solitario que parece bordado en el cielo de azul cobalto.

Ese cielo. Oh, ese cielo. Tantas veces me contaste que en la montaña parece que basta alargar la mano para cogerlo, sostenerlo, acariciarlo como si fuera un gato soñoliento, admirar su gracia infinita. Siempre consideré que era una manta generosa con la que me apetecía envolverme, Louisa, con la que echarme una larga siestecita en el porche bajo su fresca calidez. Cuando se hacía de noche siempre pensaba en ese cielo hasta que llegaba el rosa ardiente del alba.

También recuerdo que me decías que solías mirar la tierra sabiendo de sobra que jamás te había pertenecido por completo, del mismo modo que no podías exigirle nada al sol ni ahorrar el aire que respirabas. A veces me imagino a nuestros antepasados en la puerta de la casa, observando el mismo suelo. Pero en algún momento la familia Cardinal acabará por desaparecer. Después, mi querida Louisa, anímate, porque las convulsiones de la tierra abierta en los valles, el discurrir de los ríos y las suaves sacudidas de las colinas cubiertas de hierba, con pequeños destellos de luz asomando aquí y allá, como si fueran trozos de oro... Anímate, porque todo ello proseguirá su curso. Nada empeorará, porque, como me explicaste en muchas ocasiones, no somos más que un soplo de mortalidad comparados con la existencia eterna que Dios les ha dado.

Aunque mi vida ahora es distinta y vivo en la ciudad, jamás olvidaré que la transmisión de recuerdos es el vínculo más poderoso en el etéreo puente que une a las personas. Y si hay algo que me enseñaste es que lo que atesoramos en el corazón es el elemento más intenso de nuestra humanidad.

Cotton oyó un ruido y detuvo la lectura. Miró hacia la ventana y alcanzó a ver a Lou antes de que se agachara. Cotton leyó en silencio la última parte de la carta y luego decidió que la leería en voz alta. Así, se dirigiría tanto a la hija, que sabía que acechaba al otro lado de la ventana, como a la madre, que descansaba en el lecho.

Y tras ver que durante todo esos años te comportaste con honestidad, dignidad y compasión, sé que no existe nada tan poderoso como la amabilidad y la valentía de un ser humano que ayuda a otro que se encuentra sumido en la desesperación. Pienso en ti todos los días, Louisa, y seguiré pensando en ti hasta que mi corazón deje de latir. Con todo mi cariño, Jack.

Lou volvió a asomar la cabeza por el alféizar. Subió centímetro a centímetro, hasta ver a su madre. Sin embargo, Amanda no había cambiado. Lou se apartó de la ventana, enfadada. El pobre Diamond se tambaleó peligrosamente, porque con el impulso Lou le había hecho perder el equilibrio. El pobre chico acabó perdiendo el equilibrio, y ambos rodaron por el suelo, emitiendo una serie de gruñidos y gemidos.

Cotton corrió hacia la ventana justo a tiempo para verlos rodear la casa. Se volvió hacia la mujer que yacía en la cama.

—Tiene que volver y unirse a nosotros, señora Amanda —dijo, y luego, como si temiera que alguien le escuchara, añadió en voz baja—: Por muchos motivos.

17

La casa estaba a oscuras y las nubes que cubrían el cielo anunciaban lluvia para la mañana siguiente. Sin embargo, cuando las caprichosas nubes y las frágiles corrientes cubrían las montañas, el clima solía cambiar rápidamente: la nieve se convertía en lluvia y lo claro en oscuro, y la tormenta se desataba cuando menos se la esperaba. Las vacas, puercos y ovejas estaban a resguardo en el establo, porque el *Viejo Mo*, el puma, había rondado por los alrededores, y se decía que la granja de los Tyler había perdido un ternero y los Ramsey un cerdo. Los montañeros proclives a utilizar la escopeta o el rifle mantenían los ojos bien abiertos por si aparecía el viejo carroñero.

Sam y *Hit* permanecían en silencio en su corral. El *Viejo Mo* no los atacaría. Una mula con malas pulgas podría matar a coces a cualquier otro animal en cuestión de minutos.

La puerta principal de la casa se abrió. Oz la cerró sin hacer ruido alguno. Estaba vestido y sujetaba el osito con fuerza. Miró alrededor por unos instantes y luego pasó junto al corral, dejó atrás los campos y se internó en el bosque.

La noche era negra como el carbón, el viento agitaba las ramas de los árboles, en la maleza se oían multitud de movimientos sigilosos y la hierba parecía aferrarse a las piernas de Oz. El pequeño estaba seguro de que había regimientos de duendes vagando en las inmediaciones y que él era su único blanco en la tierra. Sin embargo, había algo en el interior del niño que se había impuesto a aquellos temores, ya que ni en una sola ocasión pensó en volver sobre sus pasos. Bueno, quizás una vez, reconoció. O puede que dos.

Corrió sin parar durante unos minutos, abriéndose paso por lomas, pequeños barrancos entrecruzados y bosques densos. Dejó atrás una última arboleda, se detuvo, esperó por unos instantes y luego se dirigió hacia el prado. Más arriba vislumbró lo que lo había impulsado a hacer aquello: el pozo. Respiró hondo, agarró el osito con fuerza y, armado de valor, se encaminó hacia él. Sin embargo, Oz no era tonto de modo que, por si acaso, susurró:

—Es un pozo de los deseos, no un pozo encantado. Es un pozo de los deseos, no un pozo encantado.

Se detuvo y observó la construcción de ladrillo y mortero, luego se escupió en una mano y se la frotó en la cabeza para darse suerte. Después observó su querido osito durante largo rato y, finalmente, lo colocó con suavidad junto a la boca del pozo y retrocedió.

—Adiós, osito. Te quiero, pero tengo que entregarte. Ya sabes por qué.

Oz no sabía muy bien cómo seguir. Al final, se persignó y entrelazó las manos como si rezara, pensando que aquello satisfaría hasta al más exigente de los espíritus que concedían deseos a los jovencitos que los necesitaban más que nada en el mundo.

—Deseo que mi madre despierte y vuelva a quererme —añadió alzando la vista al cielo. Hizo una pausa y luego añadió con solemnidad—: Y a Lou también.

Se quedó allí, expuesto al viento y a los peculiares sonidos que llegaban de todas partes y eran, estaba seguro de ello, diabólicos. No obstante, a pesar de todo ello, Oz no tenía miedo: había cumplido su misión.

—Amén, Jesús —concluyó.

Poco después de que se volviera y se marchara corriendo, Lou salió de entre los árboles y siguió a su hermano con la mirada. Se dirigió hacia el pozo, se agachó y recogió el osito.

—Oz, mira que eres tonto —susurró para sí.

Lou no lo había dicho de corazón, y se le quebró la voz. Irónicamente, fue Lou, la dura y no el bueno de Oz quien se arrodilló en el suelo húmedo y sollozó. Finalmente, se enjugó la cara con la manga, se puso en pie y le dio la espalda al pozo. Con el osito de Oz apretado contra el pecho comenzó a alejarse de aquel lugar. Algo la hizo detenerse, sin embargo, aunque no sabía exactamente el qué. Pero, sí, el viento inclemente parecía arrastrarla de vuelta hacia lo que *Diamond* Skinner había llamado «pozo de los deseos». Se volvió y lo miró, y a pesar de que la luna parecía haberlos abandonado por completo, tanto a ella como al pozo, el ladrillo resplandecía como si estuviera envuelto en llamas.

Lou no perdió el tiempo. Volvió a dejar el osito en el suelo, introdujo la mano en el bolsillo del peto y la extrajo: la fotografía en que aparecían su madre y ella, todavía enmarcada. Lou depositó la preciada imagen junto al querido osito, retrocedió y, tras sacar una página del libro de su hermano, entrelazó las manos y alzó la vista hacia las alturas. Sin embargo, a diferencia de Oz, no se molestó en persignarse ni en hablar en voz alta y clara al pozo o al cielo. Movió la boca pero no se oyeron palabras, como si no acabara de creer en lo que hacía.

Cuando terminó, giró sobre sus talones tras su hermano, aunque procuró guardar una distancia prudencial. No quería que Oz supiera que lo había seguido, si bien sólo lo había hecho para vigilarlo. Tras ella, el osito y la fotografía yacían tristes junto a los ladrillos, como si fueran una especie de santuario temporal a los muertos.

Como Louisa había predicho Lou y *Hit* llegaron a un acuerdo. Louisa, no sin orgullo, había visto a Lou ponerse en pie cada vez que *Hit* la derribaba; en vez de tenerle más miedo tras cada encontronazo con el astuto animal, Lou se mostraba más decidida y sagaz. «Venga, a arar, mula», decía Lou, y se movía con soltura.

Oz, por su parte, se había convertido en un experto en guiar la enorme grada que *Sam* arrastraba por los campos. Puesto que Oz era poco voluminoso, Eugene había apilado piedras a su alrededor. Los grandes terrones de tierra cedían y se rompían bajo el constante arrastre y la grada acababa suavizando el campo como si fuera la cobertura de una tarta. Tras semanas de trabajo, sudor y músculos agotados, los cuatro se apartaron y evaluaron el terreno que ya estaba preparado para ser plantado.

El doctor Travis Barnes había venido desde Dickens para comprobar el estado de Amanda. Era un hombre corpulento, de rostro rojizo y piernas cortas, con patillas canosas, e iba vestido de negro. A Lou le parecía más un empleado de la funeraria que venía a enterrar un cadáver que un hombre versado en el arte de proteger la vida. Sin embargo, resultó ser amable y estar dotado de un sentido del humor que hizo todo más llevadero dadas las circunstancias. Cotton y los niños esperaron en el salón y Louisa se quedó con Travis durante el reconocimiento. Cuando Travis regresó al salón movía la cabeza y sujetaba con firmeza su maletín negro. Louisa le seguía e intentaba que su semblante resultara alentador. El médico se sentó a la mesa de la cocina y toqueteó la taza de café que Louisa le había servido. Clavó la mirada en la taza durante unos instantes, como si intentara encontrar palabras de consuelo flotando entre los restos de los granos de café y las raíces de achicoria.

—Las buenas nuevas —comenzó a decir— son que, por lo que veo, vuestra madre está bien desde un punto de vista físico. Las heridas han cicatrizado por completo. Es joven y fuerte y puede comer y beber, y mientras le ejercitéis las piernas y los brazos, los músculos no se le debilitarán. —Hizo una pausa, dejó la taza sobre la mesa y añadió—: Pero me temo que también hay malas noticias ya que el problema reside aquí —dijo mientras se tocaba la frente—. Y no podemos hacer gran cosa al respecto. Desde luego, es algo que yo no estoy en condiciones de remediar. Sólo podemos rezar y confiar en que un día salga del estado en que se encuentra.

Oz se tomó aquello con calma y su optimismo apenas se vio mermado. Lou asimiló la información como si ésta corroborara algo que ya sabía.

En la escuela se habían producido menos problemas de los que Lou había imaginado. Ella y Oz se dieron cuenta de que los niños montañeses se mostraban mucho más abiertos que antes de que Lou se enfrentara a Billy. Lou tenía la sensación de que nunca entablaría amistad con ellos, pero al menos la hostilidad había disminuido. Billy Davis no volvió a la escuela durante varios días. Cuando lo hizo, los moretones habían desaparecido casi por completo, si bien había otros más recientes que, a juicio de Lou, se los había causado el terrible George Davis. En cierto modo, Lou se sintió culpable. En cuanto a Billy, la evitó como si fuera una serpiente venenosa, pero así y todo Lou no bajó la guardia. Sabía cómo era el mundo: cuando menos uno se lo esperaba, los problemas le tendían una emboscada.

Estelle McCoy también se contuvo al lado de la muchacha. Resultaba evidente que Lou y Oz estaban mucho más adelantados que los otros niños. Sin embargo, no alardeaban de ello, y Estelle McCoy lo apreciaba. Asimismo, nunca más volvió a llamarla Louisa Mae. Lou y Oz habían donado a la biblioteca una caja de libros suyos, y los niños, uno a uno, se lo habían agradecido. Así pues, se había producido una tregua digna de admiración.

Lou se levantaba antes del alba, realizaba las tareas que le correspondían y luego iba a la escuela y cumplía con sus obligaciones. A la hora del almuerzo se tomaba el pan de maíz y la leche con Oz bajo el nogal, en el cual estaban grabados los nombres y las iniciales de quienes habían estudiado en aquella escuela. Lou nunca había sentido el impulso de hacerlo ya que implicaba una permanencia que no estaba, ni mucho menos, dispuesta a aceptar. Volvían a la granja por la tarde para trabajar y luego se acostaban, exhaustos, poco después de la puesta del sol. Era una vida monótona pero en aquellos momentos Lou lo agradecía.

Los piojos se habían adueñado de Big Spruce, y tanto Lou como Oz habían tenido que restregarse la cabeza con queroseno.

—No os acerquéis al fuego —les había advertido Louisa.

—Es asqueroso —dijo Lou al tiempo que se toqueteaba el pelo apelmazado.

—Cuando fui al colegio y me contagiaron los piojos me pusieron azufre, manteca y pólvora en el pelo —les contó Louisa—. No soportaba el olor y tenía miedo de que alguien encendiera una cerilla y la cabeza me estallara.

—¿Había escuela cuando eras pequeña? —preguntó Oz.

Louisa sonrió.

—Había lo que se llamaba escuela de pago, Oz. Un dólar al mes durante tres meses al año, y era buena estudiante. Éramos unos cien estudiantes en una cabaña de troncos con un suelo de tablones que crujía los días calurosos y se helaba los fríos. El profesor era rápido con la correa y el que se portaba mal tenía que quedarse de puntillas durante media hora con la nariz metida en un círculo que el profesor había dibujado en la pizarra. Yo nunca tuve que ponerme de puntillas. No siempre era buena, pero nunca me pillaron con las manos en la masa. Algunos estudiantes eran adultos que habían regresado de la guerra hacía poco, muchos de ellos mutilados, y que querían aprender a leer y a escribir. Solíamos deletrear las palabras en voz alta. Hacíamos tanto ruido que asustábamos a los caballos. —Le brillaron los ojos—. Tuve un profesor que solía hacer los ejercicios de geografía en su vaca. Siempre que miro un mapa me acuerdo del dichoso animal. —Los miró—. Supongo que puedes llenarte la cabeza en cualquier lugar. Así que aprended lo que tengáis que aprender. Como hizo vuestro padre —añadió, sobre todo pensando en Lou, tras lo cual ésta dejó de quejarse sobre el queroseno que tenía en el pelo.

18

Una mañana Louisa se compadeció de ellos y les dio un sábado libre para que hicieran lo que quisieran. Hacía buen día; la brisa soplaba del oeste, el cielo estaba despejado y las ramas de los árboles, rebosantes de verde, se mecían con suavidad. Diamond y *Jeb* vinieron a buscarlos, porque el primero decía que en el bosque había un lugar especial que quería enseñarles, así que allá fueron.

Apenas había cambiado de aspecto: el mismo pantalón con peto, la misma camisa y los mismos pies descalzos. Lou pensó que seguramente tendría las plantas de los pies tan encallecidas como cascos de caballo, ya que le vio correr por encima de rocas puntiagudas, maderas e incluso por un matorral espinoso y, sin embargo, no apreció que le sangraran y su rostro tampoco denotó gesto alguno de dolor. Llevaba una gorra manchada de aceite hundida hasta las cejas. Lou le preguntó si era de su padre, pero recibió un gruñido por toda respuesta.

Llegaron hasta un roble alto que se elevaba en un claro o, al menos, donde la maleza estaba cortada. Lou vio que había varios trozos de madera serrada clavados en el tronco del árbol, formando una escalera tosca. Diamond apoyó un pie en el primer escalón y comenzó a trepar.

—¿Adónde vas? —preguntó Lou mientras Oz sujetaba con fuerza a *Jeb*, que parecía deseoso de seguir a su dueño.

—A ver a Dios —repuso Diamond al tiempo que señalaba hacia lo alto. Lou y Oz miraron hacia el cielo.

Más arriba vieron varias tablas de madera de pino colocadas en dos de las enormes ramas del roble, formando una especie de plataforma. Sobre una de las ramas más sólidas y resistentes había una lona tendida cuyos laterales estaban sujetos mediante cuerdas a los pinos, formando así una especie de tosca tienda de campaña. Si bien era cierto que prometía diversión, aquel refugio se encontraba a bastante altura del suelo.

Diamond, que se movía con soltura, ya había trepado las tres cuartas partes.

—Venga, vamos —dijo.

Lou, que habría preferido morir de la manera más horrible imaginable antes que admitir que existía algo fuera de su alcance, puso una mano y un pie en sendos escalones.

—Quédate abajo si quieres, Oz —dijo—. No tardaremos mucho. —Comenzó a subir.

—Aquí tengo mis cosas —dijo Diamond para tentarles. Había llegado arriba y sus pies descalzos asomaban por el borde.

Oz, con toda ceremonia, se escupió en las manos, se agarró con fuerza a un trozo de madera y trepó tras su hermana. Se sentaron con las piernas cruzadas sobre las tablas de madera de pino, que formaban un cuadrado de dos metros por dos, con el techo de lona arrojando una sombra agradable, y Diamond les mostró sus pertenencias. Primero, una punta de flecha de sílex que, según les dijo, tenía un millón de años y le había sido entregada en sueños. Luego, de una mohosa bolsa de tela, extrajo el esqueleto de un pequeño pájaro que no se veía desde los tiempos en que Dios creara el universo.

—Quieres decir que se ha extinguido.

—No, quiero decir que ya no está por aquí.

A Oz le llamó la atención un cilindro hueco de metal que tenía un fragmento de cristal encajado en uno de los extremos. Miró a través del mismo y, aunque todo se veía aumentado, el cristal estaba tan sucio y rayado que comenzó a dolerle la cabeza.

—Puedes ver a alguien a varios kilómetros de distancia —aseguró Diamond al tiempo que abarcaba con un ademán la totalidad de su reino—. Enemigo o amigo. —A continuación les enseñó una bala disparada por un fusil U.S. Springfield de 1861.

—¿Cómo lo sabes? —preguntó Lou.

—Porque mi bisabuelo se la dio a mi abuelo y mi abuelo a mí antes de morir. Mi bisabuelo luchó por la Unión, ya sabéis.

—¡Oh! —exclamó Oz.

—Sí, pusieron su cuadro en la pared y todo, eso hicieron. Pero nunca apuntaba a alguien que fuera desarmado. No es justo.

—Eso es admirable —dijo Lou.

—Mirad esto —dijo Diamond. De una pequeña caja de madera extrajo un trozo de carbón y se lo pasó a Lou—. ¿Qué os parece? —preguntó. Lou observó la piedra: estaba cubierta de esquirlas y era rugosa.

—Es un trozo de carbón —aventuró al tiempo que se la devolvía y se limpiaba la mano en el pantalón.

—No, no es sólo eso. Mirad, hay un diamante dentro. Un diamante, como yo.

Oz se movió lentamente y sostuvo la roca.

—¡Oh, oh! —fue cuanto logró articular.

—¿Un diamante? —dijo Lou—. ¿Cómo lo sabes?

—Porque me lo dijo el hombre que me la dio. Y no me pidió nada a cambio y eso que ni siquiera sabía que me llamaba Diamond. Para que veas —añadió indignado al ver la expresión incrédula de Lou. Le quitó el trozo de carbón a Oz—. Todos los días le arranco un trocito. Y llegará el día en que le daré un golpecito y ahí estará, el diamante más grande y bonito del mundo.

Oz miró la piedra con la reverencia que solía reservarse para los adultos y la iglesia.

—¿Y qué harás entonces?

Diamond se encogió de hombros.

—No lo sé. Puede que nada. Puede que lo deje aquí. Puede que te lo dé. ¿Te gusta?

—Si ahí hay un diamante podrías venderlo por un montón de dinero —dijo Lou.

Diamond se frotó la nariz.

—No necesito dinero. En la montaña tengo todo lo que necesito.

—¿Alguna vez te has marchado de la montaña? —preguntó Lou.

Diamond la miró de hito en hito, visiblemente ofendido.

—¿Qué pasa, es que crees que soy un paleto? He ido muchas veces hasta McKenzie's, cerca del río. Y a Tremont.

Lou miró en dirección a los bosques que estaban más abajo.

—¿Y a Dickens?

—¿Dickens? —Diamond estuvo a punto de caerse del árbol—. Se tarda un día en llegar. Además, ¿para qué demonios querría alguien ir allí?

—Porque es diferente de esto. Porque estoy cansada de la tierra y las mulas y el estiércol y de cargar agua —afirmó Lou. Se dio unas palmaditas en el bolsillo—. Y porque tengo veinte dólares que me traje de Nueva York que me están quemando las manos —añadió mirándole fijamente.

La mención de semejante suma dejó pasmado a Diamond, quien no obstante pareció comprender las posibilidades que ofrecería.

—Demasiado lejos para ir a pie —dijo mientras toqueteaba el trozo de carbón como si intentara que surgiese el diamante de su interior.

—Entonces no vayamos a pie —replicó Lou.

Diamond la miró.

—Tremont está más cerca.

—No, Dickens. Quiero ir a Dickens.

—Podríamos ir en taxi —sugirió Oz.

—Si llegamos al puente de McKenzie's —conjeturó Lou— entonces es posible que alguien nos lleve hasta Dickens. ¿Cuánto se tarda en llegar a pie al puente?

Diamond caviló al respecto.

—Bueno, por carretera cuatro horas largas. Es lo que se tarda en bajar, luego hay que volver. La verdad es que es una forma bastante cansada de pasar el día libre.

—¿Hay otro camino que no sea por carretera?

—¿De verdad quieres ir allá abajo? —preguntó Diamond.

Lou respiró hondo.

—Sí, Diamond —respondió.

—Bueno, entonces vámonos. Conozco un atajo. Llegaremos en un santiamén.

Desde la época de la formación de las montañas el agua había continuado erosionando la piedra caliza, creando entre ellas barrancos de cientos de metros de profundidad. La línea de cordilleras se desplazaba a su lado mientras caminaban. El barranco al que llegaron era ancho y aparentemente infranqueable, pero Diamond los condujo hasta un árbol. Los álamos amarillos eran tan gigantescos que se medían con un calibrador que calculaba en metros y no en centímetros. Muchos eran más gruesos que la altura de un hombre y alcanzaban los cuarenta y cinco metros de altura. Un solo álamo proporcionaría una cantidad de madera desorbitada. Un ejemplar en buenas condiciones hacía de puente sobre el barranco.

—Por aquí se ataja mucho —informó Diamond.

Oz se asomó al borde y no vio sino rocas y agua al final de una larga caída y retrocedió como una vaca atemorizada. Lou también parecía vacilante. Sin embargo, Diamond se dirigió hacia el tronco con paso decidido.

—No pasa nada —dijo—. Es grueso y ancho. Mecachis, se puede cruzar con los ojos cerrados. Venga, vamos. —Pasó al otro lado sin siquiera mirar hacia abajo. *Jeb* le siguió corriendo—. Venga, vamos —los apremió al llegar a tierra firme.

Lou puso un pie sobre el álamo pero no dio paso alguno.

—No mires abajo. Es fácil —gritó Diamond desde el otro lado del abismo.

Lou se volvió hacia su hermano.

—Quédate aquí, Oz. Yo lo comprobaré.

Lou apretó los puños y comenzó a caminar sobre el tronco. No apartó la mirada de Diamond ni por un instante y, al poco, llegó al otro lado. Los dos miraron a Oz, quien no hizo ademán de dirigirse hacia el tronco y clavó la mirada en la tierra.

—Sigue, Diamond. Me vuelvo con Oz —dijo Lou.

—No, no. ¿No has dicho que querías ir a la ciudad? Bueno, maldita sea, pues entonces vamos a la ciudad.

—No pienso ir sin Oz.

—No te preocupes.

Diamond volvió corriendo por el puente de álamo tras decirle a *Jeb* que no se moviera. Hizo que Oz se le subiera a la espalda y Lou vio, no sin admiración, cómo cruzaba el puente cargado con Oz.

—Qué fuerte eres, Diamond —declaró Oz al tiempo que se deslizaba con cuidado hasta el suelo con un suspiro de alivio.

—Vaya, eso no es nada. Un oso me persiguió una vez por ese árbol y llevaba a *Jeb* y un saco de harina a la espalda. Y era de noche. Y llovía tanto que parecía que Dios estaba berreando. No veía nada. Estuve a punto de caerme dos veces.

—Vaya, santo Dios —dijo Oz.

Lou disimuló una sonrisa.

—¿Qué le pasó al oso? —preguntó, como si aquello realmente le fascinara.

—Me perdió de vista, se cayó al agua y nunca más volvió a molestarme —respondió.

—Vamos a la ciudad —dijo Lou mientras le tiraba del brazo— antes de que el oso regrese.

Atravesaron otro puente similar, hecho de cuerda y listones de cedro. Diamond les contó que los piratas, los colonos y luego los refugiados confederados habían hecho aquel viejo puente y lo habían reparado en varias ocasiones. Les explicó que sabía dónde estaban enterrados pero que había jurado mantener el secreto a una persona que no pensaba nombrar.

Descendieron por unas laderas tan empinadas que tenían que sujetarse de los árboles, los matojos y los unos de los otros para no caer de cabeza. Lou se detenía de vez en cuando para contemplar el paisaje mientras se agarraba con fuerza de algún árbol joven. Resultaba emocionante bajar por aquel terreno empinado y disfrutar del vasto panorama. Cuando la inclinación disminuyó y Oz comenzó a cansarse, Lou y Diamond se turnaron para llevarlo.

Al pie de la montaña toparon con otro obstáculo. Había un tren que transportaba carbón, de al menos cien vagones; estaba detenido y obstaculizaba el paso. A diferencia de los vagones de los trenes de pasajeros, éstos estaban demasiado juntos para permitir pasar entre ellos. Diamond cogió una piedra y la arrojó contra uno de los vagones. Golpeó el nombre estampado en el mismo: Southern Valley Coal and Gas.

—¿Y ahora qué? —preguntó Lou—. ¿Trepamos? —Observó los vagones cargados y los escasos asideros y se preguntó si sería posible.

—Qué va —replicó Diamond—. Por debajo. —Se metió la gorra en el bolsillo, se tumbó boca abajo y se deslizó entre las ruedas de los vagones. Lou y Oz lo siguieron de inmediato, al igual que *Jeb*. Emergieron por el otro lado y se sacudieron el polvo.

—El año pasado un chico murió cortado por la mitad haciendo lo mismo —informó Diamond—. El tren arrancó cuando aún estaba debajo. Bueno, yo no lo vi, pero he oído decir que el espectáculo no fue nada agradable.

—¿Por qué no nos lo has dicho antes de que nos arrastráramos por debajo? —preguntó Lou, asombrada.

—Porque si os lo hubiera dicho no habrías pasado, ¿a qué no?

En la carretera principal un camión Ramsey Candy se detuvo y les llevó en dirección a Dickens. El conductor, regordete y de uniforme, les dio una chocolatina Blue Banner a cada uno.

—Corred la voz —les dijo—. Son de primera.

—Sin duda —convino Diamond al tiempo que mordía la chocolatina. La masticó lenta y metódicamente, como si fuera un entendido en chocolates buenos probando una remesa nueva—. Si me da otra haré correr la voz el doble de rápido, señor.

Tras un trayecto largo y repleto de baches, el camión les dejó en el centro de Dickens. Diamond tocó el asfalto con los pies descalzos y, acto seguido, comenzó a apoyarse en un pie y luego en otro, alternando.

—¡Qué raro! —exclamó—. No me gusta.

—Diamond, estoy segura de que caminarías sobre clavos sin rechistar —comentó Lou mientras miraba alrededor. Dickens no era ni un bache en la carretera comparado con lo que Lou estaba acostumbrada a ver, pero tras pasar un tiempo en la montaña le parecía que era la metrópoli más sofisticada que había visto en su vida. Aquel sábado por la mañana las aceras estaban repletas de personas, si bien algunas también caminaban por la calzada. La mayoría vestía bien, pero resultaba fácil identificar a los mineros ya que se avanzaban pesadamente, encorvados, y tosían sin cesar.

En la calle habían colgado una pancarta enorme que rezaba «El carbón es el rey» en letras tan negras como el mineral. Debajo de una viga que sobresalía de uno de los edificios a la cual se había atado la pancarta se encontraba una oficina de la Southern Valley Coal and Gas. Había una hilera de hombres entrando y otra saliendo, todos muy sonrientes y aferrándose unos al dinero en metálico y los otros a la promesa de un buen trabajo.

Los hombres, vestidos con terno y sombrero flexible de fieltro, arrojaban monedas de plata a los niños que esperaban impacientes en la calle. El concesionario de automóviles vendía más que nunca y las tiendas estaban repletas de artículos de calidad y de personas deseosas de comprarlos. Resultaba evidente que la prosperidad se había apoderado de aquel pueblo situado al pie de la montaña. En el ambiente se respiraba felicidad y energía, lo que provocó que Lou añorara la ciudad.

—¿Cómo es que tus padres nunca te han traído aquí? —le preguntó a Diamond mientras caminaban.

—Porque nunca han tenido motivos para venir aquí —respondió él.

Se metió las manos en los bolsillos y observó un poste telefónico cuyos cables se introducían en un edificio. Luego vio saliendo de una tienda a un hombre encorvado con traje y a un niño con pantalones de deporte negros y una camisa de vestir que llevaba una enorme bolsa de papel llena. Los dos se encaminaron hacia uno de los coches aparcados junto a los bordillos de la calle y el hombre abrió la puerta. El niño miró a Diamond y le preguntó de dónde era.

—¿Cómo sabes que no soy de aquí? —preguntó Diamond mientras lo miraba fijamente.

El chico observó el rostro y las prendas sucias de Diamond, sus pies descalzos y el cabello alborotado, luego subió al coche y cerró la puerta.

Continuaron caminando y pasaron por delante de la gasolinera Esso con los surtidores idénticos y un hombre sonriente con el uniforme de la empresa y rígido como la estatua del indio de los estancos. Luego escudriñaron a través del cristal de una tienda Rexall, donde se liquidaba «todo lo que hay en el escaparate». Las dos docenas de artículos variados costaban unos tres dólares cada uno.

—No lo entiendo. Todo eso lo puede hacer uno mismo. No pienso comprarlo —dijo Diamond tras percatarse de que Lou tenía la tentación de entrar y comprar cuanto había en el escaparate.

—Diamond, hemos venido a gastarnos el dinero. Diviértete.

—Me estoy divirtiendo —repuso él frunciendo el entrecejo—. No me digas que no me estoy divirtiendo.

Pasaron junto al Dominion Café y sus letreros de Chero Coke y «Se venden helados», y entonces Lou se detuvo.

—Entremos —dijo.

Lou sujetó la puerta con fuerza, la abrió, lo cual hizo tintinear una campana, y entró. Oz la siguió. Diamond se quedó fuera el tiempo suficiente para expresar su desagrado y luego se apresuró a entrar.

El local olía a café, humo de leña y tartas de fruta. Del techo colgaban paraguas a la venta. Había un banco junto a una de las paredes y tres taburetes atornillados al suelo con asientos verdes y acolchados frente a un mostrador que llegaba a la altura de la cintura. En las vitrinas había recipientes de cristal llenos de caramelos. Había también una sencilla máquina de helados y batidos y a través de unas puertas de cantina oyeron el ruido de platos y les llegó el aroma de la comida cocinada. En un rincón había una estufa panzuda y la tubería para el humo, sujeta por un cable, atravesaba una de las paredes.

Un hombre con camisa blanca, mangas recogidas hasta el codo, corbata pequeña y delantal entró procedente de la cocina y se instaló detrás del mostrador. Tenía un rostro agradable y el cabello peinado con raya al medio, cubierto con abundante brillantina.

Los miró como si fueran una brigada del ejército de la

Unión enviada por orden directa del general Grant para humillar un poco más a las buenas gentes de Virginia. Retrocedió un paso cuando los vio avanzar hacia él. Lou se sentó en uno de los taburetes y miró la carta escrita en cursiva en una pizarra. El hombre retrocedió un poco más. Deslizó la mano y los nudillos golpearon una vitrina colocada en la pared. La frase «No se fía» estaba escrita con gruesos trazos blancos en el cristal.

Lou, en respuesta a un gesto tan poco sutil, extrajo cinco billetes de un dólar y los alineó en el mostrador. El hombre vio el dinero y sonrió, dejando entrever un diente de oro. Acto seguido, Oz se sentó en otro taburete, se inclinó sobre el mostrador y olió los maravillosos aromas que llegaban a través de las puertas de bar. Diamond se quedó atrás, como si quisiera estar lo más cerca posible de la puerta por si tenían que salir corriendo.

—¿Cuánto cuesta un trozo de tarta? —preguntó Lou.

—Cinco centavos —respondió el hombre sin apartar la mirada de los cinco dólares.

—¿Y la tarta entera?

—Cincuenta centavos.

—Entonces con el dinero que tengo podría comprar diez tartas, ¿no?

—¿Diez tartas? —exclamó Diamond—. ¡Toma ya!

—Exacto —se apresuró a responder el hombre—. Y también podemos hacértelas. —Miró a Diamond, de arriba abajo y preguntó—: ¿Va con vosotros?

—No, ellos van conmigo —dijo Diamond al tiempo que se dirigía sin prisa hacia el mostrador enganchando con los pulgares los tirantes del peto.

Oz observó otro letrero que había en la pared:

«Sólo se sirve a blancos» —leyó en voz alta y luego, turbado, miró al hombre—. Bueno, nosotros somos rubios y Diamond es pelirrojo. ¿Significa eso que sólo sirven tarta a los viejos?

El hombre miró a Oz como si a éste le pasara «algo» en la cabeza, se metió un palillo entre los dientes y observó a Diamond.

—¿De dónde eres, chico? ¿De la montaña?

—No, de la luna. —Diamond se inclinó hacia delante y sonrió de forma exagerada—. ¿Quieres ver mis dientes verdes?

Como si estuviera blandiendo una espada minúscula, el hombre agitó el palillo delante de la cara del chico.

—De modo que nos ha salido listillo. Pues ya puedes marcharte de aquí ahora mismo. Venga, andando. ¡Regresa a la montaña a la que perteneces y quédate allí!

En lugar de obedecer, Diamond se puso de puntillas, cogió uno de los paraguas que colgaban del techo y lo abrió.

El hombre salió de detrás del mostrador.

—No hagas eso. Da mala suerte.

—Vaya, pues ya lo he hecho. A lo mejor una roca cae rodando por la ladera de la montaña y te aplasta.

Antes de que el hombre le alcanzara, Diamond arrojó el paraguas abierto, el cual cayó sobre la máquina de soda e hizo que un chorro saliera disparado y manchara de marrón una de las vitrinas.

—¡Eh! —gritó el hombre, pero Diamond ya se había marchado corriendo.

Lou se apresuró a recoger el dinero y se dispuso a abandonar el local seguida por su hermano.

—¿Adónde vais? —preguntó el hombre.

—He decidido que no me apetece la tarta —respondió Lou afablemente, y salió del local.

—¡Paletos! —le oyeron gritar.

Alcanzaron a Diamond y los tres se echaron a reír, los habitantes de Dickens pasaban por su lado y los miraban con curiosidad.

—Me alegro de que os lo estéis pasando tan bien —dijo una voz.

Se volvieron y vieron a Cotton, vestido con chaleco, corbata y abrigo, con el maletín en la mano y expresión alborozada.

—Cotton —dijo Lou—. ¿Qué haces aquí?

Cotton señaló hacia el otro lado de la calle y dijo:

—Pues resulta que trabajo aquí, Lou.

Los tres miraron hacia el lugar que había indicado. El juzgado se elevaba ante ellos, los bonitos ladrillos sobre el feo hormigón.

—Vaya, ¿qué hacéis por aquí? —preguntó.

—Louisa nos ha dado el día libre. Hemos estado trabajando duro —respondió Lou.

Cotton asintió.

—Ya lo creo.

Lou observó el bullicio que les rodeaba.

—Cuando vi este lugar por primera vez me sorprendí. Parece muy próspero.

Cotton miró en torno.

—Bueno, las apariencias engañan. Lo que sucede en esta parte del Estado es que nos dedicamos a una industria hasta que agotamos los recursos por completo. Primero fue la madera y ahora la mayoría de los trabajos depende del carbón. La gran parte de los negocios de por aquí depende de las personas que invierten dólares en la industria minera. Si eso desaparece este lugar dejará de parecer próspero. Un castillo de naipes se desmorona rápidamente. Quién sabe, es probable que dentro de cinco años Dickens ni siquiera exista. —Se volvió hacia Diamond y sonrió—. Pero los de la montaña seguirán aquí. Siempre logran arreglárselas. —Miró nuevamente a su alrededor—. Os diré algo: tengo que hacer varias cosas en el juzgado; hoy no hay ninguna sesión pero siempre hay algo de trabajo. Podríamos quedar allí dentro de dos horas y luego estaría encantado de invitaros a comer.

—¿Dónde? —preguntó Lou.

—En un sitio que creo os gustará, Lou. Se llama New

York Restaurant. Abre las veinticuatro horas y se puede desayunar, almorzar o cenar a cualquier hora del día o de la noche. Claro que en Dickens no hay muchas personas que estén levantadas después de las nueve de la noche, pero supongo que resulta alentador pensar que es posible tomar huevos revueltos, sémola de maíz y beicon a medianoche.

—Dos horas —repitió Oz—, pero no tenemos forma de saber qué hora es.

—Bueno, en el juzgado hay una torre del reloj, pero suele atrasarse. Mira, Oz, toma. —Cotton extrajo su reloj de bolsillo y se lo dio—. Úsalo y cuídalo. Es un regalo de mi padre.

—¿Te lo regaló cuando decidiste venir aquí? —inquirió Lou.

—Eso mismo. Me dijo que tendría mucho tiempo libre y supongo que quería que siempre supiese qué hora era. —Se llevó una mano al ala del sombrero a modo de saludo—. Dos horas —repitió, y se alejó caminando.

—¿Qué haremos durante las dos horas? —preguntó Diamond.

Lou miró a su alrededor y los ojos se le encendieron.

—Vamos —dijo y comenzó a correr—. Ha llegado la hora de que vea una peli, señor Diamond.

Durante casi dos horas estuvieron en un lugar bien remoto de Dickens, Virginia, los montes Apalaches y las preocupaciones de la vida diaria. Se sumergieron en la impresionante tierra de *El mago de Oz*, que gozaba de gran éxito en los cines de la zona. Cuando salieron, Diamond los acribilló a preguntas sobre cómo era posible lo que acababan de ver.

—¿Es obra de Dios? —les preguntó en más de una ocasión en voz baja.

—Vamos o llegaremos tarde —apremió Lou al tiempo que señalaba el juzgado.

Cruzaron la calle corriendo y subieron los anchos escalones del juzgado. Un ayudante del sheriff, uniformado y con un bigote poblado, los detuvo.

—¿Adónde creéis que vais?

—Tranquilo, Howard, vienen a verme —dijo Cotton saliendo por la puerta—. Puede que algún día sean abogados. Vienen a visitar los tribunales de justicia.

—Dios no lo quiera, Cotton, no necesitamos más abogados buenos —dijo Howard sonriendo y luego se retiró.

—¿Os habéis divertido? —preguntó Cotton.

—Acabo de ver un león, un maldito espantapájaros y un hombre de hojalata en una pared enorme —dijo Diamond—, y todavía no sé cómo lo han hecho.

—¿Queréis ver dónde trabajo cada día? —instó Cotton.

Los tres gritaron que sí. Antes de entrar Oz le devolvió el reloj de bolsillo a Cotton con aire de solemnidad.

—Gracias por cuidarlo, Oz.

—Han pasado dos horas justas —dijo el pequeño.

—La puntualidad es una virtud —dijo el abogado.

Entraron en el juzgado y *Jeb* se quedó fuera, esperándolos. El amplio pasillo estaba repleto de puertas a ambos lados, y sobre las mismas colgaban placas de latón que anunciaban «Registro matrimonial», «Recaudación de impuestos», «Nacimientos y defunciones», «Abogado del Estado», etcétera. Cotton les explicó cada una de las funciones y luego les mostró la sala del tribunal, tras lo cual Diamond dijo que nunca había visto un sitio que fuera tan grande como aquél. Cotton les presentó a Fred, el funcionario del juzgado, que acababa de salir de otra dependencia cuando habían entrado. Les informó que el juez Atkins se había ido a almorzar.

En las paredes había retratos de hombres canos vestidos con togas negras. Los niños pasaron las manos por la madera labrada y, por turnos, se sentaron en el estrado y en la tribuna del jurado. Diamond quiso sentarse en la silla del juez pero ni Cotton ni Fred creyeron que fuera buena idea. Diamond, aprovechando los momentos en que no le miraban, se sentó de todas maneras y luego se marchó, henchido como un gallito, hasta que Lou, que había visto la infracción, le dio un golpe en las costillas y le bajó los humos.

Salieron del juzgado y se encaminaron al siguiente edificio, que albergaba varios despachos pequeños, entre los que se encontraba el de Cotton. Era una estancia grande con un suelo de roble que crujía y estanterías en tres de las paredes sobre las que descansaban libros de Derecho gastados, cajas de testamentos y escrituras, y un bonito ejemplar de los Estatutos de Virginia. Un enorme escritorio de nogal, repleto de documentos y con un teléfono, ocupaba el centro de la habitación. Había un viejo cajón que hacía las veces de papelera y, en un rincón, un perchero. De éste no colgaba sombrero alguno, y en el lugar en que debían estar los paraguas sólo se veía una vieja caña de pescar. Cotton dejó que Diamond marcara un número en el teléfono y hablara con Shirley, la operadora. El chico estuvo a punto de morirse del susto cuando oyó una voz áspera al otro lado de la línea.

Cotton les enseñó a continuación el apartamento en que vivía, ubicado en la parte superior del mismo edificio. Tenía una cocina pequeña, repleta de verduras en conserva, tarros de melaza y pan y encurtidos, sacos de patatas, mantas y faroles, entre muchos otros objetos.

—¿De dónde has sacado todo eso? —preguntó Lou.

—La gente no siempre cuenta con dinero. A veces pagan las facturas con lo que tienen. —Abrió una nevera pequeña y les enseñó trozos de pollo, ternera y beicon—. No puedo ponerlo en el banco, pero de lo que no cabe duda es de que sabe mucho mejor que el dinero.

Había un dormitorio minúsculo con un catre de tijera, una lamparita en una pequeña mesa de noche y otra habitación más grande tan llena de libros que parecía imposible que cupieran más.

Mientras observaban las pilas de libros Cotton se quitó las gafas.

—No es de extrañar que me esté quedando ciego —dijo.

—¿Te has leído todos los libros? —preguntó Diamond, sorprendido.

—Me declaro culpable. De hecho, muchos los he leído más de una vez.

—En una ocasión leí un libro —dijo Diamond, no sin orgullo.

—¿Cómo se titulaba? —preguntó Lou.

—No me acuerdo bien, pero estaba lleno de dibujos. No, retiro lo dicho, he leído dos libros contando la Biblia.

—Creo que la Biblia cuenta, Diamond —dijo Cotton, sonriendo—. Ven aquí, Lou. —Cotton le enseñó una estantería repleta de volúmenes cuidadosamente ordenados; muchos de ellos eran obras de autores famosos encuadernadas en cuero—. Éste es el lugar reservado para mis escritores favoritos.

Lou observó los títulos y, acto seguido, vio todas las novelas y recopilaciones de cuentos que su padre había escrito. Cotton intentaba congraciarse pero Lou no estaba de humor para ello.

—Tengo hambre —dijo Lou—. ¿Podemos comer ya?

En el New York Restaurant no servían nada ni remotamente parecido a la oferta de Nueva York, pero la comida era buena y Diamond se tomó el primer refresco de su vida. Le gustó tanto que se bebió otros dos. Luego caminaron por la calle, saboreando caramelos de menta. Entraron en una tienda de saldos y oportunidades y Cotton les explicó que, debido a la inclinación de la tierra, las seis plantas de la tienda estaban a ras del suelo, hecho del que se había llegado a hablar en los medios de comunicación nacionales.

—Dickens destaca por los ángulos únicos que forma la tierra —dijo, riendo entre dientes.

La tienda estaba repleta de artículos de confección, herramientas y productos alimenticios. El intenso aroma del café y del tabaco parecía haberse adueñado del lugar. Varias colleras colgaban junto a unas estanterías con bobinas de hilo, colocadas cerca de unos enormes barriles llenos de dulces. Lou compró varios pares de calcetines para ella y una navaja para Diamond, quien se mostró reacio a aceptarla hasta que Lou le dijo que, a cambio, tendría que tallarle algo. También compró un osito de peluche para Oz, y se lo dio sin decirle nada sobre el destino del otro.

Lou desapareció durante unos minutos y regresó con un regalo para Cotton. Era una lupa.

—Así podrás leer mejor todos esos libros —le dijo, sonriendo.

—Gracias, Lou. —Cotton le devolvió la sonrisa—. Así, cada vez que abra un libro, me acordaré de ti.

Lou le compró un chal a Louisa y un sombrero de paja a Eugene. Oz le pidió dinero prestado y se fue con Cotton a curiosear. Cuando volvieron llevaba un paquete envuelto en papel marrón y se negó categóricamente a revelar qué era.

Tras pasear por el pueblo, mientras Cotton les enseñaba cosas que Lou y Oz ya habían visto pero que Diamond no, entraron en el Oldsmobile de Cotton, que estaba aparcado frente al juzgado. Salieron de Dickens, Diamond y Lou apretados en el asiento trasero descubierto y Oz y *Jeb* en el delantero junto a Cotton. El sol comenzaba a descender y la brisa les resultaba agradable. Tenían la sensación de que no existía nada más hermoso que el sol poniéndose tras las montañas.

Pasaron por Tremont y al poco cruzaron el pequeño puente situado cerca de McKenzie's e iniciaron el ascenso. Llegaron a un cruce con la vía del tren y en lugar de proseguir por la carretera Cotton viró y condujo el Oldsmobile por las vías.

—Es mejor que por la carretera —explicó—. Ya la retomaremos después. En las estribaciones hay asfalto y macadán, pero aquí no. Las carreteras de la montaña se construyeron con manos que usaban picos y palas. La ley decía que cualquier hombre sano entre dieciséis y sesenta años tenía que ayudar a construir las carreteras durante diez días al año con sus propias herramientas y sudor. Sólo se libraban los profesores y los curas, aunque supongo que esos trabajadores rezarían de vez en cuando. Hicieron un buen trabajo, construyeron unos ciento treinta kilómetros de carretera en cuarenta años, pero viajar por la misma todavía deja el trasero dolorido.

—¿Y si viene un tren? —preguntó Oz, preocupado.

—Entonces supongo que tendremos que apartarnos —contestó Cotton.

Finalmente, oyeron el pitido y Cotton detuvo el coche en un lugar seguro y esperó. A los pocos minutos un tren cargado hasta los topes pasó junto a ellos, como si fuera una serpiente de enormes dimensiones. Avanzaba lentamente porque en las vías había muchas curvas.

—¿Lleva carbón? —inquirió Oz al tiempo que observaba las grandes piedras que se veían en los vagones.

Cotton negó con la cabeza.

—Es coque. Se extrae del cisco y se prepara en los hornos. Lo llevan a las plantas de laminación de acero. —Sacudió lentamente la cabeza—. Los trenes llegan vacíos y se van llenos. Carbón, coque, madera... Nunca traen nada, excepto más mano de obra.

En un ramal de la línea principal, Cotton les señaló una población minera compuesta de pequeñas casas idénticas con una vía férrea justo en el centro y una tienda de la empresa que, según les explicó Cotton, que conocía el lugar, estaba repleta de artículos. Una larga serie de edificaciones de ladrillo adosadas con forma de colmena ocupaba uno de los caminos. En todas había una puerta metálica y una chimenea cubierta de suciedad. De los cañones de las chimeneas se elevaban columnas de humo que ennegrecían más aún el cielo oscuro.

—Hornos de coque —explicó Cotton.

Vieron una casa grande frente a la cual estaba aparcado un resplandeciente y nuevo Chrysler Crown Imperial. Cotton les dijo que era la casa del encargado de la mina. Al lado había un corral con varias yeguas y un par de añojos saltando y correteando.

—Tengo que ocuparme de un asunto personal —dijo Diamond, que ya había comenzado a desabrocharse los tirantes del peto—. Demasiados refrescos. Iré detrás de esa cabaña; no tardaré nada.

Cotton detuvo el coche, Diamond se apeó y se alejó corriendo. Cotton y los niños hablaron mientras esperaban, y el abogado les explicó otros asuntos de interés.

—Ésta es una explotación hullera de Southern Valley. Se llama Clinch Número Dos. Da mucho dinero, pero el trabajo es muy duro, y tal como la empresa gestiona las tiendas los mineros acaban debiendo más a la empresa de lo que les pagan. —Cotton guardó silencio y miró pensativo en la dirección en que Diamond se había ido, con el ceño fruncido, y luego prosiguió—. Los mineros también enferman y mueren de neumoconiosis o a consecuencia de derrumbamientos, accidentes y cosas parecidas.

Se oyó un pitido y vieron emerger de la entrada de la mina a un grupo de hombres con el rostro ennegrecido y, probablemente, exhaustos. Un grupo de mujeres y niños corrió a su encuentro; todos se encaminaron hacia las casas idénticas, las fiambreras metálicas de la comida y sacando los cigarrillos y las petacas para echar un trago. Otro grupo de hombres, que parecían tan agotados como los anteriores, paró lentamente por su lado para ocupar su lugar bajo la superficie de la tierra.

—Antes había tres turnos, pero ahora sólo hay dos —informó Cotton—. El carbón se está acabando.

Diamond regresó y se subió de un salto al asiento trasero.

—¿Estás bien, Diamond? —preguntó Cotton.

—Ahora sí —respondió el chico al tiempo que esbozaba una sonrisa y se le encendían los felinos ojos verdes.

Louisa se enfadó cuando supo que habían estado en Dickens. Cotton le explicó que no debería haber retenido a los niños tanto tiempo y que, por lo tanto, él era el culpable. Sin embargo, Louisa replicó que recordaba que su padre había hecho lo mismo y que era difícil eludir el espíritu de los antepasados, así que no pasaba nada. Louisa aceptó el chal, emocionada hasta las lágrimas, y Eugene se puso el sombrero y aseguró que era el mejor regalo que le habían hecho en toda la vida.

Tras la cena Oz se excusó y se dirigió al dormitorio de su madre. Lou, curiosa, lo siguió y se puso a espiarlo por la pequeña rendija que quedaba entre la puerta y la pared. Oz desenvolvió cuidadosamente el paquete que había comprado en el pueblo y sostuvo con firmeza un cepillo para el pelo. El rostro de Amanda transmitía serenidad, y como de costumbre, tenía los ojos cerrados. Para Lou su madre era una princesa que yacía medio moribunda, y ninguno de ellos poseía el antídoto necesario para devolverla a la vida. Oz se arrodilló en la cama y comenzó a cepillarle el pelo a Amanda y a contarle lo bien que se lo habían pasado ese día. Lou vio que le costaba utilizar el cepillo, de modo que entró para ayudarlo. Sostuvo los cabellos de su madre y le enseñó a Oz cómo debía manejar el cepillo. A Amanda le había crecido el pelo, pero todavía era corto.

Más tarde Lou se retiró a su habitación, puso a un lado los calcetines que se había comprado, se tumbó en la cama completamente vestida, pensando en el maravilloso día que habían pasado en el pueblo, y no cerró los ojos ni una vez hasta que llegó la hora de ordeñar las vacas a la mañana siguiente.

19

Varias noches después estaban sentados a la mesa, cenando, mientras fuera diluviaba. Habían invitado a Diamond, que a modo de impermeable se había puesto una vieja lona hecha jirones con un agujero para introducir la cabeza. *Jeb* se había sacudido y dirigido hacia la chimenea, como si la casa fuera suya. Cuando Diamond se hubo quitado la lona que lo cubría, Lou observó que llevaba algo atado al cuello, y que no olía precisamente bien.

—¿Qué es eso? —preguntó Lou al tiempo que se tapaba la nariz, ya que el hedor resultaba insoportable.

—Asa fétida —respondió Louisa—. Una raíz. Previene contra las enfermedades. Diamond, cielo, creo que si te calientas junto a la chimenea podrías dármela. Gracias. —Aprovechando que el chico no miraba, Louisa salió al porche trasero y arrojó la raíz hedionda a la oscuridad.

De la sartén de Louisa surgía un delicioso aroma a manteca y costillas. Éstas procedían de uno de los puercos que habían tenido que sacrificar. La mantanza solía realizarse en invierno, pero, dadas las circunstancias, se habían visto obligados a hacerlo en primavera. Eugene lo había matado mientras los niños estaban en la escuela. Sin embargo, Oz insistió tanto que Eugene aceptó que lo ayudara a vaciar el puerco y sacarle las costillas, la falda, el beicon y el mondongo. No obstante, cuando Oz vio el animal muerto colgado de un trípode de madera con un gancho de acero atravesándole la boca ensangrentada y un caldero de agua hirviendo cerca que, pensó, esperaba el pellejo de un pequeñín como él para proporcionar el mejor de los sabores, salió corriendo. Los gritos resonaron por todo el valle, como si un gigante se hubiera golpeado en el dedo gordo del pie. Eugene se había quedado admirado ante la velocidad y la capacidad pulmonar de Oz, y luego había comenzado a descuartizar el puerco.

Todos comieron la carne con ganas, así como los tomates en conserva y las judías verdes que habían pasado seis meses macerándose en salmuera y azúcar, y las alubias pintas que quedaban.

Louisa llenó todos los platos salvo el suyo. Mordisqueó el tomate y las judías y mojó el pan de maíz en la manteca caliente, pero eso fue todo. Sorbió un poco de café de achicoria y miró a los demás, que se reían de alguna tontería que había dicho Diamond. Escuchó la lluvia que caía sobre el tejado. De momento todo iba bien, aunque el que lloviera entonces no significaba nada; si no llovía en julio y agosto la cosecha sería polvo, y el polvo nunca le había llenado el estómago a nadie. Pronto comenzaría la recolección: maíz, judías trepadoras, tomates, calabazas, cidras, colinabos, patatas tardías, coles, boniatos y judías verdes. En el suelo ya había patatas y cebollas bien apiladas para evitar la escarcha. Este año la tierra se portaría bien con ellos; ya era hora de que así fuera.

Louisa continuó escuchando la lluvia. «Gracias, Señor, pero asegúrate de que tu generosidad también nos llegue este verano. No demasiado porque los tomates se echan a perder ni muy poco porque el maíz apenas crece hasta la cintura. Sé que pido mucho, pero te lo agradecería infinitamente», pensó. Dijo «amén» en silencio y luego se esforzó por unirse a los demás y disfrutar de la velada.

Llamaron a la puerta. Era Cotton; llevaba el abrigo empapado a pesar de que la distancia que separaba el coche del porche era poca. No parecía el de siempre ya que ni siquiera sonreía. Aceptó una taza de café, un poco de pan de maíz y se sentó junto a Diamond. El chico levantó la vista hacia él, como si supiera lo que se avecinaba.

—El sheriff ha venido a verme, Diamond.

Todos miraron primero a Cotton y luego al chico. Oz tenía los ojos abiertos como platos.

—¿Y eso? —preguntó Diamond mientras se introducía en la boca un tenedor lleno de judías y cebolla.

—Parece ser que una pila de excremento de caballo entró en el nuevo Chrysler del encargado de la mina Clinch Número Dos. El hombre se sentó en el coche sin saberlo, a oscuras, y como estaba resfriado no olió el estiércol. Comprensiblemente, la experiencia le enojó bastante.

—Caray, qué raro —dijo Diamond—. Me pregunto cómo se las ingeniaría el caballo para entrar allí. Seguramente se apoyó en la ventana y lo dejó caer. —Acto seguido, Diamond continuó comiendo aunque no así los demás.

—Recuerdo que te dejé salir por allí para solucionar algún asuntillo personal cuando volvíamos de Dickens.

—¿Se lo has dicho al sheriff? —se apresuró a preguntar Diamond.

—No —repuso Cotton—, curiosamente la memoria me falló justo cuando me lo preguntó. —Vio que el chico parecía aliviado, y prosiguió—: Pero pasé una hora terrible en el juzgado con el encargado y un abogado de la empresa minera; ambos estaban completamente seguros de que aquello había sido obra tuya. Pero, claro, gracias a mis prudentes repreguntas logré demostrar que no había testigos presenciales ni ninguna prueba que te relacionara con este... asuntillo. Y, por suerte, no se pueden tomar huellas dactilares en el excremento de caballo. El juez Atkins se mostró de acuerdo conmigo, así que, bueno, ésa es la situación. Pero los de la mina nunca olvidan nada, hijo, ya lo sabes.

—Yo tampoco —replicó Diamond.

—¿Por qué iba a hacer algo así? —preguntó Lou.

Louisa miró a Cotton, éste le devolvió la mirada y luego dijo:

—Diamond, estoy contigo, hijo, te lo digo en serio. Lo sabes. Pero la ley no. Y la próxima vez tal vez no sea tan fácil salir airosos. Y es probable que la gente empiece a solucionar las cosas a su manera. Así que te aconsejo que te andes con ojo. Te lo digo por tu bien, hijo, lo sabes de sobra.

Cotton se levantó y se puso el sombrero. No quiso responder a más preguntas por parte de Lou ni quedarse a dormir. Se detuvo y miró a Diamond, que observaba lo que quedaba de comida sin excesivo entusiasmo.

—Diamond, cuando los de la mina se largaron, el juez Atkins y yo nos reímos un buen rato. Diría que ha sido un buen modo de acabar con tu incipiente carrera de abogado, hijo. ¿Estamos?

Finalmente, el chico sonrió y dijo:

—Estamos.

20

Una mañana Lou se levantó temprano, antes incluso que Louisa y Eugene, porque no escuchó ningún movimiento abajo. Se había acostumbrado a vestirse a oscuras, y no tenía dificultad ni siquiera cuando se ataba los cordones de las botas. Se acercó a la ventana y miró hacia fuera. Estaba tan oscuro que tuvo la sensación de encontrarse bajo el agua. Se estremeció porque creyó ver que algo salía del establo para desaparecer al cabo de un instante, como por arte de magia. Abrió la ventana para ver mejor pero, fuera lo que fuera, ya no estaba allí. Debía de haberlo imaginado.

Bajó las escaleras lo más silenciosamente posible, se encaminó hacia la habitación de Oz para despertarlo pero se detuvo en la puerta del dormitorio de su madre. Estaba entreabierta, y Lou permaneció allí durante unos instantes, como si algo le impidiera el paso. Se apoyó en la pared, se desplazó un poco, deslizó las manos por el marco de la puerta y se echó hacia atrás. Finalmente, Lou asomó la cabeza en el dormitorio.

Se sorprendió al ver dos figuras en la cama. Oz estaba tumbado junto a su madre. Llevaba unos calzoncillos largos y las pantorrillas se le veían un poco porque las perneras se le habían subido y se había puesto unos gruesos calcetines de lana. Tenía el trasero un tanto elevado y el rostro ladeado de modo que Lou lo veía a la perfección. Sonreía dulcemente y sujetaba con fuerza el nuevo osito.

Lou entró con sigilo y le colocó la mano en la espalda. Oz no se movió y Lou deslizó la mano hacia abajo y tocó con suavidad el brazo de su madre. Cuando ejercitaba las extremidades de su madre una parte de Lou siempre confiaba en que ésta empujase un poco. Sin embargo, nunca sucedía, no era más que un peso muerto. Al producirse el accidente Amanda había demostrado que poseía una gran fuerza, y había evitado que sus hijos resultaran heridos. Lou pensó que al salvarlos tal vez la hubiese agotado por completo. Lou los dejó allí y se dirigió a la cocina.

Puso carbón en la chimenea del salón, encendió el fuego y se sentó frente al mismo durante un rato para que el calor calentara su cuerpo aterido. Al alba abrió la puerta y sintió el aire helado en el rostro. Tras la tormenta pasada había en el cielo unas grandes nubes grises cuyos contornos eran de un intenso color rojizo. Debajo se encontraban los descomunales bosques verdes que parecían llegar al cielo. Era uno de los finales de los amaneceres más maravillosos que recordaba. Lou jamás había visto ninguno parecido en la ciudad.

Aunque no había transcurrido tanto tiempo a Lou le parecía que habían pasado varios años desde que había caminado por las calles de Nueva York, viajado en metro, corrido para buscar un taxi con sus padres, caminado entre las multitudes de compradores en Macy's después del día de Acción de Gracias o ido al estadio de los Yankees para ver jugar a su equipo favorito y engullir perritos calientes. Varios meses atrás todo aquello había dado paso a la tierra inclinada, los árboles y los animales que olían y hacían respetar el lugar. Los tenderos de la esquina se habían convertido en pan crujiente y leche espesa, el agua del grifo en agua bombeada o transportada en cubos, la biblioteca pública en una pequeña vitrina con unos pocos libros y los rascacielos en montañas elevadas. Por una razón que no alcanzaba a comprender, Lou no sabía si podría quedarse en la montaña mucho más tiempo. Quizás existieran motivos sobrados para que su padre no hubiera regresado nunca.

Fue al establo, ordeñó las vacas, llevó un cubo lleno de leche a la cocina y el resto al cobertizo del arroyo, donde la depositó en la fría corriente de agua. El aire ya estaba más cálido.

Lou ya había puesto a calentar la cocina y preparado la sartén con manteca cuando Louisa entró. Estaba enfadada, porque Eugene y ella habían dormido más de la cuenta. Luego vio los cubos llenos en el fregadero y Lou le dijo que ya había ordeñado las vacas. Cuando se percató de todo lo que la chica había hecho, Louisa sonrió agradecida.

—Si me descuido acabarás haciéndote cargo de este lugar sin mi ayuda.

—Lo dudo mucho —replicó Lou en un tono que hizo que Louisa dejara de sonreír.

Media hora después Cotton llegó sin previo aviso. Vestía pantalones de trabajo remendados, una camisa vieja y unos zapatos de cuero desgastados. No llevaba las gafas de montura metálica, y en lugar del sombrero flexible de fieltro se cubría la cabeza con uno de paja que, según Louisa, demostraba que había sido de lo más previsor, porque todo indicaba que ese día el sol sería implacable.

Todos saludaron a Cotton, aunque Lou lo hizo farfullando; cada vez le molestaba más que le leyese a su madre. Sin embargo, le gustaban sus modales y cortesía. Era una situación perturbadora y compleja.

Aunque había hecho frío durante la noche, la temperatura resultaba más agradable. Louisa no tenía un termómetro, pero, tal y como dijo, sus huesos eran tan fiables y precisos como el mercurio. Anunció que había llegado el momento de la siembra. Si lo hacían más tarde de lo debido la cosecha no sería tan buena.

Se dirigieron hacia la primera parcela que sembrarían, un rectángulo inclinado de cuatro hectáreas. El viento había arrastrado las nubes grises hasta la línea montañosa, dejando así el cielo despejado. Sin embargo, las montañas parecían más bajas de lo normal. Louisa esparció con sumo cuidado los granos de maíz de la temporada anterior, abiertos y guardados en el granero durante el invierno. Enseñó a los demás el modo como debían proceder.

—Cada media hectárea hay que poner unos treinta kilos de maíz —dijo—. Si podemos, más.

Durante un rato todo marchó sobre ruedas. Oz recorría sus surcos, arrojando en cada montón de tierra el número de granos que Louisa le había indicado. Sin embargo, Lou no prestaba la atención necesaria, por lo que a veces echaba más y otras menos.

—Lou —dijo Louisa con aspereza—. ¡Tres granos por montón, niña!

Lou la miró fijamente.

—Como si cambiara algo.

Louisa puso las manos en jarras.

—Pues cambia algo básico: comer o no comer.

Lou permaneció inmóvil por unos instantes y luego prosiguió sembrando, al ritmo de tres granos por montón cada veinte centímetros, más o menos. Al cabo de dos horas habían sembrado la mitad de la parcela. Durante la hora siguiente Louisa les enseñó a utilizar la azada para cubrir el maíz sembrado. Al poco, a Oz y a Lou se les formaron ampollas rojizas en las manos, a pesar de que llevaban guantes. A Cotton también le habían salido.

—Hacer de abogado no te prepara para el trabajo verdadero —les explicó al tiempo que les mostraba las dos dolorosas ampollas que le habían salido en las manos.

Louisa y Eugene, cuyas manos tenían tantos callos que no necesitaban guantes, trabajaban el doble de rápido que los otros y las palmas de las manos apenas se les enrojecían un poco.

Tras acabar con el último montón Lou, más aburrida que cansada, se sentó en el suelo y comenzó a darse golpecitos en la pierna con los guantes.

—Vaya, qué divertido. ¿Y ahora qué?

Un palo curvo apareció frente a su rostro.

—Antes de ir a la escuela Oz y tú iréis a buscar las vacas desobedientes.

Lou miró a Louisa de hito en hito.

Lou y Oz recorrieron los bosques a pie. Eugene había dejado las vacas y el ternero pastando en campo abierto y los animales, como harían las personas, vagaban por el campo buscando mejores pastos.

Lou golpeó una lila con el palo que Louisa le había dado para asustar a las serpientes. A Oz no le había mencionado la amenaza que éstas suponían porque suponía que si lo hacía acabaría llevándole cargado a la espalda.

—No puedo creerme que estemos buscando a esas vacas estúpidas —dijo enojada—. Si son tan tontas como para perderse nadie debería ir a buscarlas.

Se abrieron paso por la maraña de cornejos y laureles de montaña. Oz se colgó de la rama más baja de un pino irregular y luego silbó mientras un cardenal revoloteaba a su lado, si bien la mayoría de los habitantes de la montaña lo habrían llamado pájaro rojo.

—Mira, Lou, un cardenal.

Más interesados en encontrar pájaros que vacas, pronto vieron muchas variedades, la mayor parte de las cuales les resultaban desconocidas. Los colibríes revoloteaban en torno a varios grupos de campanillas y violetas; los niños asustaron a un grupo de alondras que estaba en la densa maleza. Un gavilán les hizo saber de su presencia mientras que unos arrendajos azules no dejaban de molestarles. Los rododendros salvajes comenzaban a florecer, rojos y rosados, al igual que el tomillo de Virginia, de flores blancas y de color azul lavanda en el extremo. En las laderas inclinadas vieron madroños trepadores y capuchas de fraile entre la pizarra apilada y otras rocas amontonadas. Los árboles estaban en su máximo esplendor, coronados por el intenso azul del cielo. Y allí estaban, persiguiendo bovinos que habían perdido el norte, pensó Lou.

Oyeron un cencerro hacia el este.

Oz parecía entusiasmado.

—Louisa nos dijo que nos guiásemos por el sonido del cencerro.

Lou siguió a Oz por las arboledas de hayas, álamos y tilos mientras las poderosas ramas de la glicina se aferraban a ellos como si fueran unas manos fastidiosas, y tropezaban con las raíces que sobresalían de la tierra. Llegaron a un pequeño claro rodeado de cicuta y árboles del caucho y volvieron a oír el cencerro, aunque no vieron las vacas. Un pinzón dorado pasó volando junto a ellos, asustándolos.

De pronto oyeron un mugido, y el cencerro volvió a sonar.

Los dos miraron alrededor, desconcertados, hasta que Lou alzó la vista y vio a Diamond subido a un arce, agitando un cencerro e imitando el mugido de las vacas. Iba descalzo, con la misma ropa de siempre, un cigarrillo en la oreja, y el pelo de punta, como si un ángel travieso tirara de la pelambre rojiza del chico.

—¿Qué haces? —preguntó Lou, furiosa.

Diamond saltó de rama en rama con gran agilidad, luego al suelo y volvió a agitar el cencerro. Lou se percató de que utilizaba un cordel para sujetar al peto la navaja que le había regalado.

—Os creisteis que era una vaca.

—No me ha hecho ninguna gracia —le espetó Lou—. Tenemos que encontrarlas.

—Tranquila, que las vacas nunca se pierden; sólo dan

vueltas hasta que alguien las encuentra. —Silbó y *Jeb* surgió de la maleza para unirse a ellos.

Diamond los condujo por una franja de nogales y fresnos; en el tronco de uno de los fresnos un par de ardillas parecían pelearse por el reparto de un botín. Se detuvieron para contemplar, admirados, un águila real encaramada a la rama de un imponente álamo de veinticinco metros de altura. En el claro siguiente vieron a las vacas pastando en un corral natural formado por árboles caídos.

—Enseguida supe que eran las de la señora Louisa. Me imaginé que vendríais a buscarlas.

Con la ayuda de Diamond y *Jeb* llevaron las vacas de vuelta al corral. Por el camino Diamond les enseñó a sujetarse de las colas de los animales para que éstos les arrastraran colina arriba para que así, les dijo, pagaran un poco por haberse escapado. Tras cerrar la puerta del corral, Lou dijo:

—Diamond, explícame por qué pusiste excremento de caballo en el coche de aquel hombre.

—No puedo, porque yo no lo hice.

—Venga, Diamond. Lo admitiste ante Cotton.

—Estoy sordo como una tapia, no oigo nada de nada.

Lou, frustrada, se puso a trazar círculos en la tierra con el pie.

—Mira, Diamond —dijo—, tenemos que ir a la escuela. ¿Quieres venir con nosotros?

—No voy a la escuela —replicó el chico al tiempo que se colocaba el cigarrillo sin encender entre los labios.

—¿Cómo es que tus padres no te obligan a ir?

A modo de respuesta, Diamond llamó a *Jeb* con un silbido y los dos se marcharon corriendo.

—¡Eh, Diamond! —gritó Lou.

El chico y el perro corrieron más deprisa aún.

21

Lou y Oz llegaron corriendo al patio vacío y entraron enseguida en la escuela. Jadeando, se dirigieron rápidamente a sus asientos.

—Sentimos llegar tarde —dijo Lou a Estelle McCoy, que ya había comenzado a escribir en la pizarra—. Estábamos trabajando en el campo y... —Miró alrededor y se percató de que la mitad de los asientos estaban vacíos.

—No pasa nada, Lou —le dijo la profesora—. Ha comenzado la época de la siembra. Me alegro de veras de que os haya dado tiempo de hacerlo todo.

Lou se sentó. Con el rabillo del ojo vio que Billy Davis estaba en la clase. Parecía tan angelical que Lou se dijo a sí misma que debía ser prudente. Cuando abrió el pupitre para guardar los libros no pudo contener el grito: había una serpiente enrollada y muerta en su pupitre; medía casi un metro de longitud y su piel era cobriza con anillos amarillos. Sin embargo, lo que realmente hizo que Lou se enfadase fue el trozo de papel sujeto en la serpiente con las palabras «Norteños a casa» garabateadas en él.

—Lou —dijo la señora McCoy—, ¿te pasa algo?

Lou cerró el pupitre y miró a Billy, que apretaba la boca y fingía leer su libro.

—No —respondió Lou.

Era la hora de la comida y aunque brillaba el sol, hacía frío, por lo que los niños salieron fuera para comer, con las fiambreras en la mano. Todos tenían algo con lo que llenarse el estómago, aunque sólo fueran restos de pan de maíz o bollos, y se veían muchas jarritas de leche o de agua del arroyo. Los niños se recostaban en el suelo para comer, beber y charlar. Los más pequeños corrían en círculos hasta que estaban tan mareados que se caían, y entonces los hermanos mayores los ayudaban a levantarse y les decían que comieran.

Lou y Oz se sentaron a la sombra del nogal, donde la brisa mecía con suavidad los cabellos de Lou. Oz mordió con ganas el bollo con mantequilla y se bebió la fría agua del arroyo que habían traído en un tarro. Sin embargo, Lou no comió; parecía como si esperara algo, y estiró las piernas como si se preparara para una carrera.

Billy Davis se pavoneó entre los pequeños grupos de niños, agitando con ostentación la fiambrera de madera, que no era más que un cuñete con un alambre que servía para sujetarlo. Se detuvo junto a un grupo, dijo algo, se rió, miró a Lou y volvió a reírse. Finalmente, se subió a las ramas bajas de un arce y abrió la fiambrera. Chilló, se cayó del árbol y aterrizó con la cabeza. Tenía una serpiente encima y se agitó y pataleó para sacudírsela. Luego se percató de que era la víbora cobriza, que habían atado a la tapa de la fiambrera, que todavía sujetaba con la mano. Cuando dejó de chillar como un cerdo degollado vio que todos los niños se estaban riendo de él a mandíbula batiente.

Todos salvo Lou, que seguía sentada con los brazos cruzados y fingía hacer caso omiso de aquel espectáculo. Luego, en su rostro se dibujó una sonrisa tan amplia que parecía querer eclipsar el sol. Cuando Billy se incorporó ella hizo otro tanto. Oz se llevó a la boca lo que quedaba del bollo, se bebió el agua y se apresuró a ponerse a salvo tras el nogal. Lou y Billy, con los puños preparados, se encontraron en el centro del patio. La multitud se cerró a su alrededor y la chica norteña y el montañés dieron comienzo al segundo asalto.

Lou, esta vez con el otro extremo del labio cortado, se sentó en su pupitre. Le sacó la lengua a Billy, que se sentaba frente a ella y tenía la camisa desgarrada y el ojo derecho amoratado. Estelle McCoy estaba frente a ellos, con los brazos cruzados y expresión ceñuda. Tras detener el asalto del campeonato, la enojada maestra había dado por concluidas las clases antes de la hora habitual y había informado de lo sucedido a las familias de los luchadores.

Lou estaba de muy buen humor porque le había vuelto a dar una paliza a Billy delante de todos. Billy, que no parecía muy contento, se movía inquieto en la silla y miraba nervioso hacia la puerta. Finalmente, Lou comprendió el motivo de su preocupación al ver que la puerta de la escuela se abría y aparecía George Davis.

—¿Qué demonios pasa aquí? —bramó con tal fuerza que hasta Estelle McCoy se encogió de miedo.

Mientras George Davis avanzaba, la maestra retrocedió.

—Billy se ha peleado, George —dijo la señora McCoy.

—¿Me has hecho venir por culpa de una maldita pelea? —le espetó, y luego se irguió amenazadoramente sobre Billy—. Estaba trabajando en el campo, desgraciado, no tengo tiempo para estas tonterías.

Cuando George vio a Lou sus ojos salvajes se tornaron más malvados aún y entonces le propinó a Billy un revés en la cabeza que lo arrojó al suelo. Luego se inclinó sobre él y masculló:

—¿Has dejado que una maldita niña te hiciera eso?

—¡George Davis! —gritó Estelle McCoy—. Deja en paz a tu hijo.

George alzó la mano en ademán amenazador.

—A partir de hoy el chico trabajará en la granja. Se acabó esta maldita escuela.

—¿Por qué no dejas que sea Billy quien lo decida? —inquirió Louisa mientras entraba en la clase, seguida de Oz, quien se aferraba con fuerza a sus pantalones.

—Louisa —dijo la maestra, aliviada.

Davis se mantuvo firme.

—Es un niño y hará lo que le diga.

Louisa ayudó a Billy a sentarse en el pupitre y le consoló antes de volverse hacia su padre.

—¿Tú ves un niño? Pues yo veo a todo un hombrecito.

—¡No es un hombre! —bramó Davis.

Louisa dio un paso hacia Davis y le habló en voz baja, pero su mirada era tan intensa que Lou dejó de respirar durantes unos instantes.

—Pero tú sí que lo eres, de modo que no vuelvas a pegarle.

Davis la señaló en la cara con un dedo sin uña.

—No me vengas con cómo debo tratar a mi chico. Tú tuviste uno. Yo he tenido nueve y hay otro en camino.

—El número de niños que se traen al mundo poco tiene que ver con ser un buen padre.

—Ese negro enorme, Ni Hablar, vive contigo. Dios te castigará por eso. Debe de ser esa sangre de cherokee. Ésta no es tu tierra. Nunca lo ha sido, india.

Lou, sorprendida, miró a Louisa. No sólo era norteña, sino india también.

—Se llama Eugene —replicó Louisa—. Y mi padre no era cherokee sino medio apache. Y el Dios que conozco castiga a los malvados. Como los hombres que pegan a sus hijos. —Dio otro paso hacia Davis—. Si vuelves a ponerle una mano encima será mejor que supliques a tu Dios para que no me cruce en tu camino.

Davis soltó una carcajada.

—Qué miedo me das, vieja.

—Entonces es que eres más listo de lo que me pensaba.

Davis apretó el puño y parecía dispuesto a golpear pero en ese preciso instante vio a Eugene en la entrada y cambió de parecer.

Davis sujetó a Billy con fuerza.

—Chico, vete a casa. ¡Vete!

Billy salió corriendo de la clase. Davis lo siguió lentamente, tomándose su tiempo. Se volvió para mirar a Louisa.

—Esto no se ha acabado. No, señor.

Cerró de un portazo.

OUT, DAMNED SPOT!

As one, the group of visiting dreamers spun around. Morit and his minions were behind them, a host that spread out across the land as far as Chuck could see. Protectively, Chuck moved out in front of Persemid and Mrs. Flannel.

"*You* are not welcome here," Morit boomed, spreading his cloak upon the wind. He wore the terrifying aspect of an evil elemental as he pointed directly at each visitor in turn. "*You* are the source of every evil thing that has ever happened to us. We can't do anything about the Waking World, but we don't want any of your kind ever coming back to the Dreamland."

"Dreamland for the Dreamed!" the crowd at his back shouted.

"No," Chuck said hoarsely. He trembled for life that had become more precious than it had ever been before. "I don't want to die. I'm ready to live."

"That's a shame," Morit said, smiling so all of his shark's teeth showed at once. "You'll never be able to find your way out of the province. This has been planned a long, long time. You won't be able to tell what's real and what isn't until it's too late."

"Run," Roan advised, taking to his heels.

"Stop them!" Morit shouted behind them. Chuck glanced over his shoulder. Morit came riding toward them on the crest of a moving wave of earth. It was the most terrifying thing Chuck had ever seen. Morit's eyes were wild and red-rimmed like a fiend's.

"Oh, dear! Oh, Spot!" Mrs. Flannel cried. She scurried along in their wake. Chuck doubled back to pick her up. With her and Spot in his arms he put on a burst of speed. He had to get to the border!

"You can't get away!" Morit shouted after them, his voice dying away in the distance. "I'll get all of you if I have to discontinue to do it!" Spot barked defiance over his mistress's shoulder. "And your little dog, too!"

The
Grand Tour

Jody Lynn Nye

THE GRAND TOUR

This is a work of fiction. All the characters and events portrayed in this book are fictional, and any resemblance to real people or incidents is purely coincidental.

A Baen Books Original

Baen Publishing Enterprises
P.O. Box 1403
Riverdale, NY 10471
www.baen.com

ISBN: 0-671-57883-9

Cover art by Gary Ruddell

First printing, August 2000

Distributed by Simon & Schuster
1230 Avenue of the Americas
New York, NY 10020

Typeset by Brilliant Press
Printed in the United States of America

To Beth
From her godmother

Book Three of
The Dreamland

Chapter 1

"Wake up, sir, you've arrived."

Chuck blinked awake with a start, flailing against the soft bonds that contained his hands. It turned out to be a blanket. Panting, Chuck thrust it aside and twisted around in the padded airplane seat to look up at the stewardess. She was a middle-aged woman who looked calm and motherly in her soft, pearl-gray uniform. She favored him with a gentle smile. Her hair, light brown shot with a few silver threads, was folded up under a gray pillbox hat that was adorned with a silver feather lying on a cloud. The same insignia was embroidered on the breast of her uniform and on the headrests of each seat. Chuck looked around warily. He didn't recognize the logo, nor could he remember having gotten onto a jet. The last place he remembered being was lying on his back in bed, holding very still, fighting down feelings of depression and self-loathing. He had counted backwards from a hundred, as he'd been told to do. The last thing he recalled clearly, somewhere around counting down to seventy-two, was a warm and floating sensation.

Chuck twined his fingers together and stretched

1

his arms forward, popping the kink between his shoulder blades. The whole jet was decorated in the same soft gray: the walls, the carpet, even the ceiling. He looked around for his fellow passengers, but found that the capsule-shaped chamber was empty except for the two of them. Was he the last to get off? How odd—where was he? He glanced through the jet window, but outside it was dark. Instead, he got a glimpse of himself in the glass. The face that looked back at him was serious, long and narrow, with troubled, dark blue eyes set deeply under straight brows. His straight brown hair was sun-streaked with blond. His mouth was almost feminine in the sensuous lushness of the lower lip, but the jaw was square and decidedly masculine. He looked about eighteen years old. Chuck stared at his reflection in confusion. That wasn't right, was it? He clawed at memories that eluded him. How could a reflection be wrong?

He looked up at the flight attendant, who was busy fluffing up his discarded pillow with an expert hand.

"Where am I?" he asked.

"The Dreamland, sir. Just where you were going."

"You mean I'm dreaming you?" he asked.

"Not just you, sir." The motherly woman picked up his blanket and folded it over the armrest of the chair. Chuck stood up in the aisle and brushed at his sweatshirt and blue jeans, hesitant, uncertain what to do. "You'd better go, sir. They're waiting for you." The flight attendant held her wrists up even with her head and flapped both pointing forefingers toward the exit. She smiled brilliantly. "That way. And thank you for making your flight an Astral Flight. We'll be looking forward to serving you when you return."

Cautiously, Chuck followed her gesture and went to the front of the jet, where he looked around in confusion. The cockpit door stood ajar. The pilot had already gone. No one sat before the banks of dials and knobs. He started back toward the seat to ask the stewardess for help, when his way was blocked by the gray carpet. It came rolling up the aisle, shoving him toward the exit. Chuck hopped out the door onto the nearby stairway to avoid getting tangled in it.

"Hey!" he yelled. Couldn't they even wait until he was gone to start cleaning up?

He walked down the steps to the concrete apron, following yellow-painted arrow signs pointing toward an open door through which brilliant white light was pouring. Workmen in white coveralls and painters' hats passed by him, carrying tools and buckets. Curiously, Chuck watched a pair approach carrying a long, wooden ladder. One of them propped the ladder against thin air. It settled firmly, as though it was resting against a solid wall. The other climbed up it and took down the arrow signs he had just passed. Puzzled, Chuck looked back toward the plane.

He had to blink a few times to make sure his eyes weren't deceiving him. The plane was not a real plane. The body of the chamber from which he had just come was a plywood capsule supported by wooden studs and braces. The airport around it was a mere painted backdrop, like a movie set. Was it constructed to fool him? Why was someone going to so much trouble to deceive him into believing that he had been in an airliner? Who? He felt despair. If it wasn't a real plane, how was he going to get back home?

He felt an emotional twinge. Did he even want to go back home? There was nothing for him there. All that thoughts of home summoned up was an over-whelming sensation of being a failure. Everything went wrong, and it was all his fault.

Chuck stopped to think, hoping to recall more details, but the workmen moved their ladder. They reached up to take down the arrow sign beside him. In a moment, he'd be lost again, just because he hesitated too long. Before they could remove any more of his guideposts, Chuck ran toward the doorway full of light.

As soon as he was inside, he became confused all over again. This *was* an airport. Men, women and children hauling bags, suitcases, teddy bears, coats on hangers, boxes and carts walked purposefully up and down the carpeted, pale-gray painted corridor that stretched three stories high and off out of sight to either side. Square yellow signs with black printing hung over his head. He couldn't read most of them. They were either in a foreign language, or blurred when he tried to concentrate on them. How would he know where to go?

A small, thin man Chuck thought might be in his sixties hurried over and gripped his arm in wiry fingers.

"So, Chuck, you decided to come in after all," he said. He had very dark, knowing eyes, sharply defined cheek and temple bones and, half concealed in a thick white beard, a quick smile that made Chuck think the old man knew far more than he did about everything. He was dressed in a tunic woven out of rough, gray wool thread, a pair of dark-colored, baggy trousers and leather sandals. "I thought for a moment you weren't going to make it."

"I didn't have a choice," Chuck said, resentfully. "They were taking away my signs. I was afraid I'd be lost."

"You did have a choice," the old man said. "You always have a choice. I'm glad at least your sense of self-preservation is intact, if not your curiosity."

"Who are you? What am I doing here? How do you know who I am?"

"Ah, there's the curiosity," the small man said with satisfaction, poking Chuck in the chest with a forefinger. "Your wits are working after all. I'm Keir, your spirit guide. You wanted to expand your mind, you said. You wanted to get it together, you said. Learn who you really are, you said. Find the real you, you said. Astral travel as the path to enlightenment. Eh?"

Spirit . . . ? "Ah, yes," Chuck said, excitedly. Something was coming back to him now. "You mean it worked? I'm here! That's great! But how did I get here? That's not a real plane out there."

"Of course not. It was merely a construct to help transport you here. Any means that works is good enough. Like chopsticks. It could be anything that would help you to understand that you have been conveyed from one place, the Waking World," Keir picked up something invisible with both hands, "to another, which is here, the Dreamland." He set down his invisible burden, and looked up at Chuck for understanding. Not finding it in the puzzled young man's eyes, he waved a dismissive hand. "It's all symbolism, not real stuff. As you'll see. Come with me."

"Have I met you before?" Chuck asked, as they walked. "You don't look familiar."

"Everything is going to look different here," Keir said. "Even you. Oh, yes, we've met. You've known me before. But I'm not going to remind you of how. It isn't necessary. The important thing is the here and the now. Don't overanticipate. Try always to be in the here and now. You might find it to be the most vital thing you do, to keep safe. Please come along."

They stepped out into the carpeted corridor, joining the throng of travelers. As soon as they were out of the gate area, counter, doorway and all were promptly taken apart, folded into a box, and hauled away by the ubiquitous workmen. They started to unfold a different scene that when it sprang up looked every bit as real as the gate had. Chuck kept looking back over his shoulder, watching in fascination as solid walls compressed down into a space much smaller than they should have fit, and three-dimensional objects came out of flat portfolios that couldn't have concealed a

newspaper. The workers picked up their boxes and
hauled them away as if they weighed no more than
a carton of cornflakes. It was the most remarkable
thing he'd ever seen. He wanted to watch some more,
but Keir kept tugging him along. Chuck was aware
of the guide's voice asking him questions, but he was
too interested in his surroundings to pay attention.
More marvels sprang up at each new turning. Was
that woman really walking a fur coat on a leash? And
that party of huge fish in Hawaiian shirts! What were
they doing? There was so much to absorb.

Something Keir said finally drilled through to his
conscious mind. Astral projection! Was he really
astrally projecting, or projecting astrally, or whatever
you called it? He had tried so often, for so long, to
make it happen. He *wanted* to be raised to a higher
plane, where meditation would bring him true peace
of mind. His life had hit a dead end. If he couldn't
find a way to untie the knot of misery that choked
him even now, he might as well *be* dead. Chuck could
recall being on the edge of suicide again. *Again?* He
racked his memory for details. He couldn't remember anything about his past clearly, but somehow he
was sure finding himself was a matter of life or death.
His own.

He was so desperately unhappy that it made him
feel hollow. That was why he had gone to so much
effort to learn to meditate and look inside himself,
in hopes of finding peace. He couldn't mention his
attempts to anyone he knew, because they'd think he
was absolutely nuts. If he failed again, he didn't want
anyone else to know. It looked—he hardly dared think
it—as if he'd gotten this right.

Practice, the guidebooks said. And he had. He
remembered reading up on several techniques. Trying
some of them made him feel silly even though he
was alone. Others were downright uncomfortable,
either to his physical body or his upbringing. When

he found a method that made him feel at ease, he had worked on it nightly. Only once he had succeeded in lifting himself out of his physical form, or at least thought he had. It had lasted for only a brief moment. He had felt as though he was flying. Then, he was whisked right back to his bed in his room. That single, exhilarating moment of weightlessness was so uplifting to his spirits that it made him delve further into parapsychological and metaphysical studies. If he was capable of that kind of joy, surely he could find the key to setting his life onto a more positive path.

He really could not recall how he had come into contact with Keir, but he did remember something about the instructions for attaining the altered state of consciousness that ought to work. He knew if he could do it right he would meet his spirit guide and go on a journey to himself. He really wanted to succeed, but hardly dared that he could.

It looked as if this time he had made it, Chuck thought again, looking around with satisfaction. This astonishing place couldn't be a figment of his imagination. He wasn't that detail-oriented. But it wasn't at all what he had thought the astral plane would look like. What had that flight attendant called it, the Dreamland? He didn't feel as though he was out of his body, but this certainly was not where he had lain down, nor was it anywhere he'd ever been in his life. But, now what? To tell the truth, now that he was here, he had no idea how to begin to straighten himself out, and he only had one night to learn. Who knew if he could ever achieve this state of consciousness again?

Keir's voice interrupted his thoughts, jerking him back to the present.

"Did you bring any luggage?"

Chuck reluctantly returned his attention to the way ahead. He thought hard. Again, that film over his memory got in the way. "I . . . I don't know. I don't think so."

Keir sighed. "You probably did. Almost everyone does. Especially people with personal agendas like yours. They usually have lots of it."

The small man escorted him down endless square passages, some of them carpeted and some not, some of them with moving walkways, decorated with murals, paintings, sculpture, filled with music, the sound of falling water, or the rumble of engines. All around Chuck were more wonders, the most astonishing collection of people and things. Waiting in line at another gate was a host of unlikely beings, including cartoon characters. As he went by, he recognized Hopkins the Rabbit, the main character in his favorite childhood Saturday morning TV series. The giant bunny shifted his green briefcase to his other paw and looked at the outsized wristwatch on his arm. Chuck gawked. To his amazement, Hopkins looked up and met his eyes. He seemed to recognize Chuck, too. He gave a wink and a buck-toothy grin, turned sideways and became a tall, thin black line. He was still only two-dimensional, even here.

As they went around the next corner, Chuck hesitated, eyes wide. The chamber ahead was filled floor to ceiling with water, pale green and alive with waving fronds of seaweed. There was nothing holding the water back from flooding the rest of the hallway, yet it stood there like a wall. Keir plunged in without hesitation. Chuck held back, fearing he might drown. Keir didn't stop. Chuck pulled in a huge gulp of air before plunging forward after his guide.

Men in business suits wearing bowler hats and carrying briefcases walked or swam by. A blue-and-green-skinned mermaid hovered behind a desk resting on the floor and chatted in a stream of bubbles with a giant, brown crab while humans, animals and fish waited their turns in line. At small white tables with wrought-iron legs in an underwater cafe, dignified women in business suits sat and sipped tea, ignoring the fact that their hair was waving around them in the current.

They seemed so at home under the water, yet they looked as normal as Chuck. He wished he felt as comfortable in his surroundings as they did. He reminded himself they were only dream creations, but he was a real person. If he inhaled, he would die. The next section of dry corridor was hundreds of yards ahead. Too far. Chuck felt his lungs twisting with cramp. He couldn't possibly make it, and looked in vain for a pocket of air. He tried to get Keir's attention, but the guide strode ahead, jauntily buoyant, as if he walked underwater every day. Probably he did. Chuck hopped and paddled after him, hoping to catch up before his air ran out. The section of water-filled corridor seemed to stretch from an oversized fish tank to a river. He ran and ran, never getting close enough to hail Keir.

When his lungs could no longer squeeze any oxygen out, Chuck's vision closed into a narrow black tunnel. All his muscles quivered like rubber bands, refusing to hold on. Chuck's knees gave way. He stumbled to the ground. The breath rushed out of him in a burst of bubbles. This was it. He would die in his sleep. Unwillingly, he gasped, and snorted in surprise. Instead of the inward wash of water he expected to fill his lungs, the water was as permeable as air. If it was a little warmer and more humid than his last breath, he found it just as sustaining. Chuck was so relieved he stopped in his tracks to pant. Women in veiled, velvet hats, Victorian brocade and bustles and the hairy faces of goats pushed around him, and shot him looks of annoyance.

"Sorry," he muttered, and picked himself up to run after Keir.

"Look for what you think belongs to you!" Keir shouted over the rumble of the baggage carousel.

Chuck hopped up and down, trying to see over the shoulders of the throng surrounding the conveyor belt. It ran for miles all over the beige-painted stadium-sized chamber, up toward the ceiling, down into depressions and pits. People crowded three and four deep at every loop. Uniformed porters with two-wheeled carts and stevedores running with sweat hauled suitcases off the rumbling belt and swung them around, where they were promptly seized by some-one, yet the mob never got any smaller. Chuck scanned the astonishing array of cases, boxes and containers rolling by. Most of them were black, many travel-scarred in some way. None of them looked familiar.

"Mine won't get lost, will it?" he asked anxiously.

"Oh, no," Keir assured him. The spirit guide stood at a slight remove from the crowd, untouched by the bustle. "You'll have all the baggage you came with, more's the pity."

Chuck watched as the porters helped a man take dozens of huge, matching brick-red suitcases off the conveyor belt. They strapped most of them to his back and legs with rope and sturdy belts. The last remaining case they put into his arms. The man staggered away, looking like a one-person depot. Chuck worried that he'd be as overloaded.

Something hit him in the knees. To his surprise, he'd moved all the way up to the metal bumper surrounding the river of luggage just as a teal-blue carryall caught his eye. That was his, he knew it! So was the blue steamer trunk behind it. He was glad and relieved to see them. With difficulty he hauled the two pieces off, then snagged a few small, mis-matched document cases rolling by that looked too familiar not to examine. Yes, he was sure those belonged to him. He couldn't read the tags, but his hands seemed to know every scar and nick as he ran a loving hand over their surfaces. Oh, he'd had these for a long time. He couldn't recall *how* he knew that, but he knew. He felt an attachment, even an affection for them.

Chuck waited fruitlessly for a while, staring at the rolling conveyor belt, and decided that this was all the luggage he had coming. He wasn't as badly off as he could have been. He glanced at the people around him, some dealing with ten, twenty, even three dozen pieces. As he turned away from the barrier, an anxious, tawny-skinned man in a sarong and a woman in a fussy red and black dress and high heels with a poodle crowded in past him to take his place.

The steamer trunk had tiny wheels on its underside. Chuck piled the other boxes on top of it, and attempted to push it out of the crowd. It didn't budge. None of the wheels wanted to go in the same direction. No matter how hard he tried, it would not roll forward, or in any other direction. He looked around for a porter. The entire uniformed cadre seemed to be at the far ends of the room. Chuck waved, but no one even glanced his way. He didn't dare leave his bags to go get their attention. If he wanted his luggage moved, he was going to have to lift it bodily. He stooped, gathered the whole mass in his arms, and stood up. A small part of his mind told him what he was doing was impossible, but he quashed the thought. He was doing it, wasn't he? The mass was heavy but not unbearable. Chuck tottered through the churning mob of people toward the waiting Keir. A low bump in the floor caught his toe, and Chuck found himself staggering wildly after the weight in his arms.

"Help!" he cried. The spirit guide stepped forward and helped him lower his burden to the floor. He tucked the smaller valises under his arm while he took the steamer trunk and tied it to Chuck's back. Chuck kept looking over his shoulder in disbelief. No one could hold four suitcases with his elbow as if they were newspapers. But when Keir heaped them in Chuck's arms once again, the carryall and the document cases puffed out to three very heavy dimensions.

"Take it slowly," Keir told him, giving a final pat to the top valise. "No one gets more than he or she can handle."

Chuck doubted that as he took a gingerly step. The pile was manageable, but clumsy, as if something kept shifting inside each piece, throwing off his balance.

"I hope I can get all this home with me," Chuck said, peering around the jumble at his companion.

"Oh, no," Keir said. "Your object is to leave as much behind as you can."

"Then why did I pick it up at all?" Chuck asked, surprised and a little resentful.

"You can't help it," Keir said, with a wise, little smile that irritated Chuck. "You have to start out this way. You'll lighten the load. I promise you. This way, now."

Keir put his hands on Chuck's shoulders and turned him until he was facing toward a row of high, mahogany-framed doorways in the far wall, each with elaborate carvings around the arch, and its own incomprehensible sign overhead. Their bags in hand, people streamed out of the hall. Chuck wondered which way to go. With a little toss of his head, Keir started walking. Chuck had no choice but to follow.

The boxes propped on his arms cut into his muscles and jabbed sly corners into his ribs. It seemed that at each step the weight lurched a different way. Chuck found himself trotting in an impromptu cha-cha, trying to avoid dropping anything. He gritted his teeth and struggled to take the shortest path possible. It was difficult. Sweat dripped down strands of his hair and rolled into his eyes. He blinked angrily. Why did he need so many things for his journey? Keir said he'd be abandoning them sooner or later. Why couldn't he do it now? As much as he loved them, he could do without them. He tilted the pile to one side, hoping to dump off at least the top two briefcases. They'd never be noticed, in this heaving crowd.

Contrarily, the valises' weight shifted so they fell back against him. Their touch reminded him that they were something familiar in a strange place. The top one nestled into his chin and neck like a kitten seeking a caress. Chuck relented. He just couldn't abandon them. They were *his*. Hating himself for being so weak, he settled his burden into the neatest pile he could, and kept walking.

Just ahead of him, a woman in a neat forest-green pantsuit stumbled. Some of her bags dropped to the floor. She stopped short to frown down at them. Chuck started forward to help her pick them up, when she suddenly threw all the rest that she was carrying into the air. She shrieked with delight, and skipped toward the portals, free. Chuck tried to emulate her, but his arms refused even to try. He watched her go, full of envy.

Suddenly, the woman stopped, spun about, and hurried back to her pile of discarded luggage. She picked it all up again, looking frightened.

"Too soon," Keir sighed, having reappeared beside Chuck. "But it shows a willingness of spirit. That means everything in the end. Keep that in mind."

Chuck looked forward to attaining even that one moment of liberty. Still, he should be happy to be here at last. It was so exciting to know he had finally succeeded in his goal of reaching an altered state of consciousness. He had found the guide who would help him solve all his problems. This dream landscape gave him power. In spite of the heavy load he was carrying he had more energy than he ever did in his daily life. He was about to set out and explore the world inside himself.

"Where will we go first?" he asked Keir.

"We must board the train," Keir said, guiding him into the leftmost portal. "But first we must pick up the others."

"Others?" Chuck demanded, twisting his head to look at Keir even as he was steered along. "What others? This is my vision quest. You're my personal guide!"

"I'm their personal guide, too," Keir said. He gave Chuck a little smile.

"That's not fair!" Chuck protested, feeling cheated. "I'm supposed to have a mystical experience, and you're the one who's guiding me through it. *Alone.*"

Keir raised a wiry gray eyebrow. "And who is your mystical experience supposed to put you in touch with? Rocks?"

Chuck was defensive. "Maybe."

He didn't want to be with other people yet. If he got too close to others he felt vulnerable. They might try to change him, maybe against his will. He wanted some time alone, to explore the inner workings of his soul, to get to know the innermost layers of his personality and fix what was wrong. Had he gone to all this effort only to be part of a crowd? Why would he come all this way for group therapy?

"Don't be so precious about your psyche, son," Keir said, with a lift of his bushy eyebrows. Chuck was disconcerted. Keir seemed to be able to read Chuck's mind. "You can't knock the rough corners off yourself without rubbing up against others. To evolve to a higher self, you have to change."

How could he do that and still remain himself? Chuck wondered, feeling as though he was swimming in waters too deep for him. He wanted to become more himself, not less. But Keir left that question unanswered.

Chapter 2

Beyond the grand archway was another airline gate like the one he had come through. He knew that he was seeing what Keir had seen while he was arriving. This airport was not like any he had ever flown to. It was almost claustrophobic, with its low, dark gray, oval corridor, slatted walls and melamine desks, and rows of bright green upholstered seats. The small, cramped jetway door opened to allow the passage of a tall, slim, pale-faced man with dark hair. His clothes were of a classic cut, of materials that spoke unmistakeably of quality. His slate-blue jacket was tweed, flecked with unexpected spots of bright colors that gave depth to the dark color overall. There were big suede patches on the elbows, but they were purely decorative. His shirt and tie could have been silk, and maybe so were his dark blue trousers. His feet were shod in immaculately polished black leather half-boots. His eyes, as slate blue as his coat, flicked expressionlessly from right to left, taking in his surroundings. Their gaze lit briefly on Chuck and Keir, then slid off, darting to the next thing. What he thought of them Chuck couldn't tell. The man's emotions didn't show on his face.

"Thank you for joining us on this Astral Flight," said a pert-nosed woman in a cloud-gray uniform, waving good-bye from the narrow desk next to the door. The man ignored her. Just as they had when Chuck arrived, the white-suited workmen moved in and began to disassemble the gate. If the newcomer was disconcerted, he never showed it. Keir bustled over to him. As Keir got closer to the stranger, he began to change. Chuck blinked, unable to believe his eyes. In the space of a few steps Keir went from being a thin bantam of a man with white hair and a beard, to a plump, motherly woman, her dark hair going white at the temples. Impossible!

Chuck was still dazed when Keir came back with the stranger in tow.

"How?" he sputtered. "Why?"

"I'm the shape they need to see," Keir-the-woman said. "You want a wise old man. Most of my clients respond better to other faces of wisdom. This is for him."

"Oh," Chuck said. He tried not to stare, but the transformation was so complete! She was a nice-looking woman, really, warm and kind-looking, who must have been a real knockout when she was young. Chuck shot a glance at the tall man. The close resemblance suggested that Keir was meant to represent his mother. The man walked along in a kind of daze. Chuck understood how he felt; the stranger must have absorbed all the weirdness he could for the moment. He had only one suitcase with him, an old-fashioned carpet bag like those Chuck's grandparents had kept in their front closet, but from the sag of the cloth and the whiteness of the man's knuckles on the handle, it must have been as heavy as a trunk.

Chuck had to blink as Keir led them through a low arch. Just like that, the walls of the building dropped away into the distance, and the ceiling shot upwards into midnight gloom. The quiet landscape was painted with silvery light from a full moon that hung above them like a benevolent face. They were outside in a grassy meadow. A grand, winding stone staircase spiraled down and around out of nowhere, until it came to rest on the ground between a pair of classic, alabaster, nude statues, one man and one woman. It was so tall Chuck couldn't see what was at the top. He had no notion of its scale until he spotted a bundle painted in chiaroscuro at its foot. He squinted. It was a woman. Had she walked down it and gone to sleep at the bottom or, Chuck shuddered, with a hollow feeling in his belly, *fallen* down it? She lay very still, with her round cheek pillowed on one arm, a wing of hair draped over her face. Cloth bags and suitcases of several sizes lay scattered around her.

"Is she hurt?" he asked Keir. His voice was a hushed whisper in this calm place.

"Oh, no," Keir assured him. "Sometimes they come this way. All depends on what's comfortable for you." He signed for the two men to stay back as he trotted towards the sleeper, shifting from woman to silver-coated wolf. Chuck shook his head, marvelling. If this alternate realm was as wonderful as the guide, he'd never want to go back to his mundane existence. The wolf nudged the sleeper with his nose. She sat up, looked startled for a moment, then reached out to touch its furry ears with an expression of pure delight.

In every way this newcomer was the opposite of the male stranger. She was short, heavy-set, with wide hips and a large bosom, dressed in swathes of soft, earth-toned cloth and jingling with jewelry at neck, wrists, and ankles. She gathered up her possessions as if she was used to doing it, and followed Keir toward the rest of the group. Her eyes never left the furry back.

"Is that it?" Chuck asked, impatiently, peering around his briefcases. His bags were getting heavier.

"Two more," Keir assured him, trotting alongside

his charges with his pink tongue hanging out of his mouth.

Chuck fidgeted behind his heap of luggage as they entered another vision of the outdoors, this one as sunlit as the other had been moonlit. He waited impatiently while a cloud began to drop slowly from the sky. He was only momentarily beguiled by the color changes it sustained, shading like a rainbow from green to blue to violet as it descended toward the ground. When it touched down, Keir stepped forward. He became an angel with golden halo and iridescent white wings, as beautiful as anything Chuck had ever seen in a piece of classical art. Was this his true form? If so, Chuck was fortunate that Keir would consent to interact with mere mortals.

He felt awe rising in him as the angel offered a hand to the woman resting on the cloud's surface like a pearl in the palm of a celestial hand. She rose in a flutter of flowing white garments. Taller than the male stranger, she was ethereally thin, with hollow cheekbones, a narrow nose and thin lips. Her large hazel eyes regarded the Angel Keir almost blankly. Her hair was dark blonde, and fell in straight tresses down her back. A silver chain belt hung slack about her narrow hips, hanging there without visible means of support. The other woman, whom Chuck could now see had hair of a defiant shade of red, stared at her distrustfully. The dainty grace of the newcomer made her look coarse and earthy. Chuck fell a little in love with the newcomer. She *epitomized* beauty. The very power of that realization made him feel shy about looking at her. He glanced up at her through his eyelashes. When lightning didn't strike him down, he stared at her more openly. She didn't seem to mind, or even notice. She was too taken up with studying her surroundings. He was glad. He felt refreshment in taking in her image. If she was so perfect already, Chuck wondered why she was here.

When the lady in white climbed down, Chuck could see that the chain around her hips extended into a hollow in the cloud. Attached to the silvery links were several silken bags and tapestry-covered boxes shaped like treasure chests that dragged behind her as she walked. She seemed entirely unaware of them or their weight. The Angel Keir beckoned to her, and she followed meekly, without acknowledging she could see any of the others.

Chuck thought that Keir must have forgotten about the fifth member of the group, for he led the four visitors through a door that emerged onto a crowded railway station platform. No, Keir had taken on another shape, indicating that he was expecting a client. Incongruously for the busy workaday setting, he was now a dolphin, hovering about four feet above the ground, flicking his crescent-moon-shaped tail to propel him through the air. He swam to the tracks just as the sound of a train reached Chuck's ears.

But what a train! The shining green-and-black locomotive rose only three feet above the tracks. The clicking wheels were the size of Chuck's hand. Its smokestack was so low that the puffs of white steam blew into the face of the bearded man sitting astride the middle car.

"We're not riding on that, are we?" Chuck asked. "None of us will fit!"

"It's an arrival," Keir said. His voice was squeezed down to a soprano gurgle. "Not a departure."

As it neared the platform, Chuck got a good look at the train cars. They appeared to have been fitted together from integrated circuits and solar panels. It ought to have generated plenty of power to run. If that was the case, why did it need a firebox?

"What is it?" asked the dark-haired man, speaking for the first time.

"A search engine," Keir said, unapologetic, as the red-haired woman groaned. "Dreaming minds make

puns. You may as well get used to it. It represents
nothing. It's simply another means of finding one's
way here. Welcome," he chirped to the newcomer.

The new visitor did a startled double take.

"You're a dolphin," he said.

"Delfinitely," Keir squeaked. "Welcome." Chuck
gave a brief snort of laughter at the stranger's surprise, but smothered it.

The newcomer gave Keir a curt nod, and bent to
unstrap his bag from the roof of the caboose. His
movements were precise and focused. Chuck eyed his
trim, charcoal-gray suit, and wondered if he was a
clockmaker or a banker. He worked a hand free and
extended it for the bag so the stranger could climb
up to the platform unencumbered, but a fierce glare
from the man's gray eyes made him step back a pace.
Chuck resented him all over again.

"No. Thank you." The newcomer wrapped a protective arm around his suitcase and clutched it to him.
The ubiquitous workmen in painters' overalls bustled
over and rolled up a set of steps for him to ascend
to the platform. Six more disassembled the search
engine and took it away. The stranger sent a distrust-
ful eye around at them all. Chuck vowed not to touch
the suitcase if he could possibly avoid it. The guy
might go ballistic. He had a precise manner about
him like a scientist. He looked to be somewhere in
his middle age, with gray starting in his hair and deep
lines at the corners of his mouth and eyes. Chuck
noticed he was studying them, too. The blonde
woman suddenly looked around, as if she realized for
the first time that she was not alone.

"Where did the angel go?" she asked, innocently.
Chuck blinked at her. Hadn't she been watching Keir
change shape? It wasn't the kind of thing you'd miss.

"Here at your side," Keir said, shifting effortlessly
back to the luminescent presence. The woman
breathed a sigh as the sunlight caught his halo and

fell around him in coruscating rainbows. Chuck watched the transformation with renewed astonishment. How could she have missed seeing that? She must be completely unaware of her surroundings. He hoped he wasn't being such a dunce.

A burst of static exploded from the fan-shaped loudspeakers tucked in the corners of the overhanging roof.

"Garmurfle vargh grmfoah nah rmhm Platform Two!"

"That's ours," Keir said happily. "Please follow me."

He floated ahead of them, his bare feet not touching the boards of the platform. Light from his wings and halo tipped the dull-colored paint and bricks of the station as he passed, and made them beautiful. If any of the other travelers were disconcerted at his shapechanging, they didn't show it. Maybe they couldn't see it, Chuck reasoned. Perhaps he was the only one who could. This was supposed to be his vision quest, after all.

The railway station didn't look *exactly* like any of the stations he'd visited over the course of his life. It looked more like *all* of them. The concrete walkways between tracks were familiar, as were the brick buildings with gingerbread-cutout eaves hanging from the edges of the shingled roofs. A huge sign hanging overhead was painted with the word REM.

"What does that mean?" Chuck asked, tugging on the angel's sleeve. He felt the cloth change to gray homespun under his fingertips. Keir was turning back to his wise old sage to suit Chuck's needs. He was a little sorry to see the glory of the angel vanish, but he felt far more comfortable with a plain old man.

"Do you ever get confused altering from one shape to another so rapidly?" Chuck asked.

"Not so far," Keir said, cheerfully. "Rem is the name of this station. Rem is the province of the Dreamland that we are in. It's the central hub for travel from the Waking World."

"Do seekers always arrive here?" Chuck asked.

"No, but they do pass through here," Keir said, with an approving nod. Chuck was glad. It meant he was asking good questions. He was anxious not to seem a fool. "This time, today, to launch your experience properly, you begin here, but you've already passed through many places in the Dreamland over the course of your life. Any living being that dreams does. All this you see around you is a product of the Collective Unconscious. You think that things look very familiar to you. So they do. So they are. You have seen some of them in your waking time, but some of them you have only seen in your dreams. That is because the Dreamland has some constants about it that give you points of reference from which to start."

The ornate sign that said TRACK 2 was unnecessary to direct Chuck. He was drawn to the train sitting on the tracks as if it was a magnet. The hissing steam train had come straight out of a Victorian fantasy. The original Orient Express must have been this beautiful. The engine was all brightly polished brass and black steel. Every angle was cut cleanly, every arc perfectly round, satisfying the soul of meticulousness in Chuck to the last degree. The smokestack belched white puffs into the cloudless blue sky as if impatient to get moving.

The exterior panels of the cars were neatly painted dark green. Chuck gazed with admiration at the fabulous curlicues, leaves and gods' heads carved into the woodwork and adorned with gold-leaf trim. Metal flourishes and finials wound outward from the spokes of the great steel wheels. The car windows were cut glass that twinkled in the sunshine. Through them Chuck got an intriguing glimpse of fine, white curtains tied back in swags, and beyond, the shadows of heads bent together in conversation.

"It's been beautifully preserved," Chuck said,

whistling through his teeth. "Someone's taken good care of it."

"Memories like this are often cherished," Keir said. "In this case, it's been stored in the Collective Unconscious, where it will be safe for as long as there are minds to recall it. They won't need to have seen it themselves."

"It's just a memory?" Chuck asked, puzzled. He reached out a hand to touch the engine. The smooth metal vibrated under his hand. "How real could it be if it's only a memory?"

"Sometimes more real, to some people," Keir said. "In fact, it looks better than it did when it was real. No soot or grease, at least not in this form. Trains are one of the glories of the Dreamland. They go everywhere. They have held the world together for millennia."

"But there haven't always been trains," Chuck said, frowning.

"Not steam or electric trains, as you or I have known them," Keir said, "but there were always numbers of people going the same way at the same time, with a common purpose, sharing common goals and common symbols. They created the routes, the neural pathways, that the trains run on today. Trains are a state of mind."

Symbolism again, Chuck mused. Keir paused for a moment, then tapped his foot.

"When you've finished rationalizing what you're seeing, can we go aboard?" he asked. "They're waiting for us." Abashed, Chuck hoisted his bags and followed Keir.

"Extry, extry, read allaboud it!" a small boy yelled, waving a handful of newspapers. "Winds of Change high! Expect strong gusts today!" Chuck had to stop and stare at him. The boy was dressed in the knee pants and flat cap he associated with golfers. The costume was from the turn of the century.

"He's out of date," Chuck said.

"Surely not," Keir said. "That's today's news."

"Booo-oooard!" shouted a conductor in a dark blue uniform trimmed with gold. With one arm he held back a group of people walking up the steps and waved Chuck and Keir forward, gesturing to them to ascend into a handsome, mahogany-wood car. Its windows glittered enticingly. Chuck trod carefully up the steps, maneuvering his heap of belongings through the rectangular door that stretched wide at the sides to allow its passage. At last, his adventure was beginning. When he rose in the morning, safe and sound in his own bed, he would be a more enlightened man, free of the troubling thoughts and nameless dreads that had nearly destroyed his ordinary life.

Chapter 3

Morit watched the Visitors board the train car with resentment boiling in his heart. His dark brows drew down over his lined forehead. He leaned over the conductor's arm to get a good look, studying the faces of the strangers. There was nothing special about them. They looked just like people!

"How dare the conductor let them jump ahead in the queue?" he grumbled to his wife. "We have just as much right to board as they do—more! We *live* here. They're intruders."

"Um-hmm," Blanda hummed, checking over her many bags and parcels. She tapped each of them with a forefinger as if she was making sure everything was there. Morit growled into his beard. Couldn't she see that they were being insulted? But she never did, curse the woman. She smiled up at him, her round, pleasant face aglow. Her fluffy light brown hair was neatly waved and pinned up against the back of her head. Her tweed traveling coat was buttoned up tight over her white ruffled blouse and plain tan skirt.

"It'll be a nice journey, won't it, dear?" she asked, tucking her hand into his elbow. Morit snorted. The conductor lowered his arm and Morit shoved past him

up and into the car. Blanda followed a pace or two
behind.

"Nice day, isn't it?" she said to the uniformed man.
He smiled and tipped his hat to her.

"Yes, mum. Hope you have a pleasant journey."

"Thank you, dear," Blanda said.

Morit growled to himself and stalked ahead. Blanda
caught up with him before he reached their reserved
seats.

"You shouldn't just ignore people," she said, with
gentle reproof in her voice. "It isn't nice."

"What does the conductor care if we have a pleasant journey? It's his job to get us there whether we
enjoy it or not!" Morit turned to throw their bags up
onto the baggage racks, and found there was no room
overhead. Nightmare take it, whose were all of those?

"My mother always said you should treat people
as though they were the ones who dreamed you,"
Blanda recited, as she always did when quoting one
of her thousands of relatives, all of whom Morit
detested. He cursed under his breath as he surveyed
the gloomily appointed car. The Visitors had taken
up every rack for yards around their seats with their
mess of bags, probably all over the allowable weight.
How dare they impinge on everyone else's space?
Why were they here at all?

The inside of the train was as handsome as the
outside had been. The walls were covered with silk
brocade in a plume and stripe Regency pattern of
muted maroon, and the brass sconces gleamed golden
against them. The wooden trim around door and
window frames was the same deep mahogany. In
contrast, the undercloth on the table between the
facing seats was bottle green. It all looked very upper-
class, right out of an old-fashioned thriller, but welcoming, new, and smelling of starch and furniture
polish. Trains must indeed be an important memory

to be able to present him with such detail. Chuck was sure he'd never have thought of the bobèche cups around the base of the light bulbs himself, nor the white, lace-edged covers protecting the arms of the seats.

He felt a twinge of resentment as he followed Keir toward their assigned seats. He'd half hoped the other travelers would disappear when they boarded, going off to their own spirit quests with some other guide, leaving him and Keir alone. But no such luck. They were all right behind him. This was worse than his normal life. He wouldn't even have privacy while he traveled. Their rows of seats were in the middle of the car. He was going to have to share his guide and his personal journey with not one, but four total strangers. He hoped he wouldn't have to pour out his innermost thoughts and feelings in front of them, not to mention all the other passengers seated around them. He didn't like having a crowd imposed upon him. At the same time he felt guilty for being so selfish. But how bad was it to want to have just a little attention for himself?

The resentment became an uncomfortable weight on his shoulders that was only partly lessened when he wrestled the huge steamer trunk up into an over-head rack. The storage spaces looked small, but the trunk fit just fine. Chuck reminded himself that he was not in a physical world, for all he could sense, feel, smell, and above all, see it. The other bags he stowed where he could, silently negotiating for room with the two women, who were trying to put their possessions as close as they could to their row. The tall man in tweed and the bearded, middle-aged man, who had one bag apiece, stowed their suitcases underneath their chairs, and were sitting patiently waiting for the others to settle down.

Chuck felt his face getting hot as he tried to find space for the last three briefcases in his arms in the midst of other passengers moving toward their seats. Was the crowd never going to let up? The mob grew thicker and thicker, until he was holding his bags straight up in the air. Thousands of people streamed past him in the aisle, men in baseball caps, women wearing trenchcoats, uniformed schoolchildren, each bumping into his ribs or his knees with their luggage. Where were they coming from? Where were they all going to sit? The train couldn't possibly hold this many people!

"It's just a nuisance," Keir called to him over the heads of the mob. "Ignore it. It will be over soon."

"Over?" Chuck asked. "Where are all these people going?"

"They're not real," Keir said. "Be calm."

As quickly as the deluge of passengers began, it ended, leaving no trace of its passage. Chuck was left standing in the middle of the corridor with his valises held high over his head, back to back with the plump woman. Puzzled, he glanced around, as though the crowd might have slipped out of sight behind one of the seats. The red-haired woman looked as confused as he felt. Briskly assuming the appropriate shape for each, Keir guided them to their seats and took their extra bags from them. He passed along the center aisle, straightening and turning bundles in the racks. An empty spot opened up above Chuck's head. Deftly, Keir tucked the briefcases into the gap. Chuck felt a sense of satisfaction as the things fit as neatly into place as a piece into a jigsaw puzzle. Things were looking up. The brown plush seats, arranged three on each side of the aisle, were comfortable, after all, and he loved train travel.

The bearded man had taken the center seat in the row of three facing the engine. Chuck, who preferred to ride facing forward, had the choice of the aisle or the window. Why couldn't the bearded man have taken either end, and left an empty seat between them? At least each seat had its own pair of wide, padded armrests. They wouldn't have to fight over them. He chose the aisle for the moment. The red-haired woman laid immediate claim to the window seat facing the rear of the train, and the man in tweed sat down next to her, stiffly upright, with his hands placed on his knees. The tall woman in white floated into a forward seat on the other side of the aisle.

In the seat facing Chuck, a plump, round-faced man with wisps of golden hair on his round head wearing a tan business suit offered him a cheerful smile. Across the aisle from him, a sharp-faced man in a blue suit striped with charcoal gray glanced up from a ledger he was reading to offer a friendly nod. The woman beside him, a comfortable-looking, white-haired matron Chuck guessed to be in her seventies twinkled at him over her knitting. Chuck glanced at the mass of wool depending from her needles, but couldn't guess what it would be when it was finished. Beside her, in the pair of seats nearest to the window, a middle-aged married couple had just finished putting their bags away. The man favored Chuck with a curt nod.

"May I have your attention, please?" Keir said, standing between the rows. "I am very pleased to welcome you all. Not many Visitors from the Waking World come to travel the Dreamland in person. I find it most gratifying that the numbers have increased more greatly in the last few years than in centuries. I am pleased you were all able to make it."

"It is good to be here," said the man with the beard. The others, including Chuck, nodded vigorous agreement. The bearded man continued.

"Many millennia ago there used to be far more transit between the worlds, when the sense of consciousness was not as physically centered as it is now. As these tours have recently been reinstated, we may have a few problems that need to be shaken out. I need to ask you to try not to cause complications. Otherwise we may not be able to offer such tours in the future, and that would be a tragedy for everyone. Dream tours are a great service to the Waking World, though I am afraid others feel it is just a burden. It's difficult enough to find yourself, in ideal circumstances." The others chuckled politely.

"My name is Keir, although you should all know that by now. Shall we all go around and introduce ourselves? After all, we will be spending an intense and interesting time together."

"Okay," Chuck said, when no one spoke first. "Hi, all. I'm Chuck Meadows."

"Beddoes?" asked the plump man across from him, in a cultured though not affected voice. "That's a good Dreamish name."

"Er, I'm not from around here," Chuck said. "I'm an American. Say, you're an American, too, aren't you?" he asked the bearded man.

"I don't believe so," said the man with the beard, in his pleasant, unaccented baritone, looking faintly troubled.

"No?" Chuck asked, trying to be helpful. "You sure sound American. Can't you remember where you came from?"

"Celestia," said the plumpish little man with a shining, rosy face, leaning forward to pump Chuck's hand. "Or do you mean specifically? Or just now? The hotel. Very nice. You'd like it. Hope you can stay over a night when we get back."

"This is over one night," Chuck said, very worried. He looked up at Keir. "I . . . haven't lapsed into a coma, have I? I mean, I will wake up."

"No, no," Keir assured him, soothingly. "It's just as you say."

"Oh, yes, time goes very differently where you're from, doesn't it?" said the plump man. "I am Bergold Nestledown. I'm from the Ministry of History in the capital city of Mnemosyne. I'm not in need of Keir's kind of guidance. I'm here as a kind of adjunct of the court, to find out more about *you*. We want the most accurate information about the Waking World that we can get. It's so nice that you've been able to come here. Did you find the journey difficult?"

"I really don't remember much about it," Chuck began, thinking that he would enjoy being interviewed. "I was in my room, lying on my back . . ." Bergold took a notebook out of his pocket and began to write in it with a pencil. He only seemed to be wiggling the point along the page, but neat words appeared rapidly in neat lines. Bergold was full of questions. Chuck could hardly finish one before he asked another.

"Now, now," Keir said, interrupting them. "You can get more information from him later, Historian." The plump man looked abashed, but he put the notebook away.

"I am sorry. My enthusiasm often blinds me to anything but the object of my focus. I hope you don't mind being objectified."

"No," Chuck said, with a sly look at Keir. "I don't object at all." Bergold laughed. The bearded man smiled, the corners of his mustache turning upward. He extended a hand to Chuck, and delivered a brief but decided handshake. He offered the same to the rest of the group, and sat back without a single wasted movement.

"My name is Hiramus Reston. I am pleased to meet you all."

"Persemid," said the large, red-headed lady, and defensively added, "Smith." She folded her arms defiantly over her broad bosom when Chuck looked skeptical about the "Smith" part. She might be a *real* smith outside of this state of consciousness. She looked strong enough to bend metal with her bare hands. But why did she dye her hair that astonishing shade of red? Then, he chided himself for a fool. You couldn't dye a dream projection, could you? If Keir was right, either Persemid Smith's personal view of herself or the roots of her soul must have red hair.

"And you, my dear?" the plump man asked the tall woman.

"Pipistrella," she said, bestowing a brilliant, white-toothed smile upon him. The waves and tresses of her long, golden hair swirled gracefully around her like willow branches. She looked like a storybook fairy princess.

"Do you have a last name?" Chuck asked.

"Oh, no," she said, turning huge, astonished, hazel eyes toward him. "I think that anchors you too much in the world, don't you?"

No fear of that, Chuck thought. She'd float away in a high wind. The woman was as natural or culti-vated a flake that he ever had met. Look at her, jingling with silver good luck charms and crystals. Chuck considered himself an honest child of nature. He didn't like people who leaned too heavily on crutches like the New Age. In his experience they had no character of their own. Pipistrella gave him no reason to change his opinion.

"Sean Draper," the tweed-suited man blurted out suddenly, as if afraid of being overlooked. Chuck turned toward him. Sean looked frightened, only just not bolting out of the car. "Look, man, this can't be m' mother. She's been dead for ten years. I don't know what's happening here."

"It's all right," Keir said, easing into the comfort-able maternal shape again and sitting down on the arm of Sean's chair. "Let's just talk a moment. I'll explain everything."

Chuck frowned and settled back into his chair with his arms crossed. Draper was speaking too low for him to hear, but anyone could see how upset he was. Chuck wondered for a moment what was wrong, then decided it wasn't his concern. He had his own problems! Keir should be helping take care of those.

As if he could hear the mental shout, Keir glanced up. Chuck caught his eye and signalled to him, wanting him to come and talk to him, privately. After all, wasn't that why he was here? Keir held up a forestalling hand and went back to his conversation with Sean. Why couldn't the guy go get his own spirit guide? Chuck felt like sulking, but at that moment, he heard a steam whistle outside. The car lurched and started to move forward. The train was under way.

Chapter 4

The station vanished behind them, falling away like
a toy town. Chuck should have been able to see the
airport they had walked from, but it was gone, no
doubt packed into boxes by the efficient workmen in
white. The scenery whizzed by the windows at a
steady rate, and the wheels rattled companionably in
a syncopated double-time beat. Chuck had always
enjoyed train trips. No doubt Keir knew this fact, and
was gearing his journey so that he would be able to
accept the new experiences he was bound to have.

He moved to the seat next to the window, circling
around Hiramus a little resentfully. The bearded man
had long legs with squared-off knees that seemed to
stick straight out farther into the shared space than
normal legs. If the train jerked, Chuck would end up
in Persemid's lap, an event, he judged from the
expression on her face, that would hold no pleasure
for either of them. Hiramus paid no attention to
Chuck. He unfolded a huge newspaper and became
enveloped in it to the exclusion of all other stimuli.
Chuck turned his back on his seatmate and pressed
his nose up against the glass.

The Dreamland looked just as lush and gorgeous

as he would have fancied a dreamscape ought to be. Meadows full of nodding flowers spread out from the tracks to the feet of a dense, green forest in the middle distance. Beyond the wood, looming over all, was an endless line of mountains that stretched high into the sky but did not seem to cut off any sunlight. Chuck wondered what was on the other side. He hoped sincerely he didn't have to climb that escarpment. It looked sheer as a wall.

The green of the landscape changed to blue-green so abruptly that Chuck glanced back to make sure they hadn't gone over a river. Even the flowers were different. So was the sky, now spotted with fluffy white clouds. On a hill ahead, he could see a couple having a picnic. The man, wearing an old-fashioned boater and a blazer jacket, threw crumbs to birds circling him while his female companion clapped and tossed back her head in silent laughter. As quickly, the train passed over another invisible line of delineation. The dominant color of the landscape changed to red-brown. A man with tattered clothes clinging to his body dashed into view, looking back over his shoulder in desperation. He scrambled away, sometimes clambering over the rocks on all fours, in obvious terror of his pursuers. Even over the noise of the train Chuck could hear the sound of yelping hounds. They appeared, and Chuck was taken aback by the horror of them. They had blood-red pelts and black lips pulled back to show gleaming white teeth. They loped along easily, as though they knew the man's strength would fail soon, and they could leap on him.

Chuck started looking for an emergency cord he could pull. They had to stop the train to save the man's life! Then, just as he was about to bound up and call for the conductor, the man passed over the border from the rust-colored rocks onto the blue-grass lawn. Chuck stared. The man's clothes seemed to have fewer tears in them as he ran. Behind him, the hellhounds put on a burst of speed. They flew over the divide and changed into a flock of pigeons. The birds caught up with the man in a moment, passing harmlessly overhead, except for one that left a white spatter on his shoulder. The pigeons joined the birds circling the picnickers, and the man came to an exhausted halt beside the blanket. The woman beckoned to the man to sit down with them. Chuck craned his head to watch until the train curved around to the right, leaving them behind. He started to turn to ask his seatmates if they'd seen the same thing he saw, when the train plunged forward into the midst of a city.

What a place! The outskirts were lined with neighborhood after neighborhood of particolored houses, bisected into bright hues. Very festive, Chuck thought. Green parks were surrounded by black and white Tudor cottages sitting side by side with stone and glass Arts and Crafts edifices. Gleaming office buildings came next, each successive row taller than the first until Chuck had to crane back his head to see them. Church steeples, broadcast towers, goldleafed domes, even a triangular framework that looked like the Eiffel Tower peeped over the top of the highest. Suddenly, a vast, scaly lizard head peeked out between two of the buildings. Chuck gasped and sat back, not believing his eyes.

He turned to the others, wanting to exclaim to a companion, "Did you see that?" But he surveyed the rest of his group, and changed his mind.

Hiramus Reston didn't look up when Chuck glanced his way. He was pleasant enough in a curmudgeonly sort of way, Chuck supposed, though you could tell how opinionated he was by the way he sat, by that disapproving twist to his mouth. He held his newspaper just so. His suitcase was arranged on the rack over his head just so. Hiramus eyed everyone suspiciously as they went by. His bag was alternately under his chair with one of his feet on the handle, or sitting on his lap with his arms around it. Chuck wondered what he was hauling around with him. Dire secrets? A load of guilt? Money? The man didn't look rich, but who knew what the true appearance of anything was under the Dreamish glamour.

The large lady, Persemid Smith, bridled defensively as he looked over at her. Short but broad, he saw a million of her on the streets of his city every day. Chuck thought that if she was much like her astral image he would avoid her at home. She was too prickly. He was uncomfortable with people who were openly New Age, knowing he was treading on unfamiliar and potentially dangerous territory. He didn't like it that others might be more at home with nature than he was. Pipistrella was another one, covered with gauze and silver jangles. No doubt she had her room at home furnished in teddy bears, sparkles and fairies. She was thin, dreamy, and graceful, but that total unawareness of her surroundings could drive him insane in time.

Sean Draper, the good-looking man with dark hair and dark blue eyes, was the very image of an Irish poet. He was even wearing an Aran sweater under that terrifically-cut tweed jacket. Chuck wondered if the man was anything of the sort in his real life, or if this was an idealized version of his mental picture of himself. He was too private. The very air around him shouted, "Leave me alone!" Only Keir had braved the barrier to deal with what was inside, but that was his job. Chuck forced himself to stop thinking about sharing Keir, because he became upset all over again.

Bergold, the short, round man with his shining round cheeks and a sharp thin nose, looked like a cheery robin. He was the friendliest person in the car. Chuck would really have enjoyed knowing someone like him in his normal life. Dreamed people didn't seem any different than the real ones. Impulsively, Chuck turned to Hiramus to ask him what he thought, but the older man sat up stiffly straight and brought his newspaper closer to his nose. What a pill, Chuck thought. He's going to be loads of fun. He began to ask Bergold a question, when the old woman across the aisle leaned over and put a hand on Chuck's arm.

"I couldn't help but overhear your guide," she said. She could have been anywhere between sixty and ninety, her plump cheeks crisscrossed with fine lines that deepened into smile grooves next to her eyes and mouth. "You're from the Waking World! I'm very excited to meet real Visitors." Chuck could clearly hear the capital letters in her voice. "I'm Gloriana Flannel. Mrs. Flannel. And this is Spot. We're taking a nice holiday from our home in Frustrata." She held up a fluffy white toy poodle with a single black dot the size of a plum on its chest. She waggled its front paw at Chuck. "Say hello to the nice man from the Waking World. I said to Spot when I saw you, 'That's a Visitor, that is.' And I was right, wasn't I?" she said to Spot. "Yes, I was. And here we are—*us!*— traveling with them!"

The dog happily panted at Chuck, showing its pink tongue in the delight dogs worldwide had at the prospect of meeting new people and going for a ride. Chuck scratched it on the head, and the dog looked blissful. Mrs. Flannel settled Spot in her lap and rummaged around in her bag to disgorge a prodigious but unidentifiable knitting project in pale blue.

"Kenner Farside," said the grinning man riding in the seat facing Mrs. Flannel, rising to offer a hand. Though the man stood just under medium stature, the muscles of his arms and wedge-shaped torso showed powerful lines of definition even under his immaculate white shirt. "Call me Kenner, Chuck." He gripped Chuck's fingers with a bone-crushing squeeze. Here, the handshake announced, was a man of the world, equal to everything and everybody. "On the way to see my girl."

Chuck took back his mangled fingers and rubbed them absently. "Didn't I see you out on the platform with some other woman?" She'd been a pretty one, too, with soft brown hair and light hazel eyes. Chuck remembered noticing her and Kenner because they were totally involved in passionate kissing to the exclusion of all else. They'd only broken the clinch when the boarding whistle blew.

Kenner grinned, man to man. "That's my girl in Rem. A lady friend in every port means you're never lonely." Mrs. Flannel gave him a reproachful look that he ignored easily.

"Bolster," said the quick, thin man in the aisle seat beside Kenner. He had very large, round blue eyes that protruded slightly from under prominent brow ridges. His thinning, light hair hung wispily around a domed skull. His fingers looped around Chuck's, contracted briefly and withdrew, a butterfly kiss instead of a knockout punch. "Of Sheep, Sheep, Fence, Moon, and Bolster. I travel in comfort."

Chuck poked at the upholstery of the wide seat. "It looks like all of us are doing that."

"No, no, no," Bolster said. "You do not understand me. My firm sells peace and quiet. When our clients employ our services, it is to facilitate their minds' passage into the Dreamland. We know how many people in the Waking World are suffering from sleeplessness. Our mission statement is to deliver relaxation to free the sleeper to let his or her dreams range freely. To do this, we employ a large number of time-honored forms, such as sheep to hop over fences. I am chiefly an accountant. My job is to count the sheep, and make sure the client has precisely the number he or she needs. We know exactly how many sheep there are in the Dreamland at any time."

"So, how many are there?" Chuck asked, curiously. He'd never thought about whether anyone kept track of that sort of thing.

"I'm sorry, but that's proprietary information," Mr. Bolster said, in a brisk but not unfriendly way. "I would be happy to discuss other phases of our business with you, however."

The man with the glasses and short beard smiled at him a little shyly. "Morit Nightshade," he said. Chuck put out a hand, and Morit hesitated before taking it. The plump woman beside him beamed. "My wife, Blanda. Happy to meet you, er, Chuck."

"Thanks," Chuck said, sitting back. Everyone was pretty nice here. He felt the disappointment in not having his own quest abate a little. He knew he'd resent it if he started to think about it again, but there was so much else to see and, now, other people to talk to.

"Where will you be going . . . ?" Morit began to ask.

The light coming into the car suddenly turned dark green. Chuck glanced out. They were out of the city and passing by forest again. This one was thick, almost primeval, filled with ferns. Chuck admired the breadth of the huge, shaggy-boled trees. No logger had ever mown down these proud beauties. He wondered if trees dreamed. What did they think about, standing in forests all day? As if in answer, the train passed a few saplings playing cards on a rock. They straightened up as the train hurtled past, one of the young oaks not quite in time to conceal the straight flush in hearts it held behind its spindly trunk. Chuck distinctly saw one of the maples stick out a bent bough and elbow its companion. He grinned. The forest fell away from the tracks briefly to form a glen. In it, an unshaven giant clad in shaggy bearskins tore up boulders from the ground and heaved them at a small frame house. The rocks, every one of them larger than the house, failed to knock it down. They didn't so much as scar the paint. The boulders rebounded as if they'd hit a trampoline, and landed with a *BOOM!* that shook the tracks.

"Weird," Chuck said out loud, and laughed. "What's that house made of?"

"Frustration Dream," Bergold told him. "Whoever's dreaming that is suffering from powerlessness at some small irritation that he can't seem to overcome. I hope it'll work out in time."

Chuck looked at him in surprise. "You *know* you're being dreamed? It doesn't make you feel creepy, or anything?"

"Oh, no," Bergold said. "It gives us a sense of purpose to know."

Chuck studied him and decided he believed that he was sincere. "Wow. Can we talk more about that sometime during our trip?"

"Any time," Bergold said, cheerfully. "I'll surely tell you more than you'll ever want to know."

Chuck turned back to the other traveler, who swiftly hid a glower. "I'm really sorry, Mr. Nightshade. I just got distracted. I've never seen anything like that outside of a cartoon. What were you saying?"

It took all Morit's will to keep smiling while he clasped the Visitor's hand. As soon as he could decently withdraw, he did. He didn't wipe his hand, although he wanted to. He could feel the taint of the Waking World burning his skin. Any moment now it would begin to smoke. Then they'd see how wrong it was for the Visitors to be here. He was infuriated that the Visitor lost interest in him *while he was talking*. So he didn't have enough reality to keep the Visitor's mind on him, did he? All the other Dreamlanders including his dolt of a wife liked the

Visitors right away. Fools! he thought, eying his fellow passengers with disgust. You should fear them! They mean destruction for us all! They could destroy you with a *thought*.

"Such a nice man," Blanda murmured in Morit's ear. He shot her a look full of contempt, but the scorn bounded off the invisible armor that surrounded her and scattered like dust on the wind. She never could see the truth about things that would have been obvious to a child. To Blanda, everything was just fine, no trouble. She didn't understand that the Waking World was the source of all that was evil. Morit had certainly suffered at their whim all of his life. Every misfortune that had ever befallen him was the fault of those billions of dreamers he couldn't touch, couldn't confront, couldn't call to account. Everyone he knew had bought into the myth of Sleepers' invincibility, Sleepers' infallibility. His neighbors spoke in hushed and respectful terms about the Seven who had created the Dreamland and everything in it for the purpose of working out the problems of their Waking lives, in whatever form those needs took. His neighbors were nervous about doing the right thing. They *cared*. Morit sneered, and immediately hid his face in his hand. Sleepers expected the Dreamlanders to do all their dirty work for them, eh? Well, he for one was one Dreamlander who didn't intend to do anything of the kind.

He despised the others on the train for sucking up to the Visitors like a pack of toadies. Wake up, he thought at them. Do you like being slaves to these . . . these ordinary beings? They all thought the Visitors were a cut above them, something special, but anyone could see there was no discernible difference. Why should the Dreamlanders settle for being servants of the Sleepers? What in Daydream's name did they ever get out of it in exchange? Not a thing! Existence? No, thank you! How would the people in the Waking World like it if Dreamlanders started ordering *them* around? They would resent it, just like he did.

As if his life was not bad enough without being changed all the time. Morit hated change. He hated getting used to one shape, and having it whisked away from him the next moment. He never lived in the same thing from one day to the next. He had a tiny house most of the time, always the smallest in the village, always the least conveniently placed, always the ugliest, with the darkest garden and the most difficult lawn to mow. If the house was large, it was drafty, creaky and ill-maintained. His front walk was constantly overgrown with crabgrass and creeping ivy, and his garden sprouted weeds instead of flowers and vegetables. He couldn't keep rosebushes alive, but box elders sprang up overnight. He had pulled out millions, but there seemed to be no end to them.

One of his chief resentments was never knowing what he was coming home to at night. He never was certain whether he'd have a wife, or what she'd look like. What was worse, *when* he had one, it was Blanda. He half-suspected that Blanda might be an imaginary or only a part-time person. She was a little vague, always being nice to people whether or not he thought they deserved it. In his opinion she put up with the most horrible things. She never protested, even when they were surrounded on all sides by nuisances, distractions, and the like fit to make one's life a waking nightmare. Morit was constantly outraged and furious at neighbors who used their leaf blowers in the middle of the night, their hordes of barking dogs, revving engines, occasional gunfire, jangly music from street vendors, loud music just when he was trying to get some sleep. One night he had personally chased a string quartet off his lawn with a stick. The next night it was a full-scale rock concert with thousands of screaming fans. Blanda had never said a word.

He felt powerless to stop the annoyances, and he hated the powerlessness. The space invaders! The little blips ate away at his personal space, until there was nothing left for him at all. They eroded his territory, even his person. People crowded in so close, until he had no room to breathe. He had moved over and over again to flee the feelings, but as soon as he settled in one place, the crowding began again. And now the Creators were coming here in person, taking away even more of his reality by their presence? If they had created them to solve the problems of their lives, then by all means why couldn't the Waking World leave the Dreamlanders alone to do it? Why must they invade, making the Dreamlanders feel more pressured, more put upon, than they already were?

Blanda had argued with him that it wasn't so, that they were very courteous people, but the evidence was clear. Look at the way they took up all of the overhead luggage space, so there was no room for his baggage. These so-called Creators were as inconsiderate as any of their wretched creations.

The shorter man in blue jeans got up to rearrange his bags, and accidentally touched one of Morit's suitcases. Morit felt his blood pressure rise. Hands off that, you! he wanted to shout. It's your fault that it took me all night to get that packed! The size and shape changed over and over again so nothing fit. Your fault, do you hear me? But, of course Chuck couldn't hear him. *They* didn't care what he was thinking. It didn't *interest* them. They were the high and mighty ones, who thought up such as he for their pleasure. Chuck and the others acted so friendly now, but they would treat him like a ticking time bomb if they knew *what* he was thinking. Yes, Morit thought, sitting back with his arms folded in satisfaction. They'd treat me with a lot more respect.

It was the worst day of his life when Visitors started coming to the Dreamland in person. He wanted them to leave the Dreamland alone now, for good and all, never to return. If they resisted, they must die. It was only right.

Morit was not alone in his thinking. There were plenty of others who wanted to drive these Visitors back to the Waking World with a message to give the others—that the Dreamland is dangerous. Their war cry resonated throughout Morit's very being: Dreamland for the Dreamed!

Morit meant to send a message to all the Creators that not all of their precious toys liked being played with. Unbeknownst to the passengers aboard the train, Morit's coconspirators waited ahead, prepared to deal a blow for the dispossessed and manipulated citizens of the Dreamland. The Visitors would be forced out. It wouldn't be long now. He hunched over in his seat, bracing himself to await the event. It took all his influence not to change outwardly to reflect his inner glee.

Chapter 5

"So I said, be under it!" Chuck said. His seat companions chuckled politely at his ancient joke, but an unseen audience somewhere really loved it. It laughed uproariously, as it had at every witticism he'd produced, no matter how weak he thought it was privately. He was enjoying the attention and the approbation. He glanced out the window. The green landscape rushing by outside became more and more dense with trees. "Say, where are we now?"

"Running over a laugh track," Bolster said, pitching his voice to carry over low chuckles from beneath the car. "We're passing farther into Rem."

"Puts us deeper into REM sleep, huh?" Chuck asked. The unseen audience laughed loudly. Chuck grinned and leaned back in the generous chair, feeling expansive. The padding molded comfortably to his back.

"Rem is usually where we set out from," Keir assured him, appearing at his side in the guise of the old man in sandals. He leaned over to snip a hanging thread off the hem of his tunic with a pair of clippers that just appeared in his hand. "It is a convenient departure point recognizable by most visitors,

47

although the track that encircles the Dreamland is a complete loop. One could conceivably set out from anywhere."

Before Chuck could ask him another question, Keir scooted off again, sitting down beside Persemid in the guise of the gray wolf, pink tongue hanging out, head cocked to one side as she leaned toward him with an expression on her face Chuck associated with holy confession. In a few moments, Keir wheeled back on his hind legs, turned into his angel form, and started to float toward Pipistrella.

"Now, wait," Chuck said, reaching up and catching the blue-white sleeve as it passed. Immediately the white samite changed to gray homespun. Chuck found it disconcerting, but he wasn't going to let mere appearance put him off. "When are you going to sit down with me?"

"Why, when you need me," Keir said, stroking his graying beard.

"I need you *now*," Chuck said, pointing out the window at the multihued scenery. "What is all that I'm seeing? Why are things changing like that? Where are we going?"

"You'll find all these things out in time, Chuck," Keir said. "I'll be back very shortly. Just wait a little, eh?"

Chuck twisted his mouth in a disgruntled pout. "I don't like having to wait all the time."

"You need to learn to share," Keir said. "It's good for you."

"I share all the time at home," Chuck grumbled. "That's not what I worked so hard to get here for." Keir ignored his interruption.

"And, when I'm not here with you, you will have the mental space to contemplate and formulate questions to ask me when I come back to you. If you have a burning need to know something, I will be here, but you would be amazed at the long gaps in between moments of inspiration, if you only stopped to observe."

The answer didn't satisfy Chuck, but Keir was again out of reach, putting out a gently reassuring hand to the large-eyed entreaty of the blond woman in white. From there he sat down beside the withdrawn man in tweeds. Chuck frowned. This wasn't at all what he had in mind for such an important and sacred journey. The others must not realize that they were having to sacrifice part of their personal quests for the sake of strangers, or they might be upset, too. He would bring that unfairness up just as soon as Keir came back to talk with him.

"Master Chuck," Mrs. Flannel said, holding her pet up next to her face. Spot was now a handsome ocicat with leopardlike markings. "Do tell the story about the answering machine again. I want Spot to hear it!" The cat blinked large, green eyes at him.

Oh, well, *someone* was paying attention to him. Chuck sat back, took a deep breath and launched into one of his favorite jokes.

"Tickets, please. Tickets!" The authoritative voice of the conductor rang through the car. Chuck glanced up from the lively conversation he was enjoying with Mrs. Flannel and Mr. Bolster. What a mixed cultural experience this train trip was turning out to be. The conductor sounded English, like Bergold, but the train was passing through flat, swampy terrain that looked like part of the Netherlands. Those were windmills dotting the flat, green land. But if this was a vision of Holland, what was that lacquered pagoda doing there? And the black cutout billboard of a bull— where was *that* from? It was all a jumble. He didn't see how anomalies like this would aid him in his journey to find enlightenment. You never could tell where you were.

"Tickets, madam? Sir? Sir?" The voice was very

loud, and right next to him. Chuck looked up. The
conductor, a burly, red-faced man in a neat black
uniform trimmed with red, looked sternly down at
him. "May I see your ticket, sir?"

"Why, sure," Chuck said. He began to feel in his
pockets. The sweatshirt he was wearing didn't have
one, and the pockets in the jeans were empty. Funny,
he didn't remember being given a ticket. He looked
over at Keir who sat perched on the arm of a seat
in the aisle, but the wizened little man was watching him with detachment. Chuck plowed through his
hazy memory. The spirit guide *had* told him something about identification before he'd left home. He
had been told to hold fast to it, because it was the
only thing he needed to get where he was going. He
knew he possessed identity cards, a wallet full of
them—although not here. He searched harder. He
must have had a ticket to get this far. Maybe he'd
missed it in his haste. He stood up and began to go
through his pockets again.

"Come, come, sir," the conductor said. "People are
waiting."

"But I don't have anything," Chuck said,
frustratedly. "Wait . . . here it is!" He felt the outline of a card in the double pocket on his right hip.
He pulled out a square of white cardboard and
handed it over. The conductor turned it and looked
at both sides.

"I'm sorry, sir, this is blank."

"What?" Chuck asked in disbelief.

"There's nothing on this at all."

The conductor displayed the card. Chuck stared.

"There's some kind of mistake," he said. "That's all
I've got on me. Really."

"We don't wish to cause any kind of a fuss, sir,"
the conductor said, pulling a full-sized clipboard out
of his waistcoat pocket. "Maybe we can do it in
another way. Name?"

"Chuck. Chuck Meadows." Anxiously he watched the frowning conductor study his list.

"Hmmm . . ." The official peered up at him out of the corner of his eye. "Are you sure, sir? The image we have doesn't match your description, sir. Are you sure you know who you are?"

"Why, yes, I . . . no, not really," Chuck said, now feeling desperate. The train began to vibrate more vigorously under his feet. He looked to Keir for help. "I've been having trouble remembering things ever since I got here."

The conductor was professionally brisk. "I'm sorry, sir. Without proof, you could be anybody. Passage was booked for a Mr. Chuck Meadows. If you're the wrong person, we shall have to put you off the train."

By then, the landscape was hurtling by outside at a furious rate. They must have been going 200 miles an hour. If they tossed him off now, he'd be killed. Chuck gulped, and patted down his pockets once again. His right-hand pants pocket disgorged a red-painted wooden yo-yo that hadn't been there before. How could he have missed something bulky like that? Or the pocket knife with a dozen blades in his breast pocket? A moment ago he hadn't *had* a breast pocket. Suddenly there were dozens of pockets, attached to pants legs, sleeves, and the front and back of the sweatshirt, which was growing down his body and arms like jungle vines. He pushed the heavy sleeves up over his hands and dipped into every one. Most were empty, but some of them had things in them. He dropped the contents on his seat one after another: magazine, umbrella, cheese sandwich with one bite taken out of it, bag of transparent blue dice in weird shapes, five corks, an indignant, small pig in a sequined tutu, and a potato. No wallet. Chuck looked helplessly at the conductor and shook his head.

"You see, this is what you should look like, if you are really Mr. Meadows," the conductor said. He turned the clipboard toward him. The picture of a man's face shrunk rapidly from the size of a book down to that of a lollipop. Chuck peered at the tiny image, which continued to shrink obstinately until all he could see was a roundish, blobby, over-exposed dot with shadows for eyes and curves for nose and mouth. It didn't look much like the visage he had seen reflected back at him in the make-believe jet. He felt pressure in his cheeks. His hands flew to his face. His cheekbones swelled and receded, moving up and down under his skin like burrowing animals. His nose flattened out, grew thin, turned up, turned down, grew broad, then narrow as a knife blade. A bump bulged at the bridge, then subsided, appearing again at the tip. His chin sawed in and out like a slide trombone, and his skin bubbled and boiled in a wild variety of color, texture and hairiness. His whole face was changing! He looked wildly around for Keir. His fellow travelers were staring at him in horror. Was he becoming a monster?

"Now, now, sir, no need for all that!" The conductor seemed suddenly much shorter than he had a moment ago. No, he wasn't; Chuck had grown a foot taller. His body was now long enough to fit the oversized sweatshirt, adding acres of arms and legs that were awkward to manage. His limbs wobbled dangerously, and Chuck looked down in panic. The next moment the whole mass of him collapsed, until he contained the same mass as before, but all compressed into a short, fat body with short, fat legs and arms which were too short to reach any of his pockets. His midsection flattened out until he was no more than an inch thick but two yards wide. His arms stuck straight out like a scarecrow's.

"Sir, there's no need to become ugly about this," the conductor said.

Ugly? Was he ugly? Chuck wished he could see a mirror. Oh, he *knew* he was turning into a monster!

He watched with horror as hair sprouted out of the backs of his distorted, sprung-knuckled hands. His nails, now claws, lengthened and curled around until they were talons. Even his skin turned a deathly shade of green. Oh, heck, was he growing scales? Chuck's panic took him around the throat like a rope, cutting off his air. He fell on his back, gasping, holding out his taloned paws for help. Someone had to make him human again.

Suddenly, Keir was on his knees beside him, the round, dark eyes looking deeply into his, the bushy beard close enough to tickle his nose. Keir's calm, thin voice soothed his terror-stricken nerves.

"You are calling yourself Chuck," Keir said, as peacefully as if he was reading a bedtime story. "Chuck Meadows. Whether or not that is your name when you walk in the Waking World, it is your *nom de rêve* here. Now, calm down and pull yourself together."

He couldn't. He didn't know where or what he was! He was used to his skin holding him all together, but it was failing him. He was a formless blob, and his vision stretched more than 180 degrees around his body. Everyone in the car was staring at him, humiliating him to the last degree. He felt himself pulled like taffy, out to infinity, encompassing his whole being within the form that suddenly had no boundaries, stretching everything along with him.

The others in the car broke into protests, as they began to widen out like pictures on a rubber sheet. Poor Mrs. Flannel looked like wash on a line, and Kenner billowed like a ship in full sail.

"Steady on, man," Bolster protested, reeling in yards of arms and beating his bowler hat back into shape with floppy hands. "Contain yourself! Find one thing and stick with it!"

Oh, no, Chuck thought, caught up in the power of suggestion. He was no longer a person, but a thing.

He was ashamed of himself for causing everybody distress. His hands became petals as he turned into a shy flower. The petals spread out into a banner that said "Welcome," plastered across his now flattened chest. People always said he was a doormat, and now he had become one! He felt like such a heel to be wasting everyone's time. His arms were limp shoelaces getting in the way of his vision because they were laced through his eyelets. He tried to apologize to everyone but his tongue was tied tightly underneath the shoelaces. Keir grabbed the aiglets and held them tight until they fleshed out into hands once again.

"Stop this! Now, who are you? Come on! Who? No, don't try to answer all the things that you are. Just concentrate on one."

Chuck screwed his eyeholes shut, and concentrated. "I'm a man," he said indistinctly, his tongue flapping against his uppers.

"You're a man, you said," said Keir urgently. His tone of voice made Chuck listen intently. "Just a man. Not a shoe, or a doormat, or a shrinking violet. I know it's not easy, but you have to try. Be a man."

Chuck focused hard, trying to pay no attention to the eyes he knew were on him, to the ache of his twisted and sewn body. He'd never known how uncomfortable it was to be a shoe! Keir's voice droned softly in his ears, giving him an anchor to cling to. He began to feel a kind of detachment as he relaxed. His arms unlaced themselves from his tongue and unthreaded from his eye sockets. His legs unfolded out of nowhere. Twisted thread became sleeves that receded from his fingertips and slid back until they ended at his wristbone. His legs, decently slim, were clad in comfortable, familiar-seeming twill pants. The running shoes on his feet weren't what he remembered having, but he never did pay much attention to shoes. He would, now, knowing the suffering of their existence. He stared at them for a whole minute, and they stayed the same, indifferent to his sympathy.

"There, are you feeling better?" Keir asked. Chuck realized the guide had been sitting beside him for a while without talking. Chuck glanced at himself in the window glass. He looked different than he had on the plane, fine-boned and dark-skinned with black hair cropped close to his skull. "You're a human being again. Self-actualized for almost certainly the first time in your life, I imagine."

"I don't think this is how I look when I'm awake, either," Chuck said. "But I'm not sure."

"Probably not," Keir said. "But that isn't important right now. You'll find it is very difficult to hang on to one face in the Dreamland. In fact, no one tries."

"Do people in this plane go through this all the time?"

"Oh, yes," his mentor said. "Many of them have it under control. Many don't. Those fall under others' influence all the time, and are forced to live a different reality from the one they would otherwise choose."

"*I* won't do that again," Chuck said, with resolve.

"But you will. You have no choice. You already are," Keir pointed out, with a smile. "Didn't you just say this is not how you are at home? And how are you at home, exactly how you want to be?"

"I didn't think of it that way," Chuck said. "But I will stick to my own reality from now on, once I decide what that is." Chuck kept glancing at himself in the glass. The strange face met him eye to eye again. There was really no doubt that was him. He checked behind to make certain nobody else who looked like that was there. "I suppose I can get used to it."

"Good! In the meantime," Keir said, giving him a hearty slap on the knee, "decide what it is you are *here*, what you want *here*, and stick to it. That way you won't go off in all directions like that again."

Chuck scowled at him. "If you'd been here to guide me, I might have been able to stop before the changing got all out of hand. You were over talking to *him*." Chuck tilted his head impatiently toward Sean Draper.

"Listen here," the guide said earnestly, pulling Chuck's ear down close to his mouth. "I wasn't going to say anything, but I have to. You're a good-hearted man, you said. You don't have anything against anyone else, you said." He pointed with a sharp forefinger, stabbing the air. "That man over there was not originally part of this group. He came to us very suddenly. He's got a terrible crisis to work through, not an easy life like yours where you feel a little out of sorts. A *real* problem!"

Chuck exploded. "I am not a little 'out of sorts'! I'm miserable! I hate being me!"

"But you have more choices than he has," Keir said.

Sensing he was being discussed, Draper turned his gray-blue eyes toward Chuck. In them he could read real pain. He felt ashamed of himself. It was self-indulgent for him to fuss about not being given everything he wanted, when he was probably better off than so many others.

Chuck reddened until the glow of his face was reflected in the warm homespun cloth of Keir's tunic. "I'm so sorry. I didn't know . . . I thought . . . You know, sometimes I'm my own worst enemy."

Keir grinned, his narrow chin sharpening to a point as his cheeks pulled upward. He slapped Chuck on the shoulder. "Aren't we all? All right, things are more or less calm for the moment. What do you want to do first?"

Chuck's mind raced down the list of all the profound questions he had about life and existence that he had worked out over all the months he'd been studying meditation, but the first one that came out of his mouth was, "What just happened to me?"

"A good question! Live in the here and now." Keir sat down on his chair arm, which widened out and thickened with padding into a comfortable seat. "You lost control of your shape, Chuck. In order to keep it the way you want it, within certain parameters, of course, you have to learn how to manage influence."

Chuck raised his eyebrows. "What's that?"

"Influence! It's the power you have to change things. A lot like it is in the Waking World, but here much more directly responsive. You exert your influence at home, and things change subtly, but maybe not physically. Here, it affects everything, right up to the weather, and right down to every molecule in your body. Lesson one: Remember the three F's."

"Don't you mean the three R's?"

Keir shrugged. "You can spell it that way if you insist, but it stands for 'Form Follows Function.' You want the shape of what you're doing to be a variant of the material you're working from, or else you'll spend all your energy justifying the alteration, not making use of the manifestation."

"Huh?"

"I'll put it this way," Keir said, patiently. "Food is food. Shelter is shelter. Your perception is what makes the difference in appearance, but its use is the same. That's all. You exert energy to change the shape of something within the range of its function as you perceive it. If you can change your concept of its use, you can open up the same object to another entire string of variations. Got that? Try it!" Keir held out a candy bar. "See what you can do with this."

Panicking, Chuck felt his mind stretching again, but he slapped his hands over his ears and pulled inward. He concentrated hard on having a normal head. He felt a distinct *snap* as his cranium resumed its proper shape. No more out-of-control changing. He wasn't going to let that happen again. Having gotten his head back together, he put out a very tentative hand and accepted the candy bar.

It looked like a normal bar of chocolate: a narrow rectangle about twice as wide as it was long, and an eighth as thick as it was wide. The orange and red label was unfamiliar, but the delicious smell was unmistakable.

"What does this mean to you?" Keir asked.

"What does it mean to me?" Chuck echoed, puzzled. "It's a snack."

"Good, good, but let's go into free association." Keir tapped it with a sharp forefinger. "What are other things that this object could mean to you?"

"Uh," Chuck brought his forehead down to his balled fists, thinking hard. "Trick or treat, something my grandfather used to buy me when I was five, bribe my friend's sister gave us for not telling her parents on her. Um, food, object of desire, boost, pick-me-up, happiness . . . ?"

"That's good to begin with," Keir interrupted him. "Food's too easy. Let's take bribe. That's an interesting association, and it'll give you a lot of contrast to compare with. Concentrate on the candy bar and remember the sister offering it to you. That'll fix the function in your mind. What other kinds of things do you consider bribes?"

Chuck focused on the candy bar, but he couldn't imagine it being anything but what he saw before him. It was a bar of chocolate with almonds. Keir was studying him. This was the first pitfall in his study of his inner self. He mustn't fail on the earliest challenge put to him. Chuck blurted out the first thing that came into his mind.

"Well, money," he said, uncertainly. "Tickets to the ball game. Uh, doughnuts?" To his amazement, the shape of the package shifted, flattening out and turning from red and orange to a green-gray wad of bills, then dividing and flattening out completely into two rectangles of white cardboard printed in rainbow colors. Just as swiftly, the pair of tickets metamorphosed into two frosted rings of pastry sprinkled with multicolored jimmies. Chuck felt the weight of the doughnuts, faintly warm and just a trifle greasy on his palm. They smelled as good as the chocolate bar, but sweeter and heady with yeast. Chuck watched the transformation wondering if he *hadn't* fallen asleep and was dreaming. The whole thing was impossible, like something out of a movie. Chocolate didn't turn into money or doughnuts! He gawked at Keir. But then, old men didn't turn into dolphins or angels, either. His perception had to change.

The doughnuts were real. He broke off a piece of one, and yellow crumbs dribbled out between his fingers. He tasted it. The cake squashed pleasantly between his tongue and palate, and sugar melted in his mouth. It *was* real.

"And we're back again to snacks," the guide said, with a nod. "That's very interesting, isn't it? It says something deeper about you, but we won't go into that right now. You're a good pupil. Your mental images are very clear. Try it on your own now."

"How?" was all Chuck could croak out in a throat tight with amazement.

"You exerted influence," Keir said. "Unconsciously, because you didn't believe it would work. But you ought to now. If you can't believe your own eyes, you wouldn't be believing in this reality, now would you?"

"I suppose so." Chuck thought hard. If he could make money into doughnuts, maybe he could make something more difficult, change his perception, as Keir had said. He frowned at the broken pastry. What in the world was exactly opposite to doughnuts? How about . . . a tree stump? He picked up the undamaged doughnut and put it on the floor, which was rocking with the movement of the train. *Concentrate*.

His meditation studies helped him to focus intently. All he could see was the doughnut.

Turn to wood, he thought at it.

Nothing happened. The doughnut just sat there looking delicious. Chuck frowned. Working influence must not be just like telepathy, then. Was there a more personal, physical connection? Maybe he had to *be* the doughnut. How would it feel to be a snack pastry? He'd done plenty of exercises in the past few months where books asked him to imagine himself in situations that would be embarrassing if he had not been alone. Doughnutism, er, doughnutity? doughnutness?—was far less humiliating than . . . well, better to forget about those times and concentrate on the task at hand.

He tried to picture a personal connection. The cushiony cake part was simple. He'd always considered himself to be an easygoing guy. The hardest part was wondering what in him corresponded to the hole in the middle. Then, it struck him: a hole was the perfect symbol for the inner emptiness that had driven him here. Who'd ever think that a doughnut would have cosmic significance? They *did* have a lot in common. That made it a lot easier for him to reach out for it. Now, he could feel something, as though the air was spongy and tangible, and the round shape caused a bulge out toward Chuck that he could sense with his outstretched fingertips. Now, if Keir was right, he could make it change by pushing on it somehow. Be a tree root, he thought at the doughnut. Be . . . cosmically strong, the underpinning of a great tree. Yeah, that sounded good.

To his surprise, the doughnut seemed to shudder. Its sandy surface pleated and became craggy as the toroid figure stretched and unrolled into an irregular tube. Its matter shifted, trying to contract back into a round shape. Chuck felt sweat start on his forehead as he felt his mind force the tube to keep stretching. When he relaxed for a moment, it snapped into a wooden ring, exactly like a doughnut but with bark frosting.

Tree root, darn it! Chuck thought. It shuddered visibly and took the form of a knobby tree root, except that it was made of puff pastry. As Chuck stared, the root became a cupcake with a tree painted in icing on the crown. Then it transformed into a perfect Buche de Noel, complete with meringue mushrooms. Chuck reached out to touch it, and the whole thing collapsed in a heap of crumbs.

"What am I doing wrong?" he asked Keir.

"You're fighting against the nature of dreamstuff," Keir said. "Didn't you hear? Form follows function, I said. Stay with the *type* of thing you're restructuring, and you'll succeed much better."

"I am!" Chuck said. "It's . . . it's a metaphor for *me*." He felt his face burn as Persemid snickered.

Keir clucked his tongue. "That's a lot to ask of a little doughnut. This is just your first time working with influence. Try a change more tied to a plausible physical reality."

"All right," Chuck said, focusing in again. Think snack, he told himself. The pile of golden crumbs responded at once, gathering themselves together as if drawn up by a vacuum, first into a crumb cake, then a neat, shiny-topped pound cake loaf. Chuck sat back on his heels, pleased. He looked up at Keir.

"Very good," Keir said. His eyebrows waggled encouragingly. He picked the cake up from the floor. "Try something else."

Inspired, Chuck stood up and felt in his many pockets. He had an idea. Wasn't there a piece of paper or two that he had fished out while looking for his ticket? He came up with a picture postcard of the Eiffel Tower. He grinned. That would work even better than a plain page. He tore it into a dozen odd-shaped pieces and put them on the arm of his chair, which widened out into a table. As he rearranged the pieces into the right order, he thought, Jigsaw puzzle. He actually felt something in the air shifting as the torn borders advanced and receded, forming the knobs and bays of a classic puzzle. But the pieces were still thin as paper. He must be able to thicken them. Taking one between his fingers, he plucked at the edges, pulling outward, picturing many layers of cardboard laminated to one another, like all the puzzles he had played with as a child. Gratifyingly, he felt the piece grow thicker and more solid. He picked up the next one, and made it twice as deep as the first before he realized that *he* would have to control the shape, not count on it to stop when it was the right size. Now the acid test: would they all fit together? Chuck pushed the pieces around until the Eiffel Tower was arranged the right way. It looked good. He pushed down on the last piece, which settled satisfyingly into place with a brief hiss of cardboard. His seatmates murmured approvingly.

"Go on," Keir said. "Let's play some jazz on this theme. Take the next step."

What next step? Chuck almost asked aloud, but he answered his own question. He was thinking in two dimensions. Could he go for three?

He almost gasped as he reached into the picture and felt the tower top sharp against his fingertip. He grasped it and pulled upward. The Eiffel Tower rose to a height of six inches, the edges of the puzzle pieces that formed it as clearly defined as its girders. Nervously, he let it go. It stood on its own.

"Well done!" Bergold called, applauding. The other Dreamlanders clapped cheerfully. Chuck felt happy. He had learned to make something out of nothing, and change that something into something new. He was accomplishing something important.

"You learn very quickly," Mrs. Flannel said, patting her little hands together. "Just what we would expect from a Visitor. Don't we, Spot?" She cuddled her pet, now a large green lizard.

"Thanks," Chuck said, settling back into his seat. He glanced around at his fellow passengers. "I'm really sorry I almost changed you back there. I didn't know what I was doing."

"There's nothing to apologize for," Mr. Bolster said. "I hadn't realized you were new to this."

"Completely," Chuck said, hating himself for being an idiot in front of strangers. "Before I left home, I didn't know there was anything called influence."

The Dreamlanders looked astonished. "Really?" Mrs. Flannel asked. "Then how do you get anything done?"

"By hand, I suppose," Chuck said, not really certain how to explain. "Things in the Waking World can't be changed or moved directly by your mind. I mean to say, your mind tells your muscles to move, and they move things. It's indirect."

"Good heavens! How much work that must be!"

"Now, now, madam, there are people of little influence here that must accomplish things in the same way," Mr. Bolster said, gallantly. "Why, isn't that the case even in Elysia, Master Morit?"

Morit grumbled, though it sounded like assent.

"That puzzle you did is very good," Mistress Blanda said, with a kindly smile. "You seem to have a natural knack for our ways. We pride ourselves on being different all the time. You made it change, just the way one of us might think about doing."

Persemid, in the corner, looked envious at the compliment. Chuck felt a little sorry for her. He pushed the point of the tower back into the cardboard base, and drew it up again with his hands in full view above the puzzle.

"I did it like this," he said. "I can show you what Keir just taught me." Around his hands, detailed diagrams with arrows appeared on the air. Chuck was surprised, but they were accurate. He smiled up at

Persemid, inviting her to take advantage of them. She narrowed her eyes at him.

"I saw it," she snapped. "I don't need help." Annoyed, Chuck went back to his puzzle, changing the image into London's Tower Bridge, which he had once seen on a school trip. For a moment he stopped, hand in midair, pleased that he had recalled some memory from his ordinary life. He reached for more, but that was all, a single detail floating suspended in a sea of uncertainty. Never mind. He had the image in his mind. The top of the tower parted into two gatehouses. He stretched them out over a widening base, careful to leave the spans and long wires intact, and set them at opposite ends. It didn't look exactly like the real thing, but that was because his mind's eye refused to focus tightly. He didn't have a photograph to work from this time.

Out of the corner of his eye, he saw Persemid rolling up a small piece of matter from the arm of her chair and bending it into the shape of an architectural arch. Chuck grinned to himself, and continued to work with his hands visible at all times. Persemid was trying not to look as though she was watching him. She must not have tried manipulation very much when she had come here before. He wondered what she *had* been doing.

In the meantime, Chuck had moved on to a figure of the United States Capitol. The spans of the bridge had shrunk down and flattened into symmetrical white wings. The central tower rounded off into a familiar dome. He saw tiny specks in the air floating around the top in an irregular vortex. Peering closely, he saw the small dots were pigeons. So the image of the Capitol must also be a memory, but it was in his hands instead of his head, because he couldn't recall ever having been to Washington.

"Ooh, that's good," Pipistrella said, watching with delight. "It's just like on the money."

"Try something!" Chuck encouraged her, charmed by the artless compliment.

"Oh, no," she protested, lifting her hands helplessly. "The signs aren't right yet." Sean snorted. She turned her huge eyes on him, but he wouldn't meet them. "Don't laugh like that. I have to wait until I'm guided." As if on cue, Keir drifted toward her, changing into his angelic persona, and settled down near her. A chorus of thin voices and organ music rose up about them, drowning out their low conversation.

"Hey, Mr. Draper, you try it," Chuck suggested, pitching his voice over the heavenly choir. "It's lots of fun." Sean glanced up at him with an expression of terror, all the more startling because his face literally drained of all color, leaving the slate-blue eyes stark in a sheer white face.

"No! No, thank you." The tall man quickly folded his hands under his arms lest they suddenly produce international landmarks, and huddled into his seat. Chuck turned to Hiramus, who gave a sharp little shake of his head, and continued to stare straight ahead. The man never wasted a single movement. Chuck shrugged, and went back to playing with his puzzle.

He wondered if it would keep changing if he separated some of the pieces. He took the cupola off the dome and tried to reshape the image into the Temple of Good Harvest. The cupola became a gold knob that fit right back on top of the round, tiled roof of the Chinese landmark. Chuck grinned.

"Hey, it worked!" he exclaimed.

"Bravo," Bergold said, with a smile. "You have discovered another fundamental tenet of dreamstuff, the law of contagion."

Chuck pulled his hands away from the puzzle. "It's got some kind of disease?" The bright knob tarnished visibly, and the tiles began to pull away from the rafters.

"No, not at all," Bergold assured him, poking at the sagging walls. "Don't ruin such a pretty thing with your worries. I mean that if you separate one thing into sections, they continue to affect one another no matter where they are. It's a way of keeping track of something that is distant from you." Chuck eyed his creation. As though the sun came out from behind a cloud, the gold brightened, and the paint looked more brilliant than ever before. It was beautiful. He loved it. He wanted to keep it forever. He couldn't wait to see what else he could make out of it.

Chapter 6

In his dreams Chuck had seen things change over and over again, fascinated by each alteration, yet emotionally untouched by the phenomenon. The joy of this activity was that he was awake, aware and doing this with his own hands. He really felt the changes, sensing that not only was the shape different, but so was the soul. The Eiffel Tower had felt French. The Capitol had been pompous and argumentative. The Parthenon was majestic and reverent. The Great Pyramid was old and serene. Chuck made the changes go faster now, clicking from sight to sight like a three-dimensional slide show, as many images as he could recall from travels he'd made, shows he'd seen, pictures in books. Each shift was accompanied by applause from the Dreamlanders around him and that unseen audience. If what he'd done was good in their eyes, he must really be a natural. The puzzle narrowed between his hands into a cheeselike wedge.

"Watch this," he said, as he reached way into his memory for a building he'd seen as a child: the New York Flatiron, complete with bronzework and cornices. The invisible crowd went wild. He felt like getting up to bow. He was on his way.

"You've really accomplished something there," Kenner said, with a wink, "like you've done it all your life."

"Thank you," Chuck said, sitting back with his hands clasped behind his head. He crossed his feet in front of him. In her corner, Persemid snorted.

"Big so what?" she said, deflatingly, whisking a hand at the puzzle. "So you've learned to color inside the lines. It still doesn't change *you* in any way."

Crestfallen, Chuck realized she was correct. What good was this, even if it was fun, if it didn't help him in his quest? The hollow misery inside of him was unabated. All at once the new toy lost its luster. His Flatiron Building sagged over like a fallen loaf of bread.

"You enjoy taking the fun out of things for other people, don't you?" Sean Draper asked, his brows drawn down fiercely as he rounded on her. "I might not want to try this stuff myself, but I don't see why Chuck Meadows shouldn't enjoy it if he wants to."

Persemid shrugged. "Just being honest," she said, unapologetically. "He's been grousing since we got started that he's here to achieve a higher plane. This is nursery school stuff."

"Nursery school!" Sean sputtered. "It's black sorcery!"

"It's nothing," Persemid said. "It's natural here. I've been watching the locals—everyone does it, even the kids. Right?" she asked Bergold.

"She is correct, sir," the historian said. "This is the way that we interact with our surroundings."

Persemid rounded on Sean. "See? Focusing on surface stuff misses the point!" She glared at Chuck. "What you're doing has no more depth than the picture you're playing with. You want deep, dig deep!"

At that moment Chuck *really* didn't like her, but she was right. He'd wasted too much time playing. It was time to get back to business. He turned the puzzle back into a flat image and put it in his pocket, not without regret. Playing with influence *was* fun, but he wouldn't do it in front of Persemid any more. When Keir floated away from holding confessional with Pipistrella, Chuck caught hold of the angel's sleeve, which immediately roughened to gray homespun.

"How long before we get to the place where we start my quest?" Chuck asked. "I don't mean to keep nagging, but the night won't last forever, um, where I am."

Keir gave him a quizzical look. "You're on your vision quest, son."

"No, I'm not. I'm on a train. You can't have a mystical experience on a train."

"Certainly you can!" the guide said, sitting down. "It's all a matter of perspective. To the people here in the Dreamland, this is a train that they use to go from place to place, as it would be for you, too, if you were asleep and dreaming. For you it is an ongoing transport through different phases of your mind: imagination, memory, psyche, anxieties, all battling it out to produce the calm, well-adjusted person you need to become. Don't worry so much about what comes when! We'll visit a lot of fascinating places. We've got a few days, or maybe several."

"Which is it?" Chuck asked, peevishly. "How will I know when it's over?"

"You'll go home when the moon reaches the west horizon." Keir patted him on the hand. Chuck saw prickles spring up on his skin out of irritation, but they didn't bother the guide at all. "Relax, and you'll enjoy it." He stood up. "Ladies and gentlemen, I wanted to go over some of the itinerary with you. Chuck here asked, and he's right: we haven't talked about where we're going. I mean, we know where we want to end up eventually, but paying attention to the journey—not just the destination—is part of

your education." Chuck sat back, pleased, ready to
be instructed. Keir still wore the guise of the little
old man, Chuck guessed, because he was still answering one of his questions. "Here. You'll all want to see
this." He shook out a folded map and held it up for
everyone to see.

"This place has a map?" Sean Draper asked.

"Of course! How else will we know where we're
going? This will show us the main points that the
train will be passing through, and some of our stops
along the way," Keir replied. He handed it to Chuck.
"Here. Have a look and pass it around. I don't need
it back."

Chuck took the map gingerly. As much as he liked
trains, he would have preferred something more in
the chant-and-meditate school of internal contemplation. Sean Draper peered politely over the top, but
Persemid shoved her way in between Hiramus and
Chuck to have a good look. Pipistrella seemed not
to care.

Nothing about the map suggested that it was the
chart of another plane of existence. Chuck found it
disappointingly ordinary. Shouldn't the map itself have
been luminous, or diaphanous, or even make strange
noises when he unfolded it? But, no; it crinkled like
a motor club road map, the kind they handed out free
with an 8-gallon fill-up at the pumps. With a sigh,
he spread it out flat and studied the topographical
layout.

The Dreamland was more or less round in shape.
No surprise that they were seeing mountains out the
window; the whole country—continent?—was ringed
with them. There were two very large bodies of water
indicated, one in the center and one in the south-
west, and one tremendous river with lots of small
tributaries marked with thin blue lines that wound
around the whole map. Forests were indicated by
irregular, green blobs, except for one marked out in

scary black. The detail was amazingly good and seemingly endless. The closer Chuck peered, the more intricate were the representations of towns and highways. In the second-largest metropolis, he could see a church steeple and count dots representing houses. He fancied that if he could focus down far enough, he might be able to see people and cars. Some of the names listed were so weird. One of the provinces was called "Wocabaht." What did *that* mean? He found Rem on the map. It was almost exactly at the top, or north edge, in the shadow of the mountains named Deep Mysteries.

Keir was talking while Chuck read. "I think you'll all enjoy the tour that's been planned for you. Many things to see. Many experiences to have. Many places to go, some familiar to you, some not. We have just departed Rem, as you might have guessed from the sign in the station. That was the main town in the province, also called Rem. This province appears to have the greatest concentration of ancient creatures and beasts that we know in the Waking World as mythological. All of them have had a reality in the Collective Unconscious, so they exist here. You may or may not see one, but keep looking. If you don't now, you may later on in your dreams." The little man's eyes twinkled. "I'm looking forward to sharing some of my favorite places with you. This train skirts the perimeter of the Dreamland, much as you are skirting the edge of sleep, but we will not lack fascinating places to visit for all that we won't be cutting inland. It's all relative anyhow."

The other passengers were nodding and looking wise. Chuck felt confused, but he didn't say anything. Keir waved toward the map in his hands. "Our first stop will be in the Meditation Gardens. Very scenic. Another place I've always enjoyed is the Rock of Ages. Quite a historical location. On a clear day you can see forever, experience visions of all the dreams that

ever were. We won't be staying long, or some of you
might go mad."

"That sounds bad," Sean Draper said, interested
in spite of himself. "Why go at all, then, if it's so
dangerous?"

"Because it's fascinating and mind-stretching. Most
minds won't stretch; they tear. They lose a great deal
of elasticity after childhood," the guide said.

"Let's not go there," Pipistrella said, sounding
alarmed. "I don't want to lose my mind!"

Chuck almost said something scornful, but worried
about his own state of sanity. For just a moment Keir
looked angelic. The beautiful face was strong and
stern. "You will not. I will prevent it from happening."

Pipistrella calmed down at once, looking up at him
with trust in her eyes. Feeling that confidence radiating from Keir, Chuck lost his fear, too. All right, he'd
brave this Rock of Ages, and risk his sanity for a
glimpse of history. It would make good telling when
he got home . . . if he ever told anyone how he'd
spent this night. Most people still wouldn't understand.

"After that, we'll be passing through Yore,
Ephemer, Frustrata . . . ." Keir's voice faded into a
meaningless babble as Chuck fell into a perusal of
the chart. All these places he would not see, maybe
never would see. He felt an inexplicable longing to
see Reverie. Or all those other names that sounded
so interesting. Lark. Codswallop. Birdlip. Conundrum.
Wandering.

" . . . If it's out that far when we go by we might
see a part of the Nightmare Forest," Keir continued.
"In the Dreamland, as you might guess, all things are
subject to change without notice. And we'll be going
across the Sea of Dreams, a place of marvelous
beauty. We'll see some of the islands, each with a
character all its own. I'm fond of the Friendly Islands.
They're most welcoming. Trouble is, they don't want
you to go! They're not all a walk on the beach, either.

Some of them are dangerous, but they are all interesting. It'll be well worth our time."

"Wait," Chuck said, catching sight of a name on the map. He pointed it out to the guide "There's a place called Enlightenment right there, just west of us. Right there. Is it . . . ? It can't be, not really. Could it?"

"Oh, but it is," Keir assured him, nodding. "True Enlightenment. The real thing."

"But it's behind us," Chuck said practically. He stood up. "Stop the train! We're going the wrong way. Let's get off and take one that goes straight to Enlightenment."

"You can't start out there, son," Keir said patiently, looking up at him. "You have to pass through a lot of other places before you get there. It could take you a lifetime. All your reading must have told you the same thing."

Chuck frowned. He knew what Keir was saying, but he didn't want to know it.

"Well, yes, that's what the *books* say," he said, trying to sound reasonable and persuasive, "but we're here now, and it's so close! It just seems like the obvious thing to do, since it's possible. It will save us a lot of time."

"That's right," Pipistrella said, opening large blue eyes at the guide, who turned angelic in response to her regard. "Why can't we just go back? Why can't we just *picture* ourselves there, and be in the moment?"

"It isn't the right way," Keir told her. "Look here, my dear Pipistrella, we are going to a lot of very interesting places. You wouldn't want to eat dessert first, would you?"

"Sometimes I do," Pipistrella said, her very large, blue eyes wide open with reproach as the others scoffed. "Well, I do. Don't you?" She looked around at them. "I bet you do."

"I don't eat dessert," Persemid growled. Pipistrella turned the blue searchlamps on her.

"That's sad," she said with genuine sympathy. "You ought to, just a little. I think dessert rounds out a meal, even if it's just a grape."

"And what's dinner? A lettuce leaf?"

Pipistrella ignored her and focused on Keir, who obligingly assumed halo and wings. "I don't understand why we can't just turn around."

"Because you'll find that Enlightenment isn't there any longer," Keir said.

"What?" Chuck asked. He searched the map. Keir was right. The spot on the map had vanished from its place to the west of Rem. He looked up into the guide's bright black eyes, now fixed on him. "Where did it go?"

"Where people are prepared to experience it," Keir said, as if that was obvious.

Chuck flopped back in his seat, trying not to feel as though he was sulking. What bothered him was only Pipistrella agreed with him out loud. The others must be more experienced travelers, or too canny to say what they were thinking. He was the one dumb enough to open his mouth and ask.

"So where is Enlightenment now?" Chuck asked. "The next province?"

Keir chuckled. "Everywhere and nowhere. You'll see it when you're ready, not before. The glimpse you just had was to tease you." Chuck frowned.

"So, what *is* in the next province?"

"Wocabaht has some interesting geographic features, several cities, waterfalls, mountains, scenic overlooks, fairs. Probably the most notable item is that the seasons are reversed. When it's spring in Wocabaht, it's fall in all of the others. You'll see when we cross the border."

"But that's impossible," Sean Draper said. "You'd have to travel over the equator thousands of miles to see opposite seasons."

"Not in the Dreamland," Keir explained. "Each

province is based on its Sleeper's inner landscape. Here, anomalies lie side by side. It's perfectly natural. Consider your own dreams."

Chuck stared at his feet, thinking hard. Though the fuzz was still over his memory, he did remember how he felt after particularly vivid dreams. He knew that he had run into weird situations, and retained the impression but not the image of what they were. No, wait, a single memory came through clearly, the night he'd dreamed he was riding on a swan, and it turned into a rubber alligator as summer turned into winter and snow fell on him, chilling his wet skin. He had always thought it was because he'd kicked off his quilt, but maybe he'd just gone to a different province in his dream.

"I suppose you are right," Chuck said, glancing up at last. "Anyone else want this?" he asked, holding up the map. "Mind if I keep it?" He collected a full complement of *no*'s from the group. He glanced at the map briefly, folded it up again along its creases, and stuck it in his back pocket. Maybe after dinner he would spread it out and memorize some of the landmarks.

Before he could sit back, he felt the lump of paper shift. He felt behind him to see if it had fallen out of his pocket. It wasn't in the seat. He got up to look for it on the floor. Persemid, beside him, looked down.

"What's the matter?"

"I dropped the map." It wasn't under the seat. Or in the aisle. He got down on his hands and knees to look. The feet of the other passengers rose and fell in a cascade as he patted around on the carpet. There was no sign of it. It was gone.

"Do you want this?" Keir asked. Chuck looked up. The guide held the map out to him. An angry comment rose to his lips but he suppressed it. So Keir was a practical joker. He must have picked Chuck's pocket. Well, Chuck wouldn't give him the satisfaction of reacting. Lips pressed tightly together to keep remarks from popping out, he folded the map up and stuck it into his back pocket. This time Keir's hands were in plain sight when Chuck felt the lump vanish again. He whirled to see who had taken it.

He heard a snicker behind him and turned around again. Persemid's eyes were sparkling as she struggled to keep from laughing out loud. Bergold's round cheeks were folded in a merry expression.

"It won't stay with you, sir," Bergold said. "I would have to call this a minor Frustration Dream, but it is all to a purpose. It seems you're not to know exactly when we're going where we're going. Once you've been there you'll have a map in your head that no one can take away from you—barring the odd Amnesia Dream, that is."

"But I want one now!" Chuck knew he sounded petulant, but he didn't care.

"How can you know where you're going when you've never been there before?" Mrs. Flannel asked.

"But that's what a map is!"

"No, that's a Waking Worlder's concept of what someone else has seen," Bergold said. "You need to chart your own course as you make your way. Then, you will have the memory forever after because you made it."

"Sounds circular to me," Persemid Smith said. Chuck glanced at her with a comradely grimace. She bristled, but less than before. They were starting to get used to one another. Maybe by the time this was all over he and the rest would be friends. Keir shook his head.

"Why be obsessed with someone else's impressions? You have nothing to do on this journey but discover yourself, but you may as well enjoy the trip. A little uncertainty will make you focus better. And I don't want you to concentrate on what you think we ought to be doing, I want you to think about what we're *doing*. Be in the moment."

"I . . ." Chuck found it difficult to argue with that kind of logic. All the books advised him to let go of his conscious self, but in practice it was far harder than he thought. He wanted the crutch of a map, and was unreasonably upset that he couldn't have one. Reaching out into the unknown was fun from the depths of his armchair, or secure on his bed, but riding a train into nothingness was uncomfortable. "Look, you take away my everyday surroundings, you take away my body image, you mess with my total concept of reality. What would be so wrong with letting me have that one thing? If I could look at it, why can't I keep it?"

"Because it's not yours," Keir pointed out, tapping his foot impatiently. "I am sharing my personal images with you, as I share my impressions, but you can no more keep it than you can keep my memories in your head! Your own map will consist of whatever you experience in the Dreamland. *That* will be yours forever."

Chapter 7

The outspoken Visitor looked unsatisfied with his guide's argument. Morit smirked to himself. Well, Chuck Meadows's personal map would end up being a very limited one, because he intended that this would be a very short trip for the Visitors. The guide, perpetrator and facilitator of this outrageous invasion, was as unwelcome as his clients. He must be caught in the upcoming disaster, too.

Morit settled back into his plush seat, concentrating on making it a safe place lined with shock padding to insulate him from what was to come. His confederates were not far away now. They were preparing their attack, the details of which Morit had carefully and lovingly worked out. The intruders would be surprised when the crunch came. And a beautiful crunch it would be. He felt a momentary twinge for Blanda, but decided her natural armor against annoyance would protect her from harm, and what was disaster but an oversized annoyance? He couldn't warn her. She *admired* the Visitors, the foolish female. She would want to tell them everything, and that would be the end of his long-plotted revenge against the Waking World. He glanced at

her. She was intent upon the Visitors, and paid no
attention to him.

"Look, I don't have to know everything about
where we're going, but I like to be prepared," Chuck
said, holding the map crumpled in his fist. It was still
trying to make a break for it, but Chuck wouldn't let
it go. "Can't you just post it here in the car so we
can all look at it?"

"Would you just calm down and let the guide do
his job?" Persemid snapped at him.

"I would say this is part of his job," Chuck said,
rounding on her. "I don't like charging into the
unknown blind."

"You're not blind. You can look at it as much as
you want," Persemid said. "You just can't hog it to
yourself."

"Please, please, friends," Keir said, stepping
between them with his hands up. Having to deal with
two aspects at once left him looking like a werewolf.
"This is really not a matter to get so heated over."

"I say, aren't we going a trifle fast?" Hiramus
interrupted. Chuck glanced out of the window. The
telegraph poles were whipping by so swiftly that they
were blurring.

"Sleeper's whim," Keir said, cheerfully. "We were
creeping before. The engineer undoubtedly wants to
make up for lost time."

Hiramus raised his eyebrows. "What engineer?"

Keir turned around to look toward the front of the
train. To Chuck's surprise, they were able to see
through the wall all the way to the tracks. Their car
was now just behind the locomotive, with a transparent view of everything going on in the cab, as though
that wall had turned into a picture window. Chuck
stood up. He could see everything: the empty cabin,
the controls, the chain hanging down from the steam
whistle, the oil can on a bracket, the nose of the

engine as she began to round a bend, and far ahead, the endlessly deep chasm where the tracks ought to be. Pipistrella pointed and screamed. Everyone turned idly to see what was the matter.

The next second the car was full of panicking passengers rushing all over the place. A few of them fell to their knees and began praying loudly. One man strapped on a parachute and goggles, and jumped out of a window. Women huddled into a corner with their children clinging to their skirts. Men dashed back and forth with fire hoses, axes and blueprints, getting in each other's way. Chuck pushed them aside so he could see what was going on. The train wasn't stopping. They were going to crash! Where was the crew?

At that moment, the engineer wandered back into the picture, carrying a cup of tea and a newspaper, his mouth pursed as though he was whistling. He glanced out of the windshield, did a double take, threw the cup in the air and lunged for the brake handle. He hauled it back mightily. A screeching sound filled the air. The cars jarred as the brakes skidded, throwing screaming passengers off their feet, into seats, the aisle and each other, but the train didn't slacken in speed at all. The engineer held onto the handle until it snapped off in his hands. The wind caught it away from him, and it flew out of the side of the cabin. The engineer grabbed the whistle cord and yanked it frantically. Shrill hoots split the air. Chuck felt his heart race like the engine. They weren't stopping!

"What happens if we crash here?" Sean Draper shouted over the noise. "Will we die in our normal bodies?"

That was so exactly what Chuck was thinking that he wasn't surprised when the two of them began to run forward at precisely the same moment, hoping to get to the front of the train. He didn't know what they could do to make it stop, but they had to do something!

They pounded on the picture window with their fists. Chuck was aware of Bergold at his side, digging at the glass with his hands, which were suddenly equipped with curved claws like a badger's. The little Historian muttered to himself about "Helplessness scenario." Chuck didn't know exactly what it meant, but his rushing brain was happy to put the worst interpretation on it. Would helplessness mean death, or could they hope for a last-minute rescue? They couldn't wait around to find out. The chasm loomed nearer and nearer.

Chuck dug frantically at the glass with his fingernails, and felt them break away. The train was only moments from plunging into the depths. He imagined a wild vision of himself and the others fleeing from the car, jumping just before the impact. Escape, that was it!

Before he could turn and run, Chuck felt a soft bar press into the backs of his legs, shoving him forward. His knees buckled, dumping him onto a seat that came up and under him, scooping him up off the floor. He tried to outrun the seat, but it was moving faster than he could. He dug his heels in and shoved back. Sweeping his feet right off the floor, the seat tilted crazily upward as though in the next moment it would propel him into the abyss ahead. Chuck's heart pounded in terror. He made an attempt to jump off the side of the seat. As he tried to rise, belts snapped around his wrists and waist while his legs dangled helplessly. He couldn't get away now. He was going to die, smashed to bits on the rocks below. What would his family say when they found his lifeless body in the morning? He had to free himself, but he couldn't tear his eyes away from the onrushing calamity. The break in the track came closer and closer. Chuck could see the sharp edges of the torn metal rails, the spikes of broken wooden ties, and the endless nothingness beyond.

Children were screaming, and the engine noise was louder than ever, pounding like jungle drums in his ears.

"Backpedal!" someone cried. "Backpedal!"

Chuck felt heavy blocks bump up against the soles of his feet, like the pedals on his old bike, the one he got from his grandfather when he was small. He even felt the heavy rubber handlebars form under his hands. He curled his fingers around them, squeezing tightly. As surely as his grandfather's arms had when he was a boy, they gave him confidence. Chuck got up off the seat, suddenly narrow and hard against his bottom, and stood up on the pedals. Clinging tightly for support to the handlebars, he started milling his feet backwards, until he felt resistance against the pedals like the chain of a bicycle. The drag was heavy but not beyond his strength. Grimly, Chuck kept his eyes on the nearing abyss. He kept pumping his legs until the train screeched hotly to a halt only a few feet from disaster.

"He saved us!" Bergold cried, pointing at Chuck. The whole car erupted in shouts of joy and wild applause.

"Congratulations, Master Chuck," Bolster said, smiling his wintry smile from across the aisle. "You're a hero, sir!"

"You're a hero! You're a hero. Awk!" Spot, a handsome scarlet macaw, chattered, fluttering his wings. Mrs. Flannel just looked at Chuck adoringly.

Chuck felt his legs swinging freely, and found that the straps holding him in had become a rigid body harness, like those on an inverting roller coaster. A young man in a striped jacket and a name badge came by, unlocked everybody from their seats and pointed them toward a big red sign reading EXIT. Chuck stood on the moving walkway rolling along the aisle as the other passengers clustered close, slapping him on the back and shaking his hand as he went by. He felt foolish.

"It was nothing," he said.

"Your modesty does you credit," Bergold said, riding the runner behind him, "but your quick thinking averted a terrible disaster." He slapped Chuck on the shoulder. "Thank you, my friend."

"It really wasn't anything special," Chuck admitted, uncomfortable with all the faces staring at him. "I just did what Keir told me to."

Keir, a couple of people ahead on the moving path, turned and raised his wiry brows. "I didn't say a word to you, son," the guide said. "You might have heard one of your inner voices advising you. That often happens in times of crisis."

"No," Chuck said, thoughtfully. "It really sounded like it came from outside my head."

"Then who was it?" Persemid asked, poking him in the ribs from behind. "Not to steal from your amazing feet, excuse the pun. I'm just curious."

"Me, too," Chuck said, sincerely. "I don't know."

He glanced around. Those whose eyes he met shook their heads. He was puzzled. No one would admit to having shouted at him. It seemed strange that nobody would want credit for the rescue.

It was a rescue worthy of thanks. When Chuck walked down to the engine end of the train, he joined all the passengers looking down at the ravine into which they had almost plunged. He stood at the edge, feeling the giddy hollowness in his middle that comes from staring down from great heights, and whistled at the gap in the tracks over the sharp rocks. Tiny specks far below them swooped and turned in the air. He realized they were birds. The gorge must be thousands of feet deep. Persemid stood beside him, swaying slightly. He stood ready to leap for her if she started to fall over.

"We almost rode straight into that," Persemid said,

her round face pale. "The track is just *gone*." Chuck nodded, silent, glancing around for any clue as to what had happened to millions of square feet of land. He swallowed uncomfortably. The engine had only been a few yards from the edge.

"What happened to the land here?" Hiramus asked, gazing down into the depths. "It doesn't look like an avalanche or a subsidence. It seems as though something took a huge bite out of the landscape."

"Look at that terrible destruction," agreed Mrs. Flannel, holding Spot on her arm, as they surveyed the damage to the track. The parrot gripped her sleeve tightly, and let out a long whistle as he dipped his head to look down. "What a nuisance!"

"My hat, that's a deep one," Bergold said. He consulted a small book that he took from his coat pocket, and made some notes in it with a gold pencil. "I don't think it was a nuisance, madam. They're rarely this destructive."

"It's eaten away the tracks," Persemid said. "How are we supposed to keep going?"

"It won't last for long," Keir assured her. "The Sleepers like their provinces the way they made them. It'll heal itself pretty soon."

"I hope it is soon," Hiramus said, concern wrinkling his forehead. "I do not wish to be held up here. There is so much more I wish to see on our journey." He peered around, stroking his beard with one hand. Chuck followed his eyes, and frowned at the scenery around the tracks.

"What's wrong?" Persemid asked.

"It's still blurry," Chuck said. "Just like it was out of the window." He pointed to the telegraph poles, unnaturally thin and close together, with wavy wires strung between them like spindly hammocks. Instead of narrow blades, the gray-green grass on either side of the train was a mass of wide, thin sheets, one in front of the next. The picket fence that marked the right-of-way blended together into a single expanse of serrated white. The farther away from the tracks the more normal the scenery looked.

Persemid looked at it, and pursed her lips in amusement. "I wonder if it is ever that way at home."

"If I ever jump out of a moving train I'll let you know," Chuck said.

"You can here, you know," she said, with a mischievous glint in her eyes. "You should try it. It might be fun."

"No, thanks."

"Oh, that's right," she said, with heavy irony in her voice. "You like to know the outcome of everything in advance."

Peeved, Chuck was about to ask if she had ever thought of taking a flying leap herself when the conductor came by with his gold watch in his hand.

"Boo-oard!" The conductor nodded firmly to the two of them. They fell into obedient step behind him as he marched toward the passenger car.

Pipistrella wandered toward the steps, blinking back at the damaged rails. "How can we keep going if there's no track?"

The angel Keir was at her side in a moment, offering her a hand to help her up into the car.

"I'll explain everything, dear," he said. He glanced back at Chuck, and tipped him a sly wink.

As Chuck came back into the car, a woman ran up and clasped his hand warmly. Other passengers clustered around again, patting him on the back, praising him and his heroic deed. A man doffed his pearl gray top hat and bowed deeply.

"We are much obliged to you," he said. Others chimed in with their thanks.

A young girl with a very shrill voice piped, "You're just wonderful!"

"Thank you, sir, thank you!"

Chuck felt rather pleased with himself. "Well,

thanks, but it was nothing," he said, shy and elated at the same time. "It's only a dream. Not like you could die or anything." All the people fell quiet, regarding him very oddly.

"But we can," Bergold said, into the silence. "That was literally a moment of life or death for us. We are affected by the events in our world. If the situation becomes inimical to us, we cease to be. We discontinue existence." Chuck stopped in the middle of the aisle and looked around at all the solemn faces.

"Really?" he asked.

"Oh, yes," Bergold said. "If not for your quick intervention, we would have had to deal with the aftermath of a potentially fatal accident."

"Oh," Chuck said, shocked. A horrible thought struck him. "Just you Dreamlanders, or all of us? What would have happened if we'd gone over the edge, Keir? Keir!" The guide was still ministering to Pipistrella, who sat listening to him like a little child. Chuck wanted answers! No one had told him he could get killed here. "Keir!" The hysterical note in his voice drew the little man to his side at once. "Could we die in this dream?"

"People who dream they are killed don't really die, you know," Keir said, maybe a trifle too hastily. "Otherwise, how would we ever have heard about their dreams in the Waking World? Dead men tell no tales!"

"What about those myths that if you dream that you die in your sleep, you'll wake up dead?" Sean asked, his slate-blue eyes wide open with fear. The guide assumed the guise of Sean's mother and sat down beside him.

"Oh, that's just it, they're myths, my lad," Keir said, with a trilling laugh Chuck found unconvincing. "In the normal way of things, nothing would happen. It'd be just a dream. Of course, you must recall *you* are not asleep. This is *you*, here, now. That makes things a little different."

"Different how?" Chuck demanded. The deep blue eyes looked up at him with just a hint of the sharpness of Chuck's avatar.

"Completely different," she said.

"So we can be permanently harmed?" Sean pressed. Keir put a forefinger to pursed lips, and Sean sat back, looking at the image of his mother with an expression of frustration. He started to speak, but the guide shook her head.

"Ah, ah, ah!"

Sean pressed his lips together and looked away.

So the old story of dying in his dreams wasn't true. That was the good news. Chuck was relieved. The bad news was that this wasn't a dream. He was in a trance state. He couldn't be as rash or as adventurous here as he had hoped. Mistakes would cost him heavily. A fatal accident here would really kill him. No matter what demons had visited him while he was at home, he didn't really want to die. Chuck couldn't help but stare out the front of the car at the ravine beyond the engine, and feel the sinking of his stomach as he contemplated its jagged depths. They *would* have died if the train had crashed. He ought to have felt exalted at saving them all. Instead, he felt subdued.

"Isn't there some way we can hide that?" he asked, more snappishly than he intended. The conductor stepped forward and pulled a curtain across the window.

Morit was perturbed the train had not gone into the chasm. While everyone else had run around like hysterical chickens during the emergency, he had sat tight in his crash couch, ready for the long fall and following impact. How Chuck Meadows had prevented the disaster he had no idea. But the attempt had achieved a minor success. The Visitors were shaken up. They'd be a good deal more cautious, but caution would do them no good at all. They were marked for destruction, and he meant to ensure that they were destroyed. But not all of them. One had to survive to bring the word to the Waking World. But Morit was determined that that survivor would not be Chuck Meadows.

All but one must die this tour. The next time *all* the Visitors and their guides. After a few massacres, guides would be actively discouraging travel here by Visitors. When word of the attacks got back to Mnemosyne, there would never be another incursion from the Waking World. The Dreamland would be left in peace.

Chapter 8

Once the awful sight was hidden Chuck was able to relax a little and think. Who could the timely shout have come from? Practically everyone in the car had gone into full panic mode. The sensation stayed in the air like the smell of ash after a fire. He still felt uneasy.

Chuck settled down in his seat. The cushion felt too hard under his backside. It was full of little lumps. He tried using a little influence on it, the way Keir had taught him, to make it as comfortable as it had been before. The more he smoothed it down in some places, it rolled up again in others. Chuck put everything he had into the effort, grinding his bottom down onto the upholstery and pushing with all the influence he could muster. It fought back, bucking and bulging like a car on a roller coaster track. All he wanted to do was sit in peace for just a while. His jangled nerves couldn't take a second shock so soon. The seat arched up, raising him over the heads of the other passengers. Grimly, he shoved down with all his strength and all the influence that was in him.

"Look out!" someone cried.

When Chuck pushed down on his cushion, the

curtain covering the view of the engine compartment
belled out as though a strong wind was blowing
through from behind it. It flapped in Chuck's face,
sending him flying. He grabbed onto a wall sconce
as the whole car seemed to go insane. Something like
a tremendous shock wave hit the car, warping everything in its path. Persemid huddled down, bracing her
legs against the seat opposite. Pipistrella screamed and
threw her arms around Sean's neck for security.
Hiramus looked alarmed, sitting straight in his chair
as it was bounced nearly to the ceiling.

The floor picked itself up in rolling waves, tossing the seats like whitecaps in high surf. Suitcases and
boxes flew off the shelves and bounced on the floor
like beans on a skillet. The train was derailing! The
track must have buckled under the weight of the
locomotive, and was pulling it downward. Or was the
abyss reaching out to grab them and swallow them,
like a monster? Chuck opened his mouth to call for
Keir, but his teeth felt gummed together. He fought
to breathe against the pressure.

Did I do that? Chuck thought desperately. He
swallowed panic. Mere thoughts couldn't cause an
upheaval like that, or surely it would have happened
before. Was the world created around his astral projection beginning to unravel and fall apart? Having
escaped a train wreck, would he die now? Would he
snap back to his room at home? Oh, please, not so
soon! It had taken him years to get this far!

They weren't falling. Chuck fought his way back
to the chair and held on tight to the armrests. The
train was still sitting on the tracks. Chuck cast about
desperately, unable to see anything to account for the
wash of energy.

"What is happening?" Hiramus demanded.
"Another disaster?"

Keir was here, there and everywhere, comforting,
scolding, and calming. "It's nothing to be worried

about," he said, assuming his various forms as though he was walking on a level floor. "Just take it easy. Yes, this is normal. Please don't be frightened."

As quickly as it had come through, the tossing and rolling came to a halt. Chuck's teeth stopped knocking together as his seat anchored itself once again.

The party was the only group who appeared surprised or frightened. The Dreamlanders around them went on chatting, knitting, trying to control their children, eating. But things were different. The wood paneling was lighter, and the chairs were no longer plush; they were leather. Not only his surroundings had altered. Chuck stared at the other members of his group.

"What's the matter?" Pipistrella asked, noticing his distress.

"You're all changed," he said. "Everything's changed."

"Oh!" Pipistrella fumbled in her many bags, yanking up ones that trailed behind other people's feet with a strength surprising in such fragile-looking wrists. She came up with a hand mirror and searched her face all over, worried that she had suffered deformation, but she began to look pleased, even smug. In fact, she was prettier than ever. Her clothes gleamed with the sheen only real silk produced, and her jewelry had moved upscale to precious stones and gold from silver, pearls and crystals. "I think it looks nice." She glanced up at him. "You're different, too," she said, before going back to a close study of herself.

Chuck's hands flew up to his face. He tried to figure out what had changed. It felt like a face. Nose, mouth, eyes, ears were all in the right places. He waited for a moment, hoping for the loan of Pipistrella's mirror, but she seemed in no hurry to finish with it. She seemed to be examining each pale-gilt curl in turn.

The others had altered, too. Hiramus's beard was

shorter, shot through with silver hairs and parted in
the middle. Mrs. Flannel had shrunk, her skin had
darkened to a light coffee color, her silver hair had
lengthened and was tied into a complicated bun, and
she wore an aqua silk sari. Spot, clinging to the folds
of cloth hanging over her shoulder, was a tiny monkey. Bolster, stout, charcoal-skinned, wore a business
suit, but instead of pants he had on Bermuda shorts.
Kenner looked more like a body builder than before,
his head shaved bald and oiled.

Bergold had sustained a more unexpected change.
He had become a large orangutan with thin red hair
all over his body. He was scratching himself idly and
chatting with Persemid about buttons. Bergold didn't
seem to care what shape he took. He was contented.
Chuck felt a pang of envy. He never really felt contentment. Chuck noticed, for no particular reason, that
Persemid's and Bergold's hair was the same color. She
probably wouldn't appreciate the observation. Still
rather heavy, she was shorter now, with tiny hands
and feet.

Keir must come and explain what had just happened. Chuck was puzzled and angry. He had thought
that once Keir had taught him to deal with influence
after the debacle with the tickets that things would
remain under his control for the rest of his journey.
He waited impatiently for Keir, in the guise of the
kind-faced woman, to finish his conversation with
Sean and come to him. Sean was shaking and pale
with fear. Chuck couldn't see what the guy had to
be afraid about; he looked pretty much the same,
although the part in his hair had moved to the other
side of his head. Chuck attempted to catch the guide's
eye as he rose from his place beside the tall man.
Keir ignored the urgent signalling and moved over
next to Hiramus, becoming a dolphin in mid-aisle.
The two of them engaged in a conference, too low-
pitched for anyone else to hear. Chuck began to

twitch with impatience. If he had caused this upheaval, he was a danger to himself. He needed lessons in control, and he needed them now! Why were the others more important than he was?

By the time the guide had gone around to everybody else, Chuck was fuming and frightened.

"Did I cause all that bouncing around?" he demanded in a very low voice, hoping the others wouldn't hear him.

"You might have caused a little of it," Keir said. "There's nothing to be afraid of."

"I thought you said I was in control of my surroundings now!"

"You're in *conscious* control," Keir corrected him. "When you think about something, it should hold true, at least in your immediate area, for the time being. But what you just experienced was a common effect of the Dreamland, a wave of influence. In fact, you ought to enjoy it quite a lot. They can be refreshing. I like them. Do you ever surf?"

Chuck wasn't going to be distracted. "That whole change wasn't something I caused?"

"Oh, no," the guide assured him. "It didn't come from you. It came from the Sleepers."

"What sleepers?"

"Not any sleepers, *the* Sleepers," Keir said, carefully. "I told you they would take care of things, and they are. They have. Look out the window. Go on."

With a skeptical look at Keir, Chuck threw open the window to his left and leaned out.

The whole landscape had undergone a makeover. Where the weirdly flattened walls of grass had been there were split-rail fences and wildflowers, each individual board and petal perfect and distinct, even up close to the tracks. He followed the rolling expanse of lush grass past the engine and out as far as the eye could see for miles and miles in every direction. The abyss had closed up. There was no sign that it had ever existed. Chuck plumped back in his chair with wide eyes. Keir was smiling at him.

"That's amazing!" Chuck exclaimed. "You say sleeping people rebuilt the landscape, and changed everything just like that? Everyone in the world, all at once?"

"No, just the main Sleepers, capital S," Keir corrected him, "whose responsibility it is to maintain the shape of the Dreamland—its infrastructure, if you like. There are seven great Sleepers each dreaming one of the Dreamland's seven provinces. They provide the basic landscape for the rest of the minds from the Waking World to play in and rid themselves of the burdens of their waking day."

"Seven Sleepers?" Chuck asked. "Who are they? Why have I never heard of them?"

"Because they have no special rank in the Waking World," Keir said. "Because you wouldn't know them if you met them in the street. They're as ordinary as you and I. They simply have the most creative and stable minds in all existence, capable of building a plane that offers continuity to the rest of us. Human beings have known for a long time that seven is a very important number. This is one of the reasons why. Your sanity depends upon your being able to dream at night. Sanity is also a vital consideration here. Just hold tight to your marbles, and all will be well."

"Why is sanity important? This place is crazy?"

"Crazy it may seem, but the structure has purpose. The insane mind is a powerless mind, influenced by any and all stimuli that come along. If your mind can hold sway over the meaning of a symbol over all the other dreaming minds, then your interpretation will take precedence. If you are incapable of keeping focused, you are at the mercy of all those others. That goes even for your own self-image, which is why you keep changing in spite of yourself. Your identity is more important than anything else, because that's all you can count on staying the same. Do you understand me?"

"Yes." Chuck envied these Sleepers. *They* were the ones who decided if grass should be green, or if there ought to be mountains. They made all the big decisions. No one told them they were wrong. In fact, they could change whatever anyone else had done. That was *power*. To think of having that kind of control over dreams, over the dreams of everyone else in the whole world. Chuck shook his head, overwhelmed by the possibilities. He wished he could be one of *the* Sleepers, capital S, instead of an ordinary sleeper, small s, one out of trillions. Then, Chuck wondered if dreaming a whole province meant each of these people were in comas, or if the Dreamland stopped existing when these seven people woke up for the day. Better to focus on the small questions, the ones whose answers he could handle without panicking.

"And they fixed the landscape?" he asked Keir.

"Yes. The chasm interfered with their vision of continuity for this area. Not that they won't change their minds as other things catch their attention. Sooner or later this area will be reconfigured to suit their purpose. It's always happening. There is also the influence of all the other dreaming minds in the Waking World, including you. You're influencing dreams, and being influenced by them, too. Even right here, right now."

"How can they work on me?" Chuck protested. "I'm solid!"

"Not here, you're not. This is a projection of your mind into this place. Look." Keir reached down and pulled up the hem of Chuck's shirt. He pointed to Chuck's navel. Chuck stared, startled. A thin silver cord was coming out of his belly button. It faded into nothingness only inches away from his body. Chuck touched the cord, and felt a fundamental twang vibrate through his body from the root of his soul all the way to his extremities. It was thrilling, disturbing, a little painful, but pleasurable, too.

Chuck handled the silver strand gingerly, steadfastly ignoring the sensations that shot through the rest of him. It rolled like mercury between his fingers. A slight but steady beat pulsed through it, slower than his heart but faster than his breathing. There was no doubt it was part of him. He looked up at Keir, feeling uneasy, as though he'd discovered he had grown another leg.

"All Visitors from the Waking World have this," Keir continued. "It's how you can tell them apart. Your presence here is a direct dream, if you like, the product of one mind; but even as you are affected by other people's opinions and the state of the world where you come from, you are affected by their dreams here, especially by those of the Sleepers themselves. Unless you control your shape yourself, intensely, at all times, you will change."

Chuck looked around at the changes that everyone had sustained in the wave. "Well, why didn't this happen before?"

"Consider it a kind of protective bubble that your psyche assumed when you projected into this world that maintained the illusion you wished it to," Keir said. "Until you first lost control, it was holding fairly well. Now, under the wave of influence you've lost the image you settled on at that time."

"Can I get it back?" Chuck asked, feeling helpless.

"No. You'll have to get used to you in this shape. Until the next change comes."

"That's unacceptable," Chuck said. "How can I stop it? I have enough to worry about. I want to stay the same. I mean, the same as when I stopped changing before."

"You can't!" Keir said.

"But, I don't look like *me* now."

"It wasn't you before, boy," Keir said, rapping him on the side of the head with his knuckles. "Weren't you listening?"

"But I liked looking like that," Chuck said. "He . . . I mean, I was kind of handsome."

"What did it matter? You couldn't see your face most of the time. If there hadn't been a reflective surface nearby you'd probably never know if you went through a dozen changes."

Chuck was taken aback. "Did I?" he asked.

"You'll never know," Keir said. "You'll get used to it. It's a fact of life. Everyone in the Dreamland changes all the time."

"Well, not everybody," the orangutan Bergold said, then stopped short, looking a little embarrassed, scratching his back. "I spoke out of turn. I'm sorry."

"No, please explain," Chuck urged, looking sincerely into the ape's round brown eyes. "You made yourself into an ape on purpose? How do you keep from changing when you don't want to?"

"Oh, it isn't me," Bergold said, raising an enormously long hand. "I change all the time. It's normal. I rather like it. There is only one man I know of who never alters a hair, except for having grown up. His name is Roan Faireven, and he is my dearest friend."

"Not even when something like that happens? A wave of influence like the truck that just hit us?"

Bergold shook his head and scratched under his bristling jaws. "No, not even then. He stays astonishingly similar. It's a marvel, though I must admit many of my colleagues don't see it that way. I consider his uniqueness a tribute to the Sleepers. The other Historians are not so charitable."

"But that's what I want," Chuck said, desperately. "I want to be like that! How does he do it?"

"Sleepers only know," Bergold said, a grave

expression on his kind face. "I assure you. He would pass along the honor if he could."

Pipistrella lifted her mirror and had another look. Chuck realized she was different again than just a few moments before, albeit equally pretty.

"Why wouldn't you try on as many faces as you could, if you had the opportunity?" she asked. "Sometimes change is good."

Chuck started to say that he would like to get used to the way he looked now, but maybe Bergold was right. His appearance really shouldn't concern him, since he wasn't looking at himself all the time. Maybe he could get to enjoy trying on different faces, especially since he couldn't really remember the face he had while he was awake, but it bothered him not to have control of his own body. He felt lost, as though the real him was now buried under a dozen strangers' faces, instead of just one. Or had it been torn away, like the outer skin of an onion, revealing more and more layers beneath? That was good, if it got down to the real him. But what would he do if there was nothing at all at the bottom? The haunting hollowness inside him seemed to expand, making it hard for Chuck to swallow.

The train whistle blew a mighty blast, and the car juddered into motion.

Keir rose to his feet. "If you think you can get along without me for a while, I have other people to see to."

Chuck nodded. "I need to think."

Keir smiled angelically at him, and floated away.

Chapter 9

Bong! Bong! Bong! Chuck glanced up from his reverie at the sudden noise. A fluted loudspeaker grew out of the wall over his head. "Good evening, ladies and gentlemen," said a smooth, plummy voice. "Dinner is now being served."

"Great!" Chuck said. "I'm starved."

The front door of the car, in the center of the now-restored wooden wall, opened to admit the conductor, who wore white gloves in addition to his uniform. He snapped his fingers over his head, and a cadre of waiters and wine stewards streamed past him into the car. The waiters whisked white tablecloths into the air in between the seats. As the white linen settled down, it lay flat, even though there had been no table there a moment ago. Curious, Chuck raised one corner for a peek, but the grandest wine steward, the one with the golden chain around his neck and the very French mustache, claimed his attention.

"Sir," he said, presenting a bottle of red wine half-wrapped in a white napkin. "Our dinner tonight will be a tribute to you. Our finest vintage. With our compliments and thanks for your so brave action."

"Uh," Chuck said, pleased but embarrassed to have

the subject brought up again. He took a close look
at the label. The date stamp on the neck spun backwards and forwards through centuries, until it settled
on a year, paused, then reduced the number by two.
"Well, thank you! That's very nice of you. I . . . don't
mean to be rude, but I don't drink too much red
wine. I'd be happy to share it with my companions
here." He waved a hand to include the rest of Keir's
clients and the people across the aisle who had been
so nice to him.

"But of course, sir," the sommelier said, and bowed
ever so slightly. Crystal wine glasses that hadn't been
there a moment before appeared on the table. Chuck
had to blink as the man lowered the bottle with a
deft turn of his wrist and began to pour *white* wine
into the glasses. Mary Poppins, he thought. As soon
as he'd thought it, the waiter nearest him writing
orders on a pad shrank into the shape of a penguin
with black fins and a bow tie.

Chuck felt his cheeks burning. He ought to be
registered as a lethal weapon! He concentrated hard
on dampening his thoughts. Within two paces the
waiter was human again. The man didn't seem to have
noticed a thing. Neither had the Dreamlanders around
him. Only the people in Keir's group paid any attention at all, and most of them had ceased to be astonished by anything.

The conductor, in his guise as headwaiter, raised
his fingers in the air to snap them, and his staff ran
around to place small silver-covered dishes before all
the passengers. They halted, hands on the handles,
until the conductor snapped his fingers again. In
perfect unison the domes were raised and removed.
The diners breathed a collective sigh of pleasure at
the dainty entrees revealed.

"The entrée, sir," the headwaiter said. "Our tribute to you."

Chuck stared in dismay at the carefully designed

display of pasta with tiny octopi scattered across it. There was a fork and a spoon on either side of the plate, but he had absolutely no inclination to eat anything with that many legs. He took a casual glance out of the corner of his eye to see how the other diners were handling it. No two people seemed to be eating the same thing or in the same proportion. The precise Mr. Bolster had a plate of cured ham with a fanned wedge of green melon. Mrs. Flannel and Spot, now a cat, shared a chunk of white and gray fish. He couldn't tell what Master Morit and his wife had. It looked like a mess from where he sat, and the utensils they had to eat it resembled egg beaters. The others' first course ranged from a mighty bowl of hay sprinkled with sliced bananas (Bergold) to tiny, translucent, perfectly folded pasta envelopes (Pipistrella).

He looked again at the polpetti al' linguini. His stomach turned and threatened to make a break for it. He'd eaten and enjoyed seafood all his life, but he had always tried to avoid things that were served with their eyes and legs still attached. Chuck picked up the fork and toyed with the noodles, queasy about touching the little octopi. They looked so . . . pathetic. At least they weren't moving, like he'd seen in some fresh fish restaurants. He could probably manage to get the food down. Whether it would stay there was open to question. Why would they give him something that he felt so uncomfortable about eating? Was it to show their superiority over him?

"Symbolism," Keir had said. Everything in the Dreamland was fraught with meaning. The sommelier had said the dinner was in his honor, so it had some connection with him. Chuck needed to figure out what a plate full of baby octopi could possibly mean to him. He had always been uncomfortable with accepting praise or gifts, yet that was what they wanted him to have. What was it his grandmother had always said? Accept it and move on? Chuck stared at the octopus linguini and thought honestly about being singled out for congratulations. What would have been the consequences if he had failed? But he hadn't failed. He had saved the train. He *had* been heroic, even if he didn't feel like a hero. He surely hadn't intended to be one. The real hero was somewhere in the background, the owner of the voice that had shouted what to do. But Chuck was the one who had done it. It *was* kind of nice to be lauded. The whole train full of people could have died in the abyss, and he had saved them. People wanted to pay him back in some way. He ought to accept that with grace. Squeezing the truth out through the resistance of modesty, he had to admit it felt good.

That was all the pasta needed to know. Under his eyes the polpetti became meatballs, plain, old, comfortable meatballs. Without hesitation, he picked up his fork and ate. The food tasted wonderful, better than any he had ever eaten.

The empty plates were whisked away into the air, and replaced with a flat dish containing a clear, golden liquid, and a huge-bowled spoon.

"Our soup du jour, sir," the headwaiter said, deferentially. "The flow of the liquid represents willingness and adaptability, the nature of our beloved homeland. The savory flavor—oh, so good!—means the joy of discovery. Bon appetit!"

Chuck picked up the spoon. The soup certainly did smell good. He drew the spoon through the basin, just barely picking up enough liquid to slosh around in the bottom. He tilted the spoon sideways, measuring the depth of the soup. Why did they always offer such enormous spoons with flat dishes? It would take him forever to eat it.

But an odd thing happened. While he was thinking about it, the soup flowed upward into the spoon, filling it most of the way. Chuck was so startled the utensil clattered in his hand, but nothing dripped out. Cautious about eating sentient soup, he raised it to his lips. The liquid didn't immediately jump into his mouth. It acted like ordinary consommé, delicious and warming.

There were only a few spoonfuls in the bowl, a good thing because the waiters were upon him again before he could blink.

"Salad, sir," the headwaiter said. He snapped his fingers. One tuxedoed server snapped an empty plate down before him. Another rolled up with a tray containing a broad, wooden bowl full of leaves. "Offering you the various flavors of the Dreamland. The greens symbolize . . ."

"Just a moment," Chuck said. "Forgive the interruption, but you don't have to give me the spiel for every single dish. I bet my friends here feel the same way. I'd just like to eat."

"But sir, we wouldn't want you to have a meal without explanation," the headwaiter said, looking rather shocked and a little hurt. "We don't want you to feel unsatisfied later that such things were not made clear to you."

"Of course," Chuck said, embarrassed to have made a fuss. "If that's the custom. I'm sorry. I didn't know. I don't want to be rude. Sure, please tell me all about it."

The man gave Chuck a quick, deferential nod, and began to tell him all about the salad. Exotic greens, rare vegetables that had only tasted moonlight, mushrooms grown in the broad light of day. Followed by a refreshing, bright pink sorbet served in the petals of a tropical flower the size of Chuck's fist. Pursued closely by a dish of tiny string beans in a rich tangy sauce that tasted slightly of fish. Chuck tried them all and enjoyed everything.

"We never have things like this where I came from," Chuck said. The headwaiter was delighted.

After all the fancy dishes that had been served, Chuck was relieved he could recognize the main course: beef stew with hearty dumplings and huge chunks of potato in it. Its savory aroma wafted up and tickled his nose enticingly. He consulted with his stomach. Still rattled from the adventure and the subsequent shake-up, it didn't want anything as heavy as comfort food.

"The chef's specialty," the waiter was saying. "We intend that you should feel at home, sir. Potatoes, the apple of the earth; parsnips and swedes, the unexpectedly sweet rewards of toil. Beef. Iron to give you strength, the yielding texture . . ."

Chuck glanced around him. Again, no two meals were the same. At the table behind him he spotted a man about to eat a plate of broiled chicken with planks of carrot and squash. Chicken and carrots! That notion pleased his stomach.

"This is very nice," Chuck said politely to the waiter, "but I am afraid I'm getting full. I wonder if I could have the same meal that he's having?" The waiter smiled pleasantly, and walked to the other table. "No, I didn't mean . . . oh, no, that's not what I wanted you . . . oh."

Even as Chuck protested, the waiter picked up the other diner's dish and brought it to him, presenting it with a majestic flourish. As the plate touched the table before Chuck the food on it changed into the same course he had been served before: stew with dumplings.

"Never mind," he told the waiter. "I'm sorry," he babbled to the person whose food the waiter took. He felt his face burning with shame. "It's a mistake."

The other diner frowned at him, just short of shooting daggers at him with his eyes. Chuck could have dropped dead from embarrassment. The waiter picked up Chuck's rejected and untouched main course and brought it to his place, where it promptly became a chicken breast with vegetables. Chuck sighed and picked up his fork. He was going to get what they wanted to give him, period. Maybe he didn't have to eat the whole thing.

He wasn't particularly surprised when he managed to finish the meal.

"And what about this?" Chuck asked, when the waiter deposited a chocolate ice cream sundae with a paper umbrella sticking out of it. He had turned away without any explanation. "Isn't there any symbolism in this?" The waiter smiled the superior smile of servers the world over.

"Oh, that's just because it tastes good, sir."

"Do you care for a cigar?" The assistant sommelier, she of the silver chain and bottle opener, came around with a beautifully polished mahogany box. She offered it to Bergold. Chuck glanced into it from across the table. Bergold chose one, smelled it up and down, unwrapped it, and took a bite off the end, smiling with pleasure. They were chocolate. But they didn't remain chocolate, or cigars. Another passenger reached into the box and chose a baby-blue pacifier. When the box reached another passenger, the contents changed again to another shape so embarrassing that Chuck glanced away. When the box was presented to him, he was almost afraid to look in it.

"Cigar?" the young woman asked again, persuasively, waving the box under his nose. Uneasily, Chuck looked in. It was full of ordinary cigars, merely sticks of tobacco. When Chuck looked up at the sommelier suspiciously, she smiled politely. "Sometimes a cigar is just a cigar."

"You can read too much into things," Keir said with a wink.

Chuck decided just the same that he wouldn't take one.

Chapter 10

The lamp-bright moon lit the eastern sky. All traces
of the evening meal had cleared away, and with it
most of the other passengers. All who remained were
Keir's group and the few travelers who sat in the row
with them. Chuck relaxed in his seat with the feeling of contentment from being full of good food in
a nice, comfortable place to sit that was neither too
hot nor too cold. He enjoyed it, although the sensation wouldn't last, of course. Good things never
stayed good around him.

The gaslights on the walls were turned down very
low, making it possible for him to watch tiny lights
out on the horizon. Above them, glittering stars
spangled the sky like diamonds on black velvet. On
one side he could see nothing but blackness. They
must be rounding the inner curve of the mountains,
just as Keir had said. Keir aroused Chuck's curiosity. What was *he* doing on this trip? Was he a guide
all the time, or was he ever anyone else's client? How
did he get to do what he did—that is, of course, if
he *was* real. Chuck had to take that into account. This
whole Dreamland place was very convincing, but he
had no idea whether or not any of it had tangible

existence outside the trance state. The same went for
the other members of his group. What if they weren't
real people? An odd thought struck Chuck: What if
he wasn't real? What if someone else was dreaming
him, who imagined that he had an existence in the
physical world? Hastily, he pushed the consideration
aside. It was too big a question to ask, when he was
so comfortable.

A few of the others were looking outside, too. As
the train rounded a curve, Persemid glanced at the
face of the full moon, jumped up, and dashed out
of the car into the corridor. Chuck heard the sliding of doors or windows.

After a short while she came back and plumped
into her seat, all without explanation or apology.
Chuck desperately wanted to ask what she had been
doing, but one look at Persemid's closed face, and
he could have zipped his mouth shut permanently.
Keir was in another row, ministering angelically to
Pipistrella. The tall woman, now an autumn-bright
vision with red-gold hair and a sprinkle of tiny,
bewitching freckles on her nose, was gabbing away
at him about crystals, rainbows and other pseudo-
occult things. There was no disturbing them;
Pipistrella was as secure in her privacy as if she was
in a confessional. She truly didn't care if she was overheard. It wasn't long before Chuck tuned her out. She
was a very pretty woman, and pleasant to travel with
until she opened her mouth. Persemid was more of
a challenge, but at least she didn't babble.

Now that he had a moment for free thought,
Chuck decided to see what was in all those suitcases
he had been carrying around with him. He wasn't sure
if he owned enough things to fill the gigantic, blue
steamer trunk, let alone the other four. Once the
dinner table had disappeared again, whisked away by
the efficient crew of waiters, there was just room to
get the trunk down and open it. Chuck took hold of

the handle with both hands. Hiramus was reading a newspaper. His precious carpetbag sat on the shelf over his head next to the trunk. Chuck yanked the trunk partway out and touched the carpetbag by accident. How Hiramus knew that he had, Chuck couldn't tell, but he suddenly became aware of the older man glaring at him.

"Sorry," he said. Being more careful he pulled his case all the way out. Just as he did, the train started to shimmy. He lost his balance and knocked into the older man's feet. "Sorry."

A harrumph came from behind the paper, and an eye slit like one in the door of a speakeasy appeared in the front page. Chuck smiled uneasily and shrugged at the pair of disapproving eyes. The slit slammed shut.

His trunk had eight locks, including a padlock like the one that had been on his high school gym locker, but they all fell away when he touched them. What was so precious that it needed to be secured like that? He noticed everyone looking at him, and wondered if he should pull the trunk away somewhere to go through it in private. But, no, that would make everybody more curious. He knew he'd feel that way. This was supposed to be a journey of revelation, catharsis, and cleansing. Better to get it all out into the open, and be done with it. He flung wide the lid.

To his disappointment, the big case was full of junk. On top was an ancient pullover sweater in royal blue, bright green and orange. He rubbed the weave between his fingers, and dropped it at once. The unpleasant feel couldn't be anything except cheap polyester. It wasn't his. He hadn't worn anything like that for many, many years. Underneath it was a plethora of ugly ties. One brown leather shoe, the sole worn thin from use begged the question as to the location of its mate, a question Chuck was unable to answer. He rooted through outdated clothes, crumpled school folders stuffed with mimeographed and photocopied assignment papers faded by time, a grass-stained raincoat.

Underneath was a small, flat, waxy packet that he didn't even need to see to identify. He smiled as he withdrew it and turned it under the lights. It was an unopened package of baseball cards. After a moment's pause, he decided no one would be upset if he opened it. The wrapper yielded to his hands with the ease of the locks. Just as he remembered it, he counted ten cards and that bonus of a paper-thin stick of hard, pink bubblegum that came in each package. He lifted it to his nose and took a deep breath. Yes, it was still redolent with the scents of rubber, wax, ink and powdered sugar that had been so addictive when he was eleven. The smell brought those summers back to him, sitting on the floor of his room with his best friend, trading cards back and forth until they'd completely mixed up whose was whose. Neither of them were serious collectors; they vacillated between wanting to have one of everything and just making sure they had the cards of their favorite players. How many happy days he'd had then. The realization came as a surprise. Somehow, and not just here in the Dreamland, he'd blocked all those joyful memories, replacing them with negative images. The items here in this case summoned up long-buried recollections.

Chuck dropped the cards back into the box. None of these items actually belonged to him. They only reminded him of things that he'd once had. He glanced around for Keir, wanting a personal interpretation of the peculiar contents, but the spirit guide was not in the car. He had assured Chuck that he'd be there if he really needed him. Chuck guessed that this was not really one of those times. He didn't really need to have the meaning explained. He could figure it out for himself.

He hated to admit it, but Keir had been doing a pretty good job of juggling five very different and demanding clients. It still bothered him that he had to share the guide at all, but Keir had kept his word: he came if Chuck called. And the shape he wore had been chosen especially to aid him in his search for the truth. But Keir also wore shapes special for the others, those four strangers he was forced to travel with. Resentment raised its head for a moment, but Chuck fought it down. He was determined not to let it bother him again that day. He wrestled the trunk back onto the shelf and plopped down casually in the window-side seat. Hiramus was still engaged in his newspaper. Persemid sat looking out onto the land-scape lit up by the moon.

"So," he asked her, casually, "why did you come on this journey?"

"Why did *you*?" she shot back.

Chuck remembered that he wasn't too crazy about her. She was so abrasive. But that might just be her way of talking. He'd take the question at face value.

"It's hard to remember exactly," Chuck said, hon-estly, searching to the bottom of his feelings. "I keep trying to think about my life outside here—up there? back there?—I don't know. Everything's foggy. I've just been miserable for so long I can't stand it. I ought to be, well, happy. I'm pretty sure of that."

"Why? Is there a written right to happiness where you come from?"

Chuck sat back, and wondered why he was unbur-dening himself to her of all people. He ought to be having this conversation with Keir. He must have looked shocked, because she put on an apologetic expression for exactly one second, then wiped it away completely, like the change of face she'd gone through in the first alteration, but she was still listening.

"It's not like that," Chuck said. This was going wrong, just like everything else he ever did. "I didn't say I thought I deserved it. It goes deeper than that. Much deeper. Sometimes I'm so miserable that it hurts to breathe. I'm choking, and no one else can see. It stops me from really living, from being fulfilled. I could do so much more if only I could break through the blackness. It's getting so that I'm afraid to be alone, but I don't want to be with people, because then I don't matter. I don't belong anywhere. Nothing I accomplish makes me feel truly content with myself. Perhaps it's selfish, but I'd like to learn how, if I can."

Persemid made a noise like a snort, but it wasn't directed at him. She gave him a one-second smile that lit up her face charmingly. It was gone in an instant, but the impression stayed with Chuck. "That's honest, anyway."

"What about you?" he urged.

It proved to be even harder for her to say what was troubling her. At last she appeared to make up her mind to trust Chuck. He sat very still, determined not to make judgments that would make her withdraw again.

"I wish it was so easy as misery that hurts. I've been experiencing . . . well, I guess you'd have to call them self-destructive tendencies. Not suicide!" she added, fixing him with an imperious eye.

"No, of course not," Chuck reassured her. "You sound too sane for that."

"Oh? And how would you know?"

She was so prickly, but Chuck knew he'd made a misstep. He fumbled to put his thoughts in order and found himself with a double handful of marbles. "Well, I've heard that the people who talk about it are the ones who are least likely to do it."

"Oh, that's reassuring!" Persemid snapped. "So everyone who doesn't talk about suicide is a candidate?"

"No, that's not what I meant," Chuck said, wondering whether to mention the partial memory of his thoughts of suicide, as the marbles dropped through his fingers, scattering on the floor. The clatter attracted the attention of everyone in the car. Chuck apologized and dove to pick them up. He stuffed them down in between the seat and the wall, where they made an uncomfortable lump in the upholstery. When he came back to his seat and the conversation, the moment of the confessional was over. Persemid had withdrawn into her thoughts and her contemplation of the moon. He was sorry to have offended her. He was only trying to be friendly, but it backfired badly. She was one of the most difficult people he had ever met.

For a moment he wondered if part of his ordeal was to make friends with everyone in the group, or if this was one of the tests that Keir told him about. He hoped not. The four strangers had co-opted his guide. They were riding along with him, and they might have other aims than his. Though he and Persemid were on the same journey she was a complete stranger. He had to make the best of it, and treat every conversation he had on board as if it was of the greatest importance.

"What about you?" Chuck asked Sean. He was curious about the long, private conference the tall man had had with Keir earlier in the day. "What brings you into our group?"

"I don't want to talk about it, thank you very much," the man said, in clipped, unfriendly tones.

"You sound Irish," Chuck said, trying another tack. "Where are you from?"

"What's it to you?" The tall man turned his face toward the window, and didn't look around again.

Chuck was frustrated. He didn't want to go to sleep yet. He wanted to chat. Hiramus had wrapped himself up, literally, in his newspaper, like an inflated paper mummy, black and white and reading intently all over. Bergold was chatting with the salesman across the aisle. Kenner, in what Chuck thought of as bravery above and beyond the call, had engaged both Persemid and Pipistrella in conversation. *He* wouldn't have done it alone. Mrs. Flannel was having a baby-talk conversation with Spot, who had assumed the form of a handsome African parrot. She chucked him under the beak, and he crooned. Keir was nowhere in sight. That left the couple from Elysia. They were having one of those unmistakable "married" discussions, he in the quiet, intense way of someone who is very angry, and she in the oblivious fashion of someone who had already won the argument. Sighing, Chuck gave up and stared out of the window. The huge mountains to the north were picking up light from the sun beginning to set behind the train.

Morit noticed the Visitor glance their way while he was talking to the red-haired woman. Chuck's patronizing attitude annoyed him. How dare he behave as though all the world liked him so much? Morit felt a sudden cramp in his back and wriggled irritatedly to ease it. These seats displeased him, and the blinding glare from the sun made his blood pressure go right up through the roof. He hated sitting on the sun side of a train. Their reservation specifically called for them to be in the shade throughout. That dolt of a conductor had just shrugged and pointed out that things change. Things *change*? *Nothing* changed, nothing *fundamental*. He and Blanda still got the smallest and worst of the meals, the most uncomfortable seats, the least service. No matter where he moved to sit in the car the sun shone in his eyes, and the coldest of the night breezes blew right down his neck. He hunched over, working the spring-tight muscles. Of course they wouldn't loosen. It would take a major wave of influence to help. He was sure the Visitors had more comfortable chairs than he did.

"I have always been convinced that the best of

everything went to those the Sleepers favor," he muttered under his breath to Blanda, "and now I have proof of it."

"We are *all* favored by the Sleepers, dear," Blanda said, imperturbably. "We exist. That is the greatest measure of favor anyone could ask for."

"Bah. I mean their fellow Waking Worlders, these *Visitors*." He spat out the word. "Look at that! They even have extra pillows. And *blankets*." He especially resented that lack every time a fresh blast of frigid air came out of the register over his head. And why was the register *always* over *his* head?

"So do we, my dear," Blanda said, reaching underneath the broad seat and coming up with an antiseptically-sealed plastic bag. She pulled it open and spread the blanket over his shoulders. It was light, soft and warm. "There, isn't that nice? And such a pretty color. Russet, I'd call it. Isn't that a comforting-sounding name for a color?" She tucked the white pillow behind his neck, fluffing it so it supported his head. Morit waved his hands at her to make her stop fussing over him. She paid no attention. She never did. Confound the woman.

"We've got all we need, my dearest. Don't worry about a thing. We've got our clothing, our hats and sunscreen, a little snack or two, my little kit, a book to read . . . ." Blanda babbled on. Morit tuned her out as he always did.

He could hardly contain his frustration. The train should have derailed straight into the pit back there, taking all the Visitors and that annoying man with it. How could that plan have failed? Hundreds of his companions had used up all their influence to wreck the tracks, tear open the land, reroute the signals, and keep word of the destruction from getting back to Mnemosyne. The train had rushed toward its doom, all unaware, and that man, that Visitor, had stopped it from falling in!

Morit's like-thinkers had plenty of other plans in hand, but he fervently wished the first one had worked. Then, it would have been all over, and he could be at peace. No more invasions from the Waking World. No more Visitors throwing off the balance of nature. Now they'd have to await another opportunity. And if nothing else worked, they had one final, fail-safe fallback. There were your three F's for you!

Chuck Meadows was doing his best to be a nosy pest. There, he was pestering the quiet man in the corner. Was there no one he wouldn't chatter to? He was worse than the insane old woman and her silly pet across from him. Morit observed the others move from conversation to conversation, shutting Chuck out temporarily. Morit felt oddly pleased that Chuck had run out of people to yack at.

The Visitor noticed him looking. Yes, there it went. He was going to open his mouth.

"Gorgeous sunset, isn't it?" Chuck asked. "I never thought that I'd see whole days and nights change here. This is all one night where I come from. At least, I hope so. I've got work tomorrow." The Visitor frowned. "I thought I remembered something about my job, but it's gone again."

Don't trouble yourself, Morit thought. One way or another you're not going to have to worry about your Waking World job—or tomorrow.

Pushing himself to do the hardest thing he'd ever done, he forced a pleasant smile at the Visitor. He must ingratiate himself with the party, to keep them from suspecting that disaster lay ahead.

"We have more glorious sunsets in Elysia than they have here," Morit said, gushing in a manner that he had copied from Blanda. "Sometimes more than one a day. You can watch them from the mountains, or along the waterfront, or even through the curtain of cut glass that lies on the western frontier. It is the most beautiful of all the provinces. The Sleepers favor us."

"Really?" the Visitor asked, his mouth gaping open with wonder. "Wow. Elysia. I think I saw that on the map. Isn't that where Enlightenment is now?"

"Oh, yes," Morit assured him. "A very nice place. You would like to visit there. It'll be an experience you'll never forget." No one will, Morit thought, with grim satisfaction, if they get that far. "You will never again see the equal of the scenery you will behold in Elysia."

Chuck nodded eagerly. "I'm really looking forward to it, Master Morit! Thanks."

"See? Honey's the way to catch more flies," Blanda said to Morit in an approving whisper. "He's such a nice man. I am glad you're getting along so well, now."

Morit could not believe his mate's obtuseness; surely she understood why he was doing what he was doing, to make certain of luring the party to their destruction. She'd heard all his discussions and arguments, even though she ignored them most of the time. But she just saw what she wanted to, which was him being nice to people. Bah. If he could drown the Visitors in honey, he'd raid every hive from here to the Nightmare Forest!

Chapter 11

The moving shadows of light on the wall of the train darkened and decreased as the sun went down. Through the window opposite, Chuck watched the blue sky catch fire at one edge with the glory of sunset. The brilliant light smouldered into rich colors and slowly went out, like a fire reducing itself to ashes. For a flat world, the Dreamland certainly had all the trappings of a round one. Keir would probably tell him the sunset was all in his head, and everyone else's, too: a product of memory and imagination. He chatted idly with his seatmates for a while, wondering when Keir was going to come back and teach him to expand his mind, or something. Keir was paying him no attention. He was sitting in the next row with that Pipistrella twit. She was off on one of her interminable stream-of-consciousness blathers about higher minds and happiness. Chuck felt a shamefaced fascination, like listening to someone else describe a love affair. He was enthralled by the description, and absolutely unwilling to get involved in such a thing himself. A yawn pushed its way up from his ribcage and pried his mouth open. He covered it quickly.

"I apologize," he said to his fellow passengers. "I guess I'm more tired than I thought."

"You've come a long way today," Mrs. Flannel said, kindly. She held up her pet, now a huge, green bullfrog, which regarded her with pop-eyed adoration. "I've got to tuck Spot in. Why don't you take a nice rest, too?"

"That sounds like a good idea," Chuck said, gratefully. "Excuse me." Carefully, he stepped around Hiramus and took the window seat. Keir hadn't mentioned sleeper cars. They must be expected to sleep sitting up, or meditate in place, like Buddhist monks. Maybe this was part of the ordeal of his vision quest. Brightening at the thought, he hunkered against the wall, trying to get comfortable enough to drift off.

Suddenly, his seat started shifting and softening. Chuck sat bolt upright. Was the stupid thing turning into caramel? Or swallowing him? Would he disappear into the cushions without a trace? His alarm must have shown on his face. Hiramus chuckled.

"It's just reading your mind, sir," he said. "What our esteemed guide keeps hammering into us: form follows function. You want to go to sleep. Your chair is obliging you by becoming a bed."

Hiramus leaned back. His seat rose upward as it flattened out. The luggage rack withdrew toward the ceiling and disappeared behind a short curtain. Chuck copied him and pushed back on the cushions with the back of his head. The older man was right. The coarse weave of the seatcover smoothed out and became cool to the touch as the frame continued to stretch out. Okay, influence, Chuck thought, do your thing. Shortly, the curtains at the window billowed out around him. When they settled, he lay on a narrow bed furnished with white pillows and sheets and rusty-golden blankets enclosed in a square alcove staring up at a rack of springs. The lower berth, he thought. The window beside him had divided into two parts, one above the other, so each bunk had its own, framed by loosely-woven curtains of a homey red-brown. Even his clothes had changed into a handsome pair of tan pajamas piped with white. He sat up to examine his surroundings, and was well pleased by the results. Thousands of times in his dreams things had changed around him, but hardly ever the way he wanted them to. Thanks to Keir's lessons, he now knew why they did what they did. He had control. He liked that.

Outside the window the dark land raced by. Chuck caught the occasional yellow gleam of a lamp in a window, usually so far off he couldn't see if there were any people in the house. Beyond the landscape was the unbroken escarpment of the mountains which were visible against the night sky only as a darker darkness. The train must be running parallel to that range for a good long way. From what Chuck remembered of the map he couldn't keep, the Dreamland was roughly circular, and completely surrounded by mountains. He wondered if they were going to cross them at any time. What was beyond them? Had he crossed them himself coming to the Dreamland on his flight? No, there hadn't really been any flight, he reminded himself. It was all symbolism to help him understand what he'd accomplished. He had meditated his way here.

Chuck put his hands behind his head and fell back on the pillows to watch the moonlit landscape roll by. Tree, house, barn, tree, tree, tree, fence post, steeple, tree, house, barn, counterpointed with the regular stroke of telegraph poles with their bowing wires stretched between them touched by the blue-white light of the rising moon. The pattern of passing objects made a calming rhythm coupled with the clickety-tat of the train. Chuck welcomed the sensation of calm, and waited for that blissful moment of drifting away into sleep.

❖   ❖   ❖

He *couldn't* sleep. He was too excited. Any time he started to relax, he kept expecting something to happen at any moment. No matter how he tried to empty his mind of thought, curiosity and excitement came creeping in. Maybe he could read himself to sleep. He reached up to feel for a light switch, and was rewarded when his fingers came into contact with a sconce light, a miniature of the ones that studded the carriage walls during the daytime. A flame sprang up inside the painted glass shade. Chuck frowned at the flame, worrying about fire hazard. Hadn't they invented light bulbs yet? Sure, they must have; there were jet planes and other modern things.

Chuck felt around under his bunk for his bag, any one of his bags. He expected it to be there, and so it was. Maybe he was getting the hang of this peculiar reality. In triumph, he hauled up a blue, tapestry carpetbag and plumped it on his bunk.

But the bag disappointed him. Chuck pulled out clothes, shaving kit, shoes and endless packages of snacks, but there wasn't a single book to be found. Now, *that* was atypical; he always packed a book for every night he was going to be away. But he remembered he didn't really *pack* for this journey. He hadn't even been wearing clothes when he lay down to meditate.

He *had* to have something to read. Chuck tossed the useless suitcase under the bed, and put his forefingers to his temples, concentrating on getting a stack of bed books to choose from. Maybe a good nonfiction book about the Dreamland, so he'd know what to expect; a handful of good novels including some sensational thrillers would be nice; a couple of cosy mysteries would fill out the bill perfectly. He nixed the idea of a news magazine; he didn't want any reminders of the Waking World to interrupt his quest. But he didn't know how many books to ask for because he had no idea how many of these "nights" he'd be traveling. And he remembered the gibber-ish he had seen on the signs and the newspapers—would he be able to read the volumes he got? Chuck kicked his way under the coverlet, closed his eyes, composed his limbs and tried to meditate again, hoping for sleep. It was no use. He couldn't break the habit of a lifetime. He couldn't nod off without words under his eyelids.

Maybe someone on this train had a book he could borrow. He struggled out of the soft bedclothes, which seemed reluctant to let him go, felt under the bunk for slippers and shuffled off into the corridor.

Everyone seemed to have retired by now. The aisle was lined from ceiling to floor with curtains. A small yellow light at each end of the car was the sole source of illumination. Maybe he could find that nice Bergold guy. He struck Chuck as another man who read himself to sleep.

Chuck walked up and down the corridor, staring at acres of rust-colored curtains, trying to guess which one was Bergold's bunk. He hesitated to tap or call out. He heard a murmur from one of the berths at the engine end of the car, and dashed toward it, hoping the person inside would speak again so he could identify him or her. But the voice had fallen silent by the time he got there. Another voice arose, this time in the middle of the car, but a sudden noise from outside the train drowned it out. Chuck walked to the middle to listen. Not a sound. Two voices spoke out at once, from opposite sides of the car. Chuck dithered as to which one he would go toward, when they both stopped. A Frustration Dream, Bergold had called it.

"Darn this, I just want to find a book!" Trying to maintain some dignity in bedroom slippers, Chuck strode toward the front of the car and on out the door. A breeze touched his cheek, soft and warm as a summer night. The moon, clearly visible at the horizon off the right side of the train as he faced the engine, was mottled with shades of gray. Just for a moment, as he pushed through the door to the next car, he thought he saw a face in the big silver disk.

People were still awake in the next car. From the worn, rustic paneling and more utilitarian character of the seats, he guessed that it was the next lower class of travel. A family of pale-faced, dark-haired children in flat caps and shabby clothes clinging together on one bench seat looked up at him as he passed. A thin, swarthy man with a moustache and a stout woman in a babushka sitting opposite kept staring out of the window. Yet, the cluster of men who sat together over a card table, waving cigars and laughing, looked stout and prosperous.

The seats seemed to be scattered any which way. Chuck saw seats in alcoves, seats in rows, seats arranged in circles where people spoke earnestly in low voices, glancing at him suspiciously when he walked by. Chuck glanced into a niche. A flat-faced, ochre-complected man in a thick fur coat was reading a book made of floppy skins sewn together, by the light of a wick stuck into a fish propped upright in an iron stand. Chuck was puzzled. To him, fish was food. Then, he remembered the three F's. *Right.* He had once seen a television program about how people in the Middle Ages used fish and small animals as crude lamps. It looked a little sickening, but it seemed to work.

"Excuse me," he asked. "Where did you get the book?" Wordlessly, the man raised a thick-fingered hand and pointed toward the front of the train. "Thanks." Chuck trudged on.

The conductor appeared at his side, hastily buttoning his collar. "May I help you, sir?"

"Yes, well," Chuck said, watching a cluster of dark-skinned children fighting over a loaf of bread. He felt ashamed for wanting a little luxury when people here were in obvious need of necessities. But he heard Keir's voice reminding him that these were manifestations of real people working out issues in their everyday lives. For all he knew this was a dream about sibling rivalry, not starvation. The knowledge didn't stop him from feeling guilty. "I . . . all I want is something to read in bed. Are there any books on the train?"

"Oh, yes, sir," the conductor said. "We have a very fine library."

Library! Chuck liked the sound of that. He followed the conductor through miles of corridor to a glassed-in compartment. The uniformed man stepped aside and gestured him inside.

"There we are, sir."

The man seemed ready to burst with pride, but Chuck was nonplussed. This was a library? There were about ten dog-eared books on a small shelf. He picked up one thin volume after another, feeling his heart sink with disappointment as he read the titles. *Favorite Dishes of the Coloratura Sopranos. Why People Shouldn't Marry One Another. Gardening Hints for Houseboats. Lawyers In Danger. 101 Seaweed Salads. Extended Discourses Upon Reducing Truancy. The Joy of Knitting.* All of them sounded awful.

"People actually read these?" Chuck asked in disbelief.

"Oh, yes, sir," the conductor said, with a dignified smile. "*The Joy of Knitting* is our most popular volume. Some people have borrowed it again and again."

"Really?" Chuck asked in disbelief.

"Form follows function, sir."

Chuck made a face. He didn't really see how the rule of influence applied to a book he wouldn't use to hold up the leg of a wobbly table. "Well, I'm afraid there's nothing here I'd want to read."

"I'm sorry to hear that, sir," the conductor said. He looked over Chuck's shoulder at the bookshelf and pulled him far enough away as if ashamed to speak up in front of the books. "If I want something *special*, I usually wait for the next round of changes from the Sleepers, sir. When one of 'em's got his mind on reading, *things change*." The conductor nodded knowingly, finger laid against the side of his nose just like in Victorian illustrations.

"Well, I am not about to wait around for the next wave of influence," Chuck said. "I might turn into something that *can't* read, like a mailbox or a bicycle."

"That could happen, sir," the conductor admitted, with a deferential bow. "If there's nothing else you need?"

"No. Thanks, conductor. Good night."

"Good night, sir."

Chuck turned to slog sadly back to his bed, feeling his sense of resentment rising again. This wasn't right. He shouldn't be trying to fill a slack period like this when he could get bored. Things ought to be happening. It should be day all the time, full of important, revelatory events that would help him put his soul in order. Having to put up with what the Sleepers imposed on him was downright tedious. But wait, he thought, *I'm* one of these sleepers. I can use influence!

He hurried back to the front of the car. The conductor, now in shirtsleeves with his collar unbuttoned again, stood up from the small table against the inner wall of the train and put down his teacup.

"Don't disturb yourself," Chuck said. "I can take care of this. We don't have to wait for the Sleepers. *I* can make this book collection bigger."

He stood in front of the shelf, summoned up all the thought power he could muster, and waved his arms like a magician. Suddenly he was staring up at books the size of a table. The sensation of amazement lasted a half of a second before the shelf collapsed under the weight, cascading enormous volumes down on him. Struck by *THE JOY OF KNITTING!!!* Chuck staggered backwards and fell to the ground. The other books thudded onto his chest. When the avalanche stopped, he was flat on his back with the train's collection of *really* large-print books scattered around him.

The conductor, who had been regarding him from the door with bemusement, came to crouch with concern beside Chuck's head.

"Are you all right, sir?" he asked. "Shall I go get your guide?"

"No!" Chuck exclaimed, more weakly than he intended. The breath had been knocked right out of him. He dragged in a gasp of air. "Thank you. No." He knew what Keir would do if he saw this mess. He'd cock his head and fix those bright eyes, and remind Chuck he had to have a clear picture in his head of what he wanted to happen before he tried to make it so. Chuck didn't want Keir to see how badly he had goofed up. He extended an arm to the conductor. "Do you suppose you could help me up?"

Contemplating the pile of giant books, Chuck cracked his knuckles nervously. In five tries, he had managed to shrink the print and make the volumes thinner, but not to reduce the books themselves in size. No matter how he tried, he couldn't manifest any extra books, enormous or otherwise. He had tried incantations, mantras, even exhorting the books to go back to normal, but he had the picture of the pathetic little library shelf fixed in his mind, now, and he couldn't make it change.

"One more time," he said. He fixed on the image in his head of the way he'd seen the books the first time, and closed his eyes. Something was happening, anyhow. He swore he could feel a sensation of compression. Chuck was almost afraid to look. Peeling open one eyelid, Chuck was relieved to see the tattered little collection on the floor, back to its normal size, books leaning wildly against one another as though exhausted from their ordeal.

"At last," Chuck croaked, hoarsely. He gathered up the books and put them on the shelf. It collapsed. He caught the books before they hit the floor while the conductor picked up the fallen pieces of shelf. "I'm very sorry."

"Don't worry, sir. I will take care of it." The conductor gave him that Victorian nose-propping gesture again. "It'll be our little secret, sir."

"Thanks," Chuck said with honest relief. He reached for his pocket to give the man a tip, and his hand flapped against thin cotton. He looked up in embarrassment. There were no pockets in his pajamas, and he didn't have a wallet in this place anyhow. The conductor understood what he was doing, and held up a hand.

"Oh, no, no need for anything like that, sir. You meant well, and that's kindly of you."

Chuck vacillated for a moment, reluctant to go back empty-handed. He still craved something to read. Maybe the fish guy would lend him the pelt book. He turned to go, and found he was still holding *The Joy of Knitting*. The conductor nodded at it.

"Why not try it anyhow, sir? You can always bring it back if it doesn't suit." Chuck peered at him uncertainly.

"*This* is the best one? Really?"

"Oh, yes, sir."

With a sigh, Chuck put the book under his arm and headed back to his berth.

To his surprise, *The Joy of Knitting* turned out to be the perfect bed book. It was absolutely not gripping, not calculated to keep him awake under the covers with a flashlight all night, not action-provoking or exciting. It was meant to put him to sleep as soon as possible, and that's just what it did. Within five pages of reading about yarns and the choice of the best needles, his eyelids started to droop and the grip of his fingers began to slacken. Form really did follow function.

Just before he fell asleep, he thought he felt someone watching him, but decided it was the reflection from passing lights.

"It's not nice to spy on people," Blanda said, wrapping another loop of yarn around her needles. Dressed in a fuzzy, red bed jacket, with her hair up in curlers, she was sitting propped against pillows in their double berth, knitting and reading a book at the same time. Morit cursed her under his breath. Her gift for making herself at home anywhere positively annoyed him.

"He's not *people*. Didn't you hear yourself earlier?" he snarled. "He's your *creator*. Shouldn't you be aware of what your creator is doing at every moment?"

Blanda was imperturbable. Calmly, she counted off another row of stitches, licked a finger and turned a page in her novel. "Then, what is he doing, dear?"

"He's sleeping." Morit sat up and let the curtain swing back into place. He was frustrated. It should have been so easy, while the Visitor slept, to stifle him or otherwise shove him out of existence, but the cloth partitions were as defensible as armor. Using all of his influence he could peep, but not pass through without permission from the occupant. Curtains had the expectation of polite security behind them, and with influence as strong as the Visitors wielded, no Dreamlander could break through. He was physically so near, but as for access, he might as well have been on the moon.

Curses be upon Chuck Meadows for foiling a perfectly good plot! They should have fallen into the chasm! Morit hit the curtain with a fist, and it bounded off the cloth as though it had struck steel. He shook his fingers angrily, hissing in pain. *How*

could Chuck Meadows stop the speeding train so
readily? His associates had failed him. He would have
a word to say about that! Every minute the Visitors
still existed made him angrier and angrier. He had
to get at the Visitors awake and unaware.

"Don't frown, dear," Blanda said, after one quick
glance away from her needles. "Your face will freeze
that way. Why don't you get a good night's sleep?
You'll feel more optimistic in the morning."

Grumbling, Morit settled down, but not before
giving the curtains a good kick to make sure he
couldn't get through them. Their berth was facing the
wrong way for him to sleep easily. A draft was blowing
on his head. He pulled the blankets up to cover
himself, and felt the breeze begin to play on his feet.
Irritatedly, he turned the blanket diagonally and pulled
it taut over both ends. Now, he couldn't breathe. He
uncovered his nose and mouth, and sounds crept in
under the blanket with him. Footsteps in the corridor seemed to echo right up into their compartment,
marching up over his ears and the top of his head.
Everything was exactly the way it was at home. He
was irritated and soothed at the thought. Blanda
reached up and turned out the light.

"Sleep well, dear," she said. "It'll all work out for
the best. You'll see."

Morit reached out of his blanket bundle and pulled
his pillow over his head.

Chapter 12

When Chuck awoke the next morning, the curtained berths had receded, and sunshine was blazing in the wide windows of the first-class car. The muted colors of the room looked brighter in the light, and the polished brass of the sconces, lamps and door handles gleamed like gold. Once again, he was in his wall seat beside Hiramus, who was engrossed in the morning paper. Chuck stretched his arms out, discreetly so as not to disturb his companion, and was pleased to discover that he had no cricks or sore muscles. He plumped the seat cushion with his fingers. That had been one comfortable bed. He felt his chin. It was shaved smooth, and his skin felt and smelled clean. Since it was morning he thought he should be hungry, but he wasn't. That's convenient, Chuck thought.

Persemid Smith was staring at him in puzzled amusement. Chuck glanced down, wondering if his fly was open, or if he was wearing plaid with stripes. No, she must be staring at *The Joy of Knitting*. The oversize book was propped open against his chest. Hastily, he clapped it shut and tried to hide it in the narrow gap between the seats. Quick-eyed Kenner from across the aisle noticed it, too.

"You took that one, huh?" he asked, grinning hugely. His cheeks burning, Chuck nodded. He expected the man to tease him. Instead, Kenner gave him a companionable wink. "Wait until you get to chapter eight. Best part, in my view."

The man must have insomnia, Chuck thought, dumbfounded. He couldn't get past *page* eight.

"Are your brains all refreshed?" Keir-the-dolphin asked, coming to perch his chin on the edge of the empty aisle seat beside Hiramus. Chuck's fellow passenger folded away his newspaper to exchange polite smiles with the dolphin. Keir turned into the gray-haired man and nodded at Chuck, then offered a pink-tongued wolf grin to Persemid. The changeable guide briefly wore the aspect of the mentor of each person he was looking at. Chuck found the rapid alterations disconcerting. None of the others seemed to notice or worry about the forms other than the one they needed to see. Perhaps they couldn't see the changes, he thought. Maybe *he* was the only one who had that superior insight. A sharp-eyed glance from Keir told him quickly he hadn't better think too much of his powers of perception. "Good! We've got a lot to do today. I am going to set you up to do a little personal exploring. Maybe later we will discuss our experiences . . . but maybe not."

Chuck sensed a general sigh of relief that echoed his own. He didn't necessarily want to share the details of his personal quest, and he was glad that everyone would be busy on their own. He wondered just how Keir planned to occupy each one.

Hiramus was easy. Keir just floated over to him as a dolphin and offered him a newspaper he held in his beak. Cool conjuring trick, Chuck thought. He had not seen where the dolphin had been concealing the paper. Hiramus, looking very pleased, accepted it and opened it out with a snap. The headline was blazed across the full banner of the paper, MAN SEEKS

ETERNAL TRUTHS! At once, Hiramus became deeply engrossed in the story on page one. Curious about what Hiramus was seeking to learn, Chuck leaned closer so he could read over Hiramus's shoulder. The print was too small for him to read at a distance. Hiramus noticed that was what he was doing, and shifted so Chuck got the thin edge of the pages and a disapproving look. At least save me the funnies, Chuck thought to himself as he flopped back in his chair.

He waited impatiently while the guide assumed his heavenly guise and floated on the air in full lotus position while Pipistrella, clad in flowing white with her dark blonde hair streaming down her back, folded her lovely limbs into the same posture, joined forefinger to thumb, and turned her face up to the sky with eyes closed. Keir murmured to her, and her face relaxed into a blissful expression as she chanted an upbeat mantra to herself. Chuck listened for a moment. There were only two syllables, broken by a sybillant. In a moment, he was able to distinguish what she was saying.

"New shoes. New shoes. New shoes . . ." Scornfully, Chuck tuned her out. She was just as shallow as he had thought. He sat up straight, expecting to be next. The angel scanned the three remaining faces, grew legs, and a long skirt to cover them. Chuck's face fell as Keir went to Sean.

Sean Draper was not so readily dealt with as the first two. The train seat widened out as Keir sat down beside him. He was insecure and impatient, behaving as though he would bolt at any moment. Once he started to get up and sidle away, but Keir took him by the hand and made him sit down. A huge album appeared in the guide's hand. Keir opened it across both their knees. Old, curling photos were fastened to the fading black pages with little scalloped corner pieces. It looked so homey.

Chuck's grandmother had an album like that, full of
ancient pictures and family memorabilia.

"Look here," Keir said, in a soft, lilting voice that
would have charmed a rabbit out of its warren. Chuck
watched with fascination as the gentle words literally
began to break down Sean's reserves. Thin pieces, like
a shell covering the Irishman's whole body, began to
crumble off his surface and fall to the floor. "Ah, now,
can you believe how young your father looked in this
picture?" The word came out "feyther," soft and easy
on the ears. "And here are all your Aunt Mary's
children. Aren't they fine?"

Soon, the tall man sat relaxed, no longer enclosed
by a solid barrier. He may not have believed in his
heart that his mother was there beside him, but he
was willing enough to accept a substitute. She must
be or have been an important guiding influence in
his life. They sat, heads close together as Keir pointed
to photo after photo, talking in a low, soothing voice.
Sean covered his eyes with a hand. The lone figure
pictured, and Chuck would have had to lean right
over in their faces to see who it was, must have been
someone who meant a lot to Sean, and was probably
dead, by the sorrow on the man's face. Sean shook
his head. He had the look of someone who regretted something that was no longer possible to atone
for.

Keir stood up, leaving him alone with his thoughts,
and turned to Persemid, who was looking out of the
window. When the gray wolf's nose nudged her hand
up, she began to stroke the furry head before she
even glanced at him. Chuck was envious of her
comfortable familiarity. Either they knew one another
outside of the trance state, or Persemid had been
coming to this plane of existence for a long time. After
a moment, Keir tilted his head up. Chuck noticed for
the first time that there was a thong around his neck.
Attached to it was a small, rust- and cream-colored

charm that could have been made of stone or ceramic. Persemid undid the strand and took it off the furry neck. She held the little object in both hands, and gazed at it intently.

Chuck was so interested in watching her that he wasn't aware when the shaggy gray fur turned to rough, gray cloth. Keir appeared sitting beside him on his usual armchair perch.

"All right, son, your turn," the old guide said. "The others will be fine by themselves for a while. You need a little more active intervention." That was just what Chuck wanted to hear.

"Good," he said. "What do you want me to do?"

"Do nothing. This is an exercise for your brain. Now, sit back and get yourself comfortable. We're going to test your powers of concentration. You won't find yourself if you're looking everywhere else but inward."

"I can do it," Chuck said, happily. Keir was even using the terminology that he had come to expect from all the books. "Is this going to be my vision quest now? I want one like the kind I've been reading about."

"Not yet. You can't have yourself a vision quest unless you've got the discipline to hold still for it. Now, sit back."

The guide straightened up. He drew his legs up and folded them in a double-lotus position, his worn sandals tucked up on top of his linen-clad thighs. He curled his hands, touching his thumbs to his middle fingertips. Chuck eyed him, skeptical whether he'd ever be able to attain that pose. He never could at home. But his astral body was more flexible. He remembered being boneless for a time the day before, when he hadn't wanted to be. Could he now control his form enough to bend, just like that?

The next thing he knew, his feet were resting on the tops of his thighs as if he did it all the time, and it didn't hurt a bit. Chuck was pleased. He worked his shoulders securely into the cushion and closed his eyes, focusing inward.

Nothing happened. No eternal truths came to his waiting mind. He cracked open an eye and slid it toward Keir, who was scowling at him. Hastily, he closed the eye and hurried to settle himself further.

"Concentrate," Keir scolded him. "Be in the moment. Time moves differently here, but it's not infinite, you know. Let your mind move outward. Feel the finite edges of time."

The thing Chuck was most aware of was the gentle movement of the train. It ran smooth as silk on the rails, swaying gently back and forth in the way he had always loved since he was a boy. Chuck was truly happy to be there. Everything about this trance state fascinated him. His eyes drifted open involuntarily, as though he couldn't bear to miss a single sight. The landscape was as brightly colored as a cartoon. Amazing buildings lined the tracks, unlike anything he'd ever seen in, what was it they called home?— the Waking World. He hoped he could remember them when he snapped out of his trance. He made an effort to achieve that relaxed stage of oneness with his surroundings, wanting to belong here. There already existed some deep connection that made him feel wistful. Could he increase it so the pangs of loss and sorrow went away? He had always wanted to have altered consciousness experiences, ever since he'd started to read those books in his teens.

But how long ago could that be? He was a teen now, wasn't he? He had been when he'd gotten off that fake airplane back in Rem. Chuck looked at his reflection in the window glass. He had changed again since the last evening, when he had felt that wave go through. The face he saw now could have been twentyish. How confusing not to know how old he was, or where he lived, or whom he worked for. *Facts* escaped him, squirting out of his mental grasp like wet soap. Feelings he retained in plenty, but his optical memory was behind wax blocks. Keir rapped on his knee with his knuckles.

"Now, pay attention. This is what you wanted," Keir said.

"Sorry," Chuck said. He closed his eyes.

"Be aware. Be comfortable, but not too comfortable. I want your brain awake. Ready?" Keir asked. Chuck nodded. The guide's soft, droning voice wrapped around his thoughts, cradling his mind, giving him a secure feeling and demanding his whole attention. "Good. I want you . . . to picture . . . a tree falling in the forest and making no sound whatever."

Chuck wrinkled his forehead as he tried to fit his brain around the concept. He had to replay the vision in his head over and over because his imagination kept attaching rustling noises and the *whomp!* at the end when the tree hit the ground.

Frustrated, he wiggled in his seat. He was going about this all wrong! Instead of trying to get the sound out all at once, what if he gradually turned down the volume, until the whole scene was muted? It took watching that tree fall about a dozen more times until the thudding dulled to a basso sensation that was felt rather than heard, and finally ceased entirely. Yes! Something he did was a success. Chuck felt triumphant. The tension drained from his body. He was on his way to an inner nirvana. No goal was too far for him to reach! He'd be enlightened in no time, now! He rose lightly about an inch above his seat and hovered there like a cloud. A firm hand, probably Keir's, clamped onto his shoulder and pushed him down again. Chuck sighed.

"Now," the guide's voice said, "I want you to listen for the sound of what the other hand is doing while only one hand is clapping."

That was much more difficult. To begin with, Chuck could not picture half a clap. He got so interested in that side of the question it took him a while to realize he was not working on the assignment. The other hand, the other hand . . . well, if the one was working, maybe the other was playing. Snapping its fingers? No, that was too close to clapping—say, perhaps *that* was how one hand clapped! Back to the other one. Playing, playing . . . Chuck pictured a yo-yo. The sound the toy made as the wrist snapped it up and down was a distinct, rhythmic humming. He grinned. Keir's voice interrupted his reverie.

"Very good," Keir said, and Chuck opened his eyes to see the guide smiling at him. "Now, let's try something a little more concrete. Take a look out that window there. We are surrounded by images, as real as you believe them to be. Those are dreams, made up of the Collective Unconscious of anyone throughout history who has ever gone to sleep, even you. So, what you see out there is a part of you. I want you to understand that you are part of them, as well. Why don't you think about that for a moment? We'll talk about it later."

Chuck found the concept interesting and, though difficult, he thought it was manageable. So, if his thoughts were part of the Collective Unconscious, then he was looking out at something he'd had a hand in making. He wondered what parts were his, and what parts belonged to, say, his neighbors, or his first-grade teacher. He got distracted by the notion of creation. Could you call a dream intellectual property, and who owned what? Trees and fence posts outside the window suddenly sprouted multiple nameplates, made of everything from parchment to plastic, no doubt designating what had been dreamed by whom. Chuck squinted at the names, most in alphabets he couldn't begin to read, and sought vainly for any image to which he could lay claim. Look, that thicket—he'd dreamed that once, hadn't he? The sense of familiarity was palpable as he ran his eyes over it. He just had time to read the names as the train whisked him past. He wasn't listed on any of the trees or bushes. How could that be? Or had he just enjoyed the fruits of someone else's creativity? He felt awe of things he had never thought of making from scratch. How did someone decide that a field ought to be composed of so many shades of brown and green? All right, so some of it could have come from observation, but to retain that impression so vividly that it was printed on one's dreams was very impressive. It was not so easy to rubberneck at such scenery and think of himself.

"Cast everything out of your mind," Keir's voice pushed relentlessly at Chuck, who immediately straightened up and went back to his contemplation. "See nothing. Hear nothing. Feel. Think."

Perhaps Chuck was not as good at deep meditation as he had thought, because he was unable to ignore the vendor in the square hat walking up and down the aisle with his tray slung around his neck yowling, "Peanuts! Peanuts! Gitcha peanuts here, folks!" Or the accordion player trying to coax "Lady of Spain" from his whining instrument. Privately, Chuck thought if she didn't want to come out, the guy should leave her in there. Through dint of deep concentration and counting his breaths, Chuck began to feel he was nearing a state of oneness with the infinite. Then the cadre of male ballerinas with thick mustaches wearing pink and white tutus clomped into the car, and began to dance the grand finale from *Swan Lake*. A large, hairy dancer attempted a grand jete, and nearly landed in Chuck's lap. Hastily, Chuck closed his eyes, picturing a blank wall, an empty room, a cloudless sky, the tree falling, *anything* but three hundred pounds of football player in a leotard. The clunking stopped, but other sounds took its place. He

held his ears, but the noises hammered at him,
demanding attention. He felt air rush past his face.

"Open yourself to the possibilities," Keir's voice
said.

There was no way Chuck could do that, not with
all that was going on inside the car. A deafening
chorus of baying and the blare of trumpets heralded
the arrival of a pack of bloodhounds, followed shortly
by a host of horsemen and horsewomen in red coats
hammering through the car on bulgingly round steeds
with shiny brown coats and disproportionately tiny
hooves. They vanished through the rear door of the
car, the trumpet call fading in the distance. Chuck
looked down at the aisle seat. A moment ago it had
been empty. Now there was a fox in it, offering a
ticket to the conductor. Chuck gawked. The fox
winked up at him. Chuck tried to go back to his
peaceful, meditative state, but it was no use.

"I can't," Chuck said, apologetically. The guide
opened his eyes. "It's impossible, with all that going
on."

"With all what?" Keir asked, deliberately blank.

"All that!" Chuck exclaimed, pointing at the fox,
who assumed an innocent expression. "The hunters.
The dancers. The . . . the other people."

"*I* didn't see anyone."

Chuck gawked at the guide. Bergold chuckled.

"He's pulling your leg, sir," the plump Historian
said. "Those were nuisances. They're a feature of the
Dreamland subject to neither rhyme nor reason, that
tends to get in the way just when one must concentrate. There's nothing to be done about nuisances but
be patient."

"You're teasing me?" Chuck asked Keir, taken
aback. "Look here, for all the trouble it's taken me
to get here, I take this very seriously!"

Persemid had had enough. She rounded on Chuck
with vigor.

"Will you quit *whining*?" she demanded, leaning forward to stare straight at him. "You *want* the personal attention, and now you gripe about how it's offered to you. You're on an altered plane of consciousness, for pity's sake, and you've got the guide all to yourself *most* of the time, even yanking him away when some of the rest of us have questions or needs. Do you even think of the fact there are other people around you?"

"I thought I'd be alone on this quest," Chuck shot back, defensively. Her eyes went huge with fury.

"Well, you're not, so learn to live with the fact! You must be one of those people who always gets everything he wants in life." She didn't know how wrong she was, Chuck thought, but his face went red with shame.

"That's not true," he protested, weakly. "I need help. You've all been here before. I haven't. I need more help than the rest of you."

"I haven't," Sean said, then looked embarrassed for having spoken up. "Well, I can't complain about my treatment, not at all."

Chuck felt a little ashamed of himself, but he couldn't back down. "I don't remember agreeing to a group experience before I left."

"And you can't handle a change in plans? Learn to show some grace, will you?" Persemid said, exasperatedly. "There are five of us, and *one* guide. If you didn't learn to share in kindergarten, now's your chance!"

Face glowing like a sunset, Chuck retreated. A sort of wall formed around him, like a glass case in a museum. It didn't conceal him from the others—far from it. It put him on display so anyone could stare, but he was separated from them for a moment so he could think. He knew he was in the wrong, but he hated to be lectured. Persemid sat back, blue eyes afire, her round arms crossed over her chest, daring him to say another thing. She's as spiny as a hedge-hog, he thought, glaring at her resentfully.

And, suddenly, Persemid *was* a hedgehog, furry, brown and bristling, needles sticking out in every direction. She looked down at herself with an expression of astonishment. Chuck couldn't help but smother a snicker.

She didn't like to be laughed at. Gaping with fury, she flung her paws up toward him. The wall around him vanished. An invisible force struck him square in the chest. He tumbled backwards out of his seat and into the laps of the people behind him.

"There, there, little one," said a gigantic woman, looming in on him. No, she wasn't huge; Persemid had rendered Chuck tiny. The passenger picked him up around his waist and set him on the floor on all fours. His paws scrabbled on the parquet. He had curly white fluff around his ankles and a white pom-pon of hair on his short little tail. She had turned him into a poodle! The nerve of the woman!

He jumped up on his seat to look Persemid square in the eye. He had no hands to pick up influence, so he breathed in all he could get and sneezed it at her. By then she had started to turn back into a person. Her little hand-paws flew up to catch the wave of energy, but she couldn't contain it all. What she missed roiled around her like fog, turning her brown fur black and white. She was a skunk. Uh-oh, Chuck thought. I've just handed her a weapon.

Persemid lost no time in using it. She turned her back on him and started pounding her rear foot on the seat cushion. Her fluffy, striped tail raised high. Everyone for rows around them dove for cover. Chuck gawked. He couldn't let her spray everybody just because she was mad at him. He hurried to throw another alteration at her, willing her human again. She changed just in time, but now she had a drip-ping, gooey handful of mud. She flung it straight at his face. Chuck threw himself off his seat into the aisle. The glop missed him, striking the passenger riding back-to-back with Chuck. The woman, clad in an immaculately pressed Victorian shirtwaist and bustle now splattered with mud, rose up in high dudgeon. Persemid started to sputter apologies. When the fashion plate held out her dainty gloved hand, a pie appeared on it. Persemid goggled as the lady hefted it, and threw it straight into the red-haired woman's face. Chuck couldn't help but laugh at Persemid's astonished expression. She turned on him, grabbed a cream pie out of the air, and heaved it at him. His dog reactions quicker than a human's could be, Chuck scooted off the upholstery and scrambled underneath his seat, where he concentrated on returning to personhood as quickly as he could.

By the time he emerged, the carful of passengers was embroiled in a great pie fight. Chuck didn't have time to think about how it happened. A huge banana cream pie came sailing over the seat back, straight for him. He ducked it, and heard Bergold let out a surprised cry as it splattered the front of his robe. Chuck stayed down behind the seat as a Dutch apple pie, launched by Bergold, came flying the other way. It struck a man in an old-fashioned racing coat and goggles square in the face. He began to throw pie after pie in every direction like a lawn sprinkler set on chocolate cream.

People in the car were screaming. Some were laughing as they threw their own edible missiles at others. Sean Draper let out a wild yell of joy as he gathered up pies that had missed him and tossed them back with gusto. Even the delicate Pipistrella and the demure Blanda carried handfuls of tarts and pastries into the fray. A couple of the children climbed underneath the nearest seat with a cherry pie and stayed out of the way, happily eating while the fight raged on above them. With a supply of sturdy

pumpkin and custard pies in his arsenal, Chuck
defended himself from a concerted attack by a group
of old ladies armed with lemon meringue. The
absurdity of the whole situation struck him, and he
laughed, just in time to get a mouthful of crust. There
ought to be a way to grow a lot of arms, so he could
fire pies off at his opponents all at once. Instead, he
found his arms filled with pastries balanced unsteadily
from wrist to shoulder. As he hesitated, wondering
how to fire them off, the old ladies rushed in at him,
driving him to the wall. He collapsed under a heap
of pies, howling with mock outrage. They ran off to
join another battle, and Chuck grabbed the seat arm
to help himself back to his feet.

In the midst of the fray, Hiramus sat with his arms
folded against his chest. The bearded man hardly ever
cracked a smile, and he sat aloof from the others
unless Keir dragged him into the group. He jerked
his head to one side as a pie flew past him. Not a
dot of filling, not a crumb of crust had touched him,
as if it wouldn't dare. Chuck was beginning to think
of Hiramus as a suspicious character. Throughout all
the pie fight, he sat talking with Morit in grim tones
of mutual aggrievement, each of them looking disapproving and superior. What a pair of curmudgeons,
Chuck thought. Later they would probably show each
other their championship medals from grudge
matches. Chuck thought of tossing pies at both of
them just to shake them up, when he felt something
soft strike him in the back of the head. He spun.
Another cream pie hit him in the face. He spat.
Coconut! He hated coconut. Chuck clawed at it as
Persemid's voice rang in his ears.

"Gotcha," she cried.

Oh, she was asking for it now! Blinking the paste
out of his eyes, Chuck sought around him for more
ammunition. He came up with a gooey blueberry pie,
and heaved it at her with all his strength. It caught

her in the midsection, and launched her backwards several feet. By the time she landed, she had pies in each hand aimed straight at him. Chuck, eyes wide, dodged sideways, straight into the path of a pie fired from the front of the car.

"Ow!" he cried. "That hurt!" The remainder dropped to the floor with a clang. Unlike all the others flying around the room, this one had been baked in a solid iron pan. Who had thrown that?

Keir was standing by them, leaning against the wall in his homespun tunic, watching the whole thing. He moved between them, twitching a fingertip to and fro like a disapproving uncle.

"Enough!" he said, taking Chuck by one arm, and gesturing to Persemid with the other hand. Her pies fell, disappearing before they hit the ground. Another pie in an iron tin banged against the wall and vanished. "Enough already!" He gestured to the others, shooing them back toward their seats. Still untouched by the mess coating nearly every other surface in the car, Hiramus rose from beside Morit to rejoin the group. The two men exchanged knowing nods.

Chuck sat down in the aisle seat, wiping the rest of the coconut out of his eyebrows with the edge of his shirt. He was covered from hair to shoes with sweet filling and whipped cream. Persemid's drapey clothes were caked with chunks of crust glued on with dabs of fruit filling. Still chuckling, she brushed at the mess with a casual hand. Pipistrella's lovely gown wore blueberry stains, and Sean Draper had eclair in his hair. Keir clapped his hands, and the mess dissolved into thin air. Even the last, sweet taste on Chuck's tongue faded from existence. Pipistrella exclaimed with delight at the restoration of her dress. She fumbled for her hand mirror to check her face and hair.

"Now *that* was a fine example of a manifestation of dreamstuff," Keir said, happily. He fixed Chuck with a black-eyed gaze. "Now you've had a little personal experience on the fly, so to speak, you see that you have a greater capacity for using influence than you thought. Now you can learn how to control consciously what you do instinctively."

"Good idea," Chuck said heartily, making himself comfortable. Now, that sounded like a lesson that would be of great use in this strange place, where pastry one could taste, smell, and above all, *throw* casually formed out of thin air, and disappeared back into it, too. Keir gave him a quick smile.

Persemid looked up from her clothes, restored to cleanliness by Keir's gesture. She scooted her seat closer to them.

"I want to be in on this, too," she said.

"*You* don't need instruction," Chuck said, glancing at her in surprise. The woman's face grew purple, a horrible contrast with her red-orange hair. She stood up over Chuck and planted her hands on her hips. He was afraid she would pelt him with another pie, this one filled with rocks.

"I'm part of this group!" she exclaimed. "I am entitled to participate in whatever goes on!"

"I mean it as a compliment," Chuck said humbly, realizing she had misunderstood him. "I . . . I didn't mean to turn you into a hedgehog. It was an accident. It was just something I was thinking, and . . . and then, it happened. But when you threw it back at me and made me a poodle—well, it was impressive."

Persemid goggled at him, then sat back to think about what he'd said. "Thanks," she said at last. "But I do need to learn how to control influence. I can gather it up all right, but I didn't know for certain what it would do to you when I threw it at you."

Chuck laughed. "I'm just lucky you didn't throw your needles. Truce?" he asked, putting out a hand. After a moment's hesitation, she clasped it. Her plump hands were dry and strong. She had a good handshake.

"Truce."

Keir looked pleased. He rubbed his hands together. "Good! This lesson is more fun with two. In fact, the greater the participation, the greater the pleasure. Pipistrella," he said, turning toward her with the angel's face shining, "this is your time."

The pretty woman beamed at him, and her seat drew nearer to the little group. Chuck guessed that she, too, had a natural knack for manipulating influence, but like him had no idea what she was doing.

Keir turned to the others. "It's even more enjoyable with four. Or five."

Hiramus grudgingly put away his newspaper.

"I would like to know more," he admitted, drawing his seat nearer.

"Not me," Sean said, pulling away so that he moved nearly into the far corner of the car. "I shouldn't do a thing like that." Keir, in the guise of Sean's guide, reached out an arm that stretched all the way to him and pulled him back.

"Come and watch, then," he said.

Chuck found he didn't have to move at all. Their chairs drew into a circle. A round table appeared in their midst, covered with a blue linen tablecloth on which was set a silver bowl of fruit, a stack of magazines, knickknacks, a selection of children's toys, a magnifying glass, a pair of tweezers, and a hammer.

"You don't really need this table, in a purely physical sense," Keir said, "but it will probably make you feel mentally more comfortable to have something to set your work down on. And these items are just to get you started. Use the bowl of fruit. Use the building blocks, or the crayons. Use the *table*. It's all dreamstuff. You have the ability to change it into anything you can think of."

Chuck looked at the array of items, wondering what

to do first. Could he play with the same abandon with which he had made pies out of air? He was almost afraid to try. These things didn't need to be changed. They looked just fine the way they were. He could see that the others were reluctant, too.

"What the heck," Persemid said, at last. With great ceremony, she set a building block down in front of her, raised the hammer, and brought it down. Instead of cracking or bounding away from her, the alphabet block mashed flat. Persemid raised her eyebrows.

"You see?" Keir said. "It's already different than you expected. Now, stretch the envelope."

Persemid picked up the block and began to pull the substance of it out like taffy. She laughed for pure glee. It oozed out between her hands. She let it stretch out, and tossed one end toward Hiramus. The fussy man caught it, with an expression of distaste. The end he was holding became clear and suffused with an aura of orange-red. The alteration traveled up the length to Persemid, who dropped her end and shook her hand.

"Ow! That's hot!"

Chuck watched with interest. He'd seen workers in a foundry blowing glass that looked just like the mass Hiramus was now holding. Seemingly unaffected by what had to be intense heat, Hiramus twisted the molten glass around and around until it became a disk. As it cooled, it grew smooth and shiny. Hiramus picked up the disk and peered at his companions through it with one eye that looked a dozen times the size of the other.

"A magnifying glass!" Chuck said. "But how is that like an alphabet block?"

Keir wore his delphine grin, floating on the air as though it was water. "Both are aids to reading, are they not? Well thought out, Hiramus," he squeaked.

"Thank you," the bearded man said, with a twinkle in his eye. "I feared that my attempt wouldn't work,

but I see the association of related ideas is as malleable as the—what did you call it?—dreamstuff."

"You only have to believe in it," Keir said, in his
shrill voice. "Make the connection, and you can do
anything!"

Pipistrella did not need any more encouragement.
She peeled pictures of people off the covers of the
fashion magazines and blew them up until they
formed a circle around her. The figures primped and
preened and turned about, even though they were
all still two-dimensional. Very gradually, they shifted
in color and configuration until all of them looked
like her. Persemid started putting together more of
the blocks into words, and crowing with delight when
they turned into a crudely-painted wooden model of
what the word represented: purses, blouses, shoes,
objets d'art. Chuck toyed with the knickknacks, changing them effortlessly from one useless, gaudy thing
into another. He had just succeeded in making a
cluster of china flowers into a painted wooden nut-
cracker, when he noticed that Sean still hadn't
touched anything.

"Your turn, my lad," Keir said, leaning over him
and laying a maternal hand on Sean's arm.

"I think I'll pass," Sean said, pressing his lips
together. His face was pale.

Chuck found himself feeling sorry for Sean, without
knowing exactly why. The tall man seemed reluctant
to have anything to do with the unseen. Uses of
influence and all the changing seemed to frighten
him, although Sean tightened up that strong jaw to
prevent even the hint of a whimper from coming out.
Chuck wondered why, if he was so scared, he was
here?

"You looked like you were having a good time at
the pie fight," he pointed out. Sean folded his arms.

"Maybe because that was physical. I can see and
feel that."

"But you made some of those pies yourself," Keir pointed out, gentle blue-gray eyes intent on the tall man. "Those had no more eternal reality than anything else in this world, yet you handled them without qualm."

"No, I did not!" Sean protested at once.

"Oh, yes, you did."

"No! I . . . wouldn't have. I couldn't have!"

"Well," Keir asked, reasonably, "were any of the ones you threw whole?"

"Well, of course they were!"

"Pies smash to crumbs when they hit something, you know, my dear. Where did you find them?"

Sean began to look frustrated. "I just found them, that's all. I don't know." He looked at Chuck. "Maybe I took some of his. He was making them like there's no tomorrow." He stopped, as if the phrase bothered him, and licked his lips.

"I doubt they were mine," Chuck said. "I was under siege a lot of the time." He glanced behind him to make sure the lemon-meringue ladies didn't overhear him. To his surprise, they were no longer in the car. *My, people come and go so quickly around here!* he thought.

"You see?" Keir asked, brightly. "You must have done it yourself."

The concept bothered Sean greatly, but after a while, he admitted, "Well, I will allow that I enjoyed it."

"Then why not learn what it is you did?" Keir said. "There's no harm in it. It's meant to be fun." He pulled the silver bowl from the middle of the table toward Sean. The fruit in it quivered slightly, as if ready and willing to change at the first opportunity. Sean raised his hands, but hesitated.

"I shouldn't meddle with what it is already. I could mess it all up."

"You can't make a mistake," Keir said, gently. "You

have a new ability, a *new chance* to use it. Reach out and try."

"Join us," Hiramus said, with his wintry smile. "This is part of the education to which I was looking forward."

Almost shyly, Sean picked up an orange. He rolled it between his long hands. Chuck found himself waiting eagerly to see what the other man would make.

"I shouldn't be doing this," Sean said, reluctantly. But the orange started to change as it sat on his palms. It grew yellower and larger. Chuck thought it was meant to be some kind of melon.

"You see?" Keir asked. "You can't help changing what is around you. The knack comes out of your very beings. This is the motive force that created not only the Dreamland, but our own world. It's like adding more paint to a painting. You might as well know how to create pretty pictures, because otherwise all you're going to do is spread blobs all over the rest of the landscape, and that will cause more mischief than the responsible use of your own imagination. See? You're creating already."

"I'm not much of an artist," the tall man said, blushing when the sphere between his hands elongated and flopped over to one side. "Well, do you see that? I've ruined it."

"Here," Chuck said, glad now to share his experience. He reached over for the blob of matter. "That's easy to fix."

"No, let me," Pipistrella said, floating over in her silver dress to sit very close beside Sean, like milkweed fluff settling on a leaf. "Now, here is what *I* do," she said. She gathered up the sagging mass in her delicate fingers and began to pat it together. The color changed to yellow, and the surface texture smoothed. She began to draw tendrils of matter from the main body. It seemed as though she wanted to make a bunch of bananas, but they were coming out as round as marbles. "Oh, my," she said, helplessly. "Oh, dear." Any attempt she made to have them curve outward seemed to backfire. She patted and shifted the mass, which tumbled about but didn't form into the expected long, tapered cylinders.

Sean, watching her, could bear it no longer. Impatiently, he reached over and took the mass out of her hands. A few deft movements, and the bananas hung together in a bunch, all of uniform shape. He offered it back to her. "Isn't this what you were trying to do?" he asked, a trifle exasperatedly.

"Oh, yes!" she said, with a heart-melting smile of delight for Sean. "That's *perfect*." In spite of himself, Sean smiled back.

Chuck had been thinking all along that Pipistrella hadn't an ounce of sense in her lovely head, until he caught the glance she threw him from under her long eyelashes. Chuck bit the inside of his lip to keep from bursting out laughing. She knew *exactly* what she was doing. Catching the byplay, Persemid let out a snort of amusement. Puzzled, Sean looked up at her.

"Nothing, nothing," she said, waving a hand. "That's good. I've never seen better bananas. Keep going." And to his own surprise, Sean did. He took a bunch of grapes out of the bowl and as he picked them off the vine, set them out in a square pattern. Each grape became a little house with white, stucco walls and a peaked roof. The blue tablecloth warmed to green among the houses, and little white fences divided the lawns into long, narrow strips. From the fond way Sean regarded the scene, Chuck guessed it must represent his hometown. Chuck was envious, since his memory was still befuddled. Sean had a very vivid visual recollection, with an exceptional knack for details. Chuck wondered if Sean was an artist. Chuck turned his attention back to his own experiments. He was trying to create a perpetual motion machine.

The wolf Keir sat beside Persemid, guiding her hands with the occasional nudge of his nose. She was really good, needing only a little direction to really make use of her boundless wealth of influence. She and Keir communicated without spoken words. She would glance at him now and again, nodding as though she was listening, and change something based upon what she saw in the depthless silver eyes.

Persemid caught Chuck's eye on her, and raised her brows with a little smile. They exchanged looks of shared enthusiasm. There was satisfaction in accomplishing something, seeing a mental vision made real. Chuck glanced down at what Persemid was doing, and let out a low whistle of respect. She had captured a ray of sunlight. It bounced between two opaque slices of dreamstuff like a nuclear sandwich.

"How did you do that?" he asked. "Will you show me?" Her brows went up again, this time in surprise. He was glad he had asked, just to see the gratified look on her face.

"I'd be happy to," she said, holding out her hands to him. Chuck watched closely. He wasn't sure if he could do what she did even though she was demonstrating it openly and at a learner's pace. She seemed to be able to gather the light that fell on the table from the lamp in her hand. The harder she squeezed it down, the brighter the smaller mass became until it was diamond-sized and hot. She took an orange out of the basket, snapped it apart with a twist of her hands, and put the dot of light into the center.

"You know the old saying about a day without oranges," she said, with a self-deprecating grin. Chuck nodded. His hands chased a beam of light around the table until he penned it up. It felt like mercury on his palms. When he squeezed it, some of the light squirted out between his fingers and dribbled down the back of his hand like mustard. What was left was only a little brighter than the original lamplight.

"Forget it," he said to Persemid. "You're much better at this than I am." Persemid seemed surprised by the compliment, but she gave him a brusque, shy nod before going back to her own work of art. The truce was holding. "Hey, Pipistrella, that's pretty," Chuck said, noticing that the other woman was sculpting a rainbow. It looked very real, and he loved rainbows. "May I see that?"

"Oh, of course," she said, looking up at him with wide green eyes. She held the tiny arch out to him in both hands. Chuck picked it up gingerly in the middle with careful thumb and forefinger. The rainbow sagged and it changed in his hands to interlinked rings of rainbow hues.

"Oh, did I mention influence can shift each other's visions?" Keir said innocently. "You affect *everything* around you to varying degrees. Whether or not you know it, you are always creating. The things you set in motion during your own dreams respond to you even while you are awake. Your own mindset, if you like, changes things to suit your view of them. Something, or someone, has to have a strong personal identity to avoid being changed. Sometimes it takes constant vigilance."

Sean's little village had people, now, walking to and fro across the miniature square, stopping to talk as they met one another. The tall man sculpted a white stucco church and put it down. All of the little people began to walk towards it, as a seed-sized bell tolled in the steeple. All the others let out a collective sigh of admiration. Sean looked up with a start. Chuck thought he just figured out he had been having fun, and that that enjoyment hadn't caused him to be whisked off straight to hell. Sean sent around a shamefaced grin.

"That was fun, and it was indeed effortless, thanks to you distracting me out of myself for a while. I'm grateful, Pip," he said, bowing over the hand of the lovely woman in silver gilt. He stopped, embarrassed. "I am sorry. May I call you that?"

Pipistrella looked delighted. "I've never had a nickname before. How sweet of you. Pip. I like it." She leaned over to kiss Sean on the cheek. He turned red to the roots of his dark hair and sat back in his seat mumbling. Persemid grinned at him.

"Attagirl," said Chuck.

He could feel a kind of collective energy gathering at the table, as though they were forming a cohesive group. Chuck felt empowered. He could do anything. He picked up the top hat that sat in the center of the table. Making pies out of nothing had been so easy that a complicated and indirect transformation ought to be a piece of cake. Why shouldn't a hat be a . . . a book? Chuck brought his palm down hard on the silk cylinder, flattening it. He let it start to rise again, to a little over an inch in thickness, then began to press it out into book shape.

Fitting a round peg into a square pattern wasn't easy, but he persisted. The hat liked being a headcover, and didn't like being a book. Every time Chuck pushed the image until it got pages, they turned into lining or ruffles. He yanked the black silk savagely, tugging the corners into place. The whole mass changed from black to white, and became covered with printing. Chuck found himself holding a cocked hat folded out of newspaper. Irritated, he slapped it down again. The entertaining exercise was turning into a battle of wills, and he was losing to a hat! He reshaped it again and again, but the best he could get was a thinking cap. He got a derisive chortle from Sean, who had lost his fear of using matter as modeling clay and was bending metal with his fingers. Chuck shot him a sour smile and fought the mass until it was shaped the way he wanted. Now, that was a handsome book. He looked at the crisp, black morocco cover. The title read *The Story of the*

Hat. Pleased, Chuck opened it. On each page, in 96-point Garamond type, was the same number:

$$8\tfrac{3}{4}$$

Hiramus glanced over. "Hat size."

"No," Chuck said, frustrated, yanking the book out of shape and patting it back again. "I want a *real* book."

"No, no," Keir said. "Remember what I told you yesterday. Form follows function, I said. Unless you're making something out of thin air, stay with the basic use of the object. Food is food. Clothing is clothing. Unless you see something otherwise. You might see liver as an instrument of torture, or a tie as a noose, so that is how it would change under your particular influence. Take Mrs. Flannel's pet here," Keir said, indicating the fat brown tabby that sat on the old woman's lap. "If you like cats, her pet is a pet to you. If you're afraid of cats, it will change into another object of terror when it alters. If you worship cats, it might become an icon or a living god."

"Would you like to try transforming Spot?" Mrs. Flannel asked.

Chuck grinned with embarrassment as the old lady offered the cat to him.

"Go on," she said. "Try it a bit. He's been a lot of things in his time. Haven't you, my darling?" The cat purred foolishly, almost drooling on her sleeve.

"I might hurt him by accident," Chuck said, eyeing the large striped bundle with alarm.

"A Visitor like you could never harm my little love, could he, darling?" she said, cooing to the cat. She tucked the cat into Chuck's arms, where it hung like a sack of flour. "You never know what you can do until you try. We have confidence in you."

Spot purred throatily, nestling trustingly against

Chuck. That made Chuck all the more determined to be careful. Everyone's eyes were upon him now. He felt uneasy deliberately working on a living thing. His transformation of Persemid had been an accident.

How should he begin? He did like cats. Spot turned his head up with eyes slitted closed, inviting Chuck to tickle him under his chin. Chuck scratched the sensitive place, feeling the cat's purr resonate in his own chest. The vibration seemed to jump-start the influence that flowed through his hands. Now it would be easy.

When Mrs. Flannel looked at her pet, she saw a treasure. Spot didn't seem to mind shifting, sensitive to Chuck's impression, into a pirate's casket of gold. The deep purr echoed from the depths of the chest. Dreamlanders must be very secure individuals. What could he go on to from there? Purring still reminded him of catness. Spot resumed his cat shape. His coat grew shorter and coarser on a thinner, longer body with a narrow, wedge-shaped head. The dark stripes that had been tarnished brass banding on the chest melded together and moved out toward the extremities, leaving the tan body a blank canvas. The eyes brightened from pale yellow to sapphire blue. In just a few moments, Spot's species had shifted from tabby to treasure chest to Siamese cat. Chuck was amazed how well the transformation had gone. And Spot was now a prettier cat, too. He shot a glance at Mrs. Flannel, worried what she would think, but she gathered Spot in her arms, cooing at him and scratching between his ears. She really didn't care what he looked like; she still loved him overwhelmingly.

"Nice job," Keir said.

"I don't think I was really in control of that," Chuck said. He caught Morit looking at him, and thought the grim man was smirking at his stupidity. Anyone would have, Chuck thought, glumly. "I mean, I still don't know intellectually how I did that."

"But you know now more of what you don't know, don't you?" Keir asked.

"Yes, I think so," Chuck said, hope rising at the guide's words. "I think it's a tremendous breakthrough."

"Into what?" Persemid asked, looking up from the lamp she was sculpting. She tapped a finger on the tabletop, then pointed straight at Chuck's nose. "Revelation time: No matter how good you become at using influence right here it won't change a thing about your real life. It'll take more than making modeling clay to snap you out of whatever funk that's been making you such a joy to be around. What you're doing here isn't permanent. It doesn't even last. Look."

The now familiar upheaval of Sleeper-driven influence rolled through the car, changing the wood paneling to striped wallpaper, and giving all new faces to the people. Nestled in Mrs. Flannel's arms, Spot changed in a heartbeat from a Siamese cat to a tiny green parrot with red circles around its eyes. It gave Mrs. Flannel a kiss on the lips with its beak. Chuck was disappointed. *Well, at least it's still affectionate. I didn't ruin that.*

"So this so-called skill is good only for party tricks," Chuck said, unhappily. He flipped a hand toward Spot. "I don't even make a permanent mark in this world. I have wasted all that time in just playing."

"Not at all," Keir said, sincerity in his dark eyes. "You have no idea of the profound reach of your talent. It will mean more than you know in learning to be content with yourself. And that is why you are here. That *will* make a difference in your world."

The train whistle tooted, splitting the air, and the train began perceptibly to slow. Keir brightened, his wiry eyebrows climbing toward his brow. He slapped Chuck heartily on the back.

"The Meditation Gardens! We're here. You'll enjoy this, my boy."

Chuck was feeling sorry for himself. "How will this help? I already know how to meditate. Will this make any difference in me?"

"You have too much trouble simply relaxing and letting things happen," Keir said. "I believe this is just the place to help you learn how to let go and just be." Keir drifted away from him, his limbs shortening into dolphin flippers as he went to tell Hiramus the news. The two curmudgeons and the woman looked up at him. Morit nodded grimly. Hiramus's expression didn't change. He just tucked his newspaper under his arm and prepared to rise. Keir went on to Sean to offer him an enthusiastic description of the Meditation Gardens.

Uh-huh, Chuck thought skeptically, sitting in his seat playing idly with a handful of seat cushion that he sculpted into a troll doll. The discontentment he had banished was back with reinforcements. Why did Persemid have to remind him of how powerless he was in the real world? He wished he could be a Sleeper, and order the dreams of millions—billions, even! But he couldn't even control his own dreams for very long.

Morit had been watching the Visitors. There they sat, in their closed circle, working away with bucketfuls of influence as if it was so much water, violating all the rules of dreamstuff to suit their selfish purposes. Did they think of sharing power with those less fortunate than themselves? Of course not! He smiled when they met his eyes, but they would have been shocked if they knew he was thinking of the easiest way to dispose of them.

One of his comrades had communicated with him at last. The next attempt on the Visitors' lives would come soon. This time, it had better be more effective than the abortive train wreck. He wanted to see the whole lot of them crushed the way they smashed the blocks and fruit with which they played so idly.

The train jerked suddenly to a stop, propelling Morit halfway out of his seat. He cursed. The harness he had made to shield himself from the wreck the day before had vanished without a trace. Just like the Sleepers, to withdraw a gift exactly when he needed it! Blanda glanced out the window, and leaned over toward him.

"We're in Murmur, dear. I am looking forward to seeing the Meditation Gardens. That will be nice. We've never been."

"Hmmph!" Morit snorted. "I know we've never been! I never wanted to come here! You know the Meditation Gardens are here! You've been reading guidebooks for weeks! And you've heard those people's guide yammering about it nonstop for miles!" He shook a forefinger at her.

"Don't be cross, Morit. It ties you all up in knots." She reached over to undo the tangle his fingers had worked themselves into.

He snatched his hands away from her grasp, and propped himself up against the wall of the train to sulk. He was disgusted with himself that his level of influence was so weak next to that of the interlopers. He had particularly taken against Chuck Meadows. The Visitor invasion could have been stemmed so quickly, if only that unspeakable nightmare of a man hadn't been able to stop the train. All the Visitors should have been too surprised to react. But someone hadn't—who had told him how? It must have been the man from the Ministry of History. Morit glared at Bergold, who was chattering away to the pretty woman. How annoying. He was a traitor to his kind. He would have to be destroyed with the Visitors. No one would suspect foul play if he didn't come back. Travel had its own perils. Bergold would just have been unlucky enough to discontinue.

Chapter 13

The way to the Meditation Gardens was along a lovely path made of crushed pearls and lined with golden bamboo and green lianas so silken Chuck kept reaching out to run his fingers along them. He was glad to get off the train for a while. He wasn't used to sitting still for so long except when meditating. Once again, he was saddled with his unwanted baggage. Keir had helped him load it all onto his shoulders like a giant backpack. Chuck couldn't tell if it was his imagination playing a trick on him, but the trunk and cases felt slightly lighter than they had when he had arrived.

It was difficult to see anything through the thick tropical undergrowth. From time to time, when Chuck lost his certainty that he was going in the right direction, bejeweled signs appeared along the way to reassure him. The air was thick and moist, giving him the sensation that he was wading underwater again. He reached out to wipe the area around his face, hoping to make it easier to breathe. The air rounded into his hand like a mass of modeling clay. He stopped short, almost making Persemid, immediately behind, run into him.

"Hey!" she protested, her bags clattering on her back.

"Look at this!" Chuck said, maneuvering carefully to turn around. He held out his hand, squeezing and manipulating the substance in it. It was squishy but not gooey, like putty, although warmer and smoother.

"I can't see anything," Persemid told him. "Your hand is empty."

"No, it's not. I've got a handful of air."

"Yes. So?"

"It's neat," he said. Persemid snorted.

Chuck paid her no attention. He was fascinated by the way the mass in his hands could be formed, then rolled out and re-formed again. He still couldn't see it, but his fingertips and palms assured him he held something real.

"You have *nothing* there," Persemid insisted.

"Yes! See what it feels like," he said, pushing it at her. She jerked her hands away, but he managed to make her take it. Her eyes widened as her hand closed around it.

"How strange." She played with the invisible mass for a moment, then hurried to pick up another piece of the landscape. It detached from the rest like a piece of cake. "The whole place is mutable."

"I guess it is," Chuck said. He grabbed a chunk of ground, of gate, of vine leaf. All of them were as malleable as the handful of air. He molded them together into a mass like an agate marble, clear in spots but blended with streaks of blue, green, gold and brown. It looked very pretty as he spun it in the air, watching the colors whirl. Only part of his mind told him he was doing anything out of the ordinary, combining air with solid objects. The rest of him was beginning to find it natural. He was struck with a wild inspiration. If dreamstuff was so malleable, what about . . . him? He plucked a fingerful of flesh from the back of his hand. Just like the vines and gravel, it softened and rolled like modeling clay. He, or his body here, was made of the same stuff.

"Look at that," he told the others. He flattened out the bit of flesh. It had left a gap through which he could briefly see red veins and white bones, but the hole quickly filled in and leveled off, like a sand pit in the beach. Chuck worried about what to do with the extra piece. He didn't want to be diminished, and he didn't feel right about just throwing it away. Playfully, he made a cylinder out of it and stuck it on the outer edge of his hand. Six fingers! As if following his thoughts, the piece became more defined, with knuckles and a nail. If six, why not ten? All the fingers on that hand divided in two. He made a fist. It looked like a row of piano keys. He could alter himself.

"How come I couldn't do that before?" he demanded of Keir. The guide tilted his head sideways.

"Because you wouldn't. You were afraid to change. That's a shame. The more you change, the faster you learn who it is you really are."

Chuck wasn't sure he wanted to have that knowledge thrust upon him too quickly, especially if it was bad news. It would be more comfortable to have it revealed in stages. No one liked having his worst fears confirmed. While he was not thinking about it, his hand slowly shifted back to its original configuration. Chuck wasn't sorry. It was comforting that the Dreamland fixed his mistakes. In future, he hoped to become more proficient with influence, so there wouldn't be errors to correct. On the other hand, experimenting was kind of fun. He put an extra bend in his wrist, enabling him to scratch his elbow. He chuckled, then noticed everyone was looking at him.

"I know it doesn't mean anything more than playing with inert matter," he said cautiously.

"Oh, stop! Why do you care so much about what other people think of you?" Persemid asked sharply. Chuck almost let out a sour retort, then dismissed her complaint as rhetorical. Besides, confound it, she was right. She started walking determinedly toward the Meditation Gardens. Chuck shouldered his bags and trudged after her.

As he caught up, he saw her making some kind of mystical-looking passes with her hands. She turned away when she noticed him watching, then gave up trying to conceal her face. Chuck hid a smile: she was doing the same thing he had just been. He noticed her eyes were larger, and her chin now came to a sharp point. Her skin changed from coffee-colored to chablis to peaches and cream. Otherwise, she looked pretty much the same.

"Darn it," she said. "I can't seem to do a thing with this body. Pretty much the same story as at home."

"You are a little more attached to your base shape," said Bergold, coming up on them from behind. "As am I. I am told it means we have strong self-images. We can change, but it takes concentration. I tend toward shortness and roundness."

"That's me," Persemid said, daring Chuck with her eyes to say anything rude. He dropped back a pace or two behind her and Bergold to think.

It wasn't really true what Keir had said, was it? Was he really afraid to open himself up to change, and find out the truth? Well, he wasn't going to know until he tried. Think thin, he ordered his body. Go on! He felt a lump of fear in his midsection, and started to tremble so violently that leaves fell off the trees nearby. He was glad neither Persemid nor Keir were watching. Thankfully, the others were deep in their own thoughts. Come on. If I don't like it, I can stop any time, Chuck tried to convince himself, but he knew it wasn't true.

Be tall! he ordered himself, without giving himself time to think further. His ribcage closed in so quickly it squeezed the breath out of him. He found himself looming over the others on stilt-thin legs. His gait was unsteady. Playing around with his own shape made him nervous. He wished there was someone to ask if it was really all right. Well, Keir had been at pains to convince Sean it *was* all right to manipulate dreamstuff, and his present "body" was all dreamstuff. So, could he rationalize it? He snorted. He just had. He could do anything he wanted.

Okay, let's be compact! Whoosh! The shape that resulted made him Bergold's twin brother, plump arms and legs and a little round belly that pushed against his shirt buttons.

The fun of it was that it felt dangerous, like walking on top of a fence rail. Chuck got the hang of visualizing the image of his body in his mind, and making it change. He tried to make himself alter every other step, but having to deal with the logistics of continually new arms and new legs made his head spin.

The others were getting too far ahead. Letting go of controlling his shape in favor of speed, he hurried up to walk beside Bergold.

"It's very changeable out here today," said the Historian. "When winds of change blow through, you shift shape whether you want to or not. You've allowed yourselves to be influenced, already. Once you start, it's hard to stop. I don't even try. Really, I rather like it."

They crossed an open area where the rolling of the ground like sea swell made Chuck steel himself for another slap of influence from the unseen Sleepers. Wave after wave of influence blew through like strong winds, carrying change in every flutter. Fighting his natural tendencies toward self-preservation, Chuck forced himself to remain open to the sensation. He was scared, but reminded himself it was natural here. Everyone did it. Bergold shifted over and over again like a slide show—ballerina, clown, diplomat, dog, fireman, lawn mower—and seemed very happy about it. Persemid glanced at Chuck and let out one of her snorting laughs.

"You look like Abraham Lincoln." He glanced down at himself. Yup, there were the stovepipe pants and long frock coat. He felt a beard on his chin. Persemid was even more altered, a fussy figure in black silk and white lace.

"You look like Queen Victoria," he said, just as another wave of influence overtook him.

"You're a mailbox."

"You're a lamppost," Chuck creaked, his lower jaw turned into a broad flap. The head of the long cast-iron pole bent over to see herself.

"Ha! Wouldn't you know? The first time in my life I'm really skinny, and I have iron britches!"

"But, it's just a game," Chuck said dismissively, determined not to be seen as frivolous again. He forced himself to think himself a human being again, and was relieved when arms and legs, clad in cloth garments, took the place of metal plates. He waved a casual hand. "Unreality. It doesn't mean a thing."

"Get over it," said Persemid impatiently, swelling into lush flesh as she reasserted her humanity. "Don't you dare spoil today for the rest of us."

"Me, spoil things for you?" Chuck fell silent, realizing he was bickering like a child. He just couldn't keep up with such secure people. "I'm sorry. I'll try not to."

"Oh, for Pete's sake don't roll over and show your throat," Persemid growled. "Show some backbone. Is this what you're here to do, drive the rest of us nuts? You're so demanding half the time, and the rest, you're being a wimp."

Chuck picked up a rock and started stretching it between his hands. He couldn't say anything. It was difficult to know who he really was in this place. If his self-impression bounded around from powerlessness to crankiness, he was just searching for the limits so easily within reach during his day-to-day life. Perhaps he had too many possibilities here, too many choices. The stone strand had gone from rock to wool to fiberglass to the model of a fiberglass speedboat he'd once seen on a lake near his house. He tossed it to one side, discontented. He still wasn't happy, and no activity here seemed to be bringing him closer to his goal.

Morit, following in Chuck's wake, felt a bitter taste on his tongue that he recognized as envy, as Chuck threw aside the model boat. The power of a veritable Sleeper, and the fool Visitor dismissed it as nothing! What power must they wield in their own land? With the wave of a hand they could wreak destruction that his kind had never dreamed of. Chuck glanced back over his shoulder and smiled at Morit and his wife. Blanda smiled back, with a vacuous expression of adoration. She didn't care that the Visitors could destroy her with a thought. Employing a good deal of strength, Morit forced the corners of his mouth upward into a sour smile, but inwardly he quailed. What if the Visitor could read his mind? What if he just had? He would know the traitorous thoughts he harbored. But, no, the Visitor went back to his argument. Morit began to look around him. His colleagues were supposed to contact him here. The sooner these horrible Visitors were gone from his world, the better.

The gateway of the Meditation Gardens reminded Chuck of the pictures he'd always seen of the Taj Mahal. White stone had been carved into intricate patterns like swags of silk or ruffles of lace. He peered through one of the openings. Most of what was beyond lay concealed behind a thick curtain of dark green ivy, but a gleam of bright sunshine winking over the wall made Chuck eager to get in and see more. Keir gathered his scattered party together and handed each of them tickets printed on palm-sized octagonal cards.

"Don't lose this," Keir said, holding it up between thumb and forefinger. "You'll need it. It's got your mantra on it."

The old man's dark eyes looked into his, etching his message on Chuck's brain with laserlike intensity. Chuck nodded sincerely as Keir snapped the pasteboard into his hand. He promised himself he would listen more closely to what Keir said. He tucked the ticket deep into a breast pocket that had a button and a zipper, and fastened both. The guide stepped to the front of his group and led them through the swinging gate.

"Enjoy yourselves," Keir said, stepping aside so they could pass him. "I'll come and get you when it's time to go."

On the other side of the turnstile Chuck stopped short in surprise. "There's nothing here," he said. "I mean, there is *nothing* here."

No one could deny he was speaking the literal truth. The Gardens, which offered such promise from the outside, were a colorless void that stretched out into eternity. Except for a few people here and there, and the gate behind him, not a scrap of color, a hint of texture, or anything to give proportion or scope to the emptiness. It was as though he was standing on glass. No, since there was no perceptible surface or limit, it was more like being surrounded by a translucent fluid, like water but far less tangible. And yet, there still seemed to be a surface to walk upon. Beneath his feet and far above his head he saw more people scattered around, sitting in every possible position and orientation.

"It's good for concentration," Keir said. "It helps you clear your mind. Nothingness is what you should picture so all you need to do is look around you."

"But everyone was saying the Gardens are so beautiful," Chuck said.

"And that," Keir said, with a raised eyebrow, "is why I told you to hold on to your ticket. It has your mantra on it. Settle down, chant, and enjoy!"

Chuck took the square of pasteboard out of his pocket and studied it. On one side were the words MEDITATION GARDENS, REM, ADMISSION: TWO CHICKENS. On the other side was the single syllable: OM.

Well, that's easy, he thought. What could be a more classic mantra? The others probably had something more exotic to concentrate upon, but he didn't want to be distracted by the word itself.

Their fellow travelers were also taking advantage of the stop to see the Gardens. Kenner waved to Chuck as he passed, arm in arm with a girl. Chuck was amazed that he'd already found company. They hadn't been in the Gardens more than a few minutes. The young woman darted a shy look at Chuck. Like the first one on the train platform, this one was dainty with doe eyes, although she had blonde hair and a rosy-cheeked complexion. Chuck shook his head. Mrs. Flannel came in, clutching two tickets. One of them must have been for Spot, who buzzed around her head in the shape of a huge dragonfly. Mr. Bolster entered, his briefcase still in his hands, and sat down on a raised block of nothing with it on his knees as though waiting for an appointment.

Chuck wanted to be alone. He set out toward a corner of the nothingness where the fewest people were seated. Just walking made him feel unsteady, since he couldn't see the surface beneath his feet, and he had the extra burden of suitcases and trunks on his back. Then, he thought of the invisible modeling clay he had been playing with outside the gate. The substance of the Dreamland would do what he made it do. He visualized a level path that went wherever he needed and would never make him

stumble. Keeping that in his mind, he strode energetically toward an inviting patch of emptiness, bouncing at each step.

The others evinced a similar need for privacy. The
group separated, going off in all directions. Persemid
made a sharp left and stalked off along the perimeter. Hiramus strode past him, looking annoyed, and
moved away, dropping down out of sight before he'd
gone a hundred paces. Pip began immediately to
move upward as though tiptoeing up an invisible
ramp, and settled herself sixty or seventy feet in the
air with her beautiful garments, long black tresses,
her chains of matching suitcases flowing around her
like a beautiful mermaid in an undersea current
waiting for a taxi to the airport. Chuck stared over
his shoulder at her in fascination for a moment
before moving on. Perhaps she normally vibrated on
a higher plane than the rest of them, or she was just
used to the drill here. He felt awkward having to
learn what his companions who had visited the
Dreamland more than once already knew. It had
taken such effort for him to reach this stage that he
was envious of the ones who had achieved it before
him.

To Chuck's frustration, the married couple from
Elysia tagged along behind him. He glanced back over
the top of his luggage. He didn't want to say anything to Morit or Blanda, but he put on a face that
he hoped would make them leave him alone. It didn't
work. The man wore an expression of grim determination, but the woman gave him a sweet smile. The
fascination that people here had with him and his
fellow astral-projectors bordered on celebrity craze.
Uneasily, he smiled back, wondering how he could
persuade them to go away. Maybe he could lose them.
He started walking more briskly. They picked up their
pace, too. When he changed direction, they changed
direction. When he doubled back toward the gate,

so did they. What did Bergold call things like this? Nuisances?

He found he was heading right back toward Keir. The guide's gaze returned from contemplating something pleasurable in the far distance, and focused on Chuck.

"Enjoying yourself?" he asked.

"No," Chuck said, a trifle shortly, annoyed that everyone seemed to be having a good time but him. "I can't find anywhere private to sit."

Keir shook his head at Chuck's obtuseness. "Everywhere is private here," he said. "Everyone achieves their own state of being. Just get into it, and you'll see."

"I can't," Chuck said, looking back at his satellites with resentment.

"Sure you can. You're just tied too tightly into the physical world. You can dismiss that here, and should. It's an opportunity you won't get back home, you know. Sit right there," Keir said, pointing at the ground, "and try now."

With a resigned shrug, Chuck sank to the unseen path. Knowing that the married couple was right there annoyed him, but Keir was his guide, and knew better. More people were present in this section than in almost any other. Others passed close by though not necessarily directly past him, because the floor had no real existence than what someone walking on it put into it. Instead, they moved sideways, underneath him or above him, or upside down, hiking along arcs like hills that hung downward instead of sticking up, or swinging by their hands from invisible vines, as they chose.

Chuck was annoyed. This was the long road to Enlightenment. If he had realized the Dreamland could be so easily manipulated, he would have walked off right through the wall of the train, turned around and made straight for the town when he saw it on the map. In spite of the chilling sight of the chasm, in his heart he only half-believed he could really be killed by such a fall. And being in the midst of nothingness with too many people he didn't know was such a waste of time. Keir kept looking down at him, not quite tapping his foot on the ground. Chuck made an imaginary pillow out of the stuff he couldn't see, and sat on it, using his steamer trunk as a backrest.

"Now," said Keir, who had waited while Chuck got comfortable, "chant."

"Om," Chuck intoned, without much enthusiasm. He stared off into the middle distance, fixing on nothing. "Omm. Omm. Ommmm . . . *my!*" A riot of yellow, red and green burst into existence so close to his face that he jumped back, rolling off his pillow.

The scene suddenly went blank again, leaving him staring at empty space. Where did all that come from? And where did it go? Cautiously, Chuck crawled back onto his pillow, and tried to think of what he had been thinking to get it back. He was embarrassed for having been so angry and getting rewarded with something so beautiful.

"Omm," he said, hopefully. He concentrated deeply on his mantra, giving it all the push he could from the very root of his being. "Omm. *Ommmm.*"

Ah! His mind opened like curtains on a stage. Colorful gardens of a thousand greens, reds, purples, golds, whites, oranges and yellows unfolded and rolled off toward the horizons. Flower beds in every shape and size, crowded with plants, sprouted up everywhere. Glorious skies spread out above him, the blue so beautiful it almost broke his heart.

"Can you see it now?" Keir's voice asked, though the guide himself was invisible behind sprays of jasmine. Chuck nodded slowly, not wanting to break the spell. "Good. See you later."

Chuck was overwhelmed by the beauty of it all. He could *smell* the flowers. He could *hear* the birds singing to one another as they flitted through the air. He shifted to get a better look.

Suddenly, everything went blank again. Chuck held back the outburst that rose to his lips, and started reciting his mantra to himself. The gardens reappeared. He held ever so still for just a moment, feeling the breeze that wafted past his cheeks, carrying the heady flavor of the flowers' perfume to his nose. He climbed awkwardly to his feet. The scene vanished. He flopped to the ground and summoned the garden back again, fixing it in his mind. It *existed*. He existed in it.

He noticed figures in his landscape. There were other people in this reality whom he hadn't seen while surrounded by the blankness. *They* were walking around, yet he didn't seem to be able to. An older woman, touching each flower like the face of a beloved child. Two small boys in oversized brown hooded cloaks and karate gis playing at sword fighting with colored sticks. A large man in the midst of an ancient forest bowing to trees, and having them bow back to him with a grace Chuck hadn't expected in any of them. What did they know that he didn't? All of these people seemed to move to gentle music. Chuck listened intently. He couldn't hear anything, but to his delight, he found that he did feel it and could join in with it.

Concentrating on moving with the lento rhythm, he found he could rise to a standing position. Then, keeping his eye carefully on one landmark or another, he could walk slowly, step by step, without losing the images. The people became hidden behind bushes and shrubs as he moved, leaving him alone in this paradise. He breathed in the smell of damp earth and growing things, imagining himself becoming one with nature. This was what he had been hoping for when he set out on this journey. This was truly zen.

It was difficult to make himself stand still or move

slowly when there was so much beauty all around. His curiosity was nearly as overwhelming as the aroma of jasmine. Winding paths spread out from his feet, inviting him to explore. He had spotted a teakwood gazebo off in the distance on the other side of the copse. He couldn't wait to stand in the heart of it and look out upon all this beauty through its carved screens. He didn't want to have to creep a pace at a time. Chuck reasoned that if he walked over to it, he could simply reestablish his meditative state, and gaze all he wanted.

With infinite regret, he released the lush images. Sorrow and loss descended upon him like another trunk as the colors fled, leaving him in the midst of ghost-gray blandness. As quickly as he could, he hiked off in the direction he'd seen the gazebo. After a hundred or so paces, he made a pillow of air and sat down.

Chuck closed his eyes and began to chant, anticipating the delicious sense of wonder he would feel. One, two, three, he thought, then opened his eyes.

Nothing had changed. He was still in the midst of the copse that ought to have been a hundred paces closer to the gate. How could that be? He sought around him, hoping that he was mistaken. No, there were the other patrons, browsing or playing, just where he had last seen them. Off in the distance was that wonderful gazebo. This must be one of Bergold's Frustration Dreams. No matter how he tried, he would be unable to enjoy the rest of the park like everyone else seemed to be doing.

The yearning rose up in him like an upwelling of tears. How could he get to the gazebo if covering the distance wouldn't do it? It should not be impossible! Other people had reached it. Why couldn't he? He wanted very much to be in it. He could almost run his hands along the smooth rail.

To his surprise, the little screen house seemed to

be coming closer to *him*. The scenery rolled by him on either side. He was moving without moving. This *was* zen. He waited eagerly until the stairs rose under his feet one at a time. He was in the gazebo! And, oh, what an amazing scene greeted him. Beneath the gazebo was a Japanese garden full of delicate flowers and artful arrangements of rocks. Slowly, carefully, Chuck leaned forward to settle his forearms along that rail, enjoying the cool shadow cast by the roof, and the birdsong that rolled around him like a silken carpet. Since he was new to this kind of meditation, the scene faded in and out every so often. Still, he managed to hold on to his place, fixing it in his mind.

Paths wound out from the garden, inviting him to consider the possibilities they offered. For the moment, all he wanted to do was enjoy what he could see from there: the rippling brook under the mauve-painted bridge, the scattering of bronzed leaves on the grass, Morit and Blanda standing and looking up at him.

Chuck straightened up with a jerk. Why were those people following him? To his annoyance, the garden vanished, leaving the couple in stark relief, and revealing the hundreds of other people populating the garden. Chuck felt crowded.

All right, since he could bring the scenery to him now, he would go somewhere else, and concentrate on the wonderful garden in peace. He released the image and headed out toward the emptiest quarter where only a few people sat deep in their own contemplation. He chose a space equidistant from the nearest three, and sat down to chant.

No such luck. Morit and Blanda followed him doggedly, stopping about twenty feet away. The woman spread out a picnic cloth over an expanse of nothingness, and set a huge wicker basket down in the middle of it. Chuck tried to think of his mantra, of the lovely gardens, but all he could concentrate on was the homely clattering of dishes and her soft voice as she chattered to her husband. Morit didn't seem to be enjoying himself, but at least he wasn't talking.

Meditation was meant to close out the distractions of the world. Chuck was determined not to let the couple from Elysia spoil his entire day. He gritted his teeth and muttered "om" to himself until the gardens returned. He could pretend the intruders weren't there by turning his back on them. He could still hear Blanda, but she was a steady, low sound like the brook, a pleasant white noise. Ah.

The gazebo reappeared, and he found himself studying a spray of crisp, pink-and-purple orchids that drooped languidly from the edge of the sloping roof. Their color was brighter and more real than any pink or purple he had ever beheld in his ordinary life. Their shape, like lady's slippers but, well, different, made him want to sculpt them, but better still, to study and enjoy them for hours.

"Happy, happy, happy, happy . . ."

Chuck was startled again out of his reverie. That was unmistakably Mrs. Flannel's voice. He turned his head carefully, trying not to dispel the Japanese garden, which was already showing signs of shredding under the stress he felt pretending Morit and Blanda weren't there. The old woman had sat down in the very center of the gazebo floor with her pink-tights-covered legs tucked into an incredibly uncomfortable-looking double lotus and her hands, with thumbs and middle fingers touching, resting on her knees. The cool interior threatened to slip away. Chuck clawed at the carved panels with his mind, willing them to stay, but they scooted a dozen feet in a moment.

"Happy, happy, happy . . ."

Chuck growled under his breath.

"Shh, please," he hissed. She paid no attention. Spot, a handsome, brown, Capuchin monkey the size of a doll, stared frankly at him. The married couple were on his other side gazing at him with the intensity they'd watch a sideshow exhibit. "Shh!"

With everything he had, Chuck dragged the gazebo and garden back to him. He had to block out the distractions. He had influence at his command. Why not use it? He pictured a berm of earth curving two-thirds of the way around, in between him and the intruders. When he started to chant his mantra again, he could see the berm. It rose up through the green grass, burying the golden sprinkle of leaves, half the flowers, and most of the remaining floor of the summer house. There, he thought with satisfaction. Now he could have peace and quiet.

And quiet was exactly what he did have. As though shocked at his interference, all birdsong had ceased. The sound of the brook was gone, replaced by a sluggish seeping trickle like a drippy pipe. He couldn't see Mrs. Flannel or Morit and Blanda, but he had very little garden left to behold. Instead, It was a dark brown heap of dirt. In the midst of beauty he had managed to construct an eyesore, even to his third eye. Tension started to buckle the silk-smooth facade of his mental image. Chuck snapped out of his funk. He was ashamed of himself. The landscape was blighted, and it was all his fault. So what if there were other people around? It was hardly crowded. Enduring the presence of others, even if they were unwelcome, paled to . . . well, *nothingness* beside his crime of having marred the landscape he was enjoying. With a curt wave of his arms he dispelled the berm, hoping he hadn't done any lasting damage to the Gardens. All of nature seemed to breathe a deep sigh of relief. The birds began to sing again, and a lone cricket under the floor emitted its sweet, short chirps. A rushing gurgle told him the brook had been restored.

Chuck sat down hard on the floorboards. Now he was really ashamed and disgusted with himself. Childishness of this depth was not at all what he'd hoped he'd find at the bottom of his psyche. All right, so he wasn't as spiritually advanced as the experienced visitors. They seemed to have no trouble shutting out stimuli. He couldn't do it! He was too aware of his surroundings. He would just have to work within his own comfort level. After all, as Keir had pointed out, this was just the beginning of his journey. He only hoped the person inside was nicer than he had been acting.

Chuck *had* to get away by himself, or he'd never be able to concentrate on anything but resentment. He looked around for the remotest corner of the park. There had to be a corner, as dark and as lonely as he could find, if he had to walk for hours. There he wouldn't upset anyone else. He stood up and started walking, mindful to continue advancing through the landscape. He regretted leaving the little house behind, but serenity like that was not his to possess yet. Nor did he want to be reminded of how he had ruined it.

Luckily, Morit and Blanda's picnic was in full swing. At last the couple was too encumbered to pick up and follow him. The dark-browed man glanced up, stopping chewing in the middle of a deviled egg to glare at Chuck as he hurried away as though offended Chuck was giving him the slip. Chuck shot him an apologetic smile, but didn't pause. Neither Mrs. Flannel nor Spot noticed when he rose. He glanced behind him, hoping that no one else would decide that he was more interesting than the Gardens.

Morit was upset when the Visitor left. His eyes shot daggers at Mrs. Flannel, now rising gently into the air on the strength of her chanting. He had counted on making an attempt when the Visitor was deep in meditation, and now that opportunity had been ruined. Curse Blanda, too. Morit couldn't go after Chuck Meadows now without calling awkward attention to himself. Blanda had spread out her picnic cloth on this patch of undifferentiated desolation, and was taking endless numbers of platters and bowls from the woven willow basket. He beheld them all with outrage. Blanda had overpacked, as usual. She couldn't intend him to eat this all! There must be enough food here for an army.

She knelt in the middle of the checkered square, arranging dishes on the red and white cloth. The pattern of her dress had changed from a plain blue dress to a red check that matched the cloth, but smaller. Her brown hair was arranged in a halo of curls around her head that bobbed while she gabbled to herself. The food smelled good. Morit couldn't stand to watch her for long. It was too homey, and he was not home. He was here on a deadly serious mission. He sprang up. Chuck Meadows was nearly out of sight.

He started to follow, when Blanda's voice dragged him back.

"Isn't it lovely here, dear? It's not at all as I imagined it, but I'm so happy to see at last what the neighbors were talking about. You remember when they showed us their vacation pictures, don't you? Images and images! We were there almost all the night, and I thought they were so pretty, though how they took pictures that lasted without chanting their mantras I don't know . . ." The stream of words puddled around his feet and held him as fast as a pool of glue. He tugged first at one shoe, then the other, then sat down on the cloth in resignation. ". . . But this is so much prettier than I thought. Don't you think so?"

"Looks like urban renewal," Morit growled, dropping his chin dejectedly into his hand. "I don't see a nightmare-cursed thing."

"Oh, but it is just beautiful. The nice man gave you your own mantra. You could see it if only you said your word a few times."

"Why aren't *you* chanting, then?"

Blanda smiled at him, and set a jar of pickles at one corner of the cloth. "Oh, darling, I did, but I guess I just don't need to do it for very long," she said.

Morit wouldn't doubt that. The woman was off in her own world half the time. It was probably connected to this miserable place, where everyone was enjoying themselves but him. He watched her take a bottle of artichoke hearts and a crock of olives, and arrange them artistically by the pickles. "There's fountains all around us, my dear. They sound so nice. Tinkle tinkle tinkle! We'd like one in our garden, wouldn't we?"

"No, we would not," Morit said, irritatedly. "They're a nightmare's load of work, and it would keep changing into a log flume, or a swimming pool full of horrible little children. Besides, there's nothing here."

Blanda shook her head at him fondly. "Of course there is, my love. All you have to do to see it is say your little word a few times. I'm sure it's just right for you. Mine is. It's so nice and homey, just perfect for me. Whenever the images start to fade, I just say it to myself. It's 'bread.' Bread, bread, bread, bread . . . Oh, look, there's a unicorn! Try it, my love. You must see him. He's all white and blue, and his adorable little beard!"

Morit grumbled into his own beard. He wouldn't chant a mantra if his life depended on it. He tuned out Blanda's chatter, watching Chuck walking toward the remote end of the gardens. The Visitor receded into the distance, growing smaller and smaller. It was too much to hope he would just turn into a tiny point and vanish. Of all the strangers from the Waking World, Morit felt Chuck Meadows was the most dangerous. He seized power like a tyrant, and treated it like a trifle. The Dreamland could not remain intact in the continued presence of such a powerful entity. The place would shake apart before long, sending them all plummeting into chaos. He must be killed *first*. Now.

Morit knew his compatriots were lurking around. Plan MG, the scheme they had worked out for this place, must be put into play as soon as possible. Once everyone was isolated in his or her own thoughts, Morit's comrades could confront the Visitors one at a time. If they could not be scared back to the Waking World, they must die. Perfectly simple. All Morit had to do was wait for his contact.

Blanda was chattering about potato salad when a sinister-looking man with a mustache and wearing a black trench coat and slouch hat pulled low over his face appeared at their side. He didn't meet Morit's eye, but looked off into the middle distance. While his wife watched with curiosity on her mild face, Morit stood up, stared off into nothingness, and whispered under his breath to him.

"That one first," he said, cocking his head in the direction that Chuck had gone. A brief nod for an answer, and the man in black scurried away like a rat. Twenty yards away, he sidled up to another mysterious-looking man in a red trench coat. Both of them hurried furtively away to find others. Morit was pleased with himself. The word was spreading. The Visitors would be taken unaware. Morit sat down to watch the man in red not-looking at a similarly clad man in green.

"Who was that, dear?" Blanda asked, busy spooning the contents of a container of fruit gelatin into a ceramic bowl painted with tulips.

"No one," Morit said. "He was asking the time. I told him whose time it was."

"Oh, that was very nice of you, dear," she said,

handing him a full plate of food. "Sit down, now, and have your lunch."

Morit shook his head in disbelief. Blanda could be so very dense. But that suited his purposes. He didn't want a wife who would meddle and prevent him from getting his way.

The order that had just gone out should be put into effect before the afternoon was out. Wait until Chuck Meadows was vulnerable, then strike! He looked forward to celebrating victory by evening. A toast to their success seemed appropriate. Blanda handed him a filled mug and he swigged it without looking at it. He spat a stream of red out into the nothingness. Fruit punch! Ugh!

Chapter 14

Chuck stumbled on the featureless expanse that stretched out before him like endless misery. He didn't mean to be selfish and spoil things for everyone else. But this journey was supposed to have been special for him and him alone. He'd worked hard to get to this particular place and this time. It was unjust of Persemid to accuse him of being uncooperative, but he couldn't deny his resentment at always having other people to consider, even here, in the privacy of his own mind, where he ought to be able to be alone if he wanted. Well, that was normal, wasn't it? He would have thought that in his own personal seeking he could have an experience that was just for him.

And if there were five seekers, why wasn't there one guide per person? How much trouble would that be? The astral plane, or the Dreamland, as everyone here insisted on calling it, seemed to be designed to fulfill the needs of people like him from the Waking World. But it wasn't working that way. No one here cared *exclusively* for him. Keir was friendly and businesslike, but his attention was pulled in too many directions. When Chuck really wanted to talk to someone, there was nobody there. If he wanted to be lonely he could have stayed home!

He felt like sitting down and crying like a little child. Keir was right. Chuck's depression was interfering with his ability to seek out truth and contentment. He needed to work out his feelings, but he couldn't do it in front of other people. He needed a safe place to sit. Not just alone, but safe. He kept walking.

At last, everyone who was even remotely nearby was sitting with their backs to him. To stave off the feelings of hopelessness, Chuck muttered his mantra to himself just to hear a voice. Though he didn't feel he deserved it, the colors returned, and grass grew under his feet.

The lovely gardens were far behind him. Ahead was a tall, deep forest, so tall that it took his breath away just to look at it. The very tops of the trees disappeared into the sky. Every shaggy, silvery-brown trunk was too wide for him to wrap his arms around. The roots humped up as high as his head, and the crowns were so far above him they were a blur. All he could properly see of the forest roof was a dappled mosaic of dark brown, green, blue, and sparkling white-gold. The earthy smell of moist bark and leaf mould joined the other scents mingling in the sweet air, as the light, crisp rustling of leaves rose underneath the other sounds of nature. His footsteps made little noise. Each was swallowed up by the overwhelming ambience of the forest like a droplet of oil settling into a pool. This place felt *big*.

Or, perhaps, it was because he was very small. Chuck looked down at himself. The sleeves of his jeans and shirt had shrunk up until he was wearing shorts and a short-sleeved T-shirt. The arms and legs that stuck out were smooth and thin. He felt his chin. No beard. He was a little boy again.

Chuck ought to have felt nervous, walking into

deep woods without a guide or a map, but he felt
perfectly safe. This was the right kind of deep forest, the kind in which he could look for Pooh Bear
and all the imaginary friends from books he had read
when he was a little boy. This place seemed so familiar. But that was impossible, of course. This was a
dream forest, made up by thought. There wasn't a
real tree in the place. It was pretty convincing,
though. The farther in Chuck walked, the more he
had to let go of his skepticism and accept what he
saw. Was there a reality beyond real?

The atmosphere in the forest surrounding him was
serene, calm and mature, like sitting on the lap of
a favorite aunt. It recalled to Chuck that time of
innocence in his life, when nothing was ever really
wrong, and all troubles could be made better with
a kiss or a cookie. Back then he could be anything
he imagined himself to be. Reality didn't intrude itself
and ruin everything just because it could. In this place
he felt so warm and welcomed—just the way he
wanted to remember childhood—that he sat down
with his knees up and his back against one of those
tall roots and wept from his heart.

Once he started, he couldn't stop until it was all
out. He let his head hang over and his shoulders
shake. Sometimes he hated being an adult. He missed
the simple joy of not worrying about anything. Daddy
and Mommy would always make everything better.
He could make all monsters vanish just by closing his
eyes and pulling the covers over his head. How often he wished he could do that in his daily life! He
wept for lost innocence, not caring if the Easter
Bunny was real, but of having lost the magic that went
with thinking that it was. He wished he could go back
to the age before he knew what death was, or fear,
or injustice. Maybe that time never existed, but a part
of him had always felt that it had.

The torrents that fell from his eyes and rolled down

his cheeks were like a healing rain. He cried and cried, letting out regret, resentment, loss and fear in hot drops that burned tracks down his cheeks, until his tears formed a river that flowed away from his feet. He stared at the sparkling strand. Was he the source of all that? That was impossible. Look at the way it kept flowing, even though he was no longer crying.

He sat still to admire the unconscious beauty of it, neither sad nor happy. Poets talked about the way streams chuckled, rivers roared, brooks chattered. How did they know how the waterways felt? He listened to this one, really listened as he hadn't done since he was small. Its music sounded sad to him at first, but in a while he began to understand the happiness in its song. The pulse of life was there, deep and slow like the rhythm of the Gardens. Little flashes of light glinting off the surface of the water drove deeply into his eyes and awoke bright memories in his mind. Skating with his brothers. Playing catch with his father. Smearing gobs of red and blue clay down the wall. Being kissed by a dozen sweet-smelling aunts, one after another. Maybe his childhood hadn't been perfect, but there *were* good things to remember, now that he did remember some of them. He turned the treasured memories over in his mind like precious gems. They had existed. He had focused so long on the wrong things that they were poisoning him. He took in a deep, slow lungful of air. No breath, nor moment of enlightenment, had ever tasted as sweet. Simple as that. His vulnerable moment had done him more good than a hundred doctors. He could never have let himself go like that if there had been anyone else nearby at all.

A bird broke into liquid warbling overhead. Chuck's head snapped up as he sought the singer, drinking in the sound like nectar. A dark fragment flitted from one part of the jigsaw-puzzle forest crown to another, calling raucously. He started to hear other things: whispering, a rustling in the brush, the crack of a thin branch breaking, all coming from the same direction. It made him curious to know what was in there. Perhaps it was some wonderful creature out of his same childhood fantasies.

Chuck tiptoed along, reluctant to break the spell of the forest. Another crack sounded, nearer than before. Over to the left a little, Chuck thought. He turned and went towards it.

The rustling sound popped up near him, and kept pace as he moved. It was only a tiny noise. Perhaps there was a chipmunk or inquiring squirrel, hoping he had a crumb or two to drop. Chuck felt in his pockets. Not a thing. He sent a mental apology to the unseen animal. Since this place was the sum of everyone's memories and fantasies, was it possible that he might see one of the characters from children's books? Roo had been a favorite of his when he was very small; he might have had to ride in his mother's pouch, but he enjoyed adventures. This was beginning to have all the earmarks of an adventure. A quote from somewhere tapped at his memory, but not enough to come clear into his conscious mind.

The lush undergrowth of leaves and vines thinned, making the going easier. Up ahead, Chuck spotted a shaft of light penetrating down toward a clearing on the forest floor. Another crack sounded, definitely coming from that direction. Chuck hurried up, hoping to spot whatever it was before it got away. He heard another sharp clatter, just as he broke through into the beaten circle of earth.

It was empty. The beam of light drew a circle like a spotlight in the center of the clearing, rendering everything at the rim too dark to see. Shadows started flitting at the edge of Chuck's vision.

"Hello?" he called. "Who's there?" More and more silent figures joined the first ones. It began to dawn on him that maybe, just maybe, these weren't the old friends he was hoping to find. The circle of light started to shrink, just a little at a time, but inexorably closing in, as the shadows began to move towards him. He suddenly realized he was surrounded. Chuck cast around desperately, looking for a gap in the ring.

Was it just his imagination, or did he hear low, sinister chuckles? He tried to convince himself it was just the wind or the leaves, or some calling bird. He didn't do that good a job. When another laugh broke out, almost underneath his ear, he jumped, and bolted out of the circle. Branches whipped and cut at his face. Chuck raised his arms to shield his eyes, and charged blindly forward. He hoped he was making back toward the path that had led him here, but at the moment he didn't care. He heard roaring behind him as whatever was back there sounded like it was threshing down whole trees to get at him.

How could he get out of this place? He cast about for his path, and found nothing but bracken, ferns and roots that grabbed for his feet and made him trip. Hissing sounds made him flinch leftwards. When he glanced to his right, he discovered quills eight inches long and as thick as his finger embedded in the bark of a tree just where he had been standing. He plunged away into the forest, chased by howls and fearsome crunching noises. There were giant porcupines in this forest!

Chuck realized he was still muttering his mantra to himself. He stopped chanting. That should put an end to this dangerous vision. Nothing happened. Or, rather, nothing didn't happen. He was so startled that the forest hadn't faded into emptiness that he almost stopped running. He was trapped! This reality had become too convincing for him just to be able to drop out of it. What an irony! He'd had so much trouble reaching the meditative state in the first place; now he couldn't get out of it even when he wanted to.

He had no time to think. Arrows thudded into the trees nearest him. Hunters had joined the porcupines in pursuit of him. He ducked and started crawling over the bracken on elbows and knees, hoping nothing his pursuers were shooting could penetrate the undergrowth. Behind him, he heard war cries, like those of angry native villagers in the movies. Then, the screams grew shriller than the howling of tornadoes. Overhead, a creature zoomed in on him. It was like a naked woman, but she had bat's wings, rows of teeth like a shark, and claws like a wolverine. She screamed, bearing in on him with those claws outstretched, aiming for his neck. Chuck flattened himself and rolled under a rosebush. He would rather be scratched by thorns than risk worse injuries.

Thwarted, the fury shrieked angrily, zoomed upward, and became a human-sized propeller plane, like one from World War II. It immediately began strafing the ground behind him with fire from mounted twin machine guns. The plane had a painted shark's mouth on the forward fuselage that opened and laughed at him over the engine noise. Chuck flipped over onto his belly and crawled faster than he ever thought he could. This was Bergold's change-ableness striking all over again. Each new threat was more horrible and dangerous than the next. Could he die of fright? This was a ridiculous situation—because of the mutable nature of the Dreamland he might never know what it was that killed him!

Out of the corners of his eyes, Chuck saw the shadows gathering again, hurrying to head him off and surround him again. Crawling was too slow a means of escape. He clambered to his feet and started running. In the distance he heard a solid *twang!*, followed by a sound like *pyeeew!* A rock the size of an automobile came hurtling over his head and thudded down, shaking the earth, and crushing a bush like a man might crush an empty can underfoot. Shards of wood flew up, whipping past his ears. More gigantic rocks hit the ground, hemming him in. Chuck started running this way and that, but every escape was cut off as he jumped back to avoid being crushed. The shadows flitted between the stones, cutting off his meager light, looming in on him. A blanket of blackness surrounded him. He threw up his hands to ward it off, and a heavy paw in the darkness struck him on the shoulder.

Oof. Chuck folded halfway up as his knees wavered. More blows rained down on him. He protected his head with his arms and tried to push his way out. Arms roughly shoved him back into the middle of the circle and continued to pound on him.

"Who are you?" he cried. No one answered. He tried to hit back. His arms felt heavy, lethargic, as if he was swinging through molasses. If he did connect, the force of his punches was absorbed by thick fur, like a bear's. What were these things?

As if in answer, the ground started to roll under his feet. A new round of Sleeper influence! Maybe it would put an end to this meditation. Instead, the change only let him see it better.

Lightning split the sky, parting the forest crown. In the flash of gray light, Chuck saw the faces of his assailants, and suddenly wished he couldn't. They were eight feet tall, covered with dark brown, shaggy fur. Their hands were huge paws with eight claws apiece. And their faces! Orange eyes the size of his palm with sideways-slitted pupils glowed like search lamps. Their yellow teeth were sharp as broken glass. Through them, a blood-red tongue licked out, almost touching Chuck's face. Their breath was as potent a weapon, smelling of week-old sewage. He staggered, his heart pounding with fear. Monsters! Real monsters! He started punching at them blindly, wanting them to go away, wanting to be left alone in peace. But their paws pounded down on his shoulders, struck him in the ribcage, bruised his head and face. He didn't have his adult muscles to protect him. Chuck was battered over and over until his knees gave way. Feet as well as paws began to strike him now. He fell full length onto a blanket of leaves.

His hands curled into the crunchy mass. Oh, why wasn't this a real blanket! That was what he used to use to protect himself against monsters in his room at night. His grandfather had always told him that if he pulled his blanket over his head nothing could ever harm him.

He must have been thinking hard enough to wake up the influence, because the cushion of leaves softened and melted together into a pale-blue coverlet. Avoiding kicks from the monsters, Chuck rolled underneath the blanket and desperately clutched it around him.

Go away! he thought at the monsters. Scram! Bug off! The monsters shuffled around, sniffing and growling ferociously. He squeezed his eyes shut. The roaring got louder as they realized they could no longer see him. His heart pounded so loudly he was sure they could hear it.

Where was everyone else? There had been thousands of people in the Gardens before. Why did none of them see that he was under attack? He had been left all alone to face peril. It wasn't fair. No matter what happened to him, it was all wrong. He heard snarling not inches from his head. He felt like such a coward, but what could he do against beasts with long sharp teeth and claws? He hoped his grandfather had been right. He wished his mother was there to put her calming hand on his shoulder, to rub his back and drive away the demons. Chuck could almost feel her hand on his back, and hear her soft voice. Instead, he heard the monsters snarling, and trembled. He was glad the blanket prevented anyone from seeing him just now. Tears wet his cheeks and seeped into the pillow suddenly underneath his head. The pounding in his chest turned into sobs that wracked his body with spasms. He was afraid. Any moment now they would tear him apart and eat him.

When the tears stopped, Chuck felt a sense of utter relief. He didn't have to look down at himself to know he wasn't a little boy any longer, but that was all right. He was happy to be a grown man. If there was no one else there, he would face his demons alone. He could do it.

Chuck sat up and pulled the covers off. They vanished into the leaves on the forest floor. He looked around, ready to spring up and do battle, no matter what happened to him. But the growling noises had stopped. The hairy beasts were gone. Another bearlike being rose up beside him. Chuck felt a surge of panic for a moment, but as soon as reason returned he realized the being was a man-sized Winnie the Pooh. Round and golden, it stood rocking on its heels, its tummy stuck out like a little child's. It cocked its head and its black, shoe-button eyes gazed at him sympathetically.

"Do you feel better now?" it asked in Keir's voice.

"Yes," Chuck said, and cleared his throat. "Yes, I do."

"Then, come with me." It held out its hand to him. "I need your help with the others." It helped Chuck to his feet, and led him to a leaf-strewn path. Not a trace of the monsters remained. The sun peeked through the trees, lighting their way to the edge, a long walk, but calming to Chuck's mind. The forest looked more beautiful than ever before, the narrow aisle lit up more like a cathedral now than a dark alley.

Chapter 15

As they came out of the woods, the teddy bear shrank, and turned from golden to gray. Keir resumed his familiar appearance of a little, bearded man in a homespun tunic and sandals.

"Why did you look different back there?" Chuck asked.

Keir smiled. "You needed that shape far more than this one."

Chuck hugged the comfort of that moment to him. "Yes, I certainly did. Thank you." God, he thought, what would my wife have said if she could have seen me, crying like a baby.

Wife? He had a wife? Chuck stopped to think for a moment. Of course he did. He did his best to put a face to the concept of a marital partner, but he couldn't picture her at all. At least he had remembered he had one. That was good. It meant he was breaking through the mental blocks one by one. This had been a tremendously important one.

They had a long way to go back to the gate, but Chuck walked with a happy bounce that went well with the loden shorts and knee socks that he was now wearing. He felt lighter than he had since he'd arrived.

"Catharsis" was what they called what had happened to him. He remembered the term from school. Usually catharsis didn't come with monsters sniffing around, but it had been a valuable and memorable experience just the same. Other people began to appear around him, seated on benches and in the grass and in the very midst of the sprawlingly gorgeous flower beds. He smiled at their contented expressions, and they, complete strangers, smiled up at him. Chuck felt he loved each and every one of them. He hoped they had experienced as significant an event as he had. He couldn't recommend the means, but the outcome was terrific. Keir stopped to glance around.

"Do you see any of the others?"

Chuck spun on his heel in a 360-degree circle. Out of the corner of his eye, Chuck saw Hiramus walking toward them. Chuck frowned. The dour, bearded man was coming from approximately the same direction as he and Keir had. If Hiramus had seen Chuck battling the monsters, why didn't he help? Immediately Chuck was ashamed of his thought. Hiramus had almost certainly been in the midst of his own meditations at the time. There was no reason he should take an interest in Chuck's problems; goodness knew Chuck had been oblivious to everyone else's needs. He hoped the man had seen things that made him happy, or helped him work out problems as satisfactorily as Chuck's had turned out.

"Good afternoon," the older man said, formally bowing slightly. He had a high hat that he doffed with a graceful turn of the wrist. "Did you have a good time?"

"It was amazing," Chuck said. "I feel like a new man. And you?"

Hiramus let a small smile touch the corners of his mouth under the graying mustache. He put his hat back on. "I enjoyed my experience very much. Thank you for asking."

They reached the steps of the train, now a handsome, sleek, steel cylinder, ahead of anyone else. The door slid open with a hydraulic hiss, and steps descended. Chuck started to swing aboard, full of energy.

"Hello, Master Chuck," Mrs. Flannel said, bustling along the platform in her full skirts. She led Spot by the hand, and carried her purse and carrier bag in the other. He was no longer a Capuchin monkey, but a full-grown silverback gorilla. "Did you have a lovely day?"

Chuck jumped down from the step.

"Hello, Mrs. Flannel. Hello, Spot. I really did have a good time. I hope you enjoyed yourself. May I help you with your bags?"

The old lady tittered as he took her belongings and swept her a gallant little bow as she preceded him up the steps. "Oh, thank you. Imagine, a Visitor being so courteous."

"I . . . we're just like everyone else, ma'am," he said. She sounded surprised. He *had* been a pig. He vowed that he would never behave like that again. Dutifully he shouldered her knitting bag and offered her an arm to help her into the train. "Wasn't that a beautiful gazebo, Mrs. Flannel? And that Japanese garden, wow! Hi, Persemid, can I help you with those?"

The redhaired woman staggering toward him with her monstrous tote bag and other luggage balanced on her head like a native villager gave him a suspicious look.

"No, thanks." She must have wondered what he was up to. He wanted to tell her his whole world had changed, but he doubted she'd believe him. Or, he thought wistfully, she'd tell him the experience was of no real importance. He didn't want to hear that.

"Did you have a nice time?" he persisted. Now she looked surprised as well.

"Yes. A very nice time. Thanks for asking." He got another strange look as she pushed past him. Sean Draper hurried into the car and dropped into his seat without saying a word to anyone. He looked more preoccupied than before. Chuck wanted to offer a friendly word, but decided the man wanted to be alone with his thoughts. What had he seen that troubled him so much? Chuck helped Mrs. Flannel and her ape settle, and put her bags up on the rack.

Chuck shucked his own baggage off his shoulders onto the carriage floor, and started to put them up on the shelf. Horrified, he did a quick count, and counted again. There was no doubt about it. The huge steamer trunk was missing. Chuck felt his stomach drop in panic. He must have forgotten the case in the Meditation Gardens.

"Keir!"

The dolphin speaking with Hiramus flicked its tail to spin about in midair, and metamorphosed into a man between one breath and another. He strode to Chuck's side.

"What's wrong?" the guide demanded. Chuck pointed at his pile of suitcases.

"I'm missing a piece of luggage! I'll have to go back for it."

Instead of being upset, Keir looked pleased. "It's begun, my young friend."

"What has?" Chuck asked, surprised. Keir poked him in the chest with a sharp forefinger.

"You are starting to shed your problems. That's very good. I would have bet it was going to take longer. Excellent progress. Excellent."

"But what about the trunk?" Chuck demanded, conscious of a sensation of loss. "I'm sure I can find it again. It's probably back near that forest." Keir fixed him with a narrowed, black eye.

"Oh, so you want to go on carrying it?"

"No! Not at all. But what about what was in it?"

"There's nothing you need any longer," Keir said, cheerfully waving a hand. "Insecurity, hurt feelings from long ago. Old baggage. I think you'll find those particular things won't color your personality the way they have in the past."

"So I'm not selfish any more?" Chuck asked, dubiously.

Keir chuckled. "No more than other people, my friend, but it won't weigh on you or control your life the way that it has. You just needed a chance to let out emotions you no longer required, and you got it."

"I certainly did," Chuck said. So that was why he felt so light coming out of the woods. The weight he had been carrying was literal, and he was rid of it. He shifted his shoulders, trying to get used to the freedom, fitting it around him like a waistcoat. He could learn to like that a lot. Now all he had to deal with were the document cases and the carryall. Whatever problems they represented looked much more manageable. As he popped the blue bags into the luggage racks he experienced a good deal of smug satisfaction. There was lots of room now. Persemid was struggling to arrange her many bags. Chuck pitched in, helping to fit them into the additional space. He suspected she, too, was carrying fewer burdens than before, but didn't want to say anything in case he was wrong.

The married couple from Elysia arrived next, trudging tiredly into the car. Chuck stayed on his feet, ready to lend a hand, but Blanda wasn't carrying her picnic basket, just a small shoulder bag out of which knitting needles poked. Chuck waved as the couple looked up. Morit gave him a startled glance as though surprised to see him.

"Hi," Chuck said. "Enjoy your day?"

"Oh, yes, Master Chuck!" Blanda tittered like a little girl, shyly handing Chuck her carryall to stow next to her seat. She babbled out a cheerful little narrative about their picnic and the beautiful fountains and a unicorn.

Morit couldn't stop looking at the Visitor. He had been ready to celebrate the beginning of the conspiracy's success and, as he was getting aboard the train, had just been thinking it was a pity he couldn't announce it to the world, because the victory ought to be on the lips of every Dreamlander—and here was the cursed man, as large as life, looking like he'd only walked out of a dark room. Chuck Meadows was blinking a lot, but not another thing seemed to have happened to him.

"I . . . hear you saw Bedtime Monsters," was all Morit could choke out.

"You know, I did," Chuck said bemusedly, tilting his long face to one side. He took off the feathered cap he was wearing to scratch his head. "How did you know that?" Morit just goggled at him, not answering. Chuck guessed perhaps there were no secrets in the Dreamland. Maybe he had seen them, too. "They were just as scary as I remember them as a kid."

"The Collective Unconscious," said a man-sized black spider, walking into their midst. Chuck was sure it had to be Bergold, since it made directly for the place across Chuck's aisle seat. "Undoubtedly they *were* exactly the same as you remembered. They have been here, among the wandering images, until you came along again. No memory is ever entirely lost. But you are here. You fought them off."

"I had a kind of a shield," Chuck said, a bit sheepishly. "I remembered from when I was a little boy my grandfather told me that if I hid under the covers they would go away."

"And so they did," Mr. Bolster said, nodding approvingly. "A blanket is an acceptable protection against certain kinds of nightmares. Night lights are also efficacious."

"You made your own reality," Bergold said, clicking his mouth parts at Chuck. "Well done." Chuck gave a little shrug.

"I admit I was afraid for a while, but it was nothing. I mean, I did nothing special."

Nothing special? Morit thought, on the verge of boiling over with rage. Certain death by the claws of wild beasts, and he called it nothing special? What had happened? It was the perfect moment, the perfect opportunity! If Chuck Meadows had been taken, the other Visitors would have lost heart! How did he do it?

"It was a beautiful place," Chuck said dreamily, to the others. "I'll never be able to think of it as blank again." Morit almost leaped for him right there to strangle him. With his luck, the train would lurch and he would end up on the man's lap, hugging him around the neck. Blanda would probably approve, curse her.

"Message for you, sir," said a uniformed porter, appearing at Morit's side and extending a silver tray in his white-gloved hands. Peevishly, Morit snatched the sealed envelope off the tray, keenly aware of the curiosity of his fellow travelers. He turned his back on them to open it.

The note, hastily scrawled on transparent leaves, offered abject apologies for failure. They had tried. They had mustered all the influence at their disposal, but their attack was blunted by the force of an overwhelmingly strong Childhood Fantasy with which the Visitor had surrounded himself. They couldn't break through it. Every blow had been muffled, every slash soft-edged. They vowed it wouldn't happen again. Next time, they would succeed. They had all signed the note, all three hundred thousand of them.

Morit could feel their indignation vibrating through the page. He shared it as he crumpled the letter in his fist. The Visitor had thwarted him by making up his own rules. His self-made reality had extended into

the space around him, taking their perfectly good
monsters and rendering them into fluffy toys. Such
a surfeit of influence was abnormal. His comrades
didn't stand a chance. Look at the horrible man! He
didn't even have a scratch. They would have to concentrate more effort, and make certain that next time
Chuck Meadows had no template to work from to
stop the oncoming disaster. His stomach growled.

"When do we eat?" he demanded. The porter
spread his hands with an apologetic smile.

"We cannot serve until the whole party has arrived,
sir," the young man said.

"What? That's ridiculous!" Morit snapped. "I
demand you serve me at once."

"Dear!" Blanda said, shock on her foolish face.
"Manners!" He snarled at her.

"I am so sorry," the porter said, deferentially. "The
food won't be here until everyone is seated."

"Who is missing!"

"The tall lady," said the porter.

"Pipistrella," Chuck said. "She must have lost track
of the time."

"Time?" Morit exploded. "There is no time in
there." He slammed back in his seat. The entire world
was against him. First, he had not been able to kill
the Visitor, and now, this!

Chuck looked around for Keir. The guide must
have gone back to look for her. The last time Chuck
had seen her, she was floating high in the air, but
once his mind had furnished the Gardens with landscape, things got hidden. He settled down. It would
only be a few minutes.

The conductor came through, dressed in splendid
blue with red piping on his sleeves and cap. He held
out his watch ahead of him as though it was a com-
pass leading him north. Chuck couldn't help but
notice how miserable he looked. His face was as blue
as his uniform.

"What's wrong?"

The conductor glanced up, looking embarrassed. He looked about at the others in the compartment before bending over to whisper confidentially to Chuck. "We're *running late*, sir. The young lady has put us off schedule."

"Maybe the timetable's a little too tight?" Chuck suggested, trying not to sound judgmental. "You want people to have enough time to enjoy the destination. I just barely got back here myself."

"It was perfectly adequate for the rest of us," Hiramus said, his voice very low but crisp, leaning toward Chuck.

"Sir, the trains must run on time," the conductor said, plaintively.

"There's always *one*," Persemid said, to no one in particular. She hadn't been listening. She was sitting with her arms folded, tapping her foot irritably. Sean didn't say anything, probably unwilling to be disrespectful to a lady who had been kind to him. He stared at the door. Tension rose in the room like floodwater.

Chuck sat back and tried to be patient. This was an example of why he would have preferred going on his vision quest alone. He was getting hungry, too. If it took much longer, he'd open up his suitcase and share all those snacks. He counted the number of people in the car, and wondered if there would be enough to go around. He nodded to himself. It should be okay. He needed only a small stopgap until the conductor began serving that overwhelmingly huge dinner.

The whole train seemed to be on hold. No one was talking. People sat frozen, breathless, conversations interrupted mid-word, waiting. They couldn't get going until the train began to move. *Nothing* was going anywhere until Pip arrived. Where was she? Had something happened to her? Under his feet,

Chuck could feel the engine straining forward, held back by some invisible force. Instead of clickety-tat, the tense rhythm said "I'm-late-I'm-late-I'm-late-I'm-late." His whole body itched. It got to be so irritating that Chuck sprang out of his seat to pace up and down the aisle. Bergold was knitting silk from his spinnerets with a tapping rhythm that was driving Chuck mad. If he wasn't a giant spider, the people in the car might have risen up and tied the hapless Historian with his own yarn.

Just when Chuck thought he couldn't stand it another minute, the door at the end of the corridor opened up, and Pipistrella sailed in, gypsy skirts and silk bags flying gaily in her wake. Keir floated behind her, his beautiful face stern as a church effigy.

"Good evening, madam," the conductor said, a trifle stiffly. His face was red with near apoplexy. "I regret to inform you that our time of departure is delayed this evening." Under their feet, the train jerked forward, as if released from a leash. Pipistrella smiled at him.

"Oh, did I make us late? I am sorry. I was in such a marvelous state of relaxation, I didn't want to come down too soon."

The conductor blew his top. His head turned into a red balloon and shot out of his collar toward the ceiling. His hands reached up and grabbed the string tethering it to his collar and reeled it back in.

"Young woman, timeliness is the function of the railroad! You could upset not just this train, but the whole system of the Dreamland."

Pipistrella seemed to become aware for the first time of all the faces turned her way. She offered each a beautiful smile.

"I'm so sorry. I will try to be more careful."

Chuck swallowed the indignant protest he'd been saving for when she got there. Once wasn't a problem. He wasn't going to replace selfishness with impatience, but he saw he wasn't the only person who'd be carrying that one around. Bags popped into existence all over the car. Even the conductor's breast pocket bulged ever so slightly. He turned to face the passengers.

"Dinner will be served at once."

There was a sigh of relief, but it didn't drain the tension from the room. All the passengers who had been intent on Pipistrella's arrival now eagerly anticipated the first course. They did not have a long wait.

Salivating with hunger, Chuck watched the metal lid being lifted off his plate, and frowned at the small rice savory flecked with herbs and decorated with a marigold. The rice was dry all around the edges, and the flower's petals were beginning to fall off. He poked the delicacy with a finger. Cold. He picked up a forkful. Inedible. He put the fork down. The next course was no better. All of the food was cold, over-done, or both, thanks to Pip, who was still smiling affably. A soft haze filled the air around her, softening the glares others were shooting her way. She really must be completely unaware of her surroundings. Chuck was ready to give up all the credit he'd given her for being so nice to Sean. A shadow started to form over his head. With an effort of will, Chuck forced the forming suitcase out of existence. He was not going to add to his luggage again, no matter how irritating that woman was!

Chapter 16

Brilliant sunshine came in every window of the train cars as Chuck lurched along the aisle, coming back from returning his bedside book. It was such a beautiful day that even the second-class car looked pretty. The poker-playing men were sedately arranged around a game board marked out in squares and dotted with glass beads that lit up like jewels.

Chuck hadn't slept very well. He had decided to try reading *Lawyers in Danger* the night before. It turned out to be a poor choice. As much as he hated to admit it, the conductor was right. Chuck decided he'd take *The Joy of Knitting* and simply stare his critics in the face. It was better to be laughed at for one minute in daylight than to spend hours staring at the bedsprings overhead. The moon had been just a little higher in the sky, which meant its light had poured into his compartment all night long. He felt groggy as he pushed open the door to his carriage.

Shrill screams assaulted his eardrums, as a hairy, red-brown missile launched itself at his face. Chuck fended it off, and the small monkey ricocheted off him to hang, chattering with fear, from a wall sconce. Another bounded after it, kicking Chuck in the belly as it clambered after the first one. Chuck dodged just in time as a bowl of oatmeal hurtled toward him. It smashed on the door, and slid sludgily to the already-soiled Persian carpet. Food was all over the walls, hanging off the curtains, and smeared on the windows.

The whole car was full of screaming monkeys. Orangutans hung from the luggage racks. Apes jumped up and down on the seats. Smaller monkeys of every size scampered around through a ruin of dishes and spilled food. In the middle of the chaos sat Hiramus, reading his newspaper. His beard and hair were the same rusty red as the monkeys, but otherwise he was not at all simian. He put the halves of the paper together to turn the page, and noticed Chuck. He nodded politely.

Chuck picked his way through the mess toward him.

"What happened?"

"A little acrimony in a discussion over breakfast, which was served just after you left," Hiramus said, opening to the next page. "We hit a wave of influence and . . . you see the results." He shrugged.

Chuck eyed him curiously. "Why aren't you a monkey, too?"

Hiramus raised an eyebrow. "I didn't get involved in the argument." He went back to his paper.

Figures, Chuck thought, sitting down. Too bad. He could picture Hiramus as a gorilla, serious black face, furrowed brow, calmly reading in his high hat and gold-rimmed glasses. Well, he didn't want to spend the whole day in a zoo with one guy who wouldn't talk with him. It was clear Hiramus had no intention of helping to normalize things. It was up to him.

Chuck looked around. One of the bodies bouncing through the car had to be Keir. All he had to do was figure out which one it was, and get it to see reason. Keir changed shapes all day long with no trouble. The problem was, which one was he? The

only way he would find out was by process of elimi-
nation. He was dismayed at the size of the task, but
he didn't dare wait for the next wave of influence.
What might they turn into then? Rhinoceri?

A graying spider monkey in a cap and glasses that
landed on his shoulder clutching a tiny, large-eyed
creature had to be Mrs. Flannel and Spot. He made
a grab for her, and she bounded away, running on
three legs with her pet held protectively to her chest.
He captured her and sat her down in her chair, where
she cuddled her pet like a baby. He chased a spec-
tacled monkey that looked like Mr. Bolster up and
down the car until he cornered it against the far door.
It screeched and bit at him while he carried it back
to its seat. Chuck gritted his teeth against the pain.
It was worth a few scratches to get this mess under
control. He wrestled the monkey into place. It bit him
on the finger and flew up to cling to a ceiling fix-
ture, swearing at him in Lesser Ape. Chuck was glad
he couldn't understand it. So he'd gotten the wrong
one. He'd just have to try all the monkeys in the
puzzle until he got it right. Sooner or later he'd find
Keir.

The largest of the orangutans pounded its chest
with a fist and showed its teeth when Chuck tried
to pull it down from the luggage rack. It wrapped
its arm around his head, screaming in his ear like an
air-raid siren at point-blank range. Wincing, Chuck
pulled at the red-fringed arm. His feet slipped on
something slimy on the floor, and he slid to the
ground with the ape on top of him. Before it recovered from the surprise of falling, Chuck plumped it
down in one seat after another until it stuck in one.
It screeched protest, but stayed put. So that one was
Kenner. Two down, fifty-eight to go. Next!

He made a dive for a matched pair of gray-brown
monkeys that were huddled in the corner between
the seat rows. They tried to split up when they saw

him coming, but he was ready for them, arms spread
wide. Before the female could make a break for it
behind the wastebasket, he had them each by one
limb. They hung upside down in the air, yelling and
biting as Chuck carried them to the end row. By the
insane expression on the male's face, he guessed they
were Morit and Blanda. Sure enough, the couple
stayed in their seats. As soon as he set them down
they began to groom—more accurately, she started
grooming him, and he screamed and batted at her,
but they stayed where he left them.

As Chuck placed each anthropoid into a seat, the
rest of the task seemed less and less daunting. He
began to enjoy guessing where the next screaming
monkey belonged. Keir was right: the temporary shape
of a person had nothing to do with his or her personality. Chuck was able to figure out their identi-
ties, usually within a couple of tries, by the way they
acted. The two meringue ladies who sat at the opposite end of the car from Keir's party were far more
spry than they looked. He felt rewarded when he
hauled two aged monkeys to that row and got them
to remain in the seats. The second monkey bit him
on the finger as he set her down. That was probably
revenge for the last pie he'd thrown at her, which had
landed square in her ear.

"One for you, ma'am," he said, grinning in spite
of the pain.

In less time than he would have guessed, he was
following the last orangutan up and down the aisle,
though he was still missing two people, and Keir
hadn't been found yet. Although Persemid was still
missing, Chuck thought his quarry might be Sean
because it seemed very nervous. It sent pressed-mouth
grimaces back over its shoulder at him as it handed
itself easily along the luggage racks or leaped from
seat back to seat back. All the other apes kept on
shrieking and chittering as if egging on their comrade.

Chuck found the going hard. He had to stick to the aisle, which was sticky with spilled scrambled eggs, apricot jam, vegemite, peanut butter and oatmeal, and spiky with broken crockery, strewn serving dishes and flatware. He caught a lucky break. The train lurched around a curve, cutting short the ape's grab for the next overhead handhold. Chuck leaped for it and held it around the middle. It rained blows on his head and back as he dragged it to the two empty seats. It didn't fit in Sean's chair, so it had to be Persemid.

The moment he put her in her seat, the monkeys changed into people, and he found he was holding her around the waist. He let her go at once.

"Sorry," he mumbled, embarrassed.

"Thank you," Persemid said, sincerely. "I knew it was a stupid argument when it started, but I felt like I couldn't help myself."

Chuck looked around. The sconces on the wall had turned to smoky torches, and greyhounds gnawed at bones on the messy floor strewn with food. The restored passengers were clad in garments that had come straight out of medieval paintings. His comfortable chinos and sweatshirt were now a short belted tunic over a white puffy shirt and a pair of tight leather trousers striped in black and white. There was a *codpiece* on the front of his pants. Embarrassed, he tugged the tunic down front and back. Keir still wasn't there. He could have put this all to rights in no time, but for some reason left to let them settle the matter by themselves. Had he interfered unnecessarily? And where was Sean?

He heard groaning from the end of the car, and went to investigate. A heap of tablecloths shifted, and Sean poked his head out.

"Are they all gone?"

"Yes, they are. Well, they're back to being human again." Chuck helped him to his feet, so he could see for himself.

Sean glanced around, then sauntered with deliberate nonchalance back to his place. "Thank heavens. I've always had an unreasoning fear of apes. They were everywhere, flying around. I wasn't hiding, mind you," he said, giving Chuck the wary eye. "Just staying out of the way."

Bergold, who had been a small but magnificent silverback gorilla, and was once again a short round man, dressed in dusty beige and maroon robes, welcomed his seatmate back with a hearty handshake. "There did seem to be an essence of nightmare in that last round of influence, Master Sean. You were right to withdraw. Good work, young man," he told Chuck.

"Thanks," Chuck said. He eyed his chair uneasily. It was now U-shaped, the edges of the seat curving up to support gilded handrests, and the back a single slat topped by a carved griffin. Chuck doubted the cushion would keep his bottom from sliding into the hinge. Gingerly, he sat down. To his surprise, the chair was very comfortable, though the unyielding backboard made him sit up very straight.

Flanked by two trumpeters in tabards and tights, the conductor, in a dark blue houpelande edged with red, raised a mace. The trumpeters blew a fanfare.

"Next stop," the conductor shouted grandly, "the Rock of Ages!"

"Oyez!" the trumpeters shouted, tucking their instruments under their arms. The trio marched grandly down the aisle toward the next car. Chuck gazed at them, shaking his head in amazement. Now, who would dream something like that, and in such detail?

"We have time for another lesson in inner searching before lunch," a voice said. Chuck jumped. Keir appeared suddenly by Chuck's side, dressed in a court magician's robe made out of gray homespun. He had a tall stick surmounted by a crystal orb. Floating inside it was a yellow smiley-face.

"Where have you been?" Chuck demanded. The guide sat down on his chair arm.

"Oh, around," Keir said, with a small grin. "It's all part of your experience. You guessed that, didn't you? New things to stretch your mind, I told you, and you passed the test with aplomb. You jumped right in, solved a problem creatively."

Chuck preened a little, but he had to be honest. "I was trying to find you," he admitted. "The rest of it just happened. I guess I just got caught up in sorting monkeys until I was finished."

"Let that be the reason, then," Keir said, giving him a wise look. "I am grateful for your help this morning. I'll be counting on you more and more as we go along, I told you. As a reward, let's start with you today. We're going to be working more deeply on your powers of concentration."

"Fine by me," Chuck said, settling himself into his chair. The others looked at him enviously. Praise made the bites and scratches itch less. He liked being appreciated, and this time felt he had earned it. He'd be rid of those blue suitcases in no time. He could even ignore the ridiculous clothes.

This time he was not disconcerted by the contortions the seat went through to make him comfortable. The U-shape modified itself until it was a wide shell of handsome hardwood, carved on the outside but lined sumptuously inside with silk velvet. In fact, he used a bolt of influence to thicken the pillow supporting his lower back. The extra padding was just right. His smile was blissful as he wriggled into it. Boy, if he could only do that at home. He let his muscles relax, letting his hands fall open on the wide arm rests, shut his eyes and nodded to Keir.

"Good!" the guide said, his voice mellowing. "Now, concentrate. Think deeply. Ready . . . ? What is the sound you hear when the nightingale ceases its song?"

"Oh, come on," Chuck protested, opening an eye. "That's easy: breathing."

"No, no! Think *eternally*," Keir said, rapping him on the knuckles. The smiley-face stuck its tongue out at Chuck. "Let me give you some examples. Listen. How close to the cessation of sound is this?"

Boinnggg . . . a springy noise erupted right inside Chuck's mind. He jumped with surprise, but gave the sound serious consideration. He shook his head.

"You're so sure," Keir said, disapprovingly. "How about *this*?"

Jing-jing! was followed by *achoo!* Chuck knew that those two weren't right, either. Once again he was trying to be serious, and he suspected Keir was being frivolous. "Eh? How about this?"

"What I'd really like to know," Chuck said, interrupting the sound of a cuckoo clock in his ear, "is how I can get past the distractions of my life to find my real problem?"

"That isn't too hard," Keir said, reaching out to turn down an invisible volume control. The noises in Chuck's head ceased. The guide waited for Chuck to relax again. "Now. Picture yourself as a water buffalo trying to climb out of a vat of strawberry gelatin, but without the gelatin. Or the vat. Or without being a water buffalo. To reach the ultimate freedom of spirit you must divest yourself of all vestiges of glutinous desserts. Think about that."

While Chuck was struggling with this difficult concept, Keir trotted over to Persemid, assuming his wolf shape as he did so. The woman's outfit was decidedly medieval in cut, too: a loose-fitting, open-sided dress over a tight-fitting underdress that clung to her rounded curves with determination. Her red hair was just visible through a white veil floating on her head under a silver circlet. The fur trim on the loose dress looked just like Keir's fur.

"Your friend there is quite a guy," Kenner said,

leaning over to rap Chuck on the arm with a casual knuckle. He was twice the size he had been the day before, his muscles defined and oiled like a bronze statue.

"He is," Chuck said, watching Keir sit down on the floor. Together, he and Persemid began howling a haunting keen that rode up and down the musical scale. "He looks just like I would have pictured a spirit guide."

"To me he looks like a one-armed paper hanger, running around after the five of you all the time," Kenner said, with a grin.

"I suppose so," Chuck said, eyeing Keir uneasily to see if he'd overheard. To his chagrin, the wolf leaning toward Persemid started to shift toward human, with a trace of white overalls, the left front paw shortening up toward the shoulder. Guiltily, he threw panicked thoughts of "Wolf! Wolf!" in Keir's direction, and was grateful when the transformation halted and reversed. Luckily, Persemid's head was thrown back and her eyes were closed, so she hadn't seen. She might have accused him of co-opting her time with the guide again. "But he's an extraordinary man," Chuck insisted, unwilling to downgrade Keir. Not only would it be unjust and unfair to Keir, who was tactful and very good with difficult people, of which Chuck conceded he was one, but it would cheapen his experience. If he became dissatisfied, he would stop believing in this plane and he wasn't ready to go back yet. "I think he's terrifically organized."

"No doubt, no doubt," Kenner said, agreeably.

Keir finished with Persemid and floated over to Pipistrella, creamy-skinned and clad in flowing royal blue trimmed with silver. She had poured a lapful of crystals out of one of her bags, and was playing idly with them. The two of them created a ring of the bright stones, which the pretty woman gazed into as if it was a window into another world. Sean Draper gave Chuck an accusing glance as Keir, in the guise of Sean's mother, made room for herself next to the tall man. Abashed for being caught staring, Chuck looked away. He'd better go back to musing on gelatin.

Chuck was surprised to get a tap on the shoulder. When he opened his eyes the sun was beating down almost directly on the top of the car, streaming in through stained-glass skylights. He must have been meditating for hours. Well done, he congratulated himself, and an invisible crowd broke into thunderous applause. Chuck grinned sheepishly at the others, who looked over to see what the noise was. He turned back to Keir, who pointed his smiley-headed staff toward the window.

"We're making up some of the time we lost yesterday," Keir said. They were still eastbound. The train was moving fast enough to blur the landscape close to the train, but beyond that Chuck could see scattered farms and houses, with a small town just atop a rise to the north. The mountains, higher than the Rockies or the Alps, curled around the edge of the landscape like a protective arm. The clicking of the tracks hollowed and grew fainter as the train passed over a river. Chuck let his eye follow the blue ribbon all the way back to its source, where it was a shrunken silver thread clinging to the mountainside. He had no means of judging perspective, but guessed it was a long way. Distances in this place were deceptive.

Just over the river, the train began to describe another slight right curve. Out the window on the opposite side, the engine came into view, throwing white puffs of steam over its steel shoulder. Beyond it a wall of coruscating rainbow concealed the approaching landscape from horizon to horizon.

"What's that?" Chuck demanded.

"Nothing to worry about," Keir said, reassuringly,

but Chuck didn't feel his confidence. Remembering the bottomless pit that had almost swallowed them before, he worried about what could happen to them when they couldn't see exactly where they were going. He felt like jumping up and running to the cab, to warn the engineer. The train kept chugging blithely forward. As its nose touched the cloud of light, it seemed to vanish.

"I knew it!" Chuck said. "We're ceasing to exist!"

"What?" Persemid demanded, springing up to look. The others crowded over to the right side of the train, leaning over the other passengers.

"The train is disappearing?" Sean Draper asked. He grasped the edge of a seat, his hand white-knuckled with the pressure. The seat rail reached up to wrap securely around his wrist. Sean glanced down in surprise, but it held him steady. He seemed to relax a little.

"It's nothing that can hurt you," Keir insisted. "I told you we were making up lost time. We're just moving forward."

As he said that, the train gave a tremendous jerk, knocking all the standees but Sean into the laps of the others. Chuck landed on Morit, who grunted at him.

"Sorry," Chuck said, scrambling up to see what was happening. About a third of the train had been eaten by the cloud. Lists of things to do to help evacuate the train before their car passed into the shimmering wall scrolled before his eyes. There was no time to do them all. He was ready to start herding passengers out the back of the car, when he realized he could see a blurry image of the train itself on the other side of the portal. The cascade of light was translucent. Beyond it, the train had speeded up, elongating as it did so. Every car was at least twice as long as it had been. Gone were the decorative wheel bosses and the gracious wood paneling. In place of the Victorian steam engine was a horizontally ribbed, streamlined tube of silver with a chisel nose that hugged the track. It *looked* like it was in a hurry. As each car changed, the train jerked again, trying to maintain two speeds at once. Chuck crawled back to his seat. He braced himself to help the others into their places. The greyhounds and rush-strewn floors were gone, replaced by a very low-pile, nubby carpet woven in five shades of blue. He looked up. The aisle seemed to stretch out to infinity. The passengers had thinned out. There were fewer elderly people dressed for vacationing, and more dark-suited businesspeople with grim, worried expressions on their faces and cellular telephones pressed to their ears. Chuck grasped the edge of the molded plastic, ergonomic seat and hauled himself into it. He was glad to see seat belts. At the clip they were moving, a sudden stop would send everyone hurtling into the front wall. By the time he was sitting down, the jerking had ceased. The newly refurbished train was zooming forward on the tracks like a rocket.

The landscape flattened out into a blur of color, more indistinct than when the train had been heading for the abyss. Chuck looked down at his clothing. It had altered to suit the modern surroundings. The hated codpiece and leather pants were gone. Instead, he was wearing a collarless business suit and ugly ergonomic shoes. He'd gone from too ancient to too modern in the space of a breath. The conductor, whose sumptuous outfit had been pared down to a jumpsuit with embroidered insigne, handed himself into the car along plastic loops hanging from the ceiling, and announced lunch.

Chuck rubbed his hands together in happy anticipation. He'd meditated hard that morning, and he remembered only then that because of the monkey puzzle he hadn't had any breakfast. He sat up avidly as the uniformed attendants, now mostly female,

circulated among them, placing trays before each
diner. With dismay Chuck studied the plastic, sectioned plate and collection of white mylar bags and
packages arrayed before him. They looked sterile and
uninteresting.

Determined to be nicer and more patient with the
foibles of others, he was in a quandary. He didn't want
to cause a fuss, but it was hard to equate the good
meals they had had up until then with this, this
laboratory experiment. Pipistrella, whose gift for telling
the truth was sometimes so inconvenient, spoke for
all of them. She looked down at the sectioned plate
and wrinkled her nose.

"Yuck," she said, feelingly.

Chuck asked Keir, "What happened to the fine-food
service?"

"Well, we're moving at a greater clip, so the food,
too, is getting faster and faster," Keir said. His everyday costume contrasted sharply with the crisp modern-
ity all around him, but he looked as comfortable as
ever. "You wait and see until we're traveling at the
speed of light."

"If this can get any worse, I don't want to see it,"
Chuck said, picking up the entree plate. He sniffed
the food. It had no aroma. All he could scent was
Pipistrella's rose perfume from across the aisle.

"Oh, come on," Keir said, rapping him in the back
with a friendly hand. "Consider it part of your
education."

"Well, if you say so . . ." Chuck said, uneasily. He
tore open a packet, but couldn't bring himself to eat
the grainy, mushy contents. It looked like an example
for what *not* to do to food.

The force driving the changes kept altering his
meal, though never making it look good enough to
eat. The tray narrowed, widened, rounded off the
corners, grew extra ones, flipped up to have a rim,
flattened out to lose it. The contents shifted from three

helpings of dull-colored sludge to a hot dog in a bright green bun, something indescribable featuring over-cooked noodles and multicolored sauce, a wedge of unidentifiable meat with limp vegetables sprinkled with fire-engine-red powder that made his eyes water, a gigantic chili pepper stuffed with what looked like rice pudding, and finally, wrapped sandwiches with ooz-ing cheese stuck to the paper. Chuck's stomach did an unhappy flip-flop. He looked up at Keir.

"Eat it anyhow," Keir advised him. "Or don't. You don't actually need it to sustain your bodies, but if you *want* to continue the fiction of being hungry, you'll need to maintain the fiction of eating to get along. Form follows function."

"Indigestion follows ingestion," Persemid grumbled. "I notice you're not eating."

"Don't need it," Keir said. "But then, I have risen to a plane where I don't require the symbols of ordinary existence to get along."

"Good thing," Persemid said, prying up the top of her sandwich and letting it fall back. "Nobody could survive for long on this stuff."

Chuck couldn't have agreed more.

"It's pretty bad," he said. "Almost as awful as—"

The now familiar wave of energy hit him square in the back and kept going, rounding off the train walls until he couldn't tell where they ended and the ceiling began. Outside the windows, the landscape gradually dropped away until all he could see was sky and the tops of clouds.

"—Airline food," Chuck finished.

"You just had to say it, didn't you?" Persemid asked, dropping her fork back into her dish, which had shrunk a few more inches. The mess in the bowl looked completely unappetizing. A square, rock-hard biscuit sat on the brim. Bergold took a small book out of an almost invisible pocket and consulted a page. His eyebrows raised high.

"Goodness me, hardtack and swill!" He looked up at the others cheerfully. "You rarely see the genuine article. I suggest that you are attracting the original symbols. It's a pleasure!"

"It's an honor I'd surely forego," Sean said, his handsome face twisted in a sour grimace of distaste. Pipistrella sat with her dainty hands folded in her lap, an expression on her lovely face that suggested she was being subjected to Trial by Ordeal.

"You can get something to eat at our next stop," Keir said blithely, assuming the role of Sean's mother for just a moment. "It isn't real to us, as you know. Does it matter how it looks or tastes, so long as it sustains you?"

"Appearance, presentation and aroma aid in enjoyment, too," Hiramus pointed out. He was eating his dinner, with no enthusiasm whatsoever. Cheese sagged down from his fork in strings, threatening to stain his spotless suit.

"It won't be long," Keir said. "We're making good speed now." He stretched back in his seat, which reclined until he was lying flat with his sandals crossed. Chuck looked at the comfortable couch in disbelief.

"Now I know this place isn't real," he said.

Chapter 17

The plane bumped to a stop on a rocky runway that ended just inches away from a steep canyon. The conductor, recognizable only by the gold watch and chain that stretched across his midsection, was twenty years younger, much thinner, and clad in a waistcoat with colored flashing at the lapels. He waved to each of them as they disembarked.

"B'bye," he said, smiling personally. His teeth gleamed white like a glacier. "B'bye. B'bye."

"Bye," Chuck said uneasily, as he descended the steep steps to the ground. The bags strapped to his back caught the strong wind, and made him dance crazily from side to side. He was glad his clothes suited the climate: a thick blue sweatshirt over a long-sleeved T-shirt and a pair of new, indigo jeans over tan lace-up hiking boots. The plane had landed very close to the edge of the precipice. When Chuck looked around, he realized the engineer, or pilot, had had no choice. The promontory on which the plane stood was almost the only flat feature for hundreds of miles around. The ridge of mountains surrounding the Dreamland like the rim of a dish stood up high around the eastern edge of the plateau, making the gray-brown peaks inside look small and insignificant, until he compared his own size to them. They were still huge. The upwelling of awe in his chest was something that he couldn't find words to express.

Apparently, though, the landscape was not what they had come to see. Chivvying Chuck back toward the party like a hen rounding up her chicks, the little old man steered Chuck around the towering wheels of the plane to where the others of his group now waited. Chuck had no idea what could possibly top the glory of the mountains, until he saw it. His imagination was not sufficient to contain the concept by itself. It must have taken millions of minds and years to create the sight before him.

"The Rock of Ages," Keir announced proudly, as though he had invented it himself. The narrow stone shelf on which they stood was part of an irregular ring surrounding a deeper canyon than the one behind him. In the center was a single, perfectly cone-shaped peak. It summoned up in Chuck's mind the true essence of the word "mountain." It looked as though it had stood there unchanged since time began, and it always would.

His view of it was not as clear as he would have wished. Faint, twisting wisps of cloud shimmered in the air between him and the Rock. Then, Chuck realized, to the depths of his being, that the wisps were moving.

"What is that?" he hissed to Keir, pointing.

"The Rock of Ages," Keir said, with the air of someone beginning to tell a long story, "is where you can see anything that has happened at any time. It is a single, giant lodestone. It attracts history."

"No," Chuck said, pointing at the faint images on the sky. "What are those?"

"Memories," Keir said. "From the Rock you can watch the images of time. I just told you."

"Wow." Chuck gazed at the clouds.

Keir glanced at him, his sharp black eyes crinkled into merry slits. "Want to see?"

"You bet I do," Chuck said.

"Good! Follow me."

Keir stumped off clockwise around the ring. Chuck wondered where he was going until, through the mist, he saw a tiny bridge that led from the cliffs to the summit of the Rock. It looked frail as a hair. He ran after the guide, who stopped at the foot of the bridge. Keir had turned into his angel form, and was beckoning with a long, white hand. Pipistrella must be right behind him. Chuck stopped to wait for her. Her fancy shoes weren't suited for hiking over rough terrain. He took her arm. As soon as he touched her, her feet lifted off the ground. Chuck translated the reaction to mean that his intent to assist her became literal. She would not trip now, because she was walking on air.

"Thank you," she said, favoring him with her blinding smile. Chuck's heart did flip-flops inside him. He was struck all over again by the force of her beauty.

"Thank heavens," Persemid said, catching up with them at the bridgehead. The other two men had helped her make her way, each taking several of her packs and bags. "This is a lot wider than it looked."

Chuck agreed. Now that he was standing in front of it, the bridge was as wide as a four-lane road, and as flat. There were no rails or parapets to hold onto, though they were astonishingly high up. Chuck realized with ice in his belly that from the edge he was looking *down* at clouds. The mountain waited for them, its snow-covered peak like a wise, silver head presiding over handsome, strong slopes, dark brown at the shoulders, and covered with dark green down to the roots concealed in the swirling white fog.

Keir floated forward, not a wing feather out of place in spite of the strong wind. He turned and beckoned again. Pipistrella almost floated after him,

her small feet still not quite touching the ground.
Since she was still holding onto Chuck, he had no
choice but to follow.

The bridge felt reassuringly solid underfoot. Chuck
had no idea what it was made of, or what was supporting it, but it didn't quiver or sway an inch. He
glanced over his shoulder. More of their fellow passengers had mounted the span. Spot, in the shape of
a large, mixed-breed dog, was leading Mrs. Flannel,
who had dark glasses and a white cane. Chuck was
sorry for her. If all the sights of the ages were to be
seen on the other side, she would miss everything.
The small, plump figure of Bergold caught his eye
from the cliff's edge. The Historian waved and ran
to catch up. Within steps, he changed into a bald
eagle, and flew the rest of the way.

"My hat, that's convenient," the eagle screeched,
swirling over Chuck's head with a flick of his wing.
"You'll enjoy this, my friends! The Rock of Ages is
a favorite haunt of my fellows from the Ministry. It's
a resource we use to check the reality of phenom-
ena from the Waking World."

Chuck couldn't wait to get to the other side. As
they got closer, the great mountain loomed higher and
more impressively, filling the whole of his vision. The
green was not a solid, blended mass. It began to
divide into clumps of forest of many different shades,
separated by waterfalls and ravines he hadn't noticed
before, each as perfect as if it had been designed by
an artist. As he got closer still, he could distinguish
the crowns of individual trees, and soon saw tiny blobs
of different colors underneath some of them.

"My colleagues," Bergold said, gliding overhead.
He narrowed his caramel-colored eyes. "I do believe
old Telsander has hauled himself away from his books
for a time. He belongs to the Ministry of Continuity," he explained to Chuck. "In a way, Continuitors
are our rivals, though our responsibilities overlap.

History observes the events and trends of the past, and Continuity works to ensure that things do not vary by our actions from the way they are set down. Of course, we often disagree."

"What do we do now?" Chuck asked, as the party reached the end of the bridge. Beaten-earth paths led both up and down along the slope through the trees. The dots of color scattered all over the hillside were now large enough for him to see that they were indeed people, all staring intently at the clouds. Some of them were taking notes.

"Skywatching," Keir said. "History is here for you, as our friend told you. Maybe you'll see important events from our past. Maybe you'll even see yourself. Maybe not. Try it! I'll come for you when it's time to go."

"Come up this way," Bergold invited Chuck, swooping toward a path that led steeply uphill. "I saw a spot with a one-hundred-twenty-degree wide field of view about sixty feet above us."

The going was difficult. Chuck started out walking upright, mounting the slope as if it was a high flight of stairs. Shortly, the muscles in his thighs began to complain. After barking his shins and slipping on stones a dozen times, he hunched forward and climbed on hands and knees, grasping at roots for handholds, digging toeholds in the dry soil, his attention focused only inches from his nose. He was panting for breath by the time the shrill voice over his head told him he had arrived.

Cautiously, he detached himself from his spider-cling, and sidled over toward a tree Bergold was perched in. A narrow goat-path wound around the curve of the mountain, meandering among white-bark birches whose crowns were bright with green-gold leaves.

"Choose your vantage point," Bergold advised. "Some like to sit among the rocks, but I like the trees.

Having a living thing at your back is like having a friend with you."

Taking his advice, Chuck went from tree to tree until he found the one he wanted. Beneath a trunk as thick as his chest, black-banded roots humped up around a hollow in the ground filled with sparse grass, something like an armchair. It didn't yield the way the seats in the train did, but was more comfortable in a rustic way. He propped his elbows on the roots and sat back with his head supported by a knot in the bark. The tree felt friendly and wise, like an uncle offering solemn friendship to an inexperienced nephew. Though Chuck wasn't a child, he found the sensation reassuring, and he did feel new here, and very, very young. Bergold settled on a branch above that sagged under his weight, and pointed a wingtip out at the swirling clouds. The sky was as full of pictures as the night was full of stars.

"Do you see that?" Bergold said. Chuck followed the sweeping tip of his wing, but the image winked and vanished like a candle being blown out. Other and more interesting things drew his eye. He turned his head this way and that, trying to absorb them all.

"Focus!" Bergold said, with a soughing caw that sounded like a laugh. "Let the visions come to you."

Chuck let himself relax, and stared at one spot. To his delight, he saw a queen bearing a diamond scepter entering a long room filled with people. She moved majestically toward a throne at one end of the room, turned and sank slowly onto the cushions, scepter still held aloft. Chuck felt exalted that he could witness such a moment. The grandeur of the parade, all the peers in their fancy robes, the walls of the ancient room carved and gilded with symbols he couldn't recognize and had no idea of the meaning of, were outside his normal frame of reference.

The image didn't last long, giving way in the flicker

of an eyelid to a brightly sunlit street corner where
five men in sleeveless T-shirts and yellow hardhats
were pouring concrete into a pothole.

"Wait, it stopped," he said to Bergold. "I want to
see more! How do I make it go back?"

"You can't," Bergold said. "You can only see what
is offered. There's no telling how the Rock chooses
to display the events it does."

"It's frustrating," Chuck said. "It's like sitting next
to someone flipping through television channels too
fast."

"Ah," Bergold said, in the kind of voice that would
accompany raised eyebrows if the eagle had had any
to raise. "We'll have to have a discussion later about
the true nature of television. I have dozens of questions I've always wanted to ask. Alas, I am afraid you
must allow the visions to happen as they happen. You
are not in control."

"But I would have liked to see more of that, that
coronation, or whatever it was."

"Such is the nature of the Rock," Bergold said,
lifting his shoulders in a shrug. "I believe it's an
advantage rather than a detriment to see shorter
segments of time, rather than longer. Imagine having to observe a woman doing an entire family's
laundry on a rock in a river, or watch children
throughout a school day."

Chuck frowned, but Bergold was right. Those
would be boring. It was a trade-off, but he would
have liked to make the decisions himself. Television
had spoiled him. He would have to remember to tell
Bergold that.

The construction workers were gone now. Instead
he was looking into a fancy office paneled in red
mahogany. Six men in black frock coats and cravats
were sitting around a table, passing legal-sized papers
back and forth. Two men signed each of the docu-
ments, then everyone shook hands. Chuck guessed

he was seeing the signing of some kind of contract, but he couldn't guess what.

"Can't we hear what's going on?"

"Sound doesn't carry very well from the past," Bergold said. "The watchers here for the Ministry have learned to be very good lip-readers. If you want to, later on you can find an observer who viewed the same image as you, and read his records of what they were saying."

Chuck sat back with his hands behind his head, staring at one spot in the sky. In the space of a few minutes, he saw soldiers wade ashore on a beach, coalescing into cars rushing along on a highway, then becoming the flower stems a woman in a florist's shop was putting into a vase.

"When I was little," he told Bergold, thoughtfully, "I used to watch clouds change shape. I thought I could see all kinds of things in them. Maybe this happens at home, and I never noticed."

"If you ever find out I hope you will come back to tell me," Bergold said, sincerely. "Daydreams! What a paper that would make! Well, let me leave you to your observations. I must fly. Enjoy yourself." Bergold launched himself off the groaning branch, and wheeled away into the sky, becoming lost in a cloud image of a man changing a light bulb. Chuck settled back to watch.

How amazing it was to peek in on the events of history, he thought, watching a man in colonial dress counting coins. The visions didn't last very long. They were as ephemeral as they looked. If Chuck had to duplicate the effect, he would have painted the image before him in thin watercolors on glass, overlaid against many such scenes. It was really beautiful, giving ordinary faces and places a special sense of eternity. Everything that had ever happened was floating around here in the air. Incredible.

He could watch what was going on behind the first

vision by changing his focus, but he could see something else just by waiting. He almost imagined he heard the tree behind him making comments, but it was probably just the wind in the branches. On the other hand, this was a dreamworld. The tree might even be an observer who came to watch the skies and never left, changing to suit the environment. Chuck settled his back more comfortably against the white bark. It wouldn't be a bad life . . .

Moments from every corner of history danced before his eyes for a second or two. Occasionally, Chuck saw cities rise and fall, men at war and women having babies, but mostly he witnessed small events from the lives of ordinary people. He watched millions of children sitting in concrete-block schoolrooms, waiting impatiently for the bell. He watched billions of people walking up streets, and for a change, walking down streets. Endless meals were served and eaten, from countless different places and eras, then a whole rash of similar ones would flash by, singled out by the inclusion of a single ingredient, like mayonnaise. By the time he'd sat there for a while, Chuck had seen a thousand different uses for the sauce, and a million all the same. Whole schools of fish had died for all those tuna salad sandwiches, whole wheat fields reaped bare, and for what? Mere sustenance that wasn't even worth a footnote on a page of history.

At bottom, Chuck had to conclude that most of everything that had ever happened in the world since the beginning of time was . . . boring. The Historians on duty, some of them visible from Chuck's vantage point, carefully scribbled away in vast books. He'd thought at first that they had an interesting job. Now he felt a little sorry for them.

Overhead, a vast image of a dark-skinned woman in a brown dress flicking a quilt out over a child's bed, overlaid at once by a tiny Japanese woman carefully spreading a silk coverlet out onto a futon. Chuck couldn't take any more. He wasn't going to watch a whole series on making beds. The scenes were beginning to blur together. One more person running for a train or an egg dropping to a linoleum floor, and he was going to fling himself over the precipice and disappear into the mists of time.

He came to the inescapable conclusion that nothing he had observed would help him along the way in his quest. What if he saw himself in a past scene? Since he couldn't recall how he really looked, would he even recognize himself? How would seeing how he had behaved before change what he was now? He couldn't sit still any longer. He sprang to his feet, feeling he just had to move.

Though the peak had seemed vast, he was able to walk around it as quickly as he had crossed the miles-long span to reach it. Size was relative, as Keir had pointed out. This wasn't a physical place. Mentally, it was huge, but if it was made up of any real molecules at all, they could be squeezed down to a mass that would fit in his hand. Chuck guessed that it probably had as much genuine existence as the body he was wearing.

A stripe of bright color on the far side of the surrounding bluffs caught his eye. He squinted, and his vision zoomed in on the spot like a telephoto lens. Tents, banners, signs . . . it looked like a bazaar of some kind. Chuck grinned to himself. Wasn't it just like human nature? Where an attraction brought in the crowds, merchants popped up nearby to collect the tourist dollars. He'd seen dozens of similar markets in the visions surrounding the Rock of Ages, and was pretty certain he'd been to some in his normal life. He decided he'd enjoy seeing what a market on the astral plane was like. There was a second bridge leading off the peak to it. He wondered if it had been there before the market existed, or if the merchants had caused it to be made. He glanced back at the scholars. If the merchandise over on the other side cost influence, those guys must be rich, because they hardly moved except to write things down. It was a pretty situation for both sides.

He tried to convince himself he ought to stick around for a while because the Rock of Ages was an important cultural site, then decided it didn't matter if it was. Been there, did it, so maybe he'd go down and buy the T-shirt.

Chuck stumped down the hill toward the second bridge. Along this face of the mountain there were shelves and ridges large enough to stand on. Here and there stood office water coolers and coffee machines, peculiarly out of place in the wild, natural setting. Historians and Continuitors in long robes loitered around them with cups in their hands, gossiping. It looked like every workplace Chuck had ever been in during his life, in spite of the eternal cinema going on overhead, and the fact that one false step could shoot you down an endless mountain into the fog.

Near one of the coffee dispensers, Chuck caught Bergold and Hiramus sitting on a rock chatting like acquaintances. Bergold was human again, wearing another version of his base shape, as he'd called it. He had red hair and sandy freckles to match the Visitor's ruddy skin, auburn hair and mustache. They stopped talking as Chuck came up. Bergold waved him over.

"Say, you two must know each other," Chuck said.

"Yes, I know Bergold well," Hiramus said, almost sheepishly for such a quick-tempered man. "He's a most eminent figure at court."

"You flatter me," Bergold said, transforming into a blushing maiden with a fluttering fan. He peeked over the top of it at them. Hiramus chuckled.

"How often have you been here before?" Chuck asked, enviously.

"Many times," Hiramus said, the corners of his ginger mustache curling upward in a smile. "I've traveled widely in a dream state. It's a pleasant occupation, learning more about the minds of ourselves and our antecedents. What do you think of this place?"

Chuck was embarrassed. "It was getting boring," he admitted.

"We felt exactly the same way," the Historian said, cheerfully. "There may be those in my department who can sit still until spiders weave webs over them, but I am not one of them. We were just going to look at the bazaar. Come with us."

Chapter 18

The second bridge was similar to the first, wide as a road and unyielding to the winds that swept through the ring-shaped canyon, but didn't have the air of eternity or awe. This one was definitely intended to draw people off the mountainside and get them into the market. Once on it, Chuck found he couldn't turn around, not even to look back. When he tried, his feet stuck fast to the pavement. He could only go forward. Was there a spell laid on the bridge, or was it just influence? Or were his feet telling him the truth his head already knew, that he didn't want to go back and watch people plowing fields and changing diapers? He hurried after Bergold and Hiramus, who were waiting for him at the end of the bridge. He'd much rather talk to real people—as real as anyone was in the Dreamland. That held as much appeal for him as the bazaar did.

"You said court," Chuck said, as they walked among the brightly colored tents and stalls. "What's your government like? Who is in charge here?"

"Oh, it's a monarchy," Bergold said, holding up a forestalling hand as a young woman offered him, or rather, her embroidered handkerchiefs. "Our king is

Byron the Creative. Always a king, for these last many millennia."

"That's socially incorrect," Chuck complained, shaking his head as the girl turned into an elderly basket-seller and tried to thrust a straw punnet into his hands. "You ought to have some queens."

"We will have a queen next," the Historian said, pleasantly. "His Majesty has one child, a daughter, the princess Leonora."

"One? There have been a lot of queens in history out there. I mean, my plane of existence."

"You must realize the Dreamland changes very slowly compared with your world," Bergold said. "More time seems to have passed while you have been with us, but that is because of *all* the minds dreaming it. By the same token, it takes a while for ideas to spread widely and be incorporated. For example, queenship. It is not enough for a government to have achieved it. It must gain acceptance in the minds of all sleepers for it to take form here. The way that we here know that something truly exists in the Waking World is if it becomes commonplace in the Dreamland. That is when it attains reality. Otherwise things come and go, often disappearing and only emerging once in a while out of the great Collective Unconscious." He smiled, almost reminiscently. "The occasional vision is good for the imagination. Things pop up in the most unlikely places. The Collective Unconscious is not only the sum of all current minds, but of all history, and that fades slowly."

"Would you call that race memory?" Chuck asked.

"Of a sort. Say rather, a repository. Dreams can bring up things that were long buried, such as visions of dinosaurs and dragons."

"Does it contain all of history, like the sky here?" Chuck asked eagerly.

"Again, not exactly. Only what sleepers' minds send, and as you may guess," Bergold said, "the views are very subjective. The more minds there are reflecting a particular thing, the closer the mass vision comes to being accurate—on the average. It varies also according to intensity, timing and number of the dreamers. That is why we treasure this place, during the times that it exists."

Chuck looked back at the Rock. "You mean it hasn't always been here?"

Bergold chuckled. "I mean that it *isn't* always here, and has not always been precisely this shape. Our archives record it as having countless different configurations over the millennia. Change is the nature of the Dreamland. When it is here it gives us sights of true events, although again subjective, and without discriminating between the historically important and the unimportant, nor consistently displaying them in an order that gives us historical perspective."

"It's complicated," Chuck said, feeling his head start to spin. He clasped his ears to keep it from literally lifting off his neck.

"Not at all," Bergold said cheerily. "We just accept whatever comes. It's our purpose. We're proud of it."

Chuck glanced around the busy midway, watching people come and go with their purchases. The place was as crowded as a shopping mall at Christmas. The heady air smelled of mixed spice, hot dogs, popcorn, animal dung, perfume and leather. From the other side of the ravine, Chuck had noticed that the bazaar was set up with two concentric rectangles of booths around an open green. Men and women bargained hard with one another, chatting gaily at the tops of their voices. With his newly-minted courteousness, Chuck let people barge in front of him, behind him and nearly through him, until he decided that manners didn't mean letting oneself be trampled. People carrying baskets, paper bags or pushing their shopping in wire carts ambled through the lanes, joking with one another. Children ran around, playing games.

A dog sitting in a chair behind a counter sat up and barked as they went by.

"I guess there aren't that many differences between the Waking World and the Dreamland."

"On the contrary," Bergold said. "Since your world created ours, we resemble you a lot more than you resemble us. Like anything done by committee, it's a job lot. Some of it is decidedly wonderful, some uneven, but the king keeps it all in order. Guided by the Sleepers, of course. We are very honored that you have decided to favor us with your presence."

Chuck was impressed, and more than a little humbled. He never had that much faith in higher entities himself, but then, these people had proof that their lives were shaped by a force outside themselves. After all, he was right there, and he could shape reality better than people who lived there and knew what they were doing.

Hiramus stopped at a bookstall and began to turn over scrolls he found in a wooden box full of straw. Chuck lost Bergold at the next booth, which sold lights of every kind, from searchlights to birthday candles. He decided to go on without them. There was so much to see.

He glimpsed Pipistrella seated in a tent on the other side of the fairway. Even though there was no breeze, her clothes still floated around her like a mermaid's hair, defying gravity. A woman in flowing robes and a turban leaned over her hand, talking. Chuck couldn't hear them, but he didn't need to. Pip was having her fortune told. He dismissed her sneeringly as gullible for even listening to a fortune teller. At the same time, Chuck thought it might be fun to have his fortune told. Not that he would lend any real credence to anything he heard. No way! He drifted over that way, drawn by the gypsy woman's tone of voice and Pipistrella's rapt expression. No, he told himself. Don't stop. Keep walking. He wanted to find his truth for himself, not be told it. But it was tempting.

The colors caught his eye from clear across the grassy square in the center. On a broad table under bright lamps were toys. There were whirligigs, marionettes, little trains, farm sets. Chuck loved toys. The best one was a little rainbow made of light that ran by clockwork. As he watched, it tick-tick-ticked over, completing the arch, then cranked back again to the beginning. Keeping his eye on the rhythmic movement, Chuck hurried over.

The toy was the most adorable thing he'd ever seen in his life. When he wound up the key, cunningly hidden in the base, the arch made of liquid flowing color rose up and over a wooden landscape until it fell into the pot of gold on the other side.

"This is wonderful," he said to the woman behind the table. "I have got to have this."

"Certainly," she said. "It's three chickens."

"No, it's a rainbow," Chuck said, lifting it.

"No, sir, I mean it costs three chickens." She rubbed her thumb and forefinger together.

"Is that a kind of money?" Chuck asked. He reached into his pockets, but they were empty. He frowned. He never traveled without cash! But, these weren't really his pockets. Rather, they were, but they weren't physical pockets.

"I don't have any of your kind of money because I'm not from here. I'm . . . I'm a sleeper."

"Uh-huh," the woman said. "And I'm the fount of all knowledge. Three chickens." The sleeves of her white blouse were rolled up to the shoulders of her meaty, well-scrubbed arms, as she continued to arrange knickknacks and toys on the bright calico tablecloth. Chuck appealed to her.

"Look, I really don't have any money, but I'm from what you call the Waking World. Couldn't you please just give it to me? As a present? I really am a Visitor."

"That's a fine story!" the woman said, her expression scornful. "All I can say is, if you don't have the ready, you can't have the merchandise." She took the mechanical rainbow out of his hands and put it back into its place. Sitting on the cloth, it continued to operate, arching and collapsing, arching and collapsing. Chuck waited until she was busy talking to someone else, and reached for it. She didn't even turn around, but her hand shot right over and smacked him on the wrist. Chuck clutched his arm and hopped back a pace. The woman rounded on him, seeming to grow two feet taller.

"You can't have it," she said firmly, putting a protective hand over the toy. "I don't care if you're the Seventh Sleeper yourself. There are rules around here." The little rainbow glowed through her fingers. Chuck had never wanted anything so much in his life. He was sure it was meant to be his, no matter what she said. He *knew* it. It had looked like a simple windup toy when he had first spotted it, but the more he was told he couldn't have it, the more beautiful it became. Its paint grew lustrous, and its light glowed more warmly, until he desired it more than anything else he had ever wanted in his life.

"Look." Chuck yanked his shirt up and showed her his navel cord. The silver strand glinted in the sunlight. "What about that? Only Visitors have something like that. Right?"

"Oh, how cute!" the woman cooed. "My son has a tail. Not as fancy as this, mind you." She reached over and twanged the cord with a flick of her finger.

"Ulll-llll-llll . . ."

The reaction shook Chuck so much he feared he would turn inside out. A warning tone rose inside him, drowning out the sound of the crowd. The vibration shook every sinew in his body. He goggled at her, helpless to move. His arms stretched out and began to wiggle. People came from all directions to watch. He wanted them to go away, but he couldn't form coherent words. They began to laugh at him, pointing. The ground started to crack under his feet. "Ulll-lll-lll . . ."

"What is wrong here?" The sharp voice of Hiramus cut through the buzz in Chuck's head, and two steady hands held him by the shoulders until the vibrating stopped. The older man stared fiercely at the crowd until it dispersed, leaving only Chuck and the dealer behind the table in the immediate vicinity. It was as if the hundreds of others simply ceased to exist. "What is going on?"

"Uh, I was trying to buy this rainbow," Chuck said, catching his breath. He reached for the toy. The woman automatically pulled it just out of reach. "I would really like to have it. But I have nothing to buy it with."

"Wait here," Hiramus said. He strode away.

Chuck was thankful to have stopped shaking. He'd been buzzing so hard he thought he would fall apart. He put a hand on his chest to feel his heartbeat. His fingers encountered a strange anomaly, a dip in his ribcage right above his sternum. Turning away from the woman behind the counter, he pulled up his sweatshirt and looked down at his chest. Chuck blinked, then stared in horror. There was a hole in his chest about the diameter of an apple just about where his heart was. He could see the ground behind him through it. Unable to believe his eyes, he felt the space with his fingers. They encountered no resistance. Part of his chest was gone! He *was* falling apart. Where did that piece of him go? What had caused the hole? It looked like a cartoon cannonball had gone through him. But no one had shot him. He examined the opening again. There wasn't any blood or icky stuff. His insides were there, dark red and white, but the edge was perfectly smooth, as though he was looking at them through glass. A pair of round, gold eyes regarded him quizzically. Panic-stricken, Chuck spun around. A stray cat had wandered out of the crowd, and had been looking up at him through the hole.

Scanning the ground, Chuck lifted his feet one at a time, wondering if the section had fallen out while he was vibrating, or some time before, and looked again. Where was it?

He tried to think about the last time he had seen his chest intact, and realized he never had, here in the Dreamland. He never undressed. His clothes always became pajamas and turned back to clothes again, whenever he needed them to, and his skin always cleaned and shaved itself. The piece could have been missing from his body since he arrived. Chuck had a dire, sinking feeling it had been gone all along. The space matched the hollow despair he had always felt. Only here, in the astral plane, could it ever manifest itself physically. Something was *literally* missing from him and his life. As if he needed the proof.

"There he is," Hiramus's voice said, from somewhere behind him. Quickly, Chuck put his shirt down to hide the hole. He didn't want anyone else to see it. He was ashamed to be so flawed.

The older Visitor reappeared among the crowd, with Keir in his dolphin shape firmly in tow. As soon as Keir saw Chuck, he resumed the form of the ancient sage.

"Now, how does he pay for something?" Hiramus demanded. "We don't have money or any other means of exchange."

"You don't need it," Keir told them both. "Nothing you buy will go home with you, any of you."

"We're *eating*, aren't we?" Hiramus said, peevishly. "Sleeping? Why can't he take pleasure in buying and enjoying something while he is here? Why should he have to suffer a Public Humiliation Dream just because he is exercising a normal human impulse? Eh?" A much taller man than the guide, he loomed over Keir until his mustaches almost tickled Keir's head.

The little old man looked humbled. "You're quite right, Hiramus. If you are being nourished in other ways, it is appropriate that you consider the inner child as well. You see how I learn from all of you, too?" He nodded to the woman, who grumbled as she picked up the toy and slapped it into Chuck's waiting palms. Keir reached into a pocket and gave something to her. The woman stuffed it into her apron pocket.

Chuck cradled the little rainbow greedily, his misery temporarily forgotten. What a great, great thing the toy was. He'd never seen anything so wonderful in his daily life. All the true colors that ever were, lined up together, marching across his hands. It made him feel rich. He wound up the rainbow carefully with the key, and held it on his upraised palms so he could see the little arch forming and re-forming itself over its painted landscape.

"It's a pretty thing," Keir said, watching him carefully. "Worth all that angst?"

"Well . . . yes," Chuck said. "I mean, I don't know why I *shouldn't* have a toy. I mean, I wouldn't have thought twice, at home. I wouldn't have had to. I have my own money there."

"Do you *need* a toy?"

"I just like it," Chuck said, annoyed at being questioned.

"Is the having as good as the getting?"

"Of course!"

But as soon as he had said it, he wasn't sure. Now that he owned it, the glory of the toy seemed to fade a little. He put the difference in its glow down to the difference of the light. The barrow woman had spotlights suspended over her stand to make her merchandise appear its most attractive. That'd be influence again. She was exerting it to make things look so good people would feel the impulse to buy them. Now that he had the toy out in the light of day, it was slightly less spectacular.

He trailed around after Keir, playing with the rainbow toy. As it ran down, he wound up the key. The colored arch ticked over, dipped into its pot of gold, and fell back again. After a hundred or so repetitions, Chuck was beginning to find it as uninspiring as watching the construction of ten million tuna fish sandwiches. The toy no longer gave off the same bright light it had in the beginning. Perhaps its batteries needed replacing. He turned it over to see if there was a hatch. The bottom was solid. The light must be generated by the winding of the key. But he'd never heard of such a thing in his life. Maybe the rainbow wasn't made of light. He peered closely at the stripes, and thought he could see a weave pattern under the glowing surface. The toy wasn't miraculous after all. It was ordinary, even tawdry-looking. Disillusioned, Chuck stuffed it under his arm and pushed through the crowds in his guide's wake. Keir dragged him from booth to booth, explaining the wares.

"Look at these," Keir said, beckoning him to his side at a huge purple tent at one corner of the fair. Its counters were crowded with people. "Marvelous invention. Saves time."

Chuck raised his eyebrows until his forehead furrowed. All he saw were boxes, cartons, and bottles of several sizes and made of different materials. He held up a green glass bottle the size of his palm to look through it. There was nothing inside.

"They're just containers," Chuck said.

"Correct," Keir said. "If you happen to have any spare time, you can put it in here, instead of wasting it. That way, when you need extra time for something, you have it at your fingertips."

"That's insane!" Chuck said. "You can't put time in a bottle. That's just an expression, saving time." Keir gave him that little, wise smile.

"Not here," he said. "Here it's an artifact, the resolution of logic. Your mind, and everyone else's minds, makes puns out of what you hear. Sometimes it manifests itself in reality." Guiltily, Chuck remembered about the hole in his chest. He opened his mouth, but decided he didn't want Keir to ask him to show it until he got back to the train. There were too many people here. What had Hiramus called that embarrassing crowd scene? A Public Humiliation Dream. Chuck didn't want it to begin all over again. "Anyhow, keep your mind open. You'd be astonished at what you can find here that you have always taken for granted."

Feeling like a schoolboy on a distasteful assignment, Chuck picked up one item after another from the table. He didn't care for knickknacks. This stuff reminded him of the possessions of an aunt who collected Victoriana, which he'd always taken to mean anything that was hard to clean and of no real use.

A boy appeared at Chuck's elbow as he held an inlaid box in the air, dutifully examining it. It was black, and the inlay was white and red. He didn't get any more psychic message from it than that. He glanced down at the child, who was staring with bright eyes that looked as big as saucers. Chuck offered him the box, but the boy wasn't looking at that. He was looking at Chuck's rainbow with the same awe Chuck had had when he first saw it.

Chuck took the toy out from under his arm. After going to so much trouble to get it, he was tired of carrying it around with him. It looked cheap and simplistic, nothing that could hold his interest for very long. If the kid wanted it, he could have it. The boy lifted his open palms like a votary as Chuck set the little toy down in them.

At the moment he put it into the boy's hands, the toy became gorgeous again. Rainbow light brighter than before suffused the area, blotting out the purple tent and all the other customers. There seemed to be no one else in the whole world but the two of them, looking at the gleaming rainbow. Chuck regretted his impulse. Now that it looked good again, he wanted it back, but seeing the joy in the child's eyes, he knew he could never take it away. He let his hand drop.

"Good for you," Keir said, appearing at his elbow. The brilliant light faded. The world swung into action again. People appeared from nowhere, stepping up to the booth to buy. The noise that had died away for just that moment came back in full force, striking the ears like cymbals. Chuck stood watching the child. He sat on a stone near the corner of the table with the toy on his knees, rapt, watching the miniature rainbow arch up and over, up and over, striking its pot of gold.

"I had my fun with it," Chuck said, and smiled reminiscently. "He reminds me of one of my kids."

"How many do you have?"

"Three," Chuck said automatically, and knew the statement to be true beyond any doubt. He had three children. He could remember all of them, and everything about them, when they were born, what they looked like, the little personality traits they had, the things he loved about them that no one but a parent would even notice.

Wow, three kids. He had thought he was a teenager, or at least the young man whose face he saw reflected in mirrors and train windows, but that didn't really add up with three children thrown into the calculation. How old *was* he? He still didn't know, but out of the fog in his mind came one clear memory, that of an upturned little face, his youngest son, smiling at him. "You know, at home I like to buy toys for kids. I do it as much for the fun of buying them, maybe getting a chance to play with them myself—just a little—as for seeing the kids' faces when I give the toys to them."

"I have been remiss," Keir said, with a quirk at the corner of his mouth. "Let's get you some legal tender of your own so your good impulses won't be stifled again."

Chuck followed Keir around a corner and through an arcade he hadn't noticed before. Behind him the rest of the bazaar looked the same, but inside the archway it was a whole new world. Pairs of men and women in expensive suits argued with one another on small cellular telephones, even though Chuck figured out very quickly that they were talking to one another. Burly men uniformed in plain brown overalls steered through the crowd with wheelbarrows full of big, round bags with a double-barred S or L on them, the kind Chuck had always seen in cartoons that represented bank money. Even the smell of the place was different. The tantalizing aroma of spice was gone, and the sharp scent of ink and paper tickled his nose.

"Where is this?" he asked.

"The Money Market," Keir said. "There is direct access to this place from many locations in the Dreamland. We're here to get you some fresh cash."

He followed Keir through rows of curtained booths that started to look less as though they belonged in a carnival and more like a bank. Not quite at the end of a long corridor, Keir stopped off in front of a stall that, although curtained on both sides with draperies of dove gray, had a glass shield that reached from its ceiling down to within six inches of its polished metal counter. Keir took a bag out of his shabby pocket and turned it upside down on the table. Coins, ranging in size from sequins to mayonnaise jar lids, bounded jingling out of the bag. The clean-shaven man in the pinstriped suit behind the window scooped them all up with a single sweep of his hand, and turned away. Chuck was impressed. The guy must have been a genius at marbles.

"So, what's the exchange rate?" Chuck asked, watching the man's back through the window. He was writing in a ledger and dropping the coins one by one into the pan of a balance scale. Chuck couldn't see the other side of the scale.

"One to one," Keir said.

"You mean, you buy the same amount of cash as what you have? No service charge?"

"Certainly not. The prices are fair."

"Then what exactly are you buying?" Chuck asked.

"Money," Keir said.

"But you had money," Chuck said. "Why are you exchanging it for exactly the same thing you just had? Why not give me some of that?"

Keir regarded him with a quizzical glance. "Why would I give you stale cash? This will be nice and fresh."

"Would anyone be able to tell the difference?" Chuck asked, bewildered.

"Fresh money will last longer. Some people say the old stuff has a cachet, but I've never seen the attraction one way or another. Here, look, son. This is Dreamish money."

The banker had come back. He deposited a cluster of objects and began to push them underneath the window toward Keir. Chuck looked at the collection on the counter. There were eight hens and a rooster, five loaves of bread, a cluster of retractable ballpoint pens, pencils and a couple of newspapers. "It doesn't look like cash. It looks like things you've already bought."

"Of course. In a way it is 'things,' " Keir said, gathering them all into a small area. The chickens squawked a protest. "These are what money represents."

"Is that all you can get with it?"

"Not at all. Your windup rainbow cost three chickens."

"But I didn't see any chickens!

"It's symbolic! What do *you* buy with money? It's a medium of exchange to obtain goods or services, yes? Here in the Dreamland we are closer to roots of symbols. It's also influenced by who has it or who observes it. To your toy saleswoman, she sees coins. Someone else might see loaves of bread. It's all Sleeper's whim, depending on who's dreaming whom. Here." Keir spread out one of the newspapers, piled the loaves, pens and pencils, and shooed the chickens onto it, then dropped the whole mass into Chuck's arms. "That should hold you for a while."

"I'd rather not carry live chickens around, Keir." Chuck looked down in alarm. The rooster was staring fixedly at his nose. Chuck tilted his head back to keep it out of pecking range.

The guide shook his head impatiently. "They're not live, they're legal tender. Just wait." He led Chuck out of the labyrinth of the Money Market and into the bazaar. Within a short time, the awkward armful began to shrink. As the guide had promised, the press of other minds was forcing the symbols into coin shape. Soon, Keir was able to help Chuck stuff the much reduced objects into his hip pocket. Most of the money stayed that way, but Chuck felt an urge to take them out again and spend them on something. The chickens particularly were determined to peck a hole in his pocket. Chuck just had to make sure to take them out before he went to bed. He'd never sleep with chickens in his pants.

"Oh, I nearly forgot. Here's a present for you." Keir handed him a small green glass bottle. "A reminder of your good intentions. Keep it up."

"Thanks," said Chuck, putting it deep into his pocket with the money. He heard a *tonk*, probably the rooster trying out his beak on the glass.

Chapter 19

The two of them browsed the bazaar together. Chuck found plenty in common with open-air sales he'd been to before. This was a weird hybrid of all flea markets, shopping malls, garage sales and probably the Casbah. The goods seemed to come from all over the world. They were distributed in unlikely ways, like sensible underwear for sale at the same booth as self-help books.

"Snake oil!" shouted a man in silk pants, holding up an ornamental bottle half full of murky liquid. "Getcha free-range organic snake oil right here!"

"Is it really free-range?" Chuck asked, raising his voice above the crowd.

"Absolutely, son, absolutely!" the man called back. "You can believe everything I say. Honest John, that's me."

Not everyone selling goods in the bazaar was human. At one stall that boasted a long line of customers waiting for service, a long-haired black cat offered an arched back for petting. The value of what she was offering seemed to change depending upon the customer. One woman with brown hair kept dumping gold out of her purse until the cat sauntered over. The woman buried her fingers in the long fur. Both of them wore a blissful expression, though in Chuck's opinion the session didn't last long enough to be worth what the woman had paid. A roughly dressed man with a scruffy beard flipped a fish head down on the counter. The cat gave just as good value as he had for the woman, rubbing against his shirt front and scrubbing her head against the back of his hand. Things were worth what you would pay for them, Chuck thought.

To his surprise, now that he had plenty of money, he didn't see anything he really wanted to buy. In fact, the more he walked around, he saw nothing he really considered to be of value.

"I'm not getting what I thought I would out of this trip," he said to Keir. He looked around. Still too many people nearby to raise his shirt. "I am not coming any closer to solving my problems. How far are we now from Enlightenment?" Keir raised a bushy eyebrow.

"My young friend, the idea of this journey is not to travel as far as you can, but draw your destination as close to you as you can."

Chuck kicked a stone that skipped along the ground just as it would on a pond. When it stopped, it sank into the pavement, leaving only ripples to show where it had been. "I don't understand this place. It's too confusing. I don't fit into the scheme of things here. I need a change." Keir stopped and slapped him on the arm.

"Ah, my boy, but that is where you are wrong! The Dreamland is *exactly* what you need. The people here pride themselves on bending to the will of sleepers from the Waking World, to aid you in solving your problems."

"Then why aren't they solving them for me?" Chuck asked.

"Because they don't know what it is you want. State it clearly."

"I don't know what to call it," Chuck said, helplessly. "If I could say what's bothering me, I'd be able to fix it myself."

"It's hard to solve vague, nameless unhappiness," Keir said, sympathetically. "Try. You need to put a name to your need so you can face it deliberately, and do away with it."

It was good advice. Chuck tried to follow it. Beyond the tents and booths, the open square beckoned him. In the center a stone fountain with a statue of three dolphins threw crystal-bright drops into the air. Chuck wandered toward the benches surrounding it, and found one that was unoccupied. He sat down, set his chin on his fist, and thought.

How could he phrase his problem, when he had so few memories of home? All he knew was that he would rather be dead than go back. He felt all right while he was occupied, but the moment there was nothing on his mind, the blinding misery came rolling back like a wave. There ought to be a clue in that. What could possibly explain the emptiness that took a chunk out of the middle of his body?

While he sat, people walking by glanced at him. It didn't bother him at first. Soon, though, they began to stare more openly. Immersed in his pensive mood, he ignored them. What did they want? If they needed directions, he couldn't give them. He was a stranger there, too. It was when the cluster of small men with black hair and glasses stopped to photograph him that he became uncomfortable. He wasn't a tourist attraction! Then, he noticed the group of art students in smocks over tight black clothing sitting a short distance away doodling in sketch pads, glancing up at him all the while. They were drawing him! Chuck leaped up and waved his arms at them.

"Stop it! This isn't helping!"

The art students turned into a flock of pigeons and

flew away. The Japanese tourists vanished in a single flash of light. He was alone in the square, not a soul in view. That was better. If Dreamlanders were supposed to serve him, those were the worst examples of therapy he had ever seen. He settled down again to think. How could he pin down the source of his troubles and put it into words?

As softly as a whisper, footsteps brushed near, and as quickly scurried away from him. Chuck glanced over. A bunch of flowers sat on the bench beside him. Chuck looked up to see a child vanishing around the corner of a stall. He smiled, touched by the kindness. He must really look sad. A book fell onto his lap. Chuck read the title: *What To Name Your Anxiety?* The donor, an older woman who reminded him of Mrs. Flannel, gave him a shy smile. Chuck returned it, already thumbing through the pages. Names jumped up at him like "performance anxiety" and "Cinderella syndrome." He read down the long lists of multisyllabic diagnoses, but none of them seemed to feel exactly right. The book shed no light on his problem at all.

Suddenly, a brilliant spotlight hit him, dousing the scene around him into darkness. Applause from a thousand pairs of hands broke out.

"Chuck Meadows!" a deep voice announced from somewhere beyond the spotlight. "Are you ready to solve the puzzle?"

Chuck stood up, discovering he was behind a waist-high desk, and a sequin-clad woman was clapping her hands together beside a game board full of giant letters. He peered at the parts of words that had already been revealed.

_ _ D _ _ _ _ _ R _ _ _ _

It didn't ring any bells. "Not yet," he said. "Um, can I . . . uh, can I buy a vowel?"

"I'm so sorry!" the enthusiastic voice said, heartily. "We have none! Only you can complete the phrase!" Chuck found he had a sheaf of the huge letters in his hands. He spread them out on the little desk. There were at least two of every letter.

"I could spell almost anything with these," he said.

"Yes! But only one phrase will win the game! Go ahead, Chuck! Give it a try!"

Chuck started to put together words. "Worry" didn't fit on the board. Neither did "unhappiness," "inadequacy," or "discontentment." To his bewilderment, the game board started to move around, leaving different word-length gaps. He was afraid to make a choice. "What if I'm wrong?"

"Then you get a copy of our home game," the voice exclaimed. "And the chance to come back next week and try again."

Well, he didn't want to do that. But none of the words he could make put a name to his sorrow. How could he express in a simple phrase the deep unhappiness of his life? How could he designate the hollowness in his heart that was so much larger than the hole already there? The unseen crowd whispered. Chuck was embarrassed that everyone was looking at him.

"Do you see?" Keir's voice echoed over the public address system. "They want to help, but they can't make the determination for you. They can't solve problems you can't frame. Tell them."

Chuck felt the hole. Was it getting larger, or was that just his panic-stricken imagination playing tricks on him? He opened his mouth. The crowd hushed, expectant, waiting. Hastily, Chuck clapped his lips shut again. He couldn't stand to show that much vulnerability in public. What if he showed the gap in his heart right there and then, and they laughed at him? He didn't want to be ridiculed by strangers. The broad darkness beyond the bright light overwhelmed him. "I . . . I can't."

He broke away from the desk amid murmuring

from the audience. There had to be a way out of here. He started feeling around for a way off the stage.

A thin, bony hand grabbed hold of his arm and pulled him toward stairs that led into the darkness offstage. Within a few steps he was back in daylight in the bazaar. Keir let go of his arm.

"No luck?" the guide asked.

Chuck hung his head. "No."

"Never mind," Keir said, with a friendly slap on the back. "Let it be. Let's get the others. I have some other interesting places to show you."

As they walked back among the stalls toward the bridge, Keir shot off into the crowd now and again, to return with one or another of his clients in tow. Persemid was the first to be found. She had replaced several of her suitcases with a large, handsome, brown leather bag painted in an Indian motif. A wave of change must have come through during the game show, because she looked like an Asian, wrapped in a beautiful brown sari edged in silver and gold embroidery. Chuck realized he was similarly clad, his jeans and sweatshirt replaced by loose-fitting trousers and tunic of blue silk. He liked the new clothes. They felt elegant and cool on his skin. Hiramus, unearthed from yet another bookstall, was also dressed in silks, a long tunic over flowing trousers tucked into black boots and a black, cone-shaped felt cap. His mustache was long and black, and there was a fierce curved sword stuck into his sash. He had a small package under his arm that he tucked into his carpetbag while he walked. Sean, similarly dressed, strutted alongside them with a tipsy gait. He grinned easily at them, the most relaxed he'd been since their journey together had begun. Chuck guessed he'd found the local equivalent of a pub. Other travelers joined the queue heading back over the bridge.

Instead of a train or a jet, what was waiting for

them on the plateau was a string of elephants, lined
up trunk to tail. The engineer, dressed in silks with
a tall green plume sticking up from his cap, sat on
the neck of the lead elephant, and the fireman, in
white loincloth and regulation hat, stood alongside
with a shovel that Chuck doubted was for coal. Other
passengers had arrived back, and were lining up
beside the appropriate beast.

Keir stood by the third elephant, gesturing his party
to board. Chuck assisted Mrs. Flannel up the ladder
to the howdah, where the married couple from Elysia
was already sitting. There was barely room for them
all with their luggage. Chuck was pleased to see that
he'd managed to shed one of his small bags. They
got settled hip to hip when Keir started to do a head
count. Chuck looked around and groaned.

"Pip isn't back yet."

"What *is* it about her?" Persemid said, peevishly.
"It's as if she doesn't know time exists."

"There's one in every group," Chuck agreed. Sean
stayed resolutely silent, his blue eyes startling in a
teak-skinned face. Chuck guessed he was reluctant
to be disrespectful about the woman who had been
so kind to him, but he must have been annoyed.
Hiramus certainly looked that way. No sense in
dwelling on it. She'd come when she came.

"How did you like that, back there?" Chuck asked
the others, gesturing at the cloud-shrouded mountain.

Persemid glanced up at the Rock of Ages, a trifle
uneasily. "It was interesting, to a point, but I felt all
the time as though I was being watched. Do you think
the people in those visions can see you, too?"

Chuck raised his eyebrows. He hoped he hadn't
been doing anything embarrassing, like scratching,
while he had been sitting on the mountainside. "I
never thought of that. I don't know. Did you feel that,
too?" he asked Morit and Blanda.

"Not at all," Blanda said, with the shyness that

seemed to come out when she talked to one of the Visitors. "But we weren't sitting very often. We were hiking about on the mountainside. Very healthy, this mountain air. It does us good, doesn't it, my love?" Morit grumbled something.

"I got a kick in the pants today," Sean blurted out.

"You did?" Persemid asked. "Literally?"

"Yes, indeed. Nearly knocked me straight down the mountain, as if it was saying to me, 'Sean, you shouldn't be sitting there watching pictures in the air. You should be up and doing.' So I did."

"That's good advice," Persemid said, glancing toward Keir, who had taken on the shape of Sean's mother to listen. "But I've never heard of a mountain kicking anybody before."

"There she is," Sean said, sitting up straighter. Chuck glanced toward the bridge. The slender woman coming toward them had dark skin and hair and was wound into a bright red sari, but by the way she moved it was unmistakably Pipistrella. She didn't so much walk as float. Behind her stretched a string of native bearers in white loincloths with parcels balanced on their heads. When the train reached their elephant, one bearer knelt down and gave a leg to another, who popped up onto the elephant's back. The other porters formed a bucket brigade, tossing packages from hand to hand to the one now treading on the passengers' feet, who packed the bags and boxes into every spare square inch in the howdah, shoving them underneath people's feet and balancing them all the way around the rail of the open framework. By the time they had also handed Pipistrella aboard, the passengers felt crowded and angry.

"Hello, everyone," she carolled, gliding to an empty spot on the frame that no one had noticed. She sank gracefully onto it, paying no attention to the glares focused on her. "Wait until you see all the lovely things I found." She opened bag after bag, showing off strings of glowing beads, yards of colored silks, a little animal with huge eyes and long gray fur, a jewel-encrusted gold goblet, and offered them to her fellow passengers to examine.

Persemid handled the silks with envious fingers. "These are beautiful," she said.

"Do you like it?" Pip asked. "Take those. I have lots more."

"I can't do that," Persemid said.

"Why not?" Pip asked, unanswerably. "You like it. I'm giving it to you." Persemid vacillated, hesitant to put them down but even more hesitant to accept a gift from someone she was mad at. She gave Chuck a helpless look. Pipistrella was exasperating. One couldn't even hate her.

"What did you do for money?" Chuck asked, curiously, as Pip poured gems and perfume bottles out onto the floor. She must have spent a fortune.

"Money?" she asked blankly. "People gave all these things to me. Aren't people nice?"

Chuck couldn't have been more annoyed. When he'd asked for the windup rainbow, the toy seller not only wouldn't give it to him, she'd made a spectacle of him in front of the crowd. Chuck glanced at Keir, sitting astride the elephant's neck with the air that he did it every day, and got a sharp glance in return. On the other hand, he admitted that if it had been easy to get, Chuck wouldn't have had to examine his motivation and had the revelation that restored part of his memory. Three kids, he thought, fondly. I have three kids. Chuck figured that learning the value of an object wasn't a lesson that Pipistrella needed to learn, but it had been one for him. She could buy or receive things freely without it troubling her. He was the one who had to know that what he really enjoyed was the receiving of something so that he could give it away. It was good of Keir to provide him with money for more of those impulse purchases, but those chickens in his pocket would stay there until he decided he really needed something. All that would tempt him at that moment would be if he could buy a magical cure that would close up the hole in his heart.

The elephants lumbered along the edge of the canyon, stoically stumping up and down the rough paths in a clockwise direction around the Rock of Ages. Intent on hanging onto his lurching seat to avoid being thrown right off the train, Chuck paid little attention to his surroundings until the lead elephant vanished from in front of them.

"Hey," he said, distracting everyone from their conversations. Abruptly, the second elephant made a sharp left turn, into the seemingly solid wall of rock, and disappeared. "But that's im—"

"—possible?" Keir asked, as the elephant carrying them turned toward the mountainside as well. Chuck threw up his hands to shield his face, but the collision he feared never arrived. The stone had no substance. "Not at all," the guide's voice echoed hollowly in the sudden darkness. "Just another tunnel. We'll be through it in a moment."

"I didn't see a tunnel," Persemid's voice said accusingly. Chuck would have seconded her, but he was wondering if his heart would ever start beating again.

"That's the way the tracks run," Bergold's voice said pleasantly. "If the tracks go this way, it must be passable. There, do you see?"

The string of elephants broke through into daylight. Bergold pointed to the ground. Large, round footprints dotted the dusty path leading straight back. More beasts emerged behind them one at a time from the solid rock face until a baby elephant with a red light attached to its tail marked the end of the train.

"Weird," Persemid said. The Rock and its spooky visions were now completely hidden.

"How cosy," Pipistrella said, looking ahead.

Chuck turned to see. If he hadn't just come through the ridge of mountains dividing them, Chuck would never have believed the two places were even remotely close together. This land was much sunnier than the Rock of Ages. Except for a few picturesque cumulus clouds the sky was clear, and the sun glinted off the silver ribbon of a river that wound off to the east, away from their route.

In the curve of the river lay a small town. A few cars and horses were parked along its streets, but it was fairly quiet. Men and women wearing conservative day clothes smiled as they passed one another on the sidewalks. Children rode bicycles and ponies in the wide yards of modest brick or frame houses. Dogs raced around with the children, and cats sunned themselves on windowsills or porch rails. Chuck glimpsed a tree-filled park.

A female police officer in a cap and Day-Glo tabard blew a whistle at the cross-traffic as the train of elephants walked up the middle of the street.

"Say, I know where I am," Chuck said, seeing a yellow building with an awning and white trim. "There's a store just around the corner that I used to visit all the time." The dawning delight of recognition was quickly replaced by puzzlement. "But this doesn't look exactly like what I remember. That building used to be a different color." Persemid raised her eyebrows at him. The building was brick. It must always have been yellow. Chuck gave a sheepish shrug. "Everything is just in the right place, I guess. I suppose all small towns look the same."

Bergold chuckled. "This place may contain elements you contributed to it, my dear sir. It may resemble something with which you are familiar all the more because your influence is nearby. The Seven

Sleepers provide the underlying geography, based upon their personal experience, but what form it takes changes according to mass whim."

"So . . . it's like the Sleeper decides it's a tree, then everyone kind of takes a poll on what kind of tree?" Chuck asked.

"Essentially," Bergold said. "There is no consensus, which is why things change so frequently, even seesawing back and forth between two equally strong visions, especially if it is important to a dream being dreamed by a sleeper in the Waking World who is focusing on it at that moment. But focus is fleeting, as we discover all too often. This one is familiar because people who have shared common experiences with you have made it look that way. That's why Yore is popular with tourists. It reminds everyone of somewhere they've been that they loved."

"I was about to say that it's like the place where I grew up," Sean said, speaking up unexpectedly. "I thought for a moment that it was."

Chuck surveyed the street they were riding down. Unlike anything he had seen before in the Dreamland, this had an essence of home. It was similar enough that he felt if he ran up around the corner into the next street, he would find everything that he knew had been there when he was a boy. He felt a pang in his middle. If it was like Sean's hometown, it couldn't be his, too.

"So there's no soda shop over there?" he said forlornly, pointing down one of the side streets they were passing. "No manufacturing plant on the riverfront?" He threw a gesture out toward the far edge of town.

"Oh, yes," Keir said. "Yore has a factory. That's what we've come here to see."

"Really?" Chuck asked, brightening. "A shoe factory?"

"A fish cannery?" Sean asked, looking hopeful.

"No, not this one, my dear," Keir said, turning a soft, feminine face to Sean. "I said similar but not necessarily identical to the place you knew."

"Oh. What do they make, then?"

"Fruit."

Chapter 20

"But you don't *make* fruit," Chuck said, following Keir through a doorway. The deafening din of machinery made him cup his hands over his ears until the factory representative handed him a cone made of clear plastic and indicated he should put it over his head. The extraneous noise funneled away. Chuck heard his own voice sounding hollow and distant.

"That's what they make here," Bergold said, wearing his peculiar headgear with aplomb. Each of them had been issued white coats and booties to pull on over their shoes. In the outfit, Bergold looked like a Christmas elf from outer space. "This is a famous business. This is where they put the trees into fruit pits."

"But that's a natural occurrence," Chuck said, looking around him. He inhaled, tasting the delightful aromas of citrus and tree sap. It certainly was a busy place. The ceilings rose sixty feet or more above the concrete floor. The walls were made of cinder block and metal, perfect for echoing the noise back at them. "At least where I come from. Fruit grows on trees, and pits just normally give rise to more trees."

"Is that so?" the Historian asked, curiously. He took

out his ever-handy book and made a note in it. "That isn't always the case here, as you see. Perhaps this is some specific sleeper's vision, although I believe of very long standing. We will have to investigate its source. I shall have to bring it up at the next conclave. Goodness me," he chuckled to himself as he jotted it down, "fruit *always* grows on trees!"

Chuck passed by a man consulting a schedule, and their guide, a lugubrious young man with a long nose, came to a halt beside Chuck.

"Here you see us employing planned obsolescence," the guide said, indicating the clipboard with a limp hand. "It's so's the world doesn't get overrun with too many of any kind of produce."

"All right," the crew boss said, switching a cigar to the other side of his mouth, "that's a thirty percent empty, forty percent immediate failure, twenty percent dropoff in first two years, ten percent fill. Got that?"

"Yes, sir!" Workers sprang to their conveyor belt, along which were tumbling tiny, round shell halves.

"Cherries," said Bergold. "A great favorite of mine."

The machine had an almost baroque appearance, run by clockwork and decorated with bronze medallions and curlicues. Chuck watched in fascination as gloved workers seized minute shells between thumb and forefinger. Using color-coded hoses hanging from the ceiling, the workers sprayed tiny squirts of yellow-green frond into the shells. Somehow they located the matching half of each seed, sealed them up, and dropped them back on the belt. A lot were put together and sent on their way empty. Chuck couldn't keep count, but the supervisor had specified thirty percent had to be that way. He wondered who checked for quality control, and how they did it.

The completed pits tumbled along the belt to the next station, where more white-suited workers blotched with red goo were encasing them swiftly in little rounds of what looked like dark red leather. A third station inserted stems.

"If you'll come this way," said the guide in his sad voice, "you'll see one of our most popular products."

Chuck was intimately familiar with the next kind of seed from years of making homemade guacamole. This group was making avocados. A seventy percent failure rate was specified on the clipboard hanging above the belt, and the white-coated employees referred to it from time to time as they worked. Some of the pits already had toothpicks stuck into the sides. It was much easier to see the trees being stuffed into the smooth-sided pits, since they stood about eight inches tall.

"That's as high as they get, most of them," the young man said, looking as though he felt sorry for the infant trees. "We have no order today for full-sized. But you can see some if you step this way."

Chuck thought at first that he was walking into an indoor orchard, but one that was moving. Trees hung by their topmost branches from a series of hooks depending from a pulley system along the ceiling. By the heavy perfume in the air, this had to be the peach and apricot section, but the fruit itself was almost invisible beneath the crane and pulley assembly that lowered full-sized trees into the flat, oval stones. Chuck watched as a fifty-foot tree disappeared like a magic act in reverse into a pit smaller than the end of his thumb. The apricot into which it had been placed was then sewn together by a deft woman in a hairnet who wielded a narrow, curved needle.

"As you see," their guide said, "the fruit is then finished and is ready to be attached to the parent tree or installed in a grocer's box, as per order."

"Look at that," Persemid said. "Those stitches are so small you can hardly see them."

"Visible stitches," the guide pronounced ponderously,

"can be seen only in second-quality pieces. In the highest quality, they must be invisible." He offered two peaches, exactly alike except for the seam.

"Oh, yeah, I see," Chuck said, turning over the second-quality fruit. He remembered markings like that on peaches he'd bought in the grocery. "I thought those just happened from the way it grows."

"Nope," said the woman in the hairnet. "Inferior goods. They ought to be cheaper, but we can't control what happens to them when they reach the market. But, everyone's always out for themselves, aren't they?"

Their young guide offered them samples of the produce to try, and allowed them to tour the factory floor. "Only assuming," he said, with a watery eye fixed on them, "that you stay inside the white lines marking your path."

"You have our word," Hiramus said, with equal gravity. The young man gave a decided nod and faded away.

Chuck wandered among the machines, eating peaches. Bergold ambled beside him with an armful of cherries. They joined Hiramus, strolling along, sniffing the air with a wintry expression of pleasure on his long face. Chuck joined in, smelling happily, and shot Hiramus a companionable glance, two people enjoying the same thing at the same time. Hiramus gave him a sharp nod, which Chuck guessed was as chummy as he got. The smell was heady, and Chuck reveled in it. Peaches always proclaimed to him the special wonder of summer, the perfume of a million flowers, the breath of angels. When he reached the final assembly station, he discovered that the scent was being piped into the seeds with a hose by a man wearing a white suit with a hood and a breather mask. In Chuck's opinion that took some of the charm out of his favorite fruit.

At least, he consoled himself, they got the scent exactly right, and the fruit tasted as good as the real thing.

"Seems like an ideal place to live, this Dreamland," Chuck said to Bergold. "You're lucky."

"Oh, we have our problems," said Bergold, tossing a cherry into the air and catching it in his mouth.

"Like what? I mean, here life is but a dream, like it says in the song."

"But dreams end," Bergold said, spitting a pit into a waste box they went by. "For example, there's Changeover."

Morit, too close behind Chuck as usual, seemed to jump nervously when Bergold said the word.

"Oh, I am sorry, Master Morit, Mistress Blanda," Bergold said, contritely. "I didn't mean to upset you."

"Talking about Changeover in public," Morit snarled, recovering himself. He steered his wife over to look at the lemon tree stuffing station.

"Is it that bad?" Chuck asked.

Bergold sent a regretful glance after the Elysian couple. "In fact, it is. Not everyone is so affected by the very sound of the word. Everyone knows it exists. We should accept it, but we can't help being afraid of it."

"What is it?"

"In a way, it is the very essence of the Dreamland, the ultimate change. When a Sleeper who dreams one of the seven provinces is no longer to be a Sleeper, for whatever reason, there's a tremendous upheaval in the Dreamland. We call it Changeover. One at a time, throughout history, the Sleepers have ceased to be, died, retired, awakened—no one knows—and been replaced by another. When one leaves, the vision of the province for which that Sleeper was responsible goes with him or her, leaving a void in existence. Chaos rushes in to fill it. The entire province is consumed in a terrible event."

"Earthquakes? Volcanoes? Tornadoes?" Chuck asked. He and Hiramus listened with rapt attention.

"All of that—and more! A seventh part of the fabric of our world is being torn out! But very quickly the Sleeper is replaced by another, and soon, the province settles into shape, influenced by the mind of its new caretaker. Everything is altered. People disappear or die trying to get to the border. You will notice that most of our population centers are at the edges of the provinces, where they can escape over the bridges to other places when Changeover threatens. But not everyone goes. There is a strong feeling among some that one should take what the Sleepers send. It is our destiny."

"It sounds terrible," Chuck said, impressed.

"It is," Bergold assured him, dusting his hands together. He had finished his cherries. "I have witnessed a few in my life. Of the people trapped within a province undergoing the cataclysm, no one survives unchanged—if they survive at all. Well, with one exception."

"Your friend Roan," Chuck guessed.

"That's right. He's been through two at least, the only living being who's been inside one and come out unchanged to tell about it. We believe it is because of his special connection to the Sleepers."

"If he has some kind of connection, can't he tell them what you need them to do? Like warn you about disasters?"

"Direct the Sleepers?" Bergold asked, looking amused and shocked at the same time. "Oh, no, my young friend. I don't think you understand. They are not here to do what *we* wish. It is exactly the other way around."

"Oh," Chuck said. He tossed a peach pit into a box containing other used seeds. "All right. So the Sleeper who dreams a province vanishes out of it during this Changeover?"

"No," Bergold said. "I've been asked this question before, by your guide, in fact. Their influence is not directly physical. The Sleepers are not precisely in the Dreamland. Their thoughts come over to us. They're in between your world and ours, bridging the gap, or rather, they project a certain amount of their image here, into the Hall of Sleepers. That lies deep under the mountains to the north of where we boarded this train."

"Has anyone ever been in this Hall? Does anyone know what these Sleepers look like?"

"Only a few have ever seen them." Bergold smiled. "As a matter of fact, I am one of them. Oddly enough, if you ever meet my friend, the King's Investigator, you'd know what a Sleeper looks like. He is the living image of one of the Seven. It almost certainly has something to do with the reason he never changes."

A wave of influence peeled back the roof of the factory and made it into an orchard. The trees that had been attached to the conveyor belt along the ceiling were firmly planted in the soil. The workers, without missing a beat, were now plucking fruit from the boughs instead of attaching it. Chuck looked down at himself. He was rid of the silly plastic hat, but now he had on coveralls over a big belly and a pair of boots over feet large enough to water-ski on. He felt like a jerk in the outfit. He kept tripping on the boots, as if his own feet weren't enough trouble.

"Lucky him," Chuck said, sincerely. "If I had my way, I wouldn't keep changing either. It's okay when it's my idea, but I don't like being whipped around all the time."

"It's not a thing to be envied here," the bearded man snapped. He was still in a shirt and tie, but a narrow string tie and a shirt with a Western yoke on it, and his sober coat had turned into a suede vest. "Here changelessness makes one stand out. A freak."

"Did it happen to you when you were here last?"

Chuck asked, surprised at the vehemence of the other man's response.

"Harrumph," Hiramus snorted, refusing to answer.

"Oh, come now, my friend, don't be so gloomy." Bergold, looking every inch the dude in full cowboy rig and pointed boots, ambled along the rows of trees. He held out his hands to the sunshine. "It's a beautiful day."

"Tell me more about these Seven Sleepers," Chuck asked as they walked through the apricot section. "Who are they? Is there something special about them?"

"Oh, no. I was surprised. Each one is just like someone you'd meet—you, not us, since they are from your world, except that they are exceptionally clear and strong dreamers," the plump Historian said. "Though the Ministry of History has studied the question for generations, we do not know how one is chosen."

"Do the other Sleepers have images of themselves here?"

"Not like Roan. There has never been another unchanging person reported, in all of recorded history, and we have very full records. But images from other sleepers you see every day."

"Could I distinguish another Sleeper if I meet one?" Chuck asked eagerly, questions all but tumbling out of him. "Would I know other dreamers if I see them? Will I recognize one of my neighbors, for example?" Or, he wondered privately, would one of his neighbors recognize him and give him a hard time when he returned home?

Bergold shook his head. "Even if a sleeper has an active avatar of himself in the Dreamland, someone who's visiting the Dreamland the way you are probably will not be able to recognize him or her, because nobody looks the way they do in the Dreamland the same way they look in the Waking World, with the exception of Roan. People tend to idealize themselves, or make monster pictures of themselves, and they change so frequently depending upon their personality and circumstances that you would be hard pressed to catch that one moment when they resembled their waking selves."

Their path took them in between blackberry hedges eight feet high. They surprised Kenner, who was locked in a killer smooch with one of the white-coated fruit technicians, a big-boned girl with long eyelashes. The young woman was the one to break the clinch when she saw visitors approaching. She looked everywhere but at them. Kenner didn't look in the least ashamed of himself.

"Just getting the grand tour," he said with a wink. He took the girl's hand and led her out of the row.

"Speaking of circumstances," Chuck said, glancing around to make sure there were no workers nearby, "can I ask you something personal?" He looked uneasily at Hiramus, hesitating to unburden himself in front of his fellow Visitor.

"I wish to explore by myself," Hiramus said briskly, and walked a few yards apart from them to examine a grove of olive trees at the end of the row.

"A very tactful withdrawal," Bergold said, with a small smile. "So, my friend, what is on your mind?"

"It's not what's on my mind, but on my chest," Chuck said.

Bergold raised his eyebrows. "You have something to get off your chest?"

"I already have," Chuck said, feeling foolish already. "It's not easy to tell anyone, but I don't know what else to do." He pushed the baggy overall bib front to one side and opened the flannel shirt underneath. He ran his fingers around the edge of the hole. As he had feared, it was a little larger than it had been before. Just looking at it made him so depressed he wanted to hide in a dark corner. "What is this?"

"Great Night," Bergold said, then quickly lowered his voice. "That's quite a manifestation, young man."

"I'm afraid I'll die," Chuck said, trying not to let his voice quaver. "I didn't know I had a bad heart when I started doing this meditation. It's getting worse all the time."

Bergold lifted his eyebrows, but he took a close look at the site. "Although it is progressive, I don't believe this is representative of health problems, Master Chuck." He consulted his small book. "I would say it has more to do with fears: loss, inadequacy, helplessness, and the like. It could have one of several causes. Suicidal Tendencies, Broken Heartedness, Mid-life Crisis . . ."

"Mid-life crisis?" Chuck demanded, disbelievingly. "I'm not middle-aged." Bergold pursed plump lips as he gave Chuck a good up-and-down look.

"I would say it's possible. Normally we only see the manifestations of a Mid-life Crisis, not the dreamer himself. You know, the Parade Going By representation, the Left Behind at the Starting Line entrapment, Baldness Ridicule nightmare, Youthspeak nuisances, and of course the Little Red Automobile and Pneumatic Blonde manifestations. Have you shown this problem to your guide?" Chuck shook his head.

"There hasn't been a good moment," Chuck said, apologetically. "I . . . I'm ashamed to."

A motorized berry picker roared into the row on tractor treads and began to strip blackberries into side-mounted baskets with a dozen mechanical arms. Hastily, Chuck shoved his shirt back into place. Bergold tapped him on the chest with a forefinger.

"Nevertheless, you should mention it to Keir. It is he who can help you to find what it is you're missing. It may not be something that can be solved in a single visit. It looks to me as though you have a little time before the worst happens to resolve whatever is troubling you. But remember, this is the Dreamland. All things change, for better or for worse. Keep that in mind."

"Thanks," Chuck said. "I appreciate the advice."

"I wish you the very best of luck. If you can, I hope that you will come back again one day and tell me about it. I'd be very glad to hear about your experiences."

"Like Hiramus does?" Chuck asked, nodding toward the back of the tall man, now gravely chatting with a man operating a pecan tree-shaking machine.

Bergold smiled. "Yes. I am proud to count him as a friend."

Chuck shook his head. It took all kinds. Bergold he had liked from the very beginning, but Hiramus was just too hard to get to know. Bergold guessed what he was thinking. "I realize it might be difficult, but he is a good man. Very much worth your while."

"All right," Chuck said, stoically. "Why not start now? Excuse me," he said to Bergold.

If Bergold considered Hiramus a friend, maybe there was something more to him. After all, no matter what kind of dry stick he seemed to be, he was an experienced traveler in the higher planes, an accomplishment Chuck envied. But the guy was so reserved, like something out of a Victorian novel; it was difficult for a casual person like Chuck to bridge the gap.

Maybe he was waiting for Chuck to make the first move. An overture of friendliness from him might break the ice. Since he was resolved to be a better person, he would extend the welcoming hand.

He followed the tall man around the corner of the nut-picking machine, but when he got to the other side, Hiramus was nowhere in sight. Instead, Chuck found himself in a huge, stainless-steel room filled with shelves and shelves of wire crates of fruit.

"Hello?" he called, tentatively, and paused to listen. The orchard was gone. He could accept that, but

where was Hiramus? Had he gone the wrong way?
Chuck looked back and saw the elongated shadow of
a man projected on the wall ahead of him. He started
toward it.

A loud rumbling shook the floor. Chuck looked
around in alarm. Did they have earthquakes in the
Dreamland? He started looking for somewhere to
take shelter. He gasped for breath. An odor of citrus in the air, almost chokingly strong, threatened
to overwhelm him. Chuck looked up as the rumbling
got closer. He had just time to let out a strangled
yell before a whole pile of gigantic citrus fruit fell
on him.

Morit stood at the end of the row, arms folded,
propped up against the shelf. He didn't so much as
flinch when the cascade of fruit began. Huge
pumpkelos were still dropping off the high shelf from
where they had been pushed by his coconspirators,
thudding one at a time onto the pile covering Chuck
Meadows's body. Morit used his influence from
across the room to pull more of the heavy fruit down
so he could watch them fall onto the heap. That
ought to have finished off the Visitor. They had
managed to engineer an attack that was completely
unexpected, both in timing and form. The Visitor
had been entirely overwhelmed, throwing his hands
up to ward off the missiles that drove him to his
knees, then buried him deep in ribbed, orange-
skinned globes. An avalanche in the Waking World
was supposed to be inevitably fatal, and this one
included a change of symbolism, fruit rather than
snow or stones. That ought to negate any defense
mechanisms the Visitor could throw up against it.
Morit waited and listened for a voice, or even
breathing. Nothing. He enjoyed the feeling of smug
satisfaction that welled up in him at the demise of
a Visitor. It wasn't happiness, but it was the closest

he ever came. Invader, he thought, as he caused another fruit to plummet down onto the pile. Show-off. Take that.

Blanda appeared out of nowhere beside him, dressed in a red and white gingham dress, with a red barrette holding back the side of her graying brown hair. She was carrying a white box with A PRESENT FROM YORE printed on it in cheerful red letters.

"Good heavens, my dear, look at that mess! What happened?"

"You can see what happened," he snapped. "A lot of fruit fell on the floor. Pumpkelos," he added, with a persnickety pride in details.

"Well, we should tell someone about it! Someone could have been killed!"

With any luck, Morit thought, as his fool of a wife raced off to find the floor supervisor. He didn't have time to wallow thoroughly in the satisfaction of the conspiracy's first triumph before a host of helpers arrived to pick up the fruit and inspect them for damage. When they cleared their way to the bottom of the heap, they found Chuck Meadows, lying very still, his face pale, eyes open and staring at the ceiling. He'd been pounded almost as flat as paper by the weight of the avalanche. Blanda looked from the Visitor to her husband in shock, but she didn't say anything.

The Visitors' guide bounded over the piles of basketball-sized fruit to Chuck's side and started to peel him off the floor. One of the cardboard-flat arms reached up to wave the guide away. To Morit's fury and disbelief, Chuck Meadows sat up.

"I don't believe it," Hiramus said.

Morit could have echoed him in every syllable. Not again! How could the Visitor have survived? He'd been hit by a ton of fruit!

The others helped Chuck Meadows to his feet, which had been squashed until they were too narrow to hold him. He trembled like tissue paper as he threw out his arms to keep his balance.

"Blow into your thumb," Persemid Smith advised him. "It always works in cartoons."

The Visitor did that. His limbs expanded to three dimensions with an audible *pop!* Morit withdrew as far as he could against the wall of the room. His disappointment was almost palpable. How could this have happened? Everyone gathered around the Visitor, talking at once, worrying aloud what had happened.

Chuck could see people surrounding him, but they all looked very odd. They seemed to have been drawn with black outlines filled in with simple colors. Yes, that was it. Persemid was right. Everyone looked like a cartoon. They were all shouting at him. Their voices sounded like random loud noises echoing inside a drinking glass.

"I'm sorry," Chuck said, holding his hand to his ear. "I can't understand you."

"I said," Keir shouted, "what happened?"

Chuck rattled his head. His hearing must have been knocked silly when he was felled. He couldn't understand the guide's speech, since the way Keir's spiky beard was drawn covered his mouth, but he could read the words in the white balloon that hovered over Keir's head. Raising his hands to his shoulders, Chuck gave an exaggerated shrug that nearly threw him off his feet again. His head was spinning, and there were sharp-pointed stars revolving around it. For some reason, that struck him as hilariously funny.

"Ooh, how pretty!" said the balloon over Pipistrella's head, as she moved close enough to touch one. She jerked her hand back, her finger now trailing small stars. "Ow!" was written over her head in a little balloon.

Chuck started laughing, filling the bubble over his own head with "Ha ha ha ha ha hee hee ho ho ho!" in progressively larger letters.

The force of his laughter caused the room to shake visibly, forming vibration lines around everything. One of the huge fruits still on the shelf quivered more violently than the rest, then bounded off the shelf. It bounced, throwing up lines of force on the air, and landed squarely on Morit's toe. Chuck could see Morit's mouth moving. In the balloon issuing above his head was "&%$#@\!" That was funny, too. He quivered with laughter, pointing at Morit. Shake lines appeared in the air around him. Morit frowned at Chuck, and spiky lines shot out from his head. That made Chuck laugh harder, which made Morit madder.

"I'm sorry," Chuck said, giggling helplessly, and his words were duly noted in neatly lettered black print above his head in the white bubble.

A thought balloon, attached to his head by bubbles, said "Idiot!" as Morit stalked out of the steel-lined room. Chuck rolled on the floor, kicking his feet and clutching his stomach.

"Are you all right?" Keir said.

"I'm fine," Chuck said, giggling, and seeing his laughter turn into bubbles and exclamation points. "Did you get the number of the grocery truck that hit me?"

"Pumpkelos," Bergold said. "They're our largest citrus fruit. You can get a gallon of juice out of just one."

"That's my problem," Chuck said solemnly, lying on the floor. "You know that megadoses of vitamin C can be bad for you!" He started laughing at his own witticism. The others shook their heads.

"You *were* knocked silly," Keir said. He looked relieved. Factory workers in white clustered around, grabbing the fruit and carrying them away. "Come on now, get up."

Chuck picked himself up. His legs felt unsteady. He looked down at them, and they wobbled visibly as though made of rubber. He wiggled his knees so his legs bowed out widely from side to side.

"How marvelous," Bergold said, scribbling away in his little book with an oversized pencil. "You've acquired Animated Features. That's a rare dream."

"Bless my soul," Hiramus said, wiggling his own legs. "I can't get over the rubberiness of you."

"Try it!" Chuck said, encouragingly. "Think two-dimensionally!"

Hiramus concentrated, his long face contorted with the effort. "I can't seem to do it. Perhaps my self-image is too rigid."

"That's too bad," Chuck said, with sympathy, as he tottered up and down the room. "You ought to loosen up! It's fun!" The sensation of having bones made of elastic was a lot like being drunk, without the head-ache. In fact, nothing hurt. Just walking seemed to tickle his muscles from the inside. It made him want to do more. He grabbed one of the pumpkelos from a surprised factory worker and heaved it into the air. "Okay, missile! Come and get me!"

The huge fruit flew up in the air. At the top of its arc, it turned into a red-tipped rocket, complete with the word ACME printed on the side. Its tail-burner ignited, and it accelerated downward. Grinning, Chuck threw his arms out, tossed his head back, and waited.

"No!" yelled Persemid.

The rocket knocked Chuck to the ground and exploded in a cloud of black smoke. When it cleared, Chuck was coated with soot. He got to his feet, shook himself like a puppy, and the covering dissipated in the air.

Persemid looked at him in astonishment. "You're insane!" she exclaimed. "You could have been killed!"

"Oh, c'mon," Chuck said. He didn't believe it. He felt immortal. "You try it!" He pointed his hands at the ceiling like a stage magician. "I'll make a giant boulder, and we can all get flattened."

"Oh, no," Pipistrella said, in alarm. "I wouldn't want to do anything that ugly. It's . . . it's below where my spirit wants to reach."

"Well, then, try something that your spirit *would* like," Chuck said, encouragingly. He reached out to her. She recoiled, but not before he touched the tip of her finger. She was so lovely. He had thought so since he had first seen her, but he didn't understand her. She seemed so confident in this peculiar reality, as if she was from some kind of higher plane, just loosely held in her physical body. She would make a beautiful cartoon.

Accordingly, when his influence struck her, it was not with the gross blocks of color that Chuck wore. She became a different kind of drawing, an old-master rendering of a nymph in simple, perfect lines, black on white. Birds and butterflies, drawn with lifelike accuracy, flitted around her head. A pillar appeared at her shoulder, and flowering vines snaked down it, still only in black and white, yet looking more real than anything else in the room.

"Oh! That's so sweet of you!" she said, admiring her lines with shining eyes.

Chuck blushed, his cheeks glowing with red light. "You're welcome," he said, the words in timid little letters above his head.

"How did you do that?" Persemid demanded, her hair scattered every which way like a cartoon witch. "I've only been trying to bend the way you did, and in one second flat you've turned the place into an animation studio full of junk!"

Keir immediately turned into a wolf—more like the big, bad sort from an early animated feature than a real lupine—and trotted over to lean its side against Persemid's leg. They communed, but she wasn't appeased.

"Why shouldn't I be able to do anything he can? This is *his* first time here! Patience . . ." Her face changed, as if she was accepting a scolding. "Oh, all right. I'm sorry." She looked accusingly at Chuck. "He says it's inhibition."

Chuck tried to feel guilty for her sake, but he didn't. He hadn't made this happen. He was just experiencing it. He spun in a circle.

So this was what it felt like to be really free. Flat thinking meant he could wrap himself around any idea, anything at all. He knew he had been afraid of what Dreamlanders went through every day, not knowing what shape they'd be at any time. He had no idea as to the sense of liberation that came with it. Chuck started to see the good side of being able to alter himself. This was a facet of transformation that he had never even dreamed of. It was so deep and yet so simple that he forgot to laugh.

With Persemid still glaring at him, Chuck bent to retrieve his suitcases. They had been smashed flat, too. He slung them on his back, not bothering to reinflate them, seeing another advantage in two-dimensional thinking. Maybe when he got knocked flat it closed up the hole in himself. He'd have to check when he was alone.

A cartoonlike steam whistle opened its mouth and emitted a throaty honk. All around them, the white-coated workers dropped whatever they were doing and started to stream toward the factory door.

"Closing time," said Keir.

"Saved by the whistle," Hiramus said. Without moving from where they stood, they found themselves standing in the street overlooking the river. The factory had automatically put them out. The orange sun hovering just above the western horizon drew a mirror image of itself in the rippling water. Warm yellow light came from the square windows in the tiny houses on the opposite bank, and smoke curled up from the tiny chimneys. It was all so picturesque Chuck expected to see credits crawl up the sky. He could make it happen. White lettering would show up the best. He raised a hand.

Before he could write a single word, Keir came over and knocked his arm down. The words DIRECTED BY appeared on the sidewalk at his feet. Keir twitched a finger in his face. Naughty, naughty, Chuck thought, and subsided.

Chapter 21

"Now that you're all so nicely loosened up," Keir said, clapping his hands together as he turned to the others, "I think we ought to have a night out. Yore is a wonderful place for tourists. There's plenty to do in the evenings. Since we're only here for one night, we should take advantage of it."

"I think that sounds like a wonderful idea. I would very much like to see nights in the days of Yore," Chuck said solemnly, then broke up.

"You're still giddy," Persemid said, looking peeved that he'd thought of the pun first. "Sounds good to me!"

"Wonderful," Keir said, clapping his hands together. "Are you ready to paint the town red?"

"Yes, indeed," Hiramus said. His Western rig unbuttoned into a sports coat and casual-dress trousers. His hand hovered over his string necktie, as though he couldn't make up his mind, then dismissed the silk strip with a flick of his fingers. The dress shirt became a button-neck henley.

"Oh, well, if we're dressing up . . ." Persemid said. She swept her hands down her sides, and her gingham dress darkened into a black lace frock with a

285

scoop neck and handkerchief hem, and a beaded black shawl. Pipistrella didn't change, but she always looked dressed up. Chuck gave it his best shot, gladly parting with coveralls in favor of khaki trousers and a handsome suede shirt.

"Ready," he said.

"Good!" Keir said. He went from one to the other, handing them each a bucket and a wide paintbrush. Surprised, Chuck nearly dropped the heavy pail, which sloshed, sending up a wave of red.

"What's this?" Chuck asked, gesturing with his brush.

"What did you think you were going to use?" Keir asked. "We're painting the town red tonight!"

"This is really stupid," Chuck said. The heads of everyone passing by swiveled on their necks as they walked away, openly staring. Some of them were laughing. Chuck felt his cheeks burning and had to pat them to put out the fire. He threw an angry gesture at the bucket of paint. "I thought we were going to a party or bar. I can't enjoy myself carrying this around!"

"You don't know until you try," Keir told him sternly. "Come with me."

They stopped in front of a building covered with gray clapboard. Loud music came from its interior, but Chuck couldn't see any doors. Keir started applying red paint to the wall. "Come on, I said! Try it!"

Reluctantly, Chuck dunked his brush and started painting. The irregular boards were dry, soaking up the first layer like sand drinking water. He had to give it another coat. The brush glided down, neatly depositing the second layer of gleaming red. It looked very pretty. The color ought to have looked gory, but instead it imparted liveliness, playfulness, even mischief. He actually started to enjoy himself. After all, painting the town red literally was no more foolish than some of the things people really did when they went out to "paint the town red." He grinned at Keir.

"I could do this all night—" he started to say, when, abruptly, the wall opened up, catapulting him into the middle of a crowd of people dancing to a swing beat. A woman in a circle skirt took him by the hands, and before Chuck knew it, he was dancing, too. Keir swirled by, holding the hand of a pretty, ponytailed woman.

"Do you see?" he called. "You just have to let yourself get into it!"

Chuck followed Keir's lead. When the action in the first dance hall started to slow down and people began to disappear, Chuck grabbed up his brush and pail, and ran to the next place that sounded promising. Yore's main street was lined with shabby buildings pulsing with music, all waiting for patrons to start painting so they could come in and enjoy themselves. Sometimes they had only to touch brush to wall before they were swept into the interior where they might find a loud party dancing under a spinning mirror ball, a hellfire club full of men in wasp-waist tailcoats and women in leather Merry Widows, a children's birthday party, or a New Year's Eve gala with champagne-quaffing celebrants waiting for the ball to drop from a tower. They got their fill of bursting fireworks, rivers of drink and mountains of food. Chuck's first glass of wine burned his throat on the way down. He didn't feel any of the drinks that followed as he joined in the gaiety.

Chuck had always thought he was a man for night life, but he had a thing or two to learn from Sean Draper. Usually so withdrawn, the Irishman seemed to have been given new life as much by Pipistrella's kind interest as Keir's quiet talks. He had a knack for knowing where to find the liveliest dancing or the best food or drink. Chuck learned quickly to follow Sean.

Almost everywhere he went, Chuck spotted Hiramus sitting quietly in booths against the wall or at the bar, watching him. Chuck found the scrutiny more than a little creepy. Couldn't the guy go and enjoy himself somewhere, and leave him alone? Someone stuck a glass in his hand, and Chuck decided to forget about him. The night was still young, and there was fun to be had. He couldn't waste time worrying about one crotchety old man.

Sean left what seemed like a promising party, and began daubing the sides of a little place that looked like an old, one-room schoolhouse. Within a few strokes they were in the middle of a mahogany-paneled bar with brass rails and a full dinner buffet to one side. Dancers hopped and stepped on a square of floor, but most of the room was given over to drinking and cheerful conversation. Sean made a straight path toward the bar, where a stout, rosy-complected man was holding out a pint glass to him. He had one for Chuck, and everyone who followed in his wake.

"You've got a gift there," Chuck told him, lifting his glass to Sean as they found a section of wall to lean against in the crowded room.

"Oh, I can teach you all how to do it," Sean said easily, hoisting a foaming glass of beer. "You just go with the feeling. Go where it's welcoming you."

Chuck shook his head, now muzzy from smoke and the excellent lager he'd been consuming in the last three establishments. "Sounds too instinctive to me."

"Ah, well, it's easy," Sean said, taking a long draught. "Ah! It's moments like this that I have to remember the good things I should be going back to."

Chuck was puzzled. "Why shouldn't you be going back to them?" he asked. Sean opened his mouth to answer, but was interrupted by the arrival of smiling waitresses who deposited platters of savory canapés and sandwiches on the sideboard near them.

Chuck smelled corned beef, and seized the nearest sandwich. "Mmm!"

"I want to thank you, friend," Sean said, finishing his beer and signalling with a slightly unsteady hand for another one.

"For what?" Chuck asked, looking up from his sandwich.

"For treating me like one of your own. I'm not, you know. You've all been very kind. I can't say how much I've appreciated it."

"I'm sorry. I don't know what you mean," Chuck said.

"Oh," Sean said, embarrassed, peering into his glass. "Never you mind, then."

"Come dance with me!" Persemid cried, coming up to pull Sean away. Chuck grinned as the two of them bounded away across the floor. For someone with such short legs, Persemid could cut a very fine rug. Sean was only just keeping up with her. She threw a wink at Chuck. Her red hair glistened, throwing copper sparks off into the air whenever she tossed her head. Chuck grinned. All she had to do was loosen up a little, and let herself have fun. Sean, too, was more at home here than in the places they'd been together so far.

Left alone with his thoughts, Chuck was puzzled by what Sean had just said to him. He wondered if he had missed something. Perhaps his obtuseness was the result of having been colorized that afternoon, but after another half glass of beer, he realized that Sean simply had not explained what he was talking about. Chuck felt sorry for the man. He was so inhibited. Something in his previous experience kept him from reaching out and trying new things without feeling guilty or being scared. It *was* possible to have life worse than Chuck had it. Inadvertently, his hand started to creep toward the hollow place in his heart.

"So you're a Visitor, huh?" A heavy hand clamped

down on Chuck's arm and spun him around. He
found himself face to face with a very large, unshaven
man with reddened eyes. "You from out there somewhere? You one of the Belly-Button Gang?"

Chuck wasn't about to let anyone twang his navel
cord again, so he didn't pull up his shirt. Instead, he
smiled.

"That's right. My four friends and I are here to
learn, er, about the Dreamland."

"Uh-huh," said the man, weaving unsteadily on his
feet. "*I* hear that in the Waking World, you people
only have one face."

"All day long," Chuck said. "It's not at all like this
one."

"One face? Every day? All day?"

"That's right. It's normal for us."

"Well," said the man pushing close to him and
breathing alcohol in his face, "that would make you
freaks." Chuck backed away from him and found his
way blocked. He turned around to see an equally
large man leaning over him.

"Now, just a moment," Chuck said. "We can't help
that. I've been changing while I've been here." He
smiled uneasily as more big men clustered around.
"You folks sure are lucky."

"You *patronizing* us?" the first man asked, poking
Chuck in the middle with a knuckle. "You people
think you're better than us?"

"No!" Chuck said. "I didn't know you existed at all!
I mean, I never realized people in dreams thought."

"Yeah, right! You think you can walk in here," the
knuckle punctuated every syllable, "and lord it over
us because you think you're *more real* than we are?"
Chuck looked over the man's shoulders, hoping for
a quick retreat. Instead, more angry faces crowded
in on him. They got closer and closer, pressing Chuck
between them until he felt his body squeezed out like
toothpaste.

"Guys, I have the greatest respect for you," Chuck wheezed, his voice reedy and thin, shrinking away from the man's raised fist. The first man, looming over him, started laughing.

"You're pathetic, do you know that? Sad, miserable, one-faced, phony bum . . ."

Chuck cringed at every word of abuse, feeling smaller and smaller as the insults mounted up. The men seemed to grow bigger and more threatening. No, they weren't—he was shrinking! Every time they laughed at him, he lost height, dropping below chest level, then belt level. The taunting voice followed him, loud as an air-raid siren, ". . . your superior attitude makes us *sick*, you know that?" Chuck shrank until he was no higher than the men's shoes.

Their abuse had made it possible for him to escape. At that size, he could run between their feet. He saw a gap appear as his tormentors milled around, looking to see where he had gone. Chuck saw his opening, and started running. At only six inches in height, he was vulnerable. The gigantic boots and shoes started stomping and trampling. Chuck dodged just in time to keep from being squashed by a cowboy boot, and found himself running a gantlet of threshing soles.

"Get him!" the voice roared.

Like a matinee hero pursued by an avalanche, Chuck made for the door. Suddenly, he felt himself lifted up by the scruff of his neck. This was it then, he thought, curling up and throwing his arms over his head. He was going to die now.

Instead of being crushed, he was set down heavily on a flat surface.

"Your turn!" a little girl cried. Chuck opened his eyes, only to have a brief view of a little girl in a pink paper crown before his vision was cut off by the introduction of a blindfold. He had been dropped into the middle of a children's birthday party. "Go on! See if you can pin the tail on the donkey!"

"All right," Chuck said. A ribbon with a tack stuck in one end was placed in his hand, and he was spun in a circle. Accompanied by helpful shouts from the other kiddies at the party, he staggered forward, hands out, feeling for the target. Suddenly, a sharp pain jabbed him in the side.

"Ow!" He swept off the blindfold to see dozens of partygoers, homing in on him with more pins. Theirs looked longer and sharper than rapiers. Their eyes glittered as they raised their hands to strike. Chuck shrank back. A hand reached in, grabbed him by the arm, and yanked him out of the circle.

"There you are," said Hiramus peevishly. "Keir wants us all to go back to the train. It's almost dawn."

"What?" Chuck said. He looked back at the party. The children had gathered around a little boy wearing the blindfold, and were shrieking with laughter as he lurched around with his arms held out before him. They all looked so innocent. Could those little ones really have been trying to kill him? "I think you just saved me from being skewered."

"Think nothing of it," Hiramus said. "We should go."

"Where's Keir?" Chuck asked.

The corners of Hiramus's mustache turned upward in a wry smile. "Seeking Miss Pip, I believe."

Chuck turned wearily toward the door. "At least I don't have to wait up for her."

As they emerged into the night air, Persemid came toward them, walking as though her feet hurt. Sean held her arm. He was still wide awake and lively.

"Are you ready to go back?" Sean asked.

"Without a doubt," said the older man. "I think we have all had as much fun as we can handle for one night."

"Hear, hear," said Chuck.

The four Visitors slogged back to the train. The full moon was about two thirds up one side of the sky, giving them plenty of light to negotiate their path. The rubberiness in Chuck's legs was no longer from having animated features—that had worn off hours ago—but from sheer exhaustion. He had enjoyed the evening thoroughly—well, most of it. Now, he was ready for bed. He was glad to see the welcome shape of a real train. He couldn't have imagined how they would sleep on the backs of elephants.

As Chuck helped Persemid up the stairs, he felt a vibration coming through the car. Puzzled, he pushed open the partition door. A blast of rock music struck him full force, almost knocking him over. They pushed in against the ferocious sound, and were greeted by the conductor, who was wearing two outsized pads of cotton strapped over his ears under his cap. A flashing strobe light provided staccato views of the darkened interior, where figures were dancing to a band playing at one end of the car.

"Evening, sir!" the conductor shouted.

"What's this?" Chuck shouted back.

"Private party, sir! I am to extend invitations to you all!"

"From them?" Sean yelled, pointing. He looked alarmed. Chuck turned to get a better view. Unlike Sean, he wasn't frightened by the sight. The wild party consisted not of people, but of skeletons. They were dancing, eating food from the refreshment table, talking earnestly in corners, and smoking in doorways. And why not? Chuck thought. They don't have to worry about lung cancer. He stopped to admire the moves of the dancers. Some of those bone-folk were really getting down. It looked like fun, but Chuck wasn't in the mood to keep partying.

"Don't worry," he shouted at Sean. "This reminds me of something at home!"

"You consort with dead people?" Sean asked, his eyes showing white all the way around the irises.

"A kind of Dead," Chuck replied. He caught a

glimpse of Persemid near the door. She was grinning.
She understood. "They won't hurt you, I promise!"
The party car was crowded, but he saw a way through.
He signaled to the travelers all to join hands, and
pulled them along to the next carriage. As soon as
the partition door shut behind them, the earth-
shakingly loud music cut off.

"Good call," Persemid said, "and good night. I can't
wait to get off my feet."

The car automatically split into the correct compartments. Chuck waited for the transformation to
take his shoes off, glad he didn't have to summon the
coordination to do it himself. The floor still vibrated
with the music's bass beat. He'd have to ask Bergold
in the morning if there was a specific name for that
kind of manifestation, or if it was considered a
nuisance.

The pajama top hung slack against the empty part
of his chest. Chuck hadn't thought about the hole
in hours. He felt the edges of the flaw, letting his
fingers run all around the perimeter through the
cloth. He worried whether it was getting bigger.
Should he look? He glanced around the compartment. There was a mirror on the wall above the
writing table next to the window. If he lowered the
blinds, he could examine the flaw in his chest without anyone to see.

Just as his shaking fingers undid the top button,
a conga line of smiling, dancing, multicolored teddy
bears came through the wall, accompanied by more
music. He buttoned it shut again and spun to confront the intruders.

"Get lost," Chuck said, waving irritably at them.
"I'm not in the mood."

The bears didn't mind. Still smiling, they shuffled
and stepped out through the window glass, their music
following them out into the night. Now *that*, Chuck
thought, was a nuisance.

He was so tired he didn't even want a book to read. It was just as well, since his muscles were so sore he didn't want to go get one. What a day. Chuck flopped back and looked at the ceiling. He noticed that it was carved with a sheep motif. Well, that was handy. He started to count them.

Loud voices erupted in the hallway.

"I'm telling you, the quantum weight of the universe totally offsets the balance of all energy," said a male voice.

"It doesn't change the behavior of matter," a woman said.

Chuck pulled the pillow over his head, but the voices got louder.

"The very assessment of the quanta changes its behavior! If you examine every particle, it changes what it was doing."

That came from right inside his compartment. Chuck pulled the pillow off his face. To his shock, he found himself looking up at two hollow skulls arguing.

"Are you assuming sentience, or contrariness?"

"Would you two mind?" Chuck demanded. "I'm trying to get some sleep!"

The skeletons looked down at him. He didn't know how hollow eye sockets could register surprise, but these did.

"Oh," said the male. "Sorry, man." The pair walked out through the wall, still arguing.

Chuck heard a wild yell from the next chamber, and guessed they had invaded Sean's bedroom. Persemid's irritated voice rose up.

"Just throw them out!" she shouted, hoarse with sleep. "Do you want *me* to come and do it?"

Chuck dropped back onto his pillows. Silence fell, almost. He thought he could still hear low voices. He got up and threw open the door to the corridor. No one was outside. He opened door after door that appeared in the paneled walls, finding kitchenette, bathroom, fold-down ironing board, and finally, a walk-in closet where four more skeletons were having a quiet, serious conversation, the kind Chuck himself recalled having in college at two or three in the morning.

"All right," he said, pointing to the door. "Beat it."

Reluctantly, they filed out through the solid door. He heard their voices echoing down the corridor, and then silence. He opened the door to make sure they were really going. They were. Chuck shut the door and locked it. He knew it was a futile gesture, but it made him feel better to make it.

He was alone now. If he wanted to look, he could. He stood before the mirror, dithering, trying to make up his mind whether he would rather see the horror, or just worry whether it was getting worse. He searched in the mirror for answers. The face looking back at him now looked an honest thirty years of age. He wasn't a teenager any more. Well, that wasn't so bad. The problem was what lay hidden. Slowly, hoping all the time he had been imagining the problem, he undid the buttons of his pajama jacket. No such luck. In the middle of a taut chest with absolutely admirable muscles was a big zero. He couldn't believe that it didn't hurt. The margins of the hole felt as ordinary as a shoulder or a knee, but it looked so creepy. How odd to be aware of it. If this had happened when he was really dreaming, he'd undoubtedly accept it without thinking, but now it scared him half to death. As he had feared, the hole was a little larger than earlier. Then, he could cover it with the palm of his hand. Now, the edge peeked out along the side of his hand.

In the fruit factory he'd enjoyed that glorious time when his whole body had been made of rubber. If he could recapture that ability at this moment, perhaps he could pull himself together and close up the hole. He willed himself to be as stretchy as he had been before, thinking elastic thoughts. Something changed; he could feel it like a springy sensation in his stomach. He plucked at his cheek, which wowed out to balloon size and flapped back with a sound like a cartoon gate clacking. When he shook his head from side to side, his ears rattled. That should do it. Chuck took the sides of his chest in each hand and pushed. The edges of the hole met, smooshed into a single long line, and vanished. Chuck smiled and let go. *Sproingg*! It opened up again. Chuck looked at it in dismay. Symbolism, Keir had said. This gap was the symbol for what was wrong in his life: all his failures, his sorrow, his inability to experience joy. If he didn't fix it soon, it could kill him.

He tried pushing it closed again, and pictured a big needle stitching it up. The stitches duly appeared, making his chest look a lot like an old-fashioned football. As soon as he let go, the cord unraveled, leaving an end hanging loose. Frustrated, Chuck filled the emptiness up with handfuls of upholstery, pieces of paneling, even stuffing in handfuls of solid air. He gave it all he had: good vibrations, good thoughts, visions of construction sites, surgery, even road resurfacing. Nothing lasted more than a moment. He still ended up gazing at the inside back of his pajamas through the hole.

Chuck couldn't try any longer. The weariness he'd been fighting hit him like the heap of fruit. He slogged over to the berth and fell into it. His blankets curled around him, and the pillow snuggled under his head at just the right angle.

He was dozily aware when the train lurched and started to move. Keir must have found Pipistrella, Chuck thought sleepily. I'm glad I don't have his job.

The moon shining through the curtains on his window was a little higher in the sky than it had been the night before. Would he be able to reach Enlightenment before his time was up, or would he fall apart before he ever reached the place? Chuck went to sleep with the uneasy sensation that he'd swallowed something wrong, and it was making the place around his heart ache.

Chapter 22

More shrill whines split the air.

"Mama, he's hitting me!"

"She's on my side of the seat!"

"No, I'm not!"

"Yes, she is! She's putting her finger on the cushion!"

Morit held his hands to his ears, but the annoying voices cut right through. His blood pressure was rising. He was on the verge of getting up and chasing the miserable brats to strangle them, but it wouldn't do any good. His arms and legs in this body were very short and slow. He'd never catch any of them. They would disappear right from between his hands, and by the time he turned around, there would be more, filling the air with their unbearable noise. That was the way his life always was, a Personal Torment Dream every single day. Misery, misery, misery, and no one understood or cared. Retribution for the Visitors could not come soon enough. He resented being shut up with horrible little children, who were no doubt there to express the concerns of one or another sleepers in the Waking World. Why him, indeed? What about his happiness?

Though the sign on the wall said SUPER TERRIFIC PRIME PREMIER FIRST CLASS, Morit doubted whether it was true. The seats were less comfortable than before, and there was no service. The run-down car hadn't been cleaned in some time. The food was terrible, expensive stodge. His breakfast, cold eggs and greasy bacon, had been served off a cart by a snot-nosed teenager who never made eye contact with him, and asked for two biros—two biros!—for the meal. The coffee tasted like bicycle lubricant. The remainder of it was growing cold in a cup on the narrow shelf by the window. He'd tried to drink it countless times while it was hot, but the children kept banging into his elbow, spilling it down his front. As a result, he had brown stains that he couldn't conceal on the front of his white shirt. His command of influence was insufficient to eradicate them. He was too annoyed to let Blanda try.

The other factor which made him doubt his whereabouts was the lack of other passengers, especially the Visitors. Except for Blanda, he couldn't find another adult whom he thought was real. All the ones in the crying car were little more than influence-altered lengths of fence, preventing the little pests from straying outside the limits but providing no other guidance. All the Visitors were somewhere else, undiscoverable by him, anyhow.

"I'll bet it's almost certainly somewhere better than here," Morit said, not for the first time.

"This is very nice," Blanda said, looking up from wielding her knitting needles. The children never cannoned off her, or she'd have been skewered on her own half-finished sweater. "The walls are a very pleasant color, and it's a pretty pattern in the rug. There's such a lot of room. Plenty of space to move about in."

Just then, a boy with brown hair and freckles chased his pigtailed sister straight into Morit. She spilled a glass of milk on his legs. He jumped up, brushing at the mess and swearing.

"My love!" Blanda exclaimed, shocked. Morit sat down. He continued to think angry thoughts, looking daggers at the children, but they didn't hit their targets.

And as for the paint job and carpet, he was unimpressed. The materials were notable only for their resistance to damage and stain, not aesthetic beauty, and as for having plenty of room, it only gave the young nuisances extra yards to use as a launch pad. He rang the bell mounted on the wall. The conductor, wearing rubber wading boots secured over his shoulders with suspenders, appeared at once by his side.

"How may I help you, sir?" he asked, heavily.

"*Where* is everyone?"

"Still asleep, sir," the conductor answered, in a singsong voice, because he'd recited the same information again and again to Morit since shortly after dawn. "The night stretched out very long. It's taken up part of the day. We had to make up time to remain on schedule, sir. I'm sure they'll all be around again soon."

"But it's nearly noon!"

"Not yet, sir," the conductor said, checking the gold watch in his pocket. "This is reserve morning time. We'll reset the clocks as soon as we reach Phantasie and the Temple of Adoration."

"Oh, that will be nice," Blanda said when Morit sat down. "The Cloudings up the street visited the Temple last year. They had such pretty vacation pictures." She tried a sleeve against his arm for length. He shook her off.

"I hope that's not for me, is it?" he asked. "I hate orange."

"It won't be orange when I'm finished," Blanda assured him placidly. "You know I like to work with bright colors. Would you like it to be another brown one?"

Morit nodded curtly, his mind already occupied with plotting. He was frustrated. His comrades were supposed to have tried to destroy one or all of the Visitors during their time out on the town the night before in Yore. So many opportunities had presented themselves while he had been watching, but nothing had been done. Why not? He could have done it himself any number of times. He hadn't been able to sleep all night, angry and jealous that the Visitors had had no further trouble. Everyone had had a good time but him.

Shrieks erupted as a little girl launched herself off the next seat toward the chair back to back with Morit. She missed. Her flailing hands grabbed a handful of Morit's hair and yanked it out as she fell.

"Aaarggh!" Morit yelled, springing up, waving his arms. He'd kill the little monster!

"Dear!" Blanda exclaimed, taking his arm and pulling him down into his seat. The child recoiled and fled down the aisle into the crowd. As much as he hated the Visitors, he would rather have been with them than here. There were worse things in the world, and he got them all. At least the Visitors were polite to him—when they weren't interfering with his life. He could hardly stand it until the surroundings would change again.

"This is just an ordeal," a tall man sitting at the window whispered. "Be patient." Morit looked at him in surprise. He'd thought no one here was real. He peered at the man, who was narrow-faced with yellowish skin and a thin mustache that hung down to his jaw on both sides. The stranger was no one Morit recognized, but the anti-Visitor movement was growing all the time. New members of the conspiracy could have been engendered out of pure fumes from the hatred.

"Message for you, sir." Morit looked up at the pimply-faced porter who held out to him a tray bearing an envelope. He glanced back toward the window. The stranger was gone. Morit took the envelope. The young man remained standing nearby. Morit threw a couple of pencils on the tray and tore open the letter.

His coconspirators in Yore *had* tried to kill the Visitors, many times, so the missive told him defensively. All the attempts had failed. Not because they were poorly plotted, but something or someone kept foiling them. Most likely the combined might of the Visitors was turning all efforts against the users. And a certain amount had to be put off to Sleeper's whim. Naturally, the Seven would defend their own. Morit's comrades complained they were still trying to find some of their number who had helped engineer the fruit avalanche, and many of the assassins who had gone into the dancing crowd at the disco had never been seen again. Should the remaining members move full speed ahead to prepare for the fail-safe attack, or continue to try separate attacks along the rest of the Visitors' route?

Angrily, Morit jumbled the letters together and began to spell out words in cursive, stringing them along the page with impatient movements. He did not want to rely on the fail-safe. The attempts were to continue until they succeeded. He wanted the Visitors disposed of as soon as possible. There might even be opportunities that very day—that night! Watch for them! He smacked the page down onto the little table, making his cold coffee jump in the cup, and folded the revised letter into thirds. Sealing it with his thumb, he handed it to the waiting page.

The young man took the note, opened it, and read it. His shoulders sagged. "Very well, sir. It's getting difficult, though."

Morit gave him a stern look. "Do it anyway. You know what is at stake."

"Yes, sir. We do." The porter bowed himself out of the room.

✧ ✧ ✧

Chuck came out of his cabin, scratching his belly, which was covered in thick fur. He was only able to scratch all the way down to the place that itched because his fingernails had turned into long, curved claws. Ordinary fingernails could never have made it through the pelt. He touched the hole in his chest with a clawtip. It was invisible under the eight-inch-long fur. He had to mention it to Keir now, today, before it got much worse.

Not that he felt bad that morning. He had wakened up in a narrow bed in a narrow room more like a monk's cell than the opulent suite he'd gone to sleep in, but he retained distinct memories of some good partying. Maybe too good. Even his tongue was furry. When he saw the others he mustered as much cheerfulness as he could, which was about ten percent of his normal complement.

"G'morning," he growled, and was surprised at the depth and resonance of his voice.

"Are you always this much of a bear in the morning?" Persemid asked, merriment in her almond-shaped eyes. "I'm sorry. I couldn't resist the joke. Have you seen yourself?"

Chuck glanced into the window glass as he sat down. He *was* a bear. There was a smudge of red paint on the whiskers under his nose, and more paint ground under his fingernails, er, claws. He'd sure tied one on the night before. There was still a string with tin cans attached to one leg. He sat down in his accustomed place to undo the knot. It got tangled up in his claws, until Hiramus bent down to untie it for him.

"Thanks," Chuck said.

"My pleasure," said Hiramus. He sat back, still as precise in his movements as a clock, but slower, as though the spring was partly wound down. Everyone looked the worse for wear, but Chuck was surprised at how much they had all changed overnight. For several days they had all remained ordinary in appearance, but this morning something had broken loose. Sean, obviously nursing a headache, was covered entirely in shaggy bark like a living tree, almost frightening to behold. Pipistrella seemed diaphanous to the point of transparency, as if she'd used up too much of her being during the last few days. Hiramus looked like an old-fashioned schoolmaster down to the mortarboard, round spectacles and robe with half-sleeves over a hollow chest and a little pot belly. Persemid remained the most like herself. She looked like a Chinese doll, with long, shiny hair in a braid, but her high-necked happi coat was buttoned over a rounded bosom, and her queue had overtones of red, like lacquer on an antique box.

"We're all getting too familiar with each other," she said. "We're done using our 'company manners.' Now we'll just have to deal with one another as we really are."

"I don't think that's a correct assessment at all, young lady," Hiramus said, looking more donnish than ever as he peered at her over his glasses. Sean let out a sharp yelp of laughter, and Chuck couldn't help but grin. It sounded like Persemid had hit the nail on the head.

"Then why aren't you more different?" Pipistrella asked, in her mild voice.

"I am who I am," Persemid said, bluntly. "Take it or leave it. That Bergold man—where is he, by the way?—was right on the money. I've got a pretty strong base shape. I'm not going to waste my time worrying about my appearance, like some people I could name."

"Who is that?" Pip asked, and smiled vaguely as the others stared at her in disbelief. Chuck had been spending so much time on his own problems, he hadn't bothered to guess why the other Visitors were on the journey with him. Maybe Pip's problem was her total lack of awareness.

"Mmm," said a heap of old rags on the floor in the corner. Chuck was surprised the pile moved and stood up. It turned out to be Keir. More dowdy and unlovely than usual, he went through his amazing range of alterations as he looked over each of his clients, beginning with a disreputable-looking fallen angel with mussed feathers, and ending as the sweet-faced, middle-aged woman. She looked tired and was dressed in a housecoat and slippers instead of the usual neat dress or skirt.

"We had too good a time last night, my dear friends," Keir said, sitting down primly in a straight-backed seat that manifested itself in between the rows of seats. "Particular thanks are due to our man Sean, here."

Sean looked abashed. " 'Twas nothing," he mumbled into his scaly neck.

"Speak clearly, dear," Keir chided him. "It was not nothing, I assure you. It's not often even I have more than I can handle. There must be some coffee around here somewhere." He reached up to ring the bell for the conductor.

Behind him, Chuck heard a loud noise, like an engine roaring. He sprang up in time to see the rear wall burst open, catapulting Bergold, Morit, Blanda, Kenner, Mrs. Flannel, Master Bolster and approximately seventy small boys and girls into the car. Shrieking as they hit the floor, the children got up and raced about. Where they passed, gilding and light fixtures appeared on the plain wooden walls and a richly-colored pattern wove itself into the carpet. They didn't slow down when they reached the end of the car. Instead, they ran straight through it, the force of their passage tossing the paneling like waves. When the wood settled, it was carved into handsome beading with mahogany wainscoting that ran around the perimeter to waist height. Above, the wall was painted deep teal, and was decorated with gold-framed paintings. The finished car was smaller than their usual compartment, but fewer people were in it, so there was no crowding.

"Bless my soul!" Bergold exclaimed, standing up and brushing off his plump person. Like Persemid, he was dressed as a Mandarin, but with Nordic features and coloration. "I was just having tea with a group of fellow scholars in the caboose, when the winds of change swept me up and dropped me here!"

The conductor appeared at his side and produced a whisk broom, with which he dusted Bergold's shoulders and round black hat. "We regret the alteration, sir. There is no first-class service today between South Yore and North Phantasie, so everyone's seat was temporarily reassigned. Premium service has now resumed in its entirety."

"Is that what happened?" Morit demanded, extracting himself from heaps of crib blankets that blew into the car with him. He threw them forcefully across the room. They fluttered away, adhering themselves to the window frames as damask curtains. "I will demand a portion of my ticket be returned to me. I was assured that our passage would be first class all the way around!"

"I am so sorry, sir," the conductor said, turning to him with a rueful expression. "Some of our equipment fell prey to a nuisance or some other such interference, sir. You may be assured that we will endeavor to make certain that it does not happen again, but things do change."

"Oh, it wasn't so bad," Blanda said. "I like kiddies. They were so energetic! Weren't they, my love?"

Morit growled, as usual. Chuck wondered again how the Nightshades had ever gotten together, when he was so grumpy and she was so nice. Probably no one else would even talk to him.

"When do we reach Phantasie?" Keir asked.

The conductor retrieved his watch from his vest-front pocket. "We arrive in five minutes, sir."

Keir sighed. "No time for coffee." He answered Chuck's puzzled look with a sheepish grin. "I know what I said about the symbolism of food, but some things are hard even for me to do without."

He's human, Chuck thought indulgently, then with a sense of dismay. The faith in the infallability he'd always assumed Keir to possess diminished slightly. At some point he needed to open up to his guide about his problem. But how would he feel if he told Keir the whole story, and he could do nothing? But Bergold was right: Keir was his sponsor in the Dreamland. He ought to know before something went horribly wrong. Chuck had to tell Keir, and soon.

Chapter 23

"Ready?" Keir led the group toward a lofty building that gleamed in the sunshine like a pearl. He turned to grin at Chuck, his bright black eyes glistening with enthusiasm. "I've always thought of this as one of the most interesting places in the Dreamland. It reflects so much of our world I have no doubt as to the close ties between us."

Chuck had to stop and admire the glorious building. The gold letters at the top of the alabaster archway over its gilded doors said TEMPLE OF ADORATION. Not only the perfectly kept, wide, green lawn separated the Temple from the surrounding town. The place itself inspired awe and worship. The shining building, rising behind a pool like the grandest of lilies, had a splendid aura, commanding respect from all who beheld it. It was without a doubt the grandest, most glorious place of worship he had ever seen.

The others were similarly struck by the building's majesty. Before stepping onto the golden path leading to the door, they abandoned their dishabille of the morning. Sean lost his scaly skin, and appeared in a business suit with a positively sober tie. Hiramus became Victorian again, wearing a banker's suit with a conservative waistcoat. His hair and beard were both parted in the middle. Pipistrella looked like an object of adoration herself, wearing a light pink sundress that outlined her body and a translucent scarf on her waist-length tresses of rich, golden-brown hair. Persemid gave her companion a frustrated look, but appeared properly respectful in an ankle-length blue dress with full skirts that was almost medieval in cut. Chuck, too, thought himself into a Sunday suit, down to a pair of shiny black shoes that pinched so much they *had* to be respectable.

A couple of cassocked beings waiting a dozen yards from the entrance looked passersby up and down, then waved them through. Chuck gave the guardians a good, hard stare as he approached. They were gargoyles! Gray stone monsters with horns in the middle of their heads and pointed mouths with jagged teeth. They were guarding the Temple! He paused, wondering if he should turn back. Ahead of him a woman in evening dress and two men in tuxedos approached the beasts with confidence.

To his surprise, the stony-faced beings halted the three.

"I beg your pardon, madam and gentlemen," said the first gargoyle, in a sober and respectful tone. "*Appropriate* clothing, please."

"Oh! So very sorry," the woman said, changing into a street dress. The gargoyle bowed its head and backed off. Neither stone beast moved as Keir and his party passed by.

The feeling of awe grew stronger the closer Chuck got to the doorway. He couldn't make himself step over the threshold. This was a perfect place. No one as flawed as he was should enter.

"I can't," he told Keir, who appeared in the modest incarnation of Sean's mother. "Go on without me."

His expression not changing a whit, Keir immediately

took on the shape of Chuck's personal adviser. He gestured the others inside.

"You all go ahead. Enjoy." He pulled Chuck to one side to let the next crowd of people past them. "Want to tell me about it, son?"

Chuck glanced around for a private corner to talk. There were alcoves just big enough for two people in between the buttresses in the walls. Keir watched his eyes, and pulled Chuck toward the nearest one. Keir flattened his hands on the air, and an opaque folding screen appeared behind them, blocking the gaze of the curious.

"So, what's the problem?"

Chuck explained, opening his dress shirt to let Keir see. ". . . And it's scaring the heck out of me. Nothing I do seems to make any difference. In fact, it's been getting worse. I'm afraid that pretty soon there'll be more hole than body." He knew he sounded helpless, and he hated it. "I don't know what to do."

"I should have suspected," Keir said, frowning. He ran a pensive finger through his beard. "This is worse than I could have foreseen."

"But what's being torn out of me?" Chuck asked. "This isn't like the luggage, is it? I'm supposed to get rid of all that. But this is me, personally. I should be in one piece. I mean, one contiguous part."

"That's the good news," Keir said. "That hole shows where all the bad things that you want to get rid of have gone away. Negativity. Destructive feelings and tendencies. Out with the bad air, in with the good."

"But it isn't being replaced by anything," Chuck said, looking down in worry. "There's no good air coming in. I've tried filling it in, but nothing stays." He felt a moment of panic. Could the hole be bigger than it was a moment ago? The sharp forefinger of his guide jabbed him in the arm, getting his attention.

"Don't obsess," Keir said, tapping his lip with his

fingertip. "This problem has a solution. We just don't know what it is. Something you're doing unconsciously is preventing it. You're not letting the positive take the place of the negative vibes. This situation makes it all the more vital for you to achieve your goal. We must reverse this process before you leave here or," he looked very worried, "I don't know. If you were a Dreamlander I'd say you might break apart and go to pieces."

"Literally?" Chuck asked, his voice rising to a squeak on the last syllable.

"It could be," Keir said, gravely. "You need to try and think positively. It has to be a natural process. Otherwise, you'll tend to attract bad things, too."

"I'll try," Chuck said, buttoning his shirt. The cloth flapped over the hollow. How could he think positive thoughts when his doom was eating him away from inside?

"Hold your head up," Keir advised him blithely. "I'll keep an eye on you."

Keir's reassurance wasn't the comfort Chuck hoped it would be. He found the idea of coming apart terrifying, almost paralyzing. He tottered along lamely behind Keir to the entrance, almost afraid to walk normally. It could be if he jostled himself too hard he would end up dismembered on the aisle.

It wouldn't do to cower. He wasn't going to solve his problems moping around feeling sorry for himself. If he fell apart, he fell apart! There, that was a positive thought. He took a deep breath. Raising his chin, he strode into the Temple after Keir.

An amazing variety of people had found their way to the Temple of Adoration. Pilgrims carrying palm fronds sat on benches just inside the door of the porch with bowed heads. The dust on their clothes and bare feet testified that they had come a long way. Flocks of schoolchildren in white shirts and blue trousers or skirts were herded along by schoolmistresses in

modest, knee-length dresses. Vergers in sober brown
robes swung censers giving off sweet smoke. Yet,
Chuck's nose told him there was another strong smell,
a familiar one. He couldn't put a name to it, but it
was something he ran into every day at home.

The place was as big as a cathedral, and furnished
like one. Stained glass windows let in just enough light
to give the huge chamber an otherworldly look. Stone
and wood alike were engraved or painted with a motif
of infinity symbols. Two aisles ran along the sides of
the building, enclosing two rows of wooden pews
separated by the nave. Soft-footed worshipers came
and went, peace on their faces. The mournful sound
of plainsong came from the choir of black-clad monks
in the stalls near the central altar. Chuck was curious to see what passed for a holy icon in the
Dreamland, where the dreams of people from every
religion in the world mingled. He joined a long file
of devotees queuing up to pass before the altar.

Chuck was keyed up with anticipation when his
turn came. He pushed through the crowd to the edge
of the rail surrounding the central dais to see the
object of devotion, and found himself gawking. Given
pride of place in the middle of the silk-covered altar
was a pair of sunglasses. Votaries bearing huge offerings of flowers, polishing cloths, gilded and chased
storage cases laid them down in a growing collection
at the altar's foot. A pair of enormous eunuchs with
yellow skin, wearing only silk trousers and turbans
waved vast ostrich-feather fans that wafted the strange
odor toward the visitors at the back of the hall. With
growing disbelief, Chuck finally recognized it as the
smell of plastic. He realized that the motif in the
reredos wasn't of infinity symbols, it was double lenses
in frames. When one monk in the choir raised his
cowled head to turn the page in his missal, he was
wearing sunglasses just like the ones on the altar.
Chuck couldn't believe it.

When the service ended he approached the monk. "Excuse me," he said. "I'm a Visitor from the Waking World." The religious's eyebrows shot up, and he removed the dark spectacles. Behind them, he was a young man in his early twenties with clipped dark hair and sincere brown eyes.

"You are very welcome, brother," the monk said, gesturing to Chuck to step aside so more devotees could approach the center. "How may I serve?"

Chuck watched the crowd uneasily. "I have a question. I hope it's not offensive. Tell me, what exactly is it you're doing here?"

"As a Visitor you ought to recognize our work," the monk said, a trifle surprised. "We are privileged to have received the manifestation of truths we have been shown from the Waking World. Your world. If we have an abiding philosophy, it is service to the Sleepers. To you." He gave Chuck a look of pure adoration. Chuck squirmed. "The Temple includes shrines to all sorts of things held in veneration in the Waking World. Our relics change all the time. At present, it is the holy eyewear. We seek its protection from the harsh rays of the sun."

"There must be some kind of mistake," Chuck said. "These aren't sacred to anyone, not where I come from."

"No?" the monk said, in mild surprise. "We have witnesses who have experienced visions of the wars between one true frame and another. Philosophers have entered into forceful arguments of glass versus plastic lenses. And some of us have found the blessed way—" here he held his hands upturned and looked beatific "—of scratch resistance."

"Uh," Chuck said. "Thanks. Have a nice day." He turned away hastily.

"You-vee-ay and you-vee-bee, brother," the monk said, donning his dark spectacles again.

A small sign on the west wall said GIFT SHOP. He

went through the door into a small though well-kept
room presided over by women in dark cassocks and
wimples. He looked at the offerings, feeling uncomfortable. There were devotional cards with pictures
of the sunglasses, books and treatises on the Holy War
that had been fought by the adherents to the styles
of two well-known international manufacturers that
Chuck recognized. At the end of the counter, Chuck
saw Bergold trying on different frames before a looking glass held for him by a holy sister.

"How long has this been going on?" Chuck asked,
in a low, embarrassed whisper. "I mean, *sunglasses!*"

"Oh, not long," Bergold said. "Last time I was here
it was wristwatches. I still have the souvenir timepiece
I bought then. Not that it's retained its original
appearance, of course, but it still keeps good time."

"I hate to see all these serious people venerating
something so trivial," Chuck said, troubled, watching
the processions progress up the aisle. A monk, carrying a purple velvet pillow with a pair of clip-ons passed
by, flanked by acolytes bearing candles and banners.

"Form follows function," Bergold said with a smile.
"Next week, or next year, you could return to this
spot, if the Temple is still in this spot, by the will
of the Sleepers, and there might be a pair of slippers on display, with books on sacred footgear on sale.
What purpose does it serve, you may ask? Such things
give comfort to somebody. A lot of people, if it has
elicited a manifestation here in the Dreamland. Things
change very slowly here in comparison with the
Waking World. We might have time to savor and
appreciate the quality of things that you have already
dismissed and moved on from."

"I noticed," Chuck said, thinking of the Victorian
train. "But sunglasses?"

The bespectacled nun behind the counter who had
sunglasses pushed up on top of her wimple smiled
at him.

The now familiar sensation of a change in influence swept through with a booming noise like the report of a large brass gong. The grand, European cathedral became a temple open to the four winds. The gray, fluted pillars rounded and became deep red. Chuck could see into the chamber again. The huge guardians of the altar were still huge, but they wore yellow tunics buttoned up to the neck, and the altar was carved of red lacquer. Even the gift shop itself simplified. The sister now presided over open wicker baskets filled with books, cards and gifts. She and her fellow religious in attendance were now wearing saffron robes and sporting shaved heads, but still wearing sunglasses. That was the only surviving relic of the Temple's previous form. Chuck shook his head.

"This is too weird."

"Why is it weird, my friend? Sunglasses protect your eyes, don't they? They secure one against harm."

"Well, not in any way that deserves a *church*," Chuck said.

"Not to a similar degree, but you can understand the use of the symbol, can you not?"

Chuck didn't want to. "It seems, well, improper."

"And yet here it is, in the dreams of millions of people," Bergold said, spreading out his hands.

"I guess it's all right," Chuck said, slowly. "I mean, we sort of worship cars, and no one thinks that's wrong."

"I think you are misunderstanding the equation here," Bergold said. "It's not really the object of devotion that is important, it is the worship itself. People are opening themselves up to a higher power than themselves." Sometimes literally, Chuck noticed. One man knelt down, pulled open his shirt and his chest, dividing himself in two parts like a book to absorb the rays of goodness coming off the altar. Chuck felt embarrassment at witnessing such an act of devotion, yet awed that someone felt so deeply.

At bottom, though, he felt a parallel with his own situation, and wished he'd had so satisfying a solution. Bergold must have guessed what he was thinking.

"How's the problem?" Bergold asked kindly, nodding toward Chuck's chest.

"About the same," Chuck said quickly. He wasn't good at sharing shame. "Um, Keir thinks I could fall apart. Could that really happen?"

"Oh, yes," Bergold said seriously, putting his purchase into a pouch at his belt. "I've seen it happen myself. Where was it?" He took out his little book. "Yes, it was in Dithering in the province of Oneiros, I think it was. Fellow's two legs went walking off in opposite directions, and all his other parts blew every which way. A clear case of Terminal Indecisiveness. Of course, that's not your problem, but the result could be the same."

"What happened to him?" Chuck asked, as they went out into the sanctuary.

"Oh, he discontinued, poor man. He couldn't go on like that."

" 'Discontinued.' Is that like 'died'?"

"In a way, in a way," Bergold said. "We can die or discontinue. Either way we cease to be." Chuck felt the hollowness seem to pervade every inch of his body. He didn't want to think of that happening to him. He was afraid. Bergold put a kindly hand on his arm. "You just need to be rebuilt from within. It will moor everything nicely once again, and you won't have to worry about going to pieces. Don't suffer your fears alone," Bergold said, nodding toward the altar. "Open yourself to help." Chuck frowned at him, but the Historian turned away, to go look at an urn on a pedestal.

Chuck went to sit down in one of the pews. He put his hands together in the way he had been taught as a child, but he felt stupid praying in front of sunglasses, and felt selfish praying for himself, but he was so lost. Bergold was right. He needed to believe in something. From where he sat, he couldn't see the sunglasses on the high altar. He convinced himself it was not the *object* he was praying to, only using it as a focus. He was looking for the higher powers beyond. He hoped he could find them before it was too late.

Keir collected Chuck and herded him back toward the terminal with Persemid, Sean and Pipistrella. Still thoughtful after his meditative moment, Chuck would have liked to be alone, but instead of the handsome train with private compartments, he saw a huge tour bus waiting for them. Chuck didn't like buses, and kept hoping all the time it took him to climb aboard that it would change back into a train. No such luck. The seats, arrayed in rows of four across with an aisle up the middle, were molded plastic with thin padding and narrow arms that dug into Chuck's thigh. They were comfortable enough, but were permeated with that unmistakable bus smell, diesel mixed with the odor of people.

He looked down the narrow aisle for his fellow passengers. Because of the high headrests on each seat it was difficult to see people. At last he spotted Hiramus almost at the rear of the vehicle, sitting bolt upright with a sour expression on his long face. Chuck had almost reached his row when the bus lurched forward unexpectedly, all but throwing him into the aisle seat Hiramus had left for him. He waited until the jerking had stopped before getting up to put his bags in the upper rack. The bearded man had his carpetbag on his knees, and was clutching it to him with a protective arm.

"Not my usual form of transportation," Hiramus said, barely moving his lips.

The others found their seats. Pip had a new bag from the gift shop, and showed off two pairs of sunglasses. Chuck didn't want to hear her recitation of how she came to choose one each of the disputed styles, so he stared out of the window past Hiramus's newspaper.

The scenery on the outskirts of Phantasie was nothing much to look at. Chuck was worried about his chest, but the bus had no private section or lavatory where he could go to check how he was doing. Keir was busy with Persemid, communing in the silent fashion they shared. Chuck would have liked to talk with the guide, but no longer felt it was right to interrupt when the others needed him. Instead, he had too much time to think about himself. He envied the Dreamlanders at the Temple their ability to feel the protection of a power greater than themselves. In fact, most of the Dreamlanders had that comfort. They knew there was something out there, a situation far superior to the people like him whom they venerated. If only they knew how he hated himself just then, how dangerously strung out he had been before turning to meditation.

The bus came to a rough halt at a stop out in the middle of the countryside. Only one man got off, carrying a tuba around his waist, but plenty of people were waiting to get on. Thousands of travelers seemed to go by Chuck, including a whole football team and a herd of buffalo. By the time Chuck stuck his head out beyond the edge of the high, curved seat, they had all disappeared. He figured they were only nuisances and had vanished to wherever nuisances went, until he heard a low "moo" come from the row behind him.

The bus started up again. They must be taking a local route, stopping at every station. He hated buses. Chuck glanced between the seats at the row ahead of him. Keir the wolf and Persemid must have been imagining creating the world from start to finish.

A surgeon in green operating-room clothes sat

down in the seat next to him across the aisle with
his hands up.

"Nurse!" he ordered. "Put my luggage up!"

A masked woman in scrubs hurried over with
armfuls of bags, including a traditional leather satchel,
on a white-draped tray. With hasty yet deft hands,
she arranged the cases in the top rack. As soon as
she was done, she stepped back deferentially and
waited. More passengers poured past them.

"Nurse!" the doctor barked. "Charts!" She darted
over to put a clipboard into his hands. He began to
peruse it, glancing over now and again at Chuck.
"Nurse! Gloves!" Chuck was feeling very nervous now.
He started to look around for another seat, to get
away from the shouting doctor. He tried to get Keir's
attention, but the seats had drawn as close together
as a curtain. The bus bumped and jerked. Suddenly
the surgeon was looming over him, becoming bigger
all the time.

"We have the technology," the man intoned, now
masked and gloved. "We can rebuild him."

"No!" Chuck exclaimed, horrified. "You're not going
to operate on *me*." Springing to his feet, he attempted
to fight his way past the doctor into the aisle, but
there was no aisle, or anyone else he knew within
sight. Even Hiramus was gone. The bus hit a pothole, and he fell backwards.

Before he knew it, he was on his back on an
operating table in a speeding ambulance racing
through the streets with the siren wailing. He was
covered with green draperies, except for his chest,
which was bared to show the hole. The bright light
shining down into his eyes was interrupted periodi-
cally by the head of the doctor. The surgeon, shouting
to his nurse all the time, stuffing the gap with all
kinds of weird things: hedgehogs, rainbow clays, gobs
and gobs of sunscreen squirted out of a bottle, and
several pairs of sunglasses.

"No!" he protested. "I don't worship those. Take them out! These aren't the right things! They don't belong to me! This isn't the way to fix it!"

"But we must put them somewhere," the nurse said reasonably, from behind her mask.

"Not in me," Chuck said, fighting to free his arms. "Please, take them out. Take them out! Keir! Help!"

The tires hit another bump. To his relief, the ambulance surroundings had changed, and he was on a train again. All the operating room paraphernalia was gone. Panting, he sat up, restored to his usual place across from Bergold. Chuck quickly felt his chest. His shirt, now green chambray, was back in place. No one had seen his chest. He was still hollow, but he knew he'd rather have nothing than the wrong stuff.

Persemid was looking at him very strangely. "What's with you?"

"I was in an ambulance," Chuck said, gulping. "They were operating on me. I was calling for Keir, but no one heard me."

Keir looked grave. "I didn't hear you. Persemid and I were speaking."

"I know. I've always hated going to the doctor," he admitted.

"Ah," said Bergold. "A Personal Anxiety Dream. Now, I was in a roller coaster. I've never cared greatly for them. That last stretch of the tracks must have been very dangerous to have affected us all like that."

"You have an answer for everything, don't you?" Sean asked in a flat voice.

"None of the important questions, I'm afraid," Bergold said, with a kind smile for Chuck.

Chapter 24

As they slowly pulled into the next station, Chuck didn't need to be told that they had arrived at a very special place. Everything was very grand. The station house itself was gleaming, white alabaster brick with brass filigree on the doors and winding all around the corners of the building like golden ivy. Chuck had never seen a train station like it.

"Why is it so fancy?" Persemid asked, her eyebrows aloft.

"This is the personal station used by the Duke of Oneiros," Keir said.

"Is he one of the king's sons?" Sean asked.

"Oh, no," Bergold said. "The king has only the one child, the princess Leonora. As a matter of fact, my dear friend Roan is engaged to be married to her. A very beautiful woman. Don't you agree?" he asked Hiramus.

The bearded man nodded gravely. "Lovely and most gracious. I'm sorry we won't be getting to Mnemosyne this time. That is the capital city, where the Palace of Dreams is," he told Chuck.

"One can't do everything," Bergold said. "You must all try to come to Mnemosyne some time. I think you would find much to enjoy."

"Another time," Keir said, with real regret.

The little Historian bowed. "It would be a pleasure to have all of you visit. I would love to show you my home."

The train came to a halt. Chuck was impressed by how spotless the station was. The very stones in the railbed were polished, and the rails had a golden glint. He couldn't see a sign of wear, not a wilted flower or a blade of grass out of place. All the porters were neat and tidy enough to have just been unfolded from a package. All the luggage on freshly painted carts had been shined. Even the newsboys were wearing suits and ties, and their newspapers were ironed crisp.

"Oh, look!" Pipistrella's cry of delight brought his attention back into the car. On the table between them were cream-white envelopes addressed in gorgeous copperplate writing. CHARLES "CHUCK" MEADOWS, read the inscription on his. Chuck turned it over, awed by the wax seal on the back.

"I've never had an invitation like this," he said.

"I'm almost embarrassed to open mine," Persemid said. "How beautiful." Hiramus, devoid of sentiment, flipped his open, glanced hastily at his invitation and put it in his inner pocket. Morit scowled at his and shoved it down the table to his wife.

"My, my, Spot!" Mrs. Flannel exclaimed to her pet, presently a white toy poodle. "You and I are bidden to a dinner dance at the ducal palace, at half past seven of the clock. Isn't that marvelous!" The little dog wagged its fluffy tail, mouth open with delight. Mrs. Flannel looked up at her fellow passengers. "I'm so excited. I've never been invited to a ducal ball!"

"We are all invited," Hiramus said, tapping his pocket.

Chuck swept a hand at the blue jeans and button-neck shirt he was wearing. "I can't go to a formal party in this stuff."

"Pah!" Keir laughed, throwing back his head.

"These things take care of themselves." His seedy tunic sprouted a bow tie. The aura of formality spread outward until he was attired in a full tuxedo. Chuck felt his collar constrict and looked down at himself. Influence was spreading up his arm from the invitation. The nails on that hand had been trimmed and buffed. Beginning at his wrist, an impeccable, snow-white shirt and jet-black jacket swiftly covered over the casual clothes until Chuck was clad in full evening attire down to a pair of black patent-leather shoes. A quick glance at his back told him he was still wearing his remaining suitcases.

"Keir, can't we leave these here for the evening?" The guide turned his black eyes on Chuck. "They're still your issues," he said. "But if you concentrate, you can probably minimize them for now."

Chuck slid the straps off his shoulders and stared at the three bags. To his relief, they shrank down into a slim gentleman's trifold wallet that he could easily tuck into his inner breast pocket. It was heavy, but didn't spoil the line of the suit.

"Dang, I feel like Cinderella," Persemid said, her eyes shining. "And don't you dare say a word about pumpkins." True, her figure was as round as usual, but the style of Edwardian gown that influence had provided for her looked far better on her than it would have on the bone-thin Pipistrella. The ends of her long, red hair had turned upward and folded themselves into a mass neatly coiled around her head and adorned with a jeweled clip and pale-blue ostrich plume. Her luggage all fit into a small blue evening bag she held by a chain. "What are you staring at?"

"You look really nice," Chuck said.

"Thanks," she said, sourly. "Don't say it like it hurts."

"It doesn't hurt to say it," Chuck said. "It's true." Why did talking with her always put him on the defensive?

"We're not going," Morit growled, undoing his bow tie and throwing it on the center table.

"Yes, we are," Blanda said, picking it up and tying it around his neck again. He batted at her hands like a cat, but she paid no attention. "Look, we are all dressed up. And we have an invitation. If you keep saying no, people will stop asking you." He grumbled to himself. He didn't care if no one ever sent him another invitation in his remaining existence. Blanda paid no attention. She busied herself putting on a gorgeous pearl necklace that reached all the way to her midsection, complementing the pale-gold evening dress. Both set off her plump pink cheeks and shoulders so that she looked rather handsome.

As usual, Pipistrella was the loveliest person on the train. Her gown was like something out of an Italian Renaissance painting, with a white silk underdress starting pretty far down her smooth shoulders, enhanced though not covered up by a golden overgown like a coat tied at intervals along the sleeve and fastened right under her bosom, opening to show more of the white dress and tiny white slippers. Pip basked in compliments from everyone else until she was literally glowing. She glided up and down the aisle to enjoy the sway of the silk around her legs. The capelike overskirt embroidered with jewels had a brief train that whisked itself out from underneath passing feet without Pip even seeming to be aware that her dress was ever in danger of being stepped on.

"You know," Persemid said aloud to no one in particular, but to Chuck in general, "I could really hate her. She's so clueless that nothing ever seems to go wrong for her."

"And here are our carriages," Keir said, pointing out of the window. Chuck and the others hurried down to the platform to see them. Open four-wheel landaus of polished black lacquer and shining silver trim were drawn by pairs of snow-white horses that pranced as they waited for their passengers. Each held a driver and a footman. The latter jumped down from his perch at the rear of the vehicle, and bowed to the travelers.

They were seated four to a carriage. Chuck would have liked to ride with Pip, whose arm he had taken walking across the station platform, but she was handed into a grand white landau with Bergold, Keir, and Mrs. Flannel. He and Persemid shared a coach with Bolster and Hiramus, who except for the carpetbag at his feet that he had refused to minimize or leave behind, looked more like a painting than a human being, the image of sartorial perfection from a previous century. Chuck thought he might like to see Hiramus and Pipistrella together on the dance floor. He looked several years older than Pip, but that shouldn't matter if they danced well.

The moment that the carriages turned into the grounds of the ducal palace Chuck knew that he had gone way out of his usual social range. They proceeded along a path lined by wrought iron fences with roses twining through them. The way curved through enormous flowering rhododendrons, lush grass like plushy velvet dotted with flowers, pleasure gardens with topiaries in the shape of fabulous creatures. Every twenty feet along the way were matched pairs of iron torches, gleaming a welcome. Crisp-petaled violet flowers nodded against the foot of the fences. Chuck wasn't sure, but they looked like orchids. A whole driveway full of orchids? The garden alone was worth a fortune. Statues appeared along the way, each a miracle of workmanship. Chuck was overawed even before the palace appeared.

The hall was a classicist's dream. The upper floor's windows were arched. The carriages stopped under a traditional, perfect triangular portico of bright white, held aloft on round, fluted pillars. There, passengers

alighted to walk up shallow marble stairs to the
entrance. Until Chuck saw the first carriages pull up
he didn't realize the building's scale. Dwarfed by the
grand roof, the landau looked like a toy. Patinaed
doors thirty feet high were flung open, allowing the
delicate strains of violin music to drift out into the
night air. This place had been made by giants for
kings.

The interior walls were adorned in various colors
of marble, predominantly a warm red that was cheerful and elegant at the same time, and inlaid with
precious stones. In the antechamber, lit by torches,
the floor boasted a terrazzo mural of crystals lit from
within.

"Where is everyone?" Persemid asked in a low
voice. Her question echoed until it ended in whispers in the high, domed ceiling.

As though in answer, two pairs of red-heeled shoes
on the floor came to attention beside double doors
painted salmon pink. They arranged themselves, one
pair on either side of the door, toes pointing toward
the visitors. The doors swung open to show a grand
ballroom. Beautiful waltz music was coming from
inside.

"Ah!" Bergold said, taking Persemid's arm and
directing her in that direction. "There are the foot-
men. A little slow, but on duty where they should be."

"You're joking, right?" Persemid asked.

"No, indeed! Those are the servants. All the duke's
retinue is like them," Bergold whispered to them as
they entered.

The ballroom was as gorgeous as the rest of the
palace. Huge murals edged with gold filled the walls.
The ceiling, also painted with classical scenes, was
forty feet high. A dome in the middle reached up
through angels and Jacob's ladders through clouds to
a clear cupola framing the full moon. Chuck admired
the golden floor that shone like polished glass, yet

wasn't slippery. It also didn't transmit the sound of dancing footsteps. Except for the music pouring from the orchestra, the place was eerily quiet.

There were no people visible in the room. Only shoes, hundreds of them. But instead of sitting in pairs, they were gathered in small groups, or lined up along the edge of the beautiful floor, on which dozens more pairs were whirling together to the strains of a waltz.

"I hate to state the obvious," Chuck said, "but they're shoes!"

Bergold shrugged. "Typical, really. His Grace likes to surround himself with shallow people. *These* are so shallow there's little to them but their shoes. They are attracted by charisma or strong influence. About what you'd expect."

"Well, I like it," Kenner said, heartily. He let out a low whistle through his teeth, and nudged Chuck in the side. "Will you get a load of some of those pairs!"

The duke's guests must have found him attractive, too. With his broad shoulders and healthy outdoorsman looks, he was immediately surrounded by a circle of the most beautiful ladies' shoes. "Well, good evening! I must say you're all looking splendid tonight." The pumps and high-heeled mules quivered and leaned toward one another as if whispering about the handsome man in their midst. "My name's Kenner. I'm from Rem. You probably can't tell, but I'm an expert in several forms of martial arts. And I can bench-press two-eighty." The shoes tittered again. He reached out to the daintiest pair of pale pink slippers, that were hanging slightly back behind the circle. "I wonder if you would do me the great honor of dancing with me?"

The right slipper immediately dug its toe into the floor and swiveled as though trying to work up the confidence to accept his invitation. The other pairs made way as the little slippers came forward. Kenner bowed deeply, and led the way out onto the floor. The others waited impatiently until he had made a circuit of the hall before each stepping forward to take their turn.

Chuck felt as though he was being crowded, and looked down to discover he was the center of attention amidst a large flock of shoes, including ladies' shoes both narrow and broad, a pair of cavalier's boots, numerous black leather half-boots, and one single elegant shoe that walked with a limp. He didn't know quite what to do. Converse with them? He found himself babbling just to fill the silence.

"Uh, hi. How are you all doing?" Chuck pulled at his formal collar. "How's the weather been here? Well, folks, I'm happy to be here in the Dreamland. It's always nice to know where the things you use every day are made, but between you and me I don't want to see where they made the monster that used to live under my bed. Bada-boom. Heh heh." His laugh died away uneasily.

Silence. Now he knew how stand-up comedians felt in a difficult house. Without voices, how could he know if they were bored or not? How did anyone tell with shoes? Did they stick their tongues out at him? But they didn't leave. He glanced around to the others, to see how they were handling the odd situation. Bergold seemed to be having a pretty good time, bowing and smiling his way around the ballroom, but Chuck had yet to see a situation where the little Historian didn't feel at home. The couple from Elysia hung close to the refreshment room. Morit was drinking a lot of punch, and to judge by his red face, might have been doctoring it to make it a little more interesting. He seemed very uncomfortable. Blanda was enjoying herself enormously, tugging on her husband's arm to point things out to him. Nice lady, Chuck thought. She deserved better than Morit.

Hiramus did dance with Pip. His movements were as precise as those of a Swiss watch, but Chuck had to admit he was a fine dancer. Chuck felt a twinge of envy. Everything Hiramus did, he did well. Her lovely face aglow, Pip glided and flew about the floor like a fairy. It was a wonder that she stayed on the ground. Persemid waited her turn in the shadow of the pillars near the door.

"Isn't this lovely?" asked Mrs. Flannel, waving to Chuck from a row of chairs. The old woman was dressed in beaded black with black lace mitts on her thin, little hands. He was glad to hear a real voice, and went to stand beside her.

"It's beautiful," Chuck said, sincerely. "I've never been invited to a place like this."

"And the music! So inspiring, don't you think?"

"Oh, yes," Chuck agreed. He glanced up toward the bandstand. He probably shouldn't have been surprised that it, too, was empty of humanity. The musical instruments hung in midair, operating themselves.

Bolster, ever the gentleman, came to bow before Mrs. Flannel.

"May I have the honor of this dance?"

"Oh!" she tittered. "I would love to!" She turned to Chuck. "Would you watch Spot?"

"Certainly!" he said. Mrs. Flannel's pet, which was on the chair beside hers, hardly needed watching, having become an irregularly shaped rock about the size of his fist, but if it made her feel more comfortable, he'd be delighted to help. Chuck smiled as the two of them joined the others on the floor.

He thought he was getting used to the weirdness of the Dreamland, but this party was the strangest thing he'd experienced yet. No one was speaking aloud except for the visitors, yet the Dreamlanders were having no trouble communicating with the other guests. He guessed that they were so used to people

changing shape they understood instinctively whatever form of communication each form took. He
wished he had that ability. He wondered why the
Sleepers had decided everybody here ought to be
shoes for a while. It must be symbolic. Like Bergold
said, these people were shallow. He was sorry there
wasn't a book on dream interpretation among the
pitiful collection on board the train.

A few yards to his left, Bergold was telling an
animated story to a circle of mens' and womens'
shoes. The tapping of their toes sounded like polite
tittering. They were communicating, just in a fashion he was not accustomed to dealing with. Chuck
became aware that a pair of pale blue kidskin pumps
were hovering near him. They leaned closer, communicating a question. A request. What could it be? Did
they, or rather, the lady they represented, want to
dance?

"Uh," Chuck said, uneasily. "I'm not very good at
waltzing." His conscience prodded him. He had a
responsibility to ask ladies at a formal ball to dance.
It was only polite. It was one of the reasons he'd been
asked. "Um. May I have this dance?"

He held out his hand. He almost jumped when he
felt a dainty hand nestle into his. So that was how
Kenner knew which pair he was taking out on the
floor! There was a lady here, almost. Chuck felt as
though he was clutching a very thin balloon in the
shape of a hand. If he squeezed too hard it might
pop. He wondered what she looked like. He let his
imagination shape her as a small-boned, pretty woman
with upswept dark hair and dark eyes, but pale skin
like a pearl. And her dress would be robin's-egg blue
like her shoes. Once he'd imagined the rest of her,
it was easier to relate to the disembodied footgear
and the light pressure on his hands. He was curious,
but how could he ever find out if his imagination was
correct?

The dainty shoes minced out to a place near the center of the floor, stopped, and turned to face him. The baton on the dais wagged up and down several times, then hovered in the air before dropping sharply. The invisible musicians struck up a grand piece that was too fast for a waltz, with a different rhythm. Chuck's heart sank. He could have faked his way through a waltz.

"I'm . . . not much of a dancer," Chuck stammered. "Maybe another time. I don't know this one."

The ghost hand in his refused to let him go. Obligingly, a pattern of numbered footprints appeared on the floor, with one pair immediately underneath his own feet. The blue shoes tapped, one, two, three, and set off taking one step back and to the right. Chuck had to follow.

For once he was thankful that his partner was invisible so he could see the instructions on the floor through her skirt. His forehead perspiring with the effort, he followed the numbers, putting his feet on the marks in time to the music. It was awkward going at first. He hoped he wasn't making too much of a fool of himself.

"Oops! I'm sorry," he exclaimed, as he accidentally stepped on his partner's toes. The ghost hand lightened its touch, as if to say it was all right. Sweating, Chuck tried to be more careful. Within a short time, he started to feel more confident. This wasn't too hard, as long as it didn't get fancy. He began to enjoy himself.

"I haven't danced like this since my wedding," he told his partner. The little hand shifted so that he could feel the base of her third finger against the side of his upturned hand. A smooth coldness touched his flesh. Ah, a ring! She was married, too.

Now that he had managed to hardwire the cha-cha into his reflexes, Chuck had a moment to be wistful. He wished he remembered his wife's face, but

at that moment he could only remember the shoes
she was wearing on their wedding day. They had been
white satin with rhinestone clips. He sighed, feeling
sad for all the times he hadn't appreciated her. His
partner-shoes made a pretty little pirouette, as though
to sympathize, and to draw his attention back to what
he was doing. She must be a very nice lady. He
smiled at her, and felt a friendly pressure against his
hands in reply.

Trays full of bite-sized goodies circulated throughout the room at chest level, followed discreetly by
leather shoes with plain square steel buckles. Lots of
small, scuffed shoes gathered among the pillars to
either side of the dance floor. They must be kids
watching. Chuck grinned at them as he sailed by with
his partner. They scattered momentarily, and
regrouped behind another pillar. Yep. Kids.

The music ended. Chuck escorted his partner to
the nearest chairs and bowed to her. Her hand
squeezed his and withdrew.

"And thank *you*, too, ma'am," Chuck said. He
joined the others in applauding the orchestra.

"Come on!" Keir said, appearing at his side. "You're
about to receive a great honor. The duke wants to
meet the Visitors." He grinned, his black eyes glinting, and scurried away to retrieve Hiramus. Keir's
dolphin shape didn't lose sight of the fact that he was
attending a formal dance: he still wore a bow tie.

"There's no need to be nervous," Bergold assured
the Visitors, as they lined up before the dais. Chuck
kept staring at the empty chairs, wondering what the
faces looked like that belonged to the footwear.
Bergold stepped forward and bowed. "Your graces,
I have the honor to present Visitors from the Waking World. Master Chuck Meadows."

Bergold gestured, urging him to come forward.
"Chuck Meadows, His Grace the Duke of Oneiros,
and Her Grace the Duchess of Oneiros."

"Uh, Your Grace?" Chuck made a hasty bow before the grandest shoes in the room; in fact, the grandest shoes he had ever seen, men's shoes in gleaming white leather with diamond buckles and high red heels, like ones said to belong to Louis XIV he had seen in a history book. Resting on a pillow, they moved slightly as though to acknowledge Chuck's presence.

Chuck bowed to the other pair, very tiny, jeweled ladies' shoes to the left of the man's shoes. Chuck bowed and said, "Ma'am." Bergold nudged him in the back and whispered, "Your Grace." Chuck parroted the response, and backed away, red-faced, as Pipistrella was presented. Pip gathered her beautiful skirts in her hands, approached the dais, and sank a few inches in a delicate curtsy. Her beauty must have made a distinct impression on the duke. The diamond-studded shoes stirred excitedly. One of the tiny, jeweled shoes beside them swiveled over and kicked them in the heel.

Persemid came next. She was much better at this presentation stuff than Pip. When Bergold pronounced her name, she swept a deep curtsy, brushing her ostrich plume headdress on the floor as she bowed her head. Her gesture got an equally good response from both pairs of shoes on the dais.

The duke and duchess didn't seem to have much of an attention span. When Hiramus came forward to make his bow, the red-heeled shoes swiveled around as though they were facing the rear of the dais, where several other pairs were waiting. They didn't trouble to turn back when Keir was introduced, either.

Shallow is right, Chuck thought, backing away from the platform as Bergold instructed him. His dance partner was waiting for him at the doorway to the supper room. He'd much rather spend the time with people who enjoyed his company, even if he couldn't see them.

❖   ❖   ❖

A clock somewhere in the palace struck twelve. Though the others were still going strong, Chuck felt as though he was ready to go back. He caught Keir's eye while the guide was chatting with Hiramus and a dozen or so of the unseen courtiers, and gestured toward the door. Keir nodded understanding.

Chuck walked down the marble steps, taking a deep breath of the cool night air. It must have rained or, Chuck corrected himself, the sleepers who dreamed this part of the world had been thinking of rain. His footsteps rang on damp flagstone pavement, making a lonely, late-night sound that made Chuck think of film noir thrillers. He'd had a terrific time. When he came out of his trance and told his wife and friends about his experiences, they wouldn't believe the half of it; dancing at a palace with invisible women. If he got back. If he didn't come to pieces in the meantime. All his anxieties came roaring back. He beat them down, thinking of the palace he'd just left. What a place.

The night was a trifle chilly. Chuck pulled up the collar of his fancy coat and clutched it around his neck. There ought to be mood music, violins and oboes, following him. To his delight, just the right kind of pensive blues rose around his feet like fog. A streetlight threw his shadow down on the wet concrete. Chuck smiled and started walking to the beat.

He heard footsteps a long way back. A glance over his shoulder showed no one in sight. If the other person was one of the duke's courtiers there'd be nothing but shoes anyhow. He kept going.

The footsteps grew nearer. Chuck looked back. The sound was more ominous, echoing louder than his own tread. Suddenly, more footsteps joined the first pair. Chuck began walking faster. He heard more and more of them coming. He wanted to see who was there. Stopping to take refuge in the oasis of another streetlamp's halo, he waited for them to catch up. All the sounds ceased. Chuck started walking again, slowly at first. The footsteps began again, pacing him step for step. Chuck sped up. So did his pursuers.

He started striding as quickly as he could, his shoes clattering as loud as a snare drum in the silence of the evening, but they were drowned out by the horde of feet approaching from behind. They were after him!

If only he could get back to the train. The conductor would send for help. It wasn't far, now; only a few streetlamps' distance. He could see the white steam rising from the smokestack. As he turned his head to try and catch a glimpse of his pursuers, he felt the first kick in the back. It knocked him to his knees. Within moments, he was being attacked from every side by disembodied insoles and shoe liners. They plastered themselves to him, immobilizing his hands. Chuck yelled a protest and kicked out, but they covered any part of his body that moved. Then the thugs moved in. Disreputable-looking boots came out of the shadows to jab at him and grind their heels into his flesh. Chuck twisted and turned to avoid kicks in the belly, but a whole gang of workboots took him in the chest, knocking him to the ground. Chuck took a breath to call for help.

"Somebo—"

One of the insoles slapped itself across his mouth. More followed. Soon, Chuck was in a mass of boots, rolling to try and free himself from their bruising assault. Screaming through his gag with frustration, Chuck flung his legs about, trying to kick his attackers away. They had the force of numbers, though. Dozens of them stomped up and down on his body.

"Roll!" cried a voice he knew to be Persemid's. "Roll away! Now!"

Chuck waited until the boots were at the top of their arc, and rolled. The next thing he knew, a

sixteen-ton weight came crashing down on his
attackers. Persemid came rushing up, her long hair
flying, calling for Bergold. She helped Chuck sit up.

His assailants hadn't finished with him. A stiletto
heel came flying out of the darkness, stabbing right
into his chest. Persemid let out a banshee scream,
snatched the shoe out and threw it to the ground.
Chuck was knocked backward by the force of the kick.
She pulled him into a sitting position, took the insole
off his mouth and flung it away. Before he could
prevent her, she threw up his shirt to look at the
injury, and stopped dead, staring at the hole in his
chest. She gaped at him, her eyes huge with horror
in the streetlight.

"It was like that before," Chuck said, desperately
pulling his dress shirt back into place. The hole was
larger than it had been before. No time to worry
about that now. "Please don't tell anyone," he begged.
"It only exists here. I don't have this at home."

"That's terrible!" Persemid said. She looked sorry
for him, but abashment just made her more brusque
than before. "You had to go walking off by yourself,
in a strange city. You could have been killed! And that,
that . . ." She pointed at his chest.

"Don't tell anyone," he pleaded. "I'm hoping Keir's
teachings will help me close it up, fill it in again.
Don't say anything. I don't want anyone else to know."

"I won't mention it," she said, sincerely. She shook
her head. "Weird."

"Tell me about it," he said as Bergold arrived at
their side.

"What in all Nightmares happened here?" the
Historian asked. His wing collar had sprung loose on
one side.

"I got mugged," Chuck said. "If Persemid hadn't
come along and foiled them, I could have been badly
hurt. Thank you," he told her, sincerely.

"Don't mention it," Persemid said.

The little Historian turned to stare at the sixteen-ton weight. Incredibly, almost all Chuck's attackers were trapped underneath it, flopping like a fresh catch of fish. "Great night!" The others came running up behind him.

"What happened?" demanded Keir.

"He was set upon by footpads," said Bergold.

"You poor boy!" Blanda exclaimed. She started rummaging in her evening bag.

More tramping noises came towards them out of the night. Soon, the prisoners under the weight were surrounded by very flat brogues and shoes with crepe soles who made chalk outlines of footprints all around the place where Chuck had been lying.

"Everything is under control now," Keir said. "The gumshoes are on it."

Chuck felt as though he was a mass of bruises. When he stood up to examine himself under the streetlamp, his fancy suit had footprints all over it. "It's a good thing this body isn't real," he said, trying to keep it light for the circle of worried faces around him. "I'd never get my deposit back on it."

"*Are* you all right?" Hiramus asked, unusually solicitous.

"Yes, I'm fine," Chuck said. "Sore, but intact."

"Thank the Sleepers," Hiramus said. "Let's get you back to the train and see if the conductor can find you a hot bath."

Chuck groaned as his muscles protested moving. "That would be great."

"Here!" Blanda said, drawing a huge jar from her handbag. "I knew I had some chicken soup. We'll just heat it up for you."

Chuck was grateful for her kindness. The night didn't seem so sinister any more, but he was glad to have a large group around him as they returned to the train. As soon as he mounted the steps of the car, he felt safe.

Chapter 25

"Not another museum!" Chuck protested. He had retained no physical ill-effects from his misadventure of the previous night, but since then had been keeping an eye on his surroundings like never before.

Thanks to Blanda's chicken soup, a hot bath and a great deal of fussing over by his fellow passengers, Chuck had managed to get a good night's sleep. The leftover soup had been stretched easily into a down comforter into which he'd curled like a caterpillar in its cocoon. Back out in the world, he felt exposed and vulnerable. The sensation that people might jump out at him at any moment was interfering with his ability to relax while they toured the city of Ephemer.

And, because he was expecting it, they did. Museums were good places for sinister things. Every time he turned around, something seemed to be springing out, but only guides who offered to explain the exhibits, or small children running away from their embarrassed parents. Chuck's nerves were half shot, and it was only midmorning.

There seemed to be thousands of museums in this very busy town. Most of them were dusty holes in the wall, some with only one artifact on display, often an object he couldn't identify. The labels were nearly always in a foreign language, too faint to read, or missing altogether. He enjoyed the little museums more than the sprawling, city-sized ones Keir sometimes led them into where every last darned thing was a relic.

The first giant mega-museum was the worst. In the vast, yellow-painted halls, Chuck was overwhelmed by atmosphere, and became unable to keep his bearings. He knew if he lost sight of Keir he might never find him again in the crowd. The little party was surrounded by groups of eager children, none of whom spoke the same language, with notebooks and pencils; and pairs of adults, one of whom was reading raptly from guidebooks while the other mooched around looking as though he would rather be elsewhere. Every time Chuck caught a glimpse of a case that looked interesting to him, the way was blocked by a dense mass of people. In fact, the more who blocked the way, the more interesting he was convinced the item was. By the time he waited his turn to see, he was almost always wrong.

Keir hustled them in and out of mansion-sized buildings that lined Ephemer's grand boulevard. The next one was an art museum. Chuck felt at home the moment they stepped in the door. One of his aunts was an artist. When he was a boy, she used to let him make a mess with her paints while she worked. Hmm, another memory. Chuck clutched it to him like a teddy bear. He was putting together more of a picture of himself, but so much was still missing. How old was he? Where did he live? What did he do?

Chuck liked the mood paintings, which changed their subject depending on who was looking at them. His were colored blue with worry. He felt bad about that until he saw Morit go by the same display. Every canvas turned black.

Wow, Chuck thought, with sympathy. I wouldn't want to be inside his head.

"They are working together now," Morit grumbled to himself, as he stalked through the exhibit halls without seeing a thing but the floor. His plan to concentrate on the Visitors one at a time had hit a serious drawback. Persemid Smith had turned aside the attack on Chuck Meadows singlehandedly! The focus must expand to include the other Visitors, but her especially. He couldn't explain why he disliked her so much. She was a Visitor, he thought, furiously. That was more than enough reason.

Morit was frustrated. This last failure was worse than the previous ones because all the conspirators involved had been taken into custody by the authorities. He knew none of them would ever flap their tongues, but it was a setback. Every Dreamlander who did not participate in the conspiracy made them that much weaker. Morit knew the conspirators must make a more concerted effort, something better. He still did not want to go as far as their fail-safe plan, but would if he had to.

A museum docent stood up from her chair by the door and approached him to hand him a leaflet. He held up his hand to forestall the young woman, but she looked at him intensely and thrust the paper at him.

"What is it, my dear?" Blanda asked, while he scanned it.

"Just a flyer for a special exhibition," he told her. He crumpled the letter from his comrades and put it in his pocket.

This was the quietest place that they had yet visited. Feeling like a child walking through a haunted house, Chuck crept along a darkened corridor whose dimensions he couldn't guess. It was lit only by quivering white lights the shape of cartoon ghosts. He was only able to tell he had come out into a larger room by the way his footsteps and breathing sounded. It was delightfully spooky.

White lights sprang up near his feet. He discovered himself in the center of a huge, twelve-sided room. Shadows were thrown up on the wall. If it had not been for the big ears he had that day, he wouldn't have recognized his own silhouette. He wiggled his ears, and snickered at the way the shadows mimicked him. He stuck his thumbs up on top of his head and made moose antlers. The shadows followed suit.

All but one. Chuck turned to look fully at the one placed at eleven o'clock, whose hands were down by its side. Why wouldn't it cooperate? Maybe this was an art thing. Or maybe someone was behind him! Chuck started toward it to have a look. The shadow sprang up in alarm, and shot out of the room.

"Hey!" Chuck yelled, and ran after it into the dark corridor. This is silly, he thought. How do you chase a shadow in the dark? He heard no other footsteps, and when he reached the next well-lit gallery, saw no one among the few patrons present who could have cast the long, thin shadow. He must have been imagining it, he told himself. He made his way back into the chamber, and stood in the center again. This time he counted twelve identical shadows. The anomaly must have been an intentional effect of the light by the artist. Unsatisfied but unable to find any other explanation, Chuck went on with his explorations.

His stomach began to remind him that breakfast had been a long time before. He was starting to regret not following Keir's example of becoming less dependent on food.

He remembered that back in one of the galleries depicting dioramas of grade-school classrooms, he'd seen a hot dog stand. Chuck followed his memory

back through white-walled chambers and tiled hall-
ways, until his nose led him the rest of the way. There
was nothing like the way cooking frankfurters smelled
when one was hungry.

The cook looked surprisingly unkempt for such an
elegant setting as the museum. He wore a T-shirt that
had once been white, covered with a stained apron
that could have been put on the wall in the modern art section without hesitation. Chuck propped an
elbow on the counter and waited for the cook to pay
attention to him. Minutes passed. The man cut pickles
into long spears, refilled the shaker with celery salt,
turned the hot dogs on the grill.

"Hey, mister," Chuck said. "You've got a customer.
Excuse me. Sir? I'd like to buy some food." No matter
how he yelled, the rude so-and-so never turned
around. He took out coins, jingled them, then
slammed them on the counter. "Hey!"

"He's just an image," Bergold said mildly, strolling
over from the model of a kindergarten.

"What?"

"This is a work of art," Bergold said, indicating a
label on the floor. "Notice how the aroma follows you
wherever you go."

"I notice, I notice!" Chuck exclaimed, feeling
hungrier than ever. He felt in the bags on his back
for all those snacks he knew had been in there. No
food. He came up with a bunch of yo-yos instead.

"Bah," he complained, digging through collections
of priceless bakelite or carved jade yo-yos in hopes
of finding one single bag of pretzels. Where had all
those treats gone? He had had enough to feed the
whole train! Instead, he found more of the round
toys.

While he was decanting the yo-yos onto the floor,
a guide in a smock and a serious expression stopped
his tour alongside. He turned his pointer toward
Chuck.

"Now, here," he said in an authoritative voice, "is the piece, 'Man and Yo-Yos.' A seminal work by Meadows. Notice the expression of frustration and concentration, coupled with the symbol of the toy that plays up and down the string but never truly goes anywhere. A veritable expression of Futility!"

Thanks a heap, pal, Chuck thought. He reached the bottom of the bag. No food at all. He started scooping the yo-yos back off the floor. When he put the last one in his bag and fastened it up, the tour group gave him a polite pattering of applause.

Keir herded them all into baskets balanced on the back of dinosaurs whose bony dorsal plate supported the harnesses like the girders of a suspension bridge. "The next few stops are a distance from here. It's a little too far to walk." He did a head count, and sighed. "I'll be right back. Please sit tight, everyone."

"While you're gone can I get off to look at the dimetrodons?" Chuck asked, excitedly.

"I would rather you didn't," Keir said.

"These are the first dinosaurs we've seen in a while," Chuck pleaded. "I didn't get to see the others up close."

"Why aren't these back in Rem?" Sean asked, as the beast turned its armor-plated head around to snuffle at its passengers with its pointed lips. Keir took on his womanly aspect.

"Here, they are transportation, probably reflecting the minds of some dreamer or dreamers who watch Saturday-morning cartoons. The real archetypes were wild animals. They wouldn't stand for having people on their backs. Just you wait. These could turn into buses or oxcarts at any moment. Or sealed capsules, and then where would you be?" he asked, turning male again as he addressed himself to Chuck.

"Out on the sidewalk with Keir and Pip," Persemid muttered under her breath. Chuck heard her, and snickered. Keir climbed down and went back into the museum. Automobiles on the street pulled up behind the dinosaurs and honked their horns, making the beasts swish their huge tails. The cars had to find a break in the traffic to pass them.

"That gal has been making us late every time," Kenner said. "Boy, if she didn't have those looks I bet she'd be out of here like a shot."

"The looks didn't get her here," Persemid said, with some asperity. "Even though she annoys me, too, she has talent."

"My mistake, ma'am," Kenner said, blithely. Nothing seemed to spoil his good humor.

Thanks to him, the group had picked up an extra passenger, a beautiful young lady. He really did run strongly to type. This girl slightly resembled the last girl, who resembled the first one on the train platform back in Rem: small-boned, small-featured except for large eyes, and a pretty cupid's-bow mouth that smiled often, except that she had very dark skin and short, kinky hair. She caught Chuck looking at her, and gave him a knowing, familiar smile. He had a funny feeling that he knew her from somewhere, but how could he?

Keir arrived back with Pipistrella, who greeted them all with a happy smile.

"Forgive me," she said, artlessly. "I got into a conversation with the nicest man. He said he was from Porlock. The time just flew." She waved her hands. "I don't know where it went."

The others didn't say anything. The engineer, on the lead dimetrodon, signaled and moved the train of behemoths out into traffic.

In between museums, Chuck continued to be concerned about the mysterious shadow. He'd had a sensation that someone or something had been following him even before he'd been attacked in Phantasie. He didn't want to get beaten up again.

Surely the talents he'd been developing in managing influence would come in handy.

While they lumbered along the boulevard, Chuck tried to put the whammy on himself. The best thing, he thought, would be if he could render his skull in some kind of hard rubber, so blows would bounce right off. The others looked at him strangely when he hit himself in the head a few times, but didn't ask for an explanation. With a little experimentation he achieved a satisfactory texture, but no alteration he made remained past more than two changes of influence. It was so frustrating to know that though he had so much power the locals considered him a kind of god, yet he was still very small against the combined forces of billions of other minds. He'd just have to keep looking behind him, whether or not he could keep eyes in the back of his head.

"Not another art gallery," Chuck groaned, as Keir marched them past the uniformed guards at the door of another palatial building. Persemid looked prim with amusement, and Pipistrella gave Chuck one of her blankest looks.

"This one's different," Keir said, producing a handful of tickets and herding them inside.

The surroundings were very much what Chuck had come to expect: a wide, high-ceilinged hall painted white, with a few, a very few, people staring at some impenetrable frames containing a splosh of paint or two, and maybe a curled-up statue that looked like it was suffering horrible internal distress.

"Cheer up," Kenner said, bringing up the rear of the group with another of his endless string of women clinging to his arm, "maybe there'll be some nude figures! That last bunch had a few really great babes!"

Persemid shot him a laser-hot look of disgust, to which the Dreamlander paid no attention. He was too

busy explaining the architectural features of the hall
to the young woman.

Keir guided them through the anteroom and past
lines of people battling among themselves for tickets. Shouting and screaming filled the air to the very
ceilings of the marble chamber, and echoed until
Chuck's ears rang. Men rolled on the ground, trying
to take possession of a single ticket, punching and
throwing one another against walls. Chuck was
puzzled as to why anyone would put up any kind of
fight to get into an exhibition. So far on the tour, the
group had ended up seeing scads of artwork, more
than Chuck had ever dreamed existed in any world,
physical or immaterial. Lots of what he'd seen was
desperately bad, but all of it told one a great deal
about the maker. Keir had told them time and again
to reflect. By the expression on his face, it left as bad
a taste in Sean Draper's mouth as Chuck's own, and
the Irishman was as confused as he as to what all the
shouting was about. Keir looked happy and excited,
but the others felt frankly skeptical.

This time Chuck thought the majority was right.
On the walls of the first room, the frames looked
hundreds of times more expensive than their contents.

"It's all junk!" Chuck exclaimed.

"Don't be so judgmental!" the guide said, ignoring their protests as he herded them along. "You don't
know what you're looking at. Here are some very
insightful pieces. This is a place where real accom-
plishments are displayed. Some in symbolic ways,
others literally. Not merely for their artistic merit."

"That's certain," said Hiramus, with a sour expression.

"Look, that's part of a vacuum cleaner nozzle,"
Chuck pointed out. He could even read the brand
name on the attachment at the end.

"Ah, but you don't know what it represents! There's
more to a piece than its simple physical existence,"
Keir said. "It's the story behind it that is really

interesting. Tales of success in an otherwise ordinary
life. Well worth your time to study."

How interesting could that be? Chuck thought,
wondering if the whole place was full of pot roasts
and wobbly bike rides. Keir took him by the shoulders and set him in front of a picture at the end of
a row.

"Now, look, really look." With a firm nod, Keir
stalked away to capture his next client.

With a sigh, Chuck stepped close to a frame surrounding a battered cookbook stained with gravy.
There was nothing special about it that he could
detect, except maybe the strong smell of cooking.

He was plunged directly into a suburban-style
kitchen, cheap yellow curtains on the windows, dated
contact paper on the walls, and the air full of steam.
As he blinked to clear the hot clouds from his eyes,
a young woman in limp sweat pants was wiping the
hair out of her face with the back of her hand. She
leaned over the counter to frown at the very cookbook that Chuck had just seen displayed on the wall.
A pot was boiling furiously on the stove, giving off
heavy, spicy fumes. He didn't think it smelled edible.
Evidently, neither did the young woman. Picking up
a measuring cup, she approached the pot fearfully,
glanced into it, and with trembling hands, poured in
the contents of the cup, then stirred energetically
with a wooden spoon. Suddenly, with a sound like
harp strings played in glissando, the steam cleared,
the kitchen brightened, and a wonderful aroma rose
from the saucepan. The astonished expression on the
young woman's face said, as clearly as if she had
spoken aloud, "It worked!" Chuck almost cheered for
her.

He didn't know how he had returned any more
than how he had been caught up, but he found
himself back in the gallery looking at the cookbook
on the wall. It had told him his story, and in spite

of his skepticism, had touched his heart. He was eager to try again.

In the next frame over, a dried clump of daisies hung against a backdrop of faded gingham. They told him the story of the romance between two young people that began at a summer picnic with the gift of flowers. The young man gathered them up shyly and gave them to his girl. She offered her lips for a timid kiss that turned warmer, until the two of them sprang apart, surprised and delighted. The couple sat together, not physically far from the hundreds of other attendees, but miles and miles away in their own world.

Years passed from that first simple gift. In moments, Chuck saw the couple grow up, marry and have children, then grandchildren, and retire into golden sunshine that coalesced into the faded bunch of daisies framed on the wall. The next picture was different, but equally compelling, as were all that followed. Chuck found he enjoyed the mini-movies. He didn't understand each and every one he saw, but he *cared* what happened to the people whose possessions he was viewing. Now he knew why his fellow patrons at the gallery were staring so intently at each display. They were getting the story behind the piece. It was a lot more fun than he'd anticipated. Rather than skipping from place to place as something caught his eye, Chuck discovered he didn't want to miss a single one. Each work seemed to sweep him away for hours or years, yet when he surfaced again he felt as if he'd been standing before it for mere seconds. He was ashamed for complaining in advance that he'd be bored. Keir must think he was the worst kind of whiner.

Included in this display was a very small picture of the Eiffel Tower. It looks like a plain photograph, maybe even a cheap postcard. What was it doing here?

"Look closer," Keir said, appearing at his shoulder. "It's the maker's very first attempt to look inside himself, a signal moment in his life."

Something about it struck Chuck as familiar. Then he did peer closer. It was his jigsaw puzzle, neatly put together and framed. He'd lost track of it. He felt his pockets, but the puzzle was gone.

"It's there," Keir said, nodding at the wall. "You've made progress. That's a marker of where you came from, when you took your first steps into something you could see but not believe in. It's a good start. It belongs here."

"Wow," Chuck said, filled with pride. "That's mine." He looked at the man standing next to him, just coming out of his study of a red leather dog collar. Chuck nudged him and nodded toward the frame. "That's mine."

"It is?" the man asked, curious.

"Yes," Chuck said, feeling as though he should say something profound, but nothing came to mind. The man leaned over and raised his spectacles to get a better look.

"And how long will something like that be displayed?" Sean Draper wanted to know.

"As long as there is living memory," Keir said. "It's now part of the Collective Unconscious. You might see it in one of your own dreams." Sean must have looked a question at him that no one else could hear, because Keir changed into the plump maternal form as he walked over to the tall man and put a comforting arm around his waist. They talked together in low voices. Keir gestured to an open hall at the right, and they walked into it. Chuck watched them go, curious again why the defensive and laconic Draper was with the group. He couldn't hear what they were saying to one another. The level of noise in the hall had risen. People were murmuring to one another. He wanted to know the end of the story that the jigsaw puzzle began. He

leaned closer to get involved when a hand grabbed his,
surprising him out of his thoughts.

"Chuck Meadows? Aren't you *the* Chuck Meadows?"
a man's voice asked.

"Yes, I am," Chuck said. "Do I know you?" The
man pumped his hand up and down.

"No, you don't, Master Chuck, but I had to come
and tell you what I thought of your work. Fabulous!
Astonishing! Moving. My wife just cried when she saw
it."

"Well, thanks," Chuck said, not knowing how to
respond. "That's nice of you, but it was nothing,
really."

"A great moment in time!" raved a stout, bearded
man wearing a tweed jacket. He waved a meerschaum
pipe in the air. "I am Fortescue Alarum, a critic for
the *Ephemer Ephimerides*. Really a profound revelation. I must go look at it again."

"Oh, come on," Chuck said, embarrassed. "It's not
a Monet watercolor." But the stout man plunged back
into the mob surrounding Chuck's little puzzle.

More people crowded around him, offering compliments until Chuck felt his face redden to his collar.
He began to wonder if his little puzzle *was* anything
special, or if all these people were crazy. He was glad
to see Master Morit and his wife pushing their way
through the crowd to the display. They were back in
only a few moments. Chuck didn't have to hear the
byplay to know that the surly man thought it was
rubbish, but his wife wanted him to come and say
something nice anyhow.

"Nice," Morit said at last, and it was a concession.

"Thanks," Chuck said. "I know the thing itself is
unimportant, but Keir made me think about what it
meant. I was just trying to see the story itself. I
wanted to know how it came out." He looked back
at the now impenetrable crowd.

"It's no use," Morit said, scowling. "You will never

make it. All those silly people will use it up until there's nothing left. Sleeper-sent *mobs*." People who were bustling forward to have a look would glance toward him occasionally, beaming. Chuck smiled back. He liked being where people appreciated him. He and the Nightshades went to a slightly less crowded wall to continue studying other people's pieces. This wasn't a bad place at all.

Chapter 26

"Master Chuck!" It was the stout man in tweeds. "Pardon the interruption. I was so moved by the moment you have captured for us, that I immediately went for the curator. He surely would want to know that you are here. May I present Dante Fidget?" He moved slightly to the right, shouldering Morit aside, to allow another man through.

Master Dante was an energetic man with bright blue eyes, pleasant, knobbly features, a nearly bald pate, and grasshopper-quick movements. He seized Chuck's hand in his large, bony one and threw his other arm around Chuck's shoulders.

"Such a pleasure, Master Chuck!" he said. "Why didn't you let us know you would be in these parts? We would have organized a banquet in your honor!"

"Oh, that's not necessary," Chuck said. "Really, the fuss everyone's making is just unnecessary . . ."

"You're too modest," Alarum said, with a superior smile. "Isn't that the most appealing manifestation? I shall have to make a note in my article."

"Admirable," said Master Dante, rubbing his hands together. "I really must introduce you to your fellow creators, you know. Please, come this way." With his arm still around Chuck's shoulders, he led the way out of the crowd. Chuck had a brief glimpse of the sour look on Morit's face as the couple was left behind in the wake of fulsome praise and compliments.

"Master Chuck, Evy Liston, Torgol Snooze, Berrita and Lugi Noddingoff," said the curator, with pride, drawing him into a small circle of people standing just a little apart from the masses. Chuck recognized the shy housewife, the beefy mustachioed salesman, and the romantic couple whose simple stories had moved him so much when he'd stepped into the world of their artifacts. The little group clustered around him. "Chuck Meadows, everyone."

"Oh!" said Evy Liston, pleasure on her small, tawny face. "How very nice to meet you!" She put out a narrow, soft hand. Chuck took it delicately and gave it a gentle shake.

"A pleasure," Chuck said. "Are any of you from the Waking World, too?" He gestured in a general way toward his navel.

"I am," Evy said, putting a protective hand on her midsection. "This is my third time here. And you?"

"First time," Chuck said. "I'm a novice."

"Oh, not with such an achievement behind you!" she exclaimed.

Chuck clicked his tongue impatiently. The elderly Noddingoffs just smiled at him. Torgol Snooze was an energetic man, much as Chuck recalled from the frame containing a tattered receipt book.

"Good to meet you, Chuck. I can call you Chuck, can't I?"

"Sure."

"Chuck, you're the man of the hour. We're all old news around here, but the bigwigs still treat us like treasures ourselves. Thought I'd let you in on the way things are. Savvy?"

"Uh, right," Chuck said, only half understanding the other man.

"You've got to hang around with the right people. Got it?" Master Torgol laid a knowing finger beside his nose and tapped it. "C'mon. We'll get you started, won't we, people?"

"Oh, yes," Mistress Evy said.

"Right!" said Master Torgol. He pulled Chuck familiarly by the arm through one gallery after another, with the other creators in tow. In the third chamber a man and a woman in white wigs and gold satin clothes from the period of Louis XVI were peering at a rebuilt engine block through gold quizzing glasses. Torgol stopped beside them.

"Your excellencies, may I present Chuck Meadows?" he said, bowing graciously. "The Count and Countess Znoorg."

"Ah, Meadows!" the satin-clad man said, putting aside his eyeglass and presenting Chuck with a hand like a dead fish. "Excellent! This is a most excellent opportunity for both you and us. I will earn grand kudos from bringing you to the attention of other persons of excellence. Master Aloisius!" he called. A man with shoulder-length black hair and a small beard and wearing dark blue and white robes paused in his conversation with Bergold to turn around to peer at them. "I would like to make you known to a truly excellent artist, Master Chuck. Master Chuck, the Astronomer Royal."

"Well, this is a pleasure," Master Aloisius said, coming over to grip Chuck's hand with steel fingers. "My friend from the Ministry of History and I were just saying that there were quite a number of stars here today. I am studying them at close range, for a change. Ha ha ha!" He swept his hand around. Chuck noticed for the first time that the room was filled with men and women who had a certain quality that drew the eye. He'd have to call it star quality.

The Count of Znoorg and the Astronomer Royal carried him off to introduce him around. Suddenly,

he found a champagne glass in his hand, shaking
hands with people.

Keir was there, too, with most of the other first-
class passengers. Though he was still wearing his
everyday gray homespun, the guide looked perfectly
at home. Pipistrella veritably shone, like one of the
stars themselves. She looked gorgeous with her long,
blonde hair falling over a dress of buttercup yellow,
tripping around airily in tall sandals of sunshine and
crystal. Persemid trailed after her, glowering darkly,
but she, too, looked natural, even comfortable in these
settings. Her normal costume of draperies swirled with
an artistic air. Chuck wondered if he was the only
one who felt out of place. He stuck his hands in his
pockets.

His sense of displacement couldn't last long, though,
because statesmen, fellow artists, patrons of the arts,
and aristocrats kept coming over to congratulate him.
He protested, but they seemed even more impressed
that a Visitor could be such a modest individual.
People whispered and giggled nervously behind their
hands as he went by. He glared at them at first,
thinking they were making fun of him, but the awed
looks on their faces were enough to convince him they
thought he was someone really special. A star. A
celebrity. Chuck found himself beginning to enjoy the
heady feeling. Praise seemed to make his head light
enough to lift him right off the floor.

Reporters clustered around him, scribbling in little
notebooks.

"So, what's next for you, Master Chuck?" asked a
female reporter wearing a big-shouldered 1940's suit.

"Well," Chuck said, trying to remember what it had
meant to him when he'd made the jigsaw puzzle. He
folded his arms, and put his chin in his hand. "I want
to build on my past successes. Uh, I intend to let the
artistic milieu inspire me to greater heights of
understanding . . ."

In the midst of the fog, he caught himself about to say something pretentious when Persemid glanced at him over the shoulder of the woman he was talking to, and raised her eyebrows.

"When this is all over," she said, "you'll still only be you. Keep that in mind."

Chuck frowned at her. He couldn't forget just how flawed he was. It was tempting to pretend, but not so easy around people who knew him before he was celebrated. He landed squarely on his feet. It was a hard comedown.

The museum was getting far too crowded. Chuck began to feel as though he was being crushed by the atmosphere. He waded through the galleries, literally feeling as though he was slogging through mud, bogged down by the adoring regard of the patrons. He spotted Keir near the front door chatting with Hiramus. As he moved toward it, others jumped out of his way.

"How about something to eat?" Chuck asked. "I'm starved."

"Right this way!" Keir said, reaching for the handle.

"Not me," said Kenner brightly, walking with his girl. "Jennie here is going to show me a new place." He winked. Nearby, Mr. Bolster and Mrs. Flannel were still looking at pictures. They didn't seem to mind the crowd.

A young man hurried ahead of him to open the door, "For the Great Visitors," he said, proudly. A pair of very cute teenaged girls let out shrieks and giggles when Chuck looked their way. He shook his head. The rest of Keir's clients followed behind. All of them looked grateful to be outside.

The buzz had hit the streets of Ephemer before Chuck and his companions did. Everyone they passed wore shy smiles, or gave them a salute or thumbs-up. There must be something more special about that gallery than Chuck had deduced. How could they all know what was going on without being told? Unless they were more advanced than other Dreamlanders he'd met so far.

"I don't suppose that Ephemer is close to Enlightenment, is it?" Chuck asked, hopefully.

"Only in the dictionary," Keir said, flatly.

"C'mon, Keir. This wasn't the real thing. I want to reach it before I have to go home . . . all right, I am at home. Or, rather, part of me is home . . ." Chuck gave up. "You know what I mean! I want to reach Enlightenment."

"I've been there," a young man said, overhearing their conversation. He started walking beside Chuck, keeping pace with him. He had a goofy smile on his face. "It was wonderful!"

"Me, too," said a middle-aged woman with soft, graying curls. "It was the best time of my life."

"You were?" Chuck asked, stopping right there in the street. "Can you tell me how to get there?"

"Well," the man said, dejectedly. "Not exactly. I mean, it kind of found me."

"Will you look at that?" Sean exclaimed, looking in the window of a store. Curious, the other Visitors gathered around the glass with him. Inside, a tiny train that looked almost exactly like theirs was riding little rails that ran through a beautiful landscape filled with glittering, magical scenes. Sean almost sighed with pleasure as he turned away. "That's a fine one. I'd always liked trains as a lad."

"Me, too," Chuck said. "My dad had a layout that filled half our basement."

The young man who earlier held the door for them came running up beside them. He held out a package wrapped in brown paper to Sean. "For you, great Visitor!"

Sean eyed him suspiciously. "And what's this?"

"The train you admired, sir! A gift."

"That's not necessary," Sean said, clearly uncomfortable. "Please, I can't take this." He handed it back. The young man's face fell.

"Oh, please, sir," he said, plaintively. "It would mean a lot to me."

Sean looked from Chuck to Keir to Pipistrella, who was nodding encouragingly at him. "Well, all right, and thank you very much. It's most kind of you."

Spotlights hit the group from above. As Sean threw up his arm to protect his eyes, flashbulbs erupted. A newspaper swirled into existence before their eyes. The headline read: VISITOR ACCEPTS GIFT FROM LOCAL MAN! Hiramus seized it from the air and read it, frowning. Suddenly, the group was surrounded by reporters.

"Tell me how it felt, Master Sean," said the first reporter, a man in a fedora with a card that said PRESS in the hatband. "And you, young man, what possessed you to make a gift to the Visitor?"

All the crowd started shouting questions, not waiting for answers.

"Oops, we're caught up in a Walk of Fame Dream now!" Bergold said. He took Sean and Chuck by the arms and turned them to continue walking along the street. Chuck glanced back. Thousands of people lining the street on both sides were held back by cordons and rows of police linking arms. The mob of newsmen stayed close behind them. Though Bergold steered them in and out of shops, hotel lobbies and more museums, they could not shake off the reporters, who continued to write in their notebooks or talk into oversized microphones every time one of the Visitors or their companions did anything at all. The spotlights somehow stayed above them, bathing them in a pale, flattering light. Everyone around Chuck was young and handsome.

"Limelight," Bergold explained. "It gives those who stand in it a healthy, youthful glow."

"Oh," Chuck said. "I just thought we'd gone through another wave of change."

"No, that's just the limelight," Bergold assured him. "Makes everything it touches more attractive, but does nothing for the inside. Still, everyone will want to share it with you. Many of them will do anything to achieve that."

Every time Chuck stopped to look at something, passersby stopped to stare, either at him or what he was studying. If he admired something in a store window, one of them would jump to buy it for him. After the relief of losing a lot of his luggage, he was suddenly burdened down with gifts from people who wanted to be under the spotlights for just a moment. He admitted that the warm glow felt good. It was a pity it didn't have any lasting effects on the hole inside him.

"Help me!" a high-pitched voice screamed. A woman wearing a scarlet evening dress torn up the side seam came running towards the group. Chuck and his companions gawked. Behind her stalked a gigantic lizard breathing lightning, a skeleton wielding a scimitar, a man in a white tie, and a hundred zombies. A car came streaking out of nowhere, zoomed past the woman, and plowed into the giant lizard. It picked the car up and chomped off the front end. Four men fell out of the shredded compartment, plummeting sixty feet to the ground. They lay still, their heads twisted to frighteningly wrong angles. The woman stopped, paralyzed, as the monsters marched inexorably toward her.

"We've got to help," Sean said, running out to her. The moment he put his arm around her and tried to help her get away, a voice over a loudspeaker shouted, "Cut!"

The monsters stopped moving. The woman threw her hair back. The corpses on the ground got to their feet. "Places, please!" the voice commanded.

As if by magic, the woman was a hundred yards up the street. The monsters spread to three different points and paused. The car and its occupants waited, hidden behind the facade of a building. Chuck noticed then that none of the buildings were real. He and the others were back where they'd first seen the woman. A man in jodhpurs and a beret came out, grabbed Sean's arm, and held him in place. He held up a megaphone and shouted into it. "All right . . . action!"

The sequence was repeated again, this time with the car striking the woman and knocking her to the ground. The car swerved into the monster, who zapped it with its lightning, ate half of it and dumped the contents on the ground.

The director groaned, and lifted the megaphone to his lips. "Cut! Too nasty! Let's try it again!"

As Chuck watched with fascination, the scene was repeated over and over, with subtle variations. The woman was chased into the arms of the monsters. Men perished in a terrible car wreck, accompanied by booming action music. It ended every time with the director crying out, "No! Try it again!"

"What do you want to have happen?" Chuck asked curiously, while the director waited for his crew to take its places for the eighth time.

"I'm trying for a positive ending," the director said. "All right! For the last time, let's get it right, people!"

Suddenly, the whole scene seemed to come together. The woman outran all the monsters except the vampire, who handed her a picnic basket. The car came out of its hiding place at the same breakneck speed, but it missed crashing into the lizard. It came to a stop, and one man got out. He ran to the woman. They embraced passionately, then sat down with the picnic basket in what had become a meadow. The music playing was a piano concerto.

"What happened?" Persemid asked.

"Directed dreaming," Keir explained. "Somewhere in the Waking World, some sleeper who is capable of lucid dreaming is redoing his dream over and over until he gets the result he wants."

"Can people do that?" Chuck asked, fascinated, watching the man uncork a bottle of champagne and spray the wine all over himself. The director groaned and threw up his hands. He had to retake the whole scene from the entrance of the monsters.

"Oh, yes," Keir assured him. "It's a good deal of work, but requires a kind of control that would make one a being of influence here in the Dreamland."

Chuck was impressed. "I wish I was that organized." More likely, he thought, he wondered if he would bother to take the time to learn how to do it. But the idea was planted. He hoped he could remember when he came out of his trance. The next time he came here, he could go straight to Enlightenment.

Chapter 27

Though they left the set where the director was still trying to get his scene to go the way he wanted, the Visitors did not escape from the air of theatricality that suffused this part of Ephemer. The sidewalks were lined with concrete handprints and terrazzo starbursts, and the buildings were covered with silver tinsel that glittered when it fluttered in the wind. Every store had its own spotlights to single out each customer and make him feel special.

Chuck and his companions continued to be minor celebrities wherever they went. He'd stopped accepting gifts, but the donors seemed to be delighted just to be in his presence. Chuck was getting tired of them. He wasn't having any fun sightseeing with so many people watching *him*, and the gifts, however generously meant, weren't filling in the steadily-growing gap in his heart.

The waving, white beams from a quartet of carbon-arc lights pointing straight up beside the doorway of the next building must have been visible for miles. But it wasn't the glitter that astonished Chuck. It was the shape of the building. It was in the form of a gigantic hat.

"We've got a reservation here for dinner," Keir said. "You'll like it. It's different."

"I guess *so*," Persemid said, wonderingly.

To Chuck's relief, the crowd following them stopped on the sidewalk, letting them walk unaccompanied under the canopy past a uniformed doorman who gave them a snappy salute. They could finally have a little time to themselves.

"Welcome, ladies and gentlemen!" A large blob of matter oozed up to them and coalesced into an unctuous maitre d' wearing a pencil-thin mustache and a tuxedo. "Your table awaits!"

Morit took Blanda by the arm and pulled her into the Big Hat after the Visitors. A harried-looking man in glasses stopped them.

"Let us by," Morit said. "The rest of our party is in here."

"That would be the Waking Worlders?" the man asked, flipping through the pages on a clipboard. "Ah, yes, that's right." He looked up at them through the thick lenses of his spectacles. "I'm sorry, but you are not in this scene."

"Certainly we are," Morit said, glaring. "We go where we please."

"Sorry," said the man, flipping a few more pages. "You can't go in. This is a closed set."

"Aarrgh!" Morit growled. He lowered his shoulder and tried to charge past the man. The clipboard in the man's hand became a high wall with spikes sticking outward. Morit ignored them, shoving the wall back a fraction of an inch at a time. Blanda clung to his arm, looking apologetic. "For Nightmare's sake, woman, push!"

"Security!" the man shouted. Two guards in gray uniforms and hats appeared as out of nowhere, took Morit's arms and turned him, heading him out the door. Flashbulbs burst in his face, dazzling his eyeballs. The headline on the swirling newspaper read: ELYSIAN COUPLE TRY TO CRASH DINNER!

The next thing he knew, he and Blanda were in line at a cafeteria full of people in costumes, human-sized animals with vastly oversized heads, sitting and chatting.

"Central Casting!" he exclaimed. "How humiliating."

When Keir and his clients entered the dining room, a kettle drum began its low roll. Big, round search-lights hit them in the eyes. A waiter, clad in an impeccable, short black coat and a white napkin over one arm appeared and bowed before them.

"This way, ladies and gentlemen," he said, with the confidence of all good waiters, sweeping a hand to indicate they should follow him through the mass of tables. He whispered to Chuck, who was the closest behind him. "Is the back of my coat all right?"

"Fine," Chuck said, glancing at the perfect expanse of black serge. Not so much as a dust mote marred it.

"Thanks," the waiter said, nervously. Then his back straightened, and he began to glide through the crowd, gesturing ahead of him with a hand. He came to a halt at a table covered by snow-white cloth. A model of efficiency, he deftly seated the ladies first without ever seeming to slight the men. Chuck was impressed.

> WAITER: (*with a liquid accent*) And here you are, m'sieur. Sank you.
> PERSEMID: Merci beaucoup.
> WAITER: (*raising his hands to heaven*) Ah! Madame 'as a sharming accent! Bon! S'il vous plait, peruse the menu. I will describe to you the especials. Per'aps you would like to begin with one of our celebrated open-ing acts? A trio of cheeses in full harmony, a well-aged ham, piquant hors d'oeuvres?

Chuck looked around him at what the other din-ers were having. The glasses and platters didn't seem to be filled with any substance that he could see, yet

men and women dipped spoons into bowls and sipped,
or sawed with knife and brought bite to lips with fork.
What seemed to sustain them most was attention. The
happiest- and healthiest-looking people in the restaurant were the ones at the tables in the center. Chuck
could hear one of the waiters spooling out a line of
almost sycophantic praise to a mink-clad woman and
cashmere-suited man at a two-top just a few feet away.
The man grew visibly more handsome, and the
woman's complexion went from wan to rosy. Other
tables were visited by reporters or fellow diners, to
the enhancement of the ones seated there. The poor
folk who sat around the perimeter, out of the charmed
circle, who had gone without attention for a long time
seemed listless and gaunt. Some were so obscure that
they faded away completely.

Chuck decided that they must all be actors. He'd
heard they lived on praise. That would explain the
dog. Accompanied by the same fanfare and roll of
drums, a large German shepherd was escorted to his
own table, where a monogrammed silver bowl
awaited. His supporters, men and women, but mostly
women, crowded into the banquette seats around him.
Not one of them was a dog, in any sense of the word,
yet the tray the waiter brought to their table contained
only bowls. The groupies ate from them face-down
just like the dog.

Sylphlike creatures attached themselves to people
who looked prosperous or successful, gaining substance from reflected glory until they were completely
solid and entitled to tables in their own right. One
of these fragile-looking women battened onto Chuck's
arm like a limpet. She had red, red lips and sharp
white teeth like a succubus, and her luscious body
was encased in a peach satin gown so tight it looked
as though it was painted on. Chuck felt weak just
from having her touch him. She fluttered her eyelashes seductively. He felt his pulse race.

SYLPH: (*breathily*) And who are you?

CHUCK: (*nervously*) Nobody special.

SYLPH: Oh. (*lets go*) What a shame.

She tossed her lovely hair and undulated away. Chuck watched her go, half with regret and half with relief. He didn't want to be anyone's meal ticket, or meal, for that matter.

He decided he'd better find the lavatory before dinner. He cleared his throat, which brought the waiter to his side, pencil poised.

CHUCK: Where can I wash my hands?

WAITER: That way, m'sieur. (*points stage right*)

CHUCK: Thanks.

Chuck pushed back from the table and started toward the discreet little sign the waiter had indicated. It was embarrassing having a spotlight follow him to the toilet. He tried to pretend he was just having a look around.

The restaurant's décor was mostly dark brown wood. Framed images of glamorous men and women crowded the panels. They were all smiling, but he realized that the eyes in the photographs slewed back and forth, keeping an eye on one another.

He smiled and stood back to let someone else out of the men's room, then stepped inside.

On the other side of the door, he found a forest of wooden braces, not a hallway. He glanced back. The restaurant was nothing but painted canvas! The whole thing was one big movie set, just like the jet that had brought him to the Dreamland. A knot of people holding sheaves of paper or pacing nervously waited to go out through one of the two doors fixed into the scenery flat. Chuck started to say something, when a young woman with round wire glasses on her serious face came rushing over to him.

"What do you want?" she whispered.

"I need . . . you know," Chuck said, a trifle

embarrassed. She nodded sharply, and sent him through the supports to a sixty-foot trailer at a short distance from the set. It looked like a miserable cardboard box. For a moment Chuck thought he might be better off finding a spot in the bushes, but inside the trailer was astonishing luxury. He was going to have to learn not to judge by initial appearances. Chrome gleamed in between panels of red and yellow enameled tile that shone so perfectly he could see his reflection in every square. Every stall door had a star on it, and the seat within, well, it was a throne in truth, not just in jest.

When he came out, two women in casual clothes descended upon him. He was shocked, not expecting to see them in the men's room. They didn't give him time to protest. One of them pushed him into a canvas chair while the other smacked him in the face with a huge powder puff. The dust made him cough. When she was finished with that, she picked up a small pencil and outlined the corners of his eyes. The second woman pulled his hair back and started to comb it with brutally efficient strokes. Chuck glanced at his reflection in the wall-sized mirror. He still looked thirty, thirty-five years old. He sighed a little for lost youth.

"Too long," she muttered, twisting his hair. "No time. Got to add something . . . there!" She reached into a huge fishing tackle-box that Chuck had not noticed before, and came up with a little band. She pulled back his hair and gathered it into a little ponytail at his neck. "Better. All right, you're done!"

The other woman, who had been dusting broad shadows on his jawline with a triangular sponge, jumped back. The door opened, and Chuck felt himself propelled toward the restaurant once again.

"You'll never believe what just happened to me," Chuck began, as he sat down, but Keir plopped a huge leatherbound book into his hands.

KEIR: Choose your meal first. The menu
contains your script. You'll have to read
from it exactly as it's written, or they start
over and make you read it again, and we'll
be here all night.

Chuck looked at the page, and realized that what
was printed on it was exactly what people had been
saying since he came into the restaurant. He ran a
finger down the page.

PIPISTRELLA: (*blankly*) Why is it so bright
in here?

PERSEMID: (*groans*)

Chuck gawked. That was exactly what was typed
in the book before him.

WAITER: And what may I bring you?

KEIR: (*looking around at everyone*) Try the
specials of the house.

CHUCK: I think I'll have the rhubarb.

He frowned. He hated rhubarb. The maitre d'
came bustling up, waving his arms. He shouted into
a megaphone.

MAITRE D': Cut! Try again.

KEIR: Put some life into it or we'll never
get out of here.

CHUCK: (*brightly*) I think I'll have the
rhubarb!

He smiled at the people at his table. Around him,
the noise grew louder.

"That was very good!" the waiter said.

"What did you say?" Chuck asked, unable to hear
him clearly.

"I said, that was very good!"

Chuck more or less caught his meaning by lip
reading, because the crowd sounds were booming at
him from every side. Then he listened to what they
were saying.

ALL: Rhubarb rhubarb rhubarb rhubarb
rhubarb (*repeat ad infinitum*).

Persemid sat at Chuck's left. She tried to order, but the noise was too great. Even her shout was drowned in the racket coming from the other patrons. The waiter didn't seem to hear her.

WAITER: (*to Pipistrella*) Madame?

PIPISTRELLA: (*smiling at waiter*) I'll have the poetry and asparagus.

WAITER: Very good, madame. (*to Sean*) Sir?

Persemid glared, but she waited for a moment until the man had taken Sean's order. But as soon as she drew breath to speak, the crowd started chanting again.

ALL: Rhubarb rhubarb rhubarb rhubarb rhubarb (*repeat ad infinitum*).

WAITER: (*to Hiramus*) Sir?

HIRAMUS: (*indicating Persemid*) You missed the lady.

WAITER: What was that, sir? I did not compre'en' you.

CHUCK: (*shouting*) He said, you forgot to take the other lady's order! *Excuse* me! What about *this* lady?

WAITER: I am so sorry, madame. (*cocks his head and holds pencil ready*) What would you like?

PERSEMID: (*angrily points to something at random in the menu*)

CHUCK: I'm sorry that happened.

She was as angry that someone had to help her as she was for having the waiter ignore her. Having Chuck be nice about it only made her feel worse.

PERSEMID: Forget about it. It happens all the time.

CHUCK: (*outraged*) But, that's wrong. Nobody should be ignored, especially when you're the paying customer.

PERSEMID: (*snapping*) Forget it!

She turned her back on Chuck, leaving him alone to observe his surroundings.

Newspaper clippings were passed around like platters of appetizers, offering everyone who was mentioned in them a little taste of fame. The wine stewards were reviewers, too. The pop of champagne bottles that heralded the receipt of good news gave way to the fizzing of the wine in glasses. Chuck thought he could hear voices coming from the wine that offered the same heady intoxication as verbal praise. Everyone wanted to be a part of a success. When the corks popped, people came from all over the restaurant, even literally from out of the woodwork.

Chuck glanced up as a plate was put down before him. It was empty. Perhaps the food in the Big Hat was like the dancers at the duke's palace: invisible. Following Keir's example he picked up his knife and fork, but they discovered only the surface of the china. He frowned at his guide, who was happily sawing and chewing. Chuck glanced at Persemid, who looked as if she agreed how ridiculous the situation was. Still, Keir was their guide. Chuck pretended he had something good to eat before him, cut off an invisible bite, and chewed on an intangible mouthful. He felt silly, but it wasn't so bad since they were all doing it.

A deep drum roll sounded, and the warm, resonant voice of an unseen announcer broke in on their conversation.

"Ladies and gentlemen, the Big Hat is very pleased to be able to welcome the heir to the throne of the Dreamland, her serene highness, Princess Leonora! Let's give her a big hand!"

A spotlight traveled through the crowd and lit on the front door. Chuck craned to see as a woman entered the room.

"Yes, here she is, wearing an off-the-shoulder evening dress in periwinkle. You all know that that's her highness's favorite color. Yes, she's greeting the great Dyer Sandman. He's smiling, as who wouldn't, to receive the mark of favor from such a great lady. And now, she's approaching the center of the room!"

Chuck found himself gawking, and ordered his tongue back into his head. Princess Leonora was beautiful, even more beautiful than Pipistrella, whom he had thought was the absolute ideal. In comparison, his fellow Visitor looked artificial and shallow. He found, to his amazement, that there was a notch above perfection; Pip was . . . ordinary. He had a mental adjustment to make.

"Isn't she lovely?" the announcer crooned, over the public address system. Chuck joined in the wild applause as the princess was escorted to a table. She looked over at them, beaming and waving, then sat down, still smiling vivaciously, and dropped her eyes to the menu handed to her by the deferential head-waiter. The applause cut off as if a switch had been thrown. But a change had been wrought. Something real, more than real, had been introduced into this completely artificial setting. Chuck felt an imbalance take hold. Tinsel began to flutter down from the ceiling. The illusion was failing.

CROWD: (*suddenly*) Boo!

Chuck looked up. A big man with thick black eyebrows was slinking toward the exit, glaring at the people all around him. They were hissing and shouting catcalls at him.

CHUCK: What happened?

WAITER: (*dramatically*) He . . . didn't leave a tip.

Chuck felt like grinning. Unreality reestablished itself again.

MAITRE D': All right, scene two! And . . . action!

"So no one here currently has a job, that is what you're saying?" Morit asked, cutting off another would-be actor's sad and rambling story. Every one of the hundreds of people in the shabby, utilitarian room paused, reluctant to speak.

"We're . . . between contracts," said a woman, throwing back her long, blonde hair. She was half-way pretty. Her face was frighteningly asymmetrical, with eyes on different levels, and a nose that took a distinct leftward turning around a large wart.

"It isn't fair!" a man complained. He was a strapping, burly man with an admirable cleft chin and flashing eyes, but his voice was so high it hurt Morit's ears. "There ought to be room for non-standard characters."

"Sleepers know," a woman with heavy five-o'clock shadow said, "it's not our fault we don't fit the molds."

"Sleepers," snorted a man with ping-pong paddles instead of hands. "It's the Sleepers' fault we look like this!"

Morit smiled, his teeth growing points like sharks. "It's the Sleepers' fault that you're like that at all," he said, persuasively. "Not only do they gift you with endless misery, they do it to make themselves feel better. How do you like that? You suffer throughout your existence for their self-esteem!"

"Well, if we didn't, we might not exist at all," said an elephant-faced woman, with a wistful expression on her wrinkled, gray brow, but she was wavering. "That's something."

"We ought to be self-actualizing," Morit said, warming to his subject. He had found allies. Converting them to the cause was easy. "Not only do we serve them to better their mental health, but we get no peace from them even when they are not employing us! They come in person to view their chattels, to look down in amusement upon the puny beings that they have engendered—to laugh at us!"

"Dear!" Blanda said, warningly. "That's not true. The Visitors have shown you no harm."

"Visitors?" demanded the ping-pong man. "Are there Visitors here?"

"Yes," said Morit. "I am offering you an opportunity to send a message to our manipulative creators in the Waking World! We're mad as hell, and we're not going to take it any more!"

All the actors in the cafeteria raised a rousing cheer, although the majority looked uncomfortable. Morit jumped to his feet. "I know where they are! Let's give them a proper Dreamlander reception! We'll set a trap to catch them when they least expect it! Down with the Visitors!"

"Down with the Visitors!" As one, the actors rose to their feet. Morit threw an arm over his head and started marching, leading his audience toward the door. After a few paces, three quarters of them flitted away, mumbling apologies. Fools, Morit thought. They were unwilling to commit to action that would set them free.

"Dear, don't do this!" Blanda called after him. "My love, this is wrong!"

Morit left her behind in the cafeteria, a troubled look on her normally placid face.

Chapter 28

The drum roll heralded the warm voice of the announcer over the dining room.

"Ladies and gentlemen, I'm sure you've been waiting impatiently for these last few awards. For the award for Best Performance by a Female Dinner Guest, the winner is . . ." Chuck heard the sound of an envelope being torn open. "Princess Leonora!"

The assembled guests, all in tuxedos and evening dresses, cheered wildly. The princess, who had finished her dinner, was helped out of her chair to accept the gold statuette of a stylized man holding a fork. Smiling and waving, she exited the room. An unseen orchestra played her out. The drum roll resumed.

"And now, for Best Performance by a Male Dinner Guest, the award goes to . . . Chuck Meadows!"

"Huh?" Chuck said, caught off guard. A bevy of smiling waiters and waitresses descended on him, pulled him to his feet, shaking his hand. He clutched the statue, beaming at the crowd. He'd never won anything before. "Uh, thanks! Thanks so much!"

"Stay where you are, Master Chuck," the announcer said, "because the final award of the evening, the one you've all been waiting for, the award for Best Table is . . . the Keir Party! Let's all give them a big hand!"

The audience went wild. Best Guest statuettes were presented to each of the diners. Chuck, holding his two awards and waving to the crowd, let the ladies precede him out the doorway. Pipistrella sauntered out, throwing kisses to everyone. They shrieked out her name and threw flowers at her feet. Persemid followed a few steps behind, nodding and smiling shyly. They walked out of the restaurant doorway into a balmy evening in a hail of flashbulbs that left their eyes dazzled.

"Oh, look!" Pip exclaimed, walking toward the open door of a long, black car. "They've brought us a limousine!" She floated across to it and was handed inside by a large man in a black uniform. Chuck and Persemid were just behind her.

"That's really nice of them," Chuck said, gesturing to Persemid to precede him.

"Wait!" cried Sean. "There's no floor!"

For the one split second before he started falling, Chuck thought, *I believed in that floor until he said that.*

His stomach rose up against his windpipe in a sickening lurch as his feet dropped out from under him. Chuck flailed his arms around, trying to grab onto anything. With a hoarse cry, he started turning head over heels. His heart pounded like a drum. He was falling slowly into a bottomless pit, just as he'd always had in his most terrifying dreams. He had never stayed asleep long enough to find out what happened when he hit bottom. He'd always awakened gasping. But this was real. He was really here. He could die.

Persemid was screaming as she fell past him. Without thinking, Chuck threw out an arm to catch her. It stretched out like a chunk of rubber under her weight, but she slowed, then sprang upward into his arms. Their Best Guest statuettes tumbled down into the darkness. Loud danger music started to play, filling the air around them with tension.

"I probably wouldn't like you very much in the Waking World," Persemid said, clinging to him, "but I'm glad you're here now." Her nervousness created a solid steel shield between them. The cold on his belly made him flinch back, almost dropping her.

"Don't do that!" he said. Searchlights raked them with white light, making his head spin.

"I really don't want to sound paranoid," Persemid said, her voice rising with hysteria, "but I think someone is trying to kill us."

They were falling so slowly Chuck hoped they might survive hitting the ground, but how far below them was it? He couldn't see anything, and the white lights disoriented him. The danger music, heavy on the horns, started to get on his already shredded nerves. Chuck couldn't think.

"Shut up!" he yelled wildly. The music only grew louder.

"Stop it," Persemid snapped. "It's going to get worse while we're tense. Try and calm down."

"Calm down? I can't calm down. We're falling to our deaths!" he shouted over the music. "This is a dream state. Can't we transform into birds or something, and fly up?"

"Can you concentrate on birds right now?" she demanded. Chuck looked around him. Now they were falling feetfirst, their hair whistling upward from the force of the wind. The tossing beam illuminated jagged rocks. His throat tightened with fear.

"No, I can't."

"Well, I can't either! So forget about it!"

"I thought you learned stuff like this when you came here!" Chuck yelled. "You keep saying that I shouldn't know this or that because this is my first time here."

"Did you come here to learn how to think in a life-or-death crisis?" Persemid asked.

"No! I came here to learn about myself!"

"Well, so did I!" Persemid said, her eyes wild with fear. "And one of the things I haven't learned yet is how to deal with being in a crisis! That much I know. I'm *secure* in that knowledge!"

Chuck's racing brain flashed through all the statistics he knew about death by falls from high places. Suddenly, he felt that they were slowing. They halted in midair. Chuck breathed a few times, to convince himself he really wasn't falling any longer. Persemid shifted. Her grip tightened, almost throttling him.

"You're strangling me," Chuck said, pulling aside his shirt. "Loop your arm through there. It'll give you a better grip, and I'll be able to move my head."

Persemid gave him a strange look, but she put her hand through the hole in his chest and wiggled her fingers. "This is creepy," she said, putting her meaty arm all the way through and locking her arms around him. "It really doesn't hurt you?"

"Well, it does," Chuck admitted, "but not from having you hang on it. I'm just all achy inside. My problem."

Persemid sounded soft and sympathetic for the first time in their acquaintance. "It'll get better," she said.

"Has it for you?" he asked. A passing searchlight lit up her face. He knew she was starting to say "None of your business," but stopped herself.

"A little. This trip has been good for me. I really resented like mad having more of you with me. I had hoped to have Keir to myself, too."

They laughed. Chuck felt the hole in his chest starting to close up just a little.

"Stop that," Persemid ordered. "I don't want to be stuck to you forever. Now how do we get out of here?"

"If we can't do it ourselves, wait for someone to help us," Chuck said, amazed by how reasonable he sounded. He felt around him, hoping there was a hand- or foothold within reach. He tried not to believe it was impossible that he was suspended in midair. He didn't want whatever was holding him to give way again.

"This isn't the first time something like this has happened," Persemid said, in a low voice like a whimper. "Don't think I'm crazy."

"I don't," Chuck said. "I've been thinking along the same lines for a while, what with things falling on us, the train nearly crashing . . . What does Keir tell you?"

"The wolf?" Persemid said, fondly. "He shows me pictures in my head. He never shows me danger or death. Just peace and the resolution of my problems." Her voice hardened. "Not that it's any of your business."

"Keir never tells me about trouble, either," Chuck said. "He just lets me fall into it. Like this. There's hope. We haven't crashed yet."

Something slapped him smartly on the cheek. Chuck flinched, then put out a hand to feel. It was a rope! He grabbed for it and held on with both hands. Persemid clasped her arm through him tighter. Chuck looked up and tugged on the rope. Its end stretched upward into the darkness.

"Climb up!" cried Hiramus's voice.

"I haven't scaled a rope since high school gym class," Persemid growled below him.

"I have," Chuck said, gritting his teeth. "I went on these—ugh!—wilderness encounter sessions with my eldest son." He threw one arm up over another, letting his body and Persemid's swing like a pendulum to give him momentum. It was an effort. He tried to convince himself that the two of them weighed no more than a feather, but his arms weren't convinced.

Upward they inched, until Chuck's questing hand found nothing to grab onto.

"There isn't enough rope to get us back up there."

"Pull it up behind you and throw it up here!" shouted Keir.

"That's impossible," Persemid said.

"Don't say it," Chuck said hastily, afraid they'd start falling again. "Don't believe it. Believe it'll catch something. I'll get us up there." With her clinging through his chest, he held onto the end of the rope with his knees, coiled up the rest of the length onto his shoulder with one hand, and flung it upward. It caught on something. He hoped the people at the top would hang on tight.

When he shinnied up, he found it hadn't gone all the way to the top yet. Doggedly, he gathered the loops again and kept going. The group shouted encouragement. Their voices were growing nearer with every upward pull. When Chuck was almost in sight of the others, Persemid extracted her arm from his chest.

"What are you doing?" he asked.

"Keeping your secret," she told him impatiently, wrapping an arm around his neck as she tugged his shirt into place.

"Thanks," he said, surprised by her thoughtfulness.

"Just don't drop us," she said, huge-eyed in the shadow from the spotlights. "That's all I ask."

Within a couple of yards, they saw faces just above them. Strong arms reached down to haul them up onto the intact section of sidewalk.

"Whew!" Keir said, dusting Chuck off. "I thought we'd lost you." He became a wolf and leaned affectionately against Persemid's legs. She knelt to put her arms around him and hugged tightly.

"Where did that rope come from?" Chuck asked. Sean pointed at Hiramus.

"He had it. It came out of his wee bag."

Hiramus looked modest. "It is always better to be prepared."

"You saved our lives," Chuck said, grabbing his hand. The older man withdrew from Chuck's vigorous handshake as though pulling his hand out of a bucket of fish entrails.

"It's nothing," Hiramus said, coldly.

"It's impossible," Morit said.

"Why should it be impossible?" Persemid asked. "This plane is full of nightmares as well as dreams. Why can't there be something out there that means to kill us?"

Morit scowled, refusing to meet her eyes. He hadn't been talking to her. The words had slipped out of his mouth before he could stop them when the Visitor walked in. Again.

Morit and his henchmen used all their influence to create a bottomless pit outside the exit, working one by one until they were all exhausted. It was the best trap possible. It was foolproof! How could it not have been deep or dangerous enough? But only two of the Visitors had fallen into it, and they'd come out, with no ill effects except for arousing the woman's ongoing bad temper. He was going to have to start all over again.

Blanda had been upset with him ever since they'd returned to the train. Morit couldn't understand why. Wasn't he trying to set them all free? Scare off Visitors forever, and they'd be able to live happily ever after in a world only manipulated from the outside, where they'd have the freedom to obey or disobey Sleepers' dictums as they chose. Attacking Visitors wasn't the perfect means of sending a message, but he had so few avenues to the Waking World. How he hated having it rubbed in his face that he did not direct his own destiny. But he'd put a scare into these Visitors, small comfort that it was.

"I think we should sit down and have a meeting, all us Visitors and our friends," Persemid insisted, going on as though Morit was paying attention.

Keir-the-wolf nudged at her legs until he had steered her away from the others. He looked up deeply into her eyes.

"Don't try to tell me that there's nothing to be worried about," Persemid said, responding to the silent appeal. "Look, this isn't the first time something has happened. Yes, I do think I'm in danger. Aagh!" She threw up her hands, circling around the wolf to return to the group. "What about those people who attacked Chuck in Yore? Or who kicked Sean on the Rock of Ages?"

"Yes," Hiramus said, worry turning the corners of his mouth down like those of his mustache. "We have to be careful."

"Oh, but people get belligerent in pubs all over the world," Sean argued. "And as for the kick, well, I might have been imagining that." He seemed reluctant to believe in a malign force.

"Someone might be out to get us," Persemid insisted.

"Or it could all be at random," Chuck said. "I was warned the astral plane was not to be taken lightly."

"Oh, I don't think anyone means us harm," Pipistrella said, with an air that suggested she was above such considerations.

"Yeah, but you're clueless," Persemid snapped at her.

"But who could want to kill us?" Pip asked, reasonably. "The Dreamland was created to help us, not hurt us. Isn't that right?" She appealed to Bergold.

"That's true," the Historian said. "I'm sure you ran into nightmares, not malicious intent, Mistress Persemid. The archives show over nine thousand species of detrimental dreams."

"If it was accidental, how come it keeps happening?"

she asked. Chuck found it hard to disagree with her. And there was the shadow that dogged him. He glanced at Hiramus. He wanted to talk with Persemid in private. He had a theory about the sinister, bearded man which he didn't want to air in public. "This is going nowhere. Chuck and I will have to be the vigilant ones, since none of you will take it seriously."

"We have only a short time remaining here to figure it out," Chuck pointed out, wanting to bring this uncomfortable meeting to an end as swiftly as possible. "I have until the moon reaches the horizon." He was no closer to Enlightenment, his body was falling apart by inches, and now he had to worry if someone was seriously trying to kill him.

"It's a puzzle," said Bergold. "Perhaps you have about you something that attracts misfortune, like a trouble magnet, for example. You should search your bags."

While they were going through their luggage, the engineer came through the train car handing out mimeographed sheets of paper and yellow pencils with pink erasers at the top.

"Here are problems you have to solve," he said. Chuck read the first line. "If Engineer A leaves Rem at twelve noon going sixty miles per hour, and Engineer B leaves Reverie going forty miles per hour, when will they meet?" He made a face.

"Word problems! I hate word problems," Persemid protested.

"And you have only a short time to figure it out," the engineer said, urgently. "We need to know! Hurry! Please!"

Chuck studied the piece of paper. At one time he'd been good at these. He could figure out the pieces of the equation from the question just by looking. This was different. The train schedule was in the form of a crossword puzzle. He had to solve that before he could put the answers into the first question. He bent over his test. His scribbled calculations looked like gibberish. He couldn't even understand what he was writing *while* he was writing it!

The conundrum left Chuck feeling as though he was even farther from Enlightenment than before.

"This is no more than a Math Anxiety Dream," Bergold said, trying to calm them. "It's probably quite simple. Now think, everyone."

"That's right," Sean said. "He didn't say we couldn't share the answers."

That cheered up the group. They bent over their papers, pencils in hand.

Simple, eh? Chuck thought, lifting his head to stare out the window. The train, rounding a sharp bend in the moonlight, looked like it belonged in a pre-school. It consisted of brightly painted, blocky wooden cars, held together with shiny rivets. There was even a wooden smokestack on the engine. It looked comforting, enabling him to relax enough to think. Wistfully, Chuck wished for the simplicity of his youth, where no one was trying to hurt him. Then he thought of how he had come to shed the regret-filled steamer trunk in the Meditation Gardens. I don't want that back, he thought, belligerently. I will figure things out for myself!

With firm intentions, he whizzed through the first problem. It was, as Bergold had suggested, easy. They all compared answers. To the party's relief, they all came out with approximately the same answer. He finished the second one. Chuck read the third one aloud.

"If five nightmares chase five Visitors across five provinces, how many will each Visitor have to deal with?" Chuck stopped. He didn't like the sound of that. The others had fallen silent, too. Persemid was concentrating, biting her pencil with worry.

"One," Pipistrella said, unexpectedly. "Isn't that the purpose of our trip? One each?"

Sean laughed long and hard with relief. "Leave it to a direct thinker to know the answer." He tossed his paper onto the table. "I've had enough of tests and trials for one day."

Chuck was all too glad to follow suit. "I'm with you, brother. We're alive now, and that's all that counts."

Chapter 29

Chuck woke to a glorious scene outside his cabin window. High mountains swept up to blue heavens, the color that could break one's heart with its beauty. A broad, deep river ran alongside the track. Bald eagles flew over its surface, picking bright silver fish from just below the surface. Deep green forests bordered the stream. It was so nice and refreshingly real after the phony buildings of Ephemer.

Suddenly, the scenery halted. There was nothing beyond the forests but blank whiteness. Men and women in smocks and berets stood stubbornly not far from the tracks with their arms folded tightly against their chests. The train screeched to a halt. Chuck went to see what was going on.

"It's an artists' strike," the conductor said. "They are holding a work stoppage because the resort keeper hasn't paid them. They've painted over the tracks. Wiped them clean out of existence. We're halting here until the dispute can be resolved." Chuck could tell it hurt the conductor to have to alter his precious schedule. He pulled down the window in between the cars and leaned out to listen to the argument taking place.

"Oh, come on!" a solidly built man in a green boiled-wool suit was pleading. "You must finish this mountain."

"No," said the key artist, a slender man with a wisp of beard and beautiful, long hands, which he held out against the innkeeper's protests. "Not until our needs are met."

"But there are climbers trapped up there! They can't come down until you paint in the other slope, with the piste you promised me. And look," the burly man said, noticing Chuck and other passengers hanging out the windows of the train, "you are holding up the railroads."

"Look, we have our expenses, too," the lead artist said. "Do you think scenery paint is cheap? Especially since you want it three-dimensional. With atmosphere?" He made a dramatic, mocking gesture. "They can stay up there until Changeover, for all we care. If they've got influence of their own, they may not want to come down to your awful little establishment."

"We know which of your amenities are illusory, and which aren't," one of the female artists pointed out. "Pay up!"

"Oh, all right," the innkeeper said, resentfully. He reached into his jerkin pocket and came up with a large round bag tied at the top. The coins inside jingled as the man reluctantly handed it over.

The lead artist accepted it from him. In his hands the bag became heavier and longer, and the outlines of the objects within it changed from round and flat to long and thin. He opened the bag and started handing out tubes of color to his crew. The lead artist squeezed a huge dollop of blue onto his palette. Taking his brush, he sketched five or six quick lines in the air that spread out like watercolors on wet paper. In the distance, the tiny figures on the top of the peak started moving quickly towards the stripes of paint. Chuck watched, agog, as they began to ski down the lines.

"Good morning!" Keir said, appearing at his side. The only concession in dress he made to the chilly air was a scarf around his neck.

"How can they do that?" Chuck asked. "Those mountains are far away, but he just drew in the right slope, and it connects! Isn't the scenery real?"

"Certainly it is," Keir said. "It's all done with forced perspective."

"It's not a backdrop?"

"Oh, no. It's real landscape. Three-dimensional. Look out there." Chuck followed Keir's pointing finger, and squinted. On the new mountainside, fresh out of the artists' brushes, he saw small chalets with smoke rising from their chimneys, colorful sleighs drawn by waist-high reindeer, and dozens of people skiing. He spotted three men in lederhosen lean over to blow on alpenhorns, sending their melancholy mooing out over the valley.

"Incredible," Chuck said.

"Artists are a common feature of the comprehensive tour. After all, isn't the tradition to go from place to place admiring fine works of art? These are landscape painters. You have a rare opportunity to see them in action."

The train's whistle blew a sharp blast.

"They've painted the track in again," Keir said. "We can proceed now."

With his new perspective in mind, Chuck enjoyed watching the scenery as it appeared stroke by stroke on the whiteness beside the train. He waved to the artists if they looked up. Some of them waved back. Others, conscious of their dignity, or just too busy, nodded and kept working. To judge by the expanse of nothing running alongside the train, they had a lot to get done.

He went to look out the other side. There, the

great massif of the Mystery Mountains was, as always, very much in evidence. That seemed to change little, if at all, as though it was the frame for the constantly shifting work of art within it that was the Dreamland.

Chuck's musings cut off suddenly as the train zipped into a tunnel. The steam whistle keened a lonely note that turned into a frightened howl in the newly confined space. Spooky voices emitted a sinister laugh into his left ear.

"Mwah ha ha hah!" Chuck jumped and yanked up the window. Desperate for the safety of daylight he couldn't wait for them to emerge on the other side. The vibration in the tunnel echoed in his chest. He thought he heard clockwork noises coming from inside his own body. His hands flew up, seeking the source of the tick-tock-tick-tock. Maybe that was the reason why he felt so unhappy and out of place in his own life. He was a robot! All of these dreams had been induced to make him think he was real, just to see what he would do and how he would react. That's why he was flawed. His mainspring was running down.

Daylight blinded Chuck momentarily as the train emerged from the tunnel. The tick-tick-tick sounds continued, louder than before. Chuck thought he glimpsed the hint of circuitry in the hollows between trees and under the surface of rivers. The mountains were nothing but huge constructs! If he was a robot, he should rebel against his makers, end his travels now and go back.

But the sound shifted gradually into the comforting clickety-tat of the train on the rails, easing Chuck's fears. The mechanical pulse no longer resonated inside him. He was only human, and grateful to be so. He could even see himself silhouetted on the bank they were passing. Due to a trick of the light, he was casting a double shadow. Chuck grinned. One of him had wavy hair, the other smooth. Then he realized the absurdity of the notion. A double shadow? Some-one must be behind him! Startled, he glanced around, looking for the other figure. There was no one there. Suddenly, Chuck didn't want to be alone. He made for the sitting-room car.

"There, do you see?" Bergold was saying as Chuck came into the carriage. The little Historian was pointing out of the window. The train was going over a stream, giving them a good view upriver. Dozens of bridges spanned the water. Some were only a couple of ropes spread with planks. Others were wrought-iron footbridges, stone humpbacked spans, and complicated suspension bridges. The modern bridge closest to the train was clogged with a vari-ety of vehicles from haywains to Ferraris, all head-ing into the west. Underneath one end, Chuck could see a green-skinned troll talking with three bearded and horned goats.

"Bridges arise in the Dreamland as a matter of course," the Historian continued. "Then, we build more. Every new connection helps us perform our function more efficiently. Bridges also give us con-fidence. Sleepers know we feel better if we have a way to retreat from a situation. You will see that especially in areas like this, where two provinces meet."

They traveled through an area busier than they had seen before. Spans and arches crossed over the rail-road tracks, carrying still more traffic. A small brass sign on the side of the railway cut read ONEIROS-SOMNUS. The sound of the train changed slightly as it rolled onto a different kind of bridge than any of the others before it. Its solidity reminded Chuck of the ones around the Rock of Ages.

It needed to be that hardy. When Chuck looked down into the crevasse over which they were pass-ing, his heart sprang into his throat. The one the train had almost fallen into on his first day was a dimple in the landscape compared with this one. He swore he could see two levels of cloud before he spotted the shining silver river far below. He swallowed hard and clutched at the seat frame. But this bridge felt as secure as a mother's lap. His anxiety was all in his own head.

He did notice what Bergold had once told him, that most of the population centers were close to the borders. Atop the headlands, tall steeples and skyscrapers pointed toward the sky. Nearer by was a cluster of small storybook-quaint villages. Beside the large one over which they were passing, thousands of bridges crossed the gap. They looked as thin as strands of spider web. The minute figures of people walked back and forth on them between the two provinces, maybe just to prove to themselves that they could.

Not too far over the border, the train sped up, racing through, past the towns and into the flat green countryside beyond. Idly, Chuck glanced out of the window at the way ahead and clutched his seat arms.

"We're going straight into the water!" he shouted. There were no tracks going across the broad body of water. The weight of the train would drag them down to the bottom. There was no time to jump. They would all drown. What was the engineer thinking?

The others rushed to the windows to look, but Keir never rose from his perch on the arm of the aisle seat. Just as the train looked as though it would plummet under the surface, it grew in height and breadth, each successive car piling into the rear of it adding to the bulk of the graceful cruise ship putting out magnificently from the shore.

"Good!" he exclaimed. "We've just reached the Sea of Dreams."

Influence took over their car and changed it out of all recognition. The party found themselves sitting in overstuffed armchairs in a marble-floored lounge. The roof soared three stories above them, where a crystal chandelier threw sparkling light onto twin spiral staircases, a walnut and brass bar, and a tall teakwood desk behind which stood the conductor and a host of smiling young people in white uniforms. A trim man in a coat like a streamlined tuxedo bowed to them.

"Welcome aboard. My staff will show you to your quarters."

Morit dropped his bags on the floor of the cabin to which he and Blanda had been assigned. He was displeased. He'd seen the nice accommodations set aside for the Visitors. This cabin wasn't nearly as large or as well appointed. In fact, it was downright shabby.

"Oh, look, dear!" his wife exclaimed, throwing back the curtains. "We have a balcony."

"Look at those curtains," he said sourly, regarding the sorry lengths of gray hanging on either side of the sliding glass doors. "And the bedspreads! They're threadbare!"

"Oh, they're not so bad," Blanda said. She tugged the curtains back. When she touched them the grayness sprang away from the expanse of cloth, leaving them crisp and colored a translucent, pale blue. She dusted her hand over the bedspread, which took on the same character. "I'm sure they're every bit as good as the Visitors have."

"Yes, but *the Visitors* are on the top deck," Morit growled.

"Oh, Morit, there's only so many cabins up there. We're on the next floor down," Blanda said, always willing to see the best in things, even if it meant she got shortchanged. Morit had never been able to understand her. It never bothered her that their lot was always to get the leftovers when everyone else had a proper share of the meat. She didn't feel the injustice that ate away at him.

"You see how the door works," the cabin steward said, getting their attention in order to demonstrate. The young man simply would not go away. He'd led them here. With that, Morit considered his job at an end, but he insisted on prolonging his stay. "It opens, and it closes. See?" He wiped his nose on his cuff, then extended his hand expectantly to Morit. Morit eyed him, ignoring the palm.

"I know how doors work."

"Oh," the steward said, eying him with open speculation. "So, then, sir, just exactly how nice do I have to be to get the tip you're obligated to give me at the end of the cruise?"

Morit smiled slowly. This man was one of his kind. Nothing was free or freely given. He expected to give service for reward, but not a pencil's worth more.

"I think we understand one another very well," he said. "What do you think of the passengers upstairs, eh?"

"Morit!" Blanda said, warningly. But Morit had seen the light of interest in the young man's eyes.

"We'll talk later," Morit said, pushing him out and closing the door on him. It didn't matter what his wife thought. The moment of the destruction of the Visitors was coming very close now. It was unavoidable. The very forces of nature that the Sleepers of the Waking World brought to bear would themselves make it possible to wipe out five of their own number. Who knows? he thought, as he followed Blanda out to the promenade deck for lifeboat drill. There might even be more Visitors aboard this vessel who would perish in the coming disaster.

Chuck liked the new incarnation of the train. The slower they traveled, the more sumptuous the meals became. Now that they were going only twelve or thirteen knots, instead of sixty to ninety miles per hour, the food service was positively luxurious.

Champagne flowed at every meal. The Visitors were regaled with tiny sandwiches and petits fours at tea-time, pheasant under glass and filets mignons for dinner, and chocolates on the pillow at night. The map of their journey was posted on the bulkhead. A miniature ship that moved on its own described their progress. Small islands dotted the face of the Sea of Dreams. Chuck looked forward to visits to the ones that had been highlighted.

Keir held classes, if Chuck could call those casual gatherings such, all over the ship. It made a pleasant change from the first-class car which, though well appointed, was still one room. On the finite environment of a ship, there was only so far Pipistrella could stray. Keir simply tracked her down wherever she was: in the library, shopping in the gallery of expensive stores on the center deck, in the spa receiving relaxing massages or facials, or on deck near the swimming pool sunning her beautiful body with her luggage strewn around her. The group conducted its meditation exercises in that spot.

Chuck took the opportunity for a private word with Keir during one of these Pip hunts.

"I don't mean to be a pain," he said tentatively, reluctant to bring up such a minor fault as chronic tardiness, "but having to do this because she can't keep track of time is a hassle to the rest of us. It's like she's not completely here."

Keir smiled. "The problem is that your perceptions don't match. She's such an advanced soul that it's difficult for her to retain the mundane forms for very long. It is frequently annoying for me, too. As you can tell, even I have trouble keeping up with her. She goes her own way to fulfill the requirements of her own soul."

That was difficult for Chuck to accept. She didn't seem to connect in any vital way he could see. But he remembered her helping Sean so effectively. She seemed to know just what to say, and she had a generous heart. "If she's so advanced, what's she doing here?"

"You want me to tell tales out of school?" Keir asked, with that sharp look in his black eyes. Chuck wasn't going to be put off.

"Yes. Frankly, it would help us stand her more. Sean worships the ground she walks on, but I think I can speak for Persemid and Hiramus as well as myself that she drives us crazy. We're already tense, since you won't take our word for it that we're being stalked. We don't need another irritant."

Keir cocked his head. "I like your progress. You're making a consensus among your fellow passengers. Do you think you'd have done that even a short while ago?"

Chuck gave up. Arguing with Keir was like wrestling with a curtain. He ended up enfolded in Keir's logic, completely losing track of his own question. On the other hand, he realized that Pipistrella wasn't his problem. It was two other things that marred the journey for him. The subtle presence continued to follow him wherever he went. Chuck often caught the corner of a bearded or cloaked silhouette flitting away whenever he looked up. Chuck had tried chasing it, or setting a trap for it by pretending to be distracted, then spinning around, but he never managed to catch the person attached to the shadow.

The other worry was the hole inside him. As he had feared, it was growing larger by the day. It was already a foot wide, and was beginning to affect his muscles. When it reached his shoulders, his arms would fall right off. He sat through his meditations, ate his meals, and went to bed worrying about what was gnawing away inside him. Nothing could take his mind off it for very long. The ship's cruise director had arranged plenty of evening entertainment for them. The auditorium changed shape often to remain appropriate to the type of amusement being offered. It was a nightclub to accommodate bad comedians, a theater-in-the-round for acrobats and animal acts, even subway seating for buskers with guitar cases open at their feet for tips.

Chuck sat through all of it with a hand on his chest, monitoring the gap. If he was going to fall apart, he wanted to have that moment's warning so he could leave to be by himself. He didn't want anyone else to see him go to pieces. The undercurrent of fear he felt spoiled his pleasure in everything he did or saw. Even when the entertainers made him laugh or gasp with wonder, it didn't fill in the fundamental emptiness. He'd hoped it would; nothing else on the journey had so far, and time was running out.

He discovered the open-air bar on the top deck was open all day and all night long. Overindulging in food and drink numbed his perception. That way, too, when he inevitably glimpsed the shadow hovering around, he didn't care.

Chapter 30

The sky was already growing rosy when the ship docked in the harbor of the Sunset Isle. As soon as the ship stopped moving everyone in the debarkation lounge surged forward onto the gangway to the pier. Chuck was going to wait behind until the crowd had cleared a little, but he was caught up in the mob and carried along in its midst. His feet scarcely touched the metal plank as the passengers moved out of the narrow corridor and into a narrow, painted stucco passageway that led between buildings. He couldn't see a thing except backs ahead of him, faces behind, and high above him, a sky growing richer in color by the moment. He hated to think that he might miss the whole event because he was stuck in a bottleneck.

Just as suddenly, the crowd thinned out. A constricted passage opened off to the left, then a slightly wider one to the right. Tired of claustrophobic conditions, Chuck followed the rightward alley, and immediately regretted it. The shadows were falling the other way. He was heading away from the sunset, instead of toward it. When a corridor angling back in the right direction offered itself, Chuck took it, even though it began with a flight of steep stairs.

From his slightly improved vantage point, he could see a little more of the island. Below him, thousands of people wandered a rat's maze of high walls. The blue sky was paling into handsome pastels on the west. Chuck glimpsed a knobby peninsula in that direction. That would be the best place to watch from. He thought he could see a way to follow this higher path over most of the crowd, even though it would be much harder going.

The hardy few who'd opted for Chuck's path were red-faced and panting by the time they reached the ridge that ran the length of the island. At the top were more stucco walls, just high enough to lean his chin on. The gleaming seas were visible from there, but he wanted to get as close as he could to the action. To his amazement, Pipistrella was already at the top. The strangers thinned out between them until Chuck was immediately behind her.

"Hello," she said, smiling. "Isn't this lovely? Oh, look!" She pointed down over the wall at salt-white domes with painted, blue trim. "That's as pretty as a postcard." She stopped every few feet to gaze around her and look at the scenery. The way was so narrow he couldn't pass her without shoving her into the concrete wall, so he grew more and more hot and impatient. The people behind him were beginning to make angry remarks. He wished that he had been able to get up here before her, like Sean had. The mop of light-blond hair Sean sported after the latest round of influence was well out of sight in the bobbing crowd.

"Please, go on," he said. "We don't have a lot of time."

"You shouldn't be in such a hurry," Pip said, turning huge brown eyes to him. "That's your trouble, you know. You're always in such a hurry for the large revelations you don't appreciate the little things." The nearby roof spilled over with vines laden with scarlet blooms. She reached over to pluck one and offered it to him. "You see? It's all the same, in the end."

But the people behind Chuck didn't appreciate her little lesson either, shoving Chuck before he could take the flower. Chuck braced his arms on the stuccoed walls and pushed back, keeping them from knocking him into her. Pip never noticed the byplay. She tucked the flower into her waist-length tresses of rippling, black hair and floated on ahead of him.

To his relief, the way became wider. With a muttered apology to Pipistrella, he edged past her and strode along the descending slope, looking for a good place to sit. Sunset was big business here. Every little house had a balcony. Every little bistro and taverna had a sign that offered THE BEST VIEW ON THE ISLAND! There was an equal number of places painted with warnings that said, DANGER! DO NOT STAND HERE! The thousands of people obeyed the signs at first, but Chuck noticed that as soon as one person ignored them and stepped into forbidden territory, another followed. In no time the signs were hidden by milling tourists. He thought for a moment that he could feel the ground sway slightly under his feet. Was this place prone to earthquakes?

Chuck found a taverna he liked the looks of. It wasn't as close to the isle's end as it could have been, but he had a clear westward view because the line of the coast belled out slightly to the south. The proprietor, a loudly hospitable man in an open-necked shirt, escorted him to the best seat in the house. With a drink on the little table at his elbow, Chuck watched in comfort as everyone else pushed and shoved by. He was relieved to be out of the way.

"You'd think," a woman on the path near Chuck complained in a whiny voice, "that they'd pay attention to demand, and make this area larger!" The man ahead of her, obviously her husband, grunted agreement.

Chuck thought it was a little weird to want to enlarge a geographical feature, but he realized it wasn't out of the question in the Dreamland. He drank his wine, which tasted like warm Mediterranean days, while watching the sun pass through some mighty picturesque clouds. Birds flew across them. Chuck set down his glass. It sloshed slightly. He steadied it carefully. Perhaps the table legs were uneven.

The height of the prominence on which he sat became lower or higher as everyone around him kept altering their positions to get the best view. The eventual effect was of steeply raked arena seating. When everything settled out, his taverna reestablished itself as the highest and his seat the best placed. He heard some complaints from others without as much influence as he had. After all, most of them weren't sitting down, and few had table service. For once Chuck appreciated rank having its privileges.

Cameras appeared all around him, snapping pictures of the sky. The handsome scene was getting grainier or spread thinner on the sky. Too many people were taking photos, the woman near him complained, diminishing the view that was left. The colors were quickly restored. It would take more than a few pictures to dim the sunset.

Chuck's drink sloshed again, and a waiter on his way to serve other patrons tripped. This time Chuck distinctly felt a shudder underneath his feet. Would the whole island collapse like broken bleachers under the weight of the mass of tourists?

Less than a block away to his right, he could see Sean and Pipistrella seated together on a bench in someone's private garden. The shy young man really liked her. He wondered what Pipistrella did at home. Chuck figured that had to be in California. No one as out of touch with reality as she was could be comfortable anywhere else. Persemid sat a couple of rows below him, legs dangling, on a stone perch with a jug of wine and a loaf of bread. He glanced around for Hiramus. To his discomfiture, the older man, not far away, was looking at him. Their eyes met, and Chuck flinched. Hastily, he turned to search out Keir, but without success. The guide was a small man, and there were plenty of tall people around.

The sky grew more richly blue, tinting the sea darker, and the sun lowered a little more. It wouldn't be long now before what promised to be a glorious sunset. The crowd seemed to lean avidly toward the west.

"Ladies and gentlemen," announced a man with a megaphone. "Please spread out. The point is getting too crowded! Ladies and gentlemen, we ask for your cooperation!" Chuck glanced behind him. There were more and more faces crowding in along the narrow lanes, swarming over the tops of houses like ivy. He definitely felt an unsteadiness underfoot that he could not put down to the wine.

Clouds moved in, covering part of the sky. Instead of blocking the horizon, they formed an envelope that the sun inserted itself into like a celestial love letter. Streaks of light came through holes in the cloud and touched the sea. It was so beautiful Chuck found himself holding his breath. People crowded in from everywhere, unwilling to miss a single nuance of light. The sun started to peep below the edge of the clouds very close to the sea, tinting the sky with rose.

"Ladies and gentlemen!" the loudspeaker blared. "You are creating a dangerous situation here, folks! This place can't hold you all."

That was an understatement. The land started to wobble and tilt toward the west. Chuck clutched the pillar holding up the bar's roof as the floor lurched and his chair skidded away from him. It tilted back again. Crowds of people began screaming and running around.

"You're only making it worse," Chuck shouted, waving his free arm for attention. "Stand still! Hold onto something!"

Morit stood in a bowllike courtyard, clinging like a limpet to the stuccoed wall. He watched with satisfaction as his supporters pushed and shoved their way into the narrow lanes, filling them to capacity. Yes. Yes. The moment was nearly at hand.

"Look, dear," Blanda said, lowering her field glasses to point. "The sun is just going down."

Morit leaned over the wall and shouted to the milling crowd.

"Now!"

Wherever they were, his comrades surged forward toward the west. The whole island tilted upward, and dumped everyone on it into the sunset sea.

Chuck clung to the pillar by his hands, kicking frantically to get up to a level surface. Midnight blue waves lapped his feet. He'd been fortunate to be holding on when the island tilted. Everyone around him was flailing in the water, trying to get back on dry land. Where were his companions? He scanned the sea for signs of them. Terrified people were grabbing his legs, climbing up to hang on to the walls, to trees, to each other. He let them swarm up him like a ladder, and found Persemid hanging onto the concrete standard beside him.

"Tell me this wasn't supposed to happen," Persemid gasped.

"The others," Chuck said. "Can you see the others?"

"Over there," she said, looking out toward the west. Chuck squinted through seawater spray running down his face.

Sean popped into his field of view first. That beacon of golden hair bobbed up in the water. Beside him was Pipistrella's mass of black hair. He was helping her swim. All around them, people were going

down for the first, second or third time. Chuck
shouted at them to come toward him, but he knew
his voice was swallowed up in the crash of waves and
screams of hysteria.

"I see Keir," he exclaimed, drawing Persemid's
attention to the huge wolf dog-paddling toward them.
Hiramus was nowhere in sight. Chuck hoped he
wasn't on the part of the island that was now
submerged.

The clouds that had cloaked the sun suddenly
dropped closer to the sea. They massed into a swirling
funnel, and marched toward them over the water's
surface, churning up huge waves. More people were
sucked down, never to be seen again. Chuck grew
frantic. Sean's progress was slow. They couldn't
outrace a hurricane!

"Help me!" Chuck yelled at Persemid. "Throw all
the influence you've got at that storm! Stop it! Slow
it down!"

Persemid's face contorted as she concentrated.
Together they made a barrier by turning the winds
outward. The hurricane bounced against it. It tried
to break through, or loop around it, but Chuck moved
his influence to counter its moves. The storm's
screaming wail increased, as if it was angry to be
thwarted. Then, as if setting its shoulder to a door,
it bowed over and thudded directly into the unseen
wall.

Chuck could almost feel the strength of it pounding
against his body. Each blow shook him physically. He
felt himself losing his grip on the iron beam. He
hadn't the practice to control influence and protect
himself at the same time. What else could he do to
turn the storm's strength against itself?

The hurricane sensed his dilemma, and whipped
up its winds. Debris and thousands of gallons of
seawater flooded against the upturned island. The pillar holding Chuck and dozens of others cracked

alarmingly. He lost concentration as it broke off from its concrete bearings. The storm rushed in.

The image that burned into Chuck's mind before he got dumped into the ocean was of the storm, made up of thousands of angry, screaming faces bearing down on him. Sean and Pip were still swimming, looking over their shoulders in terror as the hurricane swept over them.

Splash! Chuck and Persemid fell into the tossing waves. Chuck fought his way to the surface, flailing with his arms to keep his head above water. He spat out the salty water.

Think calm thoughts, he kept telling himself, but it was too difficult when his ears were full of furious shrieking, and he couldn't tell which way was up.

"Change shape," Persemid gasped, popping up to the surface with her red hair plastered against her head. "Change shape. We're no good in these forms. Can't help anyone. The sea wins."

Chuck thought of all the shapes he could take, but he couldn't make up his mind which was the best. He had to hurry, or he'd drown. Persemid's face flashed before him for a moment, then she was a dolphin, arrowing through the water toward the hurricane's foot. That made Chuck's mind up for him. He had always wanted to be a seal, so he effected the transformation, and followed her. They had to save the others.

They swam among thousands of people all getting in each other's way. Bunches of them were sucked up by the tsunami. Screaming, they whirled upward, disappearing into the gray funnel. Chuck struck out grimly, making for the last point he had seen the others. They must not suffer the same fate! Persemid and Chuck got separated. He looked around for her, but spotted Sean and Pipistrella swimming frantically toward him. He flicked his tail, grateful for the advantages of influence, and swam toward them.

Just before he got within reach, the hurricane

twisted its funnel around, seeking survivors on the water. Pipistrella, a few strokes behind Sean, was snatched up by the wind.

"Come back!" Sean shouted at her, holding his hands out. He tried to climb the hurricane, but it shrugged him off, blowing him a thousand feet away. His body splashed into the water. Chuck stared, shocked, until a high wave knocked him over and sent him rolling. He came to his senses all at once, and zipped toward Sean, vowing not to lose two companions. The hurricane bore down upon him. There was a moment when Chuck imagined the thousands of horrible faces grinning down at him from the whirling cloud. In his heart he knew storms weren't sentient, but this one seemed to loop back around to try for him, too. It wasn't possible, Chuck kept thinking, as he dove for the sea bottom.

When he surfaced, he spotted Sean right away. The fair-haired man was tossing limply in the waves, not trying to swim. Chuck came up under his arm and held his face out of the water. Persemid appeared at Sean's other elbow. They kept him afloat as they dodged the waves. Thwarted, the hurricane skittered away over the sea.

A brilliant white dot of light followed it, the angel Keir in hot pursuit. His shining wing feathers were buffeted by the winds. He chased the funnel cloud, but to no avail. A hole in the water opened up, and the waterspout swirled away like water going down a drain. On the sky, Chuck saw the faintest, thinnest line of silver snap upward from that point, like a strand of broken spider web. Chilled, Chuck realized it was Pipistrella's navel string. Keir was left hovering over the unmarred surface, his beautiful face contorted with grief.

"Now what?" Persemid asked, in a shrill voice that cut through Chuck's numb shock.

"Get to the ship," Chuck barked. The two of them

started swimming back toward the island, hauling
Sean between them.

The Dreamlanders who had not drowned had
turned into sea nymphs, tritons and fish, frolicking
in the calmed sea. The sun was now below the horizon. In the dusk, Chuck saw a huge wall loom up over
him: the hull of a liner-sized rowboat. The hand of
a giant fisherman swept a net down into the water,
scooping them up and dumping them into the bows
of the boat.

"Happens all the time," he sighed.

With the loss of Pipistrella, the cruise ship was
plunged into mourning. The colored carnival lights
that lined the deck were gone. In their place were
dim lanterns and black bunting. The conductor and
crew had rushed forward to swaddle the refugees in
towels and blankets, murmuring words of sympathy
as they escorted them into the warm lounge. Though
grief-stricken, Chuck, Hiramus and Persemid were
able to take care of themselves, but Sean obediently
followed whatever directions were given to him. He
accepted a hot drink and sat down where he was told
while a fortune-teller in full gypsy rig came along to
examine him and say he'd be all right.

"I can't believe she's gone," Sean kept saying, staring moodily out of the window at the water.

All their friends from the first-class cabins sat with
them in the lounge, offering silent compassion.
Bergold had performed almost the same transformation as Chuck. In the shape of a huge sea lion, he
had nosed dozens of survivors toward the ship,
including Mrs. Flannel and Master Bolster. Hiramus
had saved dozens by changing the chair he'd been
sitting on into an inflatable life raft. Kenner had
bodily hauled ten women on board the cruise ship,
nearly drowning himself to save them. Everyone was
wet and exhausted from effort. Night had fallen. The

faint, yellow lights on the ship only accentuated the darkness of the sea and the sky.

"I can't believe one of us *could* go," Hiramus said, huddled over a cup of hot soup cradled between his long hands.

"I am so sorry," Bergold said. "This is a terrible shock to everyone."

There was a long pause.

"It sounds really terrible," Persemid said, tentatively, "but do you think she even knows? I mean, that she's . . . dead?"

Chuck felt like crying and laughing at the same time. "With Pip, maybe not." He regretted his own behavior. If he'd known that moment on the path was the last he would ever have with her, he wouldn't have been so impatient. If only he'd been able to hold back the hurricane a moment longer!

"Someone's definitely out to get us," Persemid said, her large eyes haunted. "Did you see those faces in that storm? It was as though they were screaming at us. They hated us!"

"You're imagining things," Morit said. He and Blanda had been picked up almost at once by a speedboat operated by a conspirator. The two of them were dry and comfortable. He felt inwardly gleeful. At last, they had had a success! He knew he must stifle his pleasure. The others were holding a kind of wake for their departed companion. Blanda wept quietly into a handkerchief.

"I've never lost a client before," Keir said, pleating and unpleating the skirts of Sean's guide's dress. "I feel awful."

"Not your fault," Sean said, tersely. Although Sean was the chief mourner, he was the one who offered solace to the others. "You've warned us again and again this can be a dangerous place for us. She took the risks. We all did. You tried to save her. I saw that, and I thank you. All of you."

"I had to try," Keir said, quietly. "I don't know what more I could have done."

"You must all go home, at once," Morit said, feigning deep sympathy, though inwardly he was dancing with glee. "She wouldn't expect you to continue on with a pleasure trip." Chuck Meadows and Persemid Smith were nodding. If he could convince them to leave now, and take word of the death to all the Visitors waiting in the Waking World, no more would ever come!

But he was disappointed, and his disappointment came from an unexpected quarter.

"You're wrong, Master Morit," Sean Draper insisted, looking up, his blue eyes flashing. "We must go on to the end, if only in her memory. She did me a service, see, and I won't forget that." He glanced at Keir, nodded, then turned to the others. "I'm not here on purpose, like the rest of you. The last thing I remember in me waking life was walking down the street in the town where I live. There was a blast, you see. A bomb." Persemid bit her lip, but gestured to him to go on. "Well, I . . . I didn't know at first when I arrived here if I was alive or dead, or if any of this is real. I still don't know for certain. Keir there convinced me I was still alive but hovering on the brink. I had to be the one to make the decision whether or not it was worth surviving. I didn't care, you know. At bottom I was afraid to. But she made me care. I didn't get to tell her," he said, with a half gasp that was like a sob. "I waited too long."

"She knows," Persemid Smith said kindly, taking his hand. He squeezed her fingers.

"I hope so," he said, bowing his head.

"But you must return, in peace, in her memory!" Morit said, feeling he was losing ground. "Go back to the Waking World! It's not safe here!"

"No," Sean Draper said, without looking up. "She came here searching for truth. We'll find it for her."

"Hear, hear," said Chuck Meadows. "When I first got here I resented like mad having the rest of you here, but now that I'm past it, I admit freely how fascinated I've been by the range of experience that contact with all of you, including Pip, brought me. Instead of being sorry I'm not alone, I dread thinking what an empty astral plane would have been like. So we're richer for having known her."

"She was quite a lovely gal," Kenner said, raising a mug of coffee.

"Her memory will always live in the Collective Unconscious," Bergold said, gravely. "Nothing that she did will ever be completely forgotten."

"Right," Chuck Meadows said, resolutely. "So for her sake, we go forward. Right?"

"Right," Sean Draper agreed. "Thank you all." Morit glowered at them.

"I think it's so sweet of you," Blanda said. Morit turned his glare upon her, but she paid him no attention.

Persemid opened her Indian print bag, now much reduced in size because she'd dealt with many of her issues, and began to dig through it.

"Pip gave me some silk," she said. "Sean, I think you ought to have it, because I know you'll miss her the most." Puzzled, she came up with a small bunch of flowers. "This is all there was."

"Forget-me-nots," said Keir softly, with a gentle touch on Sean's shoulder. The young man took the posy and put his other hand over his face. "Let's leave him alone, my friends."

Chuck, Persemid and the others tiptoed away. The auditorium next door was darkened. Morit reached out and pulled them all into it. An appreciative crowd was already seated there, letting out sounds of pleasure as image after image was thrown up onto a movie screen.

"These are vacation images I have taken of Elysia," Morit said, taking his place behind the projector. "I know you will enjoy seeing them, so you will have an idea of what to expect when we arrive. The people are very friendly there." He picked up the control and jabbed the button with his thumb.

Chuck felt as though he had become trapped in a kind of nightmare. Carefully framed photographs of drearily dull family scenes, like Morit washing a car, or Blanda baking a cake, flashed before him. One of the frames was a map marked ELYSIA. In shape, it was much like the lower part of the state of Michigan without the thumb. The terrain was flat, and a pattern of rivers ran through it like veins. Place names stood out, marked in red beside large black dots.

"I have hundreds of slides of each of these attractions." Morit turned to look deliberately at Chuck. "I think you can see Enlightenment at the northern edge of the province. I think it will still be there when we arrive. You won't want to miss it."

Resigned to his fate, Chuck brightened a little bit. He was touched that even the grouchy Morit was trying to cheer them up after the loss of Pipistrella. He cleared his throat. "Thanks. I'm looking forward to seeing your homeland."

"Not so much as I am eager to show it to you," Morit said, courteously. He punched the button again. The screen showed a front yard in which concrete statues of two deer stared blankly at the camera.

"It ought to be fine there this time of year," Bergold said, settling himself comfortably in a high-backed couch. "In Mnemosyne we've had no bad reports from Elysia for a very long time. Things must be nicely stable."

"You have no idea, Master Bergold," Morit said. And, indeed, he knew that for a fact. No bad reports had gone to the crown because hundreds of his friends and supporters had been preventing anyone and everyone from leaving Elysia, sometimes by violence, for weeks. It wasn't as hard as it sounded, since the province was bounded on every side by bottomless gorges or the Lullay River. In fact, the situation was growing nicely unstable, but he was quite sincere about wishing to have the Visitors walk right into it, if he couldn't rid himself of them in the meantime.

Chapter 31

"Ladies and gentlemen," the conductor's mellow voice rang out over the loudspeakers in the debarkation lounge where most of the passengers were waiting the following afternoon, "I am very sorry, but the Unfriendly Islands will not permit us to dock. We will have to move on to our next point of interest, another several hours' sailing. I promise you that stop will be worth your while. In the meantime, please avail yourselves of the ship's amenities."

A chorus of groans arose. Morit sprang to his feet. He had received word that the remainder of his comrades-in-grudge had massed upon the Unfriendly Islands. They were ready for an all-out assault upon the Visitors that they guaranteed would be successful.

"What do you mean, we can't land?" he asked. "I demand you put us ashore immediately!"

The conductor spread his hands helplessly. "I'm very sorry, sir, but you can see for yourself."

Morit looked out the nearest porthole at the islet slowly dropping away behind them. Chains were stretched across the harbor entrance, and catapults with fireballs burning in their iron baskets stood ready should anyone attempt to dock. That was intolerable.

He could not wait to get away from the Visitors. Their ongoing mournfulness was beginning to annoy him. That the ubiquitous cruise staff saw it as their mission to continue to enforce jollity among the passengers just made their presence all the more annoying. He longed for the day when they and the Visitors were all gone, not just one of them, and he could return to his everyday existence. True, misery continued to follow him wherever he went. Even though he had come out of the water around the Sunset Isle almost dry, his closet and suitcase were filled with seawater. His supposedly permanent-press white duck trousers resembled elephant skin, and his deck shoes came out squelching with every step. He continued to suffer so some undeserving wretch in the Waking World wouldn't have to! Soon, he would be able to hug the secret satisfaction of having struck that vital blow for himself and the other helpless victims in the Dreamland.

He stormed to the telegraphy desk and scrawled a wire to his compatriots that the next opportunity must not be missed. The desk clerk read the message and nodded resignation before reaching for her keyboard. She was one of them. She would spread the word. Morit had already counted dozens of conspirators among the crew and passenger complement. The rest of the Visitors could not be allowed to leave the ship until it was well inside the borders of Elysia.

Morit turned to his wife. She was standing by, evincing mild curiosity, though not enough to ask him what he'd written.

"Since we're stuck here, let's go get lunch."

"Whatever you say, dear," Blanda said. "Everyone's been so nice, I don't mind not going ashore on something called the Unfriendly Islands. Don't you feel the same way?"

"Bah!" Morit exploded. Her good humor in the face of his delayed plans annoyed him so much that he wasn't paying attention when he swung around the corner and ran directly into Persemid Smith. Everything they were carrying went flying.

"Oh!" the redheaded Visitor exclaimed, helping Blanda gather up her knitting bag and purse. "I'm sorry. I was so deep in my own thoughts I didn't look where I was going. Did I hurt you?"

"No," Morit said ungraciously, retrieving his straw skimmer. The Visitor looked up in surprise at his uncompromising tone. She met his eyes briefly, and retreated, her face flushing. Without a glance back, he stalked on toward the restaurant, leaving Blanda behind him to make her foolish apologies.

Persemid stood gawking after the Nightshades. It looked as though they had been arguing when they came around the corner and ran into her. She wasn't surprised Morit hadn't apologized. He was a contentious type man. Blanda behaved like a doormat, but Persemid guessed from Morit's expression of apoplectic fury that Blanda was holding her own in the discussion. She had a mild voice that ought to have been soothing, but it always touched off something in her nerves, giving her a measure of sympathy for Morit.

But something different had happened this time. When her eyes met his, she felt as though the deck lurched underneath her feet. In that moment, she saw inside her head momentary flashes of dozens of times in her life she had been frustrated and disappointed, usually when someone else had stepped over her invisible barrier and violated her personal space. They had all been private moments that no one else knew about, and somehow they had been inside his head. She had seen them. How? What could it possibly mean? Did she know Morit in the real world?

Persemid felt the cold of a ball of ice rolling down

her spine as she came to an inescapable and harrowing conclusion. She ran to find Chuck.

He was on the top deck, perched on a padded stool at the bar. Since they had failed to save Pipistrella, he had been spending more and more time up there, telling his troubles to the bartender. At that moment he was watching the lanky, dark-skinned man mix a drink. The 'tender pulled down bits of several things from containers on a shelf behind the bar: pieces of fluff, a dash of battery acid right from a six-cell lead-acid battery, a chunk of ball-peen hammer, a section ripped from the picture of a sunrise on a calendar pinned to the wall, two inches of rainbow, and a cherry. Throwing these things into a blender, the smiling man flicked the switch. Chuck held up a finger to forestall Persemid's outburst as the whining roar drowned out all other sound. The bartender poured out the drink. It was mostly orange with a swirl of prismatic light running through it. Chuck took a sip and his back straightened up. He gasped out, "That packs one heck of a kick."

"It's de hamma," the bartender said proudly. "My own recipe."

"Outstanding," Chuck said. "Thanks!" The bartender beamed with pride.

Persemid couldn't wait a moment more. She grabbed Chuck's arm and pulled him away from the counter. Over by the band Kenner was dancing with his latest girlfriend, and Mr. Bolster and Mrs. Flannel sat on deck chairs near the rail chatting, with Spot, a fox terrier, racing back and forth between them. Persemid didn't want any of them to overhear her.

"I have to talk to you," she whispered, urgently. "I know we haven't been getting along too well, but you're the only one around here who talks like a real person. I just ran into Morit. I think I'm the one who's dreaming him!"

"That hostile so-and-so?" Chuck asked, sipping his drink. "No, I can't see it. Besides, it would be too much of a coincidence that he's right here with us. There are millions of people in the Dreamland."

"You don't know me very well," Persemid said, embarrassed and angry that she had to talk about issues so private. "When I looked at him, I saw *things* in his eyes."

"What things?" Chuck asked, curiously.

"Things that have happened to me," Persemid said, reddening. "I . . . well, there's been times when I've been treated unfairly. I was passed over for a promotion I should have gotten. In his eyes I saw the way I was feeling then, sort of brought out in symbols, and . . . what I wanted to do to the jerk who gave my job to someone else who wasn't qualified to do it. Other memories, too. You don't believe me," she said, tossing her head pugnaciously.

"I do believe you." Chuck sipped the drink thoughtfully. "Whew! I never thought any of us would meet any of our . . . what should we call them? Creations? Did you talk to him?"

"No!" Persemid said, with a horrified expression. "I don't know if he guessed, but if he's me, he'd be smart enough. He might know. I feel awful. That's me, here in the Dreamland. That awful, angry man!"

"He's not all of you," Chuck said. "He's just one facet of your personality. Something . . . you want to work out."

Persemid frowned, drawing her eyebrows down over the bridge of her nose to glare at him—but he was right. She'd read enough books on dream interpretation to understand that.

"But I'm not dreaming right now," she pointed out. "My body is at home, and I am projecting myself here."

"Your mind is open and receptive," Chuck said. "You're probably broadcasting the same wavelengths you would be if you were asleep. And Keir did say that some things take on a reality of their own. He's been doing his own thing at the same time you've been doing yours."

Persemid shuddered at the thought of her insecurities becoming an actual force of nature. She ought to be grateful they manifested themselves as a man instead of a hurricane or a tidal wave.

"What should I do?" she asked.

"Should we do anything?" Chuck asked. "If you did create him, he's trying to accomplish something your subconscious feels is necessary."

"But that's only if he gets to work it out without interference, especially mine. What if he saw the same thing I did? He couldn't live with knowing I exist. He might . . . do something."

"We have to tell Keir."

"He won't confirm whether Morit is . . . is me or not."

"Well, he won't say so directly," Chuck said, uncertainly. "But he'll know if you're right. He knows everything." But even as he said it, Chuck was no longer so certain of Keir's infallibility. He and the others had to rely more and more upon themselves. On the other hand, that was probably part of Keir's agenda. "I'm sure he'll tell you you've got nothing to fear from Morit. Come on, the guy's part of you. He's been almost nice since Pip . . . disappeared. He wouldn't want anything to happen to you. Then he'd disappear, too. Deep down inside, everyone wants to survive."

"That's just it," Persemid said, wrapping her arms around herself in spite of the afternoon heat. "Maybe I don't. I'm afraid of what's deep down inside my psyche."

"We all have dark places in us," Chuck said, trying to sound soothing, even though he harbored similar feelings of unworthiness. "I'm sure Morit is no big problem." But he looked uneasy. Persemid jumped on his uncertainty.

"Look, what if he's involved with those attacks on us?"

"I don't see how," Chuck said, slowly. "To tell you the truth, I'm far more suspicious of Hiramus."

"What? The old man? He's one of us. A Visitor."

"Yeah, but he's turned up everywhere that I was attacked! I look up, and he's the first thing I see, almost every time. I saw him just before that island dunked us."

"Really? But he's had attacks made on him, too."

"He never said so," Chuck said. Persemid stopped to think.

"You're right. He just said we have to be careful."

"Yes. A fat lot of good it did Pipistrella. And he's been following me," Chuck said, with dawning clarity, as he recalled the bearded shadow. It made sense now. "I'm sure it's been him all along."

"Yes, but he's a friend of Bergold. He's a really nice guy. Bergold wouldn't have a friend who was a murderer."

"But what's he hiding?" Chuck asked. "He hardly ever talks to any of us. And that carpetbag of his— if anyone touches it, even by accident, he growls like a wolverine. He's got the influence to kill us all if he wanted to."

"Forget Hiramus," Persemid said, firmly. "We have to find Keir, and hope Morit didn't see what I did."

Reluctantly, Chuck left his drink on the bar. Persemid grabbed his arm and pulled him toward the stairs leading belowdecks. A small island appeared ahead off to starboard. Chuck glanced at it. A pretty place, with a strip of white sand beach running around its perimeter and palm trees sprouting up through forests of green ferns. But either the ship was steering a wild course, or the island was deliberately trying to get in its way. Leaving a wake frothing with whitecaps behind it, the island put on a burst of speed and nipped under the bows of the cruise ship.

Klaxons began blaring. The deck juddered underneath their feet. Chuck jumped down the last few steps and helped Persemid down after him. People were racing in every direction like ants running from a stirred nest. He and she started running for the safety of their cabins. Head down, Chuck didn't see the body coming out of a side corridor at the same time he passed it. He caught a glimpse of Hiramus's bearded face as the three of them collided. Hiramus's precious carpetbag flew out of his hand, hit the ceiling, and opened, showering a collection of beards, wigs, false eyebrows, pots of makeup, costumes and fans everywhere. The older man hastily knelt to start gathering them up.

"I knew it," Chuck exclaimed, furiously. "I told you this guy isn't what he seemed. This stupid bag is full of false faces!" Chuck hoisted Hiramus to his feet. His current body was ideal for manhandling another, being tall, big-boned and muscular. He shoved the bearded man into a corner. "Are you responsible for this chaos? Are you trying to kill us?"

"No, quite the opposite," Hiramus said, speaking with amazing calmness for someone hanging by his neck. "I'm trying to find out who is trying to do it. I'm the King's Investigator. My name is Roan Faireven. Do you think you might let me down now?"

Chuck let his arms drop to his sides as the tall man stood up and brushed himself off.

"*You're* Roan? We've been hearing about you since we got here. But you're never supposed to change. You've looked different every day since we've been on this trip."

"It is true," the tall man said, solemnly. "I never do change. This is all a disguise." He took hold of a corner of his pointed, graying beard and peeled it off. Chuck gazed at it in surprise. Rather than being stuck to a backing like the false beards he was used to seeing, this one consisted of individual hairs. The grizzled eyebrows followed, revealing straight, black brows that arched up and down as though relieved to be free. Next came most of the flesh from the slightly bulbous nose. What emerged from behind the various appliances was a man who resembled Sean Draper when he had first arrived in the Dreamland: long, narrow face, gray-blue eyes, black hair, straight brows, straight nose, and smile lines bracketing his lips. A handsome guy, Chuck admitted to himself without jealousy, and at least fifteen years younger than he thought. "It's been nice to pretend to be different, at least for a little while, although I admit that I'm happy to dispense with disguises and enjoy wearing my own face, such as it is."

"You're really pretty good looking," Persemid said. "What's the problem?"

Roan sighed. "At best, changelessness is an inconvenience. My lack of adaptation prevents me from escaping from some kinds of peril, when others would simply adapt."

Persemid regarded him pityingly, then looked ashamed of herself. Her embarrassment turned to defiance. "That doesn't explain why you've been pretending to be one of us."

"It was necessary," Roan said. "I'm on board because an attempt to disrupt these tours has happened before. There have been several attacks upon parties of travelers from the Waking World. His Majesty doesn't think it can be accidental. Neither do I. I joined your group to uncover the conspiracy. I like to think I've been of some help so far."

"Are you a guide, too?" Persemid asked.

"Great Night, no," Roan said with a smile. "Sometimes I barely know where I am going myself. It's been a good experience for me to travel with Keir. Indeed, it's been a rare privilege."

Chuck frowned. "How did you get to be part of the group, then? You aren't from the Waking World, but you have a spirit guide and everything."

"Do you think we don't require as much guidance as you?" Roan asked, with a twinkle in his eye. "We in the Dreamland are based upon your psyches, the fruit of your concerns. I thought Keir read me very well in choosing his shape. His choice of a dolphin was particularly apt. It seems to be a fish out of water, but in the end you discover," Roan said, with a wave like a conjurer, "that he's not a fish at all. A dolphin swimming through the air, of course."

"I've had so many questions I've wanted to ask since I heard about you," Chuck said, unable to believe he was in the presence of a local legend. He looked the man up and down. Roan seemed so . . . normal. "How's it feel to be both the dreamer and the dreamed?"

Roan shook his head. "The Sleeper whom I resemble is the creator of the First Province, Celestia. He only dreams me. Apart from having been born there, I have no direct contact with him. My luck is no better and no worse than anyone else's in the Dreamland. If I had, I might have an insight to who is behind these attacks."

"What about this Bergold guy?" Chuck asked, going over the others that had attached themselves to the Visitor party. "Everyone likes him—*I* like him—but that notebook of his is always out. He has a reason for everything that happens to us, good or bad. Is he the saboteur?"

"No," Roan assured him. "I promise you that. He's my best friend. Just as I told you on the first day, Bergold is a well-respected Historian at court. He's on a mission for the Ministry. He is seeking explanation for certain trends and persistent images. I know he is grateful for all the clarification about the Waking World that you offer. You're performing a great service."

"He knows you're you?"

"Oh, yes," Roan said. "I needed his help. If for no other reason, with details of the way Visitors behave."

Persemid eyed him suspiciously. "And is there really a princess?"

"There is," Roan said, his face lighting up, and Chuck thought that he could smell jasmine in the air. "You saw her at the Big Hat."

"But she didn't know you."

"It was due to my disguise."

"It's not much of a disguise," Persemid said. "A beard or different color hair wouldn't fool anyone for long where we come from."

"Ah," Roan said, sadly, "but you don't understand the psychology of having the same face all the time in a country where everybody is different from minute to minute. People are accustomed to seeing me as I always am. Even a slight change will affect their perception to a level of cognitive dissonance."

"That's true," Chuck said. "They are used to seeing people changing. What they're not used to is people *not* changing."

"Doesn't your fiancée know where you are?" Persemid asked.

"She knows I am traveling, but not with whom. If I called attention to the group, it wouldn't matter if I *could* change. My use as an undercover agent would be over."

"But it could be gone now," she said. "It could be us."

"No," Roan said, with a smile. "It couldn't. I have been observing you for several days now. In any case this situation has been going on since before you came here. There is a movement from *within* the Dreamland to assault these newly incoming groups from the Waking World. Why, precisely, we do not know, but it must stop before there is a real disaster."

"But this is a routine tour," Chuck said, scratching his head with a thick finger. "We're not hurting anyone, or interfering with anything. We're just looking around."

"I know," Roan said, a frown creasing his handsome face. "That is what has been worrying me. You provide no threat that we can discern, yet the attacks continue to grow more violent. We have captured hundreds of conspirators, but they refuse to name the organizer, or the spy who is providing them with information about your current whereabouts. As a result, I have had to keep an eye on all of you, to ensure your safety as best I can."

"It didn't do a lot to help poor Pip," Chuck said, flatly.

Roan bowed his head. "I am very sorry for the loss of Mistress Pipistrella. It would seem the conspiracy has achieved the proportions of an army."

"Sean's the one you should feel sorry for," Persemid said. "She really meant a lot to him. I thought you were responsible."

"We both did," Persemid added.

"I know," Roan said. "I had to risk alienating you to avoid revealing myself."

"And it was your voice I heard before the train went off the cliff!" Chuck was suddenly full of resentment. "You could have saved me from being beaten up in the Meditation Gardens."

Roan let a little smile touch his lips.

"I didn't need to. You managed the situation very handily. An elegant solution. Really Dreamish."

"Thanks, I think," Chuck said, deflated. "It was nothing I did on purpose."

"Where were you going in such a hurry?" Roan asked. "You looked as though you were being chased by nightmares."

Persemid paused, looking uncomfortable. Chuck knew she didn't want to talk about her personal problems, but letting Hiramus—or rather, Roan—in on the whole truth was their best protection.

"I'm pretty sure I'm dreaming Morit," she said. "I don't think I'd ever looked him straight in the eyes before. It happened by accident. When I did I saw things only I know. You don't have to hear about them."

"No," Roan said thoughtfully. "I am glad of the information, though. Thank you for telling me. Morit is one of your creations, eh? The situation is unique, as far as I know. Bergold would probably have statistics on how often it's happened throughout history, but if you'll take my advice, you'll avoid making direct eye contact again. If Morit is a part of the conspiracy and discovers you are his direct creator, you will be in more danger than the others."

"Should we suspect him?" Chuck asked. "He's been really nice to us since Pip . . ." He couldn't finish the sentence. Roan understood.

"No more than anyone else," Roan said. "Alas, this transport is full of people who could be involved. I have been able to eliminate few of them."

"Well," Persemid said, letting out a gust of breath. The ship had stopped juddering, and was smoothly under way again. "You'd better put your makeup on again. People will be coming through here any moment."

Roan bowed to her. "You are quite correct. Thank you." He chose a forked, black beard from the collection on the floor and fastened it on.

"All right, Inspector, we're in this," Chuck said, watching him attach it. The hairs clung to Roan's chin without glue. "What do you need us to do?"

"Nothing active," Roan said, pressing on his mustache. "Keep your eyes open, and let me know your impressions, however unlikely they seem. If you are observant you may pick up information I can make use of. Make certain we are not observed before you approach me. I will be grateful for any help you can give."

He chose a monocle from the collection on the floor and screwed it into his left eye. When it was in place, he was Hiramus again, stiffly formal and much older. Chuck was impressed. For someone who couldn't change faces he sure could disappear into the simplest disguise. "The most difficult task you have ahead is to continue to act as though you believe I am your curt acquaintance, Master Hiramus. Can you do that? If our quarry realizes who I am, they will withdraw and make no further attempts. *This* time. We must catch him before something else terrible happens." Chuck and Persemid looked at one another.

"You want us to act as decoys," Persemid said.

"If you like to describe it that way," Roan said, with his wry smile.

"I don't like," Persemid said, frankly. "But I can cooperate for the greater good." Chuck's astonishment must have showed on his face. Persemid glared at him. "Don't look at me that way! I mean it."

"Well, I do, too," he said. "I just never heard anyone say anything like that before." Persemid made a face at him.

"Get used to it, if you're going to hang around with me."

Persemid and Chuck found Keir seated on a lounge chair on the afterdeck with a reflector held under his chin to catch the sun. The guide knew instantly that it wasn't Chuck's problems he was needed to help straighten out, because he became the silver-gray wolf and trotted over to lean against Persemid's legs.

She sat down on the deck chair with an arm around his furry neck and explained what she had seen. The wolf listened, his soulful eyes fixed on her face. "So, I'm aware of Morit, now," Persemid finished. "I don't think I can ignore him. Is he really me?"

Chuck stood uneasily with his back against the bulkhead. Since he was there with Persemid's permission, he understood the wolf's unspoken words.

"Not you alone. He's one of the many collective constructs you put into this world," the crooning and whimpering said. "Morit is *mostly* yours. He espouses and mirrors your unhappiness. Your creative power reaches into numerous people, places and things in the Dreamland, all solving different parts of the problems you dream of. He's the representation of your anxieties, and those are very personal. I'm sure he means you no harm. Be friendly to him."

"I'm not going near him," Persemid said, firmly. "I know if our positions were reversed I'd hate him. I already know I don't like him. Does he hate me?"

The wolf's mental voice was gentle. "Not you alone," it repeated. "He has a grudge against all things more powerful than he."

Persemid frowned. "I hate having something like that at my back. I wish I could banish him, or make him disappear, or something."

"You can't do that," the wolf said. "Because you are not him, you couldn't live with yourself if you did."

Persemid looked up at Chuck ruefully. "He's got my number."

"Just look out," Chuck said. "Just be careful. I'll help watch your back."

"We'd better all be careful," Persemid said. Keir-the-wolf gave her a deep, knowing look, and curled up to sleep on his lounge. "Look at that. The audience is over."

Chapter 32

As before, the ship made directly for the seashore without stopping. This time Chuck was ready when the ocean liner became a train once again. This transformation was slow and leisurely, as the ship narrowed and elongated to fit on the tracks that led inland from the water's edge, heading into a broad river valley between rounded green mountains. Chuck kept half an eye on the spectacle, and the other half on Persemid. She was maintaining a safe distance from Morit. The Elysian did not appear to behave any differently toward her. Chuck began to hope that only Persemid had been aware of her revelation. Still, she was nervous about being left alone with Morit. She stayed close to one of the others she trusted: Bergold, Chuck, and now Hiramus, but it was Chuck who most often ran interference for her in close quarters, getting in the way if it looked as though she might have to make eye contact.

Chuck thought she was more than capable of taking care of herself. "After all," he'd told her over breakfast, "I'm the neophyte here, but I'm happy to step in and lend a hand. It's the least I can do."

"Thanks," Persemid had said. "I didn't think when I met you that you'd ever do anything so . . . unselfish." She'd looked embarrassed to have said it, but the implied rebuke had been on Chuck's mind ever since. He'd earned that. He hoped now that people considered him a nicer person to be around. He'd do anything to undo his past faults, including letting her transform him as she needed, into a defensive wall or another form of distraction so that no matter which way Morit moved, he couldn't see Persemid or meet her eyes.

"Look," Chuck said, watching out the window. "We're coming to another border crossing." As it had been between Somnus and Oneiros, there were thousands of little spans bridging the deep gap to Elysia. "How strange," Chuck said. "Almost all of them are empty. No one's using them."

"Elysia has been stable for a long time," Morit said. "We feel safe enough that we don't have to trudge back and forth to prove our freedom."

"Very commendable," Bergold said.

"Mmm," Persemid Smith mumbled, not looking at him.

Morit was upset with her. He wondered if she was on to him and the conspiracy. He had heard it rumored that Visitors could read minds, but as she hadn't brought the law down on him yet, he thought it was probably untrue. Just to make certain, he promised himself he would see to her destruction personally, if only to make certain that he had a free hand.

Chuck felt the train slowing down. The conductor came through the carriage.

"Ah, yes," he said, in answer to Chuck's question. "Just a last-minute check to make sure everything's all right in the province ahead."

Out the window, Chuck could just see the engineer climbing down the side of the cab. He swung one foot down toward the tracks, when the engine seemed to go mad. It grew twice as large as the other cars, and began bucking and snorting. Valiantly keeping his grip, the engineer climbed up to sit on the top and applied spurs to either side of the boiler with his heels.

"Hold on!" Chuck shouted to the others as he grabbed for a seat edge. The locomotive went insane, charging the rest of the way over the bridge and straight into Elysia. They heard a tremendous *clang!*

"We hit the frontier hard," said Bergold, clinging to the arms of his chair.

"We're running away!" Persemid exclaimed. The landscape outside the window blurred as they were thrown back into their seats. Mrs. Flannel started screaming. Chuck hung on, grim-faced.

A brown and tan figure pulled up level with their window. A cowboy on a galloping bay horse paced them along the side of the track. He pulled a lasso from his belt and began twirling it over his head. He threw the rope and lassoed the insane locomotive. The mount dug in his hooves, as its master tied the rope around its saddle horn, and it pulled the locomotive to a halt. The engine puffed and panted as the horse stood impassive, not even sweating.

"Good horse," the cowboy said, jumping out of the saddle without a backward glimpse, and started stalking toward the engine.

"Let us see what has happened," Hiramus said, rising to his feet. Chuck sprang up to follow him. If the disguised Roan needed him, he wanted to be on hand. Bergold came with them.

The engineer was examining the firebox as they approached. "It's been tampered with," he said. "Someone put mad coal into its tender."

"Sabotage?" Chuck asked at once.

"Let's not look at it that way," the fireman pleaded. "We may have made a mistake refueling."

"It's all right now," the conductor said, stolidly. "We'll be in Frustrata in no time."

"My work here is done," the cowboy said. He tipped his hat to them, and went back to his horse. The last they saw of him, he was trotting over the hills.

"I don't like this place," Chuck said, trudging back to the car in Hiramus's wake.

"I, too, am uncomfortable," Bergold said, gazing out of the corridor windows unhappily. "Something in the air feels wrong. But, there has been no word of bad portents for months. We would have known if there was."

When they entered the first-class compartment, Morit was expounding like a genial host about the wonders of Elysia. ". . . And the gardens. My wife is an expert on the gardens."

"Oh, yes," Blanda said, with her friendly smile. "The gardens are always beautiful. Our whole city is famous for its rose gardens!"

Keir was trying to cheerlead, but he looked as blue as the others. Persemid was huddled against the wall, not looking. Sean nodded from time to time, but Chuck doubted he was listening. Everyone but Morit was edgy. Persemid looked up at the grim faces with worry.

"There was some trouble with the engine," Hiramus said. "The problem is under control."

"I do not need any more excitement," Persemid said, firmly.

Morit turned to her, annoyed that she wouldn't meet his eyes. "Then a visit to Elysia is exactly what you need, honored Visitor."

"No offense," Chuck Meadows said, "but from here nothing looks that special. I'd rather be back on the ship."

"Oh, no," Morit said. His task was nearly over. He could afford to appear friendly, knowing they would never leave. "Elysia is the home to the greatest of wonders! And don't forget about Enlightenment."

"You know," Chuck Meadows said, glumly, "I don't care if I get there or not."

"But it would be exactly what you need to forget your troubles," Morit said, firmly. He became concerned. Though it helped hurry them into Elysia, the mad coal might have been an error. The Visitors were wary now. If one managed to convince the others to turn back, he wasn't certain the border could hold them. All his plans would be in vain. He craved the destruction of them all, including their pesty guide.

How, one might ask, could a host of people with limited influence who cannot combine their strengths guarantee the destruction of a quintet of gods? With the only totally destructive force in the Dreamland, the power of Changeover. And how, might one ask, could these same powerless people chain the lightning and cause a Changeover? They couldn't, of course. But one was imminent. It was an opportunity Morit and his friends could not ignore. Their power lay in surprise. For the last weeks they had prevented anyone leaving Elysia who might carry word of the upcoming disaster to the Crown. Each using his own small bit of influence, they had controlled all the comings and goings, shooting down innumerable little birds who might have carried the tale, turning back frightened people from the border, tearing down grapevines. They had a secret prison filled with others who defied them. No one knew. Morit hugged his knowledge as a secret satisfaction to himself. He could condescend to communicate with these monsters, knowing success was unavoidable. The train, and its unwelcome passengers, were heading straight into the teeth of a Changeover.

"We're not going to run into any more trouble, are we?" Chuck asked, pale with worry.

"It'll be an experience you will never forget," Morit promised him.

Morit's prophecy seemed ready to come true on the spot. A station was rolled up beside the stopped train, and porters with shiny luggage carts were standing ready to receive the tourists. A crowd pushed against barriers, waving and shouting to the passengers. Kenner stood up from his seat and started waving madly to a slender woman just behind the rail.

"There she is!" he shouted. "There's my dream girl!" He rushed out of the car while the Visitors were still gathering up their parcels.

"They're all his dream girl," Persemid grumbled.

The barriers holding back the crowd dissolved, and the train was surrounded by well-wishers. They threw confetti in such clouds that it blotted out the sun. When the colored speckles all fluttered to the ground, the carriage was gone. Chuck and the others joined an enormous conga line that stepped and hip-thrust its way down a street full of people shouting and singing. Brightly colored ticker tapes unreeled down onto their heads. Champagne corks popped in their ears, and glasses of sparkling wine were thrust into their hands.

"What's all this?" Chuck shouted at Morit.

"They're glad you're here," Morit boomed back. He smiled grimly, raising his glass. Chuck offered him a silent toast in return, before the Elysian was swirled away by a host of his countrymen. Everyone on the sides of the street yelled out Chuck's name. He nodded and smiled to all of them. They couldn't get enough of him. After all the trouble he'd been through, this was a nice experience. Morit had been right, for a change. A bottle of wine appeared in his hand, and he started pouring from it into the glasses of everyone around him. Mrs. Flannel, looking giddy in a party hat, held out glasses for herself and Spot, a well-socialized lion who slurped his champagne with a huge pink tongue, and looked for more. He was a party animal if there ever was one.

Suddenly they were surrounded by marching bands. A very old man in an olive-green uniform saluted them, and small children sitting on their father's shoulders pointed fingers sticky with cotton candy in their direction. Chuck found himself marching alongside Bergold, who was waving to the crowd and throwing candy from his pockets. Sean was on the other side, handing out pinwheels and sparklers to children. Tumblers and clowns joined the parade. Chuck stepped proudly, his back ramrod straight, knowing that he was part of something wonderful. An elephant's gray trunk snaked around his waist. Chuck let out a little grunt of surprise as the elephant lifted him high up and set him on its back. His everyday clothes became a leotard brilliant with blue spangles. At least the muscular body he was wearing looked good in spandex. Persemid rode beside him on the hump of a camel, wearing a wizard's costume with an all-enveloping coat of rainbow hues over her usual mystical-looking garments. Hiramus, soberly clothed as always, fluttered along beside them on the back of a sea turtle swimming through midair. Keir's mount was a goat with a beard just like his. Morit threw a baton up over his head. It tumbled end over end and smacked right into his open hand as he changed direction, marching up the street between skyscrapers that Chuck hadn't noticed before.

"Wow," Chuck said to Persemid. "What do they do when they're *really* glad to see you?"

Their steeds deposited them in front of a reviewing stand set for dinner. Crystal and silver blazed with light from candlesticks set on a white tablecloth, and a white silk curtain hung behind them. Deferential men and women in formal attire escorted them up the stairs and helped them take their places. The

parade went on, becoming louder and more colorful all the time.

Chuck was astonished by the feast. The meals he'd
been served along the tour suffered by comparison
with the remarkable dishes being set before him
now. It was the ideal dinner. Each course that followed was more delicious and appealing than the
one before. Chuck began with lobster salad, and
went on through dainty after dainty gourmet treat.
Wine flowed, heady and wonderful, fit for gods. No
matter how much he ate, he didn't feel stuffed. He
had plenty of room for more. The others kept
meeting one another's eye, nodding their approval
and lifting their glasses to the crowd. Soon, the
audience began to clamor for more.

"Speech! Speech!" they called.

"Chuck," Keir said, giving him an owlish glance.
"I think you've come the furthest, so I think you
should speak first."

Embarrassed, Chuck rose from his place. He made
his way to the lectern at one side of the table and
leaned over the microphone.

"Can everyone hear me?" he asked. The crowd
cheered and threw up its hands. "I'm honored to be
here. It's been a great experience for me. Uh . . ."
He looked out on all the expectant faces beaming up
at him. He had no idea what to say. "Did you ever
hear the story about the one-legged man and the
parrot?"

Whatever else these Elysians were, Chuck thought,
running through all the old jokes he could think of,
they made an appreciative audience. When he
couldn't think of any more, he held up a hand for
silence. "Thank you! Let me introduce a fascinating
woman. Persemid Smith!"

The applause was a thunderbolt that practically
shook the ground.

Persemid took Chuck's place. She seemed as ill at

ease as he had been, but he gestured at her encouragingly to speak. She'd like it once she tried it.

"I am grateful for your reception of us," she said. "Our fellow traveler, Mr. Nightshade, said this would be a special place. I can't express to you the joy I feel in finding a place where I feel so at home, so let's all close our eyes and meditate together. I'll try and guide you so you can understand what it is I'm feeling." The crowd looked puzzled, but they cheered and obediently closed their eyes. Some hovered above the ground, their legs in full lotus position. "Ommmm . . ." she intoned.

Sean was a man of fewer words still.

"Thank you," he said, looking out over the sea of faces, his handsome face serious. "I'm happy to be here. I'll be going home soon, and I'll never forget this. Any of this." Chuck noticed that Sean was wearing the posy of forget-me-nots in his buttonhole. He realized then that Sean had chosen life. He was glad for the man.

"Chuck! Chuck! Chuck!" the crowd began to clamor again. Chuck glanced down the table.

"What about Hiramus?" he asked. "It should be his turn."

"Gone," Keir said, pointing to an empty chair. "Go on."

"All right," Chuck said, not needing to be asked twice. This was the best audience he had ever had. He leaned over the microphone. "I've got a few more stories you'll enjoy. My kids are tired of these, so thank you. Even my grandkids don't want to hear them any more, and they're just babies." He stopped, surprised at his own words.

Grandkids?

A little voice inside him said, "Yes." It was another revelation. Suddenly, waves of memory came flooding back. He knew he lived in a brick split-level house on a quarter-acre lot, and he had a cat and dog, and he worked as a pharmacist. They seemed ordinary memories, but they were all his. Strangely happy, Chuck went on. "But I still like telling these stories! It's fun! Yes, fun! That's the most important thing in life. You should enjoy it. Because . . . because if you don't, you might as well be dead." He felt a slight tightness in his chest. His hand flew to the hidden hole. To his delight, the edges seemed to be closer together than before. "Yes, joy! You have to allow yourself to feel pleasure. I thought just because I'd stopped achieving the big things that my life had stopped having any meaning, but I remember once, when I was younger . . ."

The chairs at the platform were emptying one by one. Now Bergold was gone, too. Oh, well, Chuck thought, going on with his speech, more time for the rest of us to talk. The appreciation of his audience was as pleasantly addictive as chocolate.

"Master Chuck!" Hiramus hissed from behind the curtain at the side of the stage. "Come down."

"Soon," Chuck said, waving to him. The crowd kept on whistling and yelling for more. ". . . And then I took my daughter to the zoo. She thought the giraffes were the funniest . . ."

"Master Chuck! Please come with me! These are only distractions! They're trying to keep you here! Master Chuck, the time for illusion is over."

Through a haze, Chuck smiled at Hiramus. "You'll just have to wait your turn," he said dreamily, turning back to his audience. The crowd laughed, as though he'd made a hilarious joke. Hiramus snaked up a long arm and hooked Chuck off the platform. Keir took his place at the microphone.

"Hey, they love me!" Chuck protested, trying to fight his way back through the curtain. "I'm not finished yet."

"We will all be finished, and more than finished if you do not listen to me," Hiramus said urgently,

taking Chuck by the shoulders. Chuck fought and
struck out. He caught a glimpse of Kenner, too. The
athlete twisted Chuck's arm behind his back, immobilizing him. Chuck kicked back, but Kenner evaded
his heel with ease. Chuck was prepared to lash out
with influence, anything to get back on stage, until
Hiramus started to peel off the beard he was wearing. Chuck goggled. The fact that Roan was prepared
to reveal his real face meant he was serious. The spell
was broken. He was all attention.

"What is happening?" he demanded.

"We've walked into a trap," Roan said, the lines
around his mouth like razor cuts.

"What are you talking about?" Chuck asked,
puzzled. "It's a party! Mardi Gras! Carnival!"

"Carnage is more like it," Bergold gasped, shaking himself free of the glamour that had possessed
him. He was once again clad in sober plum and tan.
"It's Changeover. It's happening almost under our
noses."

"What?" Chuck demanded. He looked around him.
Behind the curtain, there was no sign of a celebra-
tion. Only a few people, dressed in dowdy
workclothes, were standing in the street watching Keir
make his speech. From the stage it had looked like
half a million partygoers. He would have sat there
forever, until the world ended. "How?"

"My girl told me," Kenner said, indicating the
dainty young woman at his side. She was the one who
had been at the train station. "Genie's been trying to
get a message to us. She got here just ahead of us
and saw what's been going on. There's been trouble
here all along. Someone, lots of someones, closed the
border. People have been trapped here for days, even
weeks. No one who came in could get out."

"That's why we have heard none of this at court,"
Bergold said, his kind face serious.

"We've been lured into the midst of disaster," Roan

said. Chuck heard another roar of applause. It shook the ground, but there was an answering wave that came from deep beneath their feet. Chuck looked up in alarm. "This was all planned deliberately to bring us here unawares, and keep us here through the onset. I need your help to get the others. We have little time to get back over the border before you are all wiped out."

"Morit," Chuck said. "Persemid was right. He does mean to kill us."

"He certainly has to be part of the conspiracy," Roan said. "I don't think it is a specifically personal attack. He would never have dreamed that one of the Visitors he would attempt to destroy is his avatar."

Persemid reacted exactly as Chuck feared she would. Once they managed to haul her bodily off the dais and made her see the truth, she started screaming. The sound, cutting through the cheers and applause, brought Keir-the-wolf galloping down to find her. Chuck and the others quickly explained to him what they had seen. The spirit guide, instantly assuming human form, was agape at the sober and terrifying reality.

"We need to bring the others back here," Keir said. "Who is still up there?"

"Sean, Mrs. Flannel and Mr. Bolster," Chuck said, after a glance through the curtains. The representative from Sheep, Sheep, Fence, Moon, and Bolster was giving a detailed speech on the importance of accurate accounting. Chuck reached up and grabbed a dinner roll off the edge of the table.

"I'll get Spot to come to me," he said, "and Mrs. Flannel will come looking for him." But when he took the chunk of bread behind the curtain, it vanished.

"Part of the illusion of hospitality," Roan said. "None of the food we ate was real."

"No wonder I never felt full." Chuck took his one remaining bag off his back and started searching in it. He hadn't been able to find those snacks before, but he was sure they were still in it somewhere. To his relief, one of the side pockets contained a single dog biscuit. He held one out and threw the empty suitcase aside. "Hey, Spot!"

The lion beside the little old woman's chair rose majestically to its feet. It trotted over to Chuck, sniffing with interest at the biscuit. The king of the beasts became a white toy poodle, which sat up on its haunches to beg. Chuck gave it the treat. Mrs. Flannel immediately noticed her pet was gone.

"Spot? Spot?" she called. Sean helped her push her chair back. Chuck beckoned to them, and to Mr. Bolster when he looked around to see what was happening behind him. Keir must have thrown a whammy to undo the attraction of the audience, because all three came toward him, asking questions at once.

Keir explained in a few sentences. They were all alarmed, but Master Bolster was intelligent enough to ask the only important question.

"How long do we have?"

"No time at all!"

As one, the group spun around. Morit and his minions were behind them, a host that spread out across the land as far as Chuck could see. Protectively, Chuck moved out in front of Persemid and Mrs. Flannel.

"You walked out on our entertainment," Morit said, sneering. The Elysian's eyes gleamed out from hooded brows like a snake's, and he wore a black cloak that swirled in the dusty wind. His gleaming white teeth were pointed like a shark's. He had grown to twice the size of an ordinary man, and grew larger with every step he took toward them. "Just because you rule the universe doesn't mean you shouldn't show . . . good . . . manners!"

"We didn't want to bore them," Chuck said, steeling

himself to sound casual. "I think they listened to all the speeches they had to."

"Then, listen to mine," Morit boomed, spreading his cloak upon the wind. He no longer looked shy or reserved, or any of the other characteristics Chuck had ascribed to him. He wore the terrifying aspect of an evil elemental as he pointed directly at each Visitor in turn. "*You* are not welcome here. *You* are the source of every evil thing that has ever happened to us—to me, especially. We can't do anything about the Waking World, but we don't want any of your kind ever coming back to the Dreamland."

"Dreamland for the Dreamed!" the crowd at his back shouted.

"But it's our purpose to ease their minds for them," Bergold pointed out, as the angry crowd surrounded them. "We would not be here without their need. It's a small price to pay for existence."

"And you, you traitor! Sleeper-friend! You will die with all of them," Morit snarled, turning on the Historian. "There is no way out of here except through us. They're a thousand times more powerful than any of us, but we have numbers and organization on our side." He turned slowly to Chuck, and the shadowed eyes glowed with a fanatic light.

"You!" Morit spat. "You have kept going on about your discontentment. You can have your wish. All you have to do is stay here. It'll be the easy way out. All you have to do is . . . nothing."

"No," Chuck said hoarsely, looking up at the monster man. He trembled for life that had become more precious than it had ever been before. He felt the edges of the hole in his chest slide outward. He couldn't fall apart now. "I don't want to die. I'm ready to live."

"That's a shame," Morit said, smiling so all his shark's teeth showed at once. "You'll never be able to find your way out of the province. This has been planned a long, long time. You won't be able to tell what's real and what isn't until it's too late."

"How about this?" Persemid said, stepping forward and gazing straight at him. "I'll show you something real, you ungrateful monster."

Chuck Meadows tried to pull her back, but she shook off his hand. Morit recoiled, but curiosity made him look deep into the redhaired woman's eyes. Memories exploded at him like accusations, pummeling him with emotions and one undeniable fact. His face paled.

"You!" His voice had dropped to a whisper. He pointed at her, and his hand trembled. "It's all you."

"I have the right to exist," Persemid said, her cheeks burning. "Even you do. You can't hold us here."

The lines around Morit wavered. Chuck felt a hand on his shoulder. Roan was nodding to him over Persemid's head. Together, they took her arms and drew her away. Morit just stood there, staring into space. With every second, he shrank, the fury that had helped puff him up leaking from his punctured sensibilities. Roan guided them away from the center of the circle, walking slowly and calmly. With a burst of influence, Roan opened the way between rows of people. He urged the others through, moving at an even, steady pace. Chuck fell in behind him, his heart pounding in his hollow chest.

From behind them came a cry. Morit had recovered from his shock.

"Stop them!" he shouted. Chuck glanced over his shoulder. The Elysian came riding toward them on the crest of a moving wave of earth. It was the most terrifying thing Chuck had ever seen. Morit's eyes were wild and red-rimmed like a fiend's.

"Run," Roan advised, taking to his heels. Persemid was still in a kind of trance from her confrontation. Chuck and Sean had to take her by the arms and lifted her right off the ground.

"Oh, dear! Oh, Spot!" Mrs. Flannel cried. She scurried along in their wake. Chuck looked back. The old woman couldn't run for very long. The horde was not far off her heels. He couldn't let them harm her. He grabbed Keir by the arm. "Help Persemid!"

The spirit guide was already transforming into the largest white wolf that Chuck had ever seen. He dashed around in a U-turn, coming up underneath Persemid's legs, so that within two paces the plump woman was riding the wolf, her hands clutching the ruff of fur on his neck. Chuck doubled back to pick up Mrs. Flannel. With her and Spot in his arms he put on a burst of speed faster than he had ever been able to run before. He had to get to the border!

"You can't get away!" Morit shouted after them, his voice dying away in the distance. "I'll get all of you if I have to discontinue to do it!" Spot barked defiance over his mistress's shoulder. "And your little dog, too!"

"Unfortunately, *that*," Persemid said, ruefully, "he probably did get from me."

They fled up the street. Obviously, not everyone in Elysia was tied up with the plot to kill the Visitors. Thousands of ordinary people ran around like wild animals, terrified, not knowing which way to go. The whole province seemed to have become a dust bowl. Every step they took threw up clouds that blocked their view in any direction.

"How do we get out of here?" Chuck asked.

"Back over the bridge," Keir said. "We're not far."

"Which way is it?" Persemid asked.

"The tracks!" Roan exclaimed. "Find the train tracks. There should be signs to the station."

But Morit's people were determined not to let their quarry escape. Chuck was the first one to spot the sign on the ground. All directions had been painted over or torn off walls. Almost by accident, Sean stumbled on the bright stripe of metal almost concealed in the powdery dust.

"Here it is," he shouted.

"But where is the train?" Chuck asked.

"Gone," said Mr. Bolster, consulting his watch and a schedule. "We've been in there longer than we thought. The train must stay on schedule."

"Morit's men probably told the conductor to go on without us," Roan said. "Once the engineer worked out that Changeover was imminent, he probably put the locomotive into warp drive. They are long gone."

"Dammit!" Chuck shouted. Just when they needed it the most, the faithful transport was out of reach. "Never mind. We'll just have to find our own way out."

A tremor shook the ground, knocking them off their feet. Chuck threw himself on his back so he wouldn't land on Mrs. Flannel.

"The destruction is beginning," Bergold said. "We do not have much time."

Cracks opened in the pavement, swallowing unlucky Dreamlanders who were racing along it at the time. Clambering to his feet, Chuck grabbed a man as he passed and set his feet on the rail.

"That's the way toward Somnus," he said. "Run for it!" The man needed no persuading. He started running, growing wheels instead of legs. Chuck took a woman and her child by the arm. "Follow him! Go on! That's the way to safety!" With a look of gratitude, the mother took her son and hurried along, keeping her eye on the steel ribbon. Small white lights along the track began to illuminate in sequence, leading the two to safety.

"We ought to go, too, Mrs. F.," Master Bolster said, taking Mrs. Flannel's hand. He looked up at Chuck. "I'll escort her to the bridge."

Kenner caught up with them, pulling his girlfriend

behind him. "Genie said there's lots of people being held back, stuffed into warehouses. She told me where they're being kept. We can get them out if we hurry."

In spite of his fear, Chuck felt compassion for those helpless people. "I'll come with you," he said.

"Thanks," Kenner said. He turned to the woman and swept her into his arms. "Honey, you'd better get over the border now. Things are about to get really ugly."

"I don't want to go without you," she said, passionately holding him to her.

"I don't want you to go now that I've found you," he said, "but you've got to. Save yourself. Don't worry, darling. I'll see you on the other side." He gave her a brave smile, which she returned.

"I know," the young woman said, her eyes full of love. "You always come back to me." With a last touch of his hand, she started running.

As she sped away, she went through change after change. Chuck thought at first the alterations were due to the upheavals Elysia was undergoing, but to his astonishment he recognized all the forms. She was the tiny Asian girl, the China doll, the Hawaiian beauty, the fair Germanic-looking girl, the tawny French one, the Mediterranean knockout with the nose and the hourglass figure. When she paused just before she got out of sight, she had stopped changing, a tiny-boned woman with hazel-brown eyes and blonde hair. She smiled sweetly at Kenner. Chuck gawked. All of his girlfriends had been the same woman!

Kenner looked stunned, too. "She *is* always there," he said. "It's always her."

"And you didn't know?" Chuck asked Kenner.

"No!" the athlete said, shaking his head slowly. "Not really. I thought I wanted all kinds of different women, but they've all been exactly like her." He shook his head. "Well, I've been stupid. I'm glad I figured it out before it was too late."

"It's not too late," Chuck insisted. "It's never too late if we get out alive."

Kenner shook his head in disbelief. "Well, what do you know?"

Chuck turned to Persemid. "You should get out of here, too. The minute we double back we're on Morit's turf again."

"Never," she said, her eyes flashing. "It's my fault that man exists. I can at least help save the people he's imprisoned before this place goes up!"

"I should go alone," Roan said. "I am the only one who won't be harmed by Changeover." A haunted expression appeared for a moment on his handsome face. "I've lived through them before."

"No," said Chuck, firmly. "You can't fight an army. Morit will be looking for us. We go together."

Roan looked around at the circle of resolute faces.

"Then we must hurry, before the cataclysm is fully upon us."

Chapter 33

They all followed Kenner inland again, down crumbling back streets. The ground heaved mightily, splitting buildings asunder and throwing vehicles around like a cat playing with a mouse. They ran along cracked, trembling pavement, keeping an eye out for Morit and his followers.

The city looked like it had been hit by a bomb. Smoke poured out of the burning buildings, blinding them. Chuck dashed tears from his eyes, blinking to see ahead. He heard a roaring sound almost underneath his feet. Roan came running and threw himself at Chuck's shoulders. Fire spurted up from the ground in fountains from almost right underneath his feet. They crashed into the wall. Bricks and stones toppled down on them. The King's Investigator threw up an arm. The rocks bounced away without hitting either man.

"I thought you were immune to influence!" Chuck yelled.

"Influence, yes," Roan shouted back. "Rocks, no! Stick to the middle of the street!"

Chuck nodded, making his skull into rubber with a thought. The two of them hurried after Kenner, who was rounding the corner to the right.

The roads near the railway station looked positively new compared with the street down which they were now running. Only by using influence did Chuck and his companions avoid being crushed by the flying debris or burned alive. Kenner seemed to fly as he leaped from high point to high point of the shattered pavement, heaved up in great wedges like broken glass. Unwilling to trust his footing, Chuck clambered over the hunks of concrete, tearing his clothes on the raw edges of broken girders. Persemid scrambled after him. Dust and ashes stung their eyes.

What few people they saw were deformed and mutated: men with the heads of beetles, children who were half human/half crab, androids bleeding oil from every joint.

"They ran into bursts of chaos," Bergold warned them. "Look out for tears in reality!"

"Is that what that is?" Chuck shouted, pointing down the street. They all turned to look. The wobbling edges of the hole in the sky seemed burned by acid. Inside it, a sickening whirl of colors drew the eye. It was disgusting, dangerous, and definitely coming towards them.

"Hurry!" Kenner said, pulling them along the street.

The warehouse suddenly reared up out of the gloom, a melancholy block of red-brown brick. Chuck could hear cries of anguish coming from inside. He was furious that Morit would sacrifice innocent people for his own purposes. Steel doors that stood thirty feet high were chained and bolted shut, sealed with a lock the size of a man's head. Kenner strode up to the lock and, clasping his fists together, struck it one mighty blow. The lock shattered into pieces. Together, the Visitors and their allies lent influence to their hands as they ripped the barred metal doors like tissue paper. Chuck kept looking back over his shoulder at the obscene tear in the sky, moving rapidly towards them.

The doors fell away. Hundreds of men, women and children poured out of the building, nearly trampling their rescuers to death in their haste to escape. They were dirty and thin, and their clothes were in rags, but their eyes shone with gratitude.

"Thank you!" they said over and over, as they fled in the direction Keir and Bergold pointed. "Thank you!"

"We've done what we can," Roan said, as the last man fled into the roiling dust, joining the crowds of others heading for the border. "Now we must get ourselves to safety. The full brunt of Changeover is yet to come."

"You will never leave," Morit said, grimly. The whirlwind cleared, leaving the Elysian and his army facing the Visitors. He threw an arm over his head, beckoning. Morit's supporters charged in.

Morit's reappearance threw Chuck off guard. He represented the nightmare Chuck had been trying to shed. He no longer felt powerful or godlike.

Chuck braced himself as a dozen men and women came at him, screaming war cries. The Dreamlanders might not have had a lot of influence to use, but they fought dirty. Not only was Chuck assailed with fists and feet, he was attacked by hornet stingers and flaming brands. Morit was right. It was difficult to defend against numbers. Using influence, Chuck flung off the attackers one by one, but there were always more behind those. The hole in reality was only blocks away.

Ropes whipped around his wrists, and he found himself being borne to the ground by two men as large as grizzly bears. He tugged vainly at the ropes. Without all his chest muscles to support his arms, his physical strength was reduced, but he could still wield influence. Using whipcracks of power, Chuck wrenched his arms free. Dust clouds whirled around him. He turned the force of the winds against his attackers, pushing them away while he untied his legs. He ran straight up the wall of the warehouse, hoping to escape his pursuers there. A dozen followed right after him, yelling and shaking their fists.

"No," Morit shouted. "Stop him! Stop all of them!" The conspirators, howling like wolves, charged Chuck, knocking him off the roof. He fell, practically underneath Morit's nose. The Elysian reached into the air and pulled down thunderbolts to throw at him. Chuck dodged and rolled as lightning exploded around him. How could he ever have believed the guy was harmless? He was a maniac. He looked around for Blanda. He spotted her standing not far from the melee, silhouetted against the widening band of chaos, looking at them with a puzzled frown. She couldn't be in on this insanity. Surely she could talk some sense into her husband.

Persemid Smith was in the fight of her life with a hundred of Morit's supporters. They threw bolts of lightning at her. She warded them off with a shield as she threw bolts of her own back at them, but she seemed to be flagging. Morit watched with glee from atop the ridge of earth as his men surrounded her, getting in underneath her shield. This would be a more satisfying defeat than he had ever dreamed. Killing the one who dreamed him was the ultimate revenge. He intended to wait until she had been weakened and brought to her knees before him. The final stroke that destroyed her would be his.

It was growing harder to see what was happening. The dreamstuff that made up the province was beginning to break down. Soot from the countless fires raging around him made his eyes burn. As the Visitors struggled with his conspirators, they threw up whirlwinds of dirt. Through the blinding grit Morit thought he saw Persemid Smith raise a free arm. She must not escape! He jumped into the midst of the battle, determined to take her down himself. Unable to see, he clutched a meaty arm, tying ropes made of his own resentment around its wrist. Voices yelled war cries in his ear. Strong arms grabbed him from behind. He threw them off and continued fighting with the unseen Visitor. Rumbling underneath his feet told him it couldn't be long now. Changeover was beginning. All of them would die!

Suddenly, a strong wind gusted down the street, sweeping all the dust away. Morit looked around. He had been fighting with his own men. They had tied one another up, and were kicking and punching their own comrades. The Visitors were nowhere in sight! The rope he had woven tied all of them together in a tangle, its end wound around his own waist. The other end was in Blanda's hand. He stared at her in disbelief, realizing without a doubt in his mind that Blanda had been the one to manipulate the dust storm, allowing their opponents to escape. Morit struggled, yanking at the cord, trying to tear it loose, but she held on firmly.

"Why?" Morit demanded. "Why are you doing this?" Her gentle, sad eyes looked into his.

"Because it's wrong, my love, and you know it's wrong. I felt so sorry for that poor girl. I won't let you hurt anyone else."

"Won't? You can't stop me."

"Yes, I can, dear," Blanda said, calmly. "And I am."

He dropped the rope, not trying again to free himself. The land was destroying itself all around them. The warehouse had shook itself into individual blocks, but nothing could shake her resolve. Though his plot had been foiled, Morit experienced an odd kind of satisfaction. He was pleased. Throughout their entire life together, this was the first time Blanda had ever become upset about something someone else did. He had been waiting all this time for her to react to him. For the first time in his life, and the last, he felt contentment. As destruction overtook them, she gave him one last, bright smile. They were both at peace.

Changeover was every bit as bad as Chuck had been warned. Terror dogged him as he ran toward the tracks that would lead to safety. He didn't know how he got away, but he was glad to be going. Geysers of lava and blood shot up out of the ground, splattering him. His clothes were burned and torn, and he was covered with bruises, but he kept running.

The ground trembled underneath his feet. Following Keir, he leaped for a tree and held on, arms trembling, as a shock wave of influence wiped out a whole section of the landscape almost underneath his feet. The spirit guide kept pointing the way, changing shape as often as his clients needed him. The flying dolphin guided Roan over an obstacle field made entirely of broken glass. The wolf led Persemid through forests of high-tension poles all shooting sparks from their torn cables.

Chuck hopped from tie to tie between the railroad tracks. The bridgehead was in sight, now. Bergold, in the form of a swift, flitted back and forth from the point to make certain the others could see where they were going. The calm landscape on the other side looked like heaven. Only a few hundred yards separated them from safety.

Behind them, hundreds of thousands of people were running toward the bridge, too. Chuck glanced back over his shoulder. In the distance, a fireball as large as a skyscraper was racing towards them, threatening to engulf the whole crowd. Chuck knew he ought to run to safety, but he couldn't let all those people die, if there was any hope of saving them. He grabbed up the nearest person, a small boy running all alone.

"Kenner!" he shouted to the young man, a dozen

yards ahead of him. "Catch!" Concentrating, Chuck mustered a burst of influence, and pitched the child through the air. Kenner backed up a few paces, caught the boy, and neatly passed him on another dozen yards to Roan, who stood waiting, and tossed him onward. Bergold came to rest at the end of the bridge, neatly hooked the child out of midair, and set him on his feet. The boy hurried across, not stopping to look behind him.

Chuck grabbed the next person who passed him, and threw him onward. All the lessons in using influence that Keir had given him came to mind. There wasn't time for fancy touches. Chuck went for what worked, fastest and best, letting form follow function. He sealed families together into protective bubbles that were passed from hand to hand until they landed on the bridge. Chuck was alarmed when the first one popped, but the people who were in it kept running. It worked! A whole crowd of schoolchildren came next. Chuck wasn't sure if his influence would hold them all, but he felt a surge coming from his left, like a gust of air from an unseen fan, propelling the bubble all the way to safety. It was Persemid.

"I'm just putting an extra burst next to yours," she said.

"Thanks," Chuck said, with a grin, grasping her hand warmly. They were true allies, now, but he had no time to give the fact any more thought.

The waves of people seemed endless, but the land itself seemed to be going insane around them, turning from earth into mud, beef stew or sauerkraut. The Elysians slogged toward him, throwing up waves of cabbage, pleading for the Visitors to help them. Chuck did his best, at the same time feeling his own shape start to lose stability.

The giant fireball grew wider as it rolled toward them, covering the world from horizon to horizon.

It was still miles away, but Chuck could feel the heat radiating from it. It wouldn't even have to get close to burn them to death. At its feet he still saw thousands running desperately towards them. They would never make it alive.

"Oh, I wish we could buy some more *time*," Persemid almost screamed with frustration, tossing people over her head toward Kenner.

Chuck was struck by an inspiration. He still had the money Keir had given him. It was worth a try! He reached into his pocket, and started flinging the coins in it toward the oncoming holocaust. The little coins slowed it down a little bit, the big ones a little more, so that more people reached him. He grabbed them and threw them overhand at the bridgehead. They became paper airplanes. Some fell short, but others whisked onto the span, became human again and fled across to safety.

The coins were all gone. "We'd better run for it," Persemid advised him, pulling at his arm.

"You go," Chuck said. "Hurry!"

"No way," Persemid said. "If you stay, I'm staying!"

Chuck felt in his pockets for anything else that would help people to reach them. Wait, he did have some more time! He remembered the present Keir had given him. He found the little bottle in his hip pocket. It took the shape of a life preserver that grew to full size as he pulled it out of his pocket and threw it. Suddenly, the growing disaster halted. It wouldn't last long. How could he bring all those thousands of people to safety? His brain whirled, and he prayed for inspiration. They all looked so tiny and helpless.

That was it! They were all tiny, smaller than his fingernails! He had seen those landscape artists working in forced perspective. If they could do it, he, a Visitor, certainly could! He reached out and gathered up all the people he could, sweeping the landscape clear of humanity. He stuffed the tiny figures into his pockets, the dozens and dozens of pockets that had been a nuisance to him all the time he had been in the Dreamland. Persemid copied him, stuffing hundreds of people into her bags. When his pockets were full Chuck stuffed hundreds more people into the hole in his chest that reached down to his belly button and almost all the way to his shoulders. Then they started running toward the bridge. Persemid stumbled. When she regained her footing, she turned into a wolf, and galloped across faster than any human could.

Chuck was within feet of the span when the lifesaver popped like an exploding balloon. All the pent-up energy of the conflagration burst out behind him. People around him pouring out of the damaged province in hopes of beating the Changeover were either disappearing or becoming horribly mutated. Some of them hardly looked like people any longer. One man fell at Chuck's feet, vanishing just before he staggered onto the bridge. He didn't have enough referential reality to maintain his existence.

Chuck, too, was struck by the force of change. He felt the essence of himself ebbing away as the identity of the province was swept away. His body seemed to melt down, becoming less and less human, until he was no more than a plastic blob.

I'm me! he thought desperately, trying to maintain his identity against an overwhelming force of nature. I am! I'm Chuck Meadows. Chuck Meadows! At bottom, he knew that was all that mattered. It didn't matter if he was reduced to primordial ooze. He knew who he was. If he didn't make it to safety that meant Morit won, and Chuck refused to be ruled by dreams, especially someone else's. Dreams were there to serve *him*. That burst of knowledge was the last bit of strength he needed, helping him to crawl out onto the bridge.

Once he was free of the land, he felt other bonds

of influence pulling at him, his friends sending their strength to help him, and employed his own mental force to pull him over the bridge. He had just gotten away in time. Behind him, the banshee wail of the failing earth was louder than a thunderstorm. He could smell burning and decay so hideous it made him gag.

Chuck had arms and legs again. He crawled doggedly over the chasm toward his waiting friends. As he reached the other side he felt movement in his pockets. Could it be those chickens? No, those were spent. It was the people. He started scooping them all out of his pockets and his heart. They grew almost instantly to full size. He dropped them and was nearly trampled by the stampede as they ran further into Somnus and safety. Emptied of extraneous humanity, Chuck helped himself up, and limped to the place on the headland where he could see Bergold and the others gathered to watch as Elysia, in the absence of a Sleeper, blew itself to pieces.

Leaning on the side of the bridge, Chuck watched Elysia's ruin, glad to have escaped with his life. His body hadn't fared so well. When the last wave of influence had washed over him, he had ended up a skinny, albeit reasonably fit, man. He knew, with regret, that this form was closer to his true self than any he had yet worn in the Dreamland. Gone was the handsome teenager, gone the muscular twenty-something who had flung human beings like so many tennis balls, farewell even the thirtyish man in the mirror. But he was back in one piece. The hole in his chest had closed up completely. The funny thing was that he felt younger than ever. He had managed to gain something he had lost a long time ago: joy. His inner demons were gone or under control. He wasn't a failure at all. He had just stopped appreciating the successes he had accomplished. Now he was alive and happy to be that way.

He remembered everything about his daily life. His grandfather had always told him to hurry only on purpose, not to run to or from something. He'd never really understood the old man before. He'd come on a long and dangerous trip to learn something he'd known since he was a child.

Many of the people whose lives they had saved came by afterwards to thank Chuck and the others in person. This time he was prepared to accept the thanks, and did so with grace.

"I owe every one of them an apology," Persemid said, glumly. "Who knows how many people were trapped in there because Morit wanted to get some of us? I feel responsible."

"Come on, you didn't dream him on purpose," Chuck said, putting a friendly hand on her arm. "I saw Blanda in there, just before we got away from his army. She could have escaped, too. I wonder why she didn't?"

"Love," Sean said, shortly. He sat on the ground nearby with his long arms wrapped around his knees. "In spite of the fact it meant death to stay, she stayed. Most people wouldn't, but he was her man."

"If they survived the change, I hope they are happier people now," Bergold said, ensconced on a rock beside Mrs. Flannel and Mr. Bolster. The old woman alternated between fussing with her pet or looking up adoringly at the Visitor who had saved their lives. The salesman was discussing the benefits of a regular sleep program with a potential client. Kenner and his dream girl were a hundred feet and a world away, kissing madly and talking in lovers' whispers. "But if they have vanished, then it is for the best."

"I don't understand a fatalistic attitude like that," Chuck said, "but then, I don't live in the Dreamland. To me, death is death."

Persemid frowned. "I should have known he was

evil the moment he made us sit down and watch a slide show of his vacation pictures," she said.

"Well, it's over," Keir said. "You must simply learn to forgive yourself. And me, for not paying adequate attention to the signs. I will always blame myself for that." He glanced across the chasm at the land. "We should have been able to go onward into Elysia by now."

"I don't want to go in there," Chuck said. "It looks as though Changeover is still going on."

"That's not possible," Roan said. "When it stops, it is over."

"But it looks like it hasn't stopped."

The sky, filled with roiling, bruised colors, looked like a couple of concerned human faces peering downward. Chuck could feel from where he stood that the whole land was unhappy, in pain, and confused. It never completely settled down. Earthquakes continued restlessly heaving earth as if it couldn't get comfortable. The aftershocks seemed to go on forever. The Elysia side of the bridge quivered, thinned almost to the breaking point. Chuck felt sorry for anyone still trapped in there. He could see nothing alive. It looked like a vortex, a whirlwind. It felt all wrong.

"This is a very troubled Sleeper," Bergold said, highly agitated. People were starting to head back over the bridge. He jumped up on the span and held out a hand to stop them. "Don't go! It's starting again! Something terrible must be wrong in the life of this Sleeper. He is departing already!"

His warning was unnecessary. Once the ground began to fold in on itself, anyone who had mounted the bridge ran back to cower on the Somnus side. Stitched by lightning and seared by firestorms, the province of Elysia underwent its second Changeover in a matter of hours.

"I cannot believe it," Bergold said, writing furiously

in his little book. "Two Changeovers, and we didn't even suspect the onset of one. This is a most rare occurrence. It's a privilege to be able to witness one from start to finish."

"I'm just glad I'm out here," Chuck said, watching in horror. Wisps of fire licked out over the chasm with a roar like tortured lions. Half of the bridge swayed violently.

"It can't get us over here, can it?" Sean asked, scrambling to his feet and recoiling in alarm.

"You're in no danger," Roan said. "The chaos is contained. The realm of one Sleeper is absolute. The gorges and the river separate the provinces, and there is never any carryover. You might say that the Dreamland is a confederation of states of mind, not a single entity. Therein lies its variety, and its survival."

Reassured, Chuck was able to watch the whole event with a critical eye. There was no doubt about it. Changeover was a horrifying catastrophe. He couldn't believe he had come through that unharmed. He was grateful to be alive.

The new Sleeper couldn't have been more unlike its immediate predecessor. When the land stopped heaving at last, the blue sky was sparklingly clean. Small villages had reasserted themselves upon the headlands. They had an Alpine look to them, half-timbered houses with tidy gardens and colorful quilts spread upon the balcony rails to air. He or she had a serene and ordered mind.

"I am glad to have been able to witness such an event," Bergold said, closing his diary with satisfaction. "I know there will be an investigation into why the rest of the Historians could not be here to observe, but since the perpetrators have discontinued—indeed, wiped twice over from the face of the Dreamland, there's nothing to be done about it. I assure you," he told Keir, "future incidents will be prevented. You must not let this incident keep you from bringing others from your world to visit us."

"I won't," Keir said. "I promise you I will look forward to returning. A little older, a little wiser, and a little sadder, perhaps, but I'll be here, with anyone who will trust me to lead them again."

"Me, for one," Chuck said, and was rewarded with a grateful look from Keir.

"And me, for another," Persemid said. "What are the chances of running into another one of my creations?"

"As small as the possibility of two Changeovers occurring in a row," Roan said gravely, but his eyes twinkled.

"Oh, thanks!"

"And I," Sean said. "I can tell I've got a lot more to learn about myself."

"Good!" said Bergold. "The next time, you must come to Mnemosyne. There are a lot of little places that Roan and I can show you . . ."

Together, they walked over the railway bridge. Below their feet, the restored railroad tracks gleamed like polished silver.

The new province felt positively healthy. The air was soft, fragrant and moist with the gentle rain that ended as they reached the other side. A faint rainbow hung in the sky that was growing rich with twilight. For a short time, both the moon and the sun were in the western sky, casting gold and silver light over the clean lines of the land. Chuck looked around in disbelief.

"All that happened, and this place is the same shape as before?"

"See for yourself," Keir said, drawing his map from his ragged back pocket. Even Keir's homely garments looked lovely in the new light. Chuck unfolded the map. Although Elysia was now divided by a vast range of mountains that ran through it from north to south as opposed to the flat, river-riddled lowlands it had featured before, the outline was precisely the same. "Look," the guide said, pointing to a town just beyond Frustrata, "there's Enlightenment. It's not far now. You'll reach it this time."

"That's good," Chuck said easily, watching the sun slip down below the horizon. He stood bathed in the rays of color, drinking them in until they were gone. "We'll get there when we get there. There's no hurry. I don't mind being able to save something for next time. Right now, I want to take things slowly and enjoy myself. And, you know, I think I will."

"Well, come along, then," Keir said, his black eyes merry. "It'll be a welcome journey."

"Wait," Persemid said, hurrying to catch up. Sean was right behind her. "We're coming with you."

"And I," said Roan, with a smile. "I shall need to report to the king about the alterations in Elysia. It will be a pleasure to gather my information in the company of friends."

"I, too," Bergold said. "I have many, many more questions about the Waking World. For example . . ."

Together they started walking toward the full moon.

THE SHIP WHO SANG IS NOT ALONE!

Anne McCaffrey, with Mercedes Lackey, S.M. Stirling, and Jody Lynn Nye, explores the universe she created with her ground-breaking novel, The Ship Who Sang.

THE SHIP WHO SEARCHED
by Anne McCaffrey & Mercedes Lackey

Tia, a bright and spunky seven-year-old accompanying her exo-archaeologist parents on a dig, is afflicted by a paralyzing alien virus. Tia won't be satisfied to glide through life like a ghost in a machine. Like her predecessor Helva, *The Ship Who Sang*, she would rather strap on a spaceship!

THE CITY WHO FOUGHT
by Anne McCaffrey & S.M. Stirling

Simeon was the "brain" running a peaceful space station—but when the invaders arrived, his only hope of protecting his crew and himself was to become *The City Who Fought*.

THE SHIP WHO WON
by Anne McCaffrey & Jody Lynn Nye

"The brainship Carialle and her brawn, Keff, find a habitable planet inhabited by an apparent mix of races and cultures and dominated by an elite of apparent magicians. Appearances are deceiving, however ... a brisk, well-told often amusing tale....Fans of either author, or both, will have fun with this book."   —*Booklist*